WIMMER WILKENLOH

Teufelsintervall

NICHTS IST, WIE ES SCHEINT Der vermeintliche Unfalltod des Kommando-Soldaten Gerd Lutze wird von dem Erfolgsregisseur Detlev Rehmke in einen Spielfilm umgesetzt. Merkwürdige Vorfälle während der Dreharbeiten sollen von Jan Swensen und seinen Kollegen von der Husumer Kriminalpolizei aufgeklärt werden, doch die finden nichts Verdächtiges. Im Filmteam wird von Verschwörung gesprochen, doch erst als ein Mord geschieht, wird Swensen in eine dramatische Ermittlung verstrickt, die ihn bis an den Rand der Erschöpfung bringt. Aber was hat das alles mit dem Deutschtürken Gülcan Bayar aus Husum zu tun, der von den USA als Terrorist nach Guantanamo verschleppt wurde?

Der Mordfall führt Hauptkommissar Swensen auch zu dem Autor Wimmer Wilkenloh, der das Drehbuch für Detlev Rehmkes Film verfasst hat. Der redet ebenfalls von einer Verschwörung und fühlt sich verfolgt. Die Spirale zieht sich zusammen, offensichtlich ist selbst der Geheimdienst an der brisanten Story von Rehmkes Film interessiert und eine heiße Spur führt bis ins Kanzleramt zu Frank-Walter Steinmeier.

Wimmer Wilkenloh, von der Nachkriegszeit, dem Wirtschaftswunder und den 68igern geprägt, ist seit frühster Jugend kreativ. Nach einer langen Reise durch den mittleren Osten über Afghanistan nach Indien und Nepal, entdeckt er seine Spiritualität noch einmal anders, studiert an der Kunsthochschule Hamburg und arbeitet danach als freier Autor beim NDR-Fernsehen. All diese Erfahrungen finden sich in seinen Kriminalromanen wieder, die allesamt auf der Halbinsel Eiderstedt spielen. Seit über 20 Jahren hält sich der Autor nicht nur zum Recherchieren dort sehr gerne auf, er fotografiert auch die Details der einzigartigen Küstenregion. Das Wattenmeer, die sich stetig verändernde Landschaft, bildet den Hintergrund für den buddhistisch geprägten Hauptkommissar Jan Swensen.

Bisherige Veröffentlichungen im Gmeiner-Verlag:
Hungergeist (2015)
Spurensuche am Meer (Postkartenbuch zu Donnergrollen, 2012)
Donnergrollen (2012)
Eidernebel (2011)
Poppenspäl (2009)
Feuermal (2006)
Hätschelkind (2005)

WIMMER WILKENLOH

Teufelsintervall

Der siebte Fall für Jan Swensen

GMEINER SPANNUNG

Personen und Handlung sind frei erfunden.
Ähnlichkeiten mit lebenden oder toten Personen
sind rein zufällig und nicht beabsichtigt.

Besuchen Sie uns im Internet:
www.gmeiner-verlag.de

Im Ehnried 5, 88605 Meßkirch
Telefon 07575/2095-0
info@gmeiner-verlag.de

1. Auflage 2018

Lektorat: Claudia Senghaas, Kirchardt
Herstellung: Mirjam Hecht
Umschlaggestaltung: U.O.R.G. Lutz Eberle, Stuttgart
unter Verwendung eines Fotos von: © Stockimo/shutterstock.com
Druck: CPI books GmbH, Leck
Printed in Germany
ISBN 978-3-8392-2268-3

Das vierte Viertel im Norden aber ließ ich leer. Weder Sonne noch Mond scheint dort. Aus diesem Grunde ist an jenem Ort, fern von allen weltlichen Gegebenheiten, die Hölle, die weder ein Dach darüber noch einen Boden darunter hat. Hier ist es, wo reine Düsternis regiert, doch steht diese Düsternis gleichzeitig im Dienste all der Lichter meines Ruhmes.

Hildegard von Bingen

Wie lang soll ich als Leib ohn' Seele klagen,
Blattstreuend, gelb von Gram, gleich Herbstestagen?
Von Leid und Kummer ist mein Herz verbrannt –
Wie lang verberg ich noch des Feuers Plagen?
Feindschaft vom Freund – wie lang? Brichst Leib und Seele!
Wie lang soll ich, zerbrochnen Herzens, zagen?
Kommt früh dein Traumbild zu mir, Mond: durch Wellen
Von mir vergoßnen Bluts, wie kann sich's wagen?
Mein Gram macht Stein zu Wasser – ich bin, leider,
Kein Stein: dies Wort lässt Flammen aus mir schlagen!

Dschelaladdin Rumi

DER AUTOR

Das Wort ward Fleisch

Wenn ich eine Geschichte wirklich ernst nehme, stehe ich vor dem Problem, dass jeder Anfang, den ich setzen möchte, mir mit der Zeit willkürlich vorkommt. Ist die von mir erdachte Geschichte aber zwingend genug, wird das weiße Blatt Papier, das meinem Fleisch Worte abverlangt, wie ein Spiegel meines selbst erzeugten Begehrens. Die erbarmungslose Leere drängt zu einer Zäsur in die Quantität der Möglichkeiten, denn selbst der größte Stern verdankt seine Substanz nur einer Zäsur in die unendlichen Eventualitäten von Kohlenstoffatomen; genauso wie dieselben Kohlenstoffatome eine Zäsur in der Druckerschwärze symbolisieren, die meinen Buchstaben in dem fertigen Buch einmal die Form verleihen werden. Aber ist etwas Niedergeschriebenes deshalb auch gleich real? Bleibt eine Geschichte nicht letztendlich immer fiktiv? Oder ist beides gleichzeitig beides? Hat Intuition etwas Zufälliges? Dann wäre eine Geschichte nur eine Reihung von Zufällen! Oder ist Intuition eine besondere Fähigkeit, sich mit der Wirklichkeit zu verbinden? Dann könnte einer Geschichte möglicherweise gelingen, auf eine zukünftige Entwicklung hinzuweisen, sie sogar zu beeinflussen.

Was ich mir allerdings zu dem Zeitpunkt, als ich diese Gedanken ziemlich naiv niederschrieb, noch nicht vorstellen konnte, war die Tatsache, dass selbst die Buchstaben der Geschichte, die ich gerade beginnen wollte, auf natürliche Weise mit dem Gewebe allen Lebens verflochten waren. Denn mit jedem neuen Wort, das ich auf die erste leere Seite setzte, drang ich auf ein mir unbekanntes Feld vor, das sich durch mein Handeln veränderte und dadurch auf mich persönlich zurückwirkte. Das Fleisch produzierte eben nicht nur die Worte, diese Worte hatten schon im selben Moment wieder Einfluss auf das Fleisch. Als mir die Tatsache dieser Interaktion erst sehr viel später bewusst wurde, ich sie als real anerkennen musste, war es für mich kaum noch möglich, die Folgen abzuwenden. Denn zu dem Zeitpunkt, an dem ich fast am Ende der Geschichte angekommen war, befand ich mich durch mein eigenes Dazutun plötzlich in einer prekären, wahrscheinlich sogar lebensbedrohlichen Situation.

Ich schrieb sie im Jahr 2006. Mein Name: Hans-Walter Wilkenloh, als Kriminalautor nannte ich mich »Wimmer Wilkenloh«, und ich war 58 Jahre alt. Aber bevor ich nochmals abschweifen konnte, setzte ich ins Hier und Jetzt meine angekündigte Zäsur:

2003
TEUFELSINTERVALL

Es ist nasskalt, schwarze Quellwolken kriechen vor einem Vollmond über den stumpfen Himmel. Der Winter kommt früh in diesem Jahr, findet Gert Lutze, schaut zu den Dächern hinauf und atmet die feuchte Abendluft tief in seine Lungen ein. Er ist erschöpft, seine Haut leichenblass. Die müden Augen liegen tief in ihren Höhlen und haben dunkle Ränder. Es ist 17.30 Uhr, als er sich auf den Weg macht. Das Auftreten bereitet ihm ziehende Schmerzen im rechten Bein. Er bemerkt, dass er bereits eine Schonhaltung eingenommen hat, beißt die Zähne zusammen und versucht, möglichst natürlich zu gehen. Die rechte Fahrbahn der Nordhusumer Straße ist vollgeparkt. Er wechselt auf die andere Straßenseite, damit er sich nicht in dem beengten Raum zwischen Hausmauern und Autoblech bewegen muss. Als er an einem der typischen vierstöckigen Ziegelhäuser mit Giebelerkern vorbeigeht, schnellt ein Schatten nur wenige Zentimeter an seinem Gesicht vorbei. Er spürt den kurzen Windzug, als im selben Moment ein explosionsartiger Knall seine Gedanken sprengt. Direkt vor seinen Füßen ist eine Bierflasche auf dem Bürgersteig aufgeschlagen und in tausend Stücke zersprungen.

Der Schock, der ihn erstarren lässt, fühlt sich an wie ein Stromschlag, der seine Muskeln lähmt. Ihm wird schwummrig. Ungläubig betrachtet er die sternförmig verteilten Glassplitter, den verspritzten Bierschaum, der auch in langen, weißen Streifen an seinen Hosenbeinen hängt. Auf dem abgebrochenen Flaschenhals, der links an die Hauswand gerollt ist, sitzt noch der Kronenkorkenverschluss.

Lutze weiß nicht, wie lange er nach dem Aufprall ohne eine Regung dasteht, wann er seinen Kopf hebt, um hochzuschauen. Als er es endlich macht, sind alle Fenster an der Hausfassade geschlossen und die Scheiben so blind wie die Nacht, die sich in ihnen spiegelt. Es gibt nichts zu sehen, was darauf schließen ließe, woher die volle Bierflasche gekommen ist, die nur um Haaresbreite seinen Kopf verfehlt hat. Bei der Wucht, mit der sie aufgeschlagen ist, muss sie aus einem der oberen Stockwerke geworfen worden sein. Da oben gibt es einen Menschen, der mutwillig auf Fußgänger zielt, denkt er angestrengt, und sein Gedankengang ist so gewichtig wie Blei.

Aber wer sollte so etwas machen?

Und warum?

Verdammt, wenn dieser Hirnrissige mich getroffen hätte!

Er spürt seine Beine zittern, fühlt, wie sein Herz bis zum Hals schlägt. Wie auf Knopfdruck springt in seinem Hirn ein Projektor an, wirft altbekannte Albtraumbilder, die er aus seiner Zeit im siebenten Kreis der Hölle mitgebracht hat, an die angespannte Leinwand seines Bewusstseins, völlig real und dreidimensional.

Er sieht, wie der olivfarbene Bus, der das Gepäck transportiert, in eine Kurve fährt. Kurz dahinter, im zweiten Fahrzeug, sitzen 32 uniformierte Männer. Der rötliche Hof um die aufgehende Sonnenscheibe sickert durch den schmutziggrauen Dunst, als sie den Stadtrand von Kabul erreichen. Es riecht nach Schweiß, Müll und Smog. Zerlumpte Kinder mit zerzausten schwarzen Haaren und knochige

Männer mit Turban bleiben an den Straßenrändern stehen, schauen neugierig, während die Fahrzeuge wie Fremdkörper an ihnen vorbeirollen.

Er sieht, wie er den Arm zum Winken hebt, als im gleichen Augenblick eine Druckwelle die Frontscheibe, einer Seifenblase gleich, nach Innen drückt und zerbersten lässt. Das letzte Bild sind seine verschwitzten Hände, dann trifft der blendende Lichtblitz in einer Flutwelle auf seine Augen und schleudert seinen Kopf gegen eine Mauer aus tiefvioletter Dunkelheit.

Auf dem Weg dorthin fliegen zeitlupenartig Glas- und Metallspitzen durch die Luft auf ihn zu, dringen unter seine Haut und tätowieren stumm seine unsterbliche Seele.

Er sieht sich erwachen, unter dem verdrehten Fensterrahmen in seinem Blut liegen und auf die spitzen Glaszähne starren, die aus der Gummidichtung ragen.

»Alles wird gut, alles wird wieder gut«, sagt eine Gestalt dicht neben seinem Ohr.

Die Gestalt des Mannes wirkt schattenhaft, seine Stimme klingt unwirklich, kommt von weit entfernt, als spräche jemand aus dem Jenseits. Um ihn herum herrscht Chaos. Vier Körper liegen unter blutigen Leinen auf der staubigen Straße. Aus seinem Ober- und Unterarm ragen Splitter durch den Stoff, die aussehen wie Pfeilspitzen. Die Fahrerseite des Busses ist aufgerissen, scharfe Blechteile deuten wie Zeigefinger in den schleierverhangenen Himmel. Es ist Samstag, der 7. Juni 2003.

Afghanistan kriecht unter seine Haut. Ein Trigger beschwört die alte, existenzielle Angst. Darüber gerinnt seine Wut zu blasigem Schaum, den er sich von der Hose wischt. Und dann spürt er, dass er sich wieder bewegen kann, die Glassplitter der Bierflasche mit dem Fuß in den Rinnstein kickt, die Muskeln spannt, die Fäuste ballt und erneut den Kopf hebt. Sein Blick verharrt auf dem obersten Stockwerk, auf den Fenstern im Giebelerker, hinter denen kein Licht brennt. Da oben hält sich ein abgedrehter Spinner verschanzt, da ist er sich sicher, steht im Dunkeln hinter den Gardinen und lacht sich eins.

Du musst hier weg! Hau ab hier! Sofort!

Die Worte scheinen ihn nicht zu erreichen, brüllen nur bedeutungslos auf ihn ein, dröhnen durch seinen Kopf, bleiben in seinen Ohren, bis er endlich den Rückzug antritt. Erst jetzt bemerkt er, dass er seine Tasche mit Notenheften, Badezeug und Handtuch fallen gelassen hat. Sie liegt bespritzt auf dem Bürgersteig, mitten zwischen Bierschaum und Glassplittern, und muss ihm, ohne dass er es bemerkt hat, von der Schulter geglitten sein. Lutze kommt jedoch nicht mehr dazu, sie aufzuheben. Als er sich gerade herunterbeugen will, tritt eine Person an seine Seite. Eine zierliche Hand greift nach dem Tragegurt und hebt die Tasche vom Boden auf.

»Ist dir nicht gut, Gert?«, fragt eine besorgte Stimme, die er kennt und die ein wenig an Zarah Leander denken lässt.

Lutze wendet seinen Kopf zur Seite, neben ihm steht Marga Obermayr, die erst seit Kurzem mit im Chor singt. Sie ist ein Alt, wie es im Theodor-Storm-Chor heißt. Aber Marga kann auch tiefer singen, beherrscht die seltene Stimmlage des Kontraalt, und so besetzt sie, wenn mal wieder Tenöre am Probeabend fehlen, ohne Weiteres auch diesen männlichen Gesangspart.

Die Obermayr ist ihrem Äußeren nach das typische Urbild einer Altistin, ein wenig mollig, melancholisch und dunkelhaarig. Lutze nimmt aus ihren Händen wortlos seine Tasche entgegen, versucht mit seiner Bassstimme ein »Dankeschön« zu formen, doch sie versagt ihm, muss in seinem Schock verschollen sein. Marga schaut ihm eindringlich in die Augen. Ihr Blick pendelt zwischen verwirrt und bestimmt hin und her, bis sie schließlich sagt: »Du willst doch auch zur Chorprobe, oder?«

»Doch, ja! Natürlich!«, findet er seine Sprache wieder und hängt sich die Tasche um. »Es ist nur gerade was passiert …, da hat … jemand hat eine Bierflasche nach mir geworfen.«

»Die kaputte Flasche da?«

»Genau! Muss von irgendwo dort oben gekommen sein, glaube ich.«

»Wer macht denn so was?«

»Weiß ich nicht, irgend so ein feiges, hirnamputiertes Arschloch wollte mir anscheinend den Kopf spalten.«

»Du meinst, mit Absicht, Gerd? Bist du dir sicher?«

»Nein, natürlich nicht. Aber wonach sieht es denn aus?«

»Soll ich die Polizei rufen?«, sagt Marga und zieht ihr Handy aus der Tasche.

Gerd Lutze schüttelt den Kopf, macht eine abwehrende Handbewegung. Das ist genau das, weswegen er die Obermayr lieber auf Abstand hält, sie ist distanzlos, geradezu übergriffig. Ständig mischt sie sich in seine Dinge ein, will immer alles von ihm wissen.

»Nee, keine Polizei, bloß nicht!«, wehrt er ihr Vorpreschen ab. »Lass uns einfach von hier verschwinden, wir sind sowieso zu spät dran.«

»Ganz wie du willst«, zischt die Obermayr einsilbig, der beleidigte Unterton ist unüberhörbar. Sie dreht sich abrupt um und geht mit zügigen Schritten einfach los. Lutze ist erleichtert und trabt hinterher, weg von dem Vorfall, der seine alten Geister geweckt hat. Er holt aus, versucht sich wieder einzukriegen und ist an der Ecke Nordhusumer Straße/Gurlittstraße mit der Obermayr wieder gleichauf. Sie marschieren eine Weile schweigend nebeneinanderher, passieren am oberen Ende der Straße einen langen Flachbau, und Lutzes Blick schweift beiläufig zur Hauswand, an der sich vier hölzerne Reklametafeln reihen. ›Völkerverständigung‹ verkündet das Großplakat auf der ersten, ohne dass ersichtlich für ein Produkt geworben wird. Auf der nächsten Fläche ist gar kein Text, dafür vier identische Minirockschönheiten in weißen Männerhemden mit Krawatte. Eine überdeutliche Anspielung auf die FDJ-Uniformiertheit in der ehemaligen DDR. Lutze stößt es jedes Mal sauer auf, wenn er hier vorbeikommt.

Keiner dieser naiven Werbewessis würde solch eine platte Anspielung witzig finden, wenn er im anderen Teil Deutschlands aufgewachsen wäre, denkt er geladen, während er die dritte Plakatfläche in Augenschein nimmt, auf der neben einem roten fünfzackigen Sowjetstern die Textzeile steht: ›Bei uns sind alle gleich‹ und ein Pfeil dahinter die Richtung vorgibt: ›gleich um die nächste Ecke‹. Das letzte Plakat ›Uns gehört die Nacht – Husums Kultdiskothek Nachtschicht‹ würdigt er schon keines Blickes mehr, weil er hier schon öfter vorbeigekommen ist und die blöde Botschaft bereits in- und auswendig kennt.

Und uns gehört der Husumer Theodor-Storm-Chor, meldet sich ein abstruser Widergedanke, der Lutze verstört und der ihn fragen lässt, warum sich seine ganze Bitterkeit auf einen harmlosen Jugendtreff richtet. Allerdings trägt diese Disko, wenn auch nur indirekt, eine gewisse Mitschuld an dem Zustand seiner Ausweglosigkeit. Nun ja, dann wäre sie natürlich auch daran beteiligt, dass er in diesem Augenblick zum Singen geht.

Er verwirft die Überlegungen, noch bevor er zu Ende gedacht hat. Vielleicht sollte er seinen Therapeuten lieber darum bitten, ihm bei der nächsten Sitzung kräftig sein Hirn durchzukneten.

Es ist einzig und allein seine Entscheidung, dass er seinem Leiden mit Pauken und Trompeten Paroli bietet. Und nur deshalb ist er auch bei dem spektakulären Konzert mit dabei, das zum Jahresende auf dem Spielplan steht. Chorleiter Jens Eberlein hat es sich in den Kopf gesetzt, dieses Jahr in Husum das Weihnachtsoratorium zur Aufführung zu bringen, und darum wird seit mehreren Wochen bereits besonders ausgiebig geprobt.

»Ich hoffe, du hältst mich jetzt nicht für verrückt, Marga«, glaubt Lutze sein schweigendes Insichgekehrtsein erklären zu müssen, als sie die Neustadt erreichen und auf Höhe des Theodor-Storm-Hotels in die Schlossstraße in Richtung Innenstadt abbiegen.

»Meinst du das mit der Bierflasche?«

»Nicht nur! Ich weiß, ich wirke vielleicht ab und zu etwas angespannt, aber ich hab gerade einiges an der Hacke, und die Abende mit dem Chor sind auch nicht immer ganz einfach für mich.«

»Beichtest du mir das, weil du keine Noten lesen kannst?«, sagt Obermayr in ihrer direkten Art und grinst verschmitzt.

»Eeeh, woher weißt du das?« In Lutzes Stimme schwingt eine unterschwellige Verunsicherung mit.

»So etwas entgeht mir halt nicht.«

»Ja, aber woher weißt du das? Hat Eberlein so was angedeutet?«

»Gott bewahre, nein!«

»Falls der Wind davon kriegt, geht mein Platz im Weihnachtsoratorium wahrscheinlich den Bach runter. Das wäre bestimmt nicht gut für mich.«

»Eberlein hat keine Ahnung, glaub mir, Gerd, der ist ein Wichtigtuer, ein echter Piefke, wie die Österreicher sagen. Solange du deine Einsätze nicht verpatzt, ist der allemal froh, wenn du im Chor bist. Bei mir hat er auch nicht gemerkt, dass ich musikalischer Analphabet bin.«

»Du willst mich verschaukeln! Ich hab noch nie gesehen, dass du beim Singen nicht auf die Noten schaust.«

»Sich die Noten anzusehen kann durchaus nützlich sein. An den Noten erkennt man, ob die Melodie die Tonleiter rauf- oder runtergeht; und durch das elende Durcheinander von Achteln und Vierteln wird man gewarnt, dass gleich eine schwierige Passage kommt. Aber käme jemand auf die Idee, mir Noten einer Arie oder von einem unbekannten Volkslied in die Hand zu drücken, und würde dann auch noch verlangen, dass ich vom Blatt singe, ich würde nicht einen einzigen richtigen Ton treffen.«

»Du singst alles auswendig? Und du meinst, das funktioniert auch beim Weihnachtsoratorium?«

»Du singst einfach den anderen hinterher. Warte ab, es dauert nicht lange, und selbst die anspruchsvollen Passagen sitzen fest in deinem Kopf. Dann strömt alles wie von selbst aus dir heraus, egal wo du gerade stehst oder gehst.«

»Dein Wort in Eberleins Ohr.« Lutze grinst verkniffen. Dass er und die Obermayr ab jetzt dasselbe Geheimnis hüten, ist ihm nicht geheuer. Wahrscheinlich bringt es ihn noch mehr gegen sie auf. Angenommen, rumort es in seinen Eingeweiden, sie streut ihr Wissen absichtlich unter die anderen Chormitglieder, das könnte seine mühsamen Fortschritte mit einem Schlag zunichtemachen.

Sein Magen krampft sich zusammen, fast bis zum Brechreiz. Er geht neben Obermayr den menschenleeren Schlossgang zum Marktplatz hinunter, beobachtet sie dabei heimlich aus dem Augenwinkel und kommt zu dem Schluss, dass er bei der nächsten Gelegenheit mit seinem Therapeuten über die Obermayr reden sollte.

Oder ist alles Unsinn, was er sich da zusammenreimt, grübelt er und befürchtet, dass er seine Gedanken selber zu deckeln versucht. Wenn einer das beantworten kann, dann sein Seelenklempner. Der war es letztlich auch gewesen, der ihm das Singen im Kirchenchor als eine Möglichkeit ins Blickfeld gerückt hatte.

»Jeder Mensch hat ein kreatives Potenzial in sich, Herr Lutze«, hatte er ihm in einer Sitzung erklärt, »auch wenn bei Ihnen im Moment die Sicht eingeschränkt ist. Denken Sie drüber nach, wozu Sie Lust hätten, egal ob laufen, tanzen, singen, alles ist im Moment gleich gut für Ihren Heilungsweg.«

Nach dieser Therapiestunde war Lutze der hiesige Kirchenchor eingefallen, der einfachste und naheliegendste Entschluss, jedenfalls glaubte er das, bis Marga ihm eben abrupt eines seiner Geheimnisse präsentiert hatte.

Ein anderes Geheimnis: Schon als kleiner Junge hatte er im Kinderchor der Sankt-Trinitatis-Kirche in Wiesa gesungen, seiner Geburtsstadt in der ehemaligen DDR. Und ein musikalischer Mensch ist er bis heute geblieben, trotz allem, wohin ihn das Leben gebracht und was es mit ihm gemacht hat. Ein Leben ohne Musik ist für ihn nie ein Leben gewesen, auch wenn es zum richtigen Musiker nicht gereicht hat. Deshalb ist jeder Probenabend für das Weihnachtsoratorium zu einem unerwarteten Geschenk geworden, auf das er sich wie ein kleines Kind freut. Und es hat wirklich etwas Erhabenes, ein musikalisches Werk von dieser Länge einzustudieren. Diese Aufführung, wenn er denn dabei sein darf, wäre ein verspäteter Ritterschlag.

Gerade beim Singen von Bach, das hat er in der kurzen Zeit des gemeinsamen Probens bereits begriffen, wird ein Chor zu einem Gemeinschaftswesen. Mal verkörpert er mit seiner Stimme eine geifernde Volksmasse, mal einen lobpreisenden Engelschor.

Als Lutze sechs Jahre alt war, wollten seine Eltern unbedingt, dass er ein Instrument erlernt. Natürlich die obligatorische Geige, der Herzenswunsch seiner Mutter. Er schlug sie gegen eine Mauer und sagte, er wäre gestürzt. Dann bekam er Klavierstunden. Doch der Klavierlehrer wollte das Geld nicht mehr annehmen, weil keinerlei Fortschritt bei ihm festzustellen war. Es folgte die Flöte, dann die Gitarre. Er stand auf Kriegsfuß mit den Noten. Bei einer Saxofonistin hielt er es dann immerhin zwei Monate aus.

Später trauerte er der vertanen Zeit hinterher, bereute seine damalige Faulheit und seine mangelnde Bereitschaft, sich wirklich auf etwas einzulassen. Das Einzige, was er bis in die Gegenwart gerettet hatte, war seine Stimme. Er hat eine sehr schöne Bassbaritonstimme. Wie oft hatte er schon »Tosca« in den CD-Player geschoben, sich dann wie der Polizeichef Scarpia persönlich gefühlt und aus voller Kehle die Arie »Ha più forte sapore« geschmettert. Seine Stimme ist sein ganzer Stolz, mit ihr darf er jetzt wieder dabei sein, Musik zu machen, ganz große Musik.

Während er seinen Gedanken nachhängt, tackern Margas Schritte im synchronen Rhythmus über das rote Ziegelpflaster des schmalen Mittelstreifens, der den Schlossgang der Länge nach durchzieht. Von den Straßenlaternen fällt nur ein sparsamer Lichtschein auf das Pflaster. Die ganze Zeit über zieht Marga anstandslos über Jens Eberlein her. Der wäre der typische Mann ohne Eigenschaften, bemerkt sie abfällig, und dazu noch mit einer verschwiegenen DDR-Vergangenheit belastet.

Lutze ist genervt und gleichzeitig unsicher, ob sie bei anderer Gelegenheit nicht auch über ihn so herziehen würde, etwa: »Dieser Lutze ist nur ein Schmalspursänger, der keine Ahnung von Noten hat!«

In ihm köchelt eine Wut auf Sparflamme, die er sich aber nicht anmerken lässt. Er hält Eberlein nämlich für einen Profi mit musikalischem Verstand. Und seine Vergangenheit verheimlicht er überhaupt nicht, wie Marga behauptet hat. Wie er selbst, kommt Eberlein ursprünglich aus Wiesa, drei Kilometer nördlich von Annaberg. Das hat er ihm nach einer Probe ohne Umschweife verraten, völlig offen. Außerdem weiß Lutze aus seinem Mund, dass er als Kind Mitglied des berühmten Thomanerchors in Leipzig gewesen ist.

Durch den Torbogen des alten Rathauses wehen ihnen die Glockentöne von Sankt Marien entgegen, die die 18. Stunde schlägt. Jetzt ist es amtlich, sie kommen zu spät. Im Laufschritt traben sie die letzten Meter über den Marktplatz und fegen in Windeseile die Treppe vom Eingangsportal zur Kirchentür hinauf. Lutze atmet noch einmal tief die kalte Luft ein, bevor er die Klinke drückt und mit Marga eintritt.

»Hff! Tss! Sch!«

Eine sich wiederholende Flut von Zischlauten hallt

durch das von zwei Säulenreihen gestützte Kirchenschiff, sie prasseln von der Empore herab und tönen wie eine leise stampfende Dampflokomotive, die immer schneller in Fahrt kommt. Der Chor über ihren Köpfen ist in der Aufwärmphase. Behutsam setzen Obermayr und Lutze ihre Füße auf die Treppenstufen, die hinauf in den Olymp führen, wie die Probeplattform von allen ehrfurchtsvoll betitelt wird. Trotz aller Bemühungen von Lutze knarrt das Holz wie ein wachsamer Schwellenhüter, kündigt ihr Zuspätkommen bereits an, bevor sie leibhaftig oben angekommen sind. Obwohl der Chor die Nachzügler beflissentlich übersieht, allerdings Lücken in der Formation freigelassen hat, haftet ihrer Ankunft etwas Unangenehmes an; sie sind es, die stören.

»A-e-i-o-u-o-a-e-i!«, formt Eberlein die Töne mit dem Mund vor, paddelt dabei mit schlackrigen Handgelenken durch die Luft und meint lakonisch: »Denkt einfach an die Muppet Show!«

Die jetzt 42 Sänger und Sängerinnen stimmen in das Buchstabengewirr mit ein, bis der Chorleiter in die Hände klatscht und alle herzlich begrüßt. Er ist ein großer, durchtrainierter Mann mit Krähenfüßen um die Augen, zwei Leberflecken auf der Stirn und spärlichem Haar mit reichlich grauen Strähnen.

»Nummer 21!«, verkündet Eberlein, und nachdem er die gewünschte Aufmerksamkeit hat, hebt er demonstrativ die Arme und legt seine feingliedrigen Finger locker in der Luft ab. Lautlos füllen sich die Lungen der Sängerinnen und Sänger. Alle Hände klammern sich an die vom häufigen Umwenden abgewetzten Notenblätter.

»Eh – re sei Gott – in der – Hö – – he.«

Nur ein paar Takte lang ertönt der Lobpreis aus vollen Kehlen der himmlischen Heerscharen, da bricht Eberlein schon wieder ab.

»Nicht langsamer werden, meine Damen! Und die Herren? Ihr schaut mir viel zu gebannt in die Noten. Hört auf die anderen, ihr sollt euch in den Gesamtklang einfügen. Also, volle Aufmerksamkeit bitte – noch mal!«

Das »Eh – re sei Gott« beginnt von vorn, und beim zweiten Versuch ist das Tempo schon besser, dafür hat Marga zu früh eingesetzt. Eberlein gibt einige Takte des Alt-Solos »… die lobten Gott und sprachen« vor, bis er jede Fraktion mit ihrem höchst eigenen Timbre mit seinen Dirigentenhänden zusammenfügt. Alles wäre harmonisch, würden sich nicht auf Margas Gesicht Anzeichen von Eingeschnapptsein abzeichnen. Bei einem kurzen Blickkontakt glaubt Lutze ihren vielsagenden Schmollmund zu erkennen.

Wahrscheinlich ist sie mit ihren Ohren wieder bei den Sopran-Zicken, die mit ihren Stimmen über den anderen schweben dürfen und alle dunkleren Töne verächtlich unter sich lassen können. Der Neid gehört seit ewigen Zeiten zum dem Chor immanenten Kleinkrieg, bei dem der rechte Block der Altistinnen hinterlistig gegen den linken Block der Sopranistinnen schießt, die mit ihrem hohen »A« bis kurz vor die Himmelspforte kommen und deswegen vermeintlich auch mühelos das Herz eines jeden Chorleiters erobern können.

Die Treppenstufen künden knarrend einen weiteren Nachzügler an. Es ist Ludwig Thiel, der auf der Orgel den Schlusschoral »Nun seid ihr wohl gerochen« begleiten soll. Als er nach einigem Gewusel vor den Tasten sitzt und alle Register zieht, findet Eberlein sein Tempo zu getragen. Er entledigt sich seiner Jacke und lässt die Stelle noch mal und noch mal wiederholen. Dann bricht er abrupt ab, wendet sich an den Chor.

»Lasst euch die Worte auf der Zunge zergehen: ›Tod, Teufel, Sünd und Hölle‹. Was ich euch damit sagen will: Vergesst mir die Konsonanten nicht. Die müssen knallen wie die Sektkorken! Bei den T-Lauten müssen eure Stimmbänder gespannt sein wie Flitzebögen, da muss eure ganze Abscheu gegenüber der Verdammnis zum Ausdruck kommen.«

Der Bass neben Lutze ist einer von den jungdynamischen Männern mit Zopf. Er heißt Ferdinand Wollesen und Lutze hält ihn insgeheim für einen dieser verspannten Bürohengste, wahrscheinlich Filialleiter eines Supermarkts. Er ist nicht viel jünger als Lutze selbst. Während der gesamten Ansprache von Eberlein blättert er heimlich im Terminkalender seines Handys und steckt das Ding erst in die Tasche, als der Dirigent die Hände wieder demonstrativ in die Höhe hebt. Die Damen des Soprans lassen ihre Stimme flirren, der Bass kriecht in die tiefsten Ecken der Empore.

»Nun seid ihr wohl gerochen – an eurer Feinde Schar.«

»Tempo halten, nicht langsamer singen, weil es leiser wird. Der Raum muss erobert werden«, unterbricht Eberlein. »›Nun seid ihr wohl gerochen‹ hat nichts mit Körperpflege zu tun, verstanden?«

Er lässt neu beginnen, gebraucht den ganzen Körper und alle Arme, die ihm zur Verfügung stehen, um schnelle, langsame, laute und leise Passagen aus den Stimmen herauszuholen.

Auch wenn's Bach ist, der Text ist grottenschlecht, findet Lutze, während er sich verzweifelt bemüht, dass die atemberaubenden Achtelläufe ihm nicht im Wechselnotenhals steckenbleiben, und seine dunkle Baritonstimme sich in die nötige Höhe schwingt.

Denn Christus hat zerbrochen,
Was euch zuwider war.

Tod, Teufel, Sünd und Hölle
Sind ganz und gar geschwächt;
Bei Gott hat seine Stelle
Das menschliche Geschlecht.

Der letzte Ton verebbt wie das meditative Zirpen der Zikaden im letzten Lichtschein eines warmen Sommertages. Dann ist Stille, zwei Taktschläge lang, in denen selbst der Atem stockt.

»Das können wir für heute so stehenlassen«, sagt Eberlein und öffnet die Augen, nachdem er genügend Platz für die Ehrfurcht eingeräumt hat.

Der komplette Chor bleibt wie angewurzelt stehen, die Blicke weiterhin in die Noten versenkt. Mucksmäuschenstill tickt die Zeit und das Ensemble verharrt immer noch bewegungslos, bis es dem konsternierten Chorleiter endlich dämmert, dass sein Satz bewusst allzu wörtlich genommen wurde. Lautes Gelächter kommentiert seine Erkenntnis, die alle an seinem gequälten Grinsen ablesen können.

Auch Lutze hat bei dem spontanen Joke mitgemacht, aber mit den anderen darüber zu lachen, war ihm dann zu viel gewesen. Der böse Klang, die übermäßige Quarte als offen bekundete Schadenfreude hatte etwas von einem teuflischen Hohngelächter. Der Teufel steckt halt immer im Detail, wie es so schön heißt. Eberlein selbst war es gewesen, der den Chor während einer Probe auf dieses musikalische Phänomen hingewiesen und eine solche Abfolge dreier Ganztöne als »Tritonus« bezeichnet hatte, der in der Musikwelt auch unter dem Begriff »Teufelsintervall« bekannt ist.

So hört sich kein harmloser Spaß an, da ist Lutze sich sicher, dieses Gelächter war gezieltes Aufbegehren, der unterschwellige Wunsch, wenigstens einmal die vermeintliche Macht ihres Dirigenten öffentlich bloßzustellen. Wahrscheinlich, um klammheimlich alte, offene Rechnungen zu begleichen oder den unausgesprochenen Ärger über ungerechte Zurechtweisungen zu rächen.

Da ist es wieder, das Krampfen in seinem Magen, gefolgt von einem zwingenden Brechreiz. Und er hat dabei auch noch mitgemacht, obwohl er Eberlein als Musiker doch so schätzt.

Während er sich noch über sein Versagen grämt, werden schon zischend die Verschlüsse der ersten Wasserflaschen geöffnet, als würde im ganzen Raum ein Feuerwerk entzündet.

Er fühlt sein Unvermögen und die zunehmende Unfähigkeit, sich in der Welt noch zurechtfinden zu können. Alles das zu beherrschen, was für ihn als Soldat einmal eine Selbstverständlichkeit gewesen war.

Warum musst du auch ausgerechnet in einem Chor mitsingen? Warum spielst du nicht lieber Tennis oder läufst Marathon, grübelt er wehmütig und gibt sich selbst die Antwort: Nur, weil du verdammten Schiss hast, Schiss, dass der ewige Einzelkämpfer in der Einsamkeit an seiner Angst erstickt. Deshalb diese Flucht in eine musikalische Gemeinschaft. Dort bist du dir sicher, dass du deiner kranken Seele aus der Bredouille helfen kannst.

»Teil einer Gemeinschaft zu sein, macht jede noch so große Angst kleiner«, hört er den Therapeuten beteuern.

Er muss daran glauben, dass das so ist. Der Chor hat ihm eine neue Struktur gegeben, in die er sich nur in eine gebündelte Kraft einfügen muss, die ein höheres Ziel anstrebt. Das Ganze ist mehr als die Summe seiner Teile, lautet eine Devise im Chor. Das hört sich für ihn vertraut an, damit kennt er sich aus. So könnte auch der Tagesbefehl an einen Soldaten der Kommando-Spezialkräfte lauten. Das Gesetz einer Partitur ähnelt verblüffend einer präzise durchdachten Angriffsstrategie auf das Böse. Als er auf diesen Vergleich gekommen war, hatte sich die Hölle in seinem Kopf langsam erträglicher angefühlt. Das gilt nicht für immer, aber immer mal wieder.

Dafür ist er Jens Eberlein dankbar, denn keine der Personen aus seinem Chor steht mehr im Dienst des Ganzen als der Dirigent. Lutze hat am eigenen Leib erfahren, wozu ein Vorgesetzter in der Lage ist. Ohne seinen Zugführer wäre er wahrscheinlich gar nicht mehr am Leben. Dieser Mann war es gewesen, der bei ihm gesessen und seine Hand gehalten hatte, als er nach der Explosion im Lazarettzelt wieder zu sich gekommen war. Dieser Mann hatte dafür gesorgt, dass er so schnell wie möglich mit einer Transall ins Bundeswehrkrankenhaus nach Ulm gebracht worden war, weg aus der Hölle Afghanistan.

»Alles wird gut«, hatte der Zugführer gesagt. Und vielleicht behält er ja auch recht. Er hofft es.

In der allgemeinen Aufbruchstimmung hält Lutze sich absichtlich abseits, zieht seine Daunenjacke an, hängt die Tragetasche über die Schulter und ist auf der Hut, dass er nur nicht in ein Gespräch verwickelt wird. Er möchte verhindern, dass es Marga gelingt, ihn auf dem Heimweg zu begleiten. Bewusst verabschiedet er sich von niemandem und verschwindet unauffällig aus dem Gewusel und Geschnatter der Gruppe, die sich am Ende der Probe immer um Eberlein scharrt. Vor der Kirchentür liegt das menschenleere Husum. Mit klagenden Obertönen streift der Wind um die Mauer der Westfassade der Marienkirche. Er ist erleichtert, stellt fest, dass die Temperatur empfindlich gefallen ist. Der Himmel gleicht einem dunklen Vorhang, der hinter den

Häusern herunterhängt; im diffusen Schein der Schaufensterbeleuchtungen und Straßenlampen wirken sie wie überdimensionales Kinderspielzeug.

Die Stille, über der nur die schwingende Frequenz des Windes singt, macht ihm Angst. In der Luft breitet sich urplötzlich der süßliche Geruch von verbranntem Nitrocellulose-Pulver aus. Er will diese Erinnerung nicht haben, die ihn bedrängt, penetrant, ohne dass er etwas dagegen tun kann. In solch einem Moment springt ihn die Angst von vorn an; und wenn er sie fühlt, fürchtet er sich vor dem panischen Zustand, der ihn selbst nach bald eineinhalb Jahren nicht aus den Klauen lässt. Es ist genau diese Angst vor der Angst, die ihn die meiste Kraft kostet.

Fröhliche Stimmen dringen in sein verklebtes Gedankenvakuum. Zwei aufgekratzte Pärchen steigen gerade die Treppe aus dem »Ratskeller« hinauf, einem Restaurant im unterirdischen Gewölbe des alten Rathauses gleich gegenüber. Das Timbre ihres Gelächters hat etwas von malträtierten Violinen.

Lutze ist dankbar, dass sie die Stille aufgehoben haben, denn die Geräusche des Lebens ziehen ihn weg vom Rand des Abgrunds. Ohne nachzudenken, geht er los, quer über die Straße, folgt den beiden Paaren im Feld ihrer Stimmen. Als sie in den Schlossgang abbiegen, bleibt er ihnen auf den Fersen, erleichtert darüber, dass sie in seine Richtung gehen. Er ist ein Verfolgter, der andere verfolgt, um seinem Schatten zu entkommen. An der Ecke Neustadt/Gurlittstraße schlendern die Paare geradeaus weiter. Er holt tief Luft, weil er nach links abbiegen muss. Die unheimliche Stille greift erneut nach ihm. Der Wind, der den korpushaften Raum um ihn herum durchkämmt, erzeugt einen wimmernden Ton, fein und schrill wie eine ferne Kreissäge. Er kommt an den Resten der zersplitterten Bierflasche vorbei, die unverändert auf dem Bürgersteig liegen. In den oberen Fenstern brennt kein Licht. Wenige Schritte später erreicht er seinen Wagen, den er gestern etwas entfernt von seinem Hauseingang geparkt hat.

Das Badezeug hat Lutze nur deshalb zur Chorprobe mitgenommen, damit er es jetzt nicht noch aus der Wohnung holen muss, bevor er zu der Landzunge am Ende vom Dockkoog hinausfährt. Draußen, vor den Toren der Stadt, liegt eine Badestelle am Mettgrund, die in den späten Abendstunden zu einem Geheimtreffpunkt für hartgesottene Wasserratten geworden ist. Vom gepflasterten Badestrand aus können Schwimmer das ganze Jahr über gezeitenunabhängig in die Fluten der Nordsee steigen.

Der Berufssoldat steigt in seinen weinroten Fiat Punto und ist wenig später auf der Dockkoogstraße, die schnurgerade neben dem Außenhafen von Husum durch eine flache Wiesenlandschaft führt, vorbei an der Hafenschleuse bis zum einsamen Nordseehotel vor der Küste. Als Lutze das rechteckige Ziegelgebäude erreicht, das wie ein aufgestellter Tortenkarton neben dem Außendeich in die Höhe ragt, sind es noch knapp 20 Minuten bis 23.00 Uhr. Hier endet die befahrbare Asphaltstraße. Er steuert sein Fahrzeug auf die um diese Jahres- und Uhrzeit kaum genutzte Parkfläche für Badegäste, als seine Autolichter den zerbeulten Opel von Matthias Backauf erfassen. Lutze kennt den Mann noch nicht sehr lange, er hat ihn vor einigen Wochen beim Winterbaden kennengelernt. Backauf, wie immer überpünktlich, hebt den Arm zur Begrüßung, als der Fiat neben seinem Wagen zum Stehen kommt.

Der Mann ist groß, muskulös, hat ein auffällig fliehendes Kinn und hohe Wangenknochen. Und obwohl es vor der offenen See, abseits der Stadt, meistens empfindlich kalt ist, trägt er keinen Wintermantel, sondern nur eine kurze Fleecejacke. Was Backauf beruflich macht oder was er für Interessen hat, will Lutze gar nicht wissen. Aber dass er seit einigen Wochen bei jedem Wetter hier zum Baden herausfährt, daran hat Backauf einen großen Anteil. Auf einem seiner Spaziergänge waren sie sich zufällig über den Weg gelaufen. Er hatte beobachtet, wie Backauf bei eisigem Wind ins Meer hinausgeschwommen war, und war beeindruckt gewesen. Deshalb waren sie ins Gespräch gekommen und Backauf hatte ihm erklärt, beim Winterbaden gehe es nicht um sportliche Ambitionen, sondern ausschließlich darum, seinen inneren Schweinehund zu überwinden.

»Der Sprung in eiskaltes Wasser ist wie ein wahnsinniger Adrenalinkick«, hatte er ihm vorgeschwärmt. »Die Haut prickelt und du kommst in einem völlig euphorischen Zustand wieder an Land.«

Sofort wusste Lutze, dass diese Beschreibung ihn an seine Gefühle bei seiner Ausbildung und an die Einsätze gegen die Taliban erinnerte, Gefühle, die er unbedingt wieder fühlen wollte, und er hatte sich spontan mit Backauf zum Schwimmen verabredet.

Über sein eigentliches Motiv hat er bis heute mit keinem Menschen gesprochen, nicht mit Backauf, nicht mit irgendeinem aus seinem Chor, nicht einmal mit seinem Therapeuten. Der hat keine Ahnung, dass er überhaupt hier draußen schwimmen geht.

Er ist davon überzeugt, dieses Geheimnis vor allen anderen wahren zu müssen, um den Rest seiner verbliebenen Identität nicht auch noch zu verlieren. Es ist seine ganz persönliche Sache, warum es ihn immer wieder aufs Neue, fast schon süchtig, hier hinaus zum Husumer Badestrand treibt. Nur hier kann er seine eigene Kraft wieder fühlen, diese Kraft, die ihn an der Oberfläche halten kann, ohne dass es seinem Trauma gelingt, ihn in die Tiefe hinabzuziehen.

Backauf hat keine Ahnung von Lutzes Trauma. Sie sehen sich zwar fast jede Woche, aber miteinander gesprochen haben sie nie besonders viel, und wenn sie doch ein paar Worte wechseln, bleiben sie an der Oberfläche wie er beim Schwimmen.

Auch heute schlendern die beiden Männer, wie gewohnt mundfaul, nebeneinanderher über den schmalen geteerten Fußweg auf der Deichkrone. Im Sommer tobt an diesem Ort das Leben. Jetzt ist das auf Pfählen errichtete Holzgebäude mit dem Café, Kiosk und Restaurant geschlossen. Gegen den Nachthimmel hebt es sich, genauso wie der angrenzende Deutsche Lebens-Rettungs-Gesellschaft-Aussichtsturm, nur als eine schwarze Silhouette hervor. Die beiden Männer suchen sich einen trockenen Platz unter einer Treppe, legen ihre Kleidung ab und schlüpfen in ihre Badehosen. Der Holzsteg ist um diese Jahreszeit schon abgebaut. Auf Zehenspitzen trippeln sie zu einer Badetreppe hinüber, deren Stufen und Geländer bis zu den herantreibenden Wellen herabreichen. Die Flut hat bald ihren Höchststand erreicht.

Lutze lässt sich als Erster ins Wasser gleiten und taucht langsam bis zum Hals ab. Ihm ist, als würde er von einem kalten Schlund verschluckt, der sich eisig um seine Haut legt. Für einen kurzen Moment bleibt ihm fast die Luft weg, doch dann schüttet der Körper Adrenalin aus und er fühlt sich wie berauscht, merkt, dass sein Blut schneller zirkuliert. Er macht ein paar kräftige Züge hinaus ins offene Meer, schwimmt, ohne sich umzudrehen, ins Nichts, während die Gischt über sein Haar leckt.

Backauf muss weit hinter ihm zurückgeblieben sein, er kann ihn nicht mehr hören. Ein violetter Schimmer liegt über dem Horizont. Rechts kann er die blauvioletten Schlieren von Nordstrand erkennen, deren lockere Lichterkette die unsichtbaren Sterne ersetzt. Er fühlt sich plötzlich durch und durch von Leben erfüllt und schwimmt einige Züge mit geschlossenen Augen.

Wenn das Meer ihn einhüllt, hat er noch nie Angst bekommen, dann fühlt er sich sicher vor seinem Horrorkino im Kopf. Es muss etwas von dem glückseligen Zustand haben, den ein Embryo im Fruchtwasser der Gebärmutter haben soll, denkt er. Das ist wie ein Urvertrauen, dass alles gut ist.

Etwas packt seinen Fuß. Etwas anderes klammert sich um sein Handgelenk. Eine überlegene Kraft zieht ihn hinab. Der Mund taucht ab ins Nass, die Nase folgt. Da ist eine fremde Kraft unter Wasser, er kann es spüren. Er reißt die Augen auf und starrt in ein unendliches Nichts. Er will sich befreien, versucht, den Atem anzuhalten. Ein glattes, froschhäutiges Wesen klebt an ihm fest, zieht seinen Körper unaufhaltsam nach unten. Intuitiv greift seine freie Hand nach einer imaginären Leiter, an der er sich hochhangeln könnte. Aber es gibt keine. Panik erfasst seine physische Existenz, nackte Todesangst. Die Atemnot wird immer größer, er inhaliert Wasser, verschluckt sich, hustet, und noch mehr Wasser dringt in seine Lunge. Ein Strudel von Luftbläschen entweicht aus seinem Mund, perlt hinauf an die Wasseroberfläche und wird in die Gischt einer heranbrandenden Welle integriert. Wasser strömt durch seine Luftröhre, es brennt in der Brust. Er gibt auf. Alles Schwere fällt von ihm ab. Ein Ruhegefühl durchzieht seinen Körper, breitet sich aus. Er verliert das Bewusstsein, das Herz hört auf zu schlagen und er gleitet langsam hinab zum Meeresgrund.

2006
HIGH ANGLE SHOT

»Cut!« Die Stimme von Detlev Rehmke schnellt wie der nasale Schrei einer Sturmmöwe über das seichte Geplätscher der Nordseewellen. Helmut Brattenberger, der Mann hinter der Arriflex D-20, löst sein Auge von der Okularmuschel des Suchers, kräuselt ärgerlich die Brauen und schaut den Regisseur an, der direkt neben ihm in der Kanzel sitzt. Der schaut mit einem Anflug von Geringschätzung zu der Stelle im Wasser, an der Luftblasen an die Oberfläche steigen. Im nächsten Moment erscheint der gerade erst abgetauchte Darsteller wieder aus der Tiefe und atmet keuchend die kalte Abendluft ein.

»Das geht besser! Wir wiederholen das Ganze!«, ruft Rehmke so laut, dass es ja keiner der Mitglieder der Filmcrew überhört, die circa zehn Meter entfernt auf einem fest in der Nordsee verankerten Ponton steht. Als er sieht, dass seine Worte die gewünschte Hektik erzeugen, grinst er mit verschmitztem Gesichtsausdruck in sich hinein. Klaus Weiss, der die Rolle des Lutze verkörpert, hat mit einigen Schwimmzügen die Plattform erreicht und hebt den Arm. Ein spindeldürres Männchen im Pelzmantel zerrt am Oberarm eines Set-Runners und deutet befehlend auf den hochgestreckten Arm im Wasser. Augenblicklich stürzt der Mitarbeiter zu dem Schwimmer hinüber, beugt sich über den Rand und packt ihn an der Hand. Mit eisernem Griff zieht er den breitschultrigen Weiss mit einiger Mühe hoch auf festen

Boden. Harald Schmidt-Boye, der Maskenbildner im Pelz, ist im selben Augenblick zur Stelle. Er reicht dem Schauspieler, dessen nackter Körper mit einer Gänsehaut überzogen ist, einen Bademantel und führt ihn schnurstracks zu einem Stuhl. Dort beginnt er, mit dem Handtuch seine nassen Haare trockenzurubbeln.

Währenddessen fährt mit Hilfe der Hydraulik der Teleskoparm des Krans lautlos zusammen und setzt die Kanzel mitsamt Regisseur, Kameramann und Assistenz sanft auf dem Beton des mächtigen Schwimmkörpers ab. Die Beleuchtungsanlage auf der künstlichen Arbeitsinsel schaltet sich wieder ein, setzt einen Lichtschein gegen die grellen Halogenscheinwerfer, die, aufs Meer gerichtet, die sanfte Vollmondnacht zum Tage machen.

»Bist du völlig übergeschnappt?«, kommt dem Regisseur die wütende Stimme von Kai Uwe Kahlheim in den Sinn, als er seine Beine schwungvoll über das Geländer der Kanzel schwingt und auf den festen Boden der Plattform stellt. In seinen Gedanken klingt dessen aufgeregtes Vibrato: »Was sage ich da, übergeschnappt ist untertrieben! Du bist verrückt, Detlev!«

Der Produktionsleiter war vor vier Tagen, während einer Motivtour mit dem Locationscout und seinem Kameramann, ohne Ankündigung am Husumer Badestrand aufgetaucht und hatte beim Sprechen wild mit den Händen in der Luft gefuchtelt.

»Du willst ein Ungetüm von 1,5 Tonnen vor die Küste schleppen, einen riesigen Teleskopkran daraufmontieren, nur um eine Kamerafahrt von einem Mann in Badehose zu machen, der mitten in der Nacht aufs Meer hinausschwimmt? Hast du dir Gedanken gemacht, was dieser

›Nachtgestalt-im-Wasser-Spaß‹ den Produzenten kosten wird?«

»Ich bin dafür da, dass meine Bilder das Publikum ins Kino holt. Das Budget liegt in deinem Aufgabenbereich, Kai Uwe, und das soll auch so bleiben«, hatte Rehmke dagegengehalten und dabei vielsagend die Augen verdreht.

»Und?« Kahlheim war abweisend gewesen, hatte gereizt an den Bügeln seiner blau-versiegelten Sonnenbrille herumgefingert und sie trotz magerer Wintersonne nicht abgenommen. »Diese paar Szenen müssen nicht unbedingt an der Original-Location gedreht werden! Es gibt an der Küste überall Ecken, an denen ihr es mit einfacherer Technik billiger machen könnt.«

»Wenn die Produktion es einfacher möchte, dann lasst uns Kühe auf der Weide abfilmen. Ich drehe keinen billigen Film, kapiert? Falls nicht, erklär ich's dir noch mal, Kai Uwe, wir drehen die Bilder, die kommen, wenn der Vorhang aufgeht, die sollen den Zuschauer in seinem noch nicht angewärmten Kinosessel abholen und mit in die Handlung ziehen. So was braucht Aktion und spektakuläre Bilder!«

»Der kalte Arsch der Zuschauer ist nicht mein Problem, Detlev. Aber ich lass es dich wissen, wenn deine Extravaganzen uns in den Ruin getrieben haben.«

»Die Fahrt war perfekt, Detlev. Warum sie wiederholen?«, fragt der Kameramann. Sein Blick wandert mit offenen Augen übers Wasser. »Ich wüsste nicht, was ich verbessern könnte. Es sei denn, dir schwebt etwas völlig anderes vor?«

Rehmke, der innerlich noch bei Kahlheim ist und sich Gedanken zu dessen Status, Herold der Produktionsfirma zu sein, macht, hat Brattenberger nur mit halbem Ohr zugehört und seine Frage ist nicht in der Tiefe bei ihm angekommen. Wenn er eines hasst, dann Pfennigfuchserei und Geldgefeilsche. »Sorry, ich war einen Moment abwesend. Was hast du noch gefragt?«

»Was falsch an der Fahrt war«, wiederholt Brattenberger angesäuert.

»Wir bleiben die ganze Zeit dicht am Schwimmer, das ist mir zu statisch. Das Bild baut keine Spannung auf, fürchte ich. Erst am Ende, als er unter Wasser gezogen wird, nun ja, da wird's einen Moment dramatisch. Aber gleich danach ist die Szene wieder fade.«

Rehmke kneift seine Augen zu Schlitzen zusammen. »Wir sollten den gesamten Raum mit einbeziehen. Ich denke an so was wie Leonardo DiCaprios Wahnsinnsszene in ›Titanic‹, als der mit dampfendem Atem durchs eiskalte Wasser paddelt.«

Brattenberger kann sich ein spöttisches Grinsen nicht verkneifen. »Das hier ist die Nordsee, Detlev, nicht der Nordatlantik. Willst du dich zum Gespött machen oder unter der Rubrik ›Bescheuertster Filmfehler‹ bei YouTube auftauchen?«

»Ich denke erst mal nur laut nach«, wehrt der Regisseur ab und kaut auf seinen Lippen herum. »Trotzdem, auch die Nordsee ist ein raues Meer. Wir brauchen eine geniale Idee.«

»Was hältst du davon, wenn Weiss auf die Kamera zuschwimmt. In ›Nah‹ fallen wir dann mit einem Schwenk in seinen Rücken und haben das breite Panorama des Meeres genau in dem Moment vor uns, bevor er unter Wasser gezogen wird.«

»Deswegen bist du mein erster Kameramann, Helmut! Man braucht nur ein wenig an deinem Talent zu kratzen, und schon sprudeln genau die Bilder aus dir heraus, die mir die ganze Zeit vorschweben.«

»Und gleich nachdem Weiss im Wasser verschwunden ist, fahren wir hoch hinauf in den ›High Angle Shot‹, um in einem ›Long Shot‹ auf Meer und Küste zu enden«, ereifert sich Brattenberger. »Ist das was?«

»Irgendwie hast du hellseherische Fähigkeiten, Helmut, so machen wir das, ganz genauso machen wir das!«

Rehmke winkt hektisch, bis er die Aufmerksamkeit der Aufnahmeleiterin hat, und ruft ihr von Weitem zu: »Ich will, dass das gesamte Equipment drüben an der Küste weiträumig aus unserem Blickfeld verschwindet. Die kleinen Fahrzeuge hinter das Holzgebäude, die großen auf den Parkplatz beim Nordseehotel. Für den nächsten Shot muss das gesamte Panorama für eine Supertotale menschenleer sein. Kümmere dich drum!«

Sahra Hubrich-Messow nickt nur knapp, spricht schon wenige Sekunden später ins Walkie-Talkie und ihre Anweisungen krächzen aus dem Lautsprecher, für alle hörbar, weit über den Ponton hinaus. Direkt gegenüber am Küstenstreifen setzt ein geschäftiges Treiben ein. Motorengeräusch und kaum hörbare Befehlsfetzen hallen über das Wasser herüber. Brattenberger spricht derweil mit dem Oberbeleuchter Weber, gibt ihm seine Wünsche bekannt, wie er das Führungslicht auf der Wasseroberfläche verändert haben möchte.

»Wir brauchen scharfes Low-Key-Licht. Du weißt schon, das typische Film-Noir-Feeling. Das Ganze muss so dunkel und düster daherkommen wie in ›Die Spur des Falken‹.«

»Dafür muss genügend Weißreferenz im Bild sein«, entgegnet Weber skeptisch. »Mit dem bisschen Gischt auf dem Wasser wirst du deine Vorstellung nicht umsetzen können, Helmut.«

»Was schlägst du vor?«

»Das Gesicht von Weiss weiß schminken. Es muss aussehen, als wenn es vom Mondlicht beschienen wird.«

Nur wenige Meter entfernt überprüft der Tonassistent das Funkrichtmikrofon, das unterhalb der Arriflex am Geländer der Kanzel befestigt ist. Detlev Rehmke und Regieassistent Jerker Lauri reden mit dem Bühnenmann, der für den Kamerakran verantwortlich ist. Sie tüfteln gemeinsam den exakten Moment aus, in dem der Teleskoparm mit der Kanzel in die Höhe gesteuert werden muss.

»Genau 15 Sekunden, nachdem die Taucher Weiss unter Wasser gezogen haben, muss der Teleskoparm in den ›Long Shot‹ gebracht werden, wobei die Kanzel sich um 90 Grad in Richtung Küste drehen muss. Lass uns das zusammen mit Helmut kurz antesten, bevor wir den Dreh fortsetzen.«

Während Rehmke den Kameramann zu sich ruft und mit ihm in die Kanzel klettert, geht der Finne Lauri zum Rand der Plattform. Er winkt die Männer vom Sicherungsteam herbei, die in glänzenden Neoprenanzügen in einem Schlauchboot mit Außenbordmotor sitzen, das in einiger Entfernung sanft in der See vor sich hin dümpelt.

»Was gibt es?«, ruft einer herüber.

»Einer von euch wird hier gebraucht!«, ruft er zurück. »Und der soll eine Tauchausrüstung mitbringen!«

Der Außenbordmotor wird angeworfen, das Schlauchboot macht einen kurzen Bogen und stoppt neben einer kleinen Eisentreppe, die vom Ponton ins Wasser hängt. Lauri reicht einem der Neoprenmännern die Hand, zieht ihn hoch und lässt sich eine Pressluftflasche reichen. Der Froschmann hängt sie über die Schulter und folgt dem Finnen, der ihn zu Weiss bringt.

»Was soll das hier eigentlich werden, Lauri?«, zetert der Schauspieler, während der Maskenbildner letzte Hand an ihn legt. »Nur weil ich Weiss heiße, muss ich doch nicht weiß geschminkt werden, oder?«

»Auf Wunsch des Beleuchters, Klaus. Die letzte Szene wird übrigens vom Ablauf her komplett geändert«, informiert der Regieassistent. »Du darfst, nachdem die Taucher dich unter Wasser gezogen haben, nicht sofort wieder auftauchen.«

»Ich kann aber nicht gerade sensationell lange die Luft anhalten«, wehrt sich Weiss hörbar ungehalten und mustert argwöhnisch die Froschmanngestalt mit ihrer Ausrüstung, als wäre sie ein Alien aus dem Weltall.

»Die Regie will, dass die Kamera am Schluss der Szene nach oben zieht und in der Supertotalen endet. Wir möchten, dass die Stelle im Wasser, an der du abtauchst, die ganze Zeit im Bild bleibt. Dafür musst du für mindestens vier bis fünf Minuten unter der Oberfläche verschwinden.«

»Ihr spinnt doch, Jerker! So lange kann kein Mensch die Luft anhalten!«

»Der Weltrekord in Apnoetauchen liegt bei neun Minuten und vier Sekunden«, sagt Lauri und grinst spitzbübisch. »Aber keine Panik, Klaus, es wird ein Froschmann unter Wasser auf dich warten und dir sofort Luft geben.«

»Du sagst das so beiläufig, als wäre es das Selbstverständlichste auf der Welt. Ich sage dazu nur, du und eure Regie, ihr dreht völlig durch!« Weiss unterstützt seine Stimme mit der Theatralik eines Burgschauspielers. »Ich soll abtauchen und ihr wollt, dass mir ein Luftschlauch in den Mund gesteckt wird? Unter Wasser? Auf keinen Fall! Wir drehen hier doch keinen James-Bond-Film, oder sollte mir irgendwas entgangen sein?«

»Solange du im Bild bist, kannst du gerne die Diva raushängen lassen, Klaus. Aber unter Wasser gibt es keine Starallüren mehr, da wirst selbst du zum Statisten!« Lauris Stimme klingt kompromisslos. »Und jetzt hörst du dir an, was dir unser Aquaworker zu sagen hat. Dem bezahlen wir nämlich dafür, dass dir nichts passiert, eine Menge Kohle.«

Bevor der verdutzte Weiss antworten kann, ist der Regieassistent ohne ein weiteres Wort verschwunden. Der Mann im Taucheranzug hat solange in gebührendem Abstand gewartet. Die Anspannung hängt noch in der Luft, da macht der Schauspieler eine unwirsche Handbewegung und sagt in gönnerhaftem Tonfall: »Na, dann klären Sie mich halt auf. Die Sache ist doch hoffentlich nicht lebensgefährlich?«

»Es ist alles halb so schlimm, Herr Weiss. Sie sind ein intelligenter Mensch, das lernen Sie im Handumdrehen.«

Er hält dem Schauspieler das Mundstück des Atemreglers vor die Nase.

»Zuerst werde ich jetzt Ihren Wasser-Nase-Reflex testen. Sie atmen über den Mund ein und über die Nase wieder aus.«

Weiss nimmt das Mundstück zaghaft zwischen die Lippen, atmet tief ein und mit einem zischenden Ton durch die Nase aus.

»Wunderbar«, lobt der schwarze Frosch einschmeichelnd. »Wenn mein Kollege und ich Sie unter Wasser gezogen haben, drücke ich Ihnen das Mundstück nach unten gedreht in die Hand. Genauso führen Sie es zum Mund, und mit einem kurzen Atemstoß blasen Sie dann das Mundstück leer, nehmen es in den Mund und beginnen ruhig zu atmen.«

»Und so was geht wirklich?«

»Der Regler liefert immer minimal Luft. Das reicht allemal, um es freizublasen. Wir sind höchstens einen Meter unter der Wasseroberfläche. Wenn es nicht klappen sollte, tauchen Sie einfach auf. Dann ist zwar die Szene verpatzt, aber der Dreh kann ja wiederholt werden. Ich gehe davon aus, dass Sie das problemlos hinkriegen. Glauben Sie mir, Sie schaffen das auf Anhieb.«

»Ihr Wort in Gottes Ohr«, knurrt Weiss und lässt sich den Vorgang sicherheitshalber noch ein paarmal ausführlich zeigen.

»Achtung, alle Personen im Set auf die Plätze!«

Aus einem Megafon tönt die blecherne Stimme der Aufnahmeleiterin. Schmidt-Boye zupft Weiss in Maskenbildnermanie noch einige Haarsträhnen zurecht, während der schon auf dem Weg zum Schlauchboot ist. Vorsichtig steigt er die Treppe hinab und wird von zwei Neoprenmännern mit einem Ruck an Bord gezogen. Sein Tauchlehrer folgt ihm ohne Mühe. Im Boot legt er mit routinierten Griffen seine Ausrüstung an, setzt sich mit einem weiteren Taucher rücklings auf den Gummiwulst und nimmt eine zusätzliche Pressluftflasche in Empfang. Auf ein Zeichen lassen sie sich hintenüber ins Wasser fallen. Der Motor heult auf und das Boot zieht in einem großen Bogen aufs Meer hinaus. Weiss sitzt wie eine Galionsfigur im Bug, sein roter Bademantel und seine weiße Haut leuchten magisch im Mondlicht.

In der Zwischenzeit schwebt die Kanzel des Teleskopkrans bereits durch die Luft auf ihre angestammte Ausgangsposition dicht über dem Wasser, zehn Meter vom Ponton entfernt. Als sie zum Stehen kommt, geht dort die Arbeitsbeleuchtung aus. Jetzt strahlen nur noch die Scheinwerfer ihr grelles Licht in die Nacht. Weiss legt den Bademantel ab und lässt sich mit Hilfe zweier Männer vorsichtig über den Gummiwulst in die Fluten gleiten. Auch der Komparse an der Küste ist bereits vom Badestrand aus an seinen Einsatzpunkt geschwommen.

»Ruhe am Set!«, tönt das Megafon über die Szenerie.

Der Kameraassistent lehnt sich mit dem Oberkörper über die Brüstung der Kanzel und hält am langen Arm die elektronische Timecode-Klappe vor die Optik der Kamera. »57/4 die Zweite!«, ertönt sein Ruf in der Stille.

Rehmke wirft einen flüchtigen Blick auf den Kontrollmonitor, auf dem er und der Assistent den Bildausschnitt des Kameramanns verfolgen können, und stellt fest, dass Weiss einsatzbereit auf der angewiesenen Stelle im Wasser paddelt. Er hebt den Arm in die Höhe und verkündet lauthals sein altbekanntes »Und Action!«.

Weiss wird augenblicklich zum absoluten Schwimmer. Er streckt die Arme unter Wasser nach vorn, dreht die Hände und zieht sie kraftvoll nach hinten, um sie locker unter der Brust wieder zusammenzuführen. Zug um Zug, jede Bewegung von ihm ist hochkonzentriert, damit er sich im Timing synchron zur Kamerafahrt befindet, als im entscheidenden Moment Kameramann, Assistent und Regisseur in der Kanzel an ihm entlangschweben und der Bühnenmann den Teleskoparm des Krans exakt in seine Rückenposition bringt.

Rehmkes Augen kleben unentwegt am Kontrollmonitor. Das Bild, das sich ihm dort bietet, lässt sein Herz vor Begeisterung schneller schlagen. Die hellen Umrisse des Schwimmers vor dem offenen Meer, das sich schwarz wie Samt bis zum Horizont spannt. Darüber, genau mittig, steht der Vollmond und die Lichtreflexe tänzeln auf den Wellen.

Atemberaubend, Helmut ist ein Genie, denkt er, und genau im richtigen Moment versucht eine unsichtbare Kraft, Weiss unter Wasser zu ziehen. Der schlägt wild mit den Armen um sich, peitscht das Wasser, dass die weiße Gischt wie kochende Milch schäumt. Der Kopf des Schauspielers taucht unter, kommt noch mal kurz an die Oberfläche und verschwindet dann endgültig. Der Kran hebt die Kanzel langsam in die Höhe, dreht in einem 45-Grad-Winkel zur Küste, während Brattenberger die Stelle des Verschwindens, an der noch Luftblasen aufsteigen, die gesamte Fahrt über in seinem Bildausschnitt behält. Dann zoomt er kaum spürbar, wobei der Kameraassistent präzise die Schärfe zieht, in die Supertotale.

»Gert! Gert! Verdammte Scheiße, Gert!«, tönt die Stimme des Komparsen aus der Ferne herüber, der auf dem Monitor nur stecknadelkopfgroß in den Wellen schwimmt. Dahinter erhebt sich im Lichterschein der Straßenlampen die Stadtkulisse von Husum.

»Cut!« Wieder treibt die markige Stimme von Rehmke wie ein Möwenschrei über dem Geplätscher der Wellen. »Der Take ist im Kasten!« Dann steht er auf, klopft Brattenberger demonstrativ auf die Schulter. »Du bist ein Magier des Lichts, Helmut. Diesmal hast du dich selbst übertroffen!« Auf der Plattform brechen Beifall und Jubel aus.

Trotz vereinzelter Reibereien ist sein Kameramann die Seele seiner Filme. Rehmke arbeitet schon seit Jahren mit ihm zusammen, besonders, weil er nicht nur in Bildern denken kann, sondern auch die innovative Technik der »360-Grad-Kamerafahrt« erfunden hat. Er erinnert sich noch gut daran, wie er ihn vor langer Zeit auf der Hochschule für Fernsehen und Film in München kennenlernte, kurz bevor Roland Emmerich ihn nach Los Angeles holte, um ihn an seinem großen Hollywood-Blockbuster »Independence Day« mitarbeiten zu lassen. In Amerika bekam Brattenberger alle Kniffe des Handwerks beigebracht. Er entwickelte ein besonderes Talent für Filter und kehrte als Meister des

Lichts nach Deutschland zurück. Für das jüngste Projekt war er Rehmkes erste Wahl.

Besonders dankbar ist er ihm für den unvergessenen Satz, der auch zu seinem persönlichen Motto geworden ist: »Hollywood kann auch nur mit Wasser kochen, aber es hat mehr Wasser und größere Töpfe.«

Seitdem hat Rehmke die Angewohnheit, von jedem neuen Produktionsleiter grundsätzlich mehr Wasser und größere Töpfe zu fordern.

Sein eigener Werdegang ist eine Geschichte mit vielen Umwegen. Rehmke war nicht gerade mit einem goldenen Löffel im Mund geboren worden. Schon am Beginn seiner Karriere hatte er sich mit seinem Abschlussdokumentarfilm »Jubelperser« für die Film- und Fernsehakademie nicht nur Freunde gemacht. Bei der historischen Demonstration gegen Schah Reza Pahlavi vor dem Rathaus Schöneberg filmte er aus nächster Nähe, wie Männer des persischen Geheimdienstes mit ihren Pro-Schah-Transparentholzlatten auf deutsche Demonstranten einprügelten und Dutzende von ihnen verletzten. Die Anerkennung, die er damals in Studentenkreisen der Deutschen Film- und Fernsehakademie Berlin für seinen Streifen einheimste, blieb ihm später als Drehbuchautor in den Gremien der Filmförderungsanstalten verwehrt. Egal welches Filmprojekt er auch in Berlin einreichte, jede Filmförderungsanstalt lehnte alles kategorisch ab. Es führte kein Weg daran vorbei, dass er vorübergehend in die zweite Reihe zurückmusste. Am Jungen Theater in Hamburg bekam er endlich die Chance, die Regiearbeit bei verschiedenen Kinderaufführungen zu übernehmen. 1971 hatte er plötzlich seinen ersten Erfolg. Seine Tatort-Folge für den NDR »Die Nacht des Klabautermanns« ist bis heute die quotenmäßig erfolgreichste Ausstrahlung eines

Tatort-Films geblieben. Es folgten zwei Fernsehfilme für den WDR und danach begannen die Produktionsfirmen sich um ihn zu reißen.

Der Bühnenmann setzt die Kanzel auf dem wieder beleuchteten Ponton ab, während Brattenberger das gerade gedrehte Material zum zweiten Mal ablaufen lässt. In den Augen von Kameraassistent und Regisseur zeichnet sich Glanz ab.

»Großartig!«, sagt Rehmke, dreht sich begeistert zur Crew, die sich mittlerweile um die Kanzel schart, und streckt einen Arm mit geballter Faust senkrecht in die Höhe, als wäre er Rocky Balboa. »Ihr habt alles gegeben, Leute! Und wir haben ein erstklassiges Ergebnis. Lasst uns Feierabend machen! Ich danke euch allen für euren tollen Einsatz.«

»Und nach der Arbeit ist vor der Arbeit«, erhebt sich Hubrich-Messows glockenhelle Stimme und bremst die allgemeine Euphorie. »Es gibt aber auch eine gute Nachricht. Wegen der fortgeschrittenen Zeit beginnen wir morgen erst um 11.00 Uhr. Wir drehen die Chorprobe in der Marienkirche.«

Unter das Geräusch der Wellen mischen sich Aufbruchsgemurmel, kurze Lachsalven und die monotonen Anordnungen der Aufnahmeleiterin, die per Handy das Boot ordert, welches die Crew und das gesamte Equipment an Land bringen soll.

JAUCHZET, FROHLOCKET

Ein kühler Märztag beginnt. Die ersten Sonnenstrahlen fluten über die mittelalterlichen Stufengiebel des Herrenhauses und erhellen die gegenüberliegenden Häuserfassaden. Der Marktplatz um den Tine-Brunnen ist vollgeparkt mit Transportern, Lastwagen und Bussen. Zwischen den Fahrzeugen herrscht geschäftiges Treiben, als Sahra Hubrich-Messow die Steintreppe zum klassizistischen Eingangsportal der Marienkirche hinaufsteigt. Die Pilaster mit dem dreieckigen Dachfirst erinnern sie an ihren letzten Griechenlandurlaub und auch der geometrische Bezug zu den Linden entlang der Seitenmauern des Gebäudes erregt kurz ihre Aufmerksamkeit. Die Aufnahmeleiterin geht davon aus, dass die Männer der Filmcrew, die gerade Stative und Kabelrollen durch die sperrangelweit geöffnete Eingangstür schleppen, kein Auge für solche Kleinigkeiten haben. Sie erledigen nur ihren Job, damit dieser Film gedreht werden kann.

Selbst wenn sich täglich alles um Film dreht, denkt Hubrich-Messow herablassend, sind die meisten blind für die alltägliche Ästhetik, die nichts mit unserem Film zu tun hat.

Sie betritt den Innenraum des Gotteshauses und betrachtet ihn mit ihrem über allen anderen stehenden Bühnenbild-Studium-Blick. Zu beiden Seiten der grauen Kirchenbänke markieren dorische Säulen, die eine mächtige Empore tragen, eine Fluchtlinie zu einem weiteren Portal hinter dem Altar. Es ist fast das identische Abbild des Außenportals, nur die Pilaster sind kanneliert und haben ionische Kapitelle. Gläubige sollen anscheinend von Portal zu Portal schreiten, um zum Reich Gottes zu finden, meint sie die Absicht des Architekten zu erkennen und bewertet sie als eine typisch männliche Unterwürfigkeit.

Und schon ist ihr Ehrgeiz erloschen, sie wird wieder zur professionellen Aufnahmeleiterin und steuert auf die größere Schar von Menschen zu, die sich bereits rechts im Altarbereich versammelt hat. Sie kommt allerdings nicht weit, der Mittelgang ist versperrt. Im vorderen Bereich verlegen Helfer auf Filzbahnen Schienen für den Dolly, während andere auf Leitern stehen und dunkle Folien vor die hohen Kirchenfenster hängen, durch die zu helles Tageslicht fallen könnte. Am linken Rand ist ein Leichtbaukran für die Fahrten mit der zweiten Kamera in Betrieb genommen worden, und ein Techniker lässt gerade den Teleskoparm im Testversuch über die Köpfe der Anwesenden schweben.

»Gut, dass du kommst, Sahra!«, ruft Jerker Lauri ihr bereits aus der Ferne zu und zwängt sich mühsam durch die schmalen Holzbänke, bis er direkt vor ihr steht. »Der Dirigent und einige Chormitglieder mucken rum, dass wir die Chorprobe für den Dreh vor dem Altar stattfinden lassen. Ich kann mich selbst nicht drum kümmern, muss dringend mit Rehmke und dem Script Doctor reden, bevor wir hier starten.«

Hubrich-Messow quält ein »I do my very best« über ihre Lippen und bugsiert ihren Körper in einer Art Krebsgang durch die enge Gasse zwischen den Bänken zur rechten Seite hinüber, um das Gewusel in der Mitte des Kirchenschiffs zu umgehen. Neben dem Altar steht ein hochgewachsener, grau melierter Herr im zerknitterten Anzug, der wie ein Messias von einer Schar Frauen und Männer umringt wird. Er steht mit dem Rücken zu ihr, ist ihrer Einschätzung nach der Chorleiter, mit dem sie telefoniert hat; zumindest glaubt sie ihn an seiner Stimme zu erkennen.

Ach du meine Güte, was ist denn das, schießt es der Aufnahmeleiterin durch den Kopf, als ihr das Outfit der Chormitglieder bewusst wird. So gedresst geht kein normaler Mensch zu einer Chorprobe, so erscheint man höchstens beim Staatsempfang des Bundespräsidenten.

Hubrich-Messow drängelt sich energisch in das Blickfeld des Chorleiters, räuspert sich hörbar, legt dann aber ein diplomatisches Timbre in ihre Stimme: »Ich habe gehört, Sie haben ein Problem, Herr Eberlein?«

»Liebe Frau Hubrich-Messow, was Sie da mit uns vorhaben, geht nun wirklich nicht. Wir proben immer …, grundsätzlich, oben auf der Empore, selbst unser Weihnachtssingen findet dort statt. Das ist eine unumstößliche Tradition«, braust Eberlein auf und sein Gesichtsausdruck ist der Vorwurf selbst.

»Film hat eigene Gesetze, Herr Eberlein, ästhetische Gesetze.«

»Das ist kein Grund, alles auf den Kopf zu stellen. So geht das einfach nicht!«

»Film muss die Handlung komprimieren, die Wirklichkeit ist etwas anderes. Apropos Wirklichkeit, sehen Sie sich Ihren Chor doch bitte mal genau an«, mokiert sich Hubrich-Messow, um dann noch deutlicher zu werden: »Finden Ihre Chorproben etwa immer in solch überdresstem Outfit statt?«

»Der heutige Tag ist doch etwas Besonderes.«

»Nein, ist es nicht, Herr Eberlein. Film muss mit Bildern beeindrucken, nicht mit der Kleidung der Mitwirkenden. Die wünscht sich die Regie so trist wie das Ambiente auf der Empore. Der Film braucht einen normal gekleideten Chor vor Blattgoldpfeilern und blumengeschmücktem Altar. Unterstützen Sie uns bitte dabei, dass alles auch genauso stattfinden kann. Normale Kleidung war übrigens auch unsere telefonische Vereinbarung.«

»Aber so einfach, wie Sie sich das vielleicht denken, geht das nicht. Einige Damen und Herren wohnen nicht in unmittelbarer Nähe. Das würde dementsprechend lange dauern.«

»Ist der Heimweg zu weit, besorgen sich die Damen und Herren entsprechende Kleidung aus einem Geschäft in der Nähe. Die Rechnung übernimmt selbstverständlich die Produktion.«

Fast der gesamte Chor hat das Gespräch mit dem Chorleiter aus nächster Nähe verfolgt. Einige machen Gesichter, als würden sie jeden Moment, wie die Hebräer im dritten Akt von »Nabucco«, ihr Leid klagen. Andere flüstern anscheinend Worte des Unmuts, die von der Produktionsleiterin aber nicht verstanden werden. Mit Falten auf der Stirn dreht sich Eberlein zum Ensemble um. Alle wissen bereits, er hat kapituliert, und manche kommentieren es mit einem müden Achselzucken.

»Meine Damen und Herren!« Hubrich-Messow klatscht in die Hände und fordert dann mit resoluter Stimme: »Darf ich Sie bitten, sich möglichst schnell neue Kleidung zu besorgen und sich umzuziehen! Wenn Sie umgezogen sind, müssen Sie nämlich alle noch in die Maske!«

Sie lässt den Chor in einer Reihe vor den vorderen Kirchenbänken antreten und sortiert einige Sängerinnen und Sänger aus, deren Kleidung den vermeintlichen Kriterien der Regie gerade noch standhält. Alle anderen müssen sich entweder auf den Heimweg oder auf den angeordneten Einkaufstripp begeben. Danach winkt die Aufnahmeleiterin einen Set-Runner herbei, der die ausgesonderte Schar zum Wohnmobil der Maskenbildner auf dem Marktplatz bringen soll. Marc Weber, der Oberbeleuchter, geht derweil mit Brattenberger die letzten Feinheiten seiner Beleuchtungsvorstellung durch.

»Wir wollen eigentlich in einer halben Stunde loslegen, und hier rennt noch alles herum wie im Hühnerstall!«, stöhnt Rehmke, der sich mit Lauri und dem Script Doctor im Schlepptau zum rechten Altarbereich vorgearbeitet hat, wo er Hubrich-Messow heranwinkt.

»Es gab ein kleines Problem mit den Damen und Herren vom Chor«, informiert die Aufnahmeleiterin, »aber ich habe denen Dampf unter dem Hintern gemacht, unser Drehbeginn wird sich dadurch nur unwesentlich verzögern.«

»Gib mir ein Zeichen, wenn dieser Gesangsverein einsatzbereit ist, klar?« Rehmkes Stimme klingt atemlos, als käme er direkt von einem Marathonlauf. »Jetzt brauche ich als Erstes Weiss und die Giese. Hast du unseren Superstar und die Mylady irgendwo gesehen? In der Maske sind sie nicht, da komme ich gerade her.«

»Die beiden habe ich zuletzt auf der Empore gesehen, waren auf der Suche nach einem ruhigen Plätzchen, um der Hektik hier unten zu entkommen.«

»Klaus! Bist du da oben?«, brüllt Rehmke so laut, dass einen kurzen Moment erschrockene Stille in der Kirche herrscht.

Weiss erscheint an der Brüstung und präsentiert mit ichbezogenem Gestus seinen robusten Oberkörper, der sein

Image des Naturburschen in der Filmbranche geprägt hat. Sein strohblonder Bürstenhaarschnitt strahlt wie ein Heiligenschein, als er in Klaus-Kinski-Manier die Arme ausbreitet: »Ich hab's gewusst, Detlev, du hast die 1.000 Augen des Doktor Mabuse!«

»Wenn du nicht schauspielern dürftest, würdest du auf der Stelle sterben, na ja, zumindest depressiv werden! Beweg dich nicht, wir kommen rauf, um was zu besprechen.«

Als Rehmke mit Lauri und dem Script Doctor die oberste Stufe der stöhnenden Treppe erreicht, steht Weiss in theatralischer Pose davor und rezitiert mit Inbrunst einen Sprechtext aus dem Drehbuch: »Ich weiß, ich bin vielleicht ab und zu etwas angespannt, aber ich hab gerade einiges an der Hacke, und die Abende mit dem Chor sind auch nicht immer einfach für mich.« Mit aufgesetztem Hundeblick linst er auffordernd zu seiner Partnerin Petra Giese hinüber, die für den Part der Marga Obermayr besetzt ist. Sie lächelt schnippisch, indem sie das Stichwort von Weiss' Spiel aufnimmt und mit wissendem Unterton antwortet: »Beichtest du mir das, weil du keine Noten lesen kannst?«

»Eeeh, woher weißt du das?« Weiss reißt gekonnt die Augen auf.

»So etwas entgeht mir halt nicht«, kommt Gieses lapidare Antwort.

Weiss wird wieder zu Weiss und sagt mit nüchterner Stimme: »Na, was sagst du, Detlev?« Als der nur verdutzt schaut, schwingt sich seine Stimme einige Oktaven höher. »Das ist aus der Szene mit dem Flaschenwurf. Ist das gut? Sag, dass es gut ist!«

»Sehr gut, Klaus!«, sagt Rehmke emotionslos. »Aber das ist der Dreh von morgen! Wir müssen uns um heute kümmern! Unser Script Doc hat eine kleine Änderung für die

Chorprobe. Es kommt eine winzige Sequenz dazu, die wir übernehmen.«

Ohne weiteren Kommentar drückt er Weiss und Giese jeweils eine Seite aus dem Drehbuch in die Hand und erklärt mit gedämpfter Stimme: »Das kann eine wichtige Schlüsselszene werden. Unser Autor hat kurz vor Drehschluss neue, brisante Fakten aufgetan. Damit könnte unsere Story locker in die Kategorie ›Politthriller‹ aufsteigen. Das Ganze ist so brisant, dass der Produzent den zusätzlichen Drehtagen zugestimmt und die Produktionskosten aufgestockt hat.«

Weiss überfliegt bereits seinen neuen Text, atmet mit geblähten Wangen aus und fragt: »Warum läuft dieser Nachdreh eigentlich so geheimnisumwoben ab?« Der Tonfall klingt verärgert, kann aber auch gespielt sein. »Ziemlich übertrieben, wenn ihr mich fragt. Für einen Schauspieler ist es substanziell wichtig, die ganze Story zu kennen. Mit Halbwissen kann ich meine Rolle nicht überzeugend anlegen!«

»Der Film wird einigen einflussreichen Persönlichkeiten mächtig auf den Sack gehen. Und die können uns Steine in den Weg rollen, richtig große Steine, oder sie versuchen gleich, den Film ganz zu verhindern.«

»Na ja, na ja! Die Wirklichkeit ist nicht Indiana Jones auf dem letzten Kreuzzug! Auch nicht ein Tempel voller Fallen, in dem rollende Steine ›Indy‹ auf den Fersen sind.« Weiss unterstützt seine cineastisch aufgepeppte Provokation mit einem gekonnt naiven Mienenspiel, das der legendären Mimik von Manny dem Barmusiker zumindest ebenbürtig ist, einer Figur aus dem Hitchcock-Thriller »Der falsche Mann«, gespielt von Henry Fonda.

Rehmke ist verschnupft, kaschiert das mit seiner Autorität als Regisseur. »Du bringst es, dummerweise ungewollt, schon auf den Punkt, Klaus. ›Indiana Jones‹ ist nur geschauspielerte Fiktion. Mächtige Männer, die hinter politischen Kulissen Strippen ziehen, sind das aber leider nicht. So, und jetzt genug damit! Das Thema Drehbuch ist ab sofort tabu, verstanden? Ich hab sowieso schon viel zu viel erzählt!«

Plötzlich liegt eine bleierne Schwere in der Luft. Rehmke blickt stoisch durch alle Gesichter hindurch ins Nichts und ist erleichtert, als die Aufnahmeleiterin sich unten aus dem Kirchenraum meldet.

»Detlev! Ist dir ein gewisser Eikermann ein Begriff?«

Der Regisseur eilt zur Holzbrüstung, lehnt sich darüber und schaut von oben in das aufblickende Gesicht von Hubrich-Messow, die wegen des grellen Lichts eines Strahlers die Augen zusammenkneifen muss, während sie Gift und Galle speit. »Der Mann sagt, er soll hier heute den Ferdinand Wollesen spielen. Ich bin darüber kein Stück informiert!«

»Eine kurzfristige Änderung im Skript! Hab's wohl verschwitzt, weil du gerade den Chor in alle Himmelsrichtungen davongescheucht hast. Kommt nicht wieder vor!«

Rehmke wirkt ein wenig wie ein ertappter Schuljunge und wirft der Aufnahmeleiterin ein blutleeres Lächeln zu.

»So was muss ich wissen, Detlev, so früh wie möglich! Der Chor steht übrigens bereit, nur zu deiner Information! Ab sofort können der begnadete Regisseur und seine Inspiration auf dem Regiestuhl Platz nehmen.«

Hubrich-Messows hohe Sopranstimme quiekt wie ein unerzogener Welpe.

»Liebste Sahra, sorge bitte dafür, dass alle anderen sich ebenfalls auf ihre Plätze begeben. Ich erscheine!«

»Schauspieler, Komparsen und alle Personen von der Technik bitte an ihre Plätze! In Kürze ist Drehbeginn!« Hubrich-Messows Ansage schallt vom Eingangsportal der Marienkirche aus über die Filmfahrzeuge auf dem Marktplatz. Das Megafon fest in der Hand, kommen Assoziationen an ihre Studentenzeit wieder hoch, sie an der Spitze der Aktivisten vor dem Marsch durch die Innenstadt, sie, die lauthals die Parolen gegen das Establishment vorgibt, die dann im Chor wiederholt werden. Heute festigt der Schalltrichter ihre Autorität im Räderwerk der Dreharbeiten, gibt Befehle, stützt den Moloch Metropolis und seine Klassenunterschiede. Eine kurze Erinnerung, mehr Zeit ist dafür nicht. Schon wenige Minuten später ertönen dieselben Worte erneut durchs Kirchenschiff und die imaginäre Spannung steigt fühlbar an.

Der Kameraassistent gibt der Regieassistenz Anweisungen, wie sich der Chor für den ersten Bildausschnitt aufzustellen hat. Lauri sorgt dafür, dass alles genau eingehalten wird, damit alle am Ende exakt im Halbkreis vor dem Altar stehen. Links 1. Sopran, dann 2. Sopran, dahinter der Tenor, rechts neben dem 2. Sopran der 1. und 2. Alt, dahinter die Bassgruppe. Das nimmt einige Zeit in Anspruch, denn für die geplante Dollyfahrt am Chor entlang ist es wichtig, dass die Blickkontakte der Sängerinnen und Sänger mit dem Dirigenten deutlich in Szene gesetzt werden können.

»Herr Eberlein«, spricht Rehmke den Dirigenten an, »wir versuchen es gleich ohne einen Probedurchlauf, einfach aufs Geratewohl, damit wir möglichst viel ungekünstelte Atmosphäre einfangen. Sie starten wie besprochen mit einer Erklärung zu Bachs Weihnachtsoratorium. Vergessen Sie dafür einfach Ihren Text, wie er im Drehbuch steht, der ist nur eine Vorgabe. Reden Sie einfach drauflos, frei von der Leber weg, und dann lassen Sie den Chor beginnen. Wir unterbrechen erst, wenn die Stelle ›stimmet voll Jauchzen und Fröhlichkeit an!‹ erreicht ist. Haben Sie mich verstanden?«

»Das nehme ich doch an, Sie haben es ja ausführlich erklärt.«

»Richtig, so machen wir es! Nur nicht verkrampfen, einfach locker bleiben. Alles kann jederzeit wiederholt werden«, beruhigt Rehmke, tritt an seinen Regiestuhl und ruft: »Achtung am Set! Volle Konzentration!«

Er setzt sich, schließt die Augen und hebt den Arm als Zeichen seiner Macht über das Fiktive. Augenblicklich wird es mucksmäuschenstill, – und nicht einmal die berühmte Stecknadel fällt.

»45/1 die Erste!«, ruft der Kameraassistent, während er die Timecode-Klappe vor die Kameralinse hält.

»Action!« Rehmke presst das Wort heraus, öffnet die Augen und sitzt wie versteinert; die Welt um ihn herum beginnt sich zu drehen.

Brattenberger befindet sich im »Full Shot«. Eberlein richtet sich in seiner ganzen Größe vor seinem Chor auf, beginnt zu sprechen, streicht mehrmals mit der Hand durch seine grauen Strähnen.

»Nicht viele Werke haben einen ähnlich effektvollen Beginn. Bach wollte, dass die Besonderheit seines Musikwerks von Anfang an mitschwingt. Macht euch das klar! Der Einsatz muss auf den Punkt kommen.«

Im selben Moment schiebt der Dollyfahrer den Kamerawagen mit Brattenberger und seinem Assistenten langsam an den Bankreihen entlang durch den Mittelgang zurück ins Kirchenschiff. Gleichzeitig führt der Kameramann eine gegenläufige Zoombewegung durch. Dabei entsteht eine optische Täuschung, die Hitchcock seinerzeit für seinen Film »Vertigo« erfunden hat, um Höhenangst auszudrücken. Brattenberger will mit dem »Vertigo-Effekt« die wechselseitige Sogwirkung zwischen Dirigenten und Chor bildnerisch erfahrbar machen.

»Die Instrumentalisten beginnen mit einem fünftönigen Initialmotiv, Paukenschlag, Trompetenfanfare und Streicherkaskade. Ab Takt 9 steht dem ein sich aufschwingendes Tanzlied gegenüber, das ihr dann ab Takt 43 übernehmt. Ein Jubelschrei zu Ehren Gottes. Versuchen wir's!«

Eberlein reißt die Arme nach oben, die schlackrigen Handgelenke lassen die Hände nach unten federn.

»Jauchzet, frohlocket, auf, preiset die Tage«, setzt der Chor mit aller Stimmenmacht ein.

»Rühmet, was heute der Höchste getan!
Lasset das Zagen, verbannt die Klage,
stimmet voll Jauchzen und Fröhlichkeit an!«

»Stopp!«, tönt Eberlein. »Die Damen brüllen schon wieder. Bitte, macht mir meine Männerstimmen nicht zur Sau! Und außerdem, das Jauchzen muss man euch auch auf den Gesichtern ablesen können, Leute, sonst werdet ihr das beim Singen nicht wirklich überzeugend rüberbringen.«

»Cut!«, tönt Rehmkes Bariton dazwischen. »Das geht besser! Wir versuchen es später noch mal! Bleiben Sie bitte trotzdem alle an Ihren Plätzen! Wir drehen einige kurze Sequenzen für die Zwischenschnitte. Dafür möchten wir die Damen und Herren vom Chor bitten, entweder leise miteinander zu tuscheln oder in die Noten zu schauen oder bloß gelangweilt zu gucken. Für diese Aufnahmen brauchen wir Sie nur als Hintergrund.«

Schon während Rehmke die Anweisung gibt, übernimmt die Regieassistenz die Vorbereitung für die angekündigte Spielszene. Der Finne geht mit Brattenberger die neue Drehbuchpassage durch und legt mit ihm zusammen die nötigen Kameraeinstellungen für die Auflösung fest.

»Den Dialog zwischen Wollesen und Lutze möchte Rehmke gern in der Halbnahen. Was meinst du dazu, Helmut?«

»Sehe ich genauso«, sagt Brattenberger und nickt dabei mit dem Kopf. »Erst Halbnah, dann in Nah, und ab da harte Schnitte zwischen den Dialogen.« Sein Finger deutet dabei auf die betreffenden Stellen im Skript:

Chorprobe Husumer Marienkirche *Innen/Abend*

Die Frauen und Männer im Chor machen nach der Rüge des Dirigenten angestrengte, zum Teil verärgerte Gesichter. Ferdinand Wollesen wendet sich an Gerd Lutze.

Ferdinand Wollesen:
»Was ist bloß los mit dir, Gerd?«
Gerd Lutze:
»Was soll los sein?«
Ferdinand Wollesen:
»Das solltest du eigentlich bemerken, mein Lieber. Du singst ›Lasset das Zagen, verbannt die Klage‹ völlig falsch.«

»In die Nahe!«, sagt Brattenberger.

Gerd Lutze:
»Das wäre mir aber aufgefallen!«

Ferdinand Wollesen:
»Anscheinend nicht! Du singst es falsch.«

»Harte Schnitte!«

Gerd Lutze:
»Bist du sicher?«
Ferdinand Wollesen:
»Würde ich es sonst sagen?«
Gerd Lutze:
»Ich sing doch kräftig mit. Wenn da was falsch wäre, würde Eberlein doch als Erster was sagen. Aber der hat nichts gesagt.«
Ferdinand Wollesen:
»Du singst das falsch, lass dir das gesagt sein.«

»Fahrt zurück in die Halbtotale!«
»Genau, so machen wir's.«

Marga Obermayr:
»Lass dich nicht verrückt machen, Gerd. Ferdinand haben sie doch das Gehör geklaut. Eberlein hat Ohren, groß wie Rhabarberblätter, dem entgeht kein falscher Piepser.«
Ferdinand Wollesen:
»Mulier taceat in ecclesia, das Weib schweige in der Gemeinde. Worte des Apostels Paulus; und recht hatte er, Marga!«

»Kurz bevor Wollesen mit seinem Text beginnt, sollten wir, zusätzlich zu meiner Einstellung, eine langsame Kranfahrt mit der zweiten Kamera machen, die im ›High Angle

Shot‹, mit dem gesamten Chor im Bild, endet. Bei jedem Wechsel der Bildausschnitte stoppen wir dann diese Fahrt, damit beide Perspektiven später im Schnitt montiert werden können.« Brattenberger sieht Lauri fragend an, der nickt zustimmend und notiert den Vorschlag am Rand des Skripts.

»Wir sind hier durch, Detlev! Könnten in fünf Minuten loslegen, wenn du willst«, meldet die Regieassistenz. Rehmke hebt seine rechte Hand und bildet mit Daumen und Zeigefinger einen Kreis. Brattenberger geht zum Dolly hinüber, klettert auf den Sitz neben die Kamera, und Weiss, Giese und Eikermann mischen sich erneut unter die Sängerinnen und Sänger im Chor. Rehmke nimmt Platz im Regiestuhl, will gerade erneut den Arm heben, als die Aufnahmeleiterin mit hochrotem Kopf in sein Blickfeld platzt.

»Sahra?« Rehmkes Stimme vibriert gereizt. »Du platzt hoffentlich nicht ohne triftigen Grund hier mittenrein!«

»Ich hab … also, es gibt eine Hiobsbotschaft. Ich denke, du solltest das sofort wissen«, bringt Hubrich-Messow mühsam hervor. Ihre Lippen zittern leicht, während sie auf das Display ihres Handys schielt und das Gerät dem Regisseur in die Hand drückt. »Der Produktionsleiter ist am Apparat. Er möchte dich dringend sprechen.«

»Kai Uwe? Sahra redet hier irgendwas von einer Hiobsbotschaft. Das kann ich grad gar nicht gebrauchen!«, sagt Rehmke und lächelt gepeinigt.

»Eine Katastrophe, Detlev, eine wahre Katastrophe! Der Produktionswagen, der heute Nacht die Festplatten mit den Daten von unserem Nachtdreh mitgenommen hat, ist kurz vor Sankt Peter-Ording schwer verunglückt. Aus unerklärlichem Grund hat der Fahrer einen Baum gestreift. Der Wagen ist gekippt, auf dem Dach im Graben gelandet und in Flammen aufgegangen.«

»Aber die Daten sind gesichert?«

Die Stimme im Handy schweigt.

»Sag jetzt nicht … die … nein, sag das nicht!«

»Die Sicherungen waren dummerweise mit im selben Wagen. Alle Festplatten sind hinüber! Immerhin ist dem Fahrer nichts passiert. Er konnte sich mit heiler Haut aus dem Wagen retten, bevor er Feuer fing.«

»Und unser sensationeller Dreh … der … ist im Eimer? Unwiederbringlich?«

»Ist er.«

»Elende Scheiße! Wahnsinn ist das, der pure Wahnsinn! Das bedeutet, alles ist weg! Diese irrsinnig aufwendige Chose muss noch mal gedreht werden? Ich glaub das nicht!«

»So einfach werden wir den Dreh nicht wiederholen können, jedenfalls nicht mit diesem Riesenaufwand, mit dem du da gestern rangegangen bist. Um das genauso zu wiederholen, fehlen uns in Anbetracht der Gesamtproduktion die nötigen Gelder.«

»Mit mir gibt es keine Kompromisse, mein Lieber«, schnaubt Rehmke und ringt nach Luft. »Eine Wiederholung der Dreharbeiten wird nur unter den gleichen Bedingungen über die Bühne gehen, verstanden? Sorg gefälligst dafür, dass das geht!«

»Das kann ich nicht garantieren, Detlev!«

»Es ist dein Job!«

»Es nützt gar nichts, auch wenn du dich aufführst wie Rumpelstilzchen. Ich gebe nur weiter, was die Geschäftsleitung der Produktionsgesellschaft mir gesagt hat.«

»Dann sag denen da oben, da mach ich nicht mit!«

»Jetzt reg dich erst mal ab, Detlev, wir werden schon eine Lösung finden.«

2006
DER AUTOR

Die unwirkliche Ahnung

Zum Zeitpunkt, als Detlev Rehmke mich über diesen Vorfall bei den Dreharbeiten informierte, war ich weit davon entfernt zu glauben, dass ich mit meinem Drehbuch, welches gerade in Bilder und Töne umgesetzt wurde, jemals in der Realität etwas zu tun bekommen könnte.

Um die Zeit kannten wir uns gut vier Jahre. Rein zufällig war ich dem Regisseur in einer Schankwirtschaft in Nordfriesland über den Weg gelaufen, die, so wurde behauptet, einmal Theodor Storm als Vorlage für seine berühmte Novelle »Der Schimmelreiter« gedient haben soll.

Rehmke arbeitete damals seit einigen Wochen an einem aufwendigen Fernsehspiel, das von der letzten Reise des Husumer Dichters handelte. Seine Dreharbeiten wurden mit einigem Wohlwollen von der Regionalpresse begleitet. In der »Husumer Rundschau« war ein doppelseitiger Artikel erschienen, dazu ein Interview und ein Foto von ihm und seinem Hauptdarsteller Mario Adorf, der die Rolle von Storm verkörpern sollte. Der Artikel und dieses Foto waren ausschlaggebend gewesen, dass ich Rehmke überhaupt erkannt und ihn angesprochen hatte.

Jetzt, während ich dies aufschreibe, habe ich den Eindruck, ich müsste zum besseren Verständnis des Lesers etwas weiter ausholen und den gefühlsmäßigen Ausnahmezustand schildern, in dem ich mich befand, als es zu unserer Begegnung kam. Diese wäre mit Sicherheit anders verlaufen, wenn wir uns unter anderen Umständen kennengelernt hätten.

Am Montag des 11. September 2001 um 17.00 Uhr, als ich routinemäßig den Fernseher einschaltete, weil ich für eine Auftragsproduktion des NDR mit meiner Arbeit beginnen wollte, in der ich die Fernsehnachrichten einer Woche zu einem satirischen Beitrag zusammenfasste, erschienen die brennenden Türme des New Yorker World Trade Centers auf der Mattscheibe. Ich sah, wie einen Moment später eines der Hochhäuser, zuerst unmerklich, dann aber immer schneller, nach unten wegsackte und in einem gigantischen Pilz aus Rauch und Staub im Nichts verschwand. Es benötigte eine für mich heute kaum mehr nachvollziehbare Zeit, bis ich die gezeigte Realität auch als eine solche realisieren konnte. Ich war außer mir, verfiel in eine panische Aktivität. Wie ferngesteuert schaltete ich von einem Sender zum anderen, erkannte, dass der Schrecken der überall gleichen Bilder bereits in den Morgenstunden begonnen hatte, und dass alles, was ich im Moment zu sehen bekam, nur die Wiederholung einer Wiederholung der Wiederholung war, die sich wie eine Endlosschleife um die Welt wickelte, als wolle sie alles Reale in Fiktion verwandeln. Das Unfassbare, was mich tief im Innersten erschütterte, gebar eine unwirklich anmutende Ahnung in mir: Die Welt könnte anders geworden sein, als sie noch am Morgen dieses Tages vor 8.46 Uhr gewesen war, und sie könnte in Zukunft nie mehr so sein, wie ich sie davor zu kennen geglaubt hatte. Wenn so etwas Wahnsinniges in Amerika geschehen konnte, konnte es natürlich auch überall in der Welt passieren, könnte es ab jetzt auch jeden Menschen treffen, zu jeder Zeit, an jedem Ort und auf ähnliche Weise.

Der nicht wahr gewordene Satz Celans, nach Auschwitz könne man keine Gedichte mehr schreiben, kam mir in den Sinn. Ich fürchtete, genauso wie der Dichter damals wird die Menschheit nach New York kein Urvertrauen mehr haben können, und ließ mich tiefer und tiefer in einen luftleeren Raum fallen, in dem die Gedanken wie Wolken heranschwebten, sich zu Ungetümen aufblähten und dann doch ergebnislos zerfaserten.

War den Attentätern dieses Anschlags solchen Ausmaßes noch mit Satire beizukommen?

In den Wochen danach musste ich mir schmerzhaft eingestehen, ich konnte nicht mehr überzeugt daran glauben. Die Menschen, die für Al-Qaida in den heiligen Krieg geschickt wurden, konnten nur engstirnig und somit humorlos sein. Spott würde sie nur noch weiter in ihren Hass treiben.

Nach zermarternden Monaten hängte ich schweren Herzens meinen Job beim Fernsehen an den Nagel. Die veränderte Wirklichkeit, dass wir es mit einer neuen Dimension von menschenverachtenden Terroristen zu tun bekommen hatten, und mein Gefühl, in einer grenzenlos unsicher gewordenen Welt zu leben, führten mir die Hand, um mir all das mit einem Kriminalroman von der Seele zu schreiben. Das Ergebnis hieß »Feuermal«. Das Buch war gerade frisch im Handel erschienen, als ich an dem besagten Abend mit dem Regisseur Detlev Rehmke ins Gespräch kam.

Ich kann mich noch lebhaft an den Abend erinnern, an dem sich mein Leben in ganz anderer Weise änderte, als von mir befürchtet. Ich hatte mir eine kurze Auszeit wegen einer

Schreibblockade genommen, die mich wie ein Virus befallen kann, wenn ein neues Buch endlich auf den Büchertischen liegt. Um diesem unangenehmen Frust in Hamburg zu entkommen, quartierte ich mich kurzerhand für drei Nächte im hohen Norden in einem kleinen Hotel direkt an der Arlauer Schleuse ein. Den ganzen Nachmittag war ich im Sonnenschein und bei Ebbe barfuß im Watt vor Wobbenbüll unterwegs gewesen, bis die Dämmerung einsetzte, der Himmel feuerrot entflammte und die Prieladern aussahen, als würden sich Blutbahnen bis zum Horizont ziehen. Auf der Rückfahrt zu meinem Quartier kam ich in der Nähe von Sterdebüll an einem langgestreckten friesischen Bauernhaus vorbei. Das alte Reetdach, stellenweise schon grün vom Moos, war vollgesogen mit Nässe. Im schmalen Giebelvorbau im hinteren Drittel des Gebäudes gab es einen Eingang zu einem unscheinbaren Wirtshaus. Ich beschloss, dort auf ein kurzes Bier einzukehren, und steuerte meinen Wagen auf einen der nur noch wenigen freien Stellplätze. Als ich in die Gaststube kam, wurde ich von dem historischen Ambiente überrascht. Mehrere Wände wurden von glasierten Kacheln im Delfter Blau geschmückt, auf denen ein Schiff in vollen Segeln, ein Angler an einem Uferplatz und ein Rind vor einem Bauernhaus abgebildet waren. Ein mächtiger Wandschrank mit allerlei Porzellan und Silbergeschirr stand in einer Ecke. Hinter dem Tresen hingen vergilbte Fotos aus dem alten Schimmelreiter-Film, der 1933 gedreht worden war. Eins zeigte den Schauspieler Matthias Wiemann als Hauke Haien. Der war in der Rolle des Deichgrafs wie Joseph Goebbels vor den Bauern aufgetreten. Die Vorführung hatte ich zwar schon als Jugendlicher in der Schule gesehen, aber gerade diese unangenehme Szene konnte meine

Erinnerung immer noch wachrufen. Es gelang mir sogar, den Blut-und-Boden-Tonfall der Propagandastimme, die dazu aufforderte, dem Meer fruchtbares Land abzutrotzen, erneut zu hören.

»Ich will euch zeigen, dass ich um meiner selbst willen Deichgraf sein kann, indem ich das tue, was schon die Deichgrafen vor mir hätten tun sollen!«

Goebbels, wie gesagt.

Die Schankwirtschaft war gut besucht, selbst am Tresen gab es keinen leeren Barhocker mehr. Ich hielt im Dunst des Zigarettenqualms nach einem freien Plätzchen Ausschau, als gerade einige Männer von einem Tisch in der hinteren Ecke der Bierstube aufstanden und nur einer daran zurückblieb.

»Darf ich mich dazusetzen?«, fragte ich, als ich an seinen Tisch trat.

Der Mann nickte kurz, ohne aufzusehen. Ich setzte mich ihm gegenüber, orderte bei der Bedienung ein Pils und musterte ihn verstohlen, während er einen Stapel beschriebenen Papiers durchblätterte. Sein schmales, blasses Gesicht war ohne besondere Kennzeichen. Trotzdem kam er mir bekannt vor, ich hatte ihn irgendwo schon mal gesehen. Doch erst nach einigen Überlegungen erkannte ich ihn als den Regisseur aus der Zeitung wieder, der in der Gegend gerade diesen Storm-Film drehte.

»Würden Sie es als sehr aufdringlich empfinden, wenn ich Ihnen eine Frage zu Ihrem Filmprojekt stellen würde?«

Rehmke hob den Kopf und sah mich mit forschenden Augen an.

»Was möchten Sie denn gerne wissen?«, fragte er mit ausdrucksloser Stimme zurück.

»Und es macht Ihnen auch wirklich nichts aus?«, hakte

ich noch einmal nach, weil ich glaubte, ein kurzes Zögern gesehen zu haben.

»Fragen Sie ruhig«, ermunterte er mich. »Ich bin nur irritiert, dass ich angesprochen werde. Das passiert mir nicht häufig und ist daher noch immer etwas ungewohnt für mich.«

»Wimmer Wilkenloh«, stellte ich mich vor. »Ich bin einfach neugierig, was Sie bewogen haben könnte, solch eine unspektakuläre Reise wie die von Theodor Storm nach Sylt unbedingt zu verfilmen. Nur weil es seine letzte Reise gewesen ist? Es interessiert mich deshalb, weil ich nämlich selbst Autor bin, wenn auch nur von Kriminalromanen.«

Detlev Rehmke wiegte den Kopf hin und her, seine Augen nahmen einen leicht glänzenden Schimmer an, bevor er zu einer Antwort ansetzte.

»Es ist der Tod, der meine Neugier weckt. Sie als Kriminalautor werden das nachvollziehen können, oder?« Rehmke machte eine Pause, bevor er weitersprach. »Bei Antritt seiner Reise war der Dichter bereits sterbenskrank. In seinem langsamen Sterben sehe ich eine direkte Parallele zu seiner eigenen Theorie der Novellistik. Gerade am Ende seines Lebens hatte er die kurze Erzählung als eine epische Ganzheit verstanden, die sich immer aus einem Kernkonflikt heraus entwickelt. Das ordnende Prinzip der Novelle verglich er mit einer sich kontinuierlich entwickelnden Fabel, in der auch immer ein existenzieller Konflikt die Handlung bestimmt.«

»Ehrlich gesagt kann ich Ihrem Gedankengang nicht ganz folgen«, musste ich gestehen.

»Passen Sie auf!«, versuchte Rehmke es erneut. »Im Oktober 1886 lag Storm bereits krank im Bett und verlor sogar ab und zu das Bewusstsein. Im Frühjahr konnte er dann plötzlich wieder aufstehen, fühlte sich aber nicht gut. Wegen der starken Schmerzen im Unterleib konsultierte er seinen Hausarzt Doktor Brinken. Nach der Untersuchung bedrängte der Dichter ihn, verlangte die volle Wahrheit. Die Diagnose kam der Verkündigung eines Todesurteils gleich, Magenkrebs. Storm verfiel in Schwermut, war unfähig, weiter am ›Schimmelreiter‹ zu arbeiten. Die Familie veranlasste daraufhin eine zweite Untersuchung. Ärzte an der Universitätsklinik Kiel konnten keinen Magenkrebs ertasten. Die zu fühlende Geschwulst wäre glatt und wurde als die Ausdehnung eines Zweiges der Aorta vermutet. Storm gewann seinen Lebensmut zurück, doch der Elan zum Schreiben fehlte weiterhin. In dem Moment erhielt er eine Einladung von Doktor Pollaczek, dem Direktor des Westerländer Strandbades. Storm erhoffte sich von der Luftveränderung neue Anstöße für seine Arbeit und nahm dankend an. Aber die Angst vor dem Sterben und dem Schwinden seiner Schaffenskraft reiste mit ihm nach Sylt. Schon nach zehn Tagen verließ er die Insel vorzeitig. Unter Magendruck leidend und mit Schmerzen in der Brust beendete er trotzdem im Februar 1888 den ›Schimmelreiter‹ und starb nur kurz danach am 4. Juli.« Rehmke unterbrach seinen Redeschwall, atmete tief ein, um dann weniger theatralisch fortzufahren. »Ein tragisches Ende«, stellte er fest. »Als hätte Storm selbst eine Novelle gelebt. Sein drohender Tod war der Kernkonflikt, der ihn nach Sylt brachte. Nach dieser Reise konnte er trotz allem die Kraft aufbringen, sein wichtigstes Werk zu vollenden – in dem es um nichts anderes als um den Tod geht. Deswegen hat die Geschichte um diese Reise mich in den Bann gezogen, deswegen der Film! Können Sie es jetzt verstehen, Herr Wilkenloh?«

Ich antwortete nicht sofort, so sehr hatte mich die kurze Beschreibung des Stoffs beeindruckt. Rehmke schaute mich an und wartete geduldig. Vor meinen Augen erschien der todkranke Storm leibhaftig vor mir, wie er sich in Hademarschen unter Schmerzen zu seinem Schreibtisch schleppt, wie er mühevoll, die Feder in der Hand, mit dem Papier um Worte ringt, genauso wie seine Hauptfigur Hauke Haien ihn innerlich herausfordert, wie der Dichter ihn auf den Schimmel setzt, dem Tier die Sporen geben lässt, um es dann mit den unheilvollen Worten »Herr Gott, nimm mich; verschon die anderen« in die tobenden Fluten des gebrochenen Deichs zu treiben.

»Ich habe gerade eine verrückte Assoziation. Storms Tod könnte eine Metapher dafür sein, dass eine Geschichte uns am Leben erhalten kann, solange wir sie erzählen«, sagte ich dann. »Der Mensch stirbt erst, wenn er nichts mehr zu erzählen hat.«

Rehmke presste mit Daumen und Zeigefinger die Unterlippe zusammen, hob nachdenklich die Augenbrauen und schloss die Augen zu Schlitzen.

»Ein verrückter Gedanke, aber nicht verrückt genug, um nicht auch wahr zu sein. Schreiben Sie Ihre Kriminalromane, damit Sie möglichst lange am Leben bleiben?«

»Nein«, sagte ich und lachte laut, »ich denke nicht. Aber Storm spricht mich auf eine andere Weise an. Meine Bücher spielen alle im Umfeld von Husum, und in dem Buch ›Hätschelkind‹ spielt der Dichter sogar eine tragende Rolle bei einem Mordfall.«

»In Husum? Das ist interessant.« In Rehmkes Stimme schwang Erstaunen mit. »Und woran arbeiten Sie im Moment, wenn ich fragen darf?«

»An nichts. Ich bin gerade mit einem Krimi fertig, der sich mit dem internationalen Terrorismus beschäftigt hat.«

»Terrorismus? Und der spielt auch in Husum?«

»Ja, auch Husum gehört zur globalen Welt. Ich habe den Roman sehr bewusst in Husum angesiedelt, denn in nicht allzu ferner Zukunft macht die unselige Entwicklung des Terrorismus vielleicht auch vor einer abgelegenen Kleinstadt nicht mehr halt.«

»Das stimmt wirklich, die Welt wird immer mehr zum Dorf«, bestätigte Rehmke. »Dann haben Sie bestimmt auch schon von dem ›Husumer Taliban‹ gehört, den die Amerikaner in Kandahar gefangen halten?«

»Ein Husumer Taliban? Wirklich? Nein, davon höre ich heute zum ersten Mal. Wer hat Ihnen das erzählt?«

»Das ist eine andere Geschichte! Möchten Sie sie hören?«

Ich nickte wissbegierig.

2002
THEODOR STORMS LETZTE REISE NACH SYLT

Lutze kämpft mit seinen Dämonen, wälzt sich im Halbschlaf auf seinem Schlachtfeld aus weißen Laken hin und her. In seinen Träumen geht er durch eine sternenlose Nacht. Um ihn herum ist keine Menschenseele zu spüren, nur leise Stimmen flackern an sein Ohr, schwirren wie Schmetterlinge durch die Luft und verstummen wieder im Nirgendwo. Eine feine Linie reißt einen gezackten Spalt in das Tintenschwarz vor seinen Augen. Licht quillt hindurch und erzeugt einen nebulösen Schein. Er hält unmittelbar darauf zu, sieht den diffusen Schatten einer Gestalt, die sich über eine andere beugt, den rechten Arm gehoben und die Hand zu einer Faust geformt. Von oben spricht eine Stimme: »Es ist dein Bruder, Abel!« Dann trifft knochengestütztes Fleisch auf knochengestütztes Fleisch, ssshhhhh – ssshhhhh – ssshhhhh, und in der Ferne, hinter dem dumpfen Rhythmus der Faustschläge erschallt ein weiteres Geräusch, wird lauter und übertönt alles andere. Er sieht den panischen Blick seiner Augen, die ihn gespenstisch aus dem Spiegel der Fensterscheibe gegenüber anstarren. Sein Handy, das neben seinem Bett auf dem Nachtschränkchen liegt, taucht den Raum in das bläuliche Licht des Displays. In der oberen rechten Ecke stehen die weißen Zahlen der Uhrzeit: 22.00 Uhr. Er muss kurz eingeschlafen sein. Seine Hand greift nach dem Gerät, mit einem Fingerdruck nimmt er das Gespräch entgegen.

»Ja, hallo«, meldet er sich mit der ungläubigen Stimme, die aus der Tiefe seines Schreckens spricht.

»Herr Lutze?«, fragt eine markante Frauenstimme.

»Am Apparat«, bestätigt er verwirrt und wischt sich dabei mit der anderen Hand über die Stirn.

»Herr Lutze, entschuldigen Sie bitte, dass ich so spät anrufe. Sie hatten sich nach unserem Zeitungsaufruf in der ›Husumer Rundschau‹ zum Casting vorgestellt. Unsere Produktion hat Sie für eine Statistenrolle ausgewählt und möchte Sie bitten, sich morgen früh um 8.30 Uhr am Eingang des Husumer Bahnhofs einzufinden. Ist Ihnen das möglich?«

»8.30, morgen …? Ja … doch.«

»Das freut uns sehr, vielen Dank und bis morgen.«

Vor diesem Anruf des Filmteams hatten drei Tage lang metallgraue Wolken wie schwere Vorhänge über der Stadt gehangen. Ununterbrochen war ein feiner Nieselregen durch die Luft vibriert. Der Regisseur Rehmke hatte drei Kreuze geschlagen, dass gerade an diesen Tagen Innenaufnahmen auf dem Drehplan gestanden hatten; die Hochzeit von Margarethe, der Tochter von Theodor Storms Bruder. Bis spät in den Abend war im »Ratskeller« am Marktplatz gearbeitet worden und der Schauspieler Mario Adorf hatte in seiner Rolle als der todkranke Storm brilliert.

Gert Lutze liegt bereits wach auf seinem Bett, bevor der Wecker klingelt. Er fühlt sich matt, drückt apathisch den Weckknopf und kriecht wie ein müdes Tier aus den Laken. Der heutige Tag verspricht nach dem gestrigen Wetterbericht in der Tagesschau sonnig und trocken zu werden. Durch das kleine Fenster im Bad sieht er, dass die Dämmerung schon angebrochen ist. Und während der Soldat noch unter der Dusche steht, treffen bereits die ersten Fahrzeuge auf dem Parkplatz vor dem Husumer Bahnhof ein, der großräumig für die TV-Produktion abgesperrt wurde.

In kürzester Zeit herrscht ein lebendiges Durcheinander um das Bahngelände herum. Ein halbes Dutzend Männer schaffen Koffer, Taschen, den Dolly, Schienen, Stative, Tongerät und die Kameraausrüstung auf den vorderen Bahnsteig. Scheinwerfer werden herbeigetragen und in Position gebracht. Lichttechniker testen Reflektoren zum Aufhellen der Motivszenen. Unter den Augen der Regieassistenz wird parallel zu den Gleisen auf dem Bahnsteig eine kurze Schienenstrecke für den Kamerawagen verlegt. Die Schwellen werden mit Holzklötzchen unterfüttert, um Unebenheiten der Bodenplatten auszugleichen. Eine akribische Arbeit, die nur langsam vorankommt, denn immer wieder muss sie mit der Wasserwaage überprüft werden.

Die Bahnhofsuhr im Giebel des Mittelrisalits springt auf 8.14 Uhr, als Lutze den Eingangsbereich betritt. Dort ist eine kleine Gruppe von Frauen und Männern versammelt, die sich um eine mollige Frau mit einem Pappschild in der Hand scharen, auf dem »Kleindarsteller« geschrieben steht. Lutze gesellt sich unauffällig dazu.

»Mir scheint, es sind alle da«, verkündet die Frau hektisch, nachdem sie die Zahl der Anwesenden mit der Namensliste auf ihrem Klemmbrett verglichen hat. »Bitte folgen Sie mir! Wir müssen zuerst in die Maske.« Sie hebt den Arm wie eine Fremdenführerin und geht entschlossen voran in Richtung Parkplatz. Die Gruppe folgt ihr gehorsam im Gänsemarsch.

Etwas abseits stehen mehrere Lastwagen mit Türen in den Seitenwänden, zu denen schmale Treppen hinaufführen.

»Das ist unsere mobile Maske, hier werden Sie geschminkt«, erklärt die Mollige. »Warten Sie hier bitte so lange, bis Sie hereingeholt werden.« Gleich darauf ist sie hinter einem der Fahrzeuge verschwunden.

Der Wind treibt einen Geruch von Jod und Erde von der Küste herüber. Die ersten Sonnenstrahlen kriechen über die Dächer der grauen Stadt und verbreiten ein wohliges Gefühl auf der Haut. Während von den wartenden Personen eine nach der anderen in eines der drei Fahrzeuge gewinkt wird, empfindet Lutze die Situation, in die er sich freiwillig begeben hat, als überaus paradox. Seine Gedanken tragen ihn zu der riesigen Militärbasis nahe der Stadt Kandahar. Er sieht sich in einer der schneidend kalten Nächte vor seinem Zelt stehen und spürt, wie der Frost ihm unter die Haut kriecht. Vor noch knapp vier Wochen war das seine Realität gewesen. Er bekommt mitten im Sonnenschein eine Gänsehaut, kann sein innerliches Frieren nicht abschütteln.

»Herr Lutze, wenn Sie bitte so freundlich sind!«, ruft eine weiche, klare Sopranstimme.

Lutze hebt den Kopf, merkt, wie die Schwere von ihm abfällt. Die Maskenbildnerin, die im Türrahmen eines der Fahrzeuge steht, ist schon etwas älter, hat volles, krauses Haar von einer merkwürdigen Farbe, etwas zwischen Schwarz, Blau und Grau. Sie lächelt ihn freundlich an, während er die Treppe hinaufsteigt. Der Innenraum ist viel geräumiger, als er ihn sich vorgestellt hat. Es gibt drei Schminkplätze. Am hinteren Ende des Fahrzeugs streicht eine weitere Frau gerade mit einem flachen Pinsel über das markante Gesicht eines Mannes. Lutze realisiert sofort, dass es ein bekannter Schauspieler sein muss, einer, den jeder kennt. Er grübelt immer noch über den Namen nach, während er bereits auf dem Stuhl vor einem Spiegeltisch Platz genommen hat. Der Schauspieler sieht aus, als würde der alte Storm dort hinten sitzen, derselbe lange, weiß-graue Bart, dieselbe auffällige hohe Stirn. Das ist der große Bellheim, fällt es Lutze urplötzlich wie Schuppen von den Augen. Blödsinn …, das ist der Adorf, genau: Mario Adorf ist das.

»Ich werde Sie jetzt ein wenig jünger schminken, Herr Lutze«, sagt die Maskenbildnerin im Flüsterton und hält ihm eine kleine Spritzpistole vor die Augen. »Nicht erschrecken. Damit kann ich die Schminke sehr dünn auftragen, damit sie nicht künstlich aussieht.«

»Herr Adorf, sind Sie da drinnen?«, ruft im selben Moment eine Stimme, während gleichzeitig an die Tür des Wohnmobils geklopft wird.

Die Maskenbildnerin legt die Spritzpistole auf die Ablage, eilt zur Tür und öffnet.

»Herr Rehmke höchstpersönlich, brauchen Sie etwas gegen Ihre Sorgenfalten?«, fragt sie mit einem scherzhaften Unterton, tritt mit einer übertriebenen Verbeugung zur Seite und lässt den Regisseur eintreten.

»Frau Wedekind, Sie sind und bleiben ein echter Scherzkeks.« Er gibt der Maskenbildnerin einen liebevollen Klaps auf die Schulter, eilt an Lutzes Platz vorbei nach hinten zu seinem Hauptdarsteller.

»Moin, Moin, Mario! Hat unsere Frau Seeger nicht begnadete Hände?«, sagt Rehmke mit einer Stimme, die vor Wohlwollen trieft, während sein Blick den flinken Fingern der Maskenbildnerin folgt, die mit einem dunklen Stift die vorhandenen Fältchen des Schauspielers mit schnellen Strichen links und rechts der Augen hervorhebt.

»Sie hat mich glatt um ein Jahr jünger gemacht, wer sollte das nicht begnadet finden«, scherzt Adorf und sein Spiegelbild grinst verschmitzt zurück. »Storm war damals 71 Jahre, meine 72 sieht man mir echt nicht mehr an.«

Rehmke lächelt kurz, um dann zu einer Lobeshymne anzusetzen: »Ich bin nur hier, um dir zu sagen, wie froh ich bin, dass du den Storm spielst. Der gestrige Dreh war einfach gigantisch gut, mein Lieber! Dein kurz zuckender Mund, dieser nur leicht angedeutete Schmerz während deiner Rede vor der Hochzeitsgesellschaft, Mario, das ist das ganz große Kino, wie ich es mir in diesem Film wünsche.«

»Du übertreibst mal wieder maßlos, Detlev! Mein bescheidenes Spiel war nur ›Husumerei‹, nichts als ›Husumerei‹«, wehrt Adorf mit einem breiten Grinsen ab. »Außerdem ist ein kleiner, feiner Film mir ehrlich gesagt viel lieber als das große Kino. Von kleinen Geschichten hat Storm sowieso mehr gehalten als von der großen Geschichte. Apropos Geschichte, wann hat seine letzte Reise eigentlich stattgefunden?«

»Am 30. Juli 1887. Er reiste von Hademarschen nach Sylt, mit einem Zwischenstopp in Husum, um der Hochzeitsfeier der Tochter seines Bruders beizuwohnen.«

»Das heutige Bahnhofsgebäude ist aber jüngerer Natur, oder?«

»Richtig, es wurde erst 1910 errichtet. Der alte Marschbahnhof zu Storms Zeiten hatte noch keine Bahnsteige.«

»Und weshalb drehst du das Ganze dann mit so viel Aufwand direkt vor Ort?«

»Eine spontane Entscheidung, Mario. Das ist dem stimmungsvollen Licht im Norden geschuldet und der Tatsache, dass im letzten Jahr die beiden Stahlgerüsthallen über dem Gleiskörper wegen ihres maroden Zustands abgerissen wurden. Deswegen können wir in diesem Fall die natürliche Stimmung des Himmels für unsere Szenen nutzen. Mit solchem Ausgangsmaterial kann die Computeranimation ohne viel Aufwand das historische Bahnhofsgebäude wirklichkeitsnah in unsere Sequenzen einarbeiten, hat mir zumindest mein Kameramann versprochen.«

»Und die Dampflok, woher hab ihr die?«

»Hat unsere Firma ›Movie Motion‹ im Verkehrsmuseum Dresden aufgetrieben; dazu noch vier passende Waggons. Die Lok ist eine original ›Hegel VII T‹, sieht der damaligen Marschenbahn zum Verwechseln ähnlich«, schwärmt Rehmke und strahlt wie ein Kind unterm Weihnachtsbaum, dem man eine Eisenbahn geschenkt hat. »Das Ungetüm wurde bis 1894 in der Sächsischen Maschinenfabrik Richard Hartmann gebaut.«

Lutze hat das Gespräch mit angehört, aber nicht alles verstanden, weil der Wortwechsel zwischen Regisseur und Schauspieler die ganze Zeit vom Rattern des Airbrushgeräts überlagert wurde. Von der Maskenbildnerin war er in der Zwischenzeit in seine Rolle eingeweiht worden. Er soll in einen preußischen Soldaten mit blauer Uniformjacke verwandelt werden. Auf ihrem kleinen Tisch in der Ecke steht ein Styroporkopf mit einer blonden Perücke, dazu zwei Koteletten, die mit Nadeln auf ein kleines Kissen gespießt sind. Die Druckluft aus der Spritzpistole streift über sein Gesicht, der Motor erinnert ihn an das tiefe Brummen der Propellerturbinen einer alten Transall C-160.

Seine Gedanken driften ab, er kann nachempfinden, wie die Motoren der betagten Frachtmaschine in seinem Körper vibrieren, hockt plötzlich dicht gedrängt mit Gleichgesinnten in hellen Wüstentarnuniformen, angelegten Schutzwesten und Sturmgewehren zwischen den Knien auf den gereihten Sitzbänken im Laderaum. In der Mitte sind Ausrüstung und Gepäck auf Paletten gestapelt. An der Wand gegenüber sitzen ebenfalls Soldaten. Die Luft ist stickig. Es riecht nach saurem Schweiß, Öl, Kerosin und Plastik. In den kleinen Bullaugen ist ein Stück der Tragfläche und des kreisenden Rotors vor dem blassen Blau des Himmels zu sehen.

Es ist der 10. Dezember 2001, der erste Tag des ersten Kampfeinsatzes. Darum hat die Truppe von der Führung den Namen »Task Force One« erhalten. An Bord befinden sich 40 Kommando-Spezialkräfte-Kämpfer, die Shooter, dazu 60 Unterstützer, Fernmelder und Logistiker. Der Flug soll über Kreta und Luxor nach Oman gehen.

Lutze hält die Augen geschlossen, lässt die Zeit im Blindflug durch sich hindurchfließen, spürt das Durchsacken der Maschine im Magen. Die Trall, wie das Flugzeug im Soldatenjargon genannt wird, setzt hart auf; der Schlag dröhnt durch den Laderaum. Ein kurzes Schlingern, Reifenquietschen und er bekommt einen heftigen Stoß in den Rücken, hofft auf einen frischen Windzug, wenn sich die Heckklappe endlich öffnet. Doch nichts passiert, die Klappe steht komplett offen, aber die Luft bleibt stickig wie bisher.

Lutze öffnet die Augen. Ein fremdes Gesicht schaut ihm aus dem Spiegel entgegen, kurze blonde Haare, Koteletten, die bis zum Kieferknochen hinabreichen.

»Wenn wir hier fertig sind, gehen Sie vor der Tür nach links«, sagt die Maskenbildnerin. »Dann der dritte Wagen, das ist unser Garderobenmobil, steht auch groß dran. Da wird man Ihnen dann eine Uniform anpassen und eine Pickelhaube aufsetzen. Das dürfte ja nicht besonders befremdlich für Sie sein, oder?«

»Hört sich an, als wüssten Sie, was ich von Beruf bin?«

»Mit dem Auftrag bekomme ich automatisch die Castingunterlagen«, antwortet die Maskenbildnerin, setzt wegen ihres Ausplauderns eine theatralisch reumütige Miene auf, um sofort wieder lächelnd ihre weißen Zähne zu zeigen.

»Und was hat ein preußischer Soldat in einem Film über Theodor Storm verloren?«, fragt Lutze in einem provokanten Tonfall.

»Weil Schleswig-Holstein im deutschen Krieg zu einer preußischen Provinz gemacht wurde«, antwortet eine Stimme in seinem Rücken. Es ist Detlev Rehmke, der sich wenige Sekunden zuvor von Mario Adorf verabschiedet und auf dem Weg hinaus zufällig Lutzes Frage mitbekommen hat. »Alles Preußische hat Storm gewurmt! Er war ein Freigeist.«

Als Lutze den Regisseur mit großen Augen anschaut, redet der unbeirrt weiter.

»Auf diese Weise einigt man Deutschland nicht, soll er seinerzeit geschimpft haben. Und in seiner Novelle ›Eine Halligfahrt‹ spricht er sich offen gegen Preußens Militarismus aus. Ich hasse den Krieg, schrieb er damals, weil er wie nichts andres den Menschen zum willenlosen Werkzeug der Natur erniedrigt.«

»Und nur weil er solchen Unsinn behauptet hat, lassen Sie einen preußischen Soldaten in den Zug einsteigen? Das verstehe ich nicht!«, sagt Lutze und schüttelt mit dem Kopf.

»Theodor Storm steigt aus, ein Soldat steigt ein«, erklärt Rehmke, ohne Lutzes Provokation zu kommentieren. »Das ist ein Bild mit symbolischer Wirkung, denn 1864, im Deutsch-Dänischen Krieg, gab es bereits erste Anzeichen, wie die kommenden modernen Kriege geführt werden, man transportierte damals zum Beispiel die preußischen Truppen zum ersten Mal mit der Eisenbahn an die Front.«

»Glauben Sie wirklich, dass jemand das verstehen wird? Ich jedenfalls nicht, obwohl ich gerade aus einem modernen Krieg zurückgekommen bin.«

»Sie waren im Krieg?« Rehmke schaut dem jungen Mann ungläubig in die Augen.

»Ja, ich bin frisch vom ersten Einsatz zurück, sozusagen von hundert auf null, und hab mir Urlaub genommen. Und dann ist mir in der Wohnung die Decke auf den Kopf gefallen, ich hatte keine Idee, was ich den ganzen Tag tun sollte. Da hab ich diesen Aufruf in der Zeitung gesehen, dass Komparsen gesucht werden, und dachte mir, bevor ich weiter die Zeit totschlage, sollte ich vielleicht lieber bei so etwas mitmachen.«

»Aus welchem Krieg kommen Sie denn, wenn ich fragen darf?«

»Dem Krieg in Afghanistan.«

»Sie sind Amerikaner?«

»Nein, Deutscher. Ich habe eine Wohnung in Husum.«

Rehmkes Blick signalisiert Befremden. Er senkt den Kopf und mustert Lutze mit zusammengekniffenen Augen.

»Krieg? Wir Deutschen befinden uns doch nicht in einem Krieg. Das in Afghanistan ist ein humanitärer Einsatz.«

»Ich war mitten drin im Krieg!«, sagt Lutze unwirsch und spürt, wie Ärger in ihm hochsteigt. Seit seiner Rückkehr aus Kandahar haben die meisten Menschen in seinem Umfeld ähnlich ungläubig und unwissend reagiert. Als er weiterredet, hat seine Stimme einen dementsprechend scharfen Unterton: »Ich weiß es aus erster Hand! Vor vier Wochen war ich noch dort, ein Kommandosoldat im Kampfeinsatz.«

»Ein Kommandosoldat?«

»KSK! Kommando Spezialkräfte!«

»Und Sie haben mit der Waffe in der Hand in Afghanistan gekämpft?« Rehmkes Stimme nimmt einen übertrieben loyalen Tonfall an. »Kommen Sie, das glaub ich Ihnen nicht.«

»Ach nee? Dann würden Sie wahrscheinlich auch nicht glauben, dass sich ein Deutschtürke, der zum Al-Qaida-Terrornetzwerk gehört, in Kandahar befindet und dort von den Amerikanern festgehalten wird, oder?«

»Das wird ja immer abenteuerlicher! Warum sollte ich so etwas glauben, nur weil Sie mir das erzählen?«, sagt Rehmke abfällig.

»Weil es wahr ist! Ich hab ihn leibhaftig und mit eigenen Augen gesehen, vor gerade mal vier Wochen. Er befindet sich auf der U.S. Military Base, dort wo auch unser KSK stationiert ist.«

»Sie meinen, der Mann ist eine Art Selbstmordattentäter oder Talibankämpfer? Und er ist ein Türke aus Deutschland? Wirklich?«

»Wenn ich's doch sage!«

»Ich höre es, nur fehlt mir noch der Glaube. Wenn dem wirklich so wäre, ist das die spektakulärste Geschichte, die mir jemals ein Mensch erzählt hat.«

»Einige GIs zeigten ihn uns, weggesperrt hinter Natodraht. Er sei ein Landsmann von uns, haben sie behauptet, mit türkischem Pass und deutscher Aufenthaltsgenehmigung. Und das war kein Scherz, ich weiß hundertprozentig, dass es stimmt.«

»Hört sich irgendwie unglaublich an, Ihre Geschichte!« Rehmkes Stimme überschlägt sich beinah. »Woher wollen Sie wissen, dass man Ihnen dort keinen Bären aufgebunden hat?«

»Weil ich diesen Typen zufällig kenne, ich habe ihn nämlich vorher schon hier in Husum gesehn, in der ›Nachtschicht‹.«

»Sie haben mit dem Mann zusammengearbeitet?«

»Nein! ›Nachtschicht‹ ist nur so ’ne Disko, da hat der Typ eine Zeit lang als Türsteher gearbeitet.«

»Und da sind Sie sich ganz sicher?«

»Einer vom amerikanischen Escort-Team hat ihn für uns herangerufen, an einem der Abende, als ich mit einem Kameraden im U.S. Military Basecamp war.«

Lutze sieht, während er das erzählt, den breiten Rücken des US-Soldaten, dem er zum Zaun folgt und den er rufen hört: »Zero-three-seven, get ready!« Eine große Gestalt löst sich aus der dunklen Schar der Gefangenen. »That's him«, sagt der Amerikaner und deutet mit dem Finger auf den Mann. »That's the german guy.« Doch diese Erinnerung behält Lutze für sich.

»Verrückt, das Ganze! Klingt irgendwie surrealistisch, hört sich aber nach einer verdammt guten Story an«, grübelt Rehmke nachdenklich. »Ich denke, wir sollten mal in aller Ruhe miteinander darüber reden, Herr …?«

»Lutze, Gert Lutze.«

»Möglichst schnell, Herr Lutze. Wir drehen nur noch vier Tage hier in der Umgebung von Husum.«

»In den nächsten zwei Wochen bin ich hier in meiner Wohnung, dann muss ich wieder zu meiner Einheit zurück.«

»Ich bin da ganz spontan, Herr Lutze. In der Zeit findet sich bestimmt irgendwo eine Lücke, in der wir zusammenkommen können.«

Lutze grinst und wird dann nachdenklich. »Sie wollen mehr über diesen Husumer Terroristen wissen?«

»Das wäre mein Wunsch. Ich wüsste gerne alles, was Sie wissen, und möchte Ihre Einschätzung darüber hören. Sie sollen es auch nicht umsonst tun, Herr Lutze.«

»Okay, warum eigentlich nicht.«

»Gut, ich rufe Sie an! Morgen kann ich mir wahrscheinlich den Abend freischaufeln.«

Rehmke drückt Lutze seine Visitenkarte in die Hand und eilt dann abrupt mit schnellen Schritten aus dem Fahrzeug. Die Maskenbildnerin schaut dem Regisseur hinterher, richtet die Augen demonstrativ zur Decke des Fahrzeugs und legt danach letzte Hand an Lutze an.

»Passen Sie bitte ein wenig auf, dass man Ihnen die schöne Maske beim Einkleiden nicht ruiniert.«

Er verspricht es, steigt die Stufen vom Maskenmobil herunter. Kurz darauf steht er fertig eingekleidet vor einem Ganzkörperspiegel und betrachtet argwöhnisch das Abbild, das nichts mehr mit seinem Gefühl zu sich selbst gemein hat.

Der tintenblaue Waffenrock mit dem steifen blauen Stehkragen, den gelben Achselklappen und der preußische Dragonerhelm mit dem Adler auf seinem Kopf verleihen ihm das Aussehen eines Karnevalprinzen. Der Kommando-Spezialkräfte-Mann glaubt im falschen Film zu sein, spürt plötzlich seine körperliche Erschöpfung und muss daran denken, wie er mit seinen Kameraden in gefleckter Kampfweste und 25 Kilo Gepäck auf dem Rücken durch die Sand- und Steinwüsten der Insel Masira marschiert ist.

Sie trainieren mit den Amerikanern zusammen, die hier im Sultanat Oman eine Luftwaffenbasis haben. Willkommen sind die deutschen Elitesoldaten allerdings nicht. In brütender Hitze muss der Kompaniechef bei den Amerikanern um einfache Unterkünfte betteln. Die gesamte Truppe hat den Eindruck von bestellt und nicht abgeholt.

»An der ›uneingeschränkten Solidarität‹ unseres Kanzlers scheinen die Amerikaner kein Interesse zu haben«, meldet der Kontingentführer verstimmt an die Einsatzzentrale in Potsdam. »Sie haben uns hier aufs Abstellgleis gestellt. Zu mehr als Däumchen zu drehen, werden wir anscheinend nicht kommen.«

»Klagt nicht, kämpft!«, kommt spöttisch die Parole der Kommandosoldaten aus Übersee zurück.

In der Silvesternacht 2001 verlassen 100 deutsche Soldaten in einer C-130 Hercules Oman und landen zwischen zerbombten russischen Hubschraubern und Flugzeugen in Kandahar im Süden von Afghanistan. »Das Kommando-Spezialkräfte ist nur einer Bitte der Amerikaner gefolgt«, lassen die politisch Verantwortlichen in Deutschland später offiziell verlauten.

»Ist Herr Lutze fertig eingekleidet?«, fragt eine matte Stimme, die zu einem rundlichen Männerkopf gehört, der zaghaft durch den Türrahmen des Garderobenfahrzeugs lugt. »Wir bräuchten ihn jetzt dringend am Set.«

»Ist das nicht mal ein fescher Leutnant geworden? Du kannst ihn jeden Moment mitnehmen, Henrik, nur noch eine Winzigkeit«, tönt die maskuline Garderobenfrau mit ihrer schweren Baritonstimme, biegt noch einmal die Achselklappen zurecht und schiebt Lutze dann sanft am Oberarm zum Ausgang.

Der beleibte junge Mann, der ihn dort erwartet, entpuppt sich als äußerst beweglich. Er führt Lutze im Eilschritt durch den eng gestellten Fahrzeugpark vor dem Bahnhofsgelände und stürmt mit ihm die Treppe zum Bahnsteig hinauf. Oben wird Lutze von einer Frau erwartet, die sich als Hermine Holm vorstellt und ihm sagt, dass sie die Aufnahmeleiterin ist.

»Wir machen mit Ihnen gleich eine kurze Stellprobe, Herr Lutze. Der etwas unscheinbare Mann, der dort mit Herrn Adorf und Herrn Hartmann steht, ist Detlev Rehmke, der Regisseur des Films.«

»Ich kenne Herrn Rehmke bereits«, wirft Lutze beiläufig ein.

»Umso besser«, sagt die Aufnahmeleiterin mit leicht arroganter Stimme. Auf ihrer Stirn erscheint kurz eine steile Falte. »Also, der wird Ihnen gleich sagen, was Sie bei dem Dreh zu tun haben. Warten Sie hier, bis er Sie braucht.«

Sie lässt Lutze nur wenige Meter neben der alten Dampflok zurück, die aus dem hohen Schornstein qualmt und ab und zu laute Zischgeräusche von sich gibt, und ist schon wieder verschwunden. Neugierig schaut der uniformierte Statist zu den drei Männern hinüber, von denen er nur Adorf und den Regisseur kennt, der vermutlich die nächste Szene bespricht. Im Hintergrund glänzt der grüne Lack eines Eisenbahnwaggons im frühen Sonnenlicht. Adorf wirkt in seiner Körperhaltung wie ein gebrechlicher alter Mann, kurz vor seinem Tod. Der wesentlich jüngere, dessen wirkliches Gesicht sich hinter einer Maske aus Halbglatze und Spitzbart verbirgt, ähnelt einem Gelehrten aus dem vorigen Jahrhundert. Der Name Hartmann, den die Aufnahmeleiterin vorhin erwähnt hatte, sagt Lutze nichts. Die Besprechung scheint beendet zu sein, Rehmke dreht suchend seinen Kopf in die Runde. Wie auf Kommando eilt die Aufnahmeleiterin an seine Seite und winkt gleichzeitig Lutze zu, dem unter der Pickelhaube mittlerweile Schweißtropfen auf der Stirn stehen.

»Stellprobe, Herr Lutze! Kommen Sie bitte zu mir!«, ruft sie und stellt sich an einen Punkt, wo sie Lutze erwartet.

»Nur markieren, Leute, bloß nicht richtig spielen«, sagt

Rehmke und wendet sich an die beiden Schauspieler. »Ihr macht eure Bewegungen und sprecht für den Ton bitte mit der Lautstärke, die ihr euch für die Szene überlegt habt.«

Er geht zu Hartmann, legt ihm eine Hand auf die Schulter und führt ihn zu seinem Platz circa drei Meter von Lutze entfernt.

»Denk dran, Jörg, Ferdinand Tönnies sieht seinen Freund Storm zum ersten Mal als todkranken Menschen«, sagt Rehmke und wendet sich danach an Lutze. »Auf mein Zeichen steigt Storm … äh, Herr Adorf aus dem Zug, Herr Hartmann begrüßt ihn. In genau diesem Moment gehen Sie links an den beiden vorbei, steigen zügig in den Waggon und setzen sich an den ersten Fensterplatz hinter der Tür, sodass Sie während der Szene als Hintergrund im Bild bleiben. Okay?«

»Okay!«, bestätigt Lutze.

»Versuchen wir jetzt einmal diesen Ablauf«, sagt Rehmke, um dann eine Oktave höher zu werden. »Achtung, wir starten! Alle an ihre Plätze!«

Mario Adorf steigt in den Waggon. Hartmann stellt sich mit etwas Abstand vor Lutze auf.

»Storm steigt aus! Und bitte!«, ruft Rehmke. Adorf klettert mühsam aus dem Waggoninneren und steigt mit wackeligen Beinen die Treppe herunter.

»Sie sehen Tönnies und begrüßen ihn!«, ruft Rehmke.

»Ferdinand, mein Lieber!«, ruft Adorf. »Wie schön, dass Sie mich erwarten!«

»Vadder Storm, welch Freude, Sie zu sehen, so voller Tatendrang«, sagt Hartmann, geht auf Adorf zu und schüttelt ihm die Hand.

»Und jetzt der Leutnant!«, ruft Rehmke. »Storm wirft dem Soldaten einen beiläufigen Blick zu, bleibt aber mit seiner Aufmerksamkeit bei seinem Freund.«

Lutze startet, klettert in den Waggon und erscheint am Fenster. Rehmke deutet mit dem Finger auf Adorf.

»Schauen Sie nur, Ferdinand, in dem ist es verborgen, dieses preußische Wesen. Es ist das Feindliche aller Humanität. Für meinen Teil befürchte ich, dass die Siege des Krieges unserer soliden deutschen Nation zu Kopfe steigen werden; und am Ende bekommt sie dann bestimmt Geschmack an der ›Glorie‹«.

»Wunderbar!«, sagt Rehmke zufrieden. »Genauso drehen wir die Szene.«

So schnell die Probe vorüber ist, umso aufwendiger sind die folgenden Dreharbeiten für diese kleine Sequenz. Lutze kann es gar nicht fassen, wie oft und mit welcher Akribie alles noch einmal und noch einmal wiederholt wird. Einmal geht dem Regisseur das Aussteigen von Adorf nicht schnell genug. Danach gibt es Versprecher und Hänger bei den beiden Schauspielern und zu guter Letzt verpatzt selbst Lutze das Handzeichen des Regisseurs, um im richtigen Moment loszugehen. Erst als der Zug zum vierten Mal zurücksetzt, um erneut mit rauchendem Schornstein in den Bahnhof zu rollen, die Kamera mit Kameramann und Assistent auf dem Dolly parallel neben der Lok herfährt und haargenau an der Waggontür, aus der der Husumer Dichter aussteigen wird, zum Stehen kommt, dann auch noch die folgenden Dialoge der Schauspieler einwandfrei vorgetragen werden, entspannt sich Rehmkes Gesicht deutlich und er signalisiert, dass die Einstellung für ihn endlich im Kasten ist.

Lutze wird aus seiner Statistenrolle entlassen, gibt seine Garderobe wieder ab und wird in der Maske abgeschminkt. Als er wieder wie er selbst ausschaut, erfährt er von seiner Maskenbildnerin, dass für die Filmcrew ein Cateringzelt bereitsteht, in dem er noch kostenlos essen und trinken kann, und er möge bitte dort auf den Regisseur warten, der unbedingt einen Termin mit ihm vereinbaren will.

Die mobile Cateringküche besteht aus mehreren Großraumzelten und an einer Plane prangt in großen Buchstaben »Movie Mampf«. Es riecht von Weitem intensiv nach indischem Curry. Lutze reiht sich in die Warteschlange vor der Essenausgabe ein, wählt das Huhn auf Reis und Dal und entdeckt unter den futternden Menschen der Filmcrew noch eine ihm bekannte Schauspielerin in einem historischen Rüschenkleid und einige der Statisten vom Morgen, die ebenfalls wieder in Zivil herumlaufen. Marco, einer der Köche, mit dem er ins Gespräch kommt, macht ihn auf eine kleine Spezialität aufmerksam: Einen Husumer Krabbensalat nach einem Rezept von Theodor Storm, mit Steckrüben, Wirsingkohl, Porree, Pellkartoffeln, Schalotten, Kalbsfond und Creme fraiche. Ein wirklich guter Tipp, stellt er fest, nachdem er sich eine zweite Portion auf den Teller geschaufelt hat.

Als er auf die Uhr schauen will, sieht er Rehmke mit dem Kameramann hereinkommen. Während die beiden sich am Ende der Essensschlange anstellen, wird er vom Regisseur entdeckt. Er unterbricht das Gespräch mit dem Kameramann und kommt direkt auf Lutze zu. Der lächelt ihm zu und Rehmke hebt gerade zum Reden an, da tritt ein drahtiger Mann mit schmalen Schultern dazwischen und zieht die ganze Aufmerksamkeit des Regisseurs mit einem Satz auf sich.

»Was möchtest du zuerst hören, Detlev, die gute oder die schlechte Nachricht?«

Lutze kann alles mit anhören. Die Reibeisenstimme des Mannes erinnert ihn entfernt an Joe Cocker.

»Wenn mir mein Produktionsleiter die Wahl lässt«, antwortet Rehmke, der die Silben angespannt in die Länge zieht, »dann nehme ich heute mal die gute Nachricht zuerst.«

»Die computergenerierten Sequenzen von Storms Überfahrt von Hoyer nach Sylt sind einfach spitzenmäßig geworden. Also, der Raddampfer, als der an der Hoyer-Schleuse anlegt, so was von täuschend echt! Du wirst begeistert sein, Detlev, genauso wie du es von historischen Fotos kennst, die wir aus dem Storm-Archiv haben.«

»Wunderbar, Roland, hört sich gut an. Schau ich mir heute noch an. Und jetzt die schlechte Nachricht!«

»Die filmische Einleitung, die du geplant hast, kann mit dem Budget, das die Produktionsgesellschaft veranschlagt hat, nicht finanziert werden.«

»Und? Das heißt im Klartext?« Rehmkes Stimme ist gereizt und schrill. »Dieser Vorspann hat eine unverzichtbare Aussage, die den historischen Kontext erfahrbar macht, in dem Storm seine Reise nach Sylt antritt.«

»Der Inhalt des Vorspanns soll ja auch bleiben, Detlev. Nur die von dir angesetzten Drehs, im fertigen Film gerade mal zwei bis drei Minuten, sind der Produktion entschieden zu aufwendig.«

»Und? Das heißt im Klartext?«, wiederholt Rehmke stoisch und verzieht dabei demonstrativ eine Augenbraue nach oben. »Ich brauche niemanden, der um den heißen Brei herumredet!«

»Ich bin nur der Überbringer der Nachricht, ich hab sie nicht verursacht«, schmollt der Produktionsleiter.

»Dann überbringe diese Nachricht endlich!«

»Du willst die Erstürmung der Düppeler Schanzen durch die Preußen in aufwendigen Bildern inszenieren. Vom Deutsch-Dänischen Krieg 1864 gibt es bereits Originalfotos, außerdem Gemälde mit Kampfszenen. Das müsste allemal reichen, hat der Geschäftsführer gesagt. Vom Deutsch-Französischen Krieg 1870 existiert sogar historisches Filmmaterial. Wozu also Dreharbeiten, die unnötig Geld verschlingen?«

»Weil ich keinen Dokumentarfilm drehe, sondern einen Spielfilm. Ein todkranker Dichter unternimmt zur Zeit eines historischen Umbruches, in dem Österreich und Preußen gegen Dänemark, und Preußen gegen Frankreich Kriege führen, eine Reise nach Sylt und beendet danach seine berühmte Novelle ›Der Schimmelreiter‹, die von den Nazis nur wenig später vereinnahmt wird.«

»Selbst wenn du mich köpfen lässt, es gibt kein Geld für deine Vorstellung«, sagt der Produktionsleiter und zuckt verlegen mit den Achseln.

Lutze kann sich derweil nicht mehr vorstellen, dass Rehmke jetzt noch Lust verspürt, mit ihm zu sprechen. Er versucht, sich unauffällig abzusetzen, will klammheimlich durch den Ausgang verschwinden.

»Laufen Sie nicht weg, Herr Lutze!«, hört er Rehmkes Stimme im Nacken. »Nur noch einen Moment, ich komme gleich zu Ihnen!«

2006
EIN KOMMISSAR STOLPERT IN EINEN NEUEN FALL

8.37 Uhr, ein rötlicher Schimmer schiebt sich im Osten unter dem Dunkel hervor. Vom Bahnsteig 2 strömen die ersten Pendler aus dem nahen Umland in die graue Stadt. Ihre Schritte hallen durch den Schacht der Fußgängerunterführung und die Treppe hinauf in die Vorhalle. Am Tresen des Bahnhofskiosks hat sich eine kleine Schlange an der Kasse gebildet, weil einige im Vorbeieilen noch eine Zeitung kaufen wollen. Die maskuline Gestalt von Silvia Haman hat sich zu den Menschen in dem Laden gesellt und stöbert unauffällig in einem Bücherständer. Die Kollegen Mielke und Jacobsen haben ihren Posten vor dem Bahnhofsgebäude bezogen, sitzen im Dienstwagen am Anfang der Herzog-Adolf-Straße und beobachten von dort den Eingangsbereich mit der Glastür.

Hauptkommissar Swensen steht mit einem leeren Koffer in der Nähe der Fahrkartenautomaten gegenüber den Schließfächern. Ein massiver Kopfdruck beeinträchtigt seine Aufmerksamkeit. Er glaubt eine aufkeimende Erkältung zu spüren, denn bei jeder Bewegung zieht es in seinen Glieder schmerzhaft. Es fällt ihm nicht leicht, sich auf seine bevorstehende Aufgabe zu konzentrieren, missmutig wartet er auf den entscheidenden Anruf von einem der beiden Oberkommissare.

Kein ungefährlicher Zustand in dieser Situation, bedenkt er und tastet unwillkürlich nach dem Griff der Sig-Sauer unter seinem Mantel. Typen aus dem Drogenmilieu sind immer unberechenbar.

Trotzdem schwindet sein Spürbewusstsein, steht er irgendwie außerhalb seines Körpers. Etwas scheint ihn zu verunsichern, imaginär und zugleich wirklich, gepaart mit Worten, die er tief in sich bewahrt hat. Worte seines Meisters Rhinto Rinpoche, die ihn gelehrt wurden damals in seiner Zeit im buddhistischen Tempel in der Schweiz.

»Wenn Emotionen in dir aufsteigen, kann es sein, dass du dich fürchtest, von ihnen überrollt zu werden. Du hast Angst, den Verstand zu verlieren. Um dieses Gefühl umzuwandeln, ist es nötig, durch seine Ängste hindurchzugehen. Du beginnst, auf die Ängste zuzugehen, anstatt zu erleben, dass sie zu dir kommen.«

Swensen zieht unwillkürlich die Stirn in Falten. Im diesem Moment kann er solche Weisheiten überhaupt nicht gebrauchen. Er kann es aber nicht verhindern, dass seine Erinnerung ihn in die Zeit zurückbringt, in der er vier Jahre im Tsurphu-Tempel zugebracht hat, damals, als er von 1970 bis 1974 in der Schweiz gelebt hat. Mit distanzierten Gefühlen sieht er sich im Gebet, wie er die beiden Handflächen zur Namaskara-Geste vor der Brust zusammenführt, sie hoch in die Luft streckt, um dann beiläufig Stirn, Hals und Herz zu berühren und sich schließlich vor der goldenen Statue des Chenrezig, dem Bodhisattva des universellen Mitgefühls, flach auf den Boden zu werfen.

Es erheitert ihn, als er daran denken muss. Wie lange hatte er dafür gebraucht, um zu solch einer Handlung fähig zu sein? Zumal Meister Rinpoche immer gelehrt hatte, dass der Buddhismus die transzendente, letzte Wirklichkeit als nichts Persönliches begreift und Beten so gesehen überhaupt keinen Sinn macht. Als Swensen den Widerspruch, warum es so gesehen im Tempel überhaupt eine Chenrezig-Statue geben würde, erklärt haben wollte, hatte der Lama in seinem gebrochenen Englisch geantwortet: »Für ein erleuchtetes Wesen wie dem Bodhisattva, der selbstlos auf den letzten Schritt ins Nirwana verzichtet, um anderen zu helfen, gilt eine besondere Verehrung, auch deswegen, weil der Chenrezig der Schutzpatron Tibets ist.«

Ausnahmen bestätigen die Regel. So war es auch in der Abgeschiedenheit eines Schweizer Tempels, denn vieles ließ sich dort nicht über den Verstand erklären; und irgendwie war ihm vieles damals einfacher erschienen als jetzt in seiner sogenannten realen Wirklichkeit. Bei einem Drogeneinsatz braucht er die Achtsamkeit, von der Meister Rinpoche immer gesprochen hatte, egal wie er sich im Moment gerade fühlt. Wer sich dabei innerlich nur für eine Minute ausklinkt, läuft Gefahr, dass etwas aus dem Ruder läuft. Während der Kriminalist das denkt, spürt er, wie seine eigenen Gedanken ihn zu verärgern beginnen. Warum, verdammt noch mal, muss er den Worten von Meister Rinpoche immer im falschen Moment hinterherhängen? Und natürlich weiß er auch schon, was der geantwortet hätte: Es gibt keinen falschen Moment!

»Üb immer Treu und Redlichkeit« meldet Swensens Handy. Er nimmt das Gespräch erleichtert entgegen, denn augenblicklich ist die buddhistische Vergangenheitsbewältigung aus seinem Kopf verschwunden. Die vertraute Wirklichkeit bricht über ihn herein.

»Die Zielperson ist vorgefahren. Macht euch bereit«, meldet sich Jacobsens Stimme.

»Okay!«, bestätigt Swensen, wieder bei klarem Verstand. »Die Flensburger wissen Bescheid?«

»Klaro! Der Zugriff erfolgt zeitgleich!«

Der Hauptkommissar gibt Haman das verabredete Handzeichen, schiebt das Handy in die Manteltasche zurück und schreitet zu den Schließfächern hinüber. Er stellt seinen Koffer ab, wirft die Münze, die er in der linken Hand parat hält, in den Schlitz des oberen Fachs und öffnet die Tür. Hinter dem rechteckigen Stahlblech könnte er gegebenenfalls mit dem Gesicht in Deckung gehen, hätte aber weiterhin den Eingangsbereich im Auge. Es sieht nach einem Routinezugriff aus, sodass sich sein Adrenalinspiegel im unteren Bereich hält. Die gedrungene Gestalt, die gerade durch die Glasschiebetür marschiert, lässt Swensen aufschrecken. Sie trägt eine hellgrüne Schlabberhose mit weißen Seitenstreifen, ein knallrotes Sweatshirt und eine viel zu weite olivfarbene Daunenweste. Er kennt diese Klamotten, und richtig, der Mann dazu ist Herbert Boxberger, dieser skurrile Typ vom Kiosk in der Neustadt, zu dem man vier Stufen hinuntermuss und dessen kleiner Verkaufsraum immer kalt und klamm ist. Als Swensen noch in Husum wohnte, hatte er dort vor Dienstbeginn fast immer die »Husumer Rundschau« gekauft. Noch bevor der Hauptkommissar seine Erkenntnis richtig einordnen kann, geht plötzlich alles viel zu schnell, denn genau dieser Mann in der schrillen Farbkombination steuert, ohne zu zögern, genau auf das untere Schließfach zu, an dem Swensen sich verschanzt hat. Dem Kriminalisten wird augenblicklich klar, dass er es nicht mehr verhindern kann, von Boxberger jeden Moment erkannt zu werden. Der erstarrt dann auch mitten in seiner Bewegung, schaut mit wässrigen Augen und verdutztem Blick in seine Richtung, macht auf der Stelle kehrt und versucht mit langen Schritten, nach draußen zu flüchten. Swensen sieht, wie ein kleiner Gegenstand aus seiner Hand fällt, der metallisch klirrend auf die Steinfliesen prallt.

»Zugriff!«, brüllt Swensen kurz entschlossen und stürzt hinterher.

Haman hat ihren Standort jedenfalls gut gewählt, stellt dem Flüchtenden blitzschnell ihr Schienbein in den Weg. Der prallt dagegen, verliert das Gleichgewicht und fliegt im freien Fall vornüber. Noch im letzten Moment kann Boxberger sich geschickt über die Schulter abrollen. Ein junger Fahrgast tritt an seine Seite, streckt dem am Boden Liegenden eine Hand entgegen, um ihm aufzuhelfen.

»Aus dem Weg!«, bellt die Oberkommissarin und stößt den kräftig gebauten Jüngling mit einem unsanften Stoß zur Seite.

»Hey, sind Sie übergeschnappt?«, beschwert der sich lauthals, geht in Stellung und ballt die Fäuste.

»Das lassen wir, sonst gibt es Ärger!«, warnt Haman mit scharfem Ton, »Sie behindern die Arbeit der Kriminalpolizei!«

»Ganz ruhig, junger Mann! Ganz ruhig«, redet Swensen sanft auf den Jüngling ein, indem er ihm eine offene Hand entgegenstreckt und mit der anderen den Dienstausweis zückt.

Haman hat Boxberger am Handgelenk gepackt und dreht ihm den Arm auf den Rücken.

»Was wollen Sie denn von mir?«, jammert der und strampelt zornig mit den Beinen in der Luft, aber gegen den festen Hebel der Oberkommissarin hat er keine Chance.

»Sie kennen mich doch!«, wendet sich Boxberger mit hilfesuchendem Blick an Swensen. »Warum halten Sie mich fest?«

»Warum sind Sie weggelaufen?«

»Weil … ich hab was im Auto vergessen.«

Swensen schüttelt verständnislos den Kopf, wendet sich ab, geht dann auf die Schaulustigen zu, schaut jedem in die Augen und sagt: »Gehen Sie bitte weiter! Sie behindern unsere Polizeiarbeit!« Während er die Wirkung seiner Worte abwartet, hört er, wie Silvia: »Sie haben das Recht zu schweigen« herunterleiert. Der fallengelassene Gegenstand fällt ihm wieder ein und er sucht den Boden danach ab. Der einsame Sicherheitsschlüssel, der drei Meter vor den Schließfächern liegt, ist auf dem unruhigen Untergrund nur schwer auszumachen. Er streift einen Latexhandschuh über die rechte Hand, hört Boxberger weiterhin protestieren, das Klicken der Handschellen und Hamans Befehl, dass er endlich aufstehen soll. Der Schlüssel, den er aufhebt, hat die Nummer 14. Er öffnet das betreffende Fach und muss unwillkürlich lächeln. Der Inhalt entspricht ihrer aller Erwartungen. Aus einer grauen Umhängetasche fördert er sechs in Plastikfolie verschweißte Marihuanapäckchen zutage. Der Verdacht der Flensburger Kripobeamten ist berechtigt gewesen.

Die Husumer Kripo war von der Abteilung der Drogenfahndung, die seit Monaten einen 26-jährigen Mann serbischer Herkunft im Visier hatte, kurzfristig um Amtshilfe gebeten worden. Die Flensburger hatten den Tatverdächtigen in der Zeit davor akribisch überwacht. Als der Serbe vor wenigen Tagen mit dem Zug aus den Niederlanden zurückgekommen war, hatte er das vermutete Marihuana offensichtlich auf dem Husumer Bahnhof in einem Schließfach deponiert. Swensen und sein Team sollten in diesem Einsatz die bevorstehende Rauschgiftübergabe an einen unbekannten Husumer Dealer auf dem Bahnhofsgelände übernehmen und die Person, die dort auftauchen würde, verhaften, während die Flensburger sich zeitgleich den serbischen Kurier krallen wollten.

Swensen hängt sich die Trageriemen der Tasche über die Schulter und schaut sich nach Haman um. Doch Kollegin Haman scheint nicht mehr im Bahnhofsgebäude zu sein. Hat sie Boxberger etwa, wie es ihre Art ist, im Alleingang nach draußen zum Dienstwagen geschafft? Der Hauptkommissar ist verärgert, steht einen Moment unentschlossen herum und fühlt sich irgendwie fehl am Platz.

Wenn hier jeder einfach drauflosmachen würde, rumort es in ihm. Ohne verlässliche Kommunikation kann dieser Job verdammt schnell verdammt gefährlich werden.

Da ist sie wieder, diese undefinierbare Angst!

»Ängste verleiten uns dazu, unsere innere Leere auszufüllen«, meldet sich des Meisters Stimme erneut in seinem Kopf. »Wir wollen Vorbeugungen gegen etwas treffen, was noch gar nicht geschehen ist, glauben, dadurch unsere Angst nicht fühlen zu müssen.«

Manchmal kommt es ihm vor, als hätten sich seine Ängste nach dem Vorfall in Kiel vor fast sechs Jahren unmerklich verstärkt. Damals hatten Al-Qaida Terroristen bei einem Fahndungseinsatz im Hochhaus neben dem Gelände der Kieler U-Boot-Werft eine Bombe gezündet. Bei der Explosion war er glücklicherweise nur leicht verletzt worden.*

---

* Wimmer Wilkenloh, Feuermal

Wenn er heute darüber nachdenkt, war er damals trotz der Warnungen von Anna nach dem Krankenhausaufenthalt einfach wieder zur Tagesordnung zurückgekehrt, hatte die unmittelbare Lebensgefahr, in der er sich befunden hatte, vor sich selbst heruntergespielt. Es waren keine Symptome aufgetreten, etwa solche, unter denen er bei seiner posttraumatischen Belastungsstörung gelitten hatte. Allerdings ist er seitdem ängstlicher, das kann er heute nicht mehr wirklich von der Hand weisen.

»Üb immer Treu und Redlichkeit«. In der Manteltasche des Hauptkommissars erklingt Mozarts Melodie der preußischen Tugenden. Er zieht sein Handy heraus und drückt mit dem Daumen auf den grünen Hörer.

»Erfolg auf voller Linie, unser Einsatz«, jubelt Jacobsen frenetisch, bevor Swensen sich überhaupt melden kann. »Die Flensburger haben ihren Drogenkurier hoppgenommen und uns ist der unbekannte Dealer aus Husum in die Falle gegangen.«

»Nicht schlecht, Herr Specht!«, knurrt Swensen zurück. »Du kannst Silvia trotzdem einen Gruß von mir ausrichten. Dass sie mit dem Festgenommenen einfach allein losgezogen ist, ist bei mir nicht gerade gut angekommen. Was wäre wohl passiert, wenn ein Komplize draußen auf der Lauer gelegen hätte?«

»Hauptkommissar Swensen und sein moralisches Über-Ich!« Jacobsens Stimme suhlt sich in einem süffisanten Oberton. »Überall beschwörst du irgendein Horrorszenario, wir waren schließlich auch noch in der Nähe.«

»Vergiss die Sache einfach!«, gibt Swensen patzig zurück und mokiert sich innerlich darüber, wieso ausgerechnet Jacobsen den Begriff Über-Ich in seinem Repertoire hat.

Ganz schön überheblich von mir, korrigiert er sich gleich, kann sich aber danach einen süffisanten Tonfall nicht verkneifen. »Gehe ich recht in der Annahme, dass die Flensburger jetzt den Rest der Arbeit übernehmen werden?«

»Genauso wurde es uns übermittelt, Kollege Swensen.«

»Im Klartext: Die wollen bei ihrem Verhör niemanden von uns dabeihaben?«

»Das hast du völlig richtig erfasst. Aber kein Grund, Däumchen zu drehen, wir haben nämlich bereits den nächsten Einsatz an der Hacke.«

»Und was kann ich mir darunter vorstellen?«, knurrt Swensen missmutig.

»Es geht um die Filmtruppe, die hier noch immer die halbe Stadt mit ihren Dreharbeiten in Beschlag nimmt.«

»Die mit dem Autounfall?«

»Genau, um diesen Chaosverein geht es! Also, einer von denen hat soeben bei Frau Bender in der Inspektion angerufen und irgendetwas von einem weiteren Anschlag gefaselt. Der Chef möchte natürlich, dass wir uns gleich darum kümmern.«

»Einen weiteren Anschlag?«

»Ich weiß auch nichts Näheres. Die Filmer filmen im Moment in der Brüggemannstraße, dort soll dieser Anschlag passiert sein. Wir warten hier draußen auf dich, damit wir starten können.«

»Ihr könnt schon ohne mich losfahren«, wehrt Swensen ab. »Ich bringe die Drogen aus dem Schließfach in die Inspektion und hole meinen Polo, damit ich danach gleich nach Haus fahren kann.«

»Du machst *dein* Ding, verstehe«, lautet Jacobsens mürrischer Kommentar. »Man sieht sich vor Ort!«

»So machen wir's«, sagt Swensen kurz angebunden und

beendet das Gespräch. Er verspürt absolut keine Lust, sich mit den anderen dreien in einen Wagen zu quetschen, um die ganze Fahrt über die Lobeshymnen über den gelungenen Einsatz zu hören. Außerdem möchte er sich in aller Ruhe auf die neue Situation einstellen und nicht kopflos auf den nächsten Schauplatz stürmen.

Der Hauptkommissar verlässt eilig das Bahnhofsgebäude, marschiert mit der Tasche über der Schulter die 150 Meter zur Polizeiinspektion hinüber. Auf halber Strecke zieht der Dienstwagen mit Mielke, Jacobsen und Haman vorbei und hupt kurz. Er sieht die feixenden Gesichter hinter den Scheiben, winkt und muss gleichzeitig an den ausgebrannten BMW des Filmteams denken, erinnert sich an den Unfallort, an dem er vor dreieinhalb Tagen das Auto sah, das auf dem Dach im Graben lag.

Die Beamten der Verkehrspolizei waren am Anfang von einem simplen Unfall ausgegangen. In der Nacht hatte es in Strömen gegossen, die Straßen waren regennass gewesen, als der Produktionswagen auf der schnurgeraden Chaussee vor Sankt Peter-Ording ins Schleudern geraten war, einen Baum gestreift und sich dann überschlagen hatte. Doch nachdem die Beamten das abgerissene Hinterrad erst nach längerer Suche weit vom Wrack entfernt gefunden hatten, aber keine der Radmuttern entdecken konnten, wurde von ihnen die Husumer Kriminalpolizei informiert.

Trotz leichter Gehirnerschütterung konnte der Fahrer vor Ort den Unfallhergang schildern. Der Beifahrer, der mit leichten Prellungen davongekommen war, bestätigte die Aussage des Fahrers und gab zu Protokoll, es hätte einen gewaltigen Schlag gegeben und danach war das Fahrzeug außer Kontrolle geraten. Das schürte den Verdacht, dass jemand die Radmuttern vorsätzlich gelöst haben könnte, sodass das Rad bei voller Geschwindigkeit von der Achse gesprungen war.

Die später eingeleiteten Ermittlungen hatten bei den Mitarbeitern des Filmteams ziemlich verworrene Aussagen zutage gefördert. Besonders der Regisseur, ein gewisser Detlev Rehmke, mit dem Swensen am nächsten Mittag während einer Drehpause sprechen konnte, fantasierte von irgendwelchen Anzeichen, die auf ein Boykottieren der Dreharbeiten hindeuten würden. Die Speicherdaten, die bei dem Unfall komplett zerstört worden waren, hatten zu einer besonders aufwendigen Inszenierung gehört. Zum Schluss hatte der Mann sich in wilden Verschwörungstheorien verloren, bei denen irgendwelche Hintermänner anscheinend versuchen würden, seinen Film zu verhindern. Für den Hauptkommissar hatte sich das Ganze so unwahrscheinlich angehört, dass er dieser Aussage damals keine große Beachtung geschenkt hatte. Und jetzt sollte es einen zweiten Anschlag gegeben haben?

Noch in Gedanken versunken, steigt der Hauptkommissar die Treppe zur Inspektion hinauf, stellt die Tasche mit den Drogen auf den Tresen am Empfang, weist den diensthabenden Beamten an, sie zu den Flensburger Kollegen zu bringen, und ist sofort wieder aus der Tür. Im Hof steigt er in seinen alten Polo und fährt in Richtung Innenstadt. Die Zufahrt zur Brüggemannstraße ist vom Treibweg aus wegen der Dreharbeiten abgesperrt. Swensen ignoriert den Umstand. Er zwängt sich über den Bürgersteig an dem Plastikgatter vorbei, kommt aber nicht weit, muss auf halber Strecke hinter großen Filmfahrzeugen stoppen und zu Fuß weitergehen.

Grelles Scheinwerferlicht und das geschäftige Treiben von unzähligen Menschen empfängt ihn keine 20 Meter weiter. Nachdem er an einigen Cateringzelten, aus denen es nach leckerem Essen duftet, vorbeimarschiert ist und Ausschau gehalten hat, entdeckt er Silvia, die in einiger Entfernung mit dem bekannten Schauspieler Klaus Weiss redet, den Swensen aus einigen Kinofilmen und Fernsehproduktionen kennt. Daneben steht eine Frau mit dunkelbraunem, lockigem Haar, markanten Augenbrauen und leuchtend blauen Augen.

Ist das nicht die Giese? Er versucht, eine vergleichende Erinnerung an das Gesicht der Schauspielerin in sich zu aktivieren. Aber sicher, das ist die Giese, Petra Giese, stellt er fest, nachdem ihm das Kulturmagazin von der letzte Woche eingefallen war, wo er sie bei einer Filmpremiere auf dem roten Teppich gesehen hat.

Sofort fühlt er sich irgendwie elektrisiert, so hautnah auf Prominente zu treffen, und zieht spontan den Bauch ein, als er zu Haman hinübergeht. Er wartet eine Lücke im Gespräch ab und fragt: »Kannst du mich kurz aufklären, worum es hier geht, Silvia?«

»Mein Kollege Hauptkommissar Swensen«, stellt ihn die Hauptkommissarin vor, »und das sind Herr Weiss und …«

»Frau Giese! Es freut mich, Sie einmal persönlich kennenzulernen«, sagt Swensen mit säuselnder Stimme, als wolle er seine Kollegin Susan imitieren.

Giese nickt kurz, lächelt ihn zwar an, bleibt aber auffällig distanziert. Ein kurzer Augenblick peinlicher Stille tritt ein, bevor Haman wieder zur polizeilichen Tagesordnung übergeht.

»Hier ist gerade eine merkwürdige Sache passiert, äußerst dubios«, informiert Haman den Hauptkommissar und verdreht die Augen. »Vor circa einer halben Stunde, mitten in der Vorbereitung für einen Dreh, scheint es einen Anschlag auf den Regisseur gegeben zu haben.«

»Was wollen Sie mit der Formulierung ›scheint es‹ andeuten? Es *hat* einen Anschlag gegeben!«, sagt Weiss sichtlich erregt. »Jemand hat mit einer vollen Bierflasche direkt auf den Kopf von Rehmke gezielt.« Er holt tief Luft und wettert aufgebracht weiter. »Wenn ich ihn nicht im letzten Moment zur Seite gezogen hätte, wäre er mit Sicherheit getroffen worden.«

»Rehmke ist der Regisseur«, ergänzt Silvia, »Detlev Rehmke.«

Ich weiß, denkt Swensen, ohne es auszusprechen, nickt kurz und fragt: »Ein Anschlag mit einer Bierflasche? Kann mich bitte einer aufklären, was das für ein Anschlag gewesen sein soll?« Er guckt erst Weiss und dann Giese herausfordernd an. Als Silvia für die beiden zu einer Antwort ansetzen will, macht er mit einer unmissverständlichen Geste klar, dass er eine Antwort von den Zeugen wünscht.

»Das mit der Bierflasche gehört zu einer Filmszene, die gerade gedreht werden sollte«, ergreift Giese das Wort. Ihre Stimme klingt auffällig emotionslos, als hätte sie das, was geschehen ist, gar nicht persönlich miterlebt. »Die Flasche sollte aus dem obersten Stockwerk auf eine Person geworfen werden, die von meinem Kollegen Weiss dargestellt wird, und knapp ihren Kopf verfehlen. Solche Einstellungen erfordern höchste Präzision, damit dabei niemand zu Schaden kommt.«

»Und der Regisseur?«, unterbricht Swensen. »Der spielt auch mit, oder wie ist das Ganze zu verstehen?«

»Nein, natürlich nicht!«, zischt Weiss.

»Es ist bei der Stellprobe passiert«, berichtet Giese weiter.

»Was ist eine Stellprobe?«, fragt Swensen.

»Da werden Gänge, Standpunkte und Haltungen der einzelnen Schauspieler für die zu drehende Szene festgelegt«, erklärt Giese. »Bei solch einem brisanten Dreh ist das besonders wichtig. Alles muss hundertprozentig durchgegangen werden, damit die Flasche nicht zur falschen Zeit geworfen wird und damit sie auf jeden Fall dort aufschlägt, wo sie aufschlagen soll. Und genau dabei wurde der Anschlag verübt. Jemand hat die Flasche mitten in die Stellprobe hineingeworfen.«

»Und wer war dieser Jemand?«

»Wir haben alle keine Ahnung, wer so etwas getan haben könnte!«, knurrt Weiss erbost. »Bestimmt niemand aus der Filmcrew! Um das zu klären, haben wir ja die Polizei gerufen!«

»Wir waren alle total geschockt«, ergänzt Giese, »und als wir dann endlich in der oberen Etage nachgeschaut haben, aus der die Flasche gekommen sein muss, war niemand zu entdecken.«

»Wir sollten die Spurensicherung hochschicken«, sagt Swensen zu Haman.

»Brauchen Sie uns noch?«, will Weiss wissen.

»Im Moment eher nicht«, antwortet Swensen. Er sieht Giese und Weiss hinterher, bis sie in einem Cateringzelt verschwunden sind.

»Die Giese hat offensichtlich jetzt einen heimlichen Verehrer, oder?«, stellt Haman trocken fest.

»Wo sind eigentlich Stephan und Rudolf?«, fragt Swensen, ohne auf die Bemerkung seiner Kollegin einzugehen.

»Die sind dort, wo du die Spurensicherung hinschicken willst«, entgegnet Haman bissig. »Die polizeiliche Ermittlung beginnt nicht erst dann, wenn *du* auf der Bildfläche erscheinst.«

»Ist dir eine Laus über die Leber gelaufen?«

»Wir machen unsere Arbeit genauso korrekt wie du.«

»Du bist verschnupft, weil ich deinen Alleingang am Bahnhof missbilligt habe?«

»Quatsch! Ich finde nur, dass du erst mal zuhören solltest, was wir zu sagen haben, wenn du vor Ort auftauchst. Und jetzt Schwamm drüber. Wie wär's, wenn wir nach Stephan und Rudolf Ausschau halten, damit wir unsere Arbeit koordinieren.«

»Mea culpa! So sollten wir das machen, Kollegin Haman.«

Swensen fühlt sich irgendwie ertappt. Silvia hat ihm nur seinen selbstherrlichen Auftritt gespiegelt, der dem Alleingang seiner Kollegin in nichts nachsteht. Und wenn die Einsicht schon mal da ist, sind auch die ermahnenden Worte von Meister Rinpoche nicht fern: »Die drei Samen der Tugend sind die Abwesenheit von Begierde, Aggression und Ignoranz.«

Silvia ist bereits losgegangen und steuert im Slalom durch die Menschen, die mit ratlosen Gesichtern am Set stehen, als würden sie auf Anweisungen warten. Die Fassade des besagten Hauses wird noch von mehreren Tageslichtflutern angestrahlt. Im dunklen Eingangsbereich stehen Mielke und Jacobsen mit einer kleinen, schmächtigen Frau mit energischer Körperhaltung zusammen, die auf die beiden einredet.

»Das ist doch Unsinn! Keiner versteigt sich hier in Verschwörungstheorien, meine Herren! Es ist durchaus normal, dass unser Regisseur es nicht gerade phänomenal findet, wenn eine kleine Bierflasche hier den gesamten Betrieb lahmlegt. Jede Minute Drehausfall kostet bares Geld und geht zu Lasten der Kreativität. Wer will da jede Meinung, die im ersten Zorn fällt, gleich auf die Goldwaage legen?«

»Welche Meinung wird denn vertreten?« Swensen kann seinen Mund einfach nicht halten, obwohl Silvia ihn soeben erst zusammengestaucht hat, die Neugier ist einfach größer.

»Ihre werten Kollegen deuten an, dass Ihnen von unserer Seite zu viel von Verschwörungstheorie geredet wird. Ihrer Meinung nach geht es bei dem Vorfall um einen einfachen, durchschaubaren Sachverhalt.« Die Stimme der Frau klingt barsch. Sie blickt grimmig in die Runde der geballten Husumer Polizeipräsenz.

»Wir haben langjährige Erfahrung, Frau Hubrich-Messoff, und wir können beim besten Willen keine Verschwörung hinter dem Ereignis erkennen«, hält Mielke in ebenfalls aufgebrachtem Tonfall dagegen.

»Mein Name ist Messow, Hubrich-Messow!«

»Meinetwegen!«, knurrt Mielke ungewöhnlich unhöflich. »Sie haben uns erklärt, dass die oberste Wohnung im Haus für die Dreharbeiten angemietet wurde. Zusätzlich wurden alle Bewohner für diese Zeit in Hotels untergebracht. Es war also niemand außer ihren Leuten vor Ort. Wir sind uns einig, dass diese Flasche verfrüht geworfen wurde und dabei beinahe den Regisseur am Kopf getroffen hätte. Es ist also ein ziemlich dummer Fehler passiert. Beinah wäre es zu einem schweren Unfall gekommen. Deshalb sagt mir der gesunde Menschenverstand, dass einer Ihrer Leute dieses Missgeschick verbockt und sich danach klammheimlich verpieselt hat. Ein großer Unbekannter im Hintergrund ist reine Spekulation!«

»Ihr gesunder Menschenverstand interessiert mich nicht die Bohne!«, kontert die Aufnahmeleiterin mit zunehmendem Unmut. »Egal, wer für den Vorfall verantwortlich ist, es kann trotzdem eine Verschwörung dahinterstecken! Ich empfehle Ihnen dringend, einmal Shakespeare zu lesen.«

»So bringt das gar nichts!«, beschwört Swensen. »Wir sollten zu einem konstruktiven Miteinander zurückfinden. Könnten Sie Ihre Sicht der Dinge noch einmal kurz zusammenfassen, Frau Hubrich-Messow?«

»Am Set kommen solche Fehler nicht vor«, ereifert sich Hubrich-Messow, während sich ihre Mimik stetig verändert, »schon gar nicht bei solch einer brisanten Einstellung wie der mit der Bierflasche. Der Ablauf wird bis ins Detail durchgecheckt, ohne Personen zigmal geprobt, bevor es in die heiße Phase geht. Deshalb würde die Flasche niemals bei einer Stellprobe geworfen werden. Der Mitarbeiter, der für den Wurf der Flasche zuständig ist, war zu dem besagten Zeitpunkt auch gar nicht dort oben! Und jemand anderer hätte in der Wohnung nichts zu suchen gehabt.«

»Sie gehen also von Absicht aus?«, fragt Swensen.

»Selbstverständlich!«, sagt die Aufnahmeleiterin.

»Bleibt für mich die Frage offen, wer hätte in dem Moment die Möglichkeit gehabt, es zu tun?«, stellt Swensen fest. »Und warum hat die Person es gemacht? Sie glauben anscheinend, jemand will Ihre Dreharbeiten verzögern, verhindern oder Ihnen zumindest finanziell schaden?«

»Dazu werde ich nicht mehr sagen, als ich ohnehin schon gesagt habe. Ich will mir auf gar keinen Fall den Mund verbrennen.«

»Und wer darf dazu etwas sagen?«

»Am besten, Sie besprechen das mit Detlev Rehmke persönlich.«

2001
ES GIBT KEINE KRAFT UND KEINE MACHT AUSSER BEI ALLAH

Er weiß nicht mehr, wie viel von seiner Zeit sich schon in etwas Unwirkliches, Schwebendes und Gefährliches verwandelt hat. Nur der Himmel über ihm ist real, das ist immer gewiss; ein diffuses Licht in einem wogenden Meer aus zusammengefügten Punkten, Bahnen, Flächen und einzelnen Zeichen, das die Nacht grau graviert. Die Farblosigkeit könnte etwas Tröstliches haben, wenn er nicht splitternackt wie in einem Vorhof zur Hölle stehen würde, irgendwo mutterseelenallein auf einer kahlen Rollbahn eines Flugplatzes im Nirgendwo. Nachdem er das Flugzeug verlassen hat, haben die Amerikaner seinen Overall mit einer Schere aufgeschnitten. Danach musste er sich ausziehen, ohne dass sie ihm die Fesseln abnahmen.

»See that!«, brüllt ein Soldat mit fleischigen Lippen dicht neben seinem Ohr. Der Hüne in heller Flecktarnuniform hält ihm den Lauf seines Sturmgewehrs vor die Nase. »Can you see that?« Die Stimme vibriert in seiner Ohrmuschel.

Er versteht nur wenige Brocken Englisch, spricht Deutsch und Türkisch. Trotzdem weiß er instinktiv, was gemeint ist. Er versucht, seinen Kopf langsam zur Seite zu drehen, weg aus dem tödlichen Blickfeld der runden Metallpupille, die sich auf seine Stirn richtet.

»Don't move, motherfucker!«

Was meint der mit »move«?

Die Körperhaltung dazu ist eindeutig. Wenn er auch nur einen Finger rührt, wird der Kerl ihn erschießen. Er verharrt bewegungslos, sieht auf die vielen Rollen Stacheldraht, die sich hoch vor ihm auftürmen. Die blanken, rasierklingenähnlichen Schneiden glänzen tückisch im Lampenlicht der Masten. Sie begrenzen ein circa zehn mal fünf Meter großes Terrain; dahinter kauern an die 30 Gefangene auf nacktem Boden. Es gibt keine Tür in dem Verschlag. Ein zweiter Soldat zieht eine Art Eisengitter, das an einer Stange im Stacheldraht befestigt ist, mit einer Kette auf. Ein dritter schneidet ihm die Handfesseln auf, dünnes Plastikband, das die Blutzirkulation abschnürt. Seine Finger fühlen sich geschwollen an, taub, und ein Schmerz zieht von den Händen bis in die Unterarme. Wenn er seine Füße nicht sehen würde, würde er glauben, keine mehr zu haben, er kann den Boden unter sich nicht spüren. Der zweite Soldat wirft einen blauen Overall vor ihn auf den Boden. Er will sich bücken, um ihn aufzuheben. Im selben Moment kracht ein Gewehrkolben zwischen seine Schulterblätter; der Schmerz brennt wie eine heiße Flamme den Nacken hinauf.

»Don't move! Sit down, hurry up!«

Die drei Soldaten brüllen weiterhin Befehle, selbst als sie den Verschlag wieder verlassen haben und das Eisengitter zugezogen ist.

Lă hawla wa lă qŭwata illă bi 'Llăh, spricht er in seinem Kopf zu sich.

Es sind die arabischen Worte, die in der Koranschule der Haqqaniya-Moschee östlich von Peschawar gelehrt wurden. Sie bedeuten: »Es gibt keine Kraft und keine Macht außer bei Allah.«

Sie sind ihm im Gedächtnis geblieben, weil er sie auswendig gelernt hat. Jetzt spricht er sie innerlich vor sich hin, wieder und wieder, hockt dabei nackt und bewegungslos neben seinem Overall. Es ist eisig, die Kälte packt ihn brutal im Nacken und zieht ihm die Schultern zusammen. Er friert bitterlich. Jede neue Minute verstreicht langsamer als die gewesene; und trotzdem fallen ihm die Lider zu, springen aber auch gleich wieder angsterfüllt auf. Die Soldaten sind nicht zu sehen. Dann ist ihm alles egal. Er legt sich auf den Overall. Der harte Betonboden drückt durch den dünnen Stoff, in kurzer Zeit sinkt er hinab auf die Kehrseite der Zeit, taucht ein in nebulöse Trugbilder, die ihn langsam einhüllen, ihn bedrängen wie böse Geister; das schnappende Tigergebiss mit den blutigen Zähnen des leichenfressenden Ghul, das schwebende Wesen eines Ifrit, das sich aus rauchlosem Feuer formt, der echsenhäutige Marid, der mit seiner grünen Krustenhaut aus einem Teich auftaucht. Während er durch die milchigen Schwaden über steinharten Boden in einen Gletscherschlund stolpert, greifen dürre Hände nach ihm. Geborstene, scharfe Fingernägel ritzen seine Haut, überziehen die Wunden mit Eiskristallen. Hohngelächter sitzt ihm im Nacken, lässt ihn erschauern. Plötzlich schauen zwei blanke, rehbraune Augen aus dem kalten Dunst hervor. Es sind freundliche Augen, die Augen von Azra, seiner zukünftigen Frau.

Azra ist sehr hübsch. Sie hat ein rundes Gesicht, einen warmen Blick, kupferfarbene Haut und schwarze, lockige Haare, die ihr bis auf die Schultern fallen. Auf ihrem Mund liegt ein verklärtes Lächeln, das ganz tief aus ihrem Herzen zu kommen scheint. Er kennt sie nur von einem einzigen

Foto, das er von seinen Eltern bekommen hat. Sie und die Eltern von Azra haben sich gemeinsam besprochen. Er wird sie heiraten, im Dezember, wenn er von dieser Reise wieder nach Deutschland zurückkommt. Während er ihr Gesicht vor sich sieht, hört er die Worte seiner Mutter Serap: »Das Paradies liegt zu Füßen der Mütter, Gülcan; ein Sohn hat das zu tun, was seine Familie wünscht!«

Mit jeder Silbe, die seine Mutter spricht, verformt sich dieser zierliche Mund, der im weißen Nebel vor seinen Augen schwebt. Die weißen Zahnreihen werden sichtbar, glänzen wie Perlmutt, die breite Zunge erscheint, gespalten wie die einer Schlange, züngelt vor seinen Augen. Alles verzerrt sich, wird zu einem weit aufgerissenen Maul, das im Takt der Kiefer auf- und zuklappt.

Sein Blick hat sich mit Schleim bedeckt, er ist für einen Moment blind, bis sich ein neuer Schein langsam aus der Dunkelheit zu Konturen verdichtet.

Windfinger greifen in Geröll, Steine schaben über Steine. Er spürt ein Hämmern in der Brust. Körper ohne Knochen verdrehen sich wie Tauwerk. Die letzten Traumfetzen zerfasern in dem typischen Teppichklopfer-Geräusch von Rotorblättern. Ein Hubschrauber hat ihn aufgeschreckt, doch die Wirklichkeit ist weiterhin außerhalb seines Körpers. Gülcan bleibt bewegungslos liegen, die Wange am Boden, hält seine Augen geschlossen und sein Atem geht schwer, er muss mühsam jeden Milliliter Luft in die Lungen pumpen. Seine Haut brennt, in den Schläfen pocht das Blut. Durch die geschlossenen Lider spürt er Helligkeit. Endlich traut er sich, die Augen zu öffnen, sich aufzurichten. Um ihn herum sieht er ockerbraune Zelte, Stacheldraht, in der Ferne einen hohen Turm, der ihn an einen Flughafen-Tower erinnert. Hier in der Nähe ist bestimmt eine Landebahn, denkt er, darauf wird dieser Hubschrauber gelandet sein, dessen Geräusch in der Zwischenzeit verstummt ist. In einiger Entfernung steht ein langes Gebäude aus Holz und Wellblech, vielleicht ein Hangar. Geräusche von Hämmern und Bohren dringen an sein Ohr. Der Dieselmotor eines Bulldozers dröhnt vorbei, die Ketten knirschen im Kies. Ein Soldat sitzt im Fahrerhaus. Das Lager, in dem er sich befindet, scheint noch im Bau zu sein. Eine Mauer aus Metall umrahmt seinen Blickwinkel, wahrscheinlich umschließt sie das gesamte Militärgelände. Dahinter türmen sich Berge auf, hohe, langgezogene Bergzüge, auf deren Gipfeln Schnee liegt. Der Boden, auf dem er gelegen hat, ist gefroren und zerfurcht, wie in einem ausgetrockneten, steinigen Flussbett. Neben ihm sitzen einige Gefangene, so nackt wie er selbst, auf der harten Erde. Andere haben den blauen Overall an. Es gibt welche darunter, die noch die rostigen Fußketten mit Schellen um die Knöchel tragen, mit einer kurzen Eisenstange dazwischen. Es sind dieselben, die ihm die Polizei in Pakistan verpasst hatte. Er beginnt, die Wärter zu beobachten. Als sie einen Gefangenen an den Stacheldraht heranwinken, der ein ganzes Stück weiter entfernt sitzt, greift er blitzschnell nach seinem Overall und streift ihn genauso schnell über seinen Körper. Sie sehen es zwar, sagen aber nichts. Er zieht sich den Stoff über das Kinn, bläst seinen warmen Atem auf die gefühlstaube Brust, glaubt zu spüren, dass ihm etwas wärmer wird. Finger und Hände sind immer noch taub, erst nach Tagen wird das Gefühl wieder zurückkehren. Der Mann neben ihm spricht ihn an, auf Arabisch, er versteht kein Wort.

»Shut the fuck up!«, brüllt einer der Wächter. »Nobody speaks, you understand?«

Das macht anscheinend niemandem mehr Angst. Sowie sich die Soldaten vom Stacheldrahtzaun entfernen, versucht der nächste bereits wieder zu sprechen. Es vergeht einige Zeit, bis er aus den Gesprächen der anderen nach und nach mitbekommt, dass die Amerikaner von hier aus ihre Einsätze gegen die Taliban in den Bergen fliegen und dass er sich hier in Kandahar befindet, irgendwo im Süden von Afghanistan. Er mustert vorsichtig die Gesichter seiner Mitgefangenen, doch von den Männern, mit denen er in Peschawar zusammen im Gefängnis gesessen hat, kann er hier niemanden entdecken.

Nach den ersten oberflächlichen Eindrücken kommt der Hunger. Und dann muss er plötzlich dringend pinkeln, aber es scheint weit und breit keine Toilette zu geben. Er presst angestrengt die Beine zusammen, wartet, bis endlich ein patrouillierender Wachsoldat vorbeikommt.

»Toilet?«, fragt er mit Flehen in der Stimme.

Der Soldat hebt sein Sturmgewehr, richtet den Lauf seiner Waffe demonstrativ auf seine Brust. »Shut up! Down on the floor!«

»Toilet!«, sagt er jetzt hartnäckig. Getrieben von Verzweiflung, ignoriert er die Waffe und geht an die Einzäunung.

»I shoot you down, motherfucker!«

Er kann den Druck nicht mehr aushalten, der Urin läuft heiß und feucht an seinem Bein herunter und hinterlässt auf dem Stoff eine breite dunkle Rinne.

Der Wachsoldat grinst, entfernt sich dann, kommt aber wenig später mit einem Plastikeimer in der Hand zurück. Ein Offizier begleitet ihn, gibt den Befehl, den Eimer über die Einzäunung zu werfen. Er fliegt im hohen Bogen über den Draht, fällt scheppernd auf die Seite und rollt in einem Bogen über die Erde, bis er liegenbleibt. »Take a piss!«

Er überlegt, was er machen soll. Zum Pinkeln muss der Overall ausgezogen werden. Nach den islamischen Regeln dürfen Männer den nackten Körper vom Bauchnabel bis zu den Knien nicht in der Öffentlichkeit entblößen. Er schämt sich abgrundtief, als er das nächste Mal auf den Eimer muss.

Im Laufe der Zeit kommen weitere Gefangene an, er zählt mittlerweile weit über 60. Zum Essen werden sie in kleinen Gruppen abgeholt. Soldaten mit Maschinenpistolen im Anschlag befehlen ihnen, aufzustehen und an den Draht zu treten. Danach wird der Verschlag geöffnet und sie werden an Händen und Füßen gefesselt und zu dem Gebäude geführt, das er als Hangar eingeordnet hat. Darin gibt es einen langen Gang mit kleinen Räumen aus Wellblechwänden mit Drahttüren und von Natodraht umrandete Verschläge. Seine Gruppe kommt in einen Wellblechraum, der von außen verriegelt wird. Dann wird in Aluminium verschweißte Verpflegung achtlos auf den Boden geworfen. Die anderen nennen diese Silberpäckchen nur »MRE«. Als er fragt, was »MRE« bedeutet, sagen sie: »Meal Ready-to-Eat«. Der Inhalt ist unterschiedlich, Kartoffeln und Fleisch, Reis und Fleisch, oder Kartoffeln und Huhn, Reis und Huhn, Gemüse, Pudding, Brei, Cracker samt Plastiklöffel, Gabel und Messer. In seiner Packung ist Reis und Schweinefleisch.

»Pork«, beschwert er sich an der Drahttür.

»Shut up!«, brüllt es wie auf Kommando zurück.

Am nächsten Tag wird er verlegt. Sie werden in Gruppen zu jeweils 20 Mann zusammengestellt und zu einem neuen Verschlag aus Stacheldraht geführt. Weitere Gruppen folgen, bis sie am Ende auf engem Raum zu 60 sind. Wasser zur Waschung für das Gebet zu nehmen ist verboten. Außerdem gibt es sowieso keinen Hinweis, in welche Himmelsrichtung Mekka liegt.

Er bekommt die Nummer 037. Er muss intuitiv lernen, was sie von ihm wollen. Alles, was er nicht auf Anhieb lernt, bedeutet Schläge. Wenn zwei Soldaten, das sogenannte »Escort-Team«, vor dem Verschlag auftauchen und rufen: »Zero-three-seven, get ready!«, dann muss er ohne ein Wort an die Stelle kommen, an der der Drahtverhau geöffnet werden kann, sich mit dem Bauch auf den Boden legen und die Hände auf dem Rücken verschränken. Die anderen müssen in der Zwischenzeit aufstehen und sich gegenüber mit dem Gesicht zum Draht hinstellen. Bald hört er seine Nummer selbst im Schlaf.

»Zero-three-seven, get ready!«

Schlafwandlerisch tritt er an den Zaun, legt sich auf den Bauch, verschränkt die Arme hinterm Rücken und hört, wie zwei Soldaten hereinstürmen. Handschellen schließen sich um seine Handgelenke und die Schellen der Fußketten drücken gegen die Knöchel. Ein harter Gegenstand trifft seinen Rücken. Der Schmerz gleicht einem Stromschlag, der brennend in den Nacken schnellt. Er wird an den Händen hochgerissen, spürt, wie die Knochen fast aus der Schulter treten. Eine Hand krallt sich in seine Haare und zerrt seinen Kopf nach unten. Dann packt man ihn unter den Armen und er wird im Laufschritt davongezogen. Sein stolpernder Trab endet in einem großen olivgrünen Zelt, in dem ranghohe Offiziere hinter einem Tisch sitzen und die Augen auf ihn richten. Kaum steht er vor ihnen, wird er pausenlos angebrüllt, Fragen auf Englisch prasseln auf ihn hernieder.

»Where is Mulla Omar?«

»Where is Osama bin Laden?«

»Where is Jalaluddin Haqqani?«

»You're Taliban?«

»You're from Al-Qaida?«

»I don't understand. I speak only a little english. I speak german or turkish.«

Sie brüllen weiter, als hätte er nichts gesagt.

»You're Taliban?«

»No!«

»You're a liar!«

»Ich lüge nicht!«

Eine Faust trifft ihn unverhofft im Gesicht, Blut läuft in seine Augen. Er hebt die Hände mit den Handschellen schützend davor.

»You're from Al-Qaida?«

»No!«

Ein zweiter Schlag trifft unter seiner Deckung das Kinn. Sein Kopf fliegt ruckartig zur Seite, er stöhnt kurz auf, lässt die Arme fallen.

»You're Taliban?«

»No!«

Die Faust trifft erneut sein Gesicht. Er spürt, wie ihm das Blut aus der Nase läuft, schmeckt den metallischen Geschmack auf der Zunge.

Es gibt keine Kraft und keine Macht außer bei Allah, sagt er zu sich.

»What have you done in Pakistan?«

»I want to learn! Study the Koran!«

»Your're lying!«

»No! Look into my passport! Look to my visum!«

Der Offizier nimmt eine Blechschatulle und leert den

Inhalt auf den Tisch. Seine Brieftasche, Pass, Ausweis und sein Flugticket liegen vor ihm. Der Offizier greift nach dem Pass, mustert ihn mit zweifelndem Gesichtsausdruck und deutet mit dem Zeigefinger auf den Stempel.

»You made it by yourself! It's fake!«

»No! You can call the Consulate from Pakistan. They give it to me! Look in my ticket, I buy to Pakistan and back.«

»You wanted to go to Afghanistan!«

»No!«

»You're Taliban?«

»No, call in Germany, call my mother!«

»Who is Salem Gökhan?«

Sein Denken verknotet sich in seinem Kopf. Er grübelt darüber nach, wieso der Offizier seinen Freund Salem kennen kann. Er hatte niemandem auch nur ein Wort von Salem erzählt, dass sie zusammen nach Pakistan reisen wollten. Panische Angst schnürt ihm den Hals zu. Er schaut den Offizier mit verwunderten Augen an und erntet von dem Escort-Soldaten einen Tritt in die Magengrube, dass ihm schwindelig wird und er sich vor Schmerzen am Boden windet.

»Answer me, motherfucker! Hurry up!«

»My friend. He's my friend. We want to go to Pakistan. He remained in Germany, nicht mitgekommen!«

»You're a terrorist! We know that! We keep you, forever! You never coming home!«

Was erzähle ich diesen Arschgesichtern überhaupt, denkt er, die wollen sowieso nicht die Wahrheit wissen.

Ehe er sich's versieht, lebt er in einer anderen Welt, in einer Welt, in der er sich nicht mehr auskennt. Stunde um Stunde, Tag um Tag dieselbe Brutalität, reflexartige Drohgebärden der Soldaten, Feindseligkeit und dumpfe Wut, die jeden Moment und ohne Vorwarnung über ihn hereinbrechen kann. Misshandlungen und Schläge sind sein Alltag. In den nächsten Tagen wird er täglich bis zu dreimal verhört. Verhöre, die sich in ewige Sinnlosigkeit ausdehnen, bis er jegliches Zeitgefühl verloren hat. Dazwischen bringt man ihn in den Verhau zurück. Er sitzt auf dem gefrorenen Boden, es ist bitterkalt, er zittert unentwegt. Sein Körper ist mit Hämatomen überzogen, die Fußzehen sind durchgehend taub. Dann kommt der Regen, die Erde verwandelt sich in Matsch. Er watet im Dreck. Der Overall ist immer nass und klamm. Die Schultern verkrampfen sich. Die Kälte ist immer anwesend, unbarmherzig und unsichtbar, aber er kann sie trotzdem erkennen, wenn er die Wachsoldaten ansieht, die unentwegt patrouillieren und dabei ab und zu ein bellendes, kurzatmiges Lachen ausstoßen. Ihnen muss es warm sein, sie tragen gefütterte Jacken, Mäntel und dicke Handschuhe, haben wärmende Mützen über den Kopf gezogen, aus deren Schlitzen nur die Augen herausschauen. Die Decke, die sie ihm gegeben haben, ist nutzlos, sie darf nicht benutzt werden. Das Einzige, was die Kälte nicht betäuben kann, sind seine Erinnerungen. Doch wenn er an sein Zuhause denkt, fühlt er sich verlassen in einer unendlichen Kargheit, gefangen in der Abwesenheit von Freude und Glück.

Er riecht Schweiß, der sich mit Putzmittel, Gummi und Leder mischt. »Noch 14! Noch 13! Noch 12!«, hört er die Stimme von seinem Onkel Alemdaroğlu, sieht jedes Mal sein herbes, breites Gesicht mit den vor Anstrengung hervortretenden Wangenknochen, wenn er sich vom Boden hochdrückt. Der Onkel macht auf der Matte Liegestütze mit einem Arm. »Wenn du das nachmachen kannst, bekommst du von mir 10 Mark in die Hand, Gülcan!«, sagt er, nachdem er bei null angekommen ist.

Eine Parade aus unterkühlten Bildern zieht vorbei, er sieht Erinnerungen aus Deutschland, scharfkantig wie gebrochene Eisschollen, sieht, wie er aufgewachsen ist, sieht, wie er die riesigen Boxhandschuhe mit den Klettverschlüssen am Handgelenk befestigt. Es geht in den Ring. Er spannt die Bauchmuskeln an, bleibt in Deckung hinter dem roten Leder über seinen Fäusten, tänzelt mit den Füßen hin und her, bleibt in Bewegung. Und dann, wie in Trance, folgt die blitzschnelle Kombination, drei harte Punches und ein Kick und der Gegner stürzt in die Seile.

»Türkische Jungen balgen sich bei jeder Gelegenheit«, sagt die Stimme von Onkel Alemdaroğlu, »das ist völlig normal. Unsere Traditionen bleiben anders, auch wenn wir in einem anderen Land sind. Bei uns gibt es kein Weihnachten wie hier und Ostern, es gibt das Opferfest ›id-ul-adha‹.«

Und während er Onkel Alemdaroğlu das sagen hört, sieht er rote, abgezogene Körper von Schafen, die an den Hinterläufen von der Decke hängen und sanft an seiner Wange entlangstreifen. Glatt sind sie und noch warm. Und dann sieht er unendlich viele Süßigkeiten, Berge von frittiertem Lokma, kandiertem Ingwer, mit Sirup übergossenes Baklava; sieht, wie nach dem Fastenmonat Ramadan in seiner Familie Bayram gefeiert wird, das Zuckerfest, wie Onkel, Tanten, Geschwister und Cousins bei ihnen vorbeischauen, wie sie es bei allen Festen tun.

Aus glänzenden kleinen Splittern, die den Mosaiken in Moscheen gleichen, setzt sich seine Jugend zu einem Bild zusammen, wie er früher einmal war und wie er nie mehr sein will.

Er ist wieder 16 Jahre alt, voller Tatendrang, stemmt bereits vor dem Frühstück 7-Kilo-Hanteln. Er ist jeden Nachmittag im Kraftstudio. Ein Jahr später drückt er Langhanteln von 150 Kilo aus dem Nacken in die gestreckten Arme, sein doppeltes Körpergewicht. Er ist fit und kräftig wie noch nie zuvor, macht sich mit seinem durchtrainierten Körper in türkischen Kreisen einen Namen. Und wieder taucht sein Onkel Alemdaroğlu in seinem rasenden Bilderreigen auf.

»Es gibt eine Diskothek hier in der Stadt, die suchen einen Bodyguard und Türsteher. Ich dachte da an dich, Gülcan. Mit dem Besitzer habe ich gesprochen, der ist interessiert. Was sagst du dazu?«

»Und was soll ich da tun?«

»Streitereien und Schlägereien beenden, die Kampfhähne trennen und notfalls vor die Tür setzen. Du bist gut gebaut, das würdest du hinkriegen. Sie zahlen gut. Geh hin und sage denen, dass ich dich geschickt habe, klar?«

Er steht in einer Hugo-Boss-Jacke und teuren Markenschuhen aus italienischem Kalbsleder vor der »Nachtschicht«, der Kultdiskothek in Husum; er hat die Hand voller Geld, das er verdient hat und das er für die neuesten Handys, Klamotten oder Playstations ausgibt. Onkel Alemdaroğlu redet stolz über ihn, so lange, bis er ihm von einer Marlis erzählt, dem hübschen, blonden Mädchen, mit dem er rumhängt. Für Marlis ist es kein Nachteil, dass er ein Türke ist, und für ihn keiner, dass sie Deutsche ist. Bei türkischen Freundinnen kommt es schnell zu Problemen, wenn sie sich mit Männern vor der Ehe treffen.

Alles, was angeblich im Koran stehen soll, interessiert ihn zu der Zeit nicht im Geringsten, auch nicht, dass Zina, illegaler Geschlechtsverkehr, bei Muslimen eine abscheuliche Handlungsweise ist.

»Wenn eine Frau und ein Mann Unzucht begehen, dann verabreicht jedem von ihnen 100 Peitschenhiebe!«

Er lebt einzig und allein das, was er als richtig befindet; Gewalt gehört dazu. Auf der Kirmes geraten er und seine Freunde in einen Streit mit dem Kassierer einer Gokartbahn. Der Kerl ist fast zwei Meter groß, schnappt sich Alican und Kadri und knallt ihre Köpfe brutal gegeneinander. Er greift sich eine Holzstange und schlägt den Mann in den Rücken. Der dreht sich um, worauf sein zweiter Schlag ihn ungewollt mitten ins Gesicht trifft. Der dumpfe Schlag dröhnt durch seinen Kopf. Der Kiefer bricht mit einem Knacken. Ohne Reue steht er vor Gericht und hört teilnahmslos, wie man ihn zu acht Monaten auf Bewährung verurteilt.

»Zero-three-seven, get ready!«

Das Escort-Team steht hinter dem Stacheldraht. Er erhebt sich, ohne nachzudenken, geht an den vorgeschriebenen Punkt, an dem er sich hinlegen muss, wartet apathisch auf die Soldaten mit den gleichgültigen Gesichtern, die ihn in den Hangar führen, in dem es die Verpflegung gibt. Doch diesmal ist etwas anders. Er wird im Laufschritt den langen Gang entlanggezogen und in einen Raum aus Blechwänden und Natodraht gestoßen. An einem Holzträger an der Decke ist ein Haken mit einer Rolle angebracht, über die eine Kette herabbaumelt, die im Raum langsam hin und her schwingt. Ein Soldat greift nach einem Ende, zieht es unter den Handschellen hindurch. Er spürt, wie die einzelnen Eisenglieder über sein Handgelenk gleiten, als wären es Kugeln einer überdimensionalen Misbaba. Doch die Soldaten wollen nicht, dass er die Gebetsformel spricht.

Sie ziehen die Kette nach oben wie bei einem Flaschenzug, bis seine Füße den Boden verlieren und er in der Luft hängt, die Arme langgestreckt über dem Kopf. Die Kette wird arretiert, dann trotten die Männer ohne sichtliche Eile und ohne ein Wort aus dem Verschlag. Die Handschellen schneiden ins Fleisch, schnüren das Blut ab. Ihm kommt seine Zeit im Kraftstudio in den Sinn, in der er Gewichte gestemmt hat. Mit aller Kraft zieht er seine Schultern an, rollt den Kopf in den Nacken und schwingt mit den Beinen. Er macht einen Klimmzug nach dem anderen, versucht, in Bewegung zu bleiben, zieht die Beine gestreckt nach oben, wie ein Turner an den Ringen, und verharrt dabei eine Weile.

»Es gibt keine Kraft und keine Macht außer bei Allah.«

Der Satz, den er immer wiederholt, mobilisiert seinen Willen. Er will nicht aufgeben, so wie früher, doch er kann nicht wie der Engel Israfil in der Luft stehen, muss letztendlich irgendwann loslassen, sich der Schwerkraft hingeben. Das ganze Gewicht der Welt zerrt an seinen Flügelarmen, kein Mensch hat so viel Kraft. Er wartet auf Israfils Posaunenton, denn sie werden ihn hier hängen lassen bis zum Jüngsten Gericht; er weiß, bis dahin wird er bereits gestorben sein. Tränen quellen ihm aus den Augen. Es fühlt sich an, als würden die Arme aus den Schultern gerissen, als würden die Handschellen die Knochen seiner Handgelenke abtrennen. Der Schmerz übersteigt alles, was sein Körper je aushalten musste. Und er ist damit allein, abgeschnitten vom Leben, hat kein Gegenüber, auf den er seinen Hass richten kann, nicht mit Worten noch mit Blicken. Irgendwann beginnt er in der Verzweiflung zu schaukeln, nur ganz langsam, bildet sich ein, er könne damit das Blut besser zum Fließen bringen. Doch der Schmerz ist stärker als die Entlastung. Er konzentriert sich auf den Atem. Warum erscheint kein Schutzengel, ein Hafaza, denkt er anklagend, wird immer tiefer in den Strudel von Schmerz und die ihm folgende Übelkeit gezogen. In seinem Körper hämmert es, pocht, zieht, reißt, sticht, brennt, drückt; bis die Angst wie eine Welle über ihm zusammenschlägt, sein Bewusstsein ihn zurück in seine Erinnerung katapultiert. Er sieht einen schmucklosen Raum mit Holztischen, auf denen einfache grüne Wachsdecken liegen, der »Türkisch-Islamische Kulturverein« in Husum. Ein Fußballspiel läuft auf dem riesigen Fernsehbildschirm. Er sieht, wie eine Schattengestalt am Fenster auftaucht, hört, wie die Eingangstür geräuschvoll aufgerissen wird. In hohem Bogen wird etwas Glänzendes hereingeworfen. Die Tür fällt mit einem lauten Knall ins Schloss, während eine Plastiktüte dumpf auf dem glatten Boden aufschlägt, an die Wand schlittert, von dort abprallt und direkt vor seinen Füßen liegenbleibt. Etwas Undefinierbares zeichnet sich unter der durchsichtigen Kunststoffhaut ab, milchig weiß und rot verschmiert. Er sieht sein eigenes entsetztes Gesicht, als er die Tüte auf den Tisch legt und mühsam so lange an dem Knoten herumnestelt, bis er sich öffnet und eine blutverschmierte Hand herausfällt.*

Sein Denken ist plötzlich wieder klar wie der Nachthimmel, er war gerade noch vor einem Monat Zeuge eines Verbrechens gewesen. Als die tiefe Ironie dahinter seinen Verstand erreicht, begreift er, dass er abermals vor einem seelischen Abgrund steht, um nun endgültig herabgestürzt zu werden. Die Person, die sich beim Anblick der abgeschlagenen Hand entschlossen hatte, ihr Leben radikal und nachhaltig zu verändern, hängt in diesem Augenblick an

* Wimmer Wilkenloh, Feuermal

zwei Ketten von einer Decke, steckt in einem Würgegriff, dem sie nicht entrinnen kann, schaut sich verzweifelt in dem leeren Raum um, aber hier ist niemand, der ihm helfen wird. Er ist allein und wird es bleiben, bis der Schmerz seine Eingeweide endgültig zerrissen hat und sein kleines, erbärmliches Leben von einem Augenblick auf den anderen mit einem nur unscheinbaren Handstreich beendet sein wird. Seine Sinne scheinen zu schwinden. Er fällt haltlos zurück in seine Erinnerungen, fühlt, wie sie ihn auffangen. Da sind seine alten Freunde in Husum. Das Gesicht von Alican, den er seit seiner Kindheit kennt, der kriminell geworden ist und Drogen nimmt. Kadris Gesicht, der erst in der Türkei bei seiner Mutter lebte, mit 14 Jahren nach Husum zu seinem Vater kam, der dort mit einer deutschen Frau zusammenwohnte. Der kleine Kadri, der das nicht verkraften konnte, der im Jugendheim landete, süchtig und kriminell, abgeschoben wurde.

Es ist Herbst, Ramadan. In seinen Träumen wird er von der bleichen Hand gequält. Am Tag ist er antriebslos, grübelt in seinem Zimmer, beginnt zu fasten, lässt sich einen Bart wachsen, rasiert sich nicht mehr. Salem, sein bester Freund, der ihn aufzieht: »Bist du schon auf dem Weg nach Mekka?« Der lacht. »Gülcan ist auf der Haddsch!«

Gemeinsam lachen sie beide. Sein Bart wächst weiter. Er kauft Bücher über den Islam. Doch er versteht nicht, was darin steht. Davor ist er nur ab und zu zum Freitagsgebet ins Haus der Jugend gegangen, einer Turnhalle, alles nur provisorisch. Es gibt keine Moschee in Husum. Die arabischen Gebete und die Riten erfasst er nicht wirklich.

Seine Erinnerungen reißen ihn mit sich wie ein tiefer Fluss, dem er sich ganz hingibt, der ihn führt und in dem er alles genauer, schärfer sehen kann.

»Ich will in eine richtige Moschee gehen, Salem. Kommst du mit?«

»Dafür müssten wir bis nach Kiel fahren.«

»Dann machen wir das doch! Wir beide gemeinsam!«

Er schaut ehrfürchtig auf die Nische in der Wand des Gebetsraums, der Mihrâb, der die Gebetsrichtung in der Tawhid-Moschee anzeigt.

»Auf der Pilgerreise, der Haddsch, geht man nach Mekka«, sagt Dawoud. Er gehört zu einer Gruppe Moslems, die sich die »Gemeinschaft der Verkündung« nennt, »Jama'at al-Tabligh«. »Wer aber den Islam wirklich verstehen will, der sollte nach Lahore reisen. Pakistan genießt in der ganzen moslemischen Welt ein hohes Ansehen. Es ist das Land, das auf die islamischen Gesetze achtet, mit einer korangetreuen Almosensteuer, der Grundbedingung für einen islamischen Wohlfahrtsstaat, und einem Bankensystem, das die Zinsen abschafft.«

Dawoud weist Salem und ihn in die Gruppe ein. Da sind nicht nur Türken, auch Deutsche sind dabei. Gemeinsam gehen sie zu Obdachlosen am Kieler Bahnhof, bieten ihnen Hilfe an. Das gefällt ihm. Es ist besser als das, was er bisher gemacht hat.

»Meine Eltern haben eine Frau für mich gefunden, und ein Sohn macht das, was die Familie von ihm erwartet«, erzählt er Salem. »Sie heißt Azra, in einem Monat sollte die Hochzeit stattfinden. Aber das mit den Papieren dauert länger. Im Dezember wird sie bestimmt nach Husum kommen und dann werden wir heiraten, nehmen eine Wohnung und Azra kann im Laden meines Vaters mitarbeiten. Aber bevor Azra eintrifft, werde ich nach Pakistan reisen. Das ist mein Entschluss, daran ist nicht zu rütteln.«

»Wenn du fährst, fahre ich mit!«, sagt Salem entschlossen.

Sie sprechen mit kaum jemandem darüber, nicht mit den Eltern, nur mit Ramiz, einem gläubigen Moslem, den sie in der Tawhid-Moschee kennengelernt haben, aber der macht ein sorgenvolles Gesicht.

»Denkt an das, was in Amerika passiert ist«, warnt er. »Wenn ihr meinen Rat haben wollt, fahrt nicht. Zumindest nicht jetzt!«

»Es wird schon keinen Krieg geben, das glaube ich nicht«, beschwichtigt Salem. »Vielleicht einen kurzen Einsatz der Amerikaner, irgendwo in Afghanistan!«

»Ihr müsst wissen, was ihr tun wollt!«, sagt Ramiz.

2006
SPIEL MIR DAS LIED VOM TOD

Der Mann macht ein gelangweiltes Gesicht, seine Augen sind nur einen Schlitz weit geöffnet. Er sitzt mit verkanteten Gliedern auf einer wackeligen Holzpritsche, die an der Mauer eines niedrigen, baufälligen Gebäudes steht, das aus getrockneten Lehmziegeln errichtet wurde. Seine ausgefranste Uniform gehört zu der pakistanischen Polizei: ein ausgebleichtes schieferblaues Hemd mit aufgekrempelten Ärmeln und eine beigefarbene Baumwollhose. Schräg auf dem Kopf klebt eine tintenblaue Barettkappe mit Fetträndern. Das kleine Wappen darauf zeigt einen Narzissenkranz, einen liegenden Halbmond und einen Stern. Das bronzefarbene Gesicht des Mannes wirkt finster und brutal, gleichzeitig gewollt prätentiös. Schweiß rinnt ihm von der Stirn. Seine Ohren, die unter mit Kokosöl einbalsamierten schwarzen Haarsträhnen hervorstehen, sind überproportional groß. Die pockennarbige Wangenhaut, die nicht von Bartstoppeln überwuchert wird, sieht schuppig und rau aus.

»Ist das nicht ein völlig wahnsinniges Gesicht? So und nicht anders hab ich mir diese Einstellung immer vorgestellt!« Detlev Rehmkes Stimme tönt mit einem jubelnden Oberton. In einem spontanen Anflug von Übermut ballt er die linke Hand zur Faust. »Damals, als ich Sergio Leones Meisterwerk zum ersten Mal im Kino gesehen habe, habe ich mir sofort geschworen: Irgendwann, in irgendeinem meiner Filme wird einmal diese legendäre Szene mit der Fliege auftauchen. Und jetzt, 38 Jahre später, ist es endlich so weit! Und du hast die Ehre, sie für mich in den Kasten zu bringen!«

Rehmke grinst seinen Kameramann an und klopft ihm mehrmals jovial auf die Schulter.

»Na los, Helmut, was sagst du? Wir spielen jetzt unser *Lied vom Tod*, mit unseren eigenen Noten! Du bleibst mindestens zwei Minuten im ›Close Up‹, voll drauf auf dieses fiese Gesicht. Wir brauchen die Zeit, damit die Fliege später computergeneriert eingesetzt werden kann. Und in dem Moment, wo der Typ sich mit der flachen Hand auf die Wange haut, um das Erschlagen vorzutäuschen, gehst du in den ›Italian Shot‹. Dann will ich nur noch seine Augen sehen.«

»Reg dich wieder ab, Signor Leone«, knurrt Brattenberger mit einem sarkastischen Tonfall, steigt vom Kamerawagen und massiert sich demonstrativ die Schulter. »Es wurde überall in der Filmgeschichte nur mit Wasser gekocht, auch in Italien.«

»Aber wir benutzen zum Kochen die größten Töpfen, die ich auftreiben konnte!«, kommt der altbewährte Spruch des Kameramanns prompt vom Regiestuhl zu ihm zurück. Rehmke verschränkt die Arme lässig hinter dem Kopf, dreht sich so in Richtung seines Regieassistenten und blickt ihn wie ein Stummfilmstar mit rollenden Augen an. Die stumme Theatralik reicht aus, um als Verständigung zu funktionieren. Jerker Lauri ist sofort an seiner Seite.

»Wir beginnen in einer halbe Stunde!«, befiehlt Rehmke. »Bis dahin bitte alle Komparsen und Fahrzeuge pünktlich am Set. Ich will die gesamte Sequenz in einem Durchlauf abdrehen. Das Ganze soll einen Touch Dokumentarisches haben, klar?«

»Klar«, bestätigt Lauri lakonisch, greift nach seinem Megafon und Rehmkes Befehl scheppert elektrisch verstärkt in alle Ohren: »In einer halben Stunde alle Komparsen und Fahrzeuge pünktlich am Set!«

Während das laute Wortgetöse über den Kopf des Regisseurs hinwegschwappt, reibt der sich die müden Augen. Eigentlich dürfte ich keinen Jetlag haben, denkt er, auf dem Flug nach Tétouan haben wir sogar eine Stunde gewonnen. Allerdings fühlt sich sein Kopfschmerz genauso wie ein handfester Zeitzonenkater an, den er eigentlich nur von Langstreckenflügen in die USA kennt. Das, was Rehmke im Moment trotzdem bei Laune hält, ist das phänomenale Kulissenbauer-Team aus den Babelsberger Filmstudios. Das exakte Abbild seiner erdachten Fantasiewelt haben diese genialen Handwerker in nur drei Wochen aus Styropor, Holz, Gips und Pigmentfarben Realität werden lassen. Jeder Kinozuschauer wird die künstliche Welt ausnahmslos als Wirklichkeit anerkennen, ohne auch nur im Geringsten daran zu zweifeln, dass das ärmliche Wohnviertel, die einstöckigen Lehmhäuser und die kleine Polizeistation mittendrin, sich nicht am pittoresken Khyber-Basar der pakistanischen Stadt Peshawar befindet, sondern in einer Vorstadt von Marokko errichtet wurde.

Rehmke massiert mit kreisenden Bewegungen seine Schläfen, greift nach dem Storyboard, das in der Seitentasche an seinem Regiestuhl steckt, und macht sich auf den Weg zu Şafak Düzyatan, der die Rolle des Folteropfers Gülcan Bayar spielt. Von Jerker Lauri weiß er, dass der sich gerade in seinem Hymer-Car befindet. In den Pausen zwischen seinen Drehs zieht er meistens sein Krafttraining mit den Hanteln durch. Der Regisseur ist begeistert, mit welcher Akribie sich sein türkischstämmiger Hauptdarsteller immer wieder auf diese schwierige Rolle vorbereitet. Rehmke kommt der letzte Drehtag auf dem Hamburger Flughafen in den Sinn, kurz vor dem Abflug der Filmcrew nach Marokko, als Brattenberger die Steadicam benutzte, um der Abreise Bayars nach Pakistan mit hautnahen, bewegenden Bildern eine dynamische Ästhetik zu verleihen, die atemberaubend geworden war. Rehmke kann einfach nicht anders, obwohl es bis zum Wohnmobil von Düzyatan nicht weit ist, muss er zum wiederholten Mal in seinem Kopf die einzelnen Szenen seines Kameramanns zu einer linearen Filmsequenz zusammensetzen, so wie sie vielleicht irgendwann einmal im Kino zu sehen sein wird.

Die Reisetaschen sind am Flugschalter aufgegeben und die beiden Männer haben eingecheckt. Bayars Freund Salem steht bereits am Ende der Schlange vor der Passkontrolle, als Bayar wie gewohnt in der Innentasche seines Hugo-Boss-Mantels nach seinem Nokia-Handy fingert, um sich von ihrem gemeinsamen Freund Ramiz zu verabschieden. Erst als seine Hand nichts im Futter ertasten kann, fällt ihm ein, dass er das Gerät ja vor zwei Tagen verkauft hat, weil es mit einer deutschen CallYa-Card in Pakistan sowieso nicht funktionieren würde. Er muss grinsen, das Handy ist ein Statussymbol, keins zu besitzen, hat etwas Befremdliches. Vor ihm reicht Salem dem Grenzbeamten seinen Pass. Der scannt ihn ein und stutzt.

»Sie dürfen nicht ausreisen!«, sagt er scharf. »Gegen Sie liegt ein Strafbefehl vor!«

»Ein Strafbefehl? Was für ein Strafbefehl?«

»Ein Strafbefehl wegen Körperverletzung! Wenn Sie aus Deutschland ausreisen wollen, müssen Sie erst Ihre Strafe bezahlt haben.«

Ein anderer Beamter winkt Bayar zu sich hinüber, nimmt seinen türkischen Pass mit dem Visum von Pakistan entgegen und winkt ihn nach dem Einscannen in den Wartebereich durch. Salem und der Grenzbeamte sind immer noch in einem hitzigen Gespräch. Bayar kann nur noch die Worte »Anwalt« und »Mitkommen« aufschnappen, als jemand vom Flugpersonal neben ihm fragt: »Möchten Sie jetzt zu Ihrem Flug nach Pakistan oder nicht?«

»Mein Freund, ich warte auf meinen Freund«, antwortet er verunsichert.

»Sie müssen sich schon entscheiden. Der Bus, der Sie zum Flugzeug bringt, wartet bereits.«

»Die Passagiere Gülcan Bayar und Salem Gökhan möchten bitte umgehend zum Check-in kommen! Die Passagiere Gülcan Bayar und Salem Gökhan möchten bitte umgehend zum Check-in kommen!«, ruft es aus der Lautsprecheranlage.

Bayar steigt ohne Salem in den Zubringerbus.

In der Geschichte von Bayar geht es verdammt häufig um verlorengegangene Freunde, denkt Rehmke, während er an die Tür des Wohnmobils klopft. Vielleicht sollte ich das Thema im Film etwas mehr in den Vordergrund heben. Düzyatan öffnet erst, nachdem er erneut geklopft hat, steht wie ein junger Gott mit schweißtriefendem Oberkörper und muskulösen Bizepsen im abgerundeten Türrahmen, als wäre er Brad Pitt, der für die Dreharbeiten zu Troja ein Jahr im Fitnesscenter zugebracht haben soll, um sich 8 Kilo neue Muskelmasse anzutrainieren.

»Bevor die heiße Phase startet, möchte ich mit dir kurz die darauffolgenden Szenen durchgehen«, sagt Rehmke und schlägt mit dem zusammengerollten Storyboard spielerisch gegen die nackte Brust des Schauspielers, damit der ihn endlich reinlässt. »Es geht um den Teil, in dem Bayar mit diesen vier Häftlingen im pakistanischen Gefängnis sitzt, kurz bevor er an die Amis verkauft wird und dort auf den Saudi aus Oman trifft, mit dem er sich auf Englisch verständigen kann.«

Rehmke blättert das Storyboard auf und deutet mit dem Finger auf eines der gezeichneten Bildchen, die die Einstellungen des gesamten Films wie eine Art Comic ohne Sprechblasen wiedergeben.

»Ich möchte, dass Bayars gesamte Aufenthaltszeit in Pakistan in kurzen, dokumentarisch anmutenden Filmsequenzen zu sehen ist, die sich auf das Gespräch mit dem Saudi beziehen. Während er dem Mithäftling seine Geschichte erzählt, wo er überall in Pakistan gewesen ist, sollen stumme Szenen über dem Gesprochenen sie lebendig werden lassen.«

»Klingt spannend!«, bestätigt der Schauspieler und fährt sich mit der Hand durch die Haare. »Für mich heißt das, du willst einzelne kurze Spots mit mir drehen, um dem Gespräch in der Gefängniszelle eine Art bebilderte Atmosphäre zu verleihen?«

»Du kapierst schnell, Şafak«, lobt Rehmke mit einem feinen Lächeln. »Wenn wir mit dem Gefängnisdreh durch sind, sollten wir die dazu benötigten Straßeneinstellungen in sechs Tagen hinkriegen. Wir brauchen uns dafür ja nur in dieser Stadt zu bewegen.«

»Das wird knapp werden, die Szenen sind aufwendig«, widerspricht Düzyatan. »Außerdem befinden wir uns in einem moslemischen Land, da wird viel palavert, viel Tee getrunken und es muss viel Bakschisch gezahlt werden. Besonders, wenn hier etwas schnell gehen soll.«

Während Rehmke nur mit einem Ohr zuhört, was ihm der Schauspieler sagt, ist er mit seiner Aufmerksamkeit bereits wieder bei sich selbst. Letzte Nacht, als er nicht schlafen konnte, war er die Ortsbeschreibungen des Drehbuchautors durchgegangen. Wilkenloh hatte in seinem Manuskript den Aufenthalt seiner Filmfigur in Pakistan bis zu seiner Gefangennahme in dichte Spielszenen aufgeteilt, die ohne jegliche Dialoge auskommen können. Rehmke hatte dadurch die Möglichkeit, Wilkenlohs Vorlage eins zu eins in das Storyboard einfließen zu lassen:

Jinnah Airport im Oktober 2001. Die Maschine von Oman Air aus Hamburg kommt mit einem Ruck zum Stehen. Wie auf ein stummes Kommando springen die Menschen auf, reißen die Gepäckfächer über sich auf und stehen samt Handgepäck im Gang. Bayar steht im glänzenden schwarzen Mantel, Wollpullover, seinem Handgepäck und einem Rucksack in der Schlange der Mittelreihe, die sich zäh auf den Ausgang zubewegt. An den Füßen trägt er dicke Kangaroos-Stiefel. Aus der geöffneten Kabinentür dringt trockene, heiße Luft in den Innenraum. Bevor er auf den Stufen der Gangway steht, tritt ihm der Schweiß auf die Stirn. Er zieht den Mantel aus und legt ihn über den Unterarm.

Gülcan Bayar, nur noch im T-Shirt, verpackt Mantel und Pullover im Rucksack, greift seine Reisetasche und steigt in einen der traditionellen Pakistani Busse, die so bunt sind, als wären sie alle rundherum mit grellen Ornamenten aus Bonbonpapier beklebt. Um die Frontseite sind sie mit Glöckchen und roten, grünen, gelben Lichterketten behängt. Während der Fahrt durchs Land blinkt es wie in einer Diskothek.

Für Rehmke haben sich diese Szenen, die Bayar in dem Gespräch mit dem Saudi erzählt, schon lange zu einer Geschichte aus Bildern und Worten verdichtet.

Islamabad im braungelben Dunst. Die Schah-Faisal-Moschee am Fuß der Margalla Hügel hat eine riesengroße, dreieckige Gebetshalle. Die futuristische Architektur gleicht der Form eines Beduinenzeltes. Vier schlanke, spitz zulaufende Minarette aus Beton und Marmor strecken sich 90 Meter in den verhangenen Himmel. Am Eingang zum Gelände, auf dem bis zu 70.000 Gläubige Platz finden, trifft Gülcan Bayar auf eine kleine, quirlige Gruppe Tablighis, darunter ein junger Mann im Shalwar Kameez, einem einfachen Gewand aus Baumwolle. Der strenge Mund wird von einem gepflegten Bart umrandet. Seine schwarzen Augen funkeln freundlich, er lächelt Gülcan zu, spricht ihn an und stellt sich vor. Sein Name ist Qutub Jagirani. Auf dem Kopf trägt er das traditionelle Käppchen eines Paschtunen. Qutub spricht einfache Worte in Englisch, kann sogar einige Brocken Türkisch und kann Gülcan verständlich machen, dass ihre Gruppe aus Koranschülern besteht, die von Moschee zu Moschee ziehen, um zu beten und zu lernen. Gülcan könne sich ihnen anschließen. Bayar ist überglücklich, endlich Anschluss gefunden zu haben. Bis hierhin war seine Reise nicht so verlaufen, wie er es sich vorgestellt hatte. Ohne seinen Freund Salem war er in Pakistan allein und trotz Sprachschwierigkeiten bis nach Lahore gekommen. Doch sein Wunsch, am Mansura-Center den Koran zu studieren, wie es ihm Dawoud aus Kiel geraten hatte, wurde nicht erfüllt. Der Imam wies ihn mit der Begründung ab, es sei im Moment viel zu gefährlich, einen Ausländer in ihren Reihen aufzunehmen, weil die USA gerade Afghanistan überfallen habe.

Peschawar ist die Blumenstadt, erklärt ihm Qutub, als er mit den anderen Koranschülern in der Altstadt aus dem Bus steigt. In den Straßen hupt fast alles, was auf Rädern fährt. Zweitaktmotoren qualmen und knattern in einer Kakofonie von lärmenden Geräuschen. Bunte Rikschas drängen sich durch die engen Gassen, als wären sie auf einem Slalomparcour. Die Luft scheint statisch aufgeladen. Es stinkt nach Abgasen. Müllberge türmen sich vor den Häusern. Der fremde Geruch gärender Abfälle dringt in die Nase, zäh und süß. Ein Kamelkarren, mit hohen, schräg ansteigenden Deichseln rollt vorbei. Aus dem flatternden Maul des Tieres sabbert gelber Speichel und die großen, runden, gespaltenen Füße, die bei jedem Schritt sorgfältig angehoben werden, verleihen ihm etwas Stoisches, Selbstzufriedenes. Ein alter Mann mit gegerbter Haut und schneeweißem Haar schleppt ein Dutzend Teppiche auf dem Kopf, Kinder verkaufen Süßigkeiten und Erdnüsse. Am Straßenrand werden Kebab-Spieße über glühender Holzkohle gedreht. Das tropfende Fett lässt Rauchschwaden aufsteigen, in denen es nach gewürztem Fleisch duftet. Bayar, der mit seinen 19 Jahren nur Deutschland kannte, wird von dieser exotischen Welt um ihn herum in den Bann gezogen. Der Trubel auf dem Qissa-Khwani-Basar zieht ihn magisch an. Er fühlt sich, als hätte ihn jemand in einen brodelnden Zauberkessel geworfen, voll mit Menschen aus aller Herren Länder, Afghanistan, Indien, Kaschmir und sogar aus China.

»Es waren die arabischen Muslime, auch die Türken, die vor über 1000 Jahren nach Peschawar kamen und Allahs

Offenbarungen mitbrachten«, schwärmt Qutub, und seine leuchteten Augen nehmen Gülcan gefangen. Er saugt alle Worte seines neuen Freundes wie Nektar auf, fühlt sich in seiner Nähe sicher und sein Herz schlägt jedes Mal schneller, wenn Qutub ihn voller Stolz dem Imam einer Moschee vorstellt.

»Gülcan kommt aus Deutschland! Er ist Türke und möchte den Koran studieren!«

Seit mehreren Wochen macht die kleine Gruppe der Koranschüler alles gemeinsam. Während des Tages nehmen sie am Koranunterricht teil, hocken mit rhythmisch vor- und zurückwiegendem Oberkörper auf dem Boden und lernen, wie das heilige Buch des Islam gelesen und verstanden wird; und richtig zu beten.

Es gibt Unterricht in Hadith, den mündlichen Aussagen des Propheten Mohammed, die besagen, wie sie sich als Tablighi zu verhalten haben und wie sie anderen Menschen helfen und Nächstenliebe üben können.

»Allah ist der Barmherzigste aller Barmherzigen, es gibt keine Kraft und keine Macht außer bei Allah.«

Zweimal am Tag wird gegessen, sie gehen gemeinsam einkaufen und streiten sich spielerisch darum, wer bezahlen darf. Die Räume für die Koranstudenten liegen im Innenhof der riesigen Moschee, einer der größten in Peschawar. Die Tawhid-Moschee, die er aus Kiel kennt, würde hier mindestens 50-mal hineinpassen. Überall auf dem Gelände blühen Blumen, fliegen Schmetterlinge. Wenn er auf den Teppichen der Gebetshalle kniet, fühlt er sich in dem Raum klein wie eine Jasminblüte. Ehrfürchtig beugt er seinen Kopf vor den prachtvollen Ornamenten an den Wänden und dem außerirdischen Licht der goldenen Kuppel. Gülcan ist gerne hier. Die Zeit mit seinem Freund Qutub und den Tablighi vergeht wie im Flug, ehe er sich's versieht, ist es der 1. Dezember 2001, das Datum, auf das sein Rückflugticket nach Deutschland ausgestellt ist. Noch ahnt er nicht, dass das der Tag ist, der sein bisheriges Leben für immer aus der Bahn werfen wird.

In den Tagen davor hatte Gülcan im Basar eine Goldkette mit einem eingefassten blauen Lapislazuli für seine zukünftige Frau gekauft, Süßigkeiten für die Mutter und elegante Lederschuhe für den Vater und den kleinen Bruder.

»Morgen wirst du wieder in Deutschland sein«, bemerkt Qutub, und Gülcan fühlt seine Hand auf der Schulter, während er seine Reisetasche packt. »Freust du dich schon?«

Qutub hat versprochen, ihn zum Flughafen zu begleiten. Er verabschiedet sich von den Tablighis und will mit Qutub in einen kunstvoll mit Pfauen, Falken und Chukarhühnern verzierten Kleinbus steigen. Die Reisenden drängen bereits durch die Tür. Er nimmt seinen Rucksack, Qutub geht voran und trägt seine Reisetasche. Als Qutub sich auf die leere Bank hinter dem Fahrer setzt, drängen sich zwei andere Männer neben ihn, Gülcan findet nur einen freien Platz zwei Reihen dahinter. Der Bus setzt sich in Bewegung, während er Platz nimmt. Die Fahrt führt eine staubige Asphaltstraße hinunter, an der sich Laden an Laden reiht.

Detlev Rehmke blickt auf den Kontrollmonitor der Kamera. Das bronzefarbene Gesicht, das sich auf dem Bildschirm in der Großaufnahme abzeichnet, wirkt finster und brutal. Schweiß rinnt dem Schauspieler von der Stirn. Der Augenblick der Wahrheit hat den Regisseur wieder fest im Griff, jetzt gibt es für ihn nur noch die Realität der Gegenwart.

»Ruhe am Set!«, tönt es aus dem Megafon.

Das flirrende Stimmengewirr verstummt. Der Kameraassistent hebt die elektronische Timecode-Klappe und ruft: »122/1 die Erste!«

»Und Action!«, gellt Rehmkes Ruf.

Brattenberger verharrt mit der Kamera über eine Minute bewegungslos in dieser Einstellung, genug Zeit, um die Fliege später auf der Wange zu animieren. Danach wird er vom Dollyfahrer genau im richtigen Moment in den »Italian Shot« geschoben, eine Detailaufnahme, in der nur die Nase und die beiden Augen eingefangen werden. Die Pupillen linsen eindrucksvoll die linke Wange herab. Der Schlag mit der Handfläche ist nicht zu sehen, nur das klatschende Geräusch ist hörbar. In einer späteren Tonbearbeitung wird das Summen der Fliege hinzugefügt werden. Brattenberger schwenkt die Kamera auf die Hand auf der Wange des Schauspielers. Der zweite Schlag mit der anderen Hand erfolgt im selben Bildausschnitt. Die imaginäre Fliege ist erschlagen; so werden es jedenfalls die Zuschauer im Kino irgendwann erleben.

Der Dollyfahrer zieht den Kameramann rückwärts in die »Halbnah«. Mumtaz Qadri, der die Rolle des Polizisten spielt, hockt vor der pakistanischen Wachstation auf der Holzpritsche, wischt die Reste der erschlagenen Fliege an seinem Hemd ab. Die andere Hand greift nach dem Ende eines Seils, das zwischen seinen Oberschenkeln klemmt. Die Kamera von Brattenberger folgt der Linie des Seils, das sich wie eine Schlange am Boden über die schiefen Gehwegplatten bis zur nahen Asphaltstraße schlängelt, wo gerade zwei junge Männer eine Holzkarre schieben. Das andere Seilende ist an einem abgestoßenen Betonpfeiler in der Mitte der Straße befestigt. Von rechts nähert sich ein Kleinbus dem Kontrollpunkt. Die Kamera ist in der »Totalen«. Mumtaz

Qadri zieht das Seil straff, es spannt sich zu einer Sperre über die Straße. Das nahende Fahrzeug ist gezwungen zu stoppen. Für diese Szene hat Rehmke einen zweiten Kameramann mit einer Steadicam eingesetzt, der in orientalischer Kleidung zeitgleich und unauffällig die Innenaufnahmen im Kleinbus dreht. Die Bremsen quietschen, als der Fahrer kurz vor dem Seil zu stehen kommt. Vor der Wachstation erhebt sich der Darsteller des Polizisten von seiner Holzpritsche, geht gemächlich zum Fahrzeug hinüber, öffnet mit einer theatralischen Geste von Autorität die Fahrertür und steckt den Kopf hinein. Die hellhäutige Person auf der dritten Bank, die sich auffällig von den anderen Passagieren unterscheidet, gerät sofort in sein Blickfeld. Mit einer Handbewegung macht er ihr klar, dass sie aussteigen soll, und untermauert das in einem forschen Urdu.

»Ich verstehe Ihre Sprache nicht, I don't understand«, antwortet der Mann, nimmt jedoch seinen Rucksack und zwängt sich aus dem vollen Bus.

»Passport!«, sagt der Polizist stoisch und gibt dem Fahrer ein Zeichen weiterzufahren. Die Tür schließt sich und der Bus braust davon.

»Cut!« Rehmkes Stimme klingt scharf wie ein Fallbeil, das Fiktion von der Realität abspaltet. Brattenberger hebt den Kopf, steigt behäbig aus seinem Dollysitz und streckt beide Arme angewinkelt über den Kopf. Der farbenprächtige Bus mit dem zweiten Kameramann wendet auf die andere Fahrspur und kommt zum Set zurück. Rehmke sitzt schon vor dem Kontrollmonitor und lässt sich das gedrehte Material vorführen.

»Drei Klappen und die Szene ist im Kasten«, verkündet er in bester Laune danach dem Regieassistenten Lauri.

»Da kann man nicht meckern, oder? Du übernimmst die Detailbilder, das Seil hochziehen und das ganze Programm, und ich mach kurz Pause. Danach redest du mit Sahra. Ich möchte, dass die Aufnahmeleitung die Innenaufnahmen der Wache vorbereitet.«

Auf dem Weg zu seinem Aircondition-Wohnmobil macht der Regisseur einen Abstecher in das noch kaum gefüllte Cateringzelt, das extravagant mit roten Teppichen ausgelegt wurde. Er füllt sich den Teller voll mit Briouats und gegrillten Sardinen, schnappt sich eine Flasche eiskalten Ksar Rosé, wobei er eine Aura von Unnahbarkeit ausstrahlt. Es scheint zu wirken. Er kann wieder verschwinden, ohne dass jemand ihn angesprochen hat. In seiner Privatsphäre angekommen, stopft er die gefüllten Teigtaschen achtlos in sich hinein, zermahlt den knusprigen Fisch zwischen den Zähnen, um mit Wein nachzuspülen. Kaum zu glauben, aber diese Vorfälle beim Dreh in Husum haben ihn offensichtlich mehr verunsichert, als er sich eingestehen will. Dann kommt ihm zum zigsten Mal die Situation mit der Bierflasche in den Sinn, und schon spürt er den Windzug wieder, bevor sie vor seinen Füßen in tausend Stücke zersplittert. Dieses Gefühl ist ihm selbst bis hier ins weit entfernte Marokko gefolgt, obwohl er nicht daran glaubt, dass diese Leute, die in Deutschland aktiv geworden waren, ihm bis hierher folgen würden. Allerdings gibt es auch keine Garantie dafür.

Rehmke erinnert sich an diesen Husumer Kriminalbeamten, der ihm das Resümee ihrer Ermittlungsarbeit persönlich mitgeteilt hatte. Die Möglichkeit, dass die Radmuttern des Transporters mutwillig gelöst worden waren, hatte der Mann zwar als eine Variante nicht ganz ausgeschlossen, räumte dann aber ein, die Reifen könnten genauso gut nur unsachgemäß montiert gewesen sein. Dann hätten sich die Muttern einfach im Laufe der Zeit von selbst gelockert. Für einen Anschlag wären keinerlei ernstzunehmende Indizien gefunden worden, hatte dieser Swensen mehrmals beteuert. Und bei dem Attentatsversuch mit der Bierflasche waren seine Beamten später zum selben Ergebnis gekommen. Keiner aus der Filmcrew, der befragt worden war, hatte etwas gesehen, bemerkt oder gehört. Keiner hatte einen mutmaßlichen Verdächtigen benennen wollen oder können. Man hatte deshalb in Betracht gezogen, dass der Flaschenwurf die Ungeschicklichkeit eines Verantwortlichen gewesen war, der es irgendwie geschafft hatte, diese Tatsache erfolgreich zu vertuschen. Weitere Ermittlungen wären von Seiten der Staatsanwaltschaft in der Zwischenzeit eingestellt worden.

Diese arme kleine Kriposeele hat mit Sicherheit geglaubt, dass wir Filmleute grundsätzlich nicht alle Tassen im Schrank haben, denkt Rehmke ungehalten, während er versucht, sich an das Gesicht des Hauptkommissars zu erinnern, und dabei einen kräftigen Schluck Ksar Rosé nimmt. Wahrscheinlich ist der Typ fest davon überzeugt gewesen, wir würden nur deshalb von Verschwörung reden, weil es in unendlich vielen Filmen immer wieder um Verschwörungen geht. Und weil Film eine Fiktion ist, werden Verschwörungsannahmen eilfertig sofort zu etwas Ausgedachtem uminterpretiert.

»Freiheit ist das Recht, anderen zu sagen, was sie nicht hören wollen«. Das Zitat von Georg Orwell geistert dem Regisseur plötzlich im Kopf herum und er spürt gleichzeitig, dass ihn die Vorstellung, dieser Swensen habe ihn damals vielleicht nur als einen Spinner abgetan, total wütend macht.

»Dabei hat die Obrigkeit zu allen Zeiten Jagd auf Künstler gemacht, die ihrer Macht im Wege standen. Gerade die USA ist in Sachen Verschwörung nie besonders zimperlich gewesen. Spiel mir das Lied vom Tod; man denke nur an Chile, als die Amis mit Hilfe des CIA dafür sorgten, dass Präsident Allende am 11. September 1973 gestürzt wurde, was ihn in den Selbstmord trieb (Genau, am 11. September, liebe Amerikaner! Ist das nicht euer Schmetterlingseffekt in der Chaostheorie?). Allendes Nachfolger General Pinochet, der von hier auf jetzt zum gnadenlosen Diktatur wurde, ließ nur fünf Tage später den bekannten Theaterregisseur und Musiker Víctor Jara im Nationalstadion von Santiago de Chile kaltblütig ermorden. Das nur zum Thema Verschwörungstheorie.«

Rehmke, der sich seit seinem Studium als einen Stoiker der Aufklärer gesehen hat, der in jedem Moment und überall die Wahrheit aussprechen musste, fühlt seine alte Wut auf diese Menschen und spürt physisch, wie ihn seine eigenen Gedanken immer mehr in Rage bringen. Dabei wollte er doch nur einen Moment ausruhen, kurz ausspannen, bevor er weitermacht, den Menschen zu sagen, was sie nicht hören wollen. Rehmkes Herz zieht sich zusammen, er empfindet plötzlich eine elementare Angst, die seine Vermutung speist, die Verschwörung gegen sein Filmprojekt könne viel gefährlicher sein, als er wirklich glauben mag.

»Es gibt keine Kraft und keine Macht außer bei Allah«, spricht Düzyatan die Worte von Bayar so leise, dass sie kaum zu hören sind. Er wiederholt den Satz mehrmals in einer Weise, als würde er sich selbst Mut machen wollen. Mumtaz Qadri, sein marokkanischer Schauspielkollege in pakistanischer Polizeiuniform, geht dicht an seiner Seite und führt ihn, eine Hand in seinem Rücken, durch die offene Tür der Wachstation. Die Produktion hat bei Rehmke interveniert, dass er die Rolle bekommen hat, weil Mumtaz Qadri der bekannteste Bösewicht in einer der beliebtesten arabischen TV-Soaps ist und Millionen von Fans in der arabischen Welt hat.

Brattenberger führt die Kamera auf der Steadicam in Rückenhöhe der beiden Darsteller, schwebt hinter ihnen mit durch die Tür in den Innenraum, in dem nur ein kleiner Holztisch steht und eine nackte Glühbirne von der Decke hängt. Bei dem kurzen Gesprächsversuch der Männer kreist die Kamera langsam um den Oberkörper des Deutschtürken und stoppt vor den gestikulierenden Händen des Polizisten, der seinem Gegenüber klarmachen will, dass er hier warten soll. Kurz darauf betritt der Revierchef, gespielt von dem Marokkaner Youssef Bukhatir, die Kulisse der Polizeistation. Die Maske hat ihm zu seinem Dreitagebart einen mächtigen Schnurrbart und einen Turban verpasst, dazu die typische weiße Baumwollhose, über die ein langes Hemd bis hinab zu den Knien reicht.

Brattenberger geht für den Gesichtsausschnitt ins »Halbnah«, während der Tonmann die Angel mit dem Mikro möglichst nah über dem Kopf des Schauspielers mitführt.

»I'm coming from Germany«, kommt es aus dem Off.

Bukhatir verleiht dem Revierchef einen arroganten, autoritären Status, eine Erscheinung, die ihr Gegenüber mit herabwürdigendem Blick mustert.

»Journalist?« Bukhatir lässt seine Stimme dabei scharf und misstrauisch klingen.

»No!«

»American?«

»No!«

»You work for America?«

»No! I'm turkish! I'm coming from Germany!«

Brattenberger zieht die Einstellung in die »Halbtotale«.

»Do you have cameras?«

Bukhatir lässt die Augen rollen, hält den türkischen Pass wie einen Fremdkörper in den Händen. Dann befiehlt er dem Polizisten, den Rucksack von Bayar zu durchsuchen. Es werden keine Kameras entdeckt. Mit einer Geste seiner Hand veranlasst Bukhatir, dass der Polizist ein altes Telefon mit Schnur in den Raum trägt. Bukhatir telefoniert. Dann lässt er sich von dem Kollegen eine dampfende Schüssel mit heißem Wasser, Rasiermesser, Rasierschaum und einen kleinen Spiegel bringen. Bukhatir rasiert sich ausgiebig und ohne Hast.

»Cut!«

Das Filmteam packt routiniert das Equipment zusammen, Kameras, Lampen, Kabelschnüre werden mit geübten Handgriffen in den Fahrzeugen verstaut. In kürzester Zeit kann der gesamte Filmtross zum nächsten Drehmotiv aufbrechen. Rehmke und Brattenberger steigen in das bereitgestellte Grand Taxi, einen ockerfarbenen Mercedes. Der Fahrer in traditioneller Djellaba, einem langen, wallenden Gewand mit Kapuze, chauffiert sie an weißen geduckten Häusern vorbei bis an den Rand der Medina. Brattenberger wird jedes Mal aufs Neue von den vorbeifliegenden orientalischen Bildausschnitten überwältigt, klebt fast nur mit der Nase an der Scheibe, während Rehmke sich von der bunten Welt nicht beeindrucken lässt. Er blättert unentwegt im Drehbuch hin und her und überfliegt die pakistanische Gefängnisszene, die erst später in einem Studio in Deutschland gedreht werden soll.

Er imaginiert sie vor seinem inneren Auge, um eine Vorstellung für die Anschlussszene zu entwickeln, die sie als nächstes Motiv hier vor Ort drehen wollen.

Wilkenloh ist ein angenehmer Autor, der ebenso in Bildern denkt wie ich, stellt der Regisseur wohlwollend fest. Besonders die ganze Pakistansequenz, die in Wirklichkeit viel komplizierter und umfangreicher abgelaufen ist, hat er ziemlich geschickt in aussagekräftige Sequenzen zusammengefasst. Das Schwierige daran ist es, einem Otto-Normalbürger glaubhaft zu vermitteln, dass dieser Bayar sich tatsächlich nur zum falschen Zeitpunkt am falschen Ort aufgehalten hat. Jeder Moslem, selbst wenn er aus Deutschland kommt, ist automatisch ein Schuldiger, wenn er irgendwo in der Welt verhaftet wird. Ein Paradebeispiel für alle vorhandenen Vorurteile. Nur wenige wären bereit zu glauben, diese Person könne völlig unschuldig in die Fänge der Geheimdienste geraten sein. Dass es bei Bayar so war, der die ganze Zeit von einer Verwechslung und der baldigen Aufklärung ausging, trotzdem durch mehrere pakistanische Gefängnisse geschleppt und dann an die Amerikaner ausgeliefert wurde, fordert selbst einem aufgeklärten Menschen ein hohes Abstraktionsvermögen ab.

Rehmke schlägt das Drehbuch an der Stelle auf, die nach ihrer Pause auf dem heutigen Drehplan steht, und liest:

Peschawar *Außen/Tag*

Ein Kastenwagentransporter fährt durch die Altstadt. Stadtgeräusche, Marktgeschrei, Verkehrslärm von Motorradrikschas, Autos und Lastwagen.

Es ist sehr heiß. Im Innenraum auf der Ladefläche sit-

zen zwei pakistanische Polizisten. Zwischen ihnen der gefesselte Bayar, verdreckt, zerlumpt und einen Kartoffelsack über dem Kopf.

Der Transporter hält vor einer doppelstöckigen, hellgetünchten Villa, die von einem türkischen Garten mit Mandarinen- und Orangenbäumen umgeben ist. Die hinteren Türen zur Ladefläche werden geöffnet. Die Polizisten nehmen Bayar den Sack vom Kopf, zerren ihn aus dem Wagen und führen ihn durch den Garten in die Villa. Es geht durch einen Salon mit Pflanzen, eleganten Sesseln und Regalen voller Bücher. Bayar muss sich in einem Raum zwischen die Polizisten auf eine Bank setzen, in dem Ventilatoren an der hohen Decke quietschen. Eine Tür öffnet sich, ein grau melierter Amerikaner steht im Türrahmen. Weißes Oberhemd, eine blaue Krawatte. Er blickt konsterniert auf den unrasierten, hellhäutigen Bayar.

1. Amerikaner:
»The German guy!«

Ein zweiter Amerikaner kommt dazu und mustert Bayar abfällig.

Gülcan Bayar:
»Ich bin Deutscher. Ich bin aus Deutschland.«

Die Amerikaner lächeln.

2. Amerikaner:
»Yeah! The German guy!«

Ein Amerikaner deutet Bayar an aufzustehen und ihm zu folgen. Der andere Amerikaner geht in sein Büro, kommt mit einem Kuvert wieder heraus und gibt es einem der pakistanischen Polizisten. Dann geht er in die Richtung, in der sein Kollege mit Bayar verschwunden ist. Der Polizist öffnet das Kuvert und zieht ein Bündel Dollarscheine heraus. Es sind 3.000 Dollar. Sein Gesicht zeigt keine Regung.

2006
DER AUTOR

Unterm Sternenbanner in »Q-Town«

Die unerwartete Einladung kam am frühen Mittag um 11.33 Uhr. Ob ich nicht Lust hätte, einmal persönlich bei den Dreharbeiten in Marokko dabei zu sein, hatte Detlev Rehmke in seiner Mail geschrieben. Flug und Aufenthalt und Übernachtung seien kein Problem, die Tickets würden mir zugestellt. Er könne mir für meinen Aufenthalt ein sauberes Zimmer mit Dusche und Ventilator in einem netten, winzigen Hotel namens »Bilbao« versprechen, in dem auch er selber und Brattenberger logieren würden. Die Besitzerin wäre, wie relativ viele Einwohner der Neustadt, spanischer Abstammung. Eine resolute Frau, die mir bestimmt auf Anhieb gefallen würde. In drei Tagen starten die aktuellen Dreharbeiten in Küstennähe, nicht weit vom Hotel entfernt, wo die Kulissen der US-Militärbasis Kandahar stünden. Das fantastische Set, das Babelsberg dort errichtet habe, sei vermutlich so realitätsecht geworden wie das Original. Ich würde begeistert sein, versicherte Rehmke. Wenn ich käme, könnte ich die Arbeiten von Anfang an hautnah miterleben. Das wäre doch was, oder?

Die ganze Nacht über hatte ein Frühjahrsunwetter die Regentropfen gegen die Fensterscheibe gehämmert. Ich hatte schlecht geschlafen. Doch dann waren die ersten Sonnenstrahlen durch die Wolkendecke gebrochen und erfüllten den Raum mit goldenem Licht. Ich musste einfach Feuer und Flamme sein und dieses Angebot annehmen. Live mitzuerleben, wie meine eigene Geschichte von anderen zum Leben erweckt wird, war zu verlockend. So etwas sollte man als Autor wenigstens einmal in seinem Leben genossen haben.

Ich tippte meine Zusage an Rehmke ins Handy und schickte ihm die SMS mit einem Daumendruck durch den Äther. Danach zog ich meine Walkingklamotten an. Nach meinen obligatorischen Dehnübungen der Beine auf dem Küchentisch startete ich zu meiner täglichen Tour durch den nahen Lutherpark. Die Sonne wärmte das Gesicht, streckte die Schatten der Bäume wie Gefängnisstäbe über den Weg und meine Gedanken drehten sich um das erste Treffen, das ich mit Rehmke in der Schankwirtschaft gehabt hatte. Dieses Gespräch mit ihm war letztendlich der Auslöser für die Arbeit an seinem Drehbuch gewesen.

Ich beschloss damals, dass ich versuchen sollte, bevor ich mich persönlich mit Gert Lutze treffen würde, mich in die Zeit nach dem 11. September zurückzuversetzen, meine Gefühle zu reaktivieren, als die USA auf Biegen und Brechen entschlossen war, den »Krieg gegen den Terror« vom Zaun zu brechen. Nur vage wusste ich, dass in den Vereinigten Staaten, wie auch in anderen Staaten, schon vor diesem Datum heimlich gefoltert wurde und diese Tatsache in der öffentlichen Diskussion immer bestritten worden war. Diese Strategie, das machte eine kurze Recherche mir sehr schnell klar, wurde von George W. Bush nach dem Terroranschlag schamlos auf den Kopf gestellt. In mehreren Artikeln fand ich Aussagen, in denen die Anwendung von Folter mehr oder minder dreist zugegeben wurde. Die Bush-Regierung arbeitete dabei eng mit Staaten in der islamischen Welt zusammen, in denen brutale Foltermethoden gang und gäbe waren. Während der Außenminister Colin Powell in seinem Jahresbericht unmenschliche Folter in Marokko, Ägypten, Syrien, Jordanien, Pakistan und Afghanistan anprangerte, wurden Terrorverdächtige des CIA in genau diese Länder geflogen, um sie dort foltern zu lassen. Die Bush-Administration ließ die Welt wissen, dass sie nun gezwungen sei, einen globalen Krieg gegen das Terrornetzwerk Al-Qaida und sonstige Terroristen zu führen. Folglich gelte dabei das Kriegsrecht und alle terrorverdächtigen Menschen könnten als »ungesetzliche Kombattanten« bezeichnet und auf unbestimmte Zeit ohne Anklage in ein US-Gefangenenlager verbracht werden.

Das humanitäre Völkerrecht der Genfer Konvention teilt Menschen in Kombattanten oder Zivilisten ein. Ist man Soldat, der andere Soldaten tötet, darf man folglich auch getötet werden. Ist man Zivilist, gelten alle damit verbundenen Rechte, besonders das Recht, nicht getötet zu werden.

Um Zivilisten zu Kombattanten zu machen, erfand die Bush-Administration den im Völkerrecht unbekannten Begriff des »illegal enemy combatant«, des illegalen feindlichen Kombattanten. Zeitgleich ließ sie Geheimgefängnisse in aller Welt errichten und behauptete kurzerhand, dass die US-Verfassung zumindest für Ausländer dort nicht gälte und somit auch nicht in Anwendung gebracht werden könne. Ein mieser Taschenspielertrick, aber das Spiel konnte beginnen.

Ich hatte meine zweite Runde vollendet. Das Rauschen der nahen Autobahn wehte wie ein steter Obertongesang zu mir herüber, während die Glocken der Lutherkirche dazu achtmal im Takt angeschlagen wurden, als wollten sie meinen Gedanken eine Struktur geben.

Es war ein heimliches Spiel, in dem die errichteten »Black Sites«, die schwarzen Anlagen des CIA, offiziell gar nicht existierten. Für mich erhöhte dieses Vorhandensein die Glaubwürdigkeit, dass es auch den sogenannten Husumer Taliban in einem US-Militärlager in Kandahar wirklich gibt.

Aber wie konnte das sein? Warum hatte ich in den Medien noch nichts davon gehört?

Während ich bei meinen nächsten Runden in Richtung Osten lief, wärmten mich die Sonnenstrahlen. Trotzdem war es kalt, denn eine steife Brise blies von Westen herüber. Ich fühlte mich wie vor einem englischen Kamin, von vorn gewärmt und von hinten eiskalt. Doch was war mein körperliches Unwohlsein schon gegen eine Nacht auf nacktem Boden um diese Jahreszeit in Afghanistan, nur mit einem dünnen Overall bekleidet. Allein die Vorstellung reichte aus, dass sich die steife Brise augenblicklich zu einem seichten Lüftchen wandelte.

Ich erinnerte mich noch genau an die Worte des ehemaligen US-Soldaten Joshua Casteel, der in Abu-Ghuraib seinen Dienst getan hatte, und an das Grauen, was ich bei seinen Worten empfunden hatte.

»Es gab oft Folterungen. Beispielsweise wurden Gefangene nackt in eiskaltes Wasser gestellt und dann in einen Raum mit Klimaanlage gebracht, die auf extrem hohe Temperaturen eingestellt war. Ihre Hände wurden mit Hämmern geschlagen. Auch Baseballschläger wurden benutzt.«

In der Natur mehrmals hintereinander dieselbe Strecke zu umrunden, brachte mich normalerweise in einen meditativen Zustand. Heute blieb ich innerlich aufgewühlt, obwohl ich meine fünfte Runde bereits hinter mir hatte. Mit jedem Schritt, den ich auf den Boden setzte, stieg eine leichte Erschütterung wellenartig durch meinen Körper, aufwärts von den Füßen zum Kopf. Es schien mir, als wenn alle Informationen, die sich bei meinen Recherchen in den letzten Jahren in mir angesammelt hatten, gelockert und Gedanke für Gedanke umgewälzt wurden. Wann und wo begannen die Dinge schiefzulaufen, fragte ich mich. Wie konnte es möglich sein, dass ein solch dynamisches System, wie das der Vereinigten Staaten von Amerika, sich selbst in dieser Weise destabilisiert? Ich bemühte mich, die inneren Linien meiner Überlegungen zu einem analytischen Geflecht zu verknüpfen.

Um der Theorie von Chaos und Komplexität zu folgen, hatte ich versucht, einen Blick auf die Anfangsbedingungen dieses amerikanischen Systems zu werfen. Vielleicht könnte ich mir die Realität der heutigen Folterungen durch Verkettungen von Ursache und Wirkung erklären. Die Gründung der USA konnte als ein fantastisches Experiment der menschlichen Zivilisation bezeichnet werden. In den amerikanischen Kolonien fanden sich Menschen aller möglichen Nationalitäten, Rassen und religiösen Überzeugungen zusammen, die durch Ozeane von europäischen und asiatischen Einflüssen getrennt waren. Welch eine grandiose Prämisse war in der Unabhängigkeitserklärung von 1776 in dem Land herausgekommen: »Wir halten diese Wahrheiten für ausgemacht, dass alle Menschen gleich erschaffen wurden, dass sie von ihrem Schöpfer mit gewissen unveräußerlichen Rechten begabt wurden, worunter Leben, Freiheit und das Bestreben nach Glückseligkeit sind.«

Bei diesen Worten erinnerte ich mich an das Gemälde des in Deutschland geborenen amerikanischen Historienmalers Emanuel Gottlieb Leutze: General George Washington aufrecht stehend im Boot, wie er während des Unabhängigkeitskrieges von seinen Männern durch die Eisschollen des Delaware-Flusses gerudert wird; ein Kunstwerk, das ich noch ein Jahr vor dem 11. September im »Metropolitan Museum of Art« in New York gesehen hatte.

Die Idee der Gründerväter, dass gewöhnliche Menschen gleichberechtigte Bürger sein durften, stammte offensichtlich aus der europäischen Aufklärung, wie sie John Locke und Jean-Jacques Rousseau vertraten. Doch woher hatten die europäischen Philosophen diese Gedanken genommen? Sie hatten sie erstaunlicherweise aus dem Umfeld von Washington, Jefferson und Franklin. Denn 300 bis 400 Jahre bevor die Gründervater die Unabhängigkeitserklärung formulierten, bildeten bereits sechs Indianerstämme zusammen den Völkerbund der Irokesen. Der Cherokee-Häuptling Ontasseté hatte regelmäßig das Elternhaus des jungen Thomas Jefferson besucht. Und der erste Vorschlag zur Gründung der Vereinigten Staaten am 4. Juli 1744 wurde vom charismatischen Häuptling Canassatego des Irokesenbunds auf einem Treffen verkündet, auf dem die englischen Kolonisten, unter ihnen auch Benjamin Franklin, eine Allianz mit den Irokesen gegen die französischen Kolonisten eingehen wollten.

»Unsere weisen Vorfahren schufen zwischen den Stämmen eine Union und Freundschaft. Das hat uns gegenüber unseren Nachbarstämmen einen beachtlichen Eindruck verschafft. Wir sind ein mächtiger Völkerbund, und wenn ihr unseren Methoden folgt, die unsere weisen Vorfahren angenommen haben, werdet ihr stark und mächtig werden. Daher, was immer auch geschieht, lasst euch von nichts auseinanderbringen.«

Der Häuptling hatte seine Rede damit demonstriert, dass er mit Leichtigkeit einen einzelnen Pfeil brach, dann zwölf Pfeile bündelte, einen für jede der Kolonien, und selbst der stärkste Mann im Raum diese nicht zerbrechen konnte. Das Siegel der Vereinigten Staaten zeigt heute noch einen Adler, der 13 Pfeile in einer Kralle hält.

In dieser Vorgabe lag ein Akt der Balance zwischen dem Spirituellen und dem Materiellen, die bei der Gründung der Vereinigten Staaten von Amerika mit in die Unabhängigkeitserklärung und die Verfassung eingeflossen war. Die Gründungsväter, die das unter Lebensgefahr gewagt hatten, vertraten die Grundsätze nicht nur um ihrer selbst oder der Kolonisten willen, ihre Erklärung richtete sich auch an die gesamte Menschheit.

Diese glorreiche Aufbruchsphase hatte leider nur eine kurze Zeit gewährt. 1860 veränderten Darwins Theorien die Welt grundlegend, hin zu einer individuellen, gottlosen und materiell bestimmten Existenz des Menschen. Gleichzeitig wütete der amerikanische Bürgerkrieg und leitete in der nachfolgenden Industrialisierung eine materialistische Grundhaltung ein, die ihre deistisch, spirituelle Wurzel verleugnete und die als Währung den Goldstandard einführte. Die Mär »vom Tellerwäscher zum Millionär« wurde zu einem geflügelten Wort, das das Ende des 19. Jahrhunderts prägte. Ihr Ursprung allerdings, die Herrschaft des

Geldes, war umso realer und bestimmte von nun ab das Dasein, Hand in Hand mit der Herrschaft der Maschine. 1906 erschien »Der Dschungel« von Upton Sinclair. Im September 2005, fast 100 Jahre danach, stieß ich auf das Bild der Soldatin Lynndie England, die gerade zu drei Jahren Haft verurteilt worden war. Die junge Frau im braunen T-Shirt mit Kampfhose und –stiefeln zog einen nackten irakischen Gefangenen hinter sich her, der am Boden lag und dem eine Leine um seinen Hals gebunden worden war. Alte Gefühle wurden geweckt, Gefühle, die das Lesen des Romans von Sinclair über die Schlachthöfe von Chicago in meiner Jugend in mir erzeugt hatten. Jurgis Rudkus, der Protagonist, verschmolz vor meinen Augen mit der neuen Protagonistin Lynndie England zu der Abstraktion unserer kapitalistischen Abhängigkeit, die dem Schatten des Bösen wehrlos ausgesetzt bleibt.

»Einer führte einen schnellen Schnitt um den Hals herum, ein anderer trennte mit zwei raschen Hieben den Kopf ab, der auf den Boden fiel und durch ein Loch verschwand.«

Der Ursprung des Bösen hingegen ist keine Abstraktion, ging es mir durch den Kopf. Die böse Tat ist immer konkret, immer zeitlich festgelegt, 1906 genauso wie 2005. Aber nicht diese Realität berührt, sondern es sind die Gefühle, die sie in uns erweckt.

»Einer schlitzte den Bauch auf, ein zweiter erweiterte die Öffnung, ein dritter zersägte das Brustbein, ein vierter löste die Innereien, ein fünfter zog sie heraus, und auch sie glitten durch ein Loch im Fußboden davon.«

»Ich bedaure nichts. Es ist Krieg und da geschehen üble Sachen«, sagte Charles Graner nach der Urteilsverkündung, der Mann, der mit Lynndie England befreundet war und mit ihr nackte Gefangene zu einer Pyramide aufschichtete.

»Auch Cheerleader bilden Pyramiden«, relativierte sein Verteidiger.

»Da saßen Männer, die die Seiten und den Rücken schabten, und andere, die den Körper innen sauberputzten und auswuschen. Blickte man in den Saal hinunter, sah man eine hundert Meter lange Reihe hängender Tierleiber, die sich langsam vorwärtsbewegte, und alle Meter gab es einen Mann, der wirkte, als hetze ihn ein Teufel.«

»Wie alle guten Soldaten oder schlechten Soldaten sagte ich zu dem, was man von mir verlangte ›Zu Befehl‹. Und wir machten weiter.«

Das Gesicht, das sich mir im Badezimmerspiegel zeigte, machte einen gequälten Eindruck. Auf meiner Stirn stand feuchter Schweiß, als hätte ich eine Schicht in den Schlachthöfen von Chicago hinter mich gebracht und nicht bloß mein morgendliches Fitnessprogramm absolviert. Unter der Dusche kam mir mein tägliches Unterfangen, die Welt in einer messbaren Weise verbessern zu wollen, als ein sinnloses Martyrium vor, das ich mir besser von der Haut spülen sollte. Ich hatte das Wasser heiß eingestellt. Die ausgekühlte Haut reagierte mit Tausenden von Nadelstichen, vermittelte mir einen spürbaren Eindruck von der immerwährenden Komplexität der Dinge. Deshalb war es auch kein Wunder, dass mich der Versuch, die Gründungsjahre der Vereinigten Staaten als eine Ordnung und in unüberschaubarer Gliederung zu beschreiben, in Kürze total überforderte; als wenn es überhaupt möglich gewesen wäre. Egal was ich mir auch einfallen lassen würde, ich konnte dieses weite Feld der Fakten nur gedanklich umkreisen, es aber nie auch nur annähernd realitätsnah durchschreiten. Was sagt uns schon die Tatsache, dass neun von 56 Unterzeichnern der Unabhängigkeitserklärung im Krieg ihr Leben verloren und 17 weitere ihren gesamten Besitz? Was sagt uns, dass im Gegensatz zu den Gründerfamilien, von denen heute keine mehr wohlhabend ist und über besonderen politischen Einfluss verfügt, sich dagegen die meisten der konservativen Tory-Familien in Kanada und England ein beachtenswertes Vermögen angehäuft haben? Hat es wirklich den Anschein, als würden sich die Verhältnisse irgendwann einmal entscheidend zum Guten verändern? Oder bleibt das nur ein weiterer Trugschluss? Es gibt nur eine Gewissheit, sagen die Buddhisten: Alles verändert sich stetig. Das ist etwas, auf das wir uns wirklich verlassen können. Om mani padme hum.

Mit all diesen Zweifeln betrat ich meine Arbeitswohnung, in der ein ewiges Zwielicht herrscht, das sich auch vom Wechsel der Jahreszeiten nicht beeindrucken ließ, weil die Fenster nach Norden ausgerichtet waren. Überall am Boden lagen Stapel von Zeitschriften und gelblich verfärbte Zeitungen, übersät mit skurrilen Teeflecken. Ich wollte gerade den Computer hochfahren, als es an der Haustür klingelte. Normalerweise bekam ich keinen Besuch, dachte mir aber, es könnte das Flugticket von Rehmke sein, das mir vorbeigebracht werden sollte. Ich ging also zur Haustür, um zu öffnen. Im Flur stand ein schlanker Mann, der Ende 50 sein mochte und von dem ich sofort wusste, dass ich ihn von irgendwoher kannte. Er hatte ein schmales, längliches Gesicht, ein leicht eckiges Kinn, blaugrüne Augen und fleischige Lippen. Ich sah ihn wohl etwas verwundert an, doch bevor er seinen Namen aussprach, wusste ich bereits wieder, wer er war.

»Hauptkommissar Jan Swensen aus Husum.«

»Ich weiß«, antwortete ich, »ich hatte vor einigen Jahren mehrere Male das Vergnügen.«

»Genau, 2002 und 2003, stimmt's?«

»Dass Sie sich daran so genau erinnern können«, bemerkte ich mit verblüffter Stimme.

»Ich kann mich daran erinnern, dass Ihre Haare zu der Zeit noch grau waren, jetzt sind sie schlohweiß.«

»Um mir das zu sagen, sind Sie bestimmt nicht gekommen.«

»Nein, natürlich nicht«, grinste er. »Wir hatten Anfang des Jahres eine Ermittlung, bei der ich mit dem Filmregisseur Detlev Rehmke gesprochen habe. Der sagte mir, dass Sie das Drehbuch für den Film geschrieben haben, der zum Zeitpunkt unseres Gesprächs von ihm gerade in Husum gedreht wurde.«

»Deshalb sind Sie nicht extra zu mir nach Hamburg gekommen, oder? Müsste ich wissen, warum?«

»Nein, Herr Wilkenloh! Dieser Entschluss beruht einzig auf einer Intuition meinerseits und dass ich sowieso gerade zufällig auf einem Fortbildungslehrgang in Hamburg bin.«

»Sie wollen mich jetzt sicherlich an Ihrer Intuition teilhaben lassen!«

»Deswegen bin ich hier, Herr Wilkenloh.«

»Da bin ich aber gespannt.«

»Im Umfeld der Dreharbeiten hat es Vorfälle gegeben, die etliche Mitarbeiter aus dem Filmteam für Sabotage oder einen Mordversuch gehalten haben. In dem Zusammenhang sprachen sogar einige von einer gezielten Verschwörung gegen die Dreharbeiten. Zu den Gründen wollte aber keiner Stellung beziehen, selbst Regisseur Rehmke hatte seine Andeutungen nicht näher ausgeführt. Wir konnten allerdings keine Beweise für eine Straftat erbringen und haben die Ergebnisse der Ermittlung letztendlich zu den Akten gelegt.«

»Rehmke hat mir seinerzeit nur kurz davon berichtet, ich weiß also Bescheid, Herr Swensen. Ich verstehe aber nicht, was ich damit zu tun haben sollte.«

»Herr Wilkenloh, Sie waren 2002 das erste Mal bei mir in der Inspektion in Husum und ich erinnere mich, dass Sie mich damals nach einem gewissen Bayar gefragt haben, der einer unserer Zeugen bei einem Mordfall gewesen war.«

»Das ist richtig.«

»Im Jahr darauf, 2003, waren Sie abermals bei mir. Diesmal haben Sie sich nach einem gewissen Gert Lutze erkundigt, der an der Badestelle Dockkoog in Husum ertrunken ist. Sie wollten wissen, ob der Fall wirklich ein Unfall gewesen wäre.«

»Auch das ist richtig. Ich begreife aber immer noch nicht, worauf Sie hinauswollen.«

»Haben die beiden Personen, nach denen Sie sich bei mir erkundigt haben, irgendetwas mit Ihrer Arbeit an dem Drehbuch für Herrn Rehmke zu tun?«

»Warum wollen Sie das wissen, Herr Swensen?«

»Es hat mich immer wieder beschäftigt, warum damals bei den Dreharbeiten so vehement von einer Verschwörung gesprochen wurde. In der Zwischenzeit schwirren Gerüchte durch die Stadt, die auch mir zu Ohren gekommen sind, dass es sich bei den Dreharbeiten am Dockkoog um den Fall des ertrunkenen Gert Lutze gehandelt haben soll. Ist das tatsächlich so?«

»Dazu kann ich Ihnen nichts sagen, Herr Swensen.«

»Können Sie nicht oder wollen Sie nicht?«

»Genaugenommen darf ich es Ihnen nicht sagen. Ich musste einen Vertrag der Produktionsfirma unterzeichnen, der mir jegliche noch so kleinste Äußerung über den Inhalt des Filmprojekts verbietet.«

»Und Vertrag ist Vertrag, oder?«

»Man könnte mich auf Schadenersatz verklagen. Ein Risiko, das ich nicht unbedingt eingehen möchte. Aber selbst wenn dem nicht so wäre, frage ich mich langsam, warum ein Husumer Kriminalbeamter extra bei mir in Hamburg vorbeikommt, nur um zu erfahren, was Detlev Rehmke für einen Film dreht.«

»Aus persönlichem Ehrgeiz. Aber das können Sie sich bestimmt von einem Beamten nicht vorstellen?«

»Wenn ich mir als Autor etwas nicht vorstellen könnte, sollte ich mein Schreibwerkzeug an den Nagel hängen, Herr Swensen.«

»Umso besser. Mir ist nämlich Herrn Rehmkes Stimme im Gedächtnis geblieben, mit der er von einer Verschwörung gesprochen hat. Für meinen inneren Seelenfrieden würde ich gerne Ihre Einschätzung dazu wissen.«

»Das bezeichnen Sie als persönlichen Ehrgeiz?«

»Persönlicher Ehrgeiz und die Intuition, einer Sache weiter nachzugehen.«

»Sie verblüffen mich, Herr Kommissar. Ich überlege ernsthaft, ob ich Ihnen nicht zumindest sagen sollte, dass Sie mit Ihrer Intuition vielleicht der richtigen Fährte folgen.«

»Okay, dann eine weitere Kostprobe, gratis. Kurz nachdem Sie sich damals bei mir nach diesem Bayar erkundigt hatten, erschienen in der Presse mehrere Berichte, dass er in Afghanistan gekämpft und in amerikanische Haft verbracht worden ist. Die Kieler Staatsanwaltschaft leitete daraufhin ein Verfahren »wegen des Verdachts der Bildung einer kriminellen Vereinigung« ein. In dem Zusammenhang hat die Husumer Polizei Freunde und Bekannte von Bayar vernommen, darunter auch einige, die ihn persönlich nicht besonders gemocht haben. Trotzdem schlossen auch diese aus, dass er jemals vorgehabt hatte, in Afghanistan gegen die Amerikaner zu kämpfen.«

»Und was wollen Sie mir damit sagen, Herr Swensen?«

»Dass Bayar, dieser sogenannte Husumer Taliban, und Gert Lutze vielleicht etwas miteinander zu tun haben könnten.«

»Ich wiederhole, glauben Sie an Ihre Intuition.«

»Ich denke jetzt einmal laut nach. Wenn das zutreffen sollte, wäre eine Verschwörung hinter den Vorfällen mit den Radmuttern und der Bierflasche nicht völlig abwegig.«

»Ich hänge mich in der Sache bestimmt nicht noch weiter aus dem Fenster, Herr Swensen.«

»Auf Wiedersehen, Herr Wilkenloh.«

»Viel Erfolg bei Ihrer Arbeit.«

Ich schritt nervös durch den engen Finger zum Flieger, schnappte mir, als ich den Innenraum betrat, eine Tageszeitung und wurde von meinen Mitmenschen im Gänsemarsch durch den schmalen Mittelgang gedrängt, bis ich meinen Fensterplatz Nummer 31A erreicht hatte. Eine schrille Sopranstimme begleitete den Vorgang aus dem Lautsprecher, bat die Fluggäste, sich möglichst schnell zu setzen und sich anzuschnallen.

Fliegen ist mir, wie vielen Zeitgenossen, eher unangenehm. Ich spüre ein flaues Gefühl im Magen, habe zwar keine extreme Flugangst, aber vor dem Start bleibe ich gerne in mich gekehrt. Deswegen erschien mir der hochgewachsene Mann mit dem blassen Gesicht und den gleichen schlohweißen Haaren wie den meinen auf den ersten Blick gerade recht, der sich mit einem knappen »Tag«

neben mich setzte und offensichtlich auch sonst nicht sehr gesprächig sein würde. Er trug einen dieser anthrazitgrauen Businessanzüge, dazu eine akkurat gebundene dunkelblaue Krawatte. Ich griff nach dem Bordmagazin im Netz der Rückenlehne vor mir und blätterte mich gelangweilt durch die bunten Bilder und inhaltlichen Belanglosigkeiten. Im Augenwinkel nahm ich wahr, dass mein Sitznachbar sich mit einem Taschentuch den Schweiß von der Stirn tupfte und sich eine Tablette aus einem Röhrchen in die Hand schüttete. In selben Moment flimmerten die Videobildschirme auf. Das übliche Notlandungsprozedere startete, begleitet von mehreren Stewardessen im Mittelgang, die mit ihren emotionslosen Gesten dem großen Pantomimen Marcel Marceau alle Ehre gemacht hätten. Das Flugzeug setzte sich in Bewegung, rollte behäbig ruckelnd und bebend auf die Startbahn zu.

»Heiliger Petrus«, quetschte mein Nachbar kaum hörbar zwischen den Zähnen hervor und atmete dabei so flach, als würde er asthmatisch nach Luft schnappen.

Das Flugzeug bog auf die Startbahn, die Motoren heulten auf, und es nahm Geschwindigkeit auf. Ich wurde in den Sitz gedrückt. Der Mann krallte sich mit den Fingern an die Armlehnen.

»Ogottogott!«, stöhnte er erneut auf.

Die Maschine hob ab. Der Mittelgang verlagerte seine Horizontale in eine Schräglage. Es ging wie in einem Fahrstuhl aufwärts, wir stiegen höher und höher, die Landschaft im Fenster wurde kleiner und kleiner, bis über uns Himmel und unter uns Wolken waren. Dann wurde das Fahrgestell quietschend eingefahren. In das Gesicht des Mannes kehrte langsam ein wenig Farbe zurück. Er wischte sich noch mal mit dem Tuch über die Stirn und lächelte etwas verlegen zu mir hinüber, weil meine verstohlenen Blicke ihm wahrscheinlich nicht entgangen waren.

»Die Lufthansa gibt Seminare für entspanntes Fliegen«, sagte ich freundlich, um die Peinlichkeit des Moments zu entkrampfen.

Mit einem hellen »Ping« schaltete sich das Anschnallsignal aus. Ich sah, wie eine Stewardess begann, den Getränkewagen durch den Gang zu schieben, und klappte meinen Tisch herunter.

Mein Nachbar hatte ein paarmal tief durchgeatmet und sagte dann mit klarer Stimme: »Das hat nichts genützt.«

Ich schaute ihn fragend an.

»Dieses Seminar hat mir nichts genützt. Ich habe immer noch Probleme.«

»Ich konzentriere mich beim Start auf den Atem«, sagte ich. »Vipassana, die Dinge sehen, wie sie wirklich sind.«

»Vipassana? Was soll das sein?«

»Eine der ältesten Meditationstechniken Indiens, vor über 2.500 Jahren von Buddha wiederentdeckt.«

»Und so was soll helfen?«, fragte er ungläubig und schaute über meine Schulter auf die watteartige Wolkendecke hinter dem Fensterglas.

»Schürer …, mein Name ist Schürer.«

»Freut mich, Herr Schürer. Mein Name ist Wilkenloh!«

»Das Ganze hat etwas Aberwitziges; eigentlich muss ich nur fliegen, weil ich mich um U-Boote kümmere«, sagte er mit einem verkniffenen Lächeln, schaute erst mich an und ließ dann seinen Blick über die gegenüberliegenden Sitzreihen schweifen.

»U-Boote? Wieso muss sich jemand um U-Boote kümmern, wenn ich fragen darf?«

»Indem er auf einer Werft arbeitet und das sein Job ist.«

Aus seinem Gesichtsausdruck schloss ich, dass ich keine genaueren Informationen zu erwarten hatte.

»Ich kenne nur die Howaldtswerke in Kiel«, entgegnete ich und ergänzte nach einer Pause, »die, soweit ich weiß, U-Boote bauen, ziemlich moderne sogar, außenluftunabhängig, mit Brennstoffzellen-Antrieb.«

»Sie sind ziemlich gut informiert. Was machen Sie denn beruflich?«

»Ich bin Autor, war früher allerdings journalistisch fürs Fernsehen tätig und schreibe jetzt Kriminalromane.«

Es war deutlich zu merken, dass sich nach meinen Worten eine Mauer bei ihm aufrichtete.

»Interessant, wirklich interessant«, murmelte er einsilbig. »Sie entschuldigen mich bitte, ich muss noch einige Unterlagen durchgehen, bevor wir landen.«

Er zog etliche Klarsichtmappen aus einem schmalen Aktenkoffer, den er als Handgepäck dabeihatte.

»Ich hätte da noch eine Frage«, sagte ich in Inspektor-Columbo-Manier, indem ich seine plötzliche Abschottung einfach ignorierte. »Petrus? Sie haben vorhin den Namen Petrus erwähnt. Wieso Petrus?«

Er sah perplex auf und gab mir, anscheinend überrumpelt, eine Antwort: »Er … der … ist der Schutzpatron der Schiffbrüchigen. So was … nun ja, wie der Klabautermann, der Schiffsbauern hilft und Kapitäne bei Gefahren warnt.«

»Entschuldigen Sie, es hat mich nur interessiert. Ich will nicht weiter stören«, sagte ich, konnte den kurzen Impuls zu grinsen unterdrücken, wendete mein Gesicht zum Fenster und während ich auf die sonnenbeschienene Wolkendecke hinausstarrte, dachte ich mir einfach so meinen Teil.

In meinem Roman »Feuermal« gibt es einen Protagonisten mit Namen Schürer, Vorstandsmitglied der fiktiven

Werft »KDW«, Kieler Deutsche Werft. Zufall oder Intuition? Vipassana, Weitsicht, mein Lieber, sagte ich zu mir, die Dinge sehen, wie sie wirklich sind.

Jetzt reiste ein realer Herr Schürer mit mir nach Marokko. Und der reale Herr lässt U-Boote bauen, vielleicht ja sogar bei der realen HDW in Kiel; zumindest deutete seine Reaktion auf meine Bemerkung über den Brennstoffzellen-Antrieb und die Außenluftunabhängigkeit darauf hin; und Petrus ist zwar der Schutzpatron der Schiffbrüchigen, aber wurde er nicht auch als der Menschenfänger bezeichnet?

Ich verwette meinen gesunden Menschenverstand, dass dieser saubere Herr nur nach Marokko fliegt, damit seine U-Boote demnächst auf Tauchstation unterhalb der Straße von Gibraltar gehen, war dann der Teil, den ich dachte.

Deutsche Waffenexporte nach Marokko? Davon hatte ich noch nie gehört. Wir würden es jedoch noch alle erleben, da war ich mir ziemlich sicher.

Mir kam die beunruhigende Frage des Stammzellforschers Bruce H. Lipton in den Sinn: Wieso können 50 Billionen Zellen in unserem Körper harmonisch und friedlich miteinander auskommen, während der Großteil von nur 7 Milliarden Menschen alles daransetzt, sich unentwegt Leid zuzufügen?

Und wie eine Mahnung sah ich Lutze vor mir, wie er in unserem ersten Gespräch, das Rehmke mir vermittelt hatte, auf der anderen Seite der weißen Tischdecke vor mir saß. Unser Treffpunkt am frühen Nachmittag war das »Storm Café« in Husum, gleich gegenüber der Marienkirche. Außer uns beiden gab es um diese Zeit keine anderen Gäste. Draußen vor dem Fenster peitschte der Regen gegen das Fenster. Lutzes Kleidung, eine schwarze Jeans und eine Regenjacke in derselben Farbe, war feucht. Das

Leder der blauen Sneakers war durchgeweicht. Seine dunkelbraunen, suchenden Augen flackerten aufgeregt hin und her, als würde ihm eine stete Gefahr im Nacken sitzen. Auch sein rechter Zeigefinger war in steter Bewegung, schlitterte wie ein Schlittschuhläufer unaufhaltsam mit der Kuppe über die blanke Tischplatte und drehte dabei kleine Pirouetten. Es dauerte einige Zeit, bevor ich dazu kam, eine Frage zu seinem Aufenthalt in Afghanistan zu stellen.

»Ich war 28 Jahre alt, als ich Elitesoldat wurde. Ich kann mich noch gut an den ersten Tag erinnern, als der Ausbilder sich vor die Neuen gestellt und die Frage an uns gerichtet hat, wer von uns eine Freundin habe. Einige Kameraden hoben die Hand. Wenn die Frau nichts aushält, dann schmeißt sie raus, sagte er dann, ohne die Miene zu verziehen. Am nächsten Wochenende habe ich mich kurz entschlossen von meiner Freundin getrennt. Ich traute ihr einfach nicht zu, dass sie meine monatelange Abwesenheit ohne Proteste und Gemaule hinnehmen, geschweige denn mir treu bleiben würde. Als ich das dem Stabsfeldwebel mitteilte, sagte der lapidar, ein Problem weniger, nervige Beziehungskisten könnt ihr in der Ausbildung nicht gebrauchen. Euer Kommando braucht ganze Kerle, die mit dem Job verheiratet sind.

Meine Ausbildung dauerte zwei Jahre. Danach, 2001, habe ich mich dann gleich für den Einsatz in Afghanistan gemeldet. Und das Erste, was mir der Krieg gegen den Terror bei meiner Ankunft dort vor Augen führte, war jede Menge Müll. Die Rollbahn in Kandahar eine einzige staubige Piste, gleich daneben alles voller verrotteter russischer Panzer, Wracks von Autos, Tankzügen und Kampfjets; Zeugen aus dem Krieg gegen die Russen. Ein uralter Reisebus brachte uns die wenigen Meter zu unserer Forward Operating Base, kurz FOB genannt, direkt am Flughafen, nicht größer als ein halbes Fußballfeld; mehr haben uns die Amerikaner nicht zugestanden. Wir hatten nicht den Eindruck, dass hier irgendjemand dringend auf uns Deutsche gewartet hatte. Dazu war es eiskalt in jenem Winter 2001; im Laufe des Dezembers sind über 170 Einheimische erfroren. Mit Hilfe von 150 Afghanen hatten wir unter freiem Himmel unser Feldlager aufgebaut, vorwiegend aus Drei- und Viermannzelten, ›Q-Town‹ genannt, keiner sagte mir, warum. Es gab keine regelmäßige Stromversorgung, keine Heizung. Selbst in Unterkünften mit festen Mauern waren die Räume feucht. Das war erst einmal alles sehr gewöhnungsbedürftig, aber der Mensch ist schließlich ein Gewohnheitstier.«

Ich hatte mich während seines Erzählens zurückgehalten, ihn nicht unterbrochen und mir nur Notizen gemacht.

»Ich hatte mir das schließlich freiwillig ausgesucht, weil ich schon immer ein ruheloser Mensch war, mich lieber an der frischen Luft aufgehalten habe als hinter dem warmen Ofen. Das wird bei mir wahrscheinlich auch immer so bleiben, auch wenn ich gerade vorübergehend einige Probleme bewältigen muss. Aber wenn ich da durch bin, werde ich wieder der Alte sein. Vor meinem jetzigen Zustand ist es mir auf die Nerven gegangen, jeden Tag am gleichen Ort zu sein, immer das Gleiche zu tun. So ein Leben war für mich abwegig, es hatte nichts mit dem wahren Leben zu tun. Das, was wir in Afghanistan vorgefunden haben, das war das wahre Leben gewesen. Deswegen war ich Berufssoldat geworden, weil ich nicht derjenige sein wollte, der Kompromisse eingehen muss. Ich glaube immer noch daran, dass es sich lohnt, für eine gerechte Welt die Hand zu rühren, trotz meiner Misere. Daran glaubten auch alle meine Kameraden, sonst wären wir nicht dort hingegangen. In diesem Land kapierte man sofort, es gibt richtig und es gibt falsch; wir gehörten jedenfalls zu den Guten. Mein Beruf ist es, Soldat zu sein, mein Job ist ultimativ. Das Dramatischste, was ich tun kann, ist, bis an die Grenze zu gehen und gegebenenfalls, ohne zu zögern, den Abzug zu drücken. Jederzeit innerlich bereit zu sein, für das Richtige auch jemanden töten zu müssen. In der Realität sahen diese hehren Ziele allerdings anders aus, denn dort unten hatten die Amerikaner das Sagen, wir gehörten nur zu ihrem Fußvolk.«

2002

DAS WAHRE LEBEN

18. Dezember 2001, Kandahar – *US-Elitesoldaten haben über dem Flughafen von Kandahar eine Nationalflagge mit den Namen von Opfern des 11. September sowie von Opfern des Anschlags auf die »USS Cole« gehisst. »Die Flagge hat über New York geweht, wohin die Terroristen kamen, und jetzt lassen wir sie über ihrem eigenen Land wehen«, sagte der Marines-Hauptmann Gerald Lane bei der Fahnenzeremonie Dienstag früh. »Ihre Botschaft ist: Wir werden die Jungs finden und ausrotten, die für die Anschläge in New York verantwortlich sind.«*

Es ist der 12. Januar. Die anderen schlafen noch. Uwe Reuters Hand hängt von seinem Feldbett herunter. Johannes Müller liegt auf dem Rücken, sein Mund steht offen. Gert Lutze zieht den Parka über und knöpft mit klammen Fingern den Eingangsbereich des Mannschaftszelts auf. Die Flecktarnplane ist mit Raureif überzogen; als er seinen Kopf prüfend in die Kälte hinausstreckt, läuft ihm sofort eine Gänsehaut den Nacken hinunter. In der Nacht hat er kaum ein Auge zubekommen, ist immer wieder frierend aufgewacht und hat sich hin und her gewälzt. Er tritt vor das Zelt. Über der fernen Stadt hängt eine Smogglocke und unangenehmer Gestank zieht über das kleine Lager am Kandahar »Airfield«, wahrscheinlich von den unzähligen Feuern, die ringsherum in der Ebene vor den hohen Bergen lodern und wie kleine flackernde Sonnen durch den Dunst schimmern. Weil es in der Umgebung kaum Strom gibt, zünden die Afghanen einfach alles an, was irgendwie brennt, um zu kochen und zu heizen.

Die Stimmung in »Q-Town« ist gekippt, von der anfänglichen Euphorie in eine sich abzeichnende Langeweile, die immer wieder zu Streit führt. Kompaniefeldwebel Achim Hörstel, der Einsatzführer vom 1. Kontingent, war in den letzten Tagen mehrfach im »Camp Gecko« bei den Führungspersonen der US-Spezialkräfte vorstellig geworden und hatte um Zuweisung von Aufträgen gebeten, war aber jedes Mal unverrichteter Dinge zurückgekehrt.

Das Gefühl, nicht gebraucht zu werden, hat sichtbare Spuren in der Truppe hinterlassen, ist mittlerweile zur öden Langeweile geworden, wie die drei Mahlzeiten, die wenigstens noch den Tag ordnen und aus sich selbst heraus die Zeit bestimmen. Die Zeit nach dem Frühstück ist die Zeit bis zum Mittagessen, und die Zeit nach dem Mittagessen ist die Zeit bis zum Abendessen. Daneben gibt es die Zeit, die fürs Stiefelputzen benötigt wird, die Zeit, um ein G36 auseinanderzubauen und wieder zusammenzusetzen. Für manche ist das Gewehrputzen zur Besessenheit geworden, vielleicht weil die Zeit dabei zu hören ist, das kratzende Geräusch, wenn die Kette in Schussrichtung in den Lauf fallengelassen wird. Die meiste Zeit geht allerdings fürs Warten drauf, verlorene Zeit, die einzig und allein dazu gut ist, sie mit markigen Worten zu füllen oder um anderen die eigene Dienstbeflissenheit zu demonstrieren.

Im Moment wartet Lutze darauf, dass der Tag endlich richtig beginnt, der morgendliche Appell vor einem der Unterkünfte mit festen Mauern aus Lehmziegeln. Bis dahin joggt er auf der Straße, die einen Bogen um das provisorische Camp macht, auf die fernen Berge zu. Einige Gipfel sind schneebedeckt und ziehen sich, so weit das Auge reicht, am Horizont entlang. Der Boden ist steinhart gefroren und zerfurcht. Er legt einen kurzen Sprint ein, bis ihm warm wird, wendet danach und läuft an dem Zaun mit den Natodrahtrollen in Richtung ›Air Field‹ der Amerikaner weiter. Als er näher kommt, steigen gerade mehrere Hubschrauber vom Gelände an der Rollbahn auf. Wie überdimensionale Libellen schrauben sie sich in die Höhe, drehen in Schräglage nach Südosten ab und verlieren im diffusen braunen Smog ihre Konturen. Vom Wachturm winkt ein Marine herüber, als er heranjoggt. Die amerikanischen Soldaten erkennen ihn mittlerweile schon von Weitem an seiner Trainingshose, dunkelblau mit hellblauen Seitenstreifen, und der deutschen Flagge am Ärmel seines Parkers. Er hebt lässig den Arm und sieht gleichzeitig vor einem Hangar andere US-Soldaten mit Waffen im Anschlag Gefangene bewachen, die Eimer voller Exkremente zu Ölfässern auf einem freien Feld schleppen müssen. Der Fäkaliengestank ist bis hierher zu riechen. Lutze hält kurz inne, schaut dem merkwürdig anmutenden Marsch einen Augenblick zu, weil eine der Gestalten ihn an irgendetwas erinnert, verwirft den Gedanken aber wieder als unsinnig. Was sollte es hier vor Ort auch geben, was nur annähernd mit ihm zu tun haben könnte?

Die Kälte treibt ihn in die Bewegung. Er atmet durch, macht einen Bogen und trabt mit ausholenden Laufschritten zurück. Es sind keine 100 Meter mehr bis »Q-Town«, als sich ein Wollknäuel an seine Fersen heftet. Der kleine Vierbeiner tollt übermütig um ihn herum, als wäre er der schönste aller afghanischen Straßenköter.

Die wilden, meist zerzausten Hirtenhunde halten sich gern in der Nähe der Soldaten auf, weil hier öfter Leckerbissen für sie abfallen. Doch das Hündchen kann mit Lutzes Laufschritt nicht mithalten, es kläfft noch ein paarmal jämmerlich, während der Läufer zielstrebig auf den Platz vor dem Steingebäude zusteuert. Dort treten die Männer gerade zum Morgenappell an und er kann sich noch rechtzeitig in einer der Reihen dazustellen.

Gestern war erneut eine amerikanische Transportmaschine mit einem Schub Kommando Spezialkräfte-Soldaten von der Insel Masira eingetroffen und hatte die von ihnen vorbereiteten Quartiere bezogen. Erwartungsvolle Gesichter gesellen sich zu denen, die bereits ernüchtert in die Runde schauen.

Die Stimme von Hörstel krächzt, als wäre bei ihm eine Erkältung im Anmarsch: »Alle vollzählig angetreten?«

Ein zusammenhangloses Gemurmel antwortet.

»Wir werden das beibehalten, dass wir hier draußen in Formation antreten«, fährt der Feldwebel fort. »Zur Anzugsordnung: Anzug beliebig, aber erwünscht. Auch Sportanzug ist möglich, wenn danach Sport gemacht wird. Okay, es gibt eine Neuerung. Die Amerikaner haben angefragt, ob wir den Wachdienst im Gefangenenlager übernehmen. Ich habe dem entsprochen. Der Dienstplan wird noch bekanntgegeben. Dann kann der Teileinheitsführer ihn sinngemäß übernehmen. Weitermachen im Dienst. Schönen Tag!«

Lutze steht mit verschränkten Armen neben Reuter, der verkatert wirkt, aus verquollenen Augen zu ihm rüberschaut und das Gesicht mühevoll zu einem verkrampften Feixen verzieht. Der Kumpel scheint die »2-Dosen-Bier-Regelung«, die den maximal erlaubten Bierkonsum pro Saufnase und Tag regelt, mal wieder gnadenlos außer Kraft gesetzt zu haben.

»Du grinst wie ein versoffenes Honigkuchenpferd, Seeler«, faucht Lutze, den Mund angewidert verzogen, auf dem Weg zum Verpflegungszelt.

»Ich hab auch allen Grund dazu«, sagt Reuter mit geheimnistuerischem Lächeln und tiefer Reibeisenstimme. »Ich war gestern bei den amerikanischen Jungs von der Special Forces. Hab dort mit dem Küchensergeant geplaudert. Als der hörte, dass ich ihm in Tetra-Packs eingeschweißten Wodka besorgen könnte, sind seine Lauscher riesengroß geworden.«

»Wodka? Woher hast du Wodka?«

»Aus dem hohlen Bauch der Antonow-Maschinen aus Aserbaidschan, die unser Arbeitgeber dort freundlicherweise für uns chartert. Die Piloten, die unsere Versorgung hierherschaffen, haben nichts gegen ein paar Extradollar einzuwenden. Das Zeug ist wie eine Währung, dafür bekommst du von den Amis Winterklamotten, alles was warm ist und was uns hier fehlt, Handschuhe, Wollsocken und so 'n Zeug. Hört sich das gut an, oder nicht? Und auf das gute Geschäft haben wir mit einigen deutschen Dosenbieren auf die *Deutsch-Amerikanische Freundschaft* angestoßen. Und was soll ich sagen, eines davon muss irgendwie schlecht gewesen sein.«

Reuter zwinkert konspirativ mit dem rechten Auge und knurrt dann: »Ich brauch jetzt endlich was Anständiges in den Magen. Und du zieh nicht so'n Gesicht, Karat!«

»Karat« ist der Spitzname von Lutze, so wie Reuter alle »Seeler« nennen. Während der Ausbildung hatte er ständig »Über sieben Brücken musst du gehn« vor sich hin gesungen, und zwar so lange, bis es seinen Kameraden so auf die Nerven gegangen war, dass sie ihm den Namen der Band verpasst hatten. »Karat, shut up!«, hatte einer lauthals gebrüllt und alle andern hatten eingestimmt. Schon hatte er den Namen an der Backe, und er war ihn auch nicht mehr losgeworden.

Vor dem Verpflegungszelt brummt ein Generator. Als Lutze und Reuter hineingehen, schleicht sich das kleine Hündchen von vorhin heran, schnuppert in Lutzes Richtung, macht dann aber doch kehrt und verschwindet wieder. Drinnen riecht es nach Desinfektionsmittel und es gibt das gewohnte Frühstück, Bierwurst, Butter und Fladenbrot. Reuter belegt sein Fladenbrot fingerdick mit Bierwurstscheiben und beißt herzhaft hinein. Lutze kaut lustlos an einem trockenen Kanten herum, während Jojo, Johannes Müller, sich dazusetzt und sofort drauflosquasselt: »Kalle hat überall rumerzählt, du hättest vor dem Bund Kalaschnikows angefertigt?«

»Was hören meine Lauscher? Karat hat Kalaschnikows für den Feind produziert?«, stichelt Reuter und schnalzt mit der Zunge.

»Kalle ist eine alte Labertasche!« Lutzes Miene wirkt angesäuert. »Die Pfeife kriegt alles ins falsche Halsloch, was sie irgendwo aufschnappt. Aber wenn ihr es genau wissen wollt, ich hab bis zum Mauerfall beim »VEB Geräte-und Werkzeugbau« in Wiesa malocht. Da wurde das Wieger STG 940 hergestellt. Das ist ein Sturmgewehr mit dem System einer Kalaschnikow. Unser Betrieb war der alleinige Schützenwaffenhersteller der damaligen DDR. Wir waren für die Endmontage der Waffen verantwortlich.«

»Und dann? Nachdem die Mauer weg war?«, fragt Reuter.

»Da bin ich in den Westen rüber. Mein Onkel Heinrich wohnt in Husum, dem gehören dort einige Häuser und er hat reichlich Kohle. Ich konnte mietfrei in einer seiner Wohnungen wohnen. Bin dann '91 zum damaligen Jagdbombergeschwader 41 in Husum gegangen und habe mich zunächst für acht Jahre verpflichtet. '96 wurde ich zum

Feldwebel befördert; dann eine Ausbildung zum Elitesoldaten und gleich danach mit euch ab nach Afghanistan.«

»Echte Bilderbuchkarriere, mein Lieber«, stellt Jojo süffisant fest. »Bevor ich hier bei euch gelandet bin, hab ich in der kanadischen Arktis trainiert, war im Dschungel von Französisch-Guayana, in der Wüste Dschibutis und sogar im Hochgebirge von Österreich. Während meiner Ausbildung hab ich allein mehr Munition verballert als ein ganzes Bataillon zusammen.«

»Unser Jojo ist ein echtes Rollrädchen«, witzelt Reuter. »Immer rauf und runter.«

»Apropos Österreich!«, wendet sich Müller, der Reuter nur einen giftigen Blick schenkt, erneut an Lutze. »Du hast wirklich ein Steyr AUG-Z, privat bei dir zu Hause?«

»Was ist denn ein Steyr AUG-Z?«, fragt Reuter und kratzt sich im Nacken.

»Ein österreichisches Sturmgewehr«, erklärt Lutze stolz. »AUG bedeutet Armee-Universal-Gewehr, eine halbautomatische Zivilversion mit neunschüssigem Magazin. Ist bei uns in Deutschland nur zum Sportschießen erlaubt. Ich hab eine Sondergenehmigung.«

»Ich hab's geahnt«, knurrt Jojo. »Irgendein Geheimnis musste doch dahinterstecken, weswegen Karat immer der Schnellste beim Gewehrzusammensetzen ist.«

»Gehäuse, Verschluss, Bodenstück, Stangenmagazin, Griffstück, Schulterstütze, Handschutz und Tragebügel mit Visier, wer darüber nachdenken muss, braucht gar nicht erst anzufangen«, rappelt Lutze in einem Wortschwall herunter. »Nur die Besten schaffen das unter 30 Sekunden!«

»Aussichtslos, Leute! Karat hat die flinkeren Finger.«

»Wenn einer in unserem Zelt flinke Finger hat, bist du's,

Seeler! Ich höre dich jedenfalls immer, wenn du dir einen runterholst.«

»Yeah, wir sind halt das 1. Kontingent! Sex and Drugs and Rock 'n' Roll!«, trällert Jojo übermütig vor sich hin.

»Zumindestens sind Drugs reichlich vorhanden«, posaunt Reuter aufgekratzt. »Ihr werdet sehen, wir kommen damit noch gut ins Geschäft.«

Das tägliche Geplänkel, das vermutet jeder, hält den Frust weitgehend unterm Deckel. Reden beruhigt das Gemüt. Doch der fade Alltag, die stete Unterforderung der eigenen Möglichkeiten, nagt am Selbstwertgefühl der Kommando Spezialkräfte. Das führt häufig zu unfreiwilliger Komik oder erzählerischen Meisterleistungen, wenn ein Kamerad geschlagene 15 Minuten über das fachgerechte Anziehen von Radmuttern schwadroniert, ohne sich von den gelangweilten Gesichtern um ihn herum auch nur im Geringsten abschrecken zu lassen. Die Verpflegung ist unter aller Sau, die Infrastruktur ebenso. Bundeskanzler Schröders »uneingeschränkte Solidarität« ist hier vor Ort nur ein Lippenbekenntnis ohne Konsequenzen. Die Führung ist nicht in der Lage, für die Anti-Terror-Mission genügend wüstentaugliche Fahrzeuge ins Land zu bringen. Alles ist aus der hohlen Hand improvisiert, Politikfantasien gegen reale Todesgefahr.

Gestern hatte Lutze bemerkt, dass auf dem Abstellplatz einige alte Toyota Landcruiser abgestellt worden waren. Bei der Dienstbesprechung stellt sich heraus, dass man die prekäre Fahrzeuglage der Truppe durch Anmietung von zivilen Jeeps eines örtlichen Autohändlers in den Griff bekommen will. Nach einer näheren Betrachtung hatte sich schnell gezeigt, dass die geleasten Fahrzeuge nicht im Geringsten für hiesige Verhältnisse ausgerüstet und außerdem weitgehend fahruntüchtig waren. Die Truppe kann aber aufgrund der Auftragslage trotzdem nicht darauf verzichten. Den halben Tag verbrachten Lutze und eine Handvoll Kameraden, darunter auch Jojo und Seeler, damit, eine Mängelliste zu erstellen. Einige Reifenprofile waren bis zu 80 Prozent runter. Es wurden ein paar Ersatzreifen organisiert, indem sie von nicht genutzten Fahrzeugen abmontiert wurden. Die erste Probefahrt, die beinahe an einer Mauer im Camp endete, zeigte, dass es ein zusätzliches Problem mit den Bremsen gab. Fast trotzig wurden die Wagen für den Einsatz vorbereitet.

Das planlose Leben im Camp treibt Lutze immer öfter in einen Zustand von Entweder-oder, Furcht oder Flucht. Es ist das Ungewisse, was ihm Sorgen macht. Die meisten haben sich freiwillig für diesen Einsatz gemeldet und jetzt stehen sie auf irgendeinem Abstellgleis in einem gottverdammten Stückchen Land, das die Amerikaner ihnen halbherzig zur Verfügung gestellt haben und das von hier nirgendwo hinführt. Hier geht es zu wie an der Bahnstation in dem Spaghetti-Western »Spiel mir das Lied vom Tod«, denkt Lutze. Warten, dass der Zug ankommt. Und rings um uns herum lauert der Tod, wird zumindest gesagt, aber er bleibt für uns unsichtbar und lässt uns in der Kälte und Langeweile schmoren, bis er vielleicht doch unverhofft zuschlägt.

Lutze betritt das Zelt, Jojo und Seeler sitzen in ihren Ecken und reinigen ihre Waffen. Jojo hält seine P8-Pistole in der Hand, während Seeler gerade die Kappe von einem Filzstift zieht und fragt: »Wo schreiben wir die hin?«

Jojo schlägt gegen das Magazin, es rastet mit einem »Klick« in der Waffe ein. Dann hebt er den Kopf und murmelt: »Außen, wo denn sonst!«

Seeler greift nach seinen sandfarbenen Wildlederstiefeln und schreibt seine Blutgruppe »0+« pathetisch auf den Schaft.

Lutze nutzt seine 2,5 Quadratmeter Privatsphäre, um auf seinem Feldbett die Karten vom Lager, von Kandahar und seinem Umland zu studieren. Dann überprüft auch er seine Waffen, die Munition und Ausrüstung, vor allem die Batterien.

Was ein Soldat heutzutage allein für den Stromverbrauch mit sich herumschleppen muss, stellt er fest, als er auf das Equipment vor sich auf dem Boden herunterblickt. Funk, Navi, Laserzielgerät. Unmengen von Batterien braucht man dafür.

10.30 Uhr. Lutze, Jojo und Seeler sind die Letzten, die auf dem Sammelplatz antreten. Miraculix, der Zugführer, lässt die Waffen so weit durchladen, wie es die Sicherheitsbestimmungen zulassen.

»Wenn wir da jetzt rausfahren, möchte ich keinen sehen, der wie ein Pisspottfriseur aus der Wäsche guckt, verstanden!«, bellt seine Stimme über die Köpfe der Männer, die mit Lachen antworten. »Also, Augen auf und seid verdammt wachsam!«

Die Fahrzeuge haben keine Kennung, weder das Kommando-Spezilkräfte-Emblem noch die Bundesflagge sind angebracht. Der Innenraum der Toyotas ist durch die zivilen Einbauten wesentlich enger als ein Militärfahrzeug. Mit Ausrüstung ist ein fluchtartiges Verlassen so gut wie unmöglich.

»So ist es halt, damit muss man leben«, war der Kommentar des Kommandanten, als Lutze der Führung die Mängel gemeldet hatte. Und so ist es dann halt auch, damit leben sie, stellen sich darauf ein, während sich die Landcruiser in Bewegung setzen und die Schranke nach *draußen* zum ersten Mal geöffnet wird. Der Minikonvoi verlässt im Schritttempo die vermeintliche Schutzburg. Ein Apache Hubschrauber fliegt über ihre Köpfe in den wolkenlosen Himmel, das Flap-Flap-Flap dröhnt in den Ohren. Die Straße ist befestigt. Die Fahrt geht an kargen, brachliegenden Feldern und den erbärmlichen Lehmhütten der afghanischen Dörfer vorbei auf eine Anhöhe. Über Funk kommen rauschende Meldungen. Lutze hört nicht richtig hin, blickt stoisch in die weite Ebene, die hinter ihnen liegt und durch die eine Kamelkarawane zieht. In seiner Brille spiegeln sich Sonne und Wüste.

Fast so wie der platte Norden Deutschlands, nur nicht so grün, denkt er, es sieht jedenfalls genauso friedlich aus.

An einen realen Feind hatte er während seiner Ausbildung nie wirklich gedacht. Da war kein konkretes Feindbild in Sicht gewesen, nur körperliche Schmerzen, Eilmärsche mit 25 Kilo Gepäck und einer genauso schweren Kiste, die das Team über eine Woche mitschleppen durfte, die Berge hoch, wieder runter und durch einen Fluss. Und weil es nicht schnell genug war, zur Belohnung Essensentzug. Es gab kernige Burschen, die schlappmachten, und lasche Jungs, denen man es nicht zugetraut hatte, die durchkamen.

»Neuer Mann im Gurtzeug!«

Lutze hört seine eigene Stimme, die aus der Erinnerung kommt, sieht, wie er mit über den Kopf gestreckten Armen vor dem Absetzer steht, der mit einem scharfen Blick den richtigen Sitz der Ausrüstung prüft. Er setzt sich mit zwei anderen zusammengequetscht auf eine Klappbank an der

Bordwand. Die Männer auf der Mittelbank sitzen ihnen gegenüber, Knie stoßen an Knie. Er sieht die bleichen und starren Gesichter und malt sich aus, was ihm alles passieren kann. Der Kerosingeruch verursacht Übelkeit. Der Boden vibriert, während die Transall an Steigung gewinnt.

»Fertig machen!«, brüllt der Absetzer seine Anweisungen gegen den Lärm der donnernden Motoren. Er löst seinen Sicherheitsgurt.

»Aaaufstehen!«

Sie stehen auf, klappen die Sitze an die Bordwand.

»Einhaken!«

Er klickt den Karabinerhaken der Aufziehleine an ein Stahlseil, die Ankerleine, spürt den Schlag mit einer flachen Hand auf das Schirmpaket. Alles scheint in Ordnung. Die Absetzer öffnen jetzt die Sprungtüren, klappen sie zur Seite weg.

»Straaaße!«

»Straaaße!«, brüllt es aus allen Kehlen zurück.

»Eisenbahn!«

»Eisenbahn!«, brüllt es zurück.

»Vorrücken!«

Der Wind, der durch die offenen Hecktüren hereinwirbelt, klingt, als würde Luzifer persönlich ausatmen. Die rote Leuchte über der Tür schaltet auf Grün. Ein Hupsignal durchdringt Mark und Bein.

»Hopp-tausend, zwo-tausend, drei-t…!«

Er stürzt in den offenen Höllenschlund, ein Ruck reißt seinen Körper nach oben, der Verstand kann nicht folgen. Der olivgrüne Nylonschirm hat sich geöffnet. Plötzlich ist es still um ihn herum, schwerelos sieht er auf die Erde herab, ist frei wie ein Vogel.

Der Toyota knallt in ein Schlagloch, stößt ihn aus seiner friedlichen Innenschau ins reale Feindesland zurück. Die Westplatte, ein Sandsteinplateau vor den Gebirgszügen, kommt ins Blickfeld. Die Wagen kommen zum Stehen, die Männer springen durchgerüttelt aus den engen Kabinen, laden ihre Ausrüstung ab. In 20 Metern Entfernung treibt ein Afghane seinen beladenen Esel voran. Der Zugführer schickt den einheimischen Sprachvermittler zu dem Mann hinüber, damit er aus der Nähe der Schießbahn verschwindet. Dann lässt er die Männer antreten.

»Hier werden wir heute das Anschießen der Handwaffen durchführen!«

Wenig später dürfen die Elitekämpfer loslegen, die »Task Force One« feuert ihre ersten scharfen Schüsse auf afghanischen Boden. G36 Commando, P8, MG4, G3, Granatpistole, es knallt, raucht und explodiert aus allen Rohren, vier Stunden Feuerwerk in der frostigen Wüstenlandschaft.

Der Abend endet im »GZSZ«, einem schmucklosen Raum mit schummeriger Kerzenbeleuchtung. Der Name der Bar des Camps kommt von der Seifenoper des Privatsenders RTL. Seeler trinkt, ohne abzusetzen, die erste Dose Bier.

»Ich bin aus Hamburg und nicht aus Zucker«, sagt er trocken mit einem Augenzwinkern, reißt den Verschluss der zweiten Dose auf. »Und was hat Uwe Seeler immer gesagt? Genau, auch ein Fußballer kann auf einem Bein nicht stehen!« Er setzt die Dose an den Mund und leert auch diese in einem Zug. Als er danach gleich nach einer dritten greift, verdrückt Lutze sich klammheimlich in Richtung Zelt. Draußen ist es bereits dunkel, einige Lampen tauchen das Lager in ein diffuses Halblicht. Auf dem Weg kommen ihm zwei unbekannte Offiziere entgegen, die wie die geborenen Schreibtischhengste aussehen, weiche Gesichtszüge, stramm sitzende Uniformen mit ausgestreckten Schulterstücken. Der eine, ein Major, trägt das schwarze Barett der Panzertruppe, der andere, ein Hauptmann, trägt Springerstiefel.

Merkwürdige Typen, geht es Lutze durch den Kopf. Das gilt auch für die Bewaffnung, die sie dabeihaben. Der Major hat das G36 Commando dabei, das eigentlich nur das Kommando Spezialkräfte haben sollte. Der Hauptmann hat eine MP7, das Neueste, was die Bundeswehr zu bieten hat. Lutzes Denkapparat ist blockiert, er kann die Situation überhaupt nicht zuordnen, deswegen grüßt er sicherheitshalber und marschiert zügig an den beiden vorbei.

Am nächsten Morgen sind noch überall Spuren aus dem »GZSZ« zu sehen. Der Abend in der Bar muss mal wieder wie Sodom und Gomorrha geendet haben, Bierdosen liegen haufenweise herum, es riecht, als ob ein Fass ausgelaufen wäre, und an einigen Ecken dazu der säuerliche Gestank von dem, was den Kameraden so alles aus dem Gesicht gefallen ist.

Nach einem Angriff der Taliban hätte es nicht schlimmer aussehen können, denkt Lutze und braucht nicht lange zu überlegen, warum der Alkoholpegel nach Dienstschluss kontinuierlich in die Höhe schnellt. Lagerkoller, das Tagtägliche im Camp, das sich wie Knast anfühlt.

Erst wird uns eingebläut, wie man kämpft, und dann schicken sie uns an den Arsch der Welt, um hier Däumchen zu drehen, grollt er.

Das Wasser im Waschcontainer ist eiskalt, unter der Dusche würde man sich den Arsch abfrieren, Katzenwäsche wie immer. Missmutig schleicht Lutze in Richtung Zelt, als ihm die beiden Typen vom Vorabend abermals über den Weg laufen.

Wenig später am Vormittag, Lutze und Jojo werfen sich hinterm Zelt gegenseitig Bälle zu, wird er vom Zugführer in einen geräumigen Raum am anderen Ende des Lagers gerufen, in dem die beiden Offiziere offensichtlich ihr Quartier bezogen haben. Die beiden sitzen auf ihren Feldbetten und schauen, als hätten sie ihn erwartet.

»Das ist Gert Lutze«, stellt Miraculix ihn mit verkniffener Miene vor und verschwindet sofort wieder, als wolle er mit der ganzen Sache nichts zu tun haben.

»Das ist Hauptmann Chill und ich bin Major Schnitt«, sagt der Kopf unter dem schwarzen Barett.

Na und, denkt Lutze angespannt. Was wollen die von mir?

»Feldwebel Lutze, ich bin Chef der Abteilung J2. Es wird bald eine Neuerung in der Stabsarbeit geben, ein Computernetzwerk zur Datensammlung mit dem Namen ›Jasmin‹. Hinter dem Namen verbirgt sich das Wortungetüm ›Joint Analysis System Military Intelligence Network‹«, erklärt der Major und endet mit einem bellenden, kurzatmigen Lachen. »Damit sollen zukünftig auch die Erkenntnisse vor Ort zusammengetragen und an das ›ZNBw‹ weitergeleitet werden.«

»ZNBw? Ist mir kein Begriff!« Lutze zuckt mit den Achseln.

»Zentrum für Nachrichtenwesen der Bundeswehr«, ergänzt der Major und lässt dann die Katze aus dem Sack. »Ohne Schnörkel, Herr Lutze, könnten Sie sich vorstellen, für meine Abteilung als Informant zu arbeiten?«

Es dauert ein wenig, bis bei Lutze der Groschen gefallen ist, danach hat er ein mulmiges Gefühl in der Magengegend. Irgendwie kommt ihm das Ansinnen so vor, als sollte er mal eben den kleinen Bruder von James Bond spielen.

»So was kann ich nicht aus dem Stegreif zusagen«, antwortet er taktisch, um Zeit zu gewinnen. »Da muss ich erst einmal in Ruhe drüber nachdenken.«

»Sie haben natürlich Bedenkzeit«, versichert der Major, während der Hauptmann ungerührt danebensitzt. »Melden Sie sich einfach bei mir, wenn Sie sich entschieden haben.«

»Pass bloß auf!«, warnt Jojo, als Lutze ihm von seiner Begegnung mit den Offizieren vom Geheimdienst erzählt hat. »Diese Dienste sind ein undurchschaubarer Sumpf, Karat, ehe du dich's versiehst, steckst du bis zum Hals mitten im Dreck.«

Die beiden Deutschen patrouillieren durch das Camp Rhino, der Name der U.S. Military Base.

»Ich kann schon selbst auf mich aufpassen, Kommandosoldat«, entgegnet Lutze barsch.

»Wenn du dich da man nicht täuschst«, knurrt Jojo beleidigt, »Seeler haben sie auch kommen lassen, hab ich zufällig gesehn. Das behältst du aber für dich. Ich bin gespannt, wann die mich anquatschen.«

»Und? Was hat Seeler zum Gespräch gesagt? Macht er es?«

»Der schweigt wie ein Grab, hat nur gegrinst.«

»Eigentlich untypisch, oder? Den Schnapshandel mit den Amis hat er schließlich auch lauthals rausposaunt«, meint Lutze.

»Wenn jemand nichts sagt, spricht das für sich.«

»So entstehen Gerüchte, mein Lieber!«

»Verdammt! Ist das arschkalt heute!«, schimpft Jojo, reibt sich die Hände und verfällt in Schweigen. Sie stapfen gerade an irgendwelchen Wohncontainern entlang, die in zwei Reihen am Rand der befestigten Straße aufgestellt wurden. Tagsüber ist es im Süden Afghanistans bis zu 15 Grad warm und trocken. Der feine Sand dringt in alle Ritzen. In den Nächten kühlt es auf unter null Grad ab. Wenn dann noch ein eisiger Wind aus den Bergen bläst, können die Wachpatrouillen hier besonders unangenehm werden. Lutzes Gedanken heften sich hartnäckig an Funktionsunterwäsche, eine Wattejacke und Fäustlinge mit Teddyfutter.

»Ich finde, wir sollten Seeler mal anhauen. Der könnte doch für uns gerne ›German Beer‹ gegen Ami-Wollmützen mit Sehschlitzen tauschen«, schlägt Lutze vor und bemerkt, wie der Sand beim Sprechen zwischen seinen Zähnen knirscht. »Das sollte nicht allzu schwierig sein, oder? Die amerikanischen Jungs sind auf ihrem Stützpunkt nach Dienstschluss völlig ausgetrocknet. Es heißt schon das ›Dry-Camp‹, Bier und Wein streng verboten.«

»Wenn bei uns Deutschen eines klappt, dann ist das unser Nachschub an Alkoholika«, grinst Jojo. »Seeler hat mir gesteckt, dass demnächst 2.000 Dosen Bier, über 70 Flaschen Rot- und Weißwein und sogar 150 Flaschen Desperados angeliefert werden sollen.«

»Na dann, ein Prosit auf unseren Verteidigungsminister Struck!«

Die Dämmerung senkt sich aufs Gelände, eisige Kälte im Schlepptau. Lutze und Müller gehen auf ein hohes Gebäude zu, das in circa 300 Metern vor ihnen liegt. Es ist von einem Steinwall umgeben und sieht aus wie ein Hangar. Das Camp wirkt im grellen Lampenschein gespenstisch verlassen, nur auf den Türmen stehen schemenhaft die Wachen mit ihren Waffen im Anschlag. Als die Containerreihen enden, sehen sie mehrere mit Natodrahtrollen umspannte Verschläge, die von zwei Gestalten, breitschultrigen Marines mit glatten

Schädeln, umrundet werden. Ihre Waffen im Low Ready, die Schulterstütze des Gewehrs an der Schulter und die Gewehrmündung zum Boden gerichtet. Sie sehen die beiden Deutschen kommen, einer hebt den linken Arm und ruft herüber: »Hey men! Come here!«

Jojo bleibt unentschlossen stehen. Lutze geistert die Vorstellung durch den Kopf, sie wären zwei Engel, die von Gott zu Lot geschickt wurden, um ihn vor dem Untergang von Sodom und Gomorrha zu retten. Die kahlgeschorenen Köpfe der Amerikaner leuchten unter den Schirmmützen wie Heiligenscheine hervor.

»Was wollen die verdammten Jarheads von uns?«, fragt er und verzieht abfällig die Lippen.

Der rechte, mit gerötetem Gesicht und auffälliger Körperfülle, stürzt im Eilschritt auf sie zu, während der andere gemächlich hinter seinem Kumpel her trottet.

»What's that?«, bellt er Jojo an, als wäre er eine Bulldogge, zeigt ihm ein breites South-Carolina-Grinsen und seine gelben Zähne. »This is great, men! Can I have a closer look?«

Jojo schaut fragend zu Lutze hinüber, scheint nicht wirklich zu wissen, was der Marine von ihm will.

»Der will nur unsere Waffen sehen«, hilft Lutze ihm auf die Sprünge.

»G36c«, sagt Jojo, zeigt auf sein Sturmgewehr und hält es dem Marine mit einem Arm entgegen.

Der nickt mit strahlenden Augen, klopft ihm dabei begeistert auf die Schulter und hält sein M-16 Sturmgewehr vergleichend neben die Waffe des Deutschen.

»Heckler und Koch! I'll show you! This weapon has laser!«, sagt Jojo mit stolzgeschwellter Brust. Dann geht er, die Waffe wie ein Baby im Arm, zum Stacheldrahtverhau hinüber, hinter dem in einiger Entfernung ungefähr zwei

Dutzend Gestalten in der Dunkelheit am Boden hocken. Er hebt das Gewehr an die Schulter und richtet es zielend auf die dunklen Silhouetten. Ein kleiner roter Laserpunkt wandert langsam über die Körper und kommt jedes Mal auf der Stirn eines der Gefangenen zum Stillstand.

»Peng!«, sagt Jojo dann laut und grinst breit.

Die Amerikaner grinsen ebenfalls und der eine von beiden brüllt verächtlich: »Stay save and keep your head down« über den Stacheldraht. Danach kriegen sie sich vor Lachen nicht mehr ein, dass selbst Lutze nicht an sich halten kann.

»Do you want to see the german guy?«, fragt einer der Marines.

»Zero-three-seven, get ready!«, brüllt der andere über den Zaun.

In der Dunkelheit kann man erkennen, dass sich jemand erhebt.

»That's him«, sagt der Marine und zeigt mit dem Finger auf den Mann.

Der Mann im blauen Overall steht unbeweglich, in sich zusammengesunken und mit gebeugtem Gesicht, nur wenige Meter von ihnen entfernt, in dem Verhau.

»Hey, du hast dir wohl die falsche Seite ausgesucht!«, schreit Jojo, fuchtelt mit dem Gewehr und schneidet eine bösartige Grimasse. Die Amerikaner lachen schallend.

2006
DIE RICHTIGE UND DIE FALSCHE SEITE

Die traditionelle Kopfbedeckung eines älteren Herrn mit grauem Schnurrbart, ein roter Fes mit schwarzer Quaste, hatte schon während des Flugs seine Aufmerksamkeit erregt. Wilkenloh steht vor dem sich drehenden Kofferband in der Flughafenhalle und erwartet sein Gepäck, den Kegelstumpf aus Filz gegenüber fest im Blick. Der Herr wartet ebenfalls auf sein Gepäck. Irgendwo hatte Wilkenloh mal gelesen, dass der Begriff »Fes« seinen Namen der Färbemittelherstellung der Stadt Fès verdankt, keine 300 Kilometer von der Stadt Tetouan entfernt, in der er gerade gelandet ist. Seine erste Erinnerung an diesen speziellen Hut der Orientalen geht auf den Kinoklassiker »Casablanca« zurück, den er 1974 in der »Lupe« in München gesehen hatte, einem kleinen Filmkunstkino in der Nähe des Stachus. Dabei hat das große Liebesepos nur zweitrangig die Geschichte von Marokkos größter Stadt wiedergegeben; und auch der Kegelstumpf aus Filz auf den Köpfen einiger Statisten diente der Handlung nur als Dekoration.

Er weiß das alles deshalb so genau, weil er als freier Mitarbeiter einmal für das NDR-Kulturjournal einen Beitrag über das mit drei Oscars ausgezeichnete Werk des Regisseurs Michael Curtiz gemacht hat. »Casablanca« war nie als großer Film geplant gewesen. 1942, als man die Romanze in der ersten Augustwoche abgedreht hatte, war sie mit knapp einer Million Dollar die zweitbilligste Produktion unter sieben Filmen der Warner-Studios gewesen. Hollywood unterstand den strengen Beschränkungen der Kriegswirtschaft. Die Lieferung von Rohfilm war um 25 Prozent gekürzt worden, weil Zellulose ein Bestandteil von Schießpulver war. Kulissen durften nicht mehr als 5.000 Dollar kosten, lediglich »Ricks Café« war für den Film neu errichtet worden. Die Standardfrage der Propagandabehörde an die Macher eines Films lautete seinerzeit: »Wird der Streifen dazu beitragen, den Krieg zu gewinnen?«

Wilkenloh kann sich noch gut erinnern, warum er die Szene eines alten Ehepaares, das an einem Tisch der Bar Englischsprechen übt, an den Anfang seines Beitrags gesetzt hatte. Casablanca stand im Zweiten Weltkrieg unter französischem Protektorat und war voller Flüchtlinge, die nach Amerika wollten.

»Sweetness-Heart, what watch?«, fragt der alte Herr in dem ausgewählten Filmausschnitt.

»Ten watch«, erwidert die alte Dame.

Die Komik der Szene hatte einen bitteren Beigeschmack, denn viele Nebenrollen waren mit Immigranten aus Europa besetzt, die in Hollywood verzweifelt Arbeit suchten. Den alten Herrn spielte Ludwig Stössel ein bedeutender österreichischer Theaterregisseur und Schauspieler, die alte Dame war Ilka Grüning, die nach der Machtergreifung Hitlers ihre Schauspielkarriere beenden und fliehen musste. Die Sprachbarriere machte eine Karriere in Hollywood so gut wie unmöglich und die ganze Tragik hinter dem berühmten Film offenbarte sich in der Ironie, dass etlichen Flüchtlingen aus Deutschland wegen ihres deutschen Akzents nur Rollen als Nazis offenstanden.

Der deutsche Major Strasser wurde zum Beispiel von Conrad Veidt verkörpert, der in dem Stummfilmklassiker »Das

Cabinet des Doktor Caligari« eine Hauptrolle gespielt hatte. Veidt war ein entschiedener Gegner der Nazis gewesen, er musste Deutschland verlassen, weil seine Frau Jüdin war.

»Ich seh' dir in die Augen, Kleines!« Natürlich kommt Wilkenloh das unsterbliche Filmzitat in den Sinn, was Bogart emotionslos der Bergmann sagt, als er plötzlich in seinem Rücken von einer zittrigen Stimme angesprochen wird: »Sieht fast so aus, als wären Sie das erste Mal in Marokko.«

Der Autor dreht sich um. Da steht sein Sitznachbar aus dem Flieger, der schlohweiße Schürer mit der Flugangst, dem die turbulente Landung jegliche Gesichtsfarbe weggeblasen hatte und bei dem erst jetzt langsam ein sanftes Rosa wieder zum Vorschein kommt.

»Ich frage nur, weil Sie sich so intensiv für die Kopfbedeckung des Herrn zu interessieren scheinen«, ergänzt Schürer, als er den erstaunten Blick des Autors bemerkt. »Das ist normal in Marokko, da werden Sie noch viele mit antreffen.«

Er nickt nur knapp mit dem Kopf, blickt stoisch zu der Öffnung in der Wand, aus der die schwarzen Gummilamellen des Förderbands hervorkriechen. Ein Moment des Schweigens entsteht zwischen ihnen, das schwer in der Luft schwebt.

»Jetzt geht's erst mal für drei Tage nach Martil, entspannen«, setzt Schürer erneut an, als müsse er sich immer noch innerlich regulieren. »Danach ruft die Arbeit. In Tanger gibt es eine Audienz beim König Mohammad dem VI. Ich habe das Glück, zu der kleinen deutschen Wirtschaftsdelegation zu gehören, die er persönlich empfangen wird. Es geht um Investitionen in die Zukunft des Landes, konventionelle Kraftwerke und Lokomotiven für die erste Teilstrecke zwischen Tanger und Kenitra.«

Und nicht zu vergessen, eine Teilstrecke für Brennstoffzellen-U-Boote, denkt Wilkenloh und lächelt gezwungen. Vielleicht kann man damit von hier eines Tages mal ungesehen bis in die Bucht von Algier kommen. Soweit ich weiß, sind die größten Waffenimporteure neben dem Sudan immer noch Algerien und Marokko.

»Dann wünsche ich Ihnen einen angenehmen Aufenthalt in Tanger«, sagt er möglichst emotionslos und fragt sich insgeheim, warum der Mann beim Smalltalk solche brisanten Fakten ausplaudert.

Narzissmus?

Eine Machtdemonstration?

Wollte er nur meinen Neid wecken?

Oder versucht er mir zu demonstrieren, dass ich daran sowieso nie etwas ändern kann?

»Verhaften Sie die üblichen Verdächtigen!«, möchte Wilkenloh am liebsten dem U-Boot-Mann hinterherrufen, dieses vielsagende Filmzitat des korrupten Polizeichefs aus »Casablanca«, stattdessen greift er nur aggressiv nach seinem Koffer, der auf dem Band vorbeiziehen will, und trabt in Richtung Zollabfertigung davon. Als er in die Ankunftshalle kommt, steht dort ein Mann mit Uniformmütze, der ein Pappschild mit seinem Namen darauf hält und ruft: »Mister Wilkenloh?«

Er nickt und schon ist sein Koffer in der Hand des Fragenden.

»I have to bring you directly to Mister Rehmke! He is expecting you!«, sagt er und schleust ihn durch die Menschen zu einem Mercedes, der auf dem Parkplatz direkt im Eingangsbereich des wabenartigen Gebäudes steht. Bei der Abfahrt sieht er noch Schürer, dessen Koffer ebenfalls zu einem Mercedes getragen wird. Wenigstens etwas haben wir gemeinsam, denkt er und sieht die weißen Hochhäuser der Stadt vor der dunklen Bergkette in der Sonne. Aus dem Reiseführer weiß er, dass die andalusischen Einflüsse der Kunst auf den Mauern der Kasbah hier immer noch gegenwärtig sein sollen, dass der Baustil der kleinen Häuser, der Minarette, der Mausoleen und der Paläste mit Innenhöfen, Brunnen und Gärten von jüdischen und maurischen Einflüssen bestimmt ist.

Der erste Eindruck ist allerdings eher ernüchternd, siebenstöckige Häuserfronten, die auch in anderen Großstädten stehen könnten. Er schließt die Augen, lässt sich vom Fahrer durch den Hohlraum seiner Vorstellungen von 1001 Nacht chauffieren, sieht den Qissa-Khwani-Basar von Peschawar vor seinem inneren Auge, den »Markt der Geschichtenerzähler«, wie er ihn mit seiner Fantasie für Rehmkes Drehbuch gestaltet hat, sieht die Händler aus aller Herren Länder in Teehäusern beisammensitzen, wie sie von ihren Reisen auf der alten Seidenstraße berichten. Erst als der Wagen zum Stehen kommt, öffnet er die Augen und sieht blinzelnd die Silhouette einer Gestalt im Gegenlicht. Die Tür wird geöffnet, die Hand von Rehmke schiebt sich in den Fahrzeugraum und umschließt seine Hand mit festem Druck.

»Guten Flug gehabt?«, fragt er und lächelt wie ein versunkener Buddha, der nicht wirklich eine Antwort braucht. »Bevor ich dich ins Hotel bringe, müssen wir einen kleinen Abstecher machen. Du musst dir unbedingt vorher etwas ansehen. Ich bin gespannt, was du dazu sagen wirst!«

Rehmke steigt zu ihm auf die Rückbank, schnallt sich an und gibt dem Fahrer ein Handzeichen, loszufahren. Nach der kurzen Fahrt aus der Stadt führt die Straße einen Bergkamm hinauf. Vor ihnen breitet sich in milchigem Dunst eine grüne Ebene aus. Mittendrin, nicht weit entfernt, ist eine planierte Fläche mit trockenem, steinigem Boden, auf dem ein Verhau aus Natodrahtrollen errichtet wurde. Seitlich steht ein längliches Gebäude, das einem Flugzeughangar gleicht. An einer Ecke, umringt von leeren Ölfässern, steht ein Militärnutzfahrzeug mit einem Tankbehälter. 100 Meter daneben wird ein LKW mit offener Hecktür von Männern des Filmteams entladen.

»Was, meinst du, siehst du da?«, sagt Rehmke mit bedeutungsvollem Augenaufschlag, nachdem er ausgestiegen ist. Wilkenloh stellt sich neben den Regisseur und traut seinen Augen nicht.

»Das US-Militär-Base in Kandahar?« Wilkenloh schaut zu Rehmke.

»Nur ein kleiner Ausschnitt«, sagt Rehmke und kann seine Begeisterung aber kaum im Zaum halten, sucht auf dem Gesicht seines Gegenübers nach einem gleichen Gefühlsausdruck. »Das ist die Kulisse für die Prügelszene mit den Kommando-Spezialkräfte-Soldaten. Sie entspricht doch deiner Vorstellung, oder?«

»Sieht verdammt realistisch aus!«, bestätigt der Autor.

Die Augen des Regisseurs leuchten, er strahlt über das ganze Gesicht und deutet dann mit dem Finger auf mehrere Männer, die Kabelschnüre auslegen und einen Beleuchtungskran montieren.

»Das ist das Lichttechnik-Team. Wir können in Marokko nicht die Nachtaufnahmen im ›Dawn for Night‹ drehen. Um das reduzierte Licht des Sonnenuntergangs zu nutzen, ist die Zeit einfach zu knapp. Wir haben beschlossen, eine 18 Kilowatt HMI-Lampe an den Kran zu hängen, lassen das Licht von hoch oben kommen und sorgen für ausreichend Fülllicht im Hintergrund. In sieben Stunden ist es dunkel, vier Stunden vorher stoßen die Beleuchter des Drehteams dazu. Die Generatoren müssen wegen des Lärms ziemlich weit weg vom Set aufgestellt werden, damit der Ton nicht gestört wird. Ist alles leichter und sicherer, wenn das schon bei Tageslicht erledigt wird.«

»Ich bin total gespannt, wie alles real aussehen wird«, versichert Wilkenloh und schaut zu den Bergen im Hintergrund, die natürlich nicht mit den Bergen um Kandahar übereinstimmen, auch wenn er sie nur von Fotos kennt. Im fertigen Film wird darauf sowieso niemand achten, warum auch.

»Du musst jetzt was essen, Wimmer, und ich natürlich auch, bevor es hier losgeht!«, unterbricht Rehmke seine Gedanken und drückt ihn im selben Moment sanft an der Schulter in Richtung Mercedes.

Knapp eine Dreiviertelstunde später, nach geheimnisvollen Andeutungen, »wo es hingehen würde« und einer nervenaufreibenden Fahrt durch die Rushhour von Tétouan sitzen sie beide leicht lädiert in der Mellah, dem jüdischen Viertel, auf einer Dachterrasse eines gemütlichen Restaurants. Es wird Tajine serviert, ein Fleisch- und Gemüseeintopf in einem aus Lehm gebrannten Schmorgefäß. Die Soße ist aus süßen Pflaumen, Rosinen und Oliven. Dazu hat Rehmke zwei Stork, marokkanisches Bier, geordert. Vom historischen Gebäude haben sie einen tollen Blick auf die Dächer der Medina, direkt neben dem El Houts Souk, in deren schmalen Gassen Teppiche und Töpferwaren angeboten werden. In der Ferne ist die Stadtmauer zu sehen. Sie hat sieben Tore, ist fünf Kilometer lang und umspannt die gesamte Medina, erklärt Rehmke leidenschaftlich und speist wenig später, ohne ein Wort zu sprechen, um der Eigenart seines Autors gerecht zu werden, obwohl er das Drehbuch demonstrativ aufgeklappt neben sich auf dem Tisch liegen hat. Kaum hat er sich mit der Serviette den Mund abgetupft, kann er nicht mehr weiter an sich halten: »Ich habe noch mal über den heutigen Nachtdreh nachgedacht und mir ist eine großartige Idee gekommen, echt genial! Man sollte die Schlüsselszene mit den KSK-Soldaten aus zwei unterschiedlichen Perspektiven aufnehmen. Einmal aus der Sicht von Bayar. Dann denselben Ablauf aus Lutzes Sicht. Wie hört sich das an?«

»Keine Ahnung, was das bedeutet, Detlev. Wozu soll das gut sein?«

»Ich denke an den Film ›Die zwölf Geschworenen‹, der ist dir sicher ein Begriff! Darin hat Sidney Lumet einen hervorragenden Kameratrick angewendet, indem er sich beim Dreh, um die Dramatik zu erhöhen, einzig auf den Raum konzentrierte. Er begann im normalen Brennweitenbereich von 40 Millimeter und setzte im weiteren Verlauf dann 50-Millimeter-, 75-Millimeter- und 100-Millimeter-Objektive ein. Außerdem senkte er die Kamera nach und nach, erst war sie über Augenhöhe, dann auf Augenhöhe und danach unter Augenhöhe. Dadurch rückten die Wände zusammen, selbst die Decke senkte sich und ließ den Kinozuschauer unterschwellig an einem zunehmenden klaustrophobischen Gefühl des Eingeschlossenseins teilhaben. Durch diesen genialen Kniff hat sich die Spannung des Films enorm gesteigert.«

»Ehrlich gesagt, ich verstehe das mit den unterschiedlichen Brennweiten nicht wirklich.«

»Film kann nicht die Wirklichkeit ablichten, es ist nur ein Konstrukt der Wirklichkeit. Kein Kameraobjektiv sieht wie das menschliche Auge. Weitwinkelbrennweiten haben die Tendenz, den Raum zu verzerren, längere Brennweiten verdichten ihn. Das können wir Filmschaffenden für die Komposition unserer Geschichten ausnutzen.«

»Okay, das habe ich verstanden. Aber warum du aus zwei Perspektiven drehen willst, ist mir in dem Zusammenhang nicht klar.«

»Pass auf! Dieser Bayar ist eingesperrt, gefangen, sitzt in einem Stacheldrahtverhau, kann sich nicht frei bewegen. Ich verdichte den Raum mit einer langen Brennweite, hebe die Kamera über die Augenhöhe, damit der Himmel verschwindet. Dazu gebe ich der Szene einen dokumentarischen Anschein, indem ich den Kameramann eine Steadicam benutzen lasse.«

»Steadicam? Ich bin Laie, Detlev. Ich kenne euren Fachjargon nicht.«

»Das ist ein Schwebestativ mit komplexem Halterungssystem. Dadurch ist der Kameramann frei beweglich, kann einer Person hautnah folgen und dabei möglichst verwacklungsarme Bilder schießen.«

»Und mit den KSK-Soldaten willst du es offensichtlich anders machen?«

»Genau! Sie sind freie Menschen, bewegen sich frei im Raum. Weitwinkel, damit der Raum Weite ausstrahlt, feste Kameraeinstellungen, damit die Soldaten durch den Raum gehen können. Dazu die Kamera anheben, damit sie auf den Gefangenen herabblickt.«

Der Regisseur schaut den Autor erwartungsvoll an. In der Ferne kläffen Hunde und ringsherum ertönen die Gebetsaufforderungen der Muezzine von den Minaretten der Moscheen. Der Singsang mischt sich unter seine Antwort.

»Hört sich richtig faszinierend an, Detlev!«, entgegnet er. »Kann's gar nicht mehr abwarten, bis es dunkel wird.«

»Freut mich«, sagt Rehmke, sichtlich geschmeichelt, winkt die Bedienung und ordert süßen Couscous als Nachspeise. Als das Gericht serviert wird, schwärmt er. »Die wird hier mit frischen Datteln, Rosinen, Granatäpfeln und Mandeln zubereitet und mit Rosenwasser, Orangenblütenwasser und Zimt gewürzt. Schmeckt einfach sensationell!«

Während sich der orientalische Geschmack auf Wilkenlohs Zunge ausbreitet, er genüssliche Laute von sich gibt, sind seine Gedanken plötzlich bei dem realen Bayar, der im selben Moment in Guantánamo sitzt und dem man vielleicht gerade ein »Meal Ready to Eat« vor die Füße wirft, um ihn danach zum Verhör zu schleppen.

»Was würdest du sagen, wenn ich dir eine Variante für den Film anbieten würde, der ihn brisanter macht, als er ohnehin schon ist?«, fragt er den Regisseur mit gedämpfter Stimme.

Rehmke hebt seinen Kopf, schaut ihn durchdringend an, kaut etwas zügiger, bis er schlucken kann.

»Du schlägst eine Veränderung des bisherigen Ablaufs vor? Oder verstehe ich was falsch?«, fragt Rehmke, sichtlich erregt. »Du sprichst doch von zusätzlichen Szenen, die noch nicht im Drehbuch stehen, oder?«

»Bleib ganz ruhig, Detlev«, versucht Wilkenloh, den aufgebrachten Regisseur zu beruhigen, dem das Blut in den Kopf geschossen ist. »Ich verspreche dir, mein Vorschlag kann jederzeit in dein bereits gedrehtes und noch zu drehendes Material eingefügt werden, ohne dass dadurch irgendwelche Inhalte durcheinandergebracht werden.«

»Du glaubst doch nicht etwa, ich würde mir jetzt vor Freude auf die Schenkel klopfen?«, zischt Rehmke und zieht die Stirn in Falten. »Das Gegenteil ist der Fall! Jede Störung kostet Geld!«

»Und wenn ich das Wort ›Bundeskanzleramt‹ sage?«

Rehmke kneift die Augen zusammen und schaut den Autor prüfend an, bevor er antwortet: »Jetzt hast du mich natürlich neugierig gemacht.«

»Lehn dich gemütlich zurück und schließ deine Augen«, fordert er den Regisseur auf und wartet so lange, bis der dem auch wirklich nachgekommen ist. »Bundeskanzleramt, dahinter der blauviolette Abendhimmel. In einem Fenster brennt noch Licht. Es ist der 29. Oktober 2002. Bundestagsbüro des Kanzleramtschefs Frank-Walter Steinmeier. Unter seinem Vorsitz findet die sogenannte Präsidentenrunde statt. Exklusive Teilnehmer der illustren Runde sind neben ihm und seinem Geheimdienstkoordinator die Chefs des BND, Bundesnachrichtendienst, BKA, Bundeskriminalamt, und des BfV, Bundesamt für Verfassungsschutz, sowie die Staatssekretäre des Auswärtigen Amtes, Bundesinnenministeriums und des Justizministeriums. Es geht darum, unter allen Umständen zu verhindern, dass Gülcan Bayar, wenn er frei kommen sollte, in Deutschland einreisen darf.«

»Voll krass!«, stöhnt Rehmke und reißt die Augen auf. »Und aus deinem Mund hört sich das auch noch an, als wenn es wirklich wahr wäre.« Er nimmt einen Löffel und balanciert ihn geistesabwesend zwischen zwei Fingern. »Unser Film ist gerade von einer persönlichen Tragödie zu einem handfesten Politthriller mutiert. Ich müsste jetzt eigentlich sofort wissen, was passiert ist. Aber dafür ist im Moment überhaupt keine Zeit. Ich brauche meine ganze Konzentration für den Film. Dreharbeiten laufen ab wie ein Uhrwerk, wenn ich nicht pünktlich vor Ort erscheine, wird Geld verbrannt; und zwar reichlich Geld. Und das kann ich mir bei dieser Produktion nicht erlauben. Wir reden unbedingt darüber, morgen Mittag, wenn wir ausgeschlafen haben. Jetzt müssen wir auf der Stelle zum Set!«

Rehmke ruft die Bedienung und zahlt in Windeseile. Vor der Tür steht ein Fahrer vom Filmteam bereit, der offensichtlich zu diesem Zeitpunkt herbestellt worden war.

»Auf dem Weg müssen wir noch Brattenberger und meinen AD einsammeln«, informiert Rehmke seinen Gast, während er ihm den Beifahrersitz zuteilt und sich mit Schwung auf die Rückbank plumpsen lässt.

»Den AD?«

»Den Regieassistenten, Assistant Director. Für die Produktion in Marokko haben wir einen First-, Second- und Third-AD.«

Während der Fahrt reicht Rehmke ihm ein paar Zettel über die Rückenlehne nach vorn. »Hier, dein Drehbuch, Wimmer. Auf den Seiten 211 bis 215 ist die Dispo. Die Tagesdisposition ist wie die heilige Bibel, da kannst du schon mal sehen, was wir heute Abend für ein Pensum drehen werden.«

Wilkenloh schlägt die Seiten auf, überfliegt den Ablauf nur grob. »Shoot Day No. 19«. Der neunzehnte Drehtag. »Crew call«. Das Team beginnt um 19.00 Uhr zu arbeiten. »Set Description«. Die Szene spielt auf Camp Rhino in Kandahar. »N«. Nachtszene. »Gülcan Bayar wird zu den deutschen KSK-Soldaten gebracht«. »Characters«. Schauspieler, die an diesem Tag arbeiten. Es erstaunt ihn, wie genauestens alles festgehalten ist, wann die Fahrer die Schauspieler vom Hotel abholen, die Ankunftszeit am Set, der Zeitpunkt, wann die Schauspieler im Schminkraum sein sollen, wann sie kostümiert und geschminkt am Set sein sollen, wann ausgeleuchtet wird, wann die Lichtdoubles die Schauspieler ersetzen und so weiter und so weiter.

Ihm schwirrt der Kopf, als sie kurz vor einem Hotel stoppen und Kameramann Brattenberger und Regieassistent Lauri, die er bereits von den Dreharbeiten in Husum kennt, es sich auf der Rückbank neben Rehmke bequem machen, ihn nur kurz grüßen und dann still vor sich hin dösen. Der Regisseur schaut ins Nichts, scheint zu grübeln.

»Ich brauche zusätzlich einige Stücke Natodrahtrollen, die wir als Hintergrund, ohne großen Aufwand, hin und her schieben können«, sagt er plötzlich.

»Kapiert«, murmelt Lauri.

Das scheint zu reichen, denkt Wilkenloh, damit es erledigt wird.

20 Minuten später fahren sie durch ein Tor auf das eingezäunte Drehgelände. Ein Production Assistent erwartet das Fahrzeug und spricht in sein Walkie-Talkie: »Rehmke am Set!«

Brattenberger marschiert auf die Kaffeemaschine im Cateringbereich zu, Lauri verschwindet, um den Auftrag zu erledigen, in Richtung Parkplatz, auf dem sich die großen Lastwagen reihen. Rehmke und Wilkenloh machen sich auf den Weg zu den Maskenfahrzeugen, wo er die Schauspieler begrüßt und ihn nebenbei vorstellt. Danach geht es zum Set, an dem der Dolly-Fahrer die ersten Probefahrten absolviert. Er nimmt die unangefochtene Autorität des Regisseurs wahr und bekommt im Gegenzug vom Second-AD erklärt, was Rehmke im Augenblick gerade vorhat.

»Komm mit, dort rüber!«, winkt Rehmke ihm zu. »Ich werf nur kurz einen Blick auf die Cutter.«

»Cutter?«

»Das ist das Brett, dort auf dem dreibeinigen Ständer,

damit kann man den Lichtkegel beeinflussen. In Szenen, wo das volle Licht an bestimmen Stellen nicht gebraucht wird, kann man es mit dem Cutter wegnehmen.«

Rehmke beugt sich herunter und befingert einige Sandsäcke. »Guck hier, die Ständer müssen beschwert werden, damit sie nicht umfallen, falls irgendein Mensch darüber stolpert. Und ich kann dir versprechen, jemand wird darüber stolpern. Deshalb schaue ich mir diese Details lieber persönlich an.«

Der Ausleuchter stellt einige Menschen wie Schachfiguren auf.

»Lichtdoubles, das erste Team«, sagt Rehmke, »die stehen an den vorgesehenen Plätzen, die die Schauspieler einnehmen werden. Die Vorbereitungen brauchen Zeit, viel Zeit, wie du siehst.«

Langsam schlendern die ersten Maskenbildner und Friseure mit ihren Make-up Kästen, Kleenex-Schachteln, Bürsten und Kämmen herbei und stellen sich am Rand des Sets auf. Das unverkennbare Zeichen dafür, dass die Hauptdarsteller jeden Moment auftauchen werden, klärt Rehmke ihn nebenbei auf. Die Männer der Tonabteilung begeben sich zu den Startlöchern.

»Bei unserem heutigen Set erreicht das Mikrofon an der Angel nicht alle Schauspieler«, sagt Rehmke, »wir befestigen deshalb winzige Mikrofone irgendwo an der Brust. Das ist über ein Kabel mit einem Sender verbunden. Beim Take schaltet der Tontechniker ihn ein und er sendet ein Radiosignal aus, das von einem Empfänger aufgezeichnet werden kann.«

Die Aufmerksamkeit im Team steigt. Brattenberger hebt den Arm, die Schauspieler sind in der Zwischenzeit eingetroffen, einer aus dem AD-Team brüllt: »Ruhe am Set!«

Rehmke beginnt mit der ersten Probe der Szene im Drahtverschlag.

»Ich will nicht, dass ihr eure Gefühle schon vorab vergeudet. Nur die Wege markieren, bitte. Führt einfach eure Bewegungen aus und sprecht nur in der vorgesehenen Lautstärke, die ihr verwenden wollt, damit der Ton sich darauf einstellen kann.«

»Das Licht braucht Korrekturen«, meldet sich Brattenberger und weist die Beleuchter in seine Wünsche ein.

»Manche Schauspieler haben einfach ein anderes Tempo drauf als die Lichtdoubles«, flüstert Assistant Director Lauri mit vorgehaltener Hand Wilkenloh ins Ohr, der die Augenbrauen zusammengezogen hat. »Wir tasten uns jedes Mal an das Optimum heran.«

An den ruhigen Bewegungen der Menschen am Set meint Wilkenloh zu erkennen, dass alle technischen Probleme behoben sind. Damit scheint er richtigzuliegen, denn Rehmke fordert im selben Moment die Maske auf: »Macht die Jungs fertig!«

Die Frauen und Männer eilen mit den Make-up-Kästen, Bürsten und Kämmen zu den Schauspielern, tupfen Nasen ab, pudern Wangen und legen die Haare zurecht.

»Ruhe am Set!«

Jetzt kehrt wirklich Ruhe ein, auf den Gesichtern zeichnet sich Konzentration ab.

»Kamera ab!«

Der Tontechniker stellt den Recorder an. »Ton läuft!«

Brattenberger, die Kamera auf dem Schwebestativ, steht in seiner Ausgangsposition und drückt auf den Run-Knopf. Die Kamera läuft. Der Kameraassistent hebt die Klappe. »73/3 die Erste!«

Brattenberger nickt Rehmke zu.

»Action!«

Der Augenblick der Wahrheit. Innere Aktion; äußere Aktion; die Zeit der Schauspieler ist da. Şafak Düzyatan, in der Rolle des Bayar, hockt neben einigen Komparsen, die arabisch und afghanisch gekleidet sind, auf dem Boden. Brattenberger dreht über Augenhöhe mit einem 75-Millimeter-Objektiv, das den Raum verkleinert. Im Hintergrund des Ausschnitts sind die Natodrahtrollen im Bild. In der Dunkelheit zeichnen sich die Umrisse von zwei Soldaten des Escort-Teams ab.

»Zero-three-seven, get ready!«, brüllt eine Stimme.

Bayar hebt den Kopf, schaut zu den Soldaten, steht auf und geht zu ihnen hinüber. Brattenberger folgt seinen Schritten, lässt das Objektiv möglichst nah am Körper des Schauspielers mitschweben. Zwei Meter vor der Stelle, an dem der Drahtverschlag geöffnet werden kann, legt der Gefangene sich mit dem Bauch flach auf den Boden, legt die Hände auf den Rücken. Die Soldaten stürmen herein. Handschellen schließen sich um die Handgelenke. Danach wird Bayar vom Escort-Team aus dem Drahtverhau geführt. Der Ausgang wird hinter ihm wieder geschlossen.

»Cut!«

Die Einstellung wird im Kino circa vier Minuten dauern. Der Umbau für die nächste Szene beginnt. Lampen müssen abgeklemmt werden. Das Hauptstromkabel wird auf eine andere Seite des Sets gebracht. Der gleiche Ablauf beginnt von vorn. Die Schauspieler gehen die Einstellung durch. Punkte, an denen sie stehen bleiben, werden mit der Spraydose am Boden markiert; jeder hat seine eigene Farbe. Die Lichtdoubles passen auf und stehen danach für die neue Ausleuchtung bereit. Lauri kontrolliert, ob alle Requisiten an Ort und Stelle sind. Die Schauspieler gehen in die Maske und dann kehrt erneut Ruhe am Set ein.

»Action!«

Die beiden Soldaten vom Escort-Team packen Gülcan Bayar an den Oberarmen und schleifen ihn auf den schwarzen Umriss des Flugzeughangars zu. An einer Ecke des Gebäudes, kurz unter dem Dach, ist eine Lampe an der Mauer befestigt. Der Lichtkegel fällt auf das Militärnutzfahrzeug mit dem Tankbehälter, vor dessen Hinterreifen sich leere Ölfässer reihen. Auf der anderen Seite, hinter der Motorhaube, tauchen plötzlich zwei deutsche Soldaten auf.

»Haben die auf mich gewartet?« Eine Off-Stimme wird laut Drehbuch im Film später die Gedanken von Bayar sprechen. »Was wollen die von mir? Die werden mir helfen, in Deutschland melden, dass ich hier bin.«

Das Escort-Team wirft ihn unsanft auf den Boden.

»Here, your German friend!«, ruft einer der Soldaten mit zynischer Stimme. »And now, please enjoy!«

Die beiden Amerikaner treten einige Schritte zurück. Die Kommando-Spezialkräfte-Soldaten grinsen.

»Schau mal an, ein Kameltreiber. Wusste gar nicht, dass es solche Typen auch in Deutschland gibt«, sagt Johannes Müller zu Gert Lutze und grinst. »Was meinst du, Karat? Wollen wir ihm nicht kurz ›Guten Tag‹ sagen?«

»Mach keinen Unsinn, Jojo!«

»Ich werde ihm nur kurz auf den Zahn fühlen.«

Müller geht auf den am Boden Liegenden zu, beugt sich herunter und packt ein Büschel Haare. Mit einem Ruck reißt er Bayars Kopf in die Höhe, sieht ihm mit zusammengebissenen Zähnen ins Gesicht und starrt ihm mit stechendem Blick in die Augen.

»Heeh, Kameltreiber! Rate mal, wo wir herkommen!«, schreit er ihn an.

»Aus Deutschland«, wird die Off-Stimme antworten.

»Wie fühlt sich das für dich an, Motherfucker? Spürst du sie schon, die deutsche Kraft? Das ist das KSK!«, brüllt Müller und schleudert seinen Kopf mit voller Wucht auf den harten Boden.

Dort, wo das Gesicht aufprallt, wurde vorher ein kleines Stück Schaumstoff in das Erdreich eingelassen und mit Farbe täuschend echt angeglichen.

Die beiden Deutschen lachen. Das Escort-Team lacht.

»Cut!«

Ein Maskenbildner eilt herbei. Während sein Assistent ihm das sogenannte Anschlussfoto hinhält, das die Figur Bayars mit der gewünschten Verletzung zeigt, beginnt er, ihm eine Platzwunde und eine blutende Nase zu schminken. Brattenberger verändert den Ausschnitt in eine Nahaufnahme.

»Action!«

Gelächter aus dem Off. Bayar hebt langsam den Kopf. Sein Gesicht ist schmerzverzerrt, Blut läuft über die Stirn und aus der Nase. Die Deutschen gehen, ohne sich noch einmal umzublicken, lassen ihn am Boden liegend zurück. Das Escort-Team kommt.

»Zero-three-seven, get ready!«, brüllt einer.

Die Soldaten packen den Gefangenen unter den Armen, reißen ihn hoch und stellen ihn auf die Beine. Dann schleifen sie ihn weg.

»Cut!«

Es ist schon nach 5.00 Uhr nachts, als der Fahrer Rehmke, Brattenberger und Wilkenloh vor dem Eingang zu dem kleinen Hotel »Bilbao« abliefert. Ohne ein Wort führt Rehmke seinen Gast die schmale Holztreppe neben dem verwaisten Empfang hinauf in den ersten Stock, öffnet das Zimmer mit der Nummer 7 und überreicht ihm danach den Schlüssel. Das Zimmer ist so winzig wie das Hotel. Wilkenloh macht kein Licht an. Der feine violette Strich am Horizont, den er durchs Fenster sehen kann, kündigt den baldigen Sonnenaufgang an. Er lässt sich todmüde aufs Bett fallen, ist aber, als er endlich auf dem Rücken liegt, mit einem Mal wieder hellwach. Die Bilder der Dreharbeiten schwirren ihm durch den Kopf, verwirren seine Gedanken, halten ihn gefangen. Seine Vorstellungen spielen ihm einen Streich, der Hotelraum um ihn herum verdichtet sich, ein 75-Millimeter-Blick der inneren Kamera. »Alpha-Echo-7«, der imaginäre Maschendraht-Käfig von Guantánamo, manifestiert sich in ihm, unwirklich und doch real, irgendwo ganz weit entfernt am Zipfel von Kuba. 1,80 Meter breit, knapp zwei Meter lang.

Was macht man den ganzen Tag in so einem Käfig, wochenlang, jahrelang?

Er erinnert sich vage an eine Postkarte von Bayar, die seinerzeit in der Presse veröffentlicht worden war. »Ich weiß nicht, wann ich wieder zurückkomme«, hatte Bayar geschrieben. »Das kann nur Gott wissen.«

Im Februar 2002 war Bayar von Kandahar nach Guantánamo gebracht worden. Er erinnert sich an die Zeitung, in der er einen Artikel über eine abgegriffene Postkarte gelesen hat, die nach amerikanischer Militärzensur in Pressehände gelangt war. Erst danach war das Stigma vom »Husumer Taliban« in der deutschen Öffentlichkeit geprägt worden.

Er muss an seine Veränderung des Drehbuchs denken, von der er Rehmke erzählt hat, und von der er möchte, dass sie noch in seine Geschichte eingebaut wird. Seine Gedanken fliegen zurück in das Jahr, in dem er mit seiner Recherche über das X-Ray Camp auf Guantánamo Bay begonnen hatte. Das Camp, in dem die Bewacher, als würden sie Röntgenaugen besitzen, durch alles hindurchsehen konnten.

2006
EIN KRIMINALIST MIT ZAHNSCHMERZEN

Laue Luft erfüllt den Marktplatz im Zentrum von Husum. Die Morgensonne wirft ihre ersten feurigen Strahlen schräg über die Treppengiebel des Herrenhauses. Die »Rebellenköpfe« im Mauerwerk, kleine graue Reliefs von angeblich hingerichteten Bürgern, grinsen spöttisch von oben zu Hauptkommissar Swensen hinunter, der gerade auf dem Bürgersteig vorbeigeht und sich dabei die rechte Wange hält. Seine Nacht war die reinste Hölle gewesen. In den späten Abendstunden hatte ein Backenzahn zu schmerzen begonnen, im Zahnfleisch war eine kleine Eiterbeule entstanden, in der es unentwegt gepocht hatte. Während Anna ruhig atmend neben ihm schlief, hatte er kaum ein Auge zubekommen, hatte sich nur im Bett hin und her gewälzt. Am Morgen war der Schmerz noch immer unerträglich, sodass er zwei Schmerztabletten nehmen musste, um ihn zu ertragen. Er will unbedingt den Termin auf dem Standesamt einhalten, dafür hat er sich schließlich extra diesen Tag freigenommen. Anna war bereits mehrfach kurz vor einem Wutausbruch gewesen, weil er noch immer nicht die benötigte Abschrift seiner Abstammungsurkunde für das Aufgebot besorgt hat. Der gute Wille ist da, doch die Wirkung der Tabletten wird nicht lange anhalten, das kann Swensen schon spüren. Seine Wiegewaage im Kopf balanciert den Verstand zwischen Glück und Schmerz, zwischen Standesamt und Zahnarzt.

Aber es gibt keine wirkliche Wahl, der bohrende Schmerz kehrt langsam wieder zurück, treibt ihn vor sich her. Er schlägt den angstbesetzten Weg zum Zahnarzt ein, sitzt kurze Zeit im Wartezimmer und blättert sich verzweifelt durch die »Gala«, weil nichts anderes greifbar ist. Und während sein Zahn ihn fast in den Wahnsinn treibt, überfliegt er den Kinotipp zu dem Film »Operation Walküre«, in dem Tom Cruise die Rolle des Hitlerattentäters Stauffenberg spielt. In regelmäßigen Abständen ruft die Sprechstundenhelferin Namen in den Raum, Stühle leeren sich und werden wieder besetzt. Dann ist Swensen an der Reihe, sagt dem lächelnden freundlichen Mann im weißen Kittel in gequälter Sprache, was ihm unter der Wurzel brennt. Die gebogene Kürette schiebt sich wie ein Folterinstrument unter sein Zahnfleisch, bis er gepeinigt aufstöhnt. Die Diagnose ist eindeutig; die Odyssee nimmt ihren Lauf. In einem gesonderten Raum legt eine andere Gehilfin ihm eine Bleiweste um, er muss seine Zähne auf einen Plastiknippel pressen und bewegungslos stehen bleiben, bis ein Gerät um seinen Kopf gefahren ist. Als der Hauptkommissar im Behandlungsraum zurück ist, schaut ihm sein Kieferknochen mitsamt seinen Zähnen bereits vom Computerbildschirm über die Schulter. Eine Spritze wird gesetzt. Taubheitsgefühl breitet sich in seiner Mundhöhle aus. Er schließt die Augen, hält den Atem an, spürt die drehende Zange in der Mundhöhle, die Kraft der kippenden Hebelbewegung. Ein süßer Geschmack ist plötzlich im Mund. Ein letzter Ruck und der Zahnarzt wendet ihm den Rücken zu. Die Nachbehandlung übersteht Swensen benommen, steht neben sich, bevor er sich aus dem Behandlungsstuhl erheben kann.

Der Mann in Weiß gibt gute Ratschläge, wie er sich den Tag über verhalten soll, und an der Rezeption bekommt er einen neuen Termin und ein Rezept für Schmerztabletten. Dann steht er wieder auf der Straße, die ihn hier hergebracht hat. Die Wange ist noch taub von der Betäubung, er hat das erste Mal keine Schmerzen.

Im Ausnahmezustand lässt Swensen sich die Norderstraße hinuntertreiben. In Husum beginnt ein neuer Tag. Die Geschäfte öffnen, Verkäuferinnen tragen Auslagentische, Warenständer und Wühlkörbe nach draußen in den Eingangsbereich. Ein Blick auf die Uhr der Marienkirche besagt, der Termin beim Standesamt ist bereits über der Zeit. Swensen will es aber trotzdem noch versuchen, schreitet zügig über den Marktplatz, durch die Krämerstraße zum Hafen hinunter. Der kantige Eingangsbereich des Rathausgebäudes bestimmt das Stadtbild am Hafen, zieht sich in einem langgestreckten Bogen am Binnenhafen entlang. Der Kriminalist braucht einige Zeit, bis er durch die lichte menschenleere Eingangshalle, über Treppen und Flurgänge das Büro des Standesamtes findet. Er klopft an die Tür und eine Stimme ruft ihn herein. Die Geschichte von seinem unvorhersehbaren Zahnarztbesuch, vielleicht aber auch seine dicke Wange, scheinen die Dame hinter dem Schreibtisch anzurühren. Er muss allerdings eine halbe Stunde warten, bis sie ihm endlich das erforderliche Dokument mit Stempel für seine Trauung gegen eine Ordnungsgebühr aushändigt. Ein DIN-A5 großer Zettel mit seinem Namen und seinem Geburtstag, am 2. September 1947 in Husum geboren; und die Abstammung: Vater Wilhelm Swensen, evangelisch, und Liesbeth Swensen, geborene Beseler, evangelisch, beide wohnhaft in Husum.

Der Hauptkommissar muss unwillkürlich lächeln, als er sein Geburtsdatum liest, denn auf dem Originalgeburtsschein hatte seine Mutter eigenhändig das Geburtsdatum mit Tinte verändert, vom 1. September auf den 2. September. Im Krankenhaus hatte man die Geburt eigenständig auf den 1. September vorverlegt, weil es der Geburtstag seines Vaters gewesen war. Seine Mutter wollte nicht, dass der kleine Jan ein ganzes Leben an einem falschen Tag seine Geburt feiern würde. Er ist seiner Mutter dafür noch heute dankbar, denn hätte sie sich seinerzeit nicht getraut, eine solche Verbesserung an einem Dokument vorzunehmen, hätte er heute mit seiner zukünftigen Ehefrau Anna nicht am selben Tag Geburtstag, obwohl er zehn Jahre älter ist.

Diese aufmüpfige Tat seiner Mutter, ihm ein Selbst mit richtigem Geburtstag zu geben, war vielleicht der Grundstein für sein eigenes Streben nach einer unverwechselbaren Identität gewesen, die sich von den anderen Menschen unterscheidet. Erst seine Begegnung mit Lama Rhinto Rinpoche, 23 Jahre später, in einem buddhistischen Tempel in der Schweiz, brachte dieses Selbstbild grundlegend ins Wanken. Der Tibeter lehrte ihn im Laufe der fast vier Jahre, die er dort im Tempel zubrachte, dass es seinen Glauben an eine feste, inhärente und definitive Essenz des Jan Swensen in Wahrheit gar nicht gäbe.

»Dein Glaube, jemand zu sein, ist nur eine Vorstellung von dir«, erklärte sein Meister ihm mehrfach. »Nur deine Vorstellung von einem Jemand macht dich zu diesem Jemand. Ein Jemand, der überzeugt ist, er sei frei, der ist frei; ein Jemand, der überzeugt ist, er sei gefesselt, der ist gefesselt.«

»Dann wäre mein Selbst nichts Reales, sondern nur eine Konstruktion meiner selbst. Das kann ich mir nicht vorstellen«, hatte er damals dem Meister des Öfteren widersprochen. Doch der verbesserte ihn genauso oft, wie er widersprach.

»Ich habe nicht gesagt, das Selbst ist nicht real. Eine Konstruktion kann durchaus etwas Reales sein.«

Noch heute, über 30 Jahre danach, verstören die Worte seines Meisters ihn, wenn er ernsthaft darüber nachdenkt. Swensen weiß aber auch, wie oft sich seine Einschätzungen in seinem Polizeialltag als etwas nur von ihm selbst Konstruiertes herausstellen.

Aber so etwas lässt sich doch nicht auf das ganze Leben übertragen?

Und wenn doch?

Wäre er deswegen wirklich nicht der, der er zu sein glaubt?

Aber wer wäre er denn dann?

Ein Mann mit Zahnschmerzen, antwortet eine innere Stimme. Allerdings nur, wenn du deine Tabletten nicht rechtzeitig holst, widerspricht eine andere Stimme. Der Hauptkommissar verabschiedet sich aus seinem inneren Dialog, betritt die Schwan-Apotheke am Marktplatz und reicht der jungen Frau hinter dem Tresen sein Rezept. Die zieht eine lange Schublade in einem der Apothekerschränke auf und nimmt eine Schachtel heraus. Swensen lässt sich eine Quittung geben, damit er sie bei der Krankenkasse einreichen kann. Er geht weiter in die Neustadt, im unteren Teil eine Fußgängerzone mit kleinen Geschäften, im oberen Teil für den Autoverkehr geöffnet. Hier hat er kurz vor dem Kino seinen Wagen geparkt. Postkarten- und Kleiderständer stehen in der Sonne, sie haben bereits die ersten Touristen angelockt. Er sieht, dass der kleine Dönerladen jetzt »Mamma Mia« heißt und Pizza verkauft.

Das war doch mal der Laden der türkischen Familie Bayar, überlegt Swensen und stoppt vor dem Schaufenster mit den grün-weiß-roten Streifen der italienischen Flagge, die den linken Rand der Scheibe ausfüllen.

Einer ihrer Söhne ist dieser Gülcan, wegen dem dieser Wilkenloh bei mir in der Inspektion war. Danach ging durch die Presse, er wäre der »Husumer Taliban«.

Dem Hauptkommissar kommt sofort der alte Mordfall mit einer abgeschlagenen Hand in den Sinn, der 2001 die ganze Stadt in Atem gehalten hatte, und er versucht, sich den jungen Türken vor Augen zu führen, den er damals als ersten Zeugen vernommen hatte. War das Gülcan Bayar gewesen? Während er noch seine Gedanken im Kopf zu ordnen versucht, zieht er sein Handy aus der Tasche und drückt die Nummer von Stephan Mielke.

»Husumer Polizeiinspektion, Oberkommissar Mielke«, meldet sich eine Stimme.

»Hallo, Stephan! Mir schießt da gerade was durch den Kopf und …«

»Ich denke, du hast einen Tag Urlaub genommen?«

»Habe ich ja auch.«

»Und dann hast du nichts Besseres zu tun, als deine Kollegen bei ihrem wohlverdienten Beamtenschlaf zu stören?«

»Wie du weißt, ist das meine Buddha-Natur. Aber Scherz beiseite, kannst du mir bitte mal die Adresse der Familie Bayar besorgen? Du erinnerst dich bestimmt wieder an die, wenn ich dir den Fall mit der abgeschlagenen Hand ins Gedächtnis rufe.«

»Du meinst die Türken mit dem Dönerladen in der Neustadt? Sind das nicht auch die, wo der ›Husumer Taliban‹ herkommen soll?«

»Genau. Der Laden existiert nicht mehr, hab ich grad festgestellt. Aber ich möchte unbedingt mit den Eltern sprechen. Besorgst du mir die Adresse?«

»Ich melde mich«, kommt es lakonisch zurück, bevor die Verbindung abbricht.

Swensen schlendert in die Innenstadt zurück, setzt sich in das »Tine-Café« am Hafen und bestellt, ohne groß nachzudenken, einen Cappuccino. Der Himmel und die Segelboote spiegeln ihr gekräuseltes Abbild im Wasser des Hafenbeckens. Husum hat sein schweres Grau abgelegt, entblößt sich in der blauen Leichtigkeit des kommenden Sommers. Kaum schmeckt der Kriminalist dazu passend den ersten Milchschaum auf der Zunge, fängt die Wunde an zu schmerzen und das Handy klingelt. Mielke gibt ihm die gewünschte Adresse. Gleichzeitig überkommt ihn eine undefinierbare Unruhe, die ihn nicht mehr entspannen lässt.

»Ein Jemand, der überzeugt ist, er sei gefesselt, der ist gefesselt.«

Wie sollte es mir gelingen, mein eigenes *Ich* zu konstruieren, denkt Swensen trotzig, bezahlt und macht sich auf den Weg in die Gurlittstraße, wo er kurze Zeit später im Hauseingang eines mehrstöckigen Ziegelgebäudes steht. Er holt seine Lesebrille hervor und studiert die kleinen Namensschilder am Klingelbrett. »Bayar«, er ist richtig und drückt den Knopf. Der Türsummer im Hauseingang ertönt. Er steigt die ausgetretenen Holzstufen hinauf. In seinem Kopf arbeitet es.

Was erhoffst du dir eigentlich von einem Gespräch mit der Familie Bayar?

Er kann es nicht wirklich beantworten.

Ist es dein vielgepriesener siebter Sinn?

Aber es gibt überhaupt keinen Fall, in dem du ermittelst!

Im Schatten der geöffneten Wohnungstür steht die hagere Gestalt einer älteren Frau, deren derbes, faltiges Gesicht von einem grauen Kopftuch umrahmt wird. Der dunkle, lange Rock mit einem bauschigen Leibchen, der mit einem Zugband um die Taille geschlungen ist, sieht aus wie ein gerafftes Segel.

»Ich bin Jan Swensen von der Husumer Polizei«, stellt sich der Hauptkommissar vor. »Darf ich hereinkommen?«

Die Frau wirkt verängstigt, zieht nervös am Kopftuch und sagt kein Wort.

»Ich komme wegen Ihres Sohnes.«

»Gülcan?«, sagt die Frau, und es ist, als würde ihr ihre Angst aus den Augen springen.

Swensen nickt stumm. Die Frau wirkt plötzlich wie elektrisiert, bittet ihn mit umständlichen Gesten herein und führt ihn in die Küche.

»Möchten Tee?«

»Gerne!«

»Geht gut, mein Sohn? Haben gehört etwas?«, fragt die Frau mit zittriger Stimme, eilt davon und stellt dem Kriminalisten wenig später ein kleines Glas auf einem Porzellantellerchen hin, schenkt Tee ein und legt zwei Würfelzucker an den Rand.

»Ihr Sohn Gülcan ist in Guantánamo?«

Die Augen der Frau überziehen sich mit einem feuchten Schimmer, dann stürzen die Tränen einem Sturzbach gleich die Wange hinab. »Er gefangen bei Amerika.«

»Ich weiß leider nichts über Ihren Sohn, Frau Bayar.«

»Weswegen Sie dann hier?«

Das ist eine Frage, die Swensen nicht einmal sich selbst beantworten kann. In ihm gibt es nur etwas Ungenaues, Vages, das nach seinem spontanen Besuch bei dem Autor in ihm zurückgeblieben war. Aus der Tatsache, dass der sich vor Jahren nach Gülcan Bayar und dann auch noch nach den Umständen des Ertrinkungstods von Gert Lutze erkundigt hatte, war eine Art moralische Verpflichtung entstanden, es gäbe etwas zu klären. Nur weiß er nicht genau, was es sein könnte. Dieses verrückte Gefühl hat ihn begleitet, und es hat ihn auch heute hierhergeführt. Nur, wie soll er das ausgerechnet dieser Frau erklären, die einzig, vom Schmerz betäubt, um das Wohl ihres Sohnes besorgt ist.

Während er darüber nachdenkt, spürt der Kriminalist, wie die Betäubung seiner Zahnbehandlung nachlässt. Der Nerv im Zahnfleisch pocht plagend, aber er möchte in dieser Situation ungern nach seinen Tabletten greifen. So verharrt er weiterhin geduldig, nimmt einen Schluck Tee und trommelt mit den Fingern auf dem Tisch. Eigentlich kann er keinen klaren Gedanken mehr fassen. Wie soll er mit dieser Frau nur ins Gespräch kommen?

»Was ist mit Ihrem Sohn geschehen?«, fragt er, innerlich hilflos, mit leiser Stimme.

»Ich nichts wissen, keiner sagen etwas! Er Frau haben in Türkei, er heiraten wollen. Dann er fahren weg, ohne sagen mir. Freunde sagen, er gegangen nach Pakistan. Nicht gekommen zurück.«

»Und Sie haben keine Nachricht von ihm?«

Die Frau schüttelt den Kopf, während die Tränen weiterrinnen und sie zu einem Taschentuch greift.

»Ich schreiben Minister Fischer. Amerikaner sagen, Sohn gefangen, gebracht nach Guantánamo. Leute sagen, Gülcan Terrorist. Mein Sohn nicht sein Terrorist! Sie von Polizei sind, müssen wissen das. Polizei fragen Freunde von Sohn und alle sagen, er nichts Terrorist. Wir Familie genommen Anwalt. Schreiben auch Minister. Aber Minister sagen, Sohn sein türkisch, Deutschland nichts gehen zu Guantánamo.«

»Ich bin nur von der Husumer Polizei, die Husumer Polizei ist nicht zuständig, kann da nichts machen«, versucht Swensen zu erklären. »So etwas wird auf höchster Ebene behandelt.«

»Was seien höchste Ebene?«

»Landeskriminalamt Schleswig-Holstein oder das Bundeskriminalamt.«

»Sie nichts machen können?«

»Nein, Sie haben schon alles richtig gemacht, haben gemacht, was man machen kann. Ich könnte vielleicht einen Kollegen in Kiel anrufen und nachfragen. Wenn man mir dort Auskunft gibt, werde ich Ihnen Bescheid geben.«

Die Frau wischt sich die Tränen ab und lächelt verkrampft.

»Frau Bayar, haben Sie gehört, ob Ihr Sohn, bevor er nach Pakistan gegangen ist, einmal den Namen Gert Lutze gesagt hat?«

»Ich nicht wissen von, ich nicht gehört Lutze.«

»Haben Sie nur den einen Sohn, Frau Bayar?«

»Nein, ich haben Fehmi, junge Sohn.«

»Könnte ich mit ihm sprechen? Vielleicht hat sein Bruder ihm etwas über Gert Lutze erzählt.«

»Fehmi nicht da sein, machen Arbeit mit Mann in ›Lokanta-Grill‹. Sein Schleswiger Chaussee.«

»Danke«, sagt Swensen und trinkt seinen Tee aus. Er steht auf, reicht der Frau die Hand und drückt sie mitfühlend. Auf der Treppe fragt er sich, ob er seiner Intuition, die vielleicht nur ein Hirngespinst ist, wirklich weiter auf der Spur bleiben will. Wenn er es genau betrachtet, haben Lutze und Bayar zwar beide in Husum gelebt, aber bei ihren ethnischen Gegensätzen ist die Wahrscheinlichkeit nicht besonders groß, dass die beiden sich in dieser Kleinstadt überhaupt jemals persönlich begegnet sind, und wenn zufälligerweise doch, ob sie sich dann auch wahrgenommen haben. Aber letzten Endes ist es auch nicht grundsätzlich auszuschließen.

Ernüchtert verlässt der Hauptkommissar die Wohnung und nimmt direkt vor der Tür die ersehnte Tablette, die er ohne Wasser hinunterwürgt. Die dumpfe Pein begleitet ihn noch ein Stück des Weges, dann verschwindet sie woandershin und sein Denkvermögen kehrt zurück.

Was haben Lutze und Bayar miteinander zu tun? Warum wird ein Film gedreht, in dem diese beiden Personen vorkommen? Lutze war Soldat, war einige Jahre in Husum stationiert, das hatte ihm Mielke damals nach dem Unfall erzählt. Aber was sagt das schon? Bayar ist Türke, in Husum geboren, und wird von den Amerikanern in Guantánamo gefangen gehalten. Irgendwie scheinen der Deutsche und der Türke etwas miteinander zu tun zu haben, aber was es ist, kann er sich beim besten Willen nicht vorstellen. Ist einer der Gute und der andere der Böse? Aber wer, wenn der Gedanke zutrifft, ist was? Swensen, du verrennst dich! Das Böse ist dem menschlichen Wesen innewohnend und wesentlich, hat Kant gesagt. Das Böse ist nicht mehr als ein Begriff, den es nicht wirklich gibt, sagte Meister Rinpoche. Aber die böse Tat gibt es. Das Verbrechen ist konkret, zeitlich festlegbar und hat immer einen bestimmten Ablauf. Aber das Böse als universelle Metapher für Verderben, Unheil und Elend hat seiner Meinung nach ausgedient. Das Problem unserer Zeit ist nämlich schon lange, dass sich die normale Handlung eines Einzelnen in eine Kette von nachfolgenden Handlungen einreiht, bei denen am Ende etwas Böses herauskommen kann. An der Atombombe von Hiroshima haben von der Konstruktion bis zum Abwurf nur Menschen mitgewirkt, die keinerlei Verantwortung für das Geschehene tragen. Das Böse dieses Geschehens kann unmöglich einer einzelnen Person zugeordnet werden. Aber wer ist dann letztendlich für irgendwas verantwortlich?

Swensen fühlt sich leer im Kopf, als hätte er sich selbst ausgetrickst, als wäre sein Beruf längst überflüssig, weil er diese Welt als Einzelperson eh nicht zum Guten wenden kann.

Und nun? Was war denn nun zuerst da, Theorie oder Praxis, fragt er sich lapidar, und bringt seine Gedanken zurück zum Ausgangspunkt: Vielleicht ist Lutze ja gar nicht ertrunken? Und Bayar ist vielleicht gar nicht schuldig, wovon seine Mutter sowieso schon überzeugt ist? Könnte sein kleiner Bruder darüber etwas mehr wissen, als die Mutter ihm erzählt hat, und wenn ja, würde er es der Polizei auch sagen?

»Ein Jemand, der überzeugt ist, etwas nachprüfen zu müssen, der prüft es auch nach.«

Jetzt nicht auch noch ein buddhistisches Rätsel! Swensen schiebt den letzten Zweifel beiseite. Der Tag ist schon verfahren genug, da kann er auch beruhigt noch etwas Unnützes tun.

Zehn Minuten später sitzt er in seinem alten Polo, fährt über einen Schleichweg zur Schleswiger Chaussee hinüber, steuert auf einen Kiesplatz und parkt vor dem türkischen Restaurant »Lokanta-Grill«. Ein VW-Sprinter steht mit aufgeklappten Hecktüren an einem geöffneten Nebeneingang.

»Hallo, ist jemand da?«, ruft der Hauptkommissar in den Innenraum, in dem ein ferner Lichtschein schimmert. Ein polterndes Geräusch ertönt, als wäre etwas zu Boden gestürzt. Einen kurzen Moment darauf erscheint das Gesicht eines jungen Mannes mit kurzen Haaren und Dreitagebart im Türrahmen, beäugt Swensen misstrauisch und fragt scharf: »Wohin wollen Sie?«

»Ich suche Fehmi Bayar.«

»Das bin ich.«

»Polizei Husum, ich würde gerne etwas über Ihren Bruder Gülcan wissen.«

»Gülcan ist kein Terrorist, das habe ich der Polizei schon gesagt! Was in diesen Zeitungen steht, ist alles gelogen!«

»Ich weiß, dass das Landeskriminalamt in seinem Fall ermittelt hat.«

»Die waren auch bei mir und allen Freunden meines Bruders.«

»Wissen Sie, warum Ihr Bruder nach Pakistan gegangen ist?«

»Unsere Familie glaubt nichts von dem, was geredet wird. Mein Bruder ist kein Terrorist. Wenn ein Muslim heiratet, muss er die Hälfte seiner Religion erfüllen, hat Gülcan mir gesagt, nur deshalb ist er nach Pakistan gegangen. Er wolle ein guter Muslim werden, bevor er heiratet. Er wollte den Islam verstehen.«

»Hat Ihr Bruder jemals über einen Mann namens Gert Lutze gesprochen?«

»Gert Lutze? Wer soll das sein?«

»Ein Soldat aus Husum. Er war im Einsatz in Afghanistan und ist jetzt tot, ertrunken, am Badestrand am Dockkoog.«

»Den Namen habe ich nie gehört. Und den Dockkoog kenne ich auch nicht.«

»Ihr Bruder hat den Namen nie erwähnt, auch nicht beiläufig?«

»Wie alt war der Mann, als er ertrunken ist?«

»Wieso wollen Sie das wissen?«

»Junge Soldaten gehen häufig in die Disko ›Nachtschicht‹. Mein Bruder hat dort mal einige Zeit als Türsteher gearbeitet.«

»Und er hat den Soldaten dort gesehen?«

Fehmi Bayar zuckt mit den Achseln. »Keine Ahnung. Warum wollen Sie das wissen?«

»Ich möchte nur wissen, ob dieser Soldat und Ihr Bruder sich vielleicht gekannt haben.«

»Mein Bruder hat nichts mit Soldaten zu tun.«

»Danke, dass Sie mit mir gesprochen haben, Herr Bayar«, bedankt sich Swensen. Seine Zahnschmerzen kommen langsam zurück, die Tablette scheint nicht mehr zu wirken.

2002
DER AUTOR

Ich reise nach Amerika – wer will mit?

Er stand vor einer Art umgebauter Holzscheune, mehrere 100 Meter abseits von der Straße in einem dichten Waldgebiet. Als ich seine Hand schüttelte, bemerkte ich, wie warm sie war und wie kraftvoll sein Händedruck. Ich befand mich im Cross River Reservoir, etwa 40 Kilometer nördlich von New York City.

Es hatte mich einige Mühe und Zeit gekostet, die Identität dieses Mannes von Deutschland aus herauszufinden und seinen Wohnsitz ausfindig zu machen. Nach einigem Zögern hatte ich die alten Kontakte zu meinen ehemaligen Kollegen beim Fernsehen genutzt, um eine amerikanische Journalistin ans Telefon zu bekommen, die bei der New York Times arbeitet. Donna Stegner – der NDR Redakteur hatte mir das Gespräch vermittelt – fasste sehr schnell Vertrauen zu mir. Offensichtlich fand sie mich auch sympathisch, denn nachdem ich ihr von der Arbeit an meinem Drehbuch berichtet hatte, versprach sie mir sich zu kümmern und dass sie mich in Kürze zurückrufen würde. Nach acht Tage meldete sie sich wieder und sagte, sie hätte mit einigen Personen gesprochen. Darunter ein ehemaliger Verhörspezialist der US-Armee, ein gewisser Jayden Chato, der mehrere Monate in Guantánamo stationiert gewesen war und der bereit wäre, mit mir zu sprechen.

Ich buchte einen Flug nach New York, nahm mir am John F. Kennedy Airport kurzerhand ein Taxi und ließ mich direkt zum Haus von diesem Chato bringen. Im Gepäck hatte ich noch zwei weitere Adressen von Donna: die eines Menschenrechtsforschers am Bard College in New York und die eines US-Marines, der im Escort-Team auf Guantánamo seinen Dienst verrichtet hatte.

Chato empfing mich mit einem strahlenden Gesichtsausdruck und einem breiten Lächeln. Er war kräftig gebaut mit muskulösen Schultern und Armen und einer physisch dominanten Ausstrahlung. Sein bulliger, kahler Kopf zog automatisch meine ganze Aufmerksamkeit auf sich. Das kam wesentlich durch den ungewöhnlich durchdringenden Blick aus stahlblauen Augen, die tief unter dem Stirnbein lagen.

»I'm pleased to meet you, Mister ...«, setzte ich zur Begrüßung an.

»Sie können Deutsch mit mir reden«, sagte er zu meiner Verwunderung mit amerikanischem Akzent. »Ich war einige Jahre in Deutschland stationiert.«

»Oh, das erleichtert vieles«, sagte ich lächelnd, während er mich vor sein Haus führt. »Ich bin Ihnen sehr dankbar, Mister Chato, dass Sie bereit sind, mir ein Interview zu geben.«

»Sie schreiben an einem Drehbuch für einen Film, in dem Guantánamo behandelt wird?«

»Sie sind gut informiert. Und mir hat man gesagt, dass Sie dort waren. Deshalb bin ich auch hier, denn ich weiß nichts über Guantánamo. Sie dagegen umso mehr. Darf ich Sie fragen, was die Aufgabe eines Verhörspezialisten ist? Worauf muss er achten oder was ist das Wichtigste beim Verhören von Häftlingen?«

Chato musterte mich kurz und es hatte den Anschein, dass er gerne vor dem Haus stehen bleiben wollte. Ich holte mein Aufnahmegerät hervor und er fing wie auf Knopfdruck an zu erzählen, als wäre es das Selbstverständlichste der Welt.

»Das Wichtigste ist, dass ein Gefangener abhängig wird. Je isolierter er ist, desto besser funktioniert unsere Arbeit. Zieht man dem Gefangenen Handschuhe an, kann er nichts mehr fühlen. Zieht man ihm eine Kopfhaube über oder setzt ihm eine schwarze Brille auf, kann er nichts mehr sehen. Alle diese Dinge isolieren ihn. Lärm oder laute Musik kann das zum Beispiel auch, Lärm isoliert einen Menschen im Kopf.«

»Sie reden von so viel Lärm, dass man sonst nichts mehr hört?«

»Dann kann ein Mensch nicht mehr klar denken.«

»Es kommt also auf die Lautstärke an?«

»Ja, sie hält ihn wach, entzieht ihm den Schlaf, damit er dort oben im Hirn, in der kleinen Welt des Gefangenen, eingesperrt bleibt.« Chato strich mit der flachen Hand über seinen Schädel. »Das macht Angst und der Stress wird immer stärker. Er ist dann irgendwann bereit, mit der Person, die ihn davon befreit, zu kooperieren.«

»Habe ich das richtig verstanden, Sie bringen einen Häftling mit der Aussicht auf Stressminderung zum Reden?«

»So ist es. Man bekommt die Wahrheit. Denn nur darum geht es im Verhör, um die Wahrheit.«

Mit dieser bitteren Wahrheit im Gepäck checkte ich in meinem Hotel ein, dem »The Knickerbocker«, Broadway, Ecke 42ste. Aus dem Fenster im 19. Stock hatte ich einen Blick auf ein gegenüberliegendes Hochhaus. Die vielen Stockwerke mit menschenleeren Büros blieben allesamt ohne ersichtlichen Grund die ganze Nacht über hell erleuchtet. Hatten die Letzten der Belegschaft kollektiv vergessen, in ihren Räumen das Licht auszumachen, oder hatten die Ersten am nächsten Morgen keine Lust, es einzuschalten?

Ich konnte keinen Schlaf finden. Jayden Chatos Methoden der Wahrheitssuche hatten mich zutiefst beunruhigt, ließen das Gedankenkarussell sich unentwegt im Kreis drehen und aus lauter Frust konstruierte meine Fantasie die mutmaßliche Geschichte des Gülcan Bayar, diesem in Deutschland geborenen Türken mit uneingeschränktem Aufenthaltsrecht, der jetzt in diesem Augenblick in Guantánamo in einem winzigen Käfig sitzen musste.

»We kill you! Terrorist! We kill you! Motherfucker!«

Eine Stimme brüllt so laut in sein Ohr, dass er den Windzug spüren kann: »Stop it, directly!«

Ihm wird die Haube vom Kopf gerissen. Er steht in einem großen Zelt. Sein Gegenüber hat ein Namensschild an der Brust seiner Uniform.

»Du kannst Deutsch mit mir reden«, sagt Jayden Chato. Er liest die schwarzen Buchstaben auf dem weißen Streifen. »Wenn du kooperierst, werden wir eine sehr schöne Zeit miteinander haben.«

Zwei Soldaten halten ihn an den Armen fest, nehmen ihm die Handschellen ab.

»Dies hier ist ein schöner Ort, jede Menge Bäume«, sagt der mit dem Schild.

Bäume, denkt er, wo sieht der hier Bäume?

Das Zelt steht offen. Draußen ist weit und breit kein Baum zu sehen, nur Sand und Kakteen und kahle Berge.

»Viel Grün«, sagt der mit dem Schild und grinst breit. Dann wird das Gesicht plötzlich hart. »Dein Name?«

»Gülcan Bayar.«

»Buchstabieren!«

»B-A-Y-A-R.«

Ihm wird ein Armband angelegt, schmal, blau und aus Plastik.

»Weißt du, warum wir dich hierhergebracht haben?«

»Nein.«

»Weißt du, was den Juden in Deutschland passiert ist?«

»Ja.«

»Genau das wird dir hier auch passieren.«

Zwei Soldaten packen ihn von hinten an den Oberarmen, zerren ihn aus dem Zelt an Maschendrahtzäunen entlang, einem Labyrinth aus Maschendrahtzäunen, dicht an dicht. Der mit dem Schild ist neben ihm. Türen werden geöffnet und wieder geschlossen, es geht an aneinandergereihten Maschendrahtkäfigen vorbei. In ihnen sitzen Gefangene in orangefarbenen Overalls auf dem Boden. Die Soldaten sperren eine der Käfigtüren auf, stoßen ihn hinein und machen Handbewegungen, dass er sich hinzuknien hat.

»Du bist ab sofort Alpha-Echo-7, verstanden?«, sagt der mit dem Schild.

»Ja.«

»Dann wiederhole es!«, brüllt das Schild.

»Ich bin Alpha-Echo-7«, sagt er.

Die Soldaten lösen die Ketten, sperren die Käfigtür zu.

»Setz dich hin!«

Er setzt sich.

»Keine Bewegung, verstanden!«

Er bewegt sich nicht.

»We kill you!«, brüllen beide gleichzeitig. Dann gehen sie.

Er schaut sich um. Im Käfig befinden sich zwei Eimer aus Plastik, eierschalenweiß und durchscheinend. In einem Eimer ist stinkendes Brachwasser. Der andere Eimer ist leer.

Die Toilette, überlegt er und schaut sich um. Er könnte in vier Schritten den Käfig durchqueren. Sechs Quadratmeter stehen einem Hund in Deutschland laut Gesetz zu. Er weiß es, weil er in Husum selbst einen Hund im Zwinger gehalten hat. Der Käfig, in dem er sich gerade befindet, ist weniger als vier Quadratmeter groß.

Eine Schaumstoffmatte, höchstens zwei Zentimeter dick, liegt am Boden. Darauf eine Decke, ein Stück Seife wie in einem Hotel, ein Handtuch und ein Paar orangefarbene Flipflops.

Die anderen Gefangenen in den Nebenkäfigen begrüßen ihn, doch keiner versteht Türkisch oder Deutsch. Er wartet. Stunde um Stunde vergeht. Niemand kommt, auch keiner der anderen wird abgeholt. Als die Wächter mit dem Essen kommen, hat er das Zeitgefühl verloren. Sie reichen ihm einen Pappteller durch eine kleine Öffnung in der Käfigtür. Darauf drei Löffel Reis, eine trockene Scheibe Toast und ein Plastiklöffel. Der Reis ist nicht richtig gekocht, kalt und hart wie Kieselsteine. Er schaut auf sein Plastikarmband und liest: Bayrak, Gülcan, male, turkish, 6-foot-3, 159 pounds. Die drei letzten Buchstaben des Nachnamens sind falsch, obwohl sie alle seine Papiere haben.

Die Luft flimmert heiß, es hat bestimmt über 30 Grad, nicht zu vergleichen mit Kandahar. Binnen weniger Minuten geht die Sonne unter, verfärbt den Himmel kurz knallrot, das dann von einem schwarzen Nichts verschluckt wird. Grelles Licht geht an, Neonröhren unter den Wellblechdächern und Scheinwerfer, die auf Türmen und Zäunen angebracht sind. Ein Flutlicht, so hell wie in einem Fußballstadion. Aus Lautsprechern, die irgendwo unsichtbar hängen müssen, schallt mit knacksendem Ton ein Gebetsruf, der unmittelbar darauf von der amerikanischen Nationalhymne übertönt wird. Beides mischt sich in einem lauten, unangenehmen Tönekauderwelsch. Trotzdem hebt er die Hände zum Kopf, spricht »Allāhu akbar«, verschränkt die Hände in Höhe des Bauchnabels, spricht die Lobpreisung, verbeugt sich, so gut es im Sitzen geht, und berührt dann mit der Stirn den Boden.

»O Allah, Du bist der Friede und aus Dir kommt der Friede hervor. Voller Segen bist Du, voller Größe und Ehre.«

Jetzt hämmert Heavy Metal Rock aus den Lautsprechern, es ist kaum zu ertragen. Es fühlt sich an, als bekomme er ununterbrochen dumpfe Schläge in den Nacken. Der Lärm schmerzt in den Ohren, es ist um ein Vielfaches lauter als in der Husumer Disko »Nachtschicht«.

Ich hatte meine Gedanken in Stichworten und einzelnen Sätzen auf einem Zettel notiert, damit ich später eine Grundlage besaß, aus der ich die verschiedenen Einfälle rekonstruieren könnte. Erst nach Mitternacht zwang ich mich endlich zu schlafen. Der nächste Tag verlangte von mir, dass ich in aller Frühe aus den Federn kam.

Am Sonntagmorgen um 6.00 Uhr wirkte New York wie ausgestorben, ich schlenderte, auf der Suche nach einem offenen Café, die Fifth Avenue hinunter, umrundete Schlaglöcher und kam an Gullydeckeln vorbei, aus denen weißer Wasserdampf hervorquoll. Alle Läden mit Essbarem waren um diese Uhrzeit geschlossen, es gab nur einen offenen McDonald's, in dem ich Brötchen bestellte und daraufhin etwas bekam, was mich an in Kleister eingeweichtes Pappmaschee erinnerte. Selbst der Kaffee war unterirdisch.

Ich nahm ein gelbes Taxi und ließ mich zur Südspitze Manhattans bringen. Die erste Fähre nach Liberty Island hatte noch nicht abgelegt. Ich erstand mühelos, ohne die übliche New Yorker Schlange, ein Ticket und setzte mich danach im Battery Park auf eine Bank, um in der Sonne auf die Abfahrt zu warten. Thomas Stegner hatte mich nach meiner Ankunft angerufen und eine Bank unter der Freiheitsstatue als unseren Treffpunkt gewählt. Er war bei der Armee im Escort-Team von Camp X-Ray gewesen und hatte kurz nach seiner Rückkehr den Dienst quittiert, weil er mit den Erlebnissen seelisch nicht zurechtgekommen war. Danach musste er sich mit Gelegenheitsjobs über Wasser halten, hatte er mir am Telefon erzählt, und er wäre froh, dass es überhaupt jemanden gab, den seine Erlebnisse interessierten. In seinem privaten Umfeld wurde darüber geschwiegen.

Für die frühe Morgenstunde war es ungewöhnlich warm, bestimmt 25 Grad. Mit der ehemaligen Artilleriestellung »Castle Clinton« im Nacken reihte ich mich in die Warteschlange ein, kam zügig an Bord und ließ mich mit Blick auf Manhattan hinaus in die silbern glitzernde Upper Bay bringen. Die Lücke in der Skyline, die der 11. September hinterlassen hatte, erschien mir plötzlich wie zwei gezogene Zähne in einem aufgerissenen Raubtiergebiss. Ich gehörte mit zu den ersten Besuchern, die an diesem Tag die kleine Insel der kupfernen Lady betraten; und während die anderen in ihrem Schoß verschwanden, setzte ich mich auf eine Steinmauer in den kühlen Schatten von Liberty-Woman und wartete.

Es vergingen noch fast zwei Stunden, bis mein Gesprächspartner eintraf. Mein erster Eindruck von ihm war der einer unscheinbaren Person, eher schmächtig und scheu. Er trug ein graues Sweatshirt und die Kapuze verdeckte den größten Teil seines schmalen Gesichts. Mir wäre nie in den Sinn gekommen, dass so eine jammervolle Gestalt jemals an solch einem schrecklichen Ort wie Guantánamo gearbeitet haben könnte. Nach der ersten Begrüßung setzte Stegner sich neben mich und versank in Schweigen. Es entstand ein peinliches Vakuum. Doch ich sagte auch nichts, hielt dem inneren Druck stand.

»Das Pentagon hat unser Bataillon nach Guantánamo abkommandiert«, brach es dann plötzlich aus ihm heraus. »Ich war Mitglied der Army National Guard, hatte mich für vier Jahre verpflichtet.«

»Wie alt waren Sie?«

»Ich war damals gerade 19 geworden.«

»Wie war es, als Sie in Guantánamo eintrafen?«

»Man wies uns unsere Aufgaben zu, sagte uns immer wieder, dass alle, die hier weggesperrt sind, die Schlimmsten der Schlimmen seien. Alle wären unmittelbar am 11. September beteiligt. Von unseren Vorgesetzten bekamen wir zu hören, wir seien hier, um unser Land zu schützen.«

»Wie haben Sie den Dienst empfunden?«

»Als ziemlich abgefahren! Meine Schichten dauerten je zwölf Stunden. Einmal musste ich einen Häftling, gleich nachdem ich zur Arbeit gekommen war, in eine dieser Verhörkammern bringen und holte ihn dort für den Rest des Tages nicht mehr ab. Es war die Norm, dass Vernehmungen mehr als zehn, zwölf Stunden dauerten. Richtig krass war der Schlafentzug, dann mussten zwei Mann den Gefangenen unterhaken und mit ihm stundenlang in der Gegend herummarschieren. Das ging die ganze Nacht durch, selbst nach der Ablösung am nächsten Morgen ging das noch weiter. Und diese elende Bruthitze, Tag für Tag, das kann sich kein Mensch vorstellen. Einen Mann nach dem anderen in die Kammer schaffen, ihn anketten, und raus und schon den nächsten holen. Da drinnen hat die Musik gescheppert, dass einem die Ohren weggeflogen sind.«

»Haben Sie das als Folter empfunden?«, fragte ich dazwischen.

»Nein, eigentlich nicht, zumindest war das am Anfang so. Es wurde ja keiner auf eine Streckbank gespannt oder man riss ihm seine Zehennägel raus wie in diesen Horrorfilmen. Dann gab es aber plötzlich reihenweise Selbstmorde. Ich selbst hab in fünf Monaten über 40 Gefangene von den selbstgebastelten Stricken runtergeschnitten. Das hat mich völlig überfordert. Reden konnte man mit keinem darüber. Nach Dienstschluss war das Wachpersonal regelmäßig betrunken.«

»Was war denn Ihre schlimmste Erfahrung?«

»Das kann ich so nicht sagen. Guantánamo ist eine einzige Ansammlung schrecklicher Erlebnisse, an denen ich mitbeteiligt war. Es gab da eine Verhörkammer, wo die Musik aus 30 Metern Entfernung zu hören war. Da drin waren die Häftlinge allein, gefesselt, mit verkrümmten Gliedmaßen. Dann wurde stundenlang amerikanische Rockmusik gespielt, manchmal auch zwei Musikstücke übereinander. Der echte Wahnsinn, voll aufgedrehter Rock und irgend so'n Kirchenchor-Scheiß.«

»Gleichzeitig in einem Raum?«

»Ja, so war das«, sagte er fast flüsternd, blickte nervös auf und kaute auf seiner Unterlippe. »Der Dienst dort, das war wohl die schlimmste Zeit meines Lebens. Heute kann ich nicht fassen, dass ich dort nicht durchgedreht bin. Manchmal, kurz vor dem Einschlafen, höre ich die kreischende

Musik im Kopf und sehe die gebeugten Männer an ihren Ketten, und ich weiß, es war falsch, was ich dort unten gemacht hab.«

Stegner hustete ein paarmal keuchend. Er ballte die Hände zu Fäusten, blieb verkrampft sitzen und verfiel in Schweigen. Ich dachte über seine Worte nach und verstand selbst im Nachhinein nicht, warum er unbedingt mit der Fähre nach Liberty Island kommen wollte, um mir hier alles zu erzählen.

»Ich denke gerade darüber nach, warum Sie mich unbedingt hier treffen wollten«, fragte ich neugierig.

Er grinste abfällig, stand auf, drehte sich zur Statue und salutierte. Danach richtete er den Zeigefinger wie ein Ankläger auf sie.

»Sie verkörpert das Licht der Freiheit, Amerikas höchstes Gut. Und nun schauen Sie genau hin, wie steif dieser Arm geworden ist, der die Fackel hält. Ich wollte, dass die feine Dame mit anhört, was in ihrem Namen in diesem Land passiert.«

Wir fuhren gemeinsam mit der Fähre zurück aufs Festland und verabschiedeten uns vor dem »Castle Clinton«voneinander. Ich sah ihm so lange nach, bis er zwischen den Menschen im Battery Park verschwunden war, ging zur State Street und fuhr mit dem Taxi zu meiner letzten Station, dem Bard College im Bundesstaat New York, wo ich einen Termin mit dem Menschenrechtsforscher Jeffrey Lindsay hatte. Der Wissenschaftler erwartete mich außerhalb des Gebäudes in einem abgeschiedenen Park, war jung, trug khakifarbene Shorts und ein auffällig kariertes Hemd.

»Sie kommen aus Deutschland, hat mir Donna erzählt?«

»Ja, ich recherchiere über neuartige Foltermethoden, die keine sichtbaren Spuren am Körper der Häftlinge hinterlassen, wie Lärm und laute Musik. Wissen Sie, wie lange es solche Methoden schon gibt?«

»Diese Form von Folter ist eigentlich schon uralt, aber systematisch Lärm und Musik als psychologisches Werkzeug gegen Häftlinge einzusetzen, wurde das erste Mal im Koreakrieg, Anfang der 50er-Jahre, von den Koreanern und Chinesen praktiziert. Drei Jahre dauerten die Kämpfe zwischen den Verbündeten Südkorea und China gegen Nordkorea und die USA. Über 7.000 Amerikaner wurden damals gefangengenommen, viele von ihnen gefoltert. ›Gehirnwäsche‹ nannte man die Idee, dass Musik bei Verhören helfen könnte. Nach Ende des Koreakrieges führte die CIA an der McGill Universität in Montreal Experimente durch, um den Methoden der Chinesen auf die Schliche zu kommen. Man spritzte Probanden Drogen, hielt sie tagelang wach und beschallte sie mit lauter Musik – mit verheerenden Auswirkungen.«

»Wissenschaftliche Versuche, um Foltermethoden zu erforschen? An einer Universität? Das glaube ich jetzt nicht!«

»Nun, eigentlich sollten die Ergebnisse Aufschluss geben, wie man die eigenen Soldaten vor Folter schützen könnte. Doch die CIA benutzte sie dann auch, um ihre eigenen Verhörmethoden zu optimieren. Es existiert ein Dokument des US-Geheimdienstes, in dem nachzulesen ist, wie das Anti-Folter-Programm zu einer Art Handbuch für Folterknechte umfunktioniert wurde. Zum Beispiel werden darin Richtlinien für Verhörmethoden aufgeführt, die von der medizinischen Abteilung des CIA festgelegt worden sind. Erlaubt sind folgende Lärmpegel: Musik so laut wie der Krach einer Schnellstraße für 18 Stunden pro Tag; so laut wie ein voll aufgedrehtes Moped für acht Stunden;

so laut wie ein Lastwagenmotor bei Vollgas für vier Stunden; und so laut wie ein Presslufthammer aus nächster Nähe für zwei Stunden.«

Acht Stunden später saß ich wieder im Flieger. Ich schaute auf die Wolkendecke, die sich bis zum Horizont erstreckte, musste über den »American Way of Life« nachdenken, der bei meinem Ausblick geradewegs ins Nichts führte. Amerikaner sind schon eine merkwürdige Spezies, fasste ich meine Eindrücke zusammen, es braucht anscheinend nur das Zauberwort »Journalist« oder »Drehbuchautor«, und schon sind die meisten bereit, redselig aus dem eigenen Nähkästchen zu plaudern. War das einfach nur Naivität? Eine Form von Selbstdarstellung? Der Wunsch, sich zu erleichtern? Oder war es etwas ganz Normales und ich würde es, wenn man mir selbst die Gelegenheit geben würde, genauso machen?

Während ich mich mit meinen Überlegungen und Widersprüchen herumschlug, gab es zum selben Zeitpunkt ein anderes Flugzeug, in dem zwei Mitarbeiter des Bundesnachrichtendienstes, ein Beamter des Verfassungsschutzes und ein CIA-Stabsoffizier aus dem Verbindungsbüro in Berlin saßen, die in der entgegengesetzten Richtung zu meinem Rückflug nach Deutschland unterwegs zum Marinestützpunkt Guantánamo Bay waren.

Das konnte ich damals natürlich nicht wissen; von diesem ominösen Flug erfuhr ich erst zwei Jahre später. Ich verdankte die Information mal wieder einem ehemaligen Journalisten-Kollegen aus dem NDR.

Dass die Beamten an Bord dieses Flugzeugs waren, hatte ein Beschluss in der Präsidentenrunde im Bundeskanzleramt vom 9. Juli 2002 möglich gemacht, drei Monate nach dem Terroranschlag auf die tunesische Ferieninsel Djerba, einem Terrorschock mit 21 Toten, darunter 14 Deutsche.

Wie ich später an den Namen eines dieser Beamten gekommen bin, würde hier nichts zur Geschichte beitragen. Der Sachgebietsleiter Willi Bretzler, früher Mitarbeiter im operativen Bereich, war zum Zeitpunkt, als sich mein Rückflug und sein Hinflug aufeinander zubewegten, im Bereich »Aufklärung des internationalen Terrorismus« tätig. Er hatte eine spezielle psychologische Schulung erhalten und sich in klassische Profile von Terroristen und deren Biografien eingearbeitet. Seinen Bericht vom Besuch auf Guantánamo habe ich später für meine Handlung im Drehbuch benutzt.

In Wirklichkeit lief alles sehr wahrscheinlich wie folgt ab: Die Sicht am frühen Morgen ist hervorragend. Willi Bretzler hat einen Fensterplatz auf der rechten Seite. In der kleinen Cessna T303 gibt es nur sechs Plätze. Der Beamte ist insgeheim schon bei dem bevorstehenden Verhör, spürt einen leichten Kopfdruck, während er auf das unwirkliche Azurblau des Nordatlantiks schaut, auf dem ab und zu kleine Spielzeugschiffe zu erkennen sind. Am Fenster auf der anderen Seite sitzt sein Kollege, der Sachgebietsleiter Herbert Reichenbach. Er und Reichenbach verstehen sich einigermaßen, er ist im BND, dem Bundesnachrichtendienst für den Bereich Pakistan, Afghanistan und den Kernbereich Al-Qaida zuständig. Sie wurden beide für diesen Auftrag ausgewählt, weil sich ihre Fähigkeiten hervorragend ergänzen. Etwas entfernt, zwei Sitzreihen vor ihnen, plaudert Doktor Friedrich Pfeiffer vom Bundesamt für Verfassungsschutz mit Commander Joseph Warren, dem Stabsoffizier, der sie die ganze Zeit nicht aus den Augen lassen wird und der für den unmittelbaren Kontakt zum US-Militär zuständig ist.

»Sie bekommen einen Raum zugewiesen, in dem das Verhör stattfinden kann. Sagen Sie das bitte den anderen«, hört Bretzler Warren mit gedämpfter Stimme sagen. »Der Zeitpunkt, wann Ihr Team den Häftling sprechen kann, wird Ihnen rechtzeitig bekanntgegeben. Bleiben Sie nur auf den Wegen, die Ihnen zugewiesen werden. Und eines noch, Sie werden keine Möglichkeit haben, sich Zellen anzusehen oder durch den Zellentrakt zu gehen. Das ist ein absolutes Tabu.«

Bretzler kennt sich aus mit der Mentalität von hochdekorierten Offizieren in aller Welt, ihrem festen Blick und dem typischen Panzer aus Höflichkeit, der sie davor schützt, dass jemand sie aus der Ruhe bringt. Seine ganz persönliche Einschätzung würde er jedoch nicht mal seinen engsten Kollegen mitteilen.

Immer schön freundlich sein, sich seinen Teil denken und die amerikanische Seite nicht unnötig kompromittieren oder verärgern. Solange wir unsere Fragen stellen können, ist alles in Ordnung, befindet der Hauptmann, und das haben sie uns gestern ja auch zugesichert. Wir können jede Form der verbalen Befragung durchführen, haben sie gesagt, nur der direkte Körperkontakt mit dem Gefangenen ist verboten.

Während er noch seinen Gedanken nachhängt, spürt Bretzler in der Magenkuhle, wie der Flieger langsam an Flughöhe verliert. Ein schöner Flug von Washington, D.C. bis hierher, stellt er fest und sieht auf die Mündungsbucht des Flusses Guantánamo, kann kleine Gebäude erkennen, die verstreut auf der Ostseite der Bucht auftauchen und wahrscheinlich zu ihrem Ziel, dem »Camp Delta«, gehören. Weiter links sind Kriegsschiffe in einem Hafen und dann werden die Gebäude eines Flugplatzgeländes langsam größer. Der Mann vom Bundesnachrichtendienst hört das quietschende Geräusch, als die Reifen der zweimotorigen Maschine auf der Piste von »Leeward Point Field« aufsetzen und ruhig ausrollen. Er schaut kurz auf die Uhr, es sind nur knapp zwei Stunden seit ihrem Start vergangen. Draußen ist es tropisch heiß, die Luft flimmert über dem Beton. Ein Hummer Humvee Geländewagen mit Fahrer und offener Plane steht auf dem Flugfeld bereit. Die CIA-Begleitperson setzt sich auf den Beifahrersitz, die Deutschen kommen auf die Rückbank. Sie werden auf eine graue Fähre chauffiert. Das Wasserfahrzeug ähnelt ein wenig einem Militärlandungsboot und bringt sie sicher und zügig über die Bucht. Auf der anderen Seite, dem »Fisherman Point«, geht es auf ausgebauten Straßen weiter am Hafen entlang, vorbei am Freilichtkino, der Bowlingbahn und an einem McDonald's. Das, was draußen zu sehen ist, gleicht dem Bild einer typisch amerikanischen Kleinstadt. Wenig später fährt der Wagen eine Anhöhe hinauf, sie erhaschen einen Blick auf das Meer und passieren ein Denkmal, neben dem ein Fahnenmast steht. Das Sternenbanner flattert in der frischen Meeresbrise.

»Hier wird der sieben Marines gedacht, die bei der Erstürmung der Höhe am 10. Juni 1898 ums Leben kamen«, erklärt Warren mit unüberhörbarem patriotischem Zungenschlag.

»1898?«, echot Bretzler. »Der Spanisch-Amerikanische Krieg?«

»Richtig«, lobt Warren, »damals haben unsere Truppen den Hafen von Guantánamo Bay erobert.«

Danach erlangte Kuba zwar die Unabhängigkeit, ergänzt Bretzler gedanklich, aber mit dem Stützpunkt Guantánamo

Bay, den die USA der kubanischen Regierung genialerweise 1903 mit einem erst 99-jährigen, dann sogar unbefristeten Leihvertrag abgerungen hat, wurde das Stückchen Land bis heute zum Kuckucksei im Nest von Kuba.

Bretzler atmet tief durch, wischt sich mit einem Taschentuch den Schweiß von der Stirn und versucht, sich auf das zu konzentrieren, weswegen er hier ist. Mittlerweile geht es auf einer einsamen Straße quer über den Stützpunkt, vorbei an karger Landschaft mit vereinzelten Sträuchern. Endlich kommt hinter einem Hügel ihr Ziel in Sicht. Links neben den mit Natodrahtrollen gesicherten Eingangstoren und einem Wachturm entdeckt er ein rechteckiges Schild, »Camp Delta« steht in handschriftlichen Buchstaben darauf. Warren steigt aus, redet mit dem Wachsoldaten und die Tore öffnen sich. Das eigentliche Gefangenenlager ist nicht richtig zu sehen. Die berüchtigten Käfige befinden sich in einem inneren Ring, und die gesamte Zone ist mit sehr hohen Zäunen umgeben, die mit Sichtschutzmatten verhängt sind. Der Hummer hält vor einem neu errichteten Areal von kleinen Betonbauten, die keine Fenster haben. Warren führt die Deutschen zu einem davon, mit einem relativ engen Raum, der wenige Quadratmeter groß ist und nur zwei Beamten gleichzeitig genügend Platz bietet.

»Bei jedem Verhör wird ein Mann vom US-Militär dabei sein«, bereitet Warren sie mit einem verkrampften Lächeln auf die Gegebenheiten vor.

Bretzler kennt Guantánamo bis zu diesem Zeitpunkt nur aus der deutschen Presse, erinnert sich an die aufsehenerregenden Bilder von den ersten Gefangenen im knallorangen Overall aus dem Camp X-Ray, das in der Zwischenzeit geschlossen wurde. Obwohl es real ist, fühlt es sich irgendwie unwirklich an, leibhaftig an diesem Ort zu sein.

Doktor Pfeiffer entscheidet spontan, dass er gleich bei dem ersten Verhör dabei sein möchte.

Drinnen im Verhörraum ist es angenehm kühl, irgendwo läuft eine Klimaanlage. Doktor Pfeiffer stellt einen Voice-Recorder auf den Tisch. Die Tür geht auf, der Gefangene wird hereingeführt und mit den Fußfesseln an einem Ring im Boden festgekettet. Einer der Männer, die Bayar gebracht haben, bleibt unbeweglich an der Tür stehen. Vor den Beamten steht ein großer, breitschultriger junger Mann mit struppigem Bart und wallendem Haar, der Bretzler stark an diese irren 68er-Typen zur Hippiezeit erinnert.

»Wir kommen aus Deutschland«, beginnt Pfeiffer ohne Begrüßung. »Wir sind hier, um Ihnen einige Fragen zu stellen.«

»Sie sind von der deutschen Regierung?«

»Wie geht es Ihnen, Herr Bayar?«

»Ich habe ständig Hunger. Es ist brütend heiß hier. Der Käfig, in den sie mich sperren, ist winzig und ich komme kaum mal da raus.«

Doktor Pfeiffers Gesicht bleibt regungslos, als hätte er die Worte nicht gehört.

»Wenn Sie unsere Fragen wahrheitsgemäß beantworten, kann es sich zu Ihren Gunsten auswirken«, sagt er und wirft Bretzler einen kurzen, bedeutungsvollen Blick zu.

»Gibt es eine Nachricht aus Deutschland?«, fragt Bayar erregt. »Einen Brief … von meiner Familie?«

»Wir sind hier, um Fragen zu stellen, wir sind keine Briefträger.« Doktor Pfeiffers Stimme klingt unüberhörbar herablassend.

»Lassen Sie uns einfach etwas über Ihr Leben wissen«, drängt Bretzler sich demonstrativ dazwischen, lächelt den Deutschtürken an und nickt ihm dabei aufmunternd zu.

Ohne lange zu zögern und ohne weitere Aufforderung beginnt Bayar bereitwillig zu erzählen, von seiner Zeit als Kickboxer, seinem Hanteltraining im Kraftstudio, von der Arbeit als Türsteher in der Diskothek »Nachtschicht« in Husum. Er lässt nichts aus, auch nicht die für ihn brisanten Dinge, berichtet von selbst über seine Prügelei auf der Kirmes, bei der er einem Kassierer einer Gokartbahn den Kiefer gebrochen hat und von einem Gericht zu acht Monaten auf Bewährung verurteilt wurde.

Das hört sich alles ziemlich plausibel an, muss Bretzler sich eingestehen und stuft das Gesagte als durchaus glaubwürdig ein. Diese Nummer in der Presse, die immer vom »Husumer Taliban« gesprochen hatte, könnte auch eine aufgebauschte Sache gewesen sein. Doch dem Hauptmann kommen Zweifel, ob er da nicht zu voreilig ist.

»Sie haben Ihr Leben plötzlich geändert, wie aus heiterem Himmel, sind in die Moschee gegangen und nach Pakistan gereist! Warum?«, fragt er und lehnt sich im Stuhl zurück.

»In unserem Kulturzentrum in Husum wurde ich Zeuge eines Verbrechens. Jemand hat mir eine abgetrennte Hand direkt vor die Füße geworfen. Das war sehr schrecklich. Ich musste immer wieder daran denken. Und dann begriff ich, dass ich mich ändern musste, nicht mehr gewalttätig sein darf. Solch ein Leben macht keinen Sinn, bringt immer mehr Schlechtigkeit in der Welt. Da habe ich beschlossen, ein anderes Leben zu führen, eines, das sich an die islamischen Regeln hält.«

»Und das war Ihnen so wichtig, dass Sie bis nach Pakistan gereist sind?«

»Ich wollte den Koran studieren; richtig kann man das nur in Pakistan.«

»Aber die Flugtickets für Sie und Ihren Freund Salem Gökhan sind mit der EC-Karte einer anderen Person bezahlt worden, eines gewissen Dawoud Shahab«, übernimmt Doktor Pfeiffer wieder das Verhör. »Diese fragwürdige Person ist uns hinlänglich aus der islamischen Szene in Kiel bekannt. Warum hat der Ihr Ticket bezahlt?«

»Er hat die Tickets nicht bezahlt. Wir hatten nicht genügend Geld dabei. Dawoud hat das für uns übernommen. Das Geld war nur geliehen, ich habe es ihm zwei Tage später zurückgegeben.«

»Dafür gibt es keinen Bankbeleg!«

»Weil ich es nicht überwiesen habe, ich habe ihm das Geld so schnell wie möglich persönlich vorbeigebracht.«

Doktor Pfeiffer zieht einige Fotos aus der Tasche und legt sie, eines nach dem anderen, vor dem Deutschtürken auf den Tisch. Darauf sind Männer in Moscheen und auf der Straße zu sehen.

»Kennen Sie einen davon?«, fragt Doktor Pfeiffer.

»Nein.«

Doktor Pfeiffer holt ein Protokoll der Husumer Staatsanwaltschaft aus einer Mappe und liest laut vor: »›Salem will mit einem Freund nach Afghanistan gehen, um dort zu kämpfen.‹ Wissen Sie, wer das gesagt hat?«

Doktor Pfeiffer schaut Bayar fest in die Augen, der wirkt erschrocken, zupft an seinem Bart und sagt kein Wort.

»Das hat der Bruder von Salem in einem Telefongespräch gesagt, und zwar einem der Bundesgrenzschutzbeamten in Hamburg, damals, kurz bevor Sie beide nach Pakistan abreisen wollten.«

»Das glaube ich nicht!« Gülcan Bayars Stimme zittert erregt. »Salem wollte mit seinem Anwalt sprechen, weil man ihn nicht durch den Zoll ließ, das habe ich gehört. Dann ging er mit den Beamten in ein Büro, wahrscheinlich, um seinen Bruder anzurufen. Ich konnte nicht mit ihm sprechen. Und dann musste ich einsteigen und allein fliegen.«

»Und wofür haben Sie sich die Kampfstiefel gekauft und eine Kampfhose?«

»Unsinn, das waren Stiefel, normale Stiefel von Kangaroos. Die habe ich mir im Internet bestellt«, sagt Bayar aufgebracht und massiert dabei sein schmerzendes Handgelenk.

»Warum machen Sie das?«, fragt Bretzler.

»Es tut weh, ein Soldat vom Sicherheitsteam hat mir die Hand verdreht. Aber das ist normal hier, nichts Besonderes. In Kandahar hat man mir Elektroschocks gegeben, mich an Ketten an der Decke aufgehängt oder mit …«

»Kommen wir doch wieder zur Sache.«

Zwei Tage später ist Bretzler froh, dass er wieder einen Fensterplatz hat. Ihm geht es besser, wenn er beim Flug raussehen kann. Der »Washington National« liegt unter einer Wolkendecke, der Turm über den Hallen hat nur diffuse Umrisse. Ein Ausläufer von Hurrikan »Gustav« hat ihren Start nach Deutschland bereits um eine Stunde verzögert. Erst kurz vor 10.30 Uhr hebt der Airbus A321 endlich ab. Der Flieger ruckelt beim Eintauchen in die Wolken, darüber ist der Flug ruhig, nur ein paarmal fliegt die Maschine in leichte Turbulenzen, die das Mineralwasser im Plastikbecher schwappen lassen. Bretzler lehnt sich entspannt im Sitz zurück, entwickelt innerlich die Vorstellung, in einem Bus zu reisen. Doktor Pfeiffer und Reichenbach sitzen zusammen drei Reihen hinter ihm. Er schließt die Augen, döst vor sich hin und lässt die letzten beiden Tage noch einmal im Geist an sich vorbeiziehen. Nach dem zweiten Verhör von Bayar hatten sie zusammengefunden und ein kurzes Resümee gezogen.

»Es deutet nichts darauf hin, dass unser Mann zu irgendeinem Zeitpunkt einer systematischen Rekrutierung von Personen aus dem Bereich Husum ausgesetzt war«, äußerte sich Reichenbach.

»Ich finde es relativ unwahrscheinlich, dass er jemals in einem islamischen Netzwerk tätig war. Es klingt alles sehr plausibel«, erwiderte Bretzler, »er scheint in Pakistan nichts Konspiratives unternommen zu haben. Selbst die amerikanischen Kollegen sind nach ihren Befragungen zu keinem anderen Ergebnis gekommen.«

»Dass er in Peshawar war und in der Nähe vom Khyber-Pass nach Afghanistan festgenommen wurde, ist noch kein stichfestes Indiz«, meinte Reichenbach. »Peshawar ist schließlich eine bunte Stadt mit zahlreichen Medresen, genau solchen Schulen, wie sie auch die Tablighi betreiben, die an die Moscheen angegliedert sind. Wahrscheinlich war Bayar nur zur falschen Zeit am falschen Ort.«

Doktor Pfeiffer hatte während des internen Treffs nicht viel gesagt, aber den Ausführungen seiner Kollegen auch nicht widersprochen. Zum Abschied wurden die drei Deutschen vom stellvertretenden Leiter des Gefangenenlagers, Kommandeur Bat Hobbs der Task Force, zum Abendessen eingeladen. Am nächsten Tag in Washington gab es einen letzten Austausch über die Befragungsergebnisse mit einem CIA-Mitarbeiter, der versicherte, im Pentagon liege eine Liste mit 200 Häftlingen bereit, die freigelassen werden sollten. Am Morgen, als Commander Joseph Warren die deutsche Delegation zum Flughafen brachte, teilte er Bretzler mit: »Sie können vertraulich damit rechnen, dass Gülcan Bayar möglicherweise bereits im November 2002 nach

Deutschland ausreisen darf. Die deutschen Behörden werden davon rechtzeitig in Kenntnis gesetzt, damit die Freilassung von Bayar so dargestellt werden kann, als wäre sie von deutscher Seite erwirkt worden.«

Bretzler überlegt, ob er in der Zentrale in Pullach anrufen soll, um seinem Vorgesetzten Oberst Obermayr vorab einen ersten Bericht zu erstatten. Er verwirft den Gedanken, will bis nach der Landung in München warten und schaut aus dem Fenster. Bis auf das rote Positionslicht an der Tragfläche sieht man dort draußen nur Schwarz.

2006
ZWISCHEN VIER WÄNDEN

Auf der hügeligen Küstenstraße steht ein nagelneuer gelber Jeep Wrangler mit weißem Verdeck quer vor dem Kühlergrill eines Scania Lastwagens. An der Seitenfläche des Frachtraums prangt weithin sichtbar ein Klebelogo von »Hansa Lichttechnik« aus Hamburg. Am Ende des Fahrzeugs blockiert ein Toyota Land Cruiser das Heck. Circa ein Dutzend dunkelhäutiger Männer umringen die Führerkabine, hindern den Fahrer am Aussteigen. Die nachfolgenden Lastwagen haben in einigem Abstand von dem Geschehen gestoppt. Mehrere Männer mit Handys an den Ohren versuchen, Hilfe herbeizurufen.

Rehmke, der vom Produktionsleiter vor 20 Minuten über diesen Vorfall informiert wurde, trifft mit seinem Kameramann und dem Autor um 7.53 Uhr vor Ort ein und versucht, die Situation einzuschätzen. Ihm wird schnell klar, dass aus einem pünktlichen Drehbeginn am heutigen Tag nichts wird.

Ein dunkelhäutiger Marokkaner mit kurzgeschorenen Haaren und einer halbmondförmigen Narbe auf der Wange redet in gebrochenem Englisch auf den Fahrer ein, der die Seitenscheibe heruntergelassen hat und wild mit den Händen gestikuliert, dass die Einheimischen die Straße räumen sollen.

Rehmke, der auf dem Beifahrerplatz neben seinem marokkanischen Fahrer sitzt, will die Tür öffnen, doch der schüttelt energisch mit dem Kopf und gibt ihm mit einer winkenden Handbewegung zu verstehen, sitzen zu bleiben und abzuwarten. Nach und nach treffen weitere Fahrzeuge der Filmcrew ein, die sich hintereinander auf der Straße reihen. Die Insassen steigen aus, formieren sich zu einer Runde, beraten sich und telefonieren. Rehmke hält es nicht mehr länger in seinem Fahrzeug, er marschiert zu der Schar hinüber und Brattenberger und Wilkenloh folgen ihm.

»Was ist denn da vorn los, Detlev?«, ruft Jerker Lauri schon von Weitem.

Rehmke zuckt nur wütend mit den Schultern, während die Aufnahmeleiterin mit hochrotem Kopf und hysterischer Stimme ins Handy brabbelt und von irgendeiner Person am anderen Ende verlangt, dass hier sofort etwas passieren muss. Im selben Moment bremst der schwarze Bentley von Produktionsleiter Kahlheim neben der Versammlung der Filmschaffenden, die sich langsam zu einer breiten Reihe gegen die dubiöse Schar von aggressiven Einheimischen formiert.

»Lasst den Unsinn, Leute!«, warnt Kahlheim, während er aussteigt.

»Sollten wir nicht die Polizei rufen?«, fragt Hubrich-Messow, die gerade ihr Gespräch beendet hat.

»Nein, das sollten wir lieber bleiben lassen«, widerspricht Kahlheim, zieht eine Schachtel aus der Gesäßtasche und zündet sich eine Zigarette an. »Wir wollen doch nicht, dass der Scheiß hier weiter eskaliert.«

»Was sind das für Leute?«, fragt Rehmke mit ratlosem Gesichtsausdruck.

»Schwer zu sagen, Detlev. Wir sind hier in der Nähe des Rifgebirges, in dieser Gegend leben Hunderttausende vom Cannabis-Anbau, überall gibt es Berberstämme, überall tummeln sich Schwarzafrikaner und zwielichtige Gestalten aus ganz Europa, ein brenzliges Völkergemisch, das nicht unbedingt viel von Recht und Ordnung hält. Fragen wir sie doch einfach, was sie wollen.«

»Und wer – bitte schön – soll das machen?«

»Ich natürlich, wer sonst!«, sagt Kahlheim im Brustton der Überzeugung. »Man hat mich unter anderem zum Produktionsleiter gemacht, weil ich schon mal bei Dreharbeiten in Marokko dabei war.« Dann wendet er sich um und verkündet mit lauter Stimme: »Ich geh jetzt zu den Leuten rüber, und zwar allein! Ihr verhaltet euch die ganze Zeit ruhig, egal was passiert. Kein falscher Aktionismus, verstanden!«

Kahlheim marschiert mit entschlossenem Schritt am rechten Straßenrand entlang, bis er das blockierte Filmfahrzeug erreicht, und steuert dann zielsicher auf die eine Person zu, die mit ihrem typischen marokkanischen Kapuzenmantel aus brauner Wolle aus der Gruppe hervorsticht.

»Salam. La bes? (Hallo, wie geht's?)«, spricht Kahlheim den Mann an, hält die langgestreckten Arme zur Seite weg und lächelt sanft.

»Bekher! (Gut)«, kommt die scharfe Antwort, während unter der Kapuze ein pockennarbiges Gesicht zum Vorschein kommt, das herausfordernd zurücklächelt.

»Alhamdulillah (Allah sei's gelobt)«, sagt Kahlheim.

Im selben Moment drängt sich der Mann mit der halbmondförmigen Narbe zwischen ihn und die angesprochene Person und sagt mit drohendem Unterton in einwandfreiem Englisch: »Oufkir ist nicht der Mann, den ein Fremder einfach unaufgefordert ansprechen sollte!« Dann macht er eine Pause, wartet, ob seine Worte die nötige Wirkung zeigen, und sagt drohend: »Nun, was willst du?«

»Warum versperrt ihr uns den Weg?«, fragt Kahlheim ohne Anzeichen von Angst. »Wir sind ein Filmteam aus Deutschland. Wir dürfen uns in diesem Land frei bewegen. Die Drehgenehmigung wurde in der marokkanischen Botschaft in Hamburg ausgestellt. Euer König hat sie persönlich unterschrieben.«

»Welchen König meinst du?«

»König Mohammed Ben Al-Hassan.«

»Glaube mir, er kann euch nicht helfen.«

»Was wollt ihr?«

»Was hast du für uns?«

Kahlheim starrt ohnmächtig in die Luft. Er ist sich im Klaren, dass er die Situation schnell lösen muss. Eine noch längere Verzögerung kostet jede Menge Geld, er kann also genauso gut die Typen bezahlen, damit sie friedlich den Weg räumen. Ehe er ausgerechnet hat, mit wie viel Bakschisch er hier etwas bewegen würde, kommt ihm eine ziemlich verrückte Idee.

»Ich habe ein würdiges Geschenk für euren Anführer Oufkir, ich bin gleich zurück!«, raunt er dem Narbigen zu, dreht sich lässig auf der Ferse und eilt die Straße zurück zu einem der hinteren Lastwagen, in dem die Requisiten transportiert werden.

»Verdammt noch mal, was hat er nur vor?«, knurrt Rehmke, der seinen Produktionsleiter angespannt beobachtet. Wilkenloh steht nur wenige Schritte daneben, hört beiläufig Rehmkes Selbstgespräch, ist aber müde bis in die Knochen und zu keiner Reaktion fähig.

Der Regisseur hatte ihn nach dem anstrengenden Dreh in der Nacht, wider Erwarten weit vor 6.00 Uhr mit den Worten »Heh! Esel streck dich! Es gibt Probleme!« aus den Federn gescheucht. Wilkenlohs Geist war zwar schon anwesend, sein Körper aber noch nicht willens gewesen. Erst jetzt dämmert ihm, dass ihr vereinbartes Gespräch über seinen Vorschlag einer Drehbucherweiterung wegen dieses abrupten Aufbruchs in der Frühe gar nicht stattgefunden hatte. Gleichzeitig sieht er erschrocken im Augenwinkel, wie der Produktionsleiter mit einem G36 Sturmgewehr in der Hand zu der Gruppe der Einheimischen zurückgeht. Die Waffe war gestern in der Nachtszene mit den deutschen Soldaten verwendet worden.

Den Lauf auf den Boden gerichtet, steuert Kahlheim direkten Schrittes auf den vermeintlichen Anführer zu, der, neben dem Narbigen sitzend, in seinem Toyota wartet. Nach einem kurzen Wortwechsel übergibt er die Waffe mit einer theatralischen Geste an den Mann in der Djellaba, der sofort, das Sturmgewehr in der Hand, den Arm demonstrativ in die Höhe hebt und die wilde Horde daraufhin mit jubelndem, kehligem Geschrei zu ihren Fahrzeugen eilt. Die Motoren heulen auf und in wenigen Minuten ist der unwirkliche Spuk querfeldein in einer Staubwolke verschwunden. Einige Personen aus der Filmcrew geben erleichterte Ausatemgeräusche von sich. Die Gesichter hellen sich auf, die bleierne Erstarrung wirkt wie weggeblasen und alle stürmen kollektiv zum Produktionsleiter hinüber, selbst der blockierte Lastwagenfahrer ist ausgestiegen und eilt mit strahlender Miene dazu. Kahlheim wird auf die Schulter geklopft, die Hand geschüttelt und gegen den Oberarm geboxt.

»Was zum Teufel hast du gemacht? Du gibst dieser zwielichtigen Gestalt eine Waffe aus unserem Fundus, eine Waffe, mit der man scharf schießen kann! Bis du total übergeschnappt?« Rehmkes sich fast überschlagende Stimme erstickt die aufbrausende Euphorie im Keim.

»Bleib auf dem Teppich, Detlev!«, verteidigt sich Kahlheim. »Das war die schnellste, billigste und sicherste Lösung.«

»Die sicherste?« Rehmke ist außer sich, sein Gesicht verformt sich zur Grimasse. »Morgen steht derselbe Typ mit unserer Waffe in der Hand wieder bei uns auf der Matte! Und was dann? Bekommt er dann noch eine?«

»Das war unter diesen Umständen das einzig Richtige, Detlev! Wenn die uns noch länger festgesetzt hätten, wäre es der Produktion unvergleichlich teurer gekommen als eine Waffe aus unseren Requisiten, die wir außerdem für den weiteren Dreh nicht mal mehr brauchen und die wir unter Verschleiß abbuchen können. Das war eine klare Win-win-Strategie für uns, und die Typen, wie du sie bezeichnest, haben uns dafür Schutz vor anderen Wegelagerern versprochen und wir können hier in aller Ruhe weiterarbeiten.«

»Wir hätten die Polizei rufen sollen«, bleibt Rehmke hartnäckig.

»Woher willst du wissen, ob die Polizei nicht mit denen unter einer Decke steckt? Woher wussten die denn überhaupt, dass wir hier gerade heute langfahren? Wir befinden uns hier nicht in einem Rechtsstaat, wie wir ihn kennen. Vertraue mir, ich kenne mich ein klein wenig aus in diesem Land. Eine gute Waffe bringt dich weiter als Bargeld. Für den Rest der Zeit sind wir die los! Und jetzt lass uns die Sache vergessen und einfach wie gehabt weiterarbeiten.«

Rehmke zieht die Stirn in Falten, dahinter scheinen seine Gedanken im Akkord zu kreisen. Dann spuckt er missmutig aus und verkündet lauthals: »Gehen wir an die Arbeit, Leute! Wir sind sowieso schon spät dran!«

Wenig später sitzen Regisseur, Kameramann und Autor wieder im Mercedes. Es herrscht ein gedrücktes Schweigen, selbst der sonst so gesprächige Fahrer sagt kein Wort, drückt nur aufs Gas. Rehmke, der wieder neben ihm auf dem Beifahrersitz hockt, schaut aus dem staubigen Fenster den mit Strohkörben bepackten Eseln hinterher, die gemächlich durch Zedern und Eukalyptusbäume trotten. Langsam wird es heiß. Am Straßenrand stehen auf ockergelber Erde ärmliche Gestalten im Flimmerlicht der Luft, die ihnen mit ausgestreckten Händen faustgroße Haschbrocken entgegenhalten. Der Autor überlegt, warum er plötzlich eine Form von unterschwelligem Misstrauen im Wagen spürt. Liegt es vielleicht daran, überlegt er, weil ihr Fahrer eine ähnliche Djellaba trägt wie der Anführer dieser modernen Wegelagerer?

»Diese verdammte Verzögerung hat uns eine kostbare Stunde gekostet«, knurrt Rehmke mehr zu sich selbst, aber doch so laut, dass es jeder verstehen kann. »Die Sonne steht bald im Zenit, dann wird es Probleme mit dem grellen Licht geben.« Dann wendet er sich an Brattenberger. »Ich hab davon gehört, dass die amerikanischen Filmteams hier zwischen 11.30 Uhr und 16.00 Uhr ihre Dreharbeiten unterbrechen. Stimmt das?«

»Stimmt! Wenn das Licht senkrecht vom Himmel knallt, werden die Bilder flach, dann haben wir keine gute Durchzeichnung mehr«, erklärt der Kameramann.

»Blöder Mist!«, flucht Rehmke. »Irgendwas läuft grundsätzlich schief mit diesem Film. Überall tauchen nur Schwierigkeiten auf. Wir können uns nicht noch eine weitere Auszeit leisten, Kahlheim liegt mir ständig mit unserem angeknacksten Budget in den Ohren.«

»Vielleicht könnten wir aus der Not eine Tugend machen«,

versichert Brattenberger mit fester Stimme. »Die heutigen Szenen spielen alle im Camp Delta, in dem es diese perfektionierten Hochsicherheitskäfige gibt, in die sowieso kaum noch Tageslicht dringt. Ein blasses, kontrastarmes Bild könnte die beklemmende Situation vielleicht sogar deutlicher hervorheben.«

»Du meinst, wir sollten unsere lichttechnischen Probleme zu einem Stilmittel machen, dass wir den Persönlichkeitsverlust der Gefangenen so umsetzen, indem sich die physische Form ihrer Identität auflöst?«, sinniert Rehmke in sich gekehrt, bis sich sein Gesicht plötzlich aufklart. »Helmut, das hört sich geradezu genial an. Was rede ich, das *ist* genial! Genauso machen wir das!«

Die Fahrt geht seit Kurzem an der zerklüfteten Küste und an verlassenen Buchten entlang. Kinder, die mit Wasser gefüllte Plastikkanister schleppen, kommen ihnen entgegen. Die Straße ist schlecht, manchmal muss das Gefolge der Fahrzeuge im Schritttempo durch ein trockenes Flussbett. Ohne weitere nennenswerte Verzögerung erreichen sie das abgesperrte Gelände der Filmproduktion.

Carlo, der Locationscout, hatte den Drehort in Zusammenarbeit mit der einheimischen »Film Production Casablanca« schon vor sechs Monaten ausgesucht und Bilder geschossen. Danach wurden die Bauten für Camp Delta entworfen und vor Ort umgesetzt. Die Käfigzelle, in der Bayar zuvor gefangengehalten wurde, ist in dem heutigen Drehabschnitt nicht mehr aus Maschendraht, sondern aus einem messerscharfen Metallgitter. Der Raum misst 2,07 mal 2,20 Meter. Durch eine festverschweißte Pritsche, die sich von der einen bis zur anderen Wand erstreckt, schrumpft die Bewegungsfläche auf 1,00 mal 1,10 Meter zusammen. Es gibt eine Toilette aus Aluminium und einen Wasserspender. Innerhalb der Zelle kann man nur gegen das Metallgitter, auf den Boden und an die Decke sehen. Für die Dreharbeiten können alle vier Wände ohne viel Aufwand von den Bühnenarbeitern einzeln entfernt und wieder aufgestellt werden, deshalb werden sie mit den Buchstaben A,B,C,D bezeichnet. Die gesamte Filmkulisse des ganzen Lagergeländes von Camp 1, Block Tango, umfasst 24 solcher Käfige in Zweierreihen nebeneinander, die durch einen Mittelgang mit verschweißten Bodenplatten getrennt sind.

Rehmke macht für seinen Gast im Eilschritt eine Führung und erklärt dem Autor in knappen Worten, wie er die einzelnen Guantánamo-Szenen aufzulösen gedenkt. Als sie gerade zum Cateringzelt hinübergehen wollen, gibt es eine gewaltige Windböe. Die Verankerung der Plane wird aus dem Boden gerissen und segelt 20 Meter durch die Luft. Geschirr und Gläser gehen klirrend zu Bruch. Glücklicherweise gibt es keine Verletzten.

Die erneute Verzögerung verschlechtert die Laune am Set auf ein gerade noch notwendiges Minimum. Eine Art Vakuum legt sich über die Routine der vielen Handgriffe, trotzdem bleibt die Konzentration weiterhin spürbar. Eine Stunde später haben die Elektriker und Bühnenarbeiter ihre Arbeit beendet, die Beleuchter beginnen das Licht zu setzen, die Regieassistenz weist die Komparsen ein, die Maske legt letzte Hand an, die Lichtdoubles werden entlassen, die Schauspieler betreten das Set. Eine schrille Klingel, die dreimal ertönt, kündigt den Beginn der heißen Phase an.

Rehmke schlendert, innerlich gereizt, äußerlich gelassen, zu seinem Regiestuhl hinüber. Dann zögert er, bevor er sich setzt, versucht die Energie zu spüren, die ihm in diesem undefinierbaren Raum vor der Kamera gegenübersteht. Plötzlich fühlt er sich durchsichtig, als könnte jeder in ihn hineinschauen, einfach zusehen, wie in seinem Kopf bereits die Bilder der nächsten Szenen vor seinem inneren Auge ablaufen. Die Einstellung beginnt über dem stehenden Ventilator mit Blick auf den Gang zwischen den Käfigen. Wächter betreten den Gang. Der Ventilator beginnt sich zu drehen, lärmt wie ein Flugzeugmotor. Jetzt schwebt der Blick hinunter und durch das Metallgitter in den inneren Zellenbereich, in dem Bayar im Schneidersitz auf dem Boden hockt und leise vor sich hin murmelt: »Es gibt keine Kraft und keine Macht außer bei Allah; es gibt keine Kraft und keine Macht außer bei Allah; es gibt keine Kraft und keine Macht außer bei Allah.«

»Action!« Rehmkes Stimme fegt den Gang entlang.

Das Escort-Team zerrt einen Gefangenen mit Fuß- und Handfesseln herein, schleift ihn über die Bodenplatten, die durch die stete Hitze Beulen geworfen haben und einen metallenen Krach erzeugen, wenn einer der Männer provozierend und mit Freude darauftritt.

»Cut!«

Ein Szenenwechsel erfolgt. Die Seitenwand C, rechts, wird aufgebaut, Rückwand D entfernt. Die Dolly-Schienen werden abmontiert, jede Lampe muss abgeklemmt werden. Das Hauptstromkabel wird auf der gegenüberliegenden Seite des Sets neu verlegt.

»Käfig Tango-6, die Erste!«

»Action!«

Eine vertrocknete Kakerlake liegt tot auf dem Rücken. Bayar kickt sie mit dem Fuß zur Seite, als nebenan die Käfigtür aufgerissen wird und er hört, wie das Escort-Team jemanden hereinstößt. Durch das engmaschige Metallgitter kann er die Vorgänge dort drüben nicht verfolgen. Er wartet, bis die Soldaten wieder verschwunden sind, führt den Mund dicht an das Metallgitter und flüstert: »Salam alaikum.«

»Alaikum salam«, kommt es zurück.

»I'm Gülcan. I'm from Germany«, sagt Bayar.

»Ich bin Österreicher. Bist du der Türke aus Deutschland?«

»Woher weißt du das?«

»Ich hab schon von dir gehört.«

»Es gibt schlechte Nachrichten. Willst du sie hören?«

»Ja!«, kommt es von gegenüber.

»Jemand vom Roten Kreuz hat einem Häftling in unserem Block berichtet, dass die Leitung im Camp behauptet hat, wir müssten für immer hierbleiben. Donald Rumsfeld soll vor der Presse in Washington Guantánamo als rechtmäßig bezeichnet haben. Die USA kann alle Häftlinge zeitlich unbegrenzt in den Käfigen halten, ohne ein offizielles Gerichtsverfahren.«

»Das wird einzig Allah entscheiden«, sagt der Österreicher emotionslos. »Allah wird uns wieder freilassen oder nicht. Allah ist mit den guten Menschen, Allah ist nicht mit Donald Rumsfeld.«

»Cut!«

Szenenwechsel; Seitenwand B, links, wird abgebaut, Rückwand C wieder aufgebaut. Dolly-Schienen werden verlegt, Lichtdoubles neu ausgeleuchtet, Schauspieler nachgeschminkt. Ruhe am Set.

»Action!«

»Cell search!«, brüllt ein Wächter. Die Käfigtür springt auf und vier Mann stürmen herein. »Stand up!«, schreit einer.

»To chain up!«, schreit ein anderer.

Sie heben die Matratze, treten gegen die Käfigwand und den Zinkeimer, gucken drei-, viermal in jeden Winkel und beginnen von vorn. Dabei pfeifen sie fröhlich vor sich hin.

»Cut!«

»Action!« Ein Wächter lässt einen Schlüssel die Käfigmaschen entlangrattern.

»Cut!«

»Action!« Die Aufstandseinheit »Initial-Reaction-Force« rückt an. Es trägt Plastikschilde, Brustpanzer, Schulterschützer aus Hartplastik, Helme mit Plastikvisier, schwere Stiefel und hat Knüppel in den Händen. »Er hat versucht, seine Decke zu verstecken!«, sagt der Wächter vor dem Käfig. Die Männer stürmen den Käfig, sprühen Reizgas, werfen Bayar zu Boden und prügeln auf ihn ein.

»Cut!«

»Action!« Bayar wird in einen Käfig mit Dusche geführt. »Okay, da kannst du duschen!«, sagt der Wächter und nimmt ihm die Fesseln ab. Ein Wächter dreht das Wasser auf. Bayar stellt sich unter den Wasserstrahl. Das Wasser wird abgedreht.

»Deine Zeit ist um!«

»Aber ich bin noch nicht mal eine Minute hier!«

Der Wächter lacht.

»Du gehst in deinen Käfig zurück, verstanden?«

»Cut!«

Noch viermal lässt Rehmke die Szene neu drehen, danach wird Pause gemacht. Techniker, Bühnenarbeiter, Beleuchter und eine Schar Statisten bummeln den Berg hinab zum inzwischen wieder aufgebauten Cateringbereich. Der Rest der Crew folgt ihnen. Rehmke trägt einen Sonnenhut, sein rotes Poloshirt ist nass geschwitzt. Er bleibt hinter Brattenberger zurück, wartet darauf, dass der Autor, ein weißes Käppi auf dem Kopf, zu ihm aufschließt.

»Das Gespräch, das wir heute Morgen führen wollten, steht noch aus. Seitdem du mir mit deinen Andeutungen einen Floh ins Ohr gesetzt hast, geht mir die Sache nicht mehr aus dem Kopf. Ich bin zu ungeduldig, um noch länger zu warten. Nach einer kurzen Stärkung bin ich sicher wieder fit dafür«, sagt der Regisseur, während sie das Zelt betreten und sich geduldig in die Schlange vor der Essenausgabe einreihen. Es gibt ein landestypisches Essen, Hühnchen in einer würzigen Soße aus Oliven und Tomaten.

Şafak Düzyatan, der Darsteller von Bayar, zieht sich, nachdem er hastig ein paar Bissen genommen hat, in seinen klimatisierten Wohnwagen zurück.

»Der macht es richtig«, meint Hubrich-Messow, die Aufnahmeleiterin, wischt sich mit dem Handrücken über die Stirn und seufzt: »Eigentlich sollte man in dieser gnadenlosen Hitze nicht so viel essen. Wenn's bloß nicht so gut schmecken würde.«

Die nackten Felsen an der Route de Oued Laou bilden einen beeindruckenden Kontrast zu den weißen und roten Steinwänden und der grünen Farbpalette in den Tälern, die sich aus Korkeichen, Tannen und wilden Olivenbäumen zusammensetzt. Der Autor und Rehmke setzen sich mit dem Plastikgeschirr in den Schatten unter die mächtige Krone eines Arganbaums und essen langsam und genussvoll, den Blick hinunter auf das blaue Mittelmeer und den Himmel darüber gerichtet, an dem zahlreiche Raubvögel ihre Kreise ziehen. Wilkenlohs Augen folgen ihnen mit verlorenem Blick.

»Jetzt spann mich nicht weiter auf die Folter. Was ist nun mit deiner brisanten Thrillervariante?« Rehmkes Stimme vibriert vor Ungeduld, während er ein Fleischstück mit der Plastikgabel aufpickt und es im Mund verschwinden lässt.

»Das mit der Folter scheint mir irgendwie unpassend, findest du nicht?«

»Okay, okay, jetzt mach endlich!«

»Die Fakten vom Treffen im Bundeskanzleramt kennst du ja schon. Aber wie das Ganze in Wirklichkeit abgelaufen ist, weiß ich natürlich auch nicht. Deswegen werde ich dir jetzt auch keinen Drehbuchauszug präsentieren, sondern ich habe dafür meine literarische Seite bemüht und den Ablauf in eine kurze Erzählung verpackt. Um deine Fantasie anzuregen, solltest du dir jetzt einen tristen Herbsttag vorstellen, schwarze Regenwolken ziehen heran, alles ist grau in grau. Was ich dir vorlesen werde, könnte vor vier Jahren in Berlin tatsächlich genau so passiert sein.«

Eine schwarze Limousine mit dem Präsidenten vom Bundesnachrichtendienst auf dem Rücksitz fährt auf das Kanzleramt zu. August Hanning rückt seine Brille zurecht, dreht den Kopf zur Seite und blickt auf das Grau des verhangenen Himmels über den leblosen Betonwänden des Kanzleramts, das vom trüben Wetter in einen grauen Klotz verwandelt wird. Von der Seite aus gesehen vermittelt die Architektur etwas von der Quadratur des Kreises, die wir dort drinnen bewältigen sollen, sagt er sich jedes Mal, wenn er hier eintrifft. Einfach grotesk, diese Proportionen sind und bleiben einfach grotesk.

Mit ausholenden Schritten eilt er über die Empfangstreppe ins Gebäude und steuert zielstrebig auf den Fahrstuhl zu. Es ist Dienstag, der 29. Oktober 2002. An jedem Dienstag tagt im siebten Stock der sogenannte »closed shop«. Den Begriff hat Ernst Uhrlau, Steinmeiers Geheimdienstkoordinator, erfunden. Er steht für einen geschlossenen Zirkel, aus dem nichts nach außen dringen darf. Für die Presse heißt die Zusammenkunft offiziell nur die »Präsidentenrunde«, weil alle Präsidenten der deutschen Sicherheitsbehörden und die wichtigsten Staatssekretäre aufeinandertreffen.

Hier oben auf der Kanzleretage, dem Himmel etwas näher, entfaltet die Architektur, anders als in den unteren Etagen, Erhabenheit und etwas von abgehobener Stille. Als würde man durch unsichtbare Watte waten, denkt sich Hanning, als ihm von der anderen Seite des Flurs Frank-Walter Steinmeier entgegenkommt.

»August, wie geht's«, sagt er lakonisch und schüttelt Hanning kurz die Hand, um im nächsten Moment die Tür zum Besprechungsraum zu öffnen und dem BND-Präsidenten mit einer Handbewegung anzudeuten, dass er eintreten möge. Die Fensterfront mit einem wunderschönen Blick auf die Spree ist der einzige Lichtblick in der kargen Einrichtung und Enge der klimatisierten vier Wände. Die illustre Schar von Männern, die sich bereits um den runden Tisch versammelt hat, verstummt, als der Chef des Kanzleramts mit einem »Guten Tag, meine Herren« eintritt, an seinen Platz geht und sich in den schwarzen Lederstuhl setzt, an dem schon Ordner und Mappen für ihn bereitgelegt wurden. Hanning beeilt sich, an seinen Platz zu kommen, nickt allen Anwesenden zur Begrüßung zu, holt seine Mappen aus dem Handkoffer und legt sie vor sich auf den Tisch.

Zur selben Zeit, circa 400 Meter Luftlinie entfernt, tritt im Bundestagsgebäude Bundeskanzler Schröder ans Rednerpult. Es ist erst fünf Wochen her, dass er die Wahl gewonnen hat.

»Herr Präsident! Meine sehr geehrten Damen und Herren! Sozialdemokraten und Bündnis 90/Die Grünen haben am 22. September von den Wählerinnen und Wählern den Auftrag zur weiteren sozialen und ökologischen Erneuerung unseres Landes erhalten«, beginnt er seine Regierungserklärung. Dann spricht er von der »Integration der Ausländerinnen und Ausländer« und dass er die »rechtsstaatliche Demokratie stärken und weiter ausbauen« will. Zu dem Zeitpunkt ist ihm bekannt, was mit dem Deutschtürken Gülcan Bayar aus Husum in Pakistan passiert ist und dass der sich in diesem Augenblick auf Guantánamo Bay befindet. Aber hier im Plenarsaal des Bundestages fällt kein Wort darüber.

Nachdem Steinmeier sich gesetzt hat, heften sich die Augenpaare der sieben anwesenden Männer auf ihn. Neben Hanning sind der Geheimdienstkoordinator Ernst Uhrlau, Bundeskriminalamt-Präsident Klaus Ulrich Kersten, der Chef des Bundesamtes für Verfassungsschutz Heinz Fromm, der Staatssekretär aus dem Innenministerium Claus Henning Schapper, aus dem Außenministerium Jürgen Chrobog und aus dem Justizministerium Hansjörg Geiger anwesend. Grund genug, dass der Kanzleramtschef, wenn auch unbewusst, eine Angriffspose einnimmt. Er streckt die Brust heraus, greift demonstrativ zu einer der schwarzen Ledermappen, schlägt sie auf und entnimmt ein Schreiben.

»Wie Sie bereits alle wissen, gibt es eine Anfrage der US-Administration an die Bundesregierung Deutschland«, beginnt Steinmeier. Mit gepresster Stimme versucht er, Distanz zwischen sich und die zu besprechende Sachlage zu bringen. »Darin wird seitens der USA nachgefragt, ob der aus Husum stammende Türke Gülcan Bayar nach Deutschland zurückkehren kann oder ob er in die Türkei abgeschoben werden soll. Es wird mitgeteilt, dass die Entlassung des Häftlings unmittelbar bevorsteht und sie wahrscheinlich in etwa sechs bis acht Wochen erfolgen wird.«

Während Steinmeier noch spricht, machen sich in seinem Kopf bereits imaginäre Presseschlagzeilen breit: Unkalkulierbares Sicherheitsrisiko? Bundesregierung lässt »Husumer Taliban« in Deutschland einreisen.

»Das ist eine höchst unangenehme Situation, auf die wir schnellstens reagieren müssen. Ich würde gerne Ihre Einschätzung und Vorschläge dazu hören, was wir den Amerikanern mitteilen!«

Er lässt seine Worte nachklingen, währenddessen sein Blick über die Gesichter der Runde schweift und beim Geheimdienstkoordinator einen kurzen Moment länger verweilt. Ernst Uhrlau sitzt kerzengerade, die Arme vor sich auf dem Tisch verschränkt. Er hat den Augenkontakt Steinmeiers wahrgenommen und weiß, was von ihm erwartet wird. Er soll die Leitung der Diskussion übernehmen, dem Kanzleramtschef möglichst unauffällig den Rücken freihalten. Das blaue Aktenheft, das vor ihm auf dem Tisch liegt, rührt er nicht an. Was er sagen will, hat er sich bereits genauestens zurechtgelegt.

»Mein gesunder Menschenverstand sagt, warum sollten wir uns eine Person, die als gefährlicher Islamist eingestuft wurde, freiwillig aufhalsen, zumal sie sich bereits außer Landes befindet?«, beginnt Uhrlau und zieht die Augenbrauen zusammen, während seine Stirnader leicht pulsiert. »Wir haben aber leider ein Problem, nämlich die Dienstreise unserer drei Geheimdienstler nach Guantánamo. Ich möchte hier kurz die Kernaussage aus ihrem schriftlichen Bericht zusammenfassen. Dort stehen unter anderem diese Sätze, ich zitiere: ›... dass bei der Befragung – mit an Sicherheit grenzender Wahrscheinlichkeit – kein konkretes Fehlverhalten von Bayar feststellbar war. Wir – BND und BfV – sind gemeinsam zu der Überzeugung gelangt, dass keine Kontaktaufnahme oder Hinwendung zum Terrorismus des Probanden vorliegt und keine Gefährdung vom ihm ausgeht‹. Dieser Bericht liegt offiziell dem Kanzleramt vor. Auf der Grundlage dieses Berichts müssen wir hier auch den Fall Bayar und die Anfrage der USA diskutieren.«

»Also dazu muss ich gleich etwas Grundsätzliches klarstellen«, meldet sich BND-Präsident Hanning mit resoluter Stimme und streicht sich danach über sein schütteres graues Haar, als wolle er aufkommende Wogen im Vorfeld glätten, »ich kann mir diese Bewertung meiner Mitarbeiter, besonders mit Blick auf eine mögliche Gefährlichkeit von Bayar in Deutschland, nicht zu eigen machen. Der Bericht basiert doch im Wesentlichen nur auf den Einlassungen von Bayar.«

Hanning presst die Lippen aufeinander, er will Entschlossenheit signalisieren, sein schlechtes Gewissen möglichst nach außen hin verbergen. Es hält ihn immer noch in einer Steifheit gefangen, und auch dass es den anderen Verfassungsschützern ähnlich geht, hilft ihm dabei nicht weiter. Damals, kurz vor dem 11. September, hatte es einen Hinweis auf den Drahtzieher Mohammed Atta gegeben, der bei einer Telefonüberwachung abgeschöpft, aber nicht weiter verfolgt wurde. Dieser dumme Fehler nagt noch immer an ihm, schürt die Angst vor den lauernden Medien und davor, noch einmal solch einer Fehleinschätzung anheimzufallen.

»Aus meiner Sicht sind diese Bewertungen in dem Bericht fehlerhaft und unprofessionell, man könnte sogar sagen, sie sind einfach grob fahrlässig. Im Bundesnachrichtendienst gibt es selbstverständlich sehr engagierte Leute, die operativ jederzeit herausragende Arbeit leisten. Nichtsdestotrotz, und das muss gesagt werden dürfen, liegt ihre Stärke nicht gerade im analytischen Bereich. Kurz und prägnant möchte ich damit sagen, im Fall Bayar bestehen weiterhin Verdachtsmomente, die nach wie vor nicht ausgeräumt werden konnten.«

»Von welchen Verdachtsmomenten gehst du aus, August?«, fragt Uhrlau in gedämpftem Tonfall, während er rhythmisch seine trockenen Handflächen aneinanderreibt. »Die sollten allerdings schon Hand und Fuß haben.«

»Es liegen zahlreiche Hinweise bei unseren Inlandssicherheitsbehörden vor, dem Bundeskriminalamt und dem Verfassungsschutz, die in den Bericht der Befragung auf Guantánamo nicht mit eingeflossen sind, zum Beispiel die Verdachtsmomente, die das Landesamt für Verfassungsschutz Schleswig-Holstein in Husum und Kiel zusammengetragen hat. Ungeklärt ist nach wie vor, wer das Flugticket von Bayar bezahlt hat. Es hat ein radikaler Vorbeter in der Kieler Tawhid-Moschee Kontakte zu den Taliban in Pakistan hergestellt. Außerdem hat ein gewisser Ramiz, ein Freund Bayars, ausgesagt, jemand war Zeuge, dass Bayar mit radikalen Islamisten in der Kieler Tawhid-Moschee gesprochen hat.«

Uhrlau nimmt seine Hornbrille ab, saugt an seiner Unterlippe und lässt sie wieder los. »Das mögen jetzt nur Kleinigkeiten sein, aber auch Kleinvieh macht bekanntlich Mist. Jeder Spruch birgt auch immer etwas Wahres. Deshalb plädiere ich für: ›Im Zweifel für die Sicherheit‹. Wir müssten nur – wie soll ich es ausdrücken – schon wirklich konsequent in die Offensive gehen.«

Die meisten Staatssekretäre und Präsidenten in der Runde nicken zustimmend. Claus Henning Schapper aus dem Innenministerium klopft sogar demonstrativ auf den

Tisch. »Ich denke mal laut«, sagt er, verschränkt die Arme vor der Brust und lächelt verschmitzt, als hätte er mit dem nun Folgenden nichts zu tun. »Das Sicherste, um uns Bayar dauerhaft vom Leib zu halten, wäre doch, wenn er die Aufenthaltsgenehmigung in Deutschland verliert. Ich schlage deshalb vor, das Bundesinnenministerium interveniert beim Innenministerium von Schleswig-Holstein, dass Bayar sein Aufenthaltsrecht aberkannt bekommt. Als Grund könnte angeführt werden, dass sein Pass während seiner Haft auf Guantánamo nicht verlängert wurde. Im Notfall kann das Bundesamt für Verfassungsschutz die Amerikaner bitten, Bayars Pass an uns herauszugeben, damit der Ausweis auch physisch ungültig gemacht werden kann.«

»Außerdem sollten wir weiterhin nach belastendem Material gegen Bayar ermitteln, damit wir gegebenenfalls auch einen Visumantrag seinerseits ablehnen könnten«, wirft Jürgen Chrobog ein. »Immerhin wissen wir, dass Bayar aus einem dubiosen Umfeld stammt und zu einer dubiosen Zeit in ein dubioses Land gereist ist.«

»Dann sollten wir Nägel mit Köpfen machen«, fasst Uhrlau zusammen und lockert tatkräftig seinen Schlips. »Wer nicht wagt, der nicht gewinnt. Ich notiere kurz wie das Resümee der heutigen Sitzung im Protokoll lautet: Bundesnachrichtendienst plädiert hinsichtlich Nachfrage der USA, ob Gülcan Bayar nach Deutschland oder in die Türkei abgeschoben werden soll, für eine Abschiebung in die Türkei und Einreisesperre für Deutschland.«

Steinmeier lehnt sich zurück, hebt die Hände in die Luft und verschränkt sie hinterm Kopf, wobei seinen Lippen ein triumphierender Laut entweicht. Er fühlt sich wohl in dieser abgeschlossenen Welt der Geheimnisse, die über

Menschen entscheidet, die alle nur aus Berichten bekannt sind. Dann zündet der Kanzleramtschef sich demonstrativ eine Zigarette an. Die Stimmung wird lockerer. Einige der Staatsschützer folgen seinem Beispiel.

Der Autor hat die Hände hinterm Kopf verschränkt und sieht erwartungsvoll zu Rehmke hinüber. Der kaut nachdenklich auf seiner Unterlippe, schaut in den Himmel und sagt kein Wort.

»Hat es dir die Sprache verschlagen?«, fragt der Autor nach einiger Zeit, als er seine innere Spannung nicht mehr regulieren kann.

»Was soll man dazu sagen?«, antwortet Rehmke nach einer Pause. »Das hört sich so unglaublich an, dass ich befürchte, diese Story wird uns kein Mensch abnehmen. Die oberste Spitze unserer Politik tagt im Geheimen und beschließt wider besseres Wissen eine solche Unverfrorenheit. Nee! Ich kann noch immer nicht fassen, dass dies in unserem Land Realität ist.«

»Ist es ja auch nicht«, sagt Wilkenloh und lacht komplizenhaft, »alles ist nur eine Fiktion, aber sie stammt immerhin aus einer sicheren Quelle, und die ist nun mal absolut real. Außerdem kann es uns egal sein, ob es wahr oder nicht wahr ist. Im Film ist eine Geschichte immer erfunden, selbst wenn sie auf Tatsachen in der Wirklichkeit beruht.«

»Aber einige Menschen kennen den Unterschied ziemlich genau«, grübelt Rehmke, »und ausgerechnet diese Menschen sind die Chefs unserer Geheimdienste.«

»Du hast Angst, dir die Finger zu verbrennen?«

»Quatsch! Wenn dem so wäre, hätte ich mich auf diesen Film gar nicht erst eingelassen. Aber erinnere dich bitte, dass schon einige Merkwürdigkeiten bei den Dreharbeiten vorgefallen sind.«

»Der deutsche Geheimdienst kümmert sich nicht um ein kleines Filmchen, die haben, das kannst du mir glauben, wirklich wichtigere Sachen zu tun, Detlev.«

2003
KILLBOX UND KÄLTEKAMMER

Polizeihauptquartier, Vorposten Kunduz. Das Wort »Killbox« hört Lutze zum allerersten Mal kurz nachdem er zu seinem zweiten Einsatz in Afghanistan eingetroffen ist. Der Klang der beiden Silben macht ihm abgrundtiefe Angst, nicht direkt und rational, sondern tief verborgen in der unausgesprochenen Heimlichkeit. Das schreckliche Wort hat ein undefinierbares, kaum spürbares Gefühl in seinem Körper wachgerufen, das er zwar bemerkt hat, dem er aber nicht allzu genau nachspüren will. Lieber stülpt er, um dem Druck im Kessel standzuhalten, einen Deckel aus Kameradschaft und Soldatenehre darüber. Keiner in seinem Umfeld soll Einblick in sein Inneres bekommen, nicht einmal in einem schwachen Moment.

Auf Lutze kann man sich verlassen, jederzeit. Das ist das Bild von jemandem, der er sein will. So möchte er von den anderen gesehen werden. Er steht seinen Mann, egal wie knüppeldick es auch kommen mag. Feigheit vor dem Feind? Undenkbar! Feigheit ist ein Schimpfwort, vernichtender als die Vorstellung, mitten im Kugelhagel von aufständischen Taliban zu stehen.

»Wir wissen nicht, wie dieses verfluchte Dorf heißt«, informiert Gruppenführer Keiler und skizziert mit roter Kreide einen Grundriss auf die nackte Betonwand im Gefechtsstand. Daneben zieht er zwei parallel geschlängelte Striche. »Es liegt an der Straße, die in den Norden nach Qara Yatim geht. Reine Fahrzeit circa zehn Minuten.«

Auf dem blaugrauen Untergrund mit vereinzelten Schimmelflecken entstehen neben den beiden Strichen einzelne schraffierte Kästchen, mit denen Gebäude hervorgehoben werden, und eine Brücke, die über den Kunduz-Fluss führt.

»Sobald der Ortsrand erreicht ist, sitzen wir ab. Von dort gehen wir rechts und links in zwei Teams vorwärts bis zu der Brücke. Darunter soll ein Sprengsatz versteckt sein. Der Hinweis kam vor 25 Minuten und ist von einer weiteren Quelle bestätigt worden.«

»Das sagt nichts! Die haben uns schon öfter verschaukelt«, wirft Dago trocken ein.

»Der Chef will trotzdem, dass wir das vor Ort klären, klar?« Keilers Antwort klingt gereizt. Er macht eine Pause, schaut grimmig in die Runde, um weitere Widerworte im Keim zu ersticken.

»Während wir vorrücken«, fährt der Gruppenführer mit der Einweisung fort, »halten sich die Kampfmittelbeseitiger in der Mitte. Das Vorab-Team sichert und übernimmt den eventuellen Feuerkampf, damit es in der Dunkelheit zu keinem Beschuss der eigenen Leute kommt. Nur leichte Bewaffnung, kein Maschinengewehr, keine Panzerfaust.« Sein Finger zeigt auf die eingezeichnete Brücke. »Der Fuchs fährt mit nach vorn, bleibt direkt hinter uns.«

»Infrarot oder Weißlicht?«, fragt Jojo. »Mit dem Laser an der Waffe sind wir meilenweit zu sehen. Infrarot geht nur mit dem Nachtsichtgerät, da wird alles in unscharfes Grün getaucht. Wie sollen wir da einen Sprengsatz finden?«

Keiler überlegt, wägt beide Möglichkeiten blitzschnell ab. »Weißlicht!«, sagt er dann. »Sobald es einen Angriff geben sollte, wird ein Nebelkörper geworfen, verstanden? Das übernimmst du, Trolle. Liegt der Nebel auf der Straße, ziehen wir uns nach hinten zurück. Wir verschwinden dann augenblicklich in den Fahrzeugen und verlassen den Ort schneller als der Scheißwind hier, bevor er zur Killbox wird.«

»Killbox?«, platzt es aus Lutze heraus. Ein spöttisches Grinsen zieht sich durch die Runde der angetretenen Soldaten.

»›Killbox‹ nennen wir die Feuerzone des Feindes, die sich auf einen kleinen Raum beschränkt. Diese Gefahr ist bei unserem heutigen Einsatz nicht ausgeschlossen, mitten in der Nacht, ein uns unbekanntes Dorf, enge Gassen. Deshalb höchste Vorsicht, Männer, wir könnten heute jederzeit und urplötzlich in einen Hinterhalt geraten! Habt das ständig parat, verstanden? Abfahrt Punkt 11.15 Uhr. Uhrenvergleich!«

»Check«, kommt die Antwort aus allen Mündern.

»Wegtreten!«

Die Männer eilen ins Freie. Draußen ist es noch warm, eine Windböe wirbelt ihnen Sand entgegen. Die feinen Körner schmirgeln über Lutzes nackte Haut. Er geht mit Jojo gemeinsam zum Schlafraum. Für diesen Einsatz muss die gesamte Ausrüstung umgestellt werden. Mit routinierten Handgriffen tauscht Lutze alle Magazine in seiner Weste aus, packt zusätzlich einige Granaten ein. Dann überprüft er sein G36, Verschluss, Abzug, dann Lampe und Laser, ein Blick durch die Optik. Alles okay.

Es sind keine 20 Minuten verstrichen, da stapfen er und Jojo über den sandigen Hofplatz zum Dingo hinüber. Dago zieht gerade die Plane von der Waffenanlage. Der rote Lichtschein der Beleuchtung fällt durch die Fahrzeugfenster. Lutze öffnet die Beifahrertür, überprüft die Frequenzen am Funkgerät, klettert die Stufen zum Führerhaus hinauf und weiter in den hinteren Teil. Fünf Minuten vor dem Abfahrttermin treffen Seeler und Norbi ein. Norbi klemmt sich hinters Steuer, zieht das Nachtsichtgerät über und lässt das Fahrzeug pünktlich durch das Tor des Außenpostens der Polizeistation auf die Hauptstraße in einen unwirklichen Brei aus grünlichen Pixeln rollen, den er ab jetzt vor Augen hat.

»Verdammt dunkel da draußen!« Seeler kaut auf den Lippen, reckt den Kopf und versucht, im schwachen Schein des Außenlichts etwas zu erkennen. »Ich sehe nichts. Hoffentlich sieht der Feind genauso wenig.«

Norbi steuert den Dingo gekonnt an Schlaglöchern vorbei. Das Fahrzeug schwankt hin und her wie ein Kutter bei starkem Wellengang. Lutze klammert sich an die Waffe. Das Metall in den Händen zu spüren beruhigt ihn, es vermittelt den Eindruck, sich jederzeit wehren zu können. Bleib gelassen, sagt er sich und atmet rhythmisch ein und aus. Draußen scheint es noch dunkler geworden zu sein. Aus dem Augenwinkel beobachtet er Seelers Gesicht, der auf der anderen Seite neben Jojo sitzt.

Lutze muss an die Zeit in Kandahar denken, an die Begegnung mit dem Türken aus Husum, sieht das Militärcamp der Amerikaner, in dem er mit Jojo Streife läuft. Über diese Nacht, in der sie auf ihn eingeprügelt hatten, weiß nur Seeler Bescheid. Erst nach dem Ende ihres ersten Einsatzes in Afghanistan und ihrer Rückkehr in die Heimat war dieser Vorfall unbeabsichtigt auf den Tisch gekommen.

Lutze kann sich an den Moment erinnern, als damals die Tür des Flugzeugs in Heidelberg geöffnet wird. Er schließt die Augen, sieht sich, wie er die kühle, frische Luft genussvoll in seine Lungen zieht. Auf der Fahrt im Bus zum Ankunftsgebäude friert er richtig. In den letzten Monaten der Dienstzeit hatten in Kandahar Temperaturen von über 30 Grad geherrscht. Ein Thermometer in der Empfangshalle zeigt 22 Grad. Ein Menschenpulk von Angehörigen steht vor dem militärischen Flughafenbereich und wartet auf die zurückgekehrten Soldaten. Lutze, Jojo und Seeler wissen, dass sie von niemandem abgeholt werden, wie ungeladene Neutronen gehen sie durch die Umarmungen, Tränen und Küsse. Als sie allein im Freien stehen, schlägt Jojo vor, einen Wagen bei der Autovermietung zu besorgen, um sich dann zu ihrem Standort nach Calw aufzumachen. Seeler übernimmt, ohne Absprache mit den anderen, das Steuer, prescht auf die Autobahn und sagt nach noch nicht mal einem Kilometer: »Fällt euch was auf, Jungs?« Als Lutze und Jojo ihn verdutzt anschauen, jubelt er euphorisch: »Keine Schlaglöcher! Die Straße hat keine Schlaglöcher.«

Sie lachen sich halb tot, können sich gar nicht wieder einkriegen. Wenig später, an der ersten Autobahnraststätte, setzt Seeler dann den Blinker und fährt an der Ausfahrt ab.

»Wo willst du hin, Mann?«, fragt Lutze und fügt grinsend hinzu: »Etwa zurück nach Afghanistan?«

»Leute, ich hab einen verdammten Brüllhunger auf Pommes mit Mayo.«

Der Parkplatz steht voller Reisebusse, aus denen Unmengen von Menschen herausströmen, unverschleierte Frauen und Männer, von denen niemand eine Waffe trägt. Die drei reihen sich aufgekratzt in den Trubel ein. Die Tablett-Gastronomie erscheint ihnen als der reinste Luxus und wenig später mampfen sie in einer Ecke des Selbstbedienungsbereichs ihre Fritten und kommen sich trotzdem irgendwie fehl am Platz vor. Aber sie bleiben länger als geplant, essen noch eine weitere Portion, trinken ein Bier, und noch eins, und kommen erst spät abends in der Kaserne an. Alles wirkt, als wären sie auf einem anderen Stern gelandet, die unversehrten Gebäude wirken trügerisch und fremd, die geraden Flure erscheinen beklemmend wie in einem Horrorfilm. Ihre Wege trennen sich. Lutze bringt das Gepäck auf sein Zimmer, fühlt sich augenblicklich mutterseelenallein in den vier Wänden, die ihn zu erdrücken scheinen, und kann kaum widerstehen, mit seinem Handy die Kumpels in Afghanistan anzurufen. Er legt sich angekleidet aufs Bett, schließt die Augen, doch ohne Waffen und Ausrüstung im Zimmer kann er nicht einschlafen. Ihm ist, als könnte er jeden Moment zu einem Einsatz gerufen werden. Er wälzt sich, innerlich angespannt, im Bett hin und her und schreckt bei jedem Geräusch aus dem Halbschlaf. Vom Regen, der gegen die Fenster trommelt, wird er am frühen Morgen aus einem Schlaf mit Albträumen geweckt.

Lutze fühlt sich orientierungslos wie in einem Seenebel an der Küste, geht zum Waschraum, macht sich frisch, bringt seine Kleidung in Ordnung und meldet sich dann, vom Regenschauer durchnässt, beim Gruppenführer seines Zuges zurück. Der schaut ihn an, als wäre er nie weg gewesen, und sagt wie nebenbei: »Mensch Lutze, wenn Sie schon mal da sind, dann können Sie mir ja gleich sagen, wie viele Freifallsprünge Sie dieses Jahr schon absolviert haben?«

»Noch keinen«, antwortet er und hätte am liebsten laut »Scheiße« geschrien.

»Für die Lizenz müssen es pro Jahr mindestens acht sein und ein automatischer Sprung. Ich werde Sie bei den nächsten Dienstsprüngen mit einplanen.«

In den nächsten Tagen wächst seine Unzufriedenheit stetig an. In Gesellschaft mit Jojo und Seeler kann er diesen Zustand einigermaßen ertragen. Wenn sie sich treffen, reden sie über die unnütze Bürokratie, den langweiligen Alltag um sich herum und die Ignoranz der Kameraden, die in der Zwischenzeit ihren Dienst hier in Deutschland versehen haben. Meist kommen von denen nur dumme Sprüche, am beliebtesten ist »Na, wie war es denn im Urlaub da drüben?«, gefolgt von »Weißt du schon, was du dir von deinem Urlaubsgeld alles kaufen willst?«.

In Kürze hat Lutze die Nase gestrichen voll. Er marschiert zum Spieß und reicht seinen Urlaubsantrag ein, um allein, ohne Bundeswehr, in seiner Wohnung in Husum erst einmal wieder in Deutschland anzukommen. Eine richtige Entscheidung. Die graue Stadt im Norden ist im Frühjahr besonders verschlafen, keiner nimmt Notiz von ihm. Er schläft bis spät in den Tag hinein, ist schon erschöpft vom Anblick vollbestückter Regalreihen im Supermarkt. 20 Sorten Schinken, Milchprodukte meterlang, Joghurt mit allen Fettstufen und Schokolade, so weit das Auge reicht. An seine Erinnerung heften sich die hungernden Kinder am Straßenrand von Kandahar. Tagelang streift er ohne Ziel durch die Straßen und Gassen, hat keine Lust, seine Eltern zu besuchen oder alte Freunde anzurufen. Dann sieht er den Aufruf in der »Husumer Rundschau«. Ein Filmteam sucht Komparsen für einen Film über Theodor Storm. Lutze ruft an und wird genommen. In einem Moment der Hochstimmung plaudert er mit dem Regisseur über seine Zeit in Kandahar. Der interessiert sich für den Deutschtürken, der von den Amerikanern gefangen gehalten wird. Als die Dreharbeiten vorbei sind, ist er sich nicht sicher, ob es eine gute Idee gewesen ist, darüber zu reden. Als Jojo sich kurz darauf bei ihm auf dem Handy meldet, erzählt er ihm die Geschichte mit Rehmke brühwarm. Zwei Tage später klingelt es morgens an seiner Wohnungstür. Jojo und Seeler stehen merkwürdig einsilbig davor, sind die ganze Nacht durchgefahren und wollen unbedingt mit ihm reden. Lutze holt einen Sixpack Jever aus dem Kühlschrank und stellt ihn auf den Küchentisch.

»Auf die Champions League!«, ruft Jojo überdreht und lässt seine Flasche gegen die der anderen knallen.

»Auf die Champions League!«, tönt es zurück.

»Wer von euch hat etwa noch Bock auf die Kreisklasse?«, wirft Jojo mit Einpeitscherstimme in die Runde.

»Niemand!«, brüllt Seeler aus voller Kehle.

Lutze bleibt stumm, schaut seine Kumpel mit erstauntem Blick an.

»Heimatkoller, oder was?«, fragt er nach einer längeren Pause.

»Dort unten haben wir was Sinnvolles geleistet«, sagt Jojo mit ernstem Gesicht. »Hier schaut keiner über den Tellerrand, jeder denkt nur daran, welchen Superwagen er mit welcher Superausstattung kaufen sollte. Das kotzt mich dermaßen an! Ich werde wieder nach Afghanistan gehen.«

»Ich auch«, platzt es aus Seeler heraus.

»Du bist doch dabei, Karat, oder?«, fragt Jojo lakonisch.

»Ich bin dabei.« Lutzes Antwort kommt wie von selbst, als hätte er gar nichts dazu beigetragen.

»Ich wusste es!« Jojo und Seeler grinsen zufrieden und Jojo fragt: »Was haben wir heute Abend für einen Einsatz? Irgendwohin, wo's heiße Weiber gibt, versteht sich!«

»Die gibt's nur in der ›Nachtschicht‹, eine Disko, gleich um die Ecke«, schlägt Lutze vor.

»Ist das etwa die, die du in Kandahar erwähnt hast? Dieser Schuppen, in dem dieses türkische Arschgesicht den Türsteher gemacht hat?«, fragt Jojo ernst.

»Es gibt nur eine Disko in Husum«, bestätigt Lutze.

»Gut, schauen wir uns dieses elende Talibannest mal aus der Nähe an.«

»Das ist nur ein ganz normaler Laden, total harmlos«, widerspricht Lutze.

»Aber der Typ in Kandahar war nicht harmlos, das ist mal klar«, sagt Jojo mit eiskalter Stimme und einem arroganten Zug um den Mund. »Und das, was damals passiert ist, ist in Wirklichkeit gar nicht passiert. Ist dir das eigentlich klar?«

Lutze legt seinen Kopf in den Nacken und stößt ein lautloses Lachen aus.

»Kein Grund zum Fröhlichsein«, zischt Seeler und schließt die Augen. »Du solltest die Sache lieber todernst nehmen, Karat, und sie nicht irgendwelchen Zivilidioten auf die Nase binden. Was dort unten in Kandahar passiert ist, was mit dem Typen passiert ist, geht niemanden hier in der Heimat was an. So etwas kann schnell nach hinten losgehen.«

»Davon habe ich sowieso nichts erzählt«, verteidigt sich Lutze.

»Das ist gut, Karat!«, sagt Jojo. »Vergessen wir die Sache, ein für alle Mal! Und jetzt will ich von euch beiden sofort ein Ehrenwort hören, klar?«

»X minus drei Minuten«, spricht Dago ins Funkgerät, der vorn neben Norbi sitzt, so laut, dass Lutze abrupt in die Gegenwart zurückkehrt.

»X minus drei Minuten«, wiederholt Jojo von hinten, damit die vorne wissen, dass die hinten es verstanden haben.

»X minus zwei Minuten.«

»X minus zwei Minuten«, wiederholt Jojo.

»X minus eins Minuten.«

»X minus eins Minuten«, wiederholt Jojo.

Bloß keine Hektik, denkt Lutze, ruhig durchatmen.

»Fertigmachen zum Absetzen!«, ruft Dago.

Die freie Hand von Lutze fasst an seine Taschen, prüft, ob Rauchgranate, Munition, Pistole an ihrem Platz sind. Im Dorf vor ihnen schimmert ein rötliches Licht, wahrscheinlich Feuer aus einigen der Häuser. Norbi lässt den Dingo langsam vorwärtsrollen. Die Straße führt mit höchstens sechs Metern Breite zwischen zwei Lehmmauern hindurch, die den Dingo überragen. Dann tritt Norbi in die Bremsen.

»Absitzen!«

Lutze setzt seinen Stiefel aufs Trittbrett und springt in die dunkle Nacht. Es hat sich deutlich abgekühlt. Er sieht sich blitzschnell um. Alles um ihn herum wirkt auf den ersten Blick friedlich, trotzdem zieht sich sein Magen zusammen.

*

Guantánamo Bay, Camp Delta.

»Wir können dich schon heute wieder nach Hause schicken, Bayrak, es liegt ganz allein in deiner Hand. Es hat sich bestimmt schon herumgesprochen, dass es hier Männer gibt, die zugegeben haben, Talibankämpfer zu sein, und die wieder in ihrer Heimat sind.«

Gülcan Bayar weiß, dass es stimmt, was der Mann sagt. Es waren in der Zwischenzeit einige Talibankämpfer freigekommen, davon haben die Mitgefangenen berichtet. Er weiß nur eins, nämlich dass er nicht die geringste Lust hat, mit diesem »Jayden the torturer« zu sprechen, diesem Folterknecht, wie Jayden Chato unter den Gefangenen bezeichnet wird, zumal der ihn ununterbrochen mit einem falschen Namen anspricht, ihn Bayrak nennt und nicht Bayar. Entweder macht der Sohn einer Gurke das mit Absicht oder er ist einfach nur zu blöd, um seinen Job zu machen.

»Aber du hast keine Ahnung, warum wir Talibankämpfer freilassen, stimmt's?«, sagt Chato mit einem spöttischen Lächeln, steht auf, stützt sich auf die Tischplatte und beugt seinen Oberkörper nach vorn. »Weil sie Soldaten sind! Sie haben für ihr Land gekämpft! Wir wissen jetzt, woran wir sind. Deshalb können sie gehen.« Der Amerikaner kneift die Augen zusammen und blickt ihn stechend an. »Mit dir dagegen haben wir ein Problem. Wir haben keine Ahnung, wer du bist, Bayrak. Bist du ein Taliban oder gehörst du zu Al Qaida? Solange wir das nicht wissen, bleibst du für uns gefährlich. Sag uns einfach, dass du ein Talibankämpfer bist, und wir lassen dich laufen. Hast du jetzt verstanden, worum es geht?«

Das ist miese Gaunerei, denkt Bayar. Wenn ich gestehe, ein Taliban zu sein, obwohl sie wissen, dass es nicht stimmt, können sie mich als schuldig präsentieren. Vielleicht lassen sie mich dann sogar wirklich frei. Aber diesen Triumph werde ich ihnen nicht gönnen. Er kniet angekettet auf dem Boden, sagt kein Wort. In dieser Haltung kann er den Rücken gerade halten, dafür beginnen die Knie zu schmerzen. Chato blickt ihm unentwegt in die Augen, lässt die Zeit verstreichen. Er hält dem eisigen Blick stand, bleibt weiterhin stumm und hält die Schmerzen aus. Nach 20 Minuten steht Chato auf, verlässt den Raum und kommt nicht zurück. Als ihm vor Müdigkeit die Augen zufallen, wird er von den Soldaten mit Schlägen geweckt. Stundenlang hockt er in der gleichen verkrampften Haltung auf dem Boden und nichts passiert. Dann kommt Chato wieder zurück, setzt sich hinter seinen Tisch, als wäre keine Zeit vergangen.

»Wenn du deinen Starrsinn änderst, kann ich dir helfen, Bayrak. Dann besorge ich dir eine Matratze und eine Decke und du kannst schlafen, so lange du willst.«

»Meine Pritsche genügt mir. Außerdem können Sie mir gar nicht helfen.«

»Natürlich kann ich dir helfen.«

»Sie kennen noch nicht mal meinen Namen. Ich heiße nicht Bayrak, ich heiße Bayar. Sie reden die ganze Zeit mit einem Falschen.«

Chato wirkt plötzlich nachdenklich, blättert die Papiere in seiner Mappe durch und führt dabei in einer grüblerischen Attitüde die Fingerspitzen der rechten Hand an die Stirn. Dann schüttelt er verständnislos den Kopf.

»In meinen Unterlagen heißt du Bayrak!«

»Das ist nicht mein Name!«

Chato springt auf und stürzt aus dem Raum. Das Escort-Team bringt Bayar aus dem Verhörraum zu seinem Käfig zurück und öffnet die Tür. Er muss sich erneut hinknien. Man nimmt ihm die Ketten ab. Er spürt, wie die Müdigkeit sich im Körper ausbreitet, seine Glieder schwer wie Blei werden.

»Cell search!«, brüllt eine Wache mit feindseliger Stimme.

Die obligatorische Durchsuchung des Käfigs in der Nacht. Er muss aufstehen, sich anketten lassen. Nach einer halben Stunde hat er wieder seine Ruhe. In dieser Nacht bekommt er eine Decke. Mal geben sie ihm eine, mal nicht. Mal hat er eine Matratze, mal nicht. Am Morgen erscheint ein Wächter.

»Steh auf!«, schreit er. »Komm zur Tür und gib mir die Decke!«

Bayar steht auf, legt die Decke zusammen und reicht sie dem Wächter durch die Klappe.

»Ein IRF-Team zum Käfig ›Alpha-Echo-7‹!«, brüllt der Wächter.

Das sogenannte ›Initial-Reaction-Force‹, das bei den kleinsten Regelverletzungen in Schutzanzügen und Helmen erscheint, ist sofort da.

»›Alpha-Echo-7‹ will seine Decke nicht herausgeben!«

»Wir müssen dich bestrafen«, sagt einer vom Team. Die Männer stürmen in seine Zelle und Stockschläge prasseln auf ihn herab. Sie treffen Fleisch und Knochen. Die Rippen brennen, seine Eingeweide fühlen sich verknotet und verdreht an, Nase und Augen sind im Nu zugeschwollen. Der Schmerz überwältigt ihn, wird für einen Moment zu seinem Weggefährten, verknüpft sich mit dem Geruch von Blut, wird zu einer Einheit, in der er sich unsterblich wähnt. Sie stehen breitbeinig über ihm, wie verschwommene Umrisse von schwarzen Dämonen, die ihre Tätigkeit lieben und voller Inbrunst verrichten. Endlich lassen sie von ihm ab, schleifen ihn hinaus auf den Gang und weiter in den Block Oscar. Dort stoßen sie ihn in einen Zellenraum. Er liegt auf dem Bauch, der Schmerz hält ihn am Boden. Es braucht Zeit, bis er mühsam den Kopf heben und die Augen etwas öffnen kann. Die Wände erinnern ihn an einen Container, verstärkt mit geriffeltem Bodenblech, wie er sie von Jahrmarktsbuden auf dem Husumer Weihnachtsmarkt kennt. An einer Seite hat man eine Tür herausgeschnitten. Eine Matratze ist nicht vorhanden, auch keine Wolldecke. Es gibt nur eine Metalltoilette, die in den Boden eingelassen ist, daneben einen Wasserspender. Wenn er das Blech anstarrt, wird ihm von der Verzerrung seines Abbilds schwindelig.

Plötzlich geht das Licht aus. Es wird schlagartig kalt. Der Metallboden verwandelt sich nach und nach in eine frostige Fläche, als würde sie aus Eis bestehen. Gülcan bekommt eine Gänsehaut, die Körperhaare richten sich auf, er muss aufstehen.

Zum Glück haben sie mir meine Flipflops gelassen, denkt er und horcht auf ein Geräusch. Es scheint das Brummen einer Klimaanlage zu sein. Über der Zellentür strömt Polarluft herein. Er sitzt in einem riesigen Kühlschrank, hockt sich in eine Ecke des Raums und zittert wie Espenlaub. Um die Kälte abzuwehren, zieht er die Hose über sein T-Shirt, doch das bringt nichts. Der Unterkiefer beginnt zu vibrieren, erzeugt ein stetes Zähneklappern. Er verliert jedes Zeitgefühl, befindet sich nur noch in der Gegenwart, hat das Gefühl, als wären seine Hände und Füße übergroß. Er reibt die Hände aneinander, reibt seine Füße, möchte laut schreien, bemerkt aber, dass er keine Kraft mehr dafür hat. Ihm schmerzt die Brust, das Herz hämmert, steigert seinen Rhythmus, bum-bum-bum.

»Es gibt keine Kraft und keine Macht außer bei Allah«, murmelt er vor sich hin und sieht sich auf dem Basar von Peschawar zwischen Fleisch- und Gewürzständen, Teppichhändlern, Fotoshops und Handyläden, in denen es alles zu kaufen gibt, gefälschte Nike-Schuhe, Rolex-Uhren und Fila-Sportjacken. Qutub ist sein Führer, bringt ihn in die Gasse der Gold- und Silberschmiede. Er möchte Geschenke für zu Hause kaufen. Ihm gefällt eine handgemachte Goldkette für Azra, seine künftige Frau. Sie hat einen großen, eingefassten Lapislazuli-Stein. Qutub feilscht mit dem Händler, erzielt einen sehr guten Preis. Dann kauft er Süßigkeiten für seine Mutter. Es sind kleine Kunstwerke aus Zuckerguss, die Qutub, nachdem er auch hier den Preis heruntergehandelt hat, extra schön verpacken lässt. Für seinen Vater und Bruder findet er handgefertigte Schuhe aus sehr gutem Leder, die in Husum drei-, viermal teurer wären. Er sieht, wie er die Geschenke am Vorabend in der Reisetasche verstaut. Für den Rückflug nach Deutschland hat er nur seinen Rucksack und die Tasche mit den Geschenken dabei. Qutub trägt sie am nächsten Morgen zum Bus, besteht darauf, ihn noch zum Flughafen zu begleiten. Doch vor dem Bus drängelt sich eine große Schar von Menschen. Qutub gelingt es, als Erster einzusteigen, er rutscht auf die Sitzbank hinter dem Fahrer. Zwei andere Männer setzen sich neben ihn. Er sieht, wie er sich notgedrungen zwei Reihen hinter seinen Freund setzen muss, wo er nicht mit ihm reden kann. Dann kommen sie an den Checkpoint, an dem die pakistanische Polizei den Bus stoppt. Er muss aussteigen, Qutub bleibt im Bus, während der nach kurzer Zeit weiterfährt.

Er sitzt zusammengekauert auf dem eiskalten Bodenblech, über ihm brummt die Klimaanlage, bläst den eiskalten Luftzug in sein Gesicht. Um ihn herum ist es stockfinster. Bum-bum-bum. Sein Herz hämmert in seiner Brust, als würde sie jeden Moment zerspringen. Eine dunkle Ahnung verlangsamt die Bilder, als der Bus vor dem Checkpoint zum Stehen kommt. In seinem Kopf drehen sich Gedanken, die er damals nicht gedacht hat, auch jetzt nicht denken will, die sich ihm aber unweigerlich aufdrängen. Er sieht die Männer, die neben Qutub auf der Bank sitzen, sieht ihre Gesten und Blicke, als würden ihre Bewegungen in Zeitlupe stattfinden. Sie kennen Qutub, sie sind ihm vertraut, berühren wie unbeabsichtigt seine Schulter, haben kurzen Augenkontakt. Es ist kein Zufall, dass sie sich neben ihn gesetzt haben. Ihm wird schwindelig, er atmet kurz und schnell. Ungeheuerliche Fragen fressen sich wie Maden in seinem Hirn fest. Warum hat Qutub ihm nicht geholfen, als die Polizei ihn aus dem Bus geholt hat? Warum ist er nicht ausgestiegen? Warum hat er den Bus nicht angehalten, als der weitergefahren ist? Warum hat er seine Reisetasche behalten, hat sie ihm nicht in die Polizeistation gebracht? Wussten die Polizisten schon vorher, dass er und Qutub im Bus waren? Und … kann es sein, dass Qutub ihn verraten hat?

»Es gibt keine Kraft und keine Macht außer bei Allah«, spricht er laut zu sich. Mit letzter Kraft presst er einen Schrei aus seiner Kehle, gequält wie ein getretener Hund. Dann schwinden ihm die Sinne. Er stürzt nach vorn in ein zeitloses Nichts. Irgendwann erwacht er, irgendwann fällt er ins Nichts zurück, erwacht, fällt zurück, erwacht, fällt zurück, und irgendwann weiß er nicht mehr, wie viele Tage er in der Kältekammer zugebracht hat. An der Tür sind zwei Klappen angebracht, eine Guckklappe in Augenhöhe und eine Essensklappe in Kniehöhe. Kommt der Wächter mit dem Essen oder um in die Zelle zu schauen, leuchtet ein rotes Licht an der Decke auf. Geht die Klappe auf, kann er erkennen, ob es Tag oder Nacht ist. Hat der Wächter das Essen durch die Klappe gereicht, geht das Licht in der Zelle wieder aus. Er muss im Dunkeln essen. Irgendwann ist seine Wut über den Verrat seines vermeintlichen Freundes so groß, dass er mit aller Kraft immer wieder gegen die Essensklappe tritt. Danach bemerkt er, dass sich das Scharnier ein kleines Stück bewegen lässt. Er kann mit etwas Mühe durch einen winzigen Spalt auf den Gang blicken. Der kleine Triumph, endlich etwas kaputt gemacht zu haben, bleibt ihm im Hals stecken, als er den Wächter mit dem Essen heimlich beobachtet. Bevor der die Essensklappe öffnet, spuckt er auf den Teller. Er isst tagelang nicht den kleinsten Bissen.

»Komm raus! Zurück in deinen Käfig! Los, raus!«, brüllt ein farbiger Soldat und lächelt höhnisch, als er seine Zellentür aufreißt. Der andere ist ein Weißer, sieht aus wie ein Stier.

»Es geht zurück in die Hölle«, flüstert er ihm ins Ohr und legt die Ketten an.

»Ich weiß, wie *dein* Käfig in der Hölle aussieht«, flüstert er zurück.

Die beiden Soldaten packen ihn an den Armen, zerren ihn den Gang entlang und schaukeln die Kette an seinen Armen hin und her.

»Hört auf damit«, stöhnt er, »das reißt an meinen Armen!«

»Halt das Maul, Motherfucker, geh weiter, los«, sagt der Schwarze und reißt die Kette hin und her.

Eine unbändige Wut kocht in ihm hoch. Er weiß genau, das ist der Hass auf Qutub, der ihn in der Kühlkammer gewärmt hat und der jetzt endlich ein Ventil braucht.

»Lass das sein!«, brüllt er den Soldaten an.

Der hebt den Arm, will ihm ins Gesicht schlagen. Seine Hände sind zwar an den Bauch gekettet, doch es gelingt ihm blitzschnell, die Hand des Schwarzen zu packen und ihn zu Boden zu stoßen, sodass der mit dem Rücken auf den Boden knallt. Danach bohren sich seine Knie in die Rippen des Soldaten. Das Escort-Team stürzt herein, prügelt besinnungslos auf ihn ein und schleift ihn, während er sich mit Händen und Füßen wehrt, über das Bodenblech, in die Kühlkammer zurück.

*

Polizeihauptquartier, Vorposten Kunduz. Lutze sieht sich um, doch es ist zu dunkel, um sich einen wirklichen Überblick zu verschaffen.

»Ich sichere!«, ruft er in das Innere des Dingos.

Jojo folgt als Nächster, dann Seeler und Dago.

»Miteinander sprechen! Sonst kann's gefährlich werden!«, schärft Seeler allen ein und postiert sich auf der linken Seite.

»Ich gehe mit dir«, sagt Dago und folgt ihm.

Lutze und Jojo besetzen den rechten Rand, einen Meter neben der Mauer, die sich an der Straße entlangzieht. Die Kampfmittelbeseitiger stellen sich hinter den Radpanzer in der Mitte auf.

Lutze gibt das vereinbarte Signal. Er lässt es zweimal kurz knacken, indem er die Sprechtaste des Funkgeräts drückt.

»Vorrücken!«, gibt Keiler über Funk durch.

Die Keilformation setzt sich in Richtung Nordwesten in Bewegung. Die 16 Tonnen des »Fuchs« bleiben den vier Männern im Schritttempo auf den Fersen. Im Dorf herrscht Stille. Neben dem leisen, summenden Motorengeräusch sind nur die gedämpften Schritte zu hören. Jojo schaltet das Weißlicht an seiner Waffe ein und leuchtet in die Dunkelheit vor ihnen. Der Lichtkegel streift an der Mauer entlang und taucht den Straßenzug in einen blassen Lichtschein, der am Ende der Gasse von der Nacht verschluckt wird. Lutze folgt dem weißen Strahl, während er seine Hand griffbereit am Funkgerät hat. Kalte Angst erfasst ihn, die sich in einer Gänsehaut die Arme hinaufschleicht. Der Boden unter seinen Füßen vibriert leicht, wenn der »Fuchs« Gas gibt. Den kleinen Trupp der Kampfmittelbeseitiger kann Lutze weder sehen noch kann er ihre Schritte hören, dafür zeichnet sich vor ihm schemenhaft der Ortsausgang ab. Dort sollen sie nach der gemeldeten Bombe suchen.

»Ziel in 15 Metern«, tönt zeitgleich die Stimme von Keiler aus dem Funkgerät.

Die Mauer, an der die Männer die ganze Zeit entlanggegangen sind, endet am Dorfrand. Die Straße wird breiter und mündet in ein freies Feld. In einiger Entfernung zieht sich ein schwarzer Streifen quer zur Straße nach links. Jojo richtet den Lichtstrahl seiner Waffe kurz darauf. Es ist eine dichte Baumreihe.

Guter Platz für einen Hinterhalt, denkt Lutze.

»Lampen aus!«, flüstert Dago.

Die Nachricht geht von Mann zu Mann und einer nach dem anderen schaltet das Waffenlicht aus. Es ist windstill und kühl. Vor den Bäumen liegt unbebautes Ackerland mit Stoppeln vom letzten Jahr. Neben der Straße verläuft ein flacher Graben.

»Kannst du irgendwas erkennen?«, fragt Lutze in die Dunkelheit, dorthin, wo er Jojo gerade noch gesehen hat.

»Negativ«, hört er Jojos Stimme kurz vor ihm.

Lutze sieht nichts, in allen Richtungen nur rabenschwarzes Dunkel. Plötzlich gibt es weit vorn ein unklares Geräusch, hektische Schritte vor ihnen.

Dort kann niemand von uns sein, schießt es Lutze durch den Kopf und sein Adrenalinspiegel schnellt in die Höhe.

»Sofort zurück!«, tönt Keilers Stimme aus dem Funkgerät.

Lutze springt auf, als Jojo neben ihm erscheint. Beide sprinten zur Mauer zurück, gehen in Deckung und drücken sich mit dem Rücken flach an den Lehm. Lutze atmet tief durch, will gerade zu seinem Funkgerät greifen, als er nach einem Knacken die Stimme von Keiler hört: »Hier

Tango eins, wir haben Kanister im Graben entdeckt. Halten Abstand. Kampfmittelbeseitiger bis auf unsere Höhe vorrücken.«

»Die müssen irgendwo da vorn stecken«, flüstert Jojo.

»Wollen wir dazu…«

KAAAWUUUUMM!

Die Dunkelheit zerplatzt in einem grellen Lichtblitz, gefolgt von einer ohrenbetäubenden Detonation und einem glühenden Feuerball. Die scharfkantigen Eisenteile des Kanisters drehen sich wie Geschosse durch die Luft. Lutze sieht etwas haarscharf an seinem Kopf vorbeifliegen, macht einen Hechtsprung zu Seite und schlägt der Länge nach auf dem Boden auf. Jojo landet nur eine Sekunde später direkt vor ihm. Staubwolken quellen über sie hinweg, werden von der Mauer gebremst. Ein lautes Piepen tönt in Lutzes Ohr. Er öffnet den Mund, bohrt seine Zeigefinger in die Gehörgänge und ruckelt sie hin und her. Das penetrante Geräusch bleibt. Dahinter, gedämpft leise, nimmt er das dumpfe Rattern von automatischen Gewehren wahr.

Kalaschnikows!

Lutze tastet nach seinem G36, das hinter ihm an der Mauer liegt. Als er es packt, ist ihm, als würden im selben Moment Pfropfen aus seinen Ohren gezogen, und der Lärm des Gefechts flutet massiv über ihn herein. Laufende Schritte sind zu hören.

Das wird der Trupp der Kampfmittelbeseitiger sein, glaubt er, die setzen sich nach hinten ab, weg von uns.

Es dauert nur wenige Sekunden, bis seine Handlungsfähigkeit wieder voll hergestellt ist. Instinktiv weiß er, was zu tun ist. Der genaue Bewegungsablauf ist ihm in langen Übungen eingebläut worden. Noch bevor Lutze ganz auf den Beinen ist, greift seine linke Hand automatisch zur linken Brust, hakt die Rauchgranate aus der Weste, während die rechte bereits den Splint zieht. Mit einer ausholenden Armdrehung wirft er sie mit aller Kraft in die Mitte der Straße. Mit einem Zischen vernebelt sich das Stoppelfeld vor der schwarzen Baumreihe, hinter der sich die Aufständischen offensichtlich verschanzt haben und mit ihren Kalaschnikows auf sie schießen.

»Los, los, los! Komm endlich!«, ruft Jojo und rennt zurück in Richtung »Fuchs«, der einsam circa 40 Meter entfernt mitten auf der Straße zwischen den Mauerfluchten steht.

Lutze jagt Jojos Gestalt hinterher. Er ist nur wenige Meter von ihr entfernt, als der Beschuss erneut aufflammt. Mit einer Körperdrehung wirft Lutze sich zu Boden, sieht von dort aus die Mündungsfeuer zweier Gewehre auf der anderen Straßenseite. Die Nebelwand versperrt weiterhin die freie Sicht. Er kann nicht ausmachen, wer dort schießt, aber es werden wahrscheinlich Seeler und Dago sein.

Gott sei Dank, denkt er erleichtert und ruft hinüber: »Seeler, Dago, seid ihr da drüben?«

Bis auf das Geballere gibt es keine Antwort.

»Seeler! Dago!«

Keine Reaktion. Sie scheinen ihn nicht zu hören oder sind nicht dort.

Lutze atmet tief ein, springt auf und läuft ein paar Schritte weiter, um sich erneut auf den Boden zu werfen und zu schießen. Der Nebel der Rauchgranate hängt nur noch in Fetzen. Vom Dorfrand blitzt immer wieder eine rot-gelbe Glut, wie Sternschnuppen, aus dem Dunkel der Nacht.

Eins, zwei, drei, vier, zählt Lutze die Mündungsfeuer der Aufständischen, nimmt einen der glühenden Punkte ins Visier und zieht den Abzug mit dem Zeigefinger durch. Die

Schulterstütze des Gewehrs presst sich gegen das Schlüsselbein, er kann jeden Schuss spüren. Die Patronenhülsen fliegen tanzend zur Seite, spielen einen metallenen Klangintervall auf der harten Lehmerde, kling, kling, klang. Lutze schießt und schießt, das Magazin leert sich. Er hat keine Ahnung, ob seine tödliche Botschaft nur annähernd ihr Ziel erreicht.

»Ich lade!«, brüllt er Jojo zu und lässt das leer geschossene Magazin einfach aus der Hand fallen.

»Kontakt links!«, tönt Keilers Stimme aus dem Funkgerät. »Sie sind auf der Mauer!«

»Kontakt links!«, brüllt Lutze aus Leibeskräften zu Jojo hinüber, während er Mündungsfeuer in unmittelbarer Nähe aufblitzen sieht.

Jojo ballert sein gesamtes Magazin leer und meldet: »Ich lade!«

Die einschlagenden Geschosse, die sich in geraden Linien über die Straße ziehen, lassen die Erde in Feuer und Staub tanzen. Mit einem Mal scheinen die Schüsse aus allen Richtungen zu kommen, zischen immer öfter in Kopfhöhe vorbei.

Verdammter Dreck, denkt Lutze und brüllt grollend wie ein Löwe »Scheiße!« dem Wirbel aus Donner und Blitz entgegen. Er nimmt die nächste Mauerkrone aufs Korn, auf der es gerade eben noch geblitzt hat. Die Patronen schnellen ratternd aus dem heißen Lauf, verschwinden widerstandslos in glühenden Streifen im schwarzen Nirgendwo. Über seinen Augen liegt ein matter Schleier, verlangsamt die Zeit. Alles Knallen, Hämmern und Pfeifen wirkt langgestreckt, betäubt, fast musikalisch. Die Geschosse fliegen wie Libellen vorbei, so langsam, dass Lutze glaubt, er könne mit seinen Fingern danach greifen. Ein Funkenschweif taumelt wunderschön, einem winzigen Polarlicht gleich, an ihm vorbei. Erde spritzt in die Höhe, als würde ein Wassertropfen zu einer Krone zerplatzen. Lutze ist frei von jeglicher Angst, frei von allen bedrückenden Gefühlen, frei davon, irgendetwas tun zu müssen. Er kommt sich vor, als würde er schlafwandlerisch über eine Kirmes gehen und verträumt das bunte Treiben verfolgen. Nichts von dem, was er sieht, passt zum nächsten, alles ist vereinzelt, für sich, hat nichts mehr mit ihm zu tun. Er taumelt verloren, als etwas Hartes ihn am Arm packt und aus seiner Trancewelt herausreißt. Er starrt in Jojos verzerrtes Gesicht. Sein Mund steht sperrangelweit offen. Dann schlägt die Stimme plötzlich wie ein Hammerschlag auf ihn ein, er ist zurück in der Realität.

»Wir müssen uns verpissen! Los, weg hier!«

Lutze läuft mit aller Kraft, als würde der Tod seine Knochenhand nach ihm ausstrecken, geradeaus auf den »Fuchs« zu, der sich wie ein urzeitliches Reptil vor ihm auf der Straße auftürmt. Noch drei Meter, zwei, einer. Er hat das amphibische Maul mit den Fensteraugen erreicht.

»Zing!«

Mit einem Pfeifton trifft ein Geschoss in Kopfhöhe auf das Metall, prallt ab und der Querschläger bohrt sich dicht neben seinen Füßen in die Erde. Ihm wird klar, dieser Schuss galt nur ihm persönlich. Im selben Moment tritt Keiler hinter dem Heck des Radpanzers hervor und gibt einen Feuerstoß ab. Lutze sprintet los, hält auf das Mündungsfeuer von dessen Waffe zu. Als er an ihm vorbei ist, feuert Keiler immer noch. Es gelingt ihm nicht, sich umzudrehen. Bei einem Versuch verliert er das Gleichgewicht und stürzt rückwärts neben das Hinterrad. Das Pfeifen der Geschosse hat aufgehört. Da meldet sich eine Stimme aus dem Funkgerät: »Feindliche Schützen kreuzen die Straße.

Sieht so aus, als wollten sie das Dorf umrunden, um euch einzukesseln. Das wird eine verdammte Killbox, Leute! Ihr müsst da sofort verschwinden!«

»Ich hab noch drei Magazine!«, meldet Jojo, der sich hinter Lutze auf den Boden geworfen hat. »Eins kannst du von mir haben!«

Er reicht es ihm herüber, lädt dann eine 40-Millimeter-Granate und schickt sie in Richtung Dorfausgang. Es macht ein dumpfes »Plump« und das Patronengeschoss rast zwischen den Mauern hindurch. Eine laute Explosion befördert eine Erdfontäne in die Luft, die sofort wieder in sich zusammensackt.

»Ihr habt sie erwischt«, tönt die Stimme freudig aus dem Funkgerät.

Keiler hat sich mitten auf der Straße postiert und versucht, die Fahrzeuge aus der Gefahrenzone zu dirigieren. Der »Fuchs« kracht beim Zurücksetzen gegen eine Hauswand, kann danach aber vorwärts in die andere Richtung durchstarten. Jojo und Lutze laufen neben dem rollenden Radpanzer mit. Ihre Dingos haben bereits gewendet. Jetzt tauchen auch Seeler und Dago aus dem Nichts auf.

»Was ist das hier für eine verdammte Scheiße!«, flucht Seeler wütend. »Warum hat der elende »Fuchs« nicht geschossen?«

Stimmt, denkt Lutze, das Ding hat ein schweres Maschinengewehr und der Beifahrer hat die ganze Zeit nicht einen Schuss abgefeuert.

Alle vier erreichen zeitgleich ihren Dingo, einer reißt die Tür auf und sie springen nacheinander in das Fahrzeug. Lutze schleudert sein Gewehr hinein und erklimmt seinen Sitz. Seeler stürzt sofort an die Waffenanlage und dreht sie in Richtung Dorf.

»Ich wollte euch da rausholen«, sagt Norbi, während sich seine Stimme überschlägt. »Aber an dem bescheuerten »Fuchs« kam ich nicht vorbei.«

»Schnauze! Tritt endlich aufs Gas und bring uns hier raus«, pöbelt Jojo.

Norbi startet durch und prescht mit Vollgas zurück zum Polizeihauptquartier. Aus den Gräben an beiden Straßenrändern blitzen neue Mündungsfeuer auf. Die afghanischen Kämpfer haben dort auf sie gewartet. Seeler bringt die Waffenanlage mit einer rasanten Kurbelbewegung in Stellung und feuert, dass das Rohr des Maschinengewehrs vor Hitze dampft.

»Wir liegen unter Beschuss und brechen durch!«, meldet Lutze per Funk.

»Die lauern auf der ganzen Strecke«, melden sich auch die Fahrzeuge hinter ihnen. Wie einen angeschossenen Dickhäuter lässt Norbi den Dingo über die Straße walzen, nimmt jedes Schlagloch ohne Rücksicht auf die Mannschaft und steuert sie durchgerüttelt wenig später durch das Tor des Polizeihauptquartiers. Im Hof starten gerade vier Schützenpanzer, um den anderen dort draußen zu Hilfe zu kommen. Norbi bringt sein Fahrzeug zum Stehen. Lutze atmet tief durch und rührt keinen Finger. Den anderen scheint es ähnlich zu gehen, jeder bleibt bewegungslos auf seinem Sitz hocken und schaut auf das Schlachtfeld, das sich vor ihren Füßen ausbreitet. Auf dem mit brauner Erde verschmierten Boden liegen verstreut Dutzende von Patronenhülsen, die während der Fahrt, verfangen in Ausrüstung und Kleidung, herausgefallen sind. Mittendrin liegen Wasserflaschen, die beim unkontrollierten Einsteigen aus den Staufächern gerissen worden waren. Die Waffen haben sie kreuz und quer in den Innenraum geschmissen, das Stillleben eines panischen Rückzugs. Lutze kann die Szenerie vor seinen Augen nicht mit sich in Verbindung bringen. Seine Kehle ist zugeschnürt, er bringt keinen Ton heraus und starrt durch das Chaos hindurch ins Leere. Und dort, ganz weit entfernt, wo es nichts mehr zu sehen gibt, spürt er eine Kälte, wie er sie noch nie wahrgenommen hat. Sie kriecht wie ein aalglattes, eisiges Reptil langsam seine Beine hinauf, wickelt sich spiralförmig um seine Brust, schlingt sich um seine Arme und drückt fest auf seinen Kehlkopf. Während ihm Schweißtropfen unter seine Kleidung rinnen, richten sich die feinen Härchen in den Poren seiner Haut auf. Er sieht seine Mutter, sie sitzt mit strahlenden Augen auf einer Bank von Sankt Trinitatis. Er singt aus voller Seele im Kirchenchor von Wiesa, spürt eine Gänsehaut auf den Armen und im Nacken.

»Lasset uns nun gehen gen Bethlehem und die Geschichte sehen, die da geschehen ist, die uns der Herr kundgetan hat …«

*

Guantánamo Bay, Camp Delta.

Bayar muss sich hinhocken. Es ist mitten in der Nacht. Einer vom Escort-Team, das ihn hierhergebracht hat, befestigt seine Fußschellen an dem Ring im Boden. Der Soldat fordert ihn auf, mit seinen Armen die Beine von hinten zu umfassen. Dann greift er seine Handschellen und bringt sie ebenfalls am Bodenring an. Bayar kann nicht richtig stehen, nicht richtig sitzen, nicht richtig knien. Er kann sich nur in einer äußerst unbequemen Position hinkauern. Das Escort-Team geht wieder, lässt ihn allein zurück. Er mustert den Raum, sieht die üblichen Kameras in den Luftschächten. Eine steckt sogar in der Uhr. Sie lugt aus einem winzigen Loch hervor. Der Sekundenzeiger der Uhr dreht sich unentwegt um die Kameralinse. Aber etwas ist anders als sonst. An einer Wand der knapp acht Quadratmeter großen Zelle haben sie zwei Musikanlagen hingestellt und dazu in jede Ecke einen mächtigen Lautsprecherturm.

Chato hat es nicht eilig, lässt ihn erst einmal vor sich hin schmoren. So demonstriert er seine Macht, dass Bayar seinem Wohlwollen ausgeliefert ist. Die verrenkte Körperhaltung erzeugt Stress und Krämpfe in den Waden. Trotzdem fallen ihm nach einiger Zeit vor Müdigkeit die Augen zu. Das abrupte Öffnen der Tür schreckt ihn auf. Der US-Verhöroffizier betritt nach circa einer Stunde mit dynamischem Schritt den Raum, setzt sich hinter den Tisch und fragt mit freundlicher Stimme, als wäre es das Normalste der Welt: »Welche Markenhemden du hast in Husum getragen?«

Danach blättert er die Papiere in seiner Mappe durch, schaut ab und zu hoch, um sich danach wieder ins Lesen zu vertiefen.

»Welche Lieblingsserien du hast im Fernsehen angeschaut?«

Seine Fragestimme klingt abwesend, als erwarte er keine Antwort. Bayars Englisch ist mittlerweile besser als das Deutsch von Chato.

»I doesn't speak with you! You understand?«

»Wie findest du Sportschuhe von Nike?«

Bayar sieht sein Gegenüber teilnahmslos an.

»Okay, verstanden. Nur eine Frage noch. Sage mir Grund, warum du nicht mehr kooperierst mit uns?«

»Weil ihr meine Geschichten in- und auswendig kennt. Weil ich euch mein ganzes Leben schon 100-mal erzählt habe. Wenn euch irgendetwas interessiert, was ihr von mir wissen wollt, braucht ihr einfach nur die Videos, die ihr die ganze Zeit von mir aufnehmt, zurückzuspulen und euch den Scheiß noch mal von vorn anhören.«

Chato schaut ihn eindringlich an. Er hat ein leichtes, kaum spürbares Zucken in den Mundwinkeln, schweigt aber. Dann klappt er langsam seine Mappe zu, springt auf und verlässt den Raum. Es vergeht wieder fast eine halbe Stunde, bevor ein Soldat den Raum betritt und CDs in die zwei Laufwerke der Anlagen legt. Danach dreht er die Regler für die Lautstärke bis zum Anschlag hoch und geht wieder, ohne ein Wort zu verlieren. Ohrenbetäubend schrille Töne springen ihn an wie ausgehungerte Piranhas. So etwas hat er noch nie in seinem Leben gehört. Im ersten Moment kann er das akustische Chaos, das über ihn hereingebrochen ist, nicht einordnen. Langsam realisiert er, es sind zwei verschiedene Musikstücke, die gleichzeitig abgespielt werden.

Aus den linken Lautsprechern klingt eine sich wiederholende Tonfolge. Schnelle Downstrokes, ein wuchtiger Gitarrenriff wird unterbrochen von kleinen verzerrten Passagen mit dem Wah-Wah-Pedal. Daa, do-dö-da-dö. Das Schlagzeug hämmert sich satt und fett hinein, lässt die Töne knallen wie Peitschenhiebe. Der galoppierende Bass klingt bitterböse, wie unheilvoller Donner, der im Hintergrund eines Gewitters vibriert. Dann jammert die Gitarre gequält auf, heult im Wah-Wah. Treibende Parts, die mit groovigen Parts wechseln.

Aus den zwei anderen Lautsprechern ertönt der Akkordanschlag eines Basso continuo, aufrüttelnde Paukenschläge, trillernde Flöten und Oboen, dreifach gestaffelte Trompeten tönen ein aufwärtsstrebendes Signal, fanfarenhaft, Streicher, in einem abwärtsbewegten Klangbild, münden in einer musikalischen Einsatzfolge, die präzise den Text vorwegnimmt, den der Chor danach singt.

In seinem Kopf mischt sich das Ganze zu einer undefinierbaren Gesangskakofonie, rechts, mit der Kraft des Zwerchfells, die kehlige Stimme eines Heavy-Metal-Sängers; links der sakrale Klang eines ganzen Chores dagegen.

Sprich deine Gebete, Kleines
Jauchzet, frohlocket
Vergiss nicht, mein Sohn
auf, preiset die Tage
Jeden einzubeziehen
Rühmet, was heute der Höchste getan
Ich decke dich warm zu
Lasst das Zagen, verbannt die Klage
Halte Sünde von dir fern
Stimmet voll Jauchzen und Fröhlichkeit an
Bis der Sandmann kommt
Dienet dem Höchsten mit herrlichen Chören
Schlafe mit einem offenen Auge
Lasst uns den Namen des Herrschers verehren
Und klammere dich an deinem Kopfkissen fest
Abgang: Licht
Auftritt: Nacht

Während die Gitarrenattacken wie hyperaktives Geschredder in seinen Ohren schrillen, schießt ein Stroboskop im Rhythmus der Töne grelle Blitze in seine Augen. Auch wenn er sie schließt, flackert das sengende Weiß durch die Haut der Lider. Das Trommelfeuer aus Licht und akustischen Hammerschlägen treibt ihn in einem Vakuum aus Schmerz vor sich her, als hätte er eine massive Migräne.

Seine Ohren fühlen sich groß an, übergroß wie gekrauste Rhabarberblätter. Gleichzeitig lassen die Fußschellen die Beine anschwellen, quälen ihn von einer verkrampften Haltung in die nächste, in der er auch nur ausharren kann.

Es gibt keine Kraft und keine Macht außer bei Allah, hält er innerlich dagegen.

Kann er am Anfang noch Unterschiede in der Musik ausmachen, sägende Gitarren, hektisch klapperndes Schlagzeug, kehlige, bellende Gesangsstimmen, verschwimmt alles in kürzester Zeit zu einem klebrigen Lärm, der ihm sein Denkvermögen aus dem Gehirn schwemmt und in einem Nebel aus Nichts weichspült. *Born in the U.S.A.* Leere, Hoffnungslosigkeit übernimmt die Herrschaft über seinen Körper. *Breaking the Law.* Er verliert jegliche Kontrolle über seine Sinne, selbst seine Fantasie versagt, um sich aus diesem Elend zu befreien und an einen imaginären Ort innerer Ruhe zu entfliehen. *We are the Champions.* Die marschierenden Klänge treiben voran, unaufhaltsam, multiplizieren sich zu harmonieentleerten Soundwänden, hinter denen der unausweichliche Wahnsinn hervorbricht. *The Reflecting God.* In seinem Bewusstsein gibt es keine Zeit mehr, keine Gegenwehr, nur noch auf ihn einprügelnde Töne, hart wie ein Schlagzeugwirbel auf immer denselben Punkt zwischen seinen Augen. *Highway to Hell.* Alles verliert seine Richtung, wird unendlich so weitergehen, wird nie mehr enden.

Und dann ist plötzlich alles verschwunden. Schmerzende Stille. Nur die empfundene Pein in seinem Körper dreht sich weiter um sich selbst. Er öffnet die Augen. Auch die zu sehende Realität ist verzerrt. Hinter dem Tisch sitzt Jayden Chato, oder ist es eine Täuschung, ein Gespenst? Er weiß es nicht, kann es nicht unterscheiden. Erst als der US-Marine den Mund aufmacht und mit ihm spricht, vertraut er nach einiger Zeit – vorsichtig – wieder dem, was er gerade sieht und hört.

»Möchtest du einige Fragen beantworten?«, sagt Chato und verschränkt seine Arme vor der Brust. »Du darfst sie nur mit Ja oder Nein beantworten, hast du verstanden?«

Er schaut seinen Peiniger mit offenen Augen an, zeigt aber keine Regung.

»Wenn du nicht antwortest, darfst du weiter Musik hören. Es liegt ganz bei dir, Bayar. Du hast keine Zeit, dir die Antworten zu überlegen. Ich frage und du antwortest, klar?«

»Okay«, bringt er über die Lippen.

»Hast du in Husum einen Regenschirm?«

»Nein.«

»Hast schon mal Coca Cola getrunken?«

»Nein.«

»Wolltest du in Afghanistan kämpfen?«

»Nein.«

»Liebst du deine Mutter?«

»Nein.«

»Du willst mich verarschen!«

»Nein.«

»Ich arbeite für die amerikanische Regierung. Weißt du eigentlich, wie weit Washington von hier entfernt ist? Es ist nicht gerade komfortabel hier. Ich wäre jetzt lieber zu Hause in meiner gemütlichen Wohnung, du nicht auch?«

»Nein.«

»Ich habe die Schnauze voll von dir und deinen Lügen. Das hier sind keine Spielchen, das hier ist bitterer Ernst.

Du kooperierst nicht, okay, wie du willst! Aber das wirst du bereuen, Bayar! Das wirst du bereuen!«

»Ich habe keinerlei Verbrechen gegen Ihr Land begangen. Und das wissen Sie ganz genau!«

Chato lehnt sich zurück, als verschafft ihm das Gesagte ein sentimentales Wohlbefinden. Bayar sieht auf seinen kahlen Schädel, zu den geweiteten, schwarzen Nasenlöchern und zu seinem kantigen Kiefer; sieht in dem Gesicht etwas Gnadenloses, Unmenschliches, das einer Granate gleicht, der der Sicherungsstift gezogen wurde.

»Du solltest mit der Situation, in der du dich befindest, so umgehen, als würdest du Krebs haben!«

2006
FORENSIK UND MENSCHENVERSTAND

Auf Sonnentage folgen Regentage, einmal viel zu warm, dann wieder kühl. Swensen sieht auf die Wolken, die Tag für Tag immer anders am Himmel vorbeiziehen. Heute fällt schummeriges, zinnfarbenes Licht durch das Bürofenster, als der Hauptkommissar mit einer Kanne aufgebrühten Pu-Erh-Tee in der Hand und mehreren rosa Aktenmappen unter dem Arm die Tür öffnet. Er stellt die Kanne ab, legt die Mappen daneben und hängt die trockene Regenjacke sorgfältig in den Blechspind. Er nimmt hinter dem Schreibtisch Platz und trinkt vorsichtig einen Schluck des heißen Getränks. Mit einem Fingerdruck fährt er den Computer hoch. Auf der Mappe, die oben auf dem Stapel liegt, steht in dicken, schwarzen Buchstaben: »Polizei Husum«, unter der Nummer des Aktenzeichens der Betreff: »Unfalltod Gert Lutze«. Während Swensen eher lustlos in der Akte blättert, fragt er sich einerseits, was er hier überhaupt macht, und grübelt anderseits darüber nach, wo er sich am Donnerstag, dem 30. Oktober 2003, aufgehalten hat, dem Tag, an dem Gert Lutze ertrunken war.

Das ganze Jahr 2003, erinnert er sich noch lebhaft, war geprägt von einer besonders schweren Ermittlung mysteriöser Kirchenmorde und der Jagd nach einem brutalen Serienkiller auf der Halbinsel. Erst im Dezember hatten sie ihn endlich geschnappt. Am 30. Oktober war das Team der SOKO Kirche mitten in den Vorbereitungen zu einer

Observierung gewesen, alle Personen, die einem Gedenkgottesdienst für die Mordopfer in der Witzworter Kirche beiwohnten, sollten unter die Lupe genommen werden. Eine Idee der Profilerin, die damals glaubte, der Täter könnte sich unter die Personen der Veranstaltung mischen.

Kein Wunder, dass er seinerzeit vom Fall Lutze nichts mitbekommen hat, rekonstruiert der Hauptkommissar. Auf dem Deckblatt des Protokolls liest er unter »Sachbearbeiter« den Namen Richter.

Paul Richter, nach seiner Wahrnehmung ein verlässlicher Streifenbeamter, dem, solange er hier in Husum seinen Dienst verrichtet, noch nie ein gravierender Fehler unterlaufen ist.

Swensen wühlt sich weiter durch den Stapel der Mappen, findet den Autopsiebericht zuunterst und überfliegt die Ergebnisse der Leichenschau des verantwortlichen Pathologen, Doktor Markgraf vom Landeskriminalamt Kiel, den er schon öfter bei einem Mordfall persönlich an seinem Arbeitsplatz aufsuchen musste.

Markgraf schreibt in dem Befund, dass er schaumige Flüssigkeit in der Lunge des Toten vorgefunden hat, ein Gemisch aus Wasser, Schleim und Blut, welches beim Ringen nach Luft erzeugt werden kann, bei dem wahrscheinlich auch kleine Lungenblutgefäße geplatzt sind. Beim Diatomeetest wurden Mikroorganismen, die nur im Meer zu finden sind, im gesamten Körper, unter anderem in Nieren, Gehirn und Knochenmark, entdeckt.

Der Pathologe hat auch blaue Flecken und Schrammen unter den Armen und an den Beinen der Leiche im Bericht vermerkt, deren Ursache er auf einen Sturz vor dem Ertrinken oder auf Treibverletzungen nach dem Ertrinken zurückführt. Am Ende zieht der Gerichtsmediziner das Resümee, dass charakteristische Ertrinkungsmerkmale vorliegen und der Todesfall von ihm als ein Badeunfall eingestuft wird.

Die ausgedruckten Farbbilder von den Hämatomen, die dem Bericht beiliegen, sind qualitativ ziemlich schlecht. Anscheinend war eine Druckerfarbpatrone beim Ausdruck defekt oder leer gewesen. Der Hauptkommissar betrachtet die rötlich verfärbten Drucke misstrauisch, die Aussagekraft erscheint ihm sehr gering.

Er fischt einen der ersten Ermittlungsvermerke aus einer anderen Mappe. Der ist am 31. Oktober, also einen Tag nach dem vermeintlichen Unfall, von dem Streifenpolizisten Herbert Seibel verfasst worden.

Polizeiinspektion Husum
der Beamte Herbert Seibel

Am 30.10.03, um 21.37 Uhr, erhielten wir (Richter/ Seibel) als Mitarbeiter der Polizeistation Husum den Einsatz: Badestelle Dockkoogspitze, Mann beim Schwimmen in der Nordsee untergegangen, NAW noch vor Ort, Sonderrechte zugelassen.

1. Unter Inanspruchnahme der Sonderrechte erreichten wir den Einsatzort gegen 21.50 Uhr und verschafften uns einen Überblick über den Sachverhalt. Zunächst erhielten wir die Information, dass eine Person beim Schwimmen in der Husumer Bucht im Meer versunken sei. Die Wasserschutzpolizei war zu dem Zeitpunkt bereits vor Ort und suchte die Wasseroberfläche mit einem Scheinwerfer ab,

während der Arzt des NAW am Ufer in Bereitschaft wartete.

2. Am Ufer des Unfallorts erhielten wir die zusätzliche Information, dass ein Mann den Hergang aus nächster Nähe mitverfolgt hatte.
3. Aufgrund der informatorischen Befragung des Zeugen ergibt sich folgender vermutlicher Ablauf.

Matthias BACKAUF
geb. 18.04.78
wh. Eibenweg 16, 25813 Husum
Tel. 90 14 63

Der Zeuge, Herr Backauf, und Herr Lutze hätten sich wie schon öfter gegen 21.00 Uhr auf dem Parkplatz in der Nähe der Badestelle Dockkoogspitze getroffen und wären gemeinsam zum Badestrand gegangen. Herr Lutze hätte es diesmal besonders eilig gehabt, ins Meer hinauszuschwimmen. Als der Zeuge die Stufen der Badetreppe hinuntergestiegen war, sei Herr Lutze bereits weit draußen gewesen. Die Entfernung vom Ufer bezifferte der Zeuge auf circa 200 Meter. Dann sei Herr Lutze urplötzlich untergegangen und nicht wieder aufgetaucht. Der Zeuge hätte mehrfach laut seinen Namen gerufen und sei nach einiger Zeit an Land geschwommen, um Hilfe zu holen.

Swensen sinkt in den Stuhl zurück, legt den Kopf in den Nacken und überlegt, wie es wohl wäre, wenn Wasser in seine Ohren eindringen und er versuchen würde, nicht mehr zu atmen. Könnte ein Mensch wirklich einfach loslassen, sich auf den Meeresgrund herabsinken lassen, zusehen, wie seine Sauerstoffblasen an die Oberfläche steigen, und ohne Überlebensinstinkt sterben?

Etwas schlägt hart gegen die Bürotür. Der Hauptkommissar zuckt zusammen.

»Ist da draußen was passiert?«, ruft er nach einer Schrecksekunde.

»Pardon«, entschuldigt sich Peter Hollmann, als er in den Raum tritt. »Irgendwie habe ich beim Anklopfen wohl zu viel Schwung genommen.«

»Wer hätte gedacht, dass noch so viel Temperament in dir steckt, Peter«, scherzt Swensen. »Aber du kommst wie gerufen, ich könnte genau in diesem Moment deine Hilfe gebrauchen.«

Hollmann zieht die Augenbrauen zusammen und blickt unwirsch auf die Mappen, die kreuz und quer auf dem Schreibtisch verteilt liegen.

»Was treibt dich eigentlich immer wieder dazu, in irgendwelchen uralten Akten zu forschen?«, sagt er kopfschüttelnd und zieht eine der Mappen zu sich hinüber.

»Woher weißt du, dass sie uralt sind?«

»Erstens, weil wir seit dem Rauschgifteinsatz nicht gerade viel zu tun hatten; und zweitens, weil dort oben ein Datum von 2003 draufsteht.«

»An dir ist ein hervorragender Ermittler verlorengegangen, mein Lieber«, stichelt Swensen mit ironischem Unterton. »Aber Spaß beiseite! Sagt dir der Name Gert Lutze was?«

»Nein, wer soll das sein?«

»Jemand, der in der Husumer Bucht ertrunken ist, nicht

weit von der Badestelle Dockkoogspitze. So steht es jedenfalls im Autopsiebericht.«

»Und? Was ist mit dem Mann, dass du dich um seinen Unfalltod kümmerst?«

»Weil ich bei den Eltern von dem Mann war und erfahren habe, dass er ein KSK-Soldat in Kandahar war und vor seinem Tod am Hindukusch für unsere Freiheit gekämpft hat.«

»Das erklärt nicht, was du da machst! Hast du Langeweile oder was treibt dich dazu?«

»Hast du wenigstens mitbekommen, dass man vor Kurzem hier in Husum einen Film gedreht hat?«

»Vage, stand, glaube ich, in der ›Husumer Rundschau‹.«

»In diesem Film wird es um den Tod von diesem Lutze gehen.«

»Und du kannst jetzt nicht abwarten, bis er ins Kino kommt?«

»Quatsch, aber in dem Film geht es ebenfalls um den ›Husumer Taliban‹, diesen Deutsch-Türken. Im Fall der abgeschlagenen Hand im türkischen Kulturzentrum war er mal unser Zeuge. Erinnerst du dich noch an ihn?«

»Ich hatte keine Ahnung, dass es sich um ein und dieselbe Person handelt.«

»Ist aber so! Und der Mann wurde in Kandahar von den Amerikanern gefangen gehalten, bevor er nach Guantánamo gekommen ist.«

»Wenn du das sagst, wird's wohl stimmen. Aber ich bin anscheinend trotzdem schwer von Kapee. Warum erzählst du mir das alles?«

»Na, dieser Lutze war in Kandahar und unser ehemaliger Zeuge wurde dort eine Zeitlang gefangen gehalten.«

»Und weil beide im selben Film auftauchen, meinst du jetzt an dem Unfalltod von diesem Lutze zweifeln zu müssen?«, fragt Hollmann trocken und schüttelt erneut den Kopf. »Findest du nicht, dass das sehr, sehr verrückt klingt? Man könnte auch wohlwollender sagen, es wirkt, als wolltest du unbedingt einen neuen Fall an den Haaren herbeiziehen.«

»Oder du nimmst meine Intuition einfach zur Kenntnis, die da sagt: Etwas ist faul in Nordfriesland«, sagt Swensen lächelnd und kramt das Papier mit den ausgedruckten Fotos der Hämatome aus einer Mappe. »Das sind Lutzes Arme und Beine, nachdem man ihn aus dem Wasser gezogen hat.«

»Da gehört aber weit mehr als Intuition dazu, bei solchen verwaschenen Ausdrucken einen Mordfall zu wittern. Ich fürchte eher, du siehst nur das, was du gerne sehen möchtest.«

Als dem Hauptkommissar nichts zu seiner Verteidigung einfällt, genießt Hollmann seinen kleinen Triumph und setzt gleich noch eins obendrauf: »Sir Conan Doyle, der Schöpfer von Sherlock Holmes, hat einmal gesagt: Wir sollten die Tatsachen nicht verdrehen, damit sie zu unseren Theorien passen, sondern die Theorien den Tatsachen anpassen.«

»Hört, hört! Und das sagt mir gerade einer der Vertreter der wissenschaftlichen Forensik, dem der Name Brandon Mayfield anscheinend noch kein Begriff ist!«

»Wer ist denn jetzt schon wieder Brandon Mayfield?«

»Ein ehemaliger Leutnant der US-Armee und konvertierter Moslem. Der gute Mann ist Anwalt in Portland Oregon. Kurz nachdem er einen vorbestraften Terroristen vor Gericht vertreten hat, schleicht sich das FBI in sein Haus, verwanzt es und nimmt heimlich DNS-Proben von ihm und seiner Familie. Dann stürmen sie sein Büro und legen ihm Handschellen an.«

»Und?«

»Der Mann hatte keine Ahnung, warum er festgenommen worden war. Man sagte ihm nichts.«

»Aber du willst es mir jetzt vermutlich sagen.«

»Er wurde beschuldigt, ein Drahtzieher des Terroranschlags auf den Pendlerzug am 11. März 2004 in Madrid gewesen zu sein.«

»Und wie ist das FBI auf diesen Mayfield gekommen?«

»Die spanischen Ermittler hatten, zehn Haltestellen vom Tatort entfernt, auf einem Pendlerparkplatz einen Lieferwagen entdeckt, in dem sich eine blaue Plastiktüte mit Material zum Herstellen von Sprengsätzen befand. Auf dieser Plastiktüte wurde ein Fingerabdruck sichergestellt.«

»Und dieser Fingerabdruck gehörte diesem Mayfield?«

»Genau! Ein digitales Foto des Fingerabdrucks wurde aus Spanien an alle forensischen Labore in der ganzen Welt verschickt, unter anderem auch an das FBI. Und die haben dann aus ihrer Datenbank aus über 47 Millionen Kriminellen, Personen mit Sicherheitsrisiko, Staatsangestellten und Angehörigen des Militärs 20 Fingerabdrücke herausgefiltert. Von diesen 20 gab es einen, der in 15 Punkten mit dem aus Madrid übereinstimmte.«

»Dann war Mayfield auch der Täter!«

»Eben nicht! Die spanischen Ermittler hatten festgestellt, dass der Fingerabdruck zu dem gesuchten Terroristen Ouhnane Doud gehörte. Die Ähnlichkeit mit Mayfields Abdruck war aber nicht zu leugnen.«

»Das würde ja festzementierte Grundsätze der Forensik auf den Kopf stellen, für mich kann ein Fingerabdruck nur einem Menschen zugeordnet werden«, stellt Hollmann ungläubig fest.

»Aber genau so scheint es nicht zu sein«, behauptet Swensen.

»Unsinn! Das kann ich mir beim besten Willen nicht vorstellen«, protestiert Hollmann.

»Ich habe den Fall in einer Fachzeitschrift für Kriminalistik entdeckt. Der Autor des Artikels kam zu dem Schluss, dass die forensische Wissenschaft im Jahr 2006 nicht mehr wissenschaftlich genug ist. Es fehlen Standards, Qualitätskontrollen und die Methodik der anderen Naturwissenschaften.«

Peter Hollmann verzieht seinen Mund, als würde er den Überbringer der schlechten Nachricht am liebsten köpfen lassen. Swensen entgeht das nicht und er versucht zurückzurudern: »Ich hab dich jetzt hoffentlich nicht in deiner Berufsehre gekränkt, Peter?«

»Wenn die Tatsachen stimmen, kannst du doch nichts dafür.« Der Spurensicherer lächelt etwas verkrampft. »Ich glaube, mich verunsichert das wahrscheinlich mehr, als ich mir eingestehen möchte. Und ich muss an einen deiner buddhistischen Sätze denken, den du für eines meiner Bilder verfasst hast: ›Es gibt nur eine Gewissheit, dass alles sich stetig verändert‹. Das gilt offensichtlich auch für die Forensik.«

»Ich schätze, das gilt für alles in der Welt. Ich wollte zum Beispiel nie heiraten, aber da wusste ich nicht, dass ich Anna treffen würde. Jetzt steht sogar schon unser Hochzeitstermin.«

»Genau, deswegen bin ich eigentlich gekommen. Ich hab nämlich die Buschtrommeln vernommen. Jetzt weiß ich endlich, dass das Gerücht auch wirklich stimmt! Meinen Glückwunsch, Jan! Wann geht es denn los?«

»In sechs Wochen, nehme ich mal an. Den genauen Termin gebe ich noch bekannt. Apropos Hochzeit. Ich hätte da eine große Bitte an dich. Würdest du auf unserer Hochzeit die Fotos machen? Nach unserem gemeinsamen Bildband* kann ich mir keinen besseren Fotografen vorstellen als dich.«

»Das mache ich sehr gerne, sehr, sehr gerne, Jan. Sieh es als mein bescheidenes Hochzeitsgeschenk für euch beide an.«

»Ich bin dir etwas schuldig, Peter. Ich finde, Michael, du und ich machen vorher noch einen Zug durch die Gemeinde, was meinst du?«

»Mit dem Doc, keine schlechte Idee.«

»Gut, abgemacht, ich melde mich bei euch.«

Hollmann grinst breit, hebt mit einem »Bis denne« den rechten Arm zum Abschied und verschwindet auf den Flur. Swensen hört seinen Schritten hinterher und überlegt, wie lange Michael Lade und Peter Hollmann eigentlich schon zu seinen engen Freunden zählen. Er überlegt und kommt auf das Jahr '95, genau zwei Jahre, nachdem er den Dienst bei der Husumer Kripo angetreten hatte. Und dann kehrt der ertrunkene Lutze in seine Gedanken zurück, besonders die Zeugenaussage von diesem Backauf, der aus der Ferne gesehen hat, wie Lutze untergegangen ist. Die beiden waren vermutlich die Einzigen, die in dieser kalten Jahreszeit in der Nordsee gebadet haben. Backauf hat keine Anzeichen für eine Fremdeinwirkung beobachtet. Trotzdem gibt es Hämatome, wenigstens könnten die Fotos so gedeutet werden.

In ihm bleibt ein Misstrauen, für das es kaum einen Anlass gibt. Swensen weiß, dass der gesunde Menschenverstand schon oft gegen ihn stand, er aber trotzdem recht behalten hat. Er nimmt an, dass mit dem Fall Lutze etwas nicht in Ordnung ist. Dieser Gedanke will sich einfach nicht abstellen lassen.

---

* Wimmer Wilkenloh, Spurensuche am Meer

Was soll er jetzt machen?

Ich werde keine Unterstützung von anderen bekommen.

Er kann also nur heimlich ermitteln.

Nur, was will er eigentlich herausbekommen?

Von Lutzes Eltern hat er erfahren, dass sich ihr Sohn nach den Einsätzen in Afghanistan in ärztliche Behandlung begeben musste. Näheres darüber hatte ihr Sohn ihnen allerdings verschwiegen. Nur, dass er von einem Truppenarzt in Berlin untersucht worden war, obwohl sich seine Einheit weit davon entfernt in Baden-Württemberg befindet. Den Namen von diesem Arzt konnten oder wollten sie Swensen damals nicht verraten. Er hat später über das Gespräch nicht weiter nachgedacht, es einfach abgehakt. Doch nachdem er von den Filmarbeiten und dem Zusammenhang mit dem »Husumer Taliban« erfahren hat, sieht der Hauptkommissar auch die ungeklärten Vorfälle während der Dreharbeiten aus einem anderen Blickwinkel.

Er wird seine illegalen Nachforschungen ab jetzt in seiner Freizeit weiterführen, oder dann, wenn es in der Inspektion nichts Wichtiges zu tun gibt.

Swensen schaut auf die Uhr, 14.00 Uhr. Alles, was an Schriftkram noch zu erledigen ist, kann auch morgen oder übermorgen noch gemacht werden. Entschlossen sucht er die Telefonnummer der Graf-Zeppelin-Kaserne in Calw heraus, führt einige äußerst schwierige Gespräche mit mehreren Stabsoffizieren, die ihn immer an den jeweils höheren Dienstgrad verweisen, bis er endlich mit beharrlicher Hartnäckigkeit und in seiner Funktion als Kriminalkommissar in Erfahrung bringen kann, dass Feldwebel Lutze nach Rückkehr von seinem zweiten Einsatz in Afghanistan den Truppenarzt Thomas Göbel im Bundeswehrkrankenhaus in Berlin aufsuchen musste – und dass dieser Doktor Göbel dort das Traumazentrum leitet.

Drei Stunden, nachdem er die Telefonaktion begonnen hat, meldet sich Doktor Göbel, Facharzt für Psychotherapie, am anderen Ende der Leitung.

»Hauptkommissar Swensen, Kriminalinspektion Husum«, stellt sich der Kriminalist vor. »Ich ermittle im Todesfall von Gert Lutze, der 2003 in der Nordsee vor Husum ertrunken ist. Ich hätte gerne gewusst, ob Feldwebel Lutze selbstmordgefährdet gewesen sein könnte.«

»Dazu darf ich Ihnen nichts sagen, Herr Kommissar. Erstens dürften Sie gar nicht wissen, dass er hier behandelt wurde; und zweitens habe ich eine Schweigepflicht, die über den Tod hinaus gilt.«

»Der Todesfall wurde seinerzeit als tragischer Unfall eingestuft. Nun sind Zweifel daran aufgetreten, deswegen könnte Ihre Information der Husumer Kriminalpolizei vielleicht helfen, den Fall endgültig zu den Akten zu legen.«

»Es besteht nicht nur eine medizinische Schweigepflicht, Herr Swensen, ich habe auch eine Geheimhaltungspflicht. Selbst wenn ich wollte, dürfte ich nichts, was die Person Lutze betrifft, an die Öffentlichkeit geben.«

»Lieber Herr Doktor Göbel, ich bin nicht von der Presse, die Kriminalpolizei arbeitet selbstverständlich diskret und verschwiegen.«

»Die Einsätze von Feldwebel Lutze unterliegen der strengsten militärischen Geheimhaltung. Also sparen Sie sich die Mühe, ich werde Ihnen dazu nichts sagen.«

»Sie könnten mir aber mitteilen, wie sich ein Trauma auf einen Menschen auswirkt, im Allgemeinen, meine ich. Auch damit wäre mir schon ein wenig geholfen.«

»Was ich Ihnen sagen könnte, hat rein gar nichts mit Feldwebel Lutze zu tun, das ist nur das übliche Allgemeinwissen, das Sie in jedem medizinischen Fachbuch nachlesen könnten.«

»Das würde viel Zeit in Anspruch nehmen. Können Sie es nicht kurz zusammenfassen?«

»Also gut! Menschen mit einer Posttraumatischen Belastungsstörung leiden häufig unter chronischer Schlaflosigkeit, wiederkehrenden Albträumen, Erschöpfung, einer starken Unruhe und noch anderen Symptomen. Das Tückische an einer traumatischen Erfahrung ist, dass unser Gehirn sie nicht wie andere Erinnerungen verarbeitet. Eine traumatische Erinnerung fühlt sich an, als geschähe das Schreckliche wirklich jetzt im Moment, und das immer wieder.«

»Das weiß ich bereits, ich habe selbst eine Zeitlang unter einem posttraumatischen Belastungssyndrom gelitten.«

»Wenn Sie schon Bescheid wissen, wie sollte ich Ihnen weiterhelfen?«

»Mit Details, Doktor Göbel. Zum Beispiel damit, ob sich solch ein Trauma so weit abkapseln kann, dass ein Betroffener sich im Alltag gar nicht auffällig verhält.«

»Das ist durchaus möglich. Das Trauma verhält sich in so einem Fall wie ein Abszess. Ein äußeres Ereignis genügt, eine Krankheit, ein Verlust oder etwas so Profanes wie Fernsehbilder von einem Krieg, dann platzt dieser Abszess, als würde in ihn hineingestochen, und er entleert sich.«

»Das hört sich an, als wäre so ein Mensch eine tickende Zeitbombe.«

»Zumindest ist er jemand, der unter einem steten inneren Dauerstress leidet. Schon aus diesem Grund kann er unberechenbar sein.«

»Und das könnte theoretisch auch für Gert Lutze gegolten haben?«

»Herr Swensen, auch wenn Sie es noch 1000-mal probieren, von mir erfahren Sie nichts zur Person Lutze.«

2006
DER AUTOR

König Artus im Kanzleramt

Um kurz nach 12.00 Uhr war ich gelandet und hastete wenig später durch die Gänge zum Boarding für meinen nächsten Flieger nach Hamburg. Bereits geschlossen, informierte mich eine Tafel. Mehrere Air-France-Angestellte telefonierten durcheinander und hackten in die Tastaturen ihrer Computer, während mir meine Boardingcard förmlich aus der Hand gerissen wurde. Ich durfte als letzter Fluggast passieren, atmete erleichtert durch.

Fliegen ist für mich etwas durch und durch Unnatürliches. Ein Gedanke, der immer in dem Moment real wird, wenn ich auf einem Fensterplatz sitze, das Flugzeug abgehoben hat, die Sicht gut ist und die Landschaft, in bunte Quadrate, Rechtecke und schwarze Linien aufgeteilt, unter mir liegt, als würde ich über ein riesengroßes Gemälde von Piet Mondrian schweben.

Genauso war es auch auf diesem Rückflug aus Marokko, als ich mich nach dem Zwischenstopp in Paris erneut in der Luft befand. Einen Augenblick lang konnte ich den Ausblick auf die kleiner werdende Welt genießen, die dann mit einem Ruckeln unter einer Wattewolkenwand verschwand. Meine Sitznachbarin war etwas mollig, mit nussbraunem Haar und einem melancholischen Augenaufschlag. Ich war der Frau schon in meinem Hotel in Tétouan begegnet, nur kurz im Foyer. Sie hatte mich damals anscheinend nicht bemerkt, denn sie nickte mir zu, als wäre ich ihr unbekannt. Ihr Blick ging nervös in Richtung Cockpit, ihre Sitzhaltung wirkte angespannt, bis die leichten Turbulenzen sich gelegt hatten und es sich anfühlte, als würden wir in einem ICE sitzen, der über gerade Schienen schnurrt. Ich musste dabei unwillkürlich an den Mann mit Flugangst denken, der auf dem Hinflug neben mir gesessen hatte. Kaum war mir die Erinnerung gekommen, sah ich im selben Augenblick genau diesen Mann, wie er, mit dem Taschentuch seine Stirn abtupfend, durch den Mittelgang an meiner Sitzreihe vorbeikam und in Richtung Toilette davoneilte.

Ich wusste noch genau, wie merkwürdig mir die erste Begegnung mit ihm vorgekommen war, hatte aber das Grübeln über die Wahrscheinlichkeit eines erneuten Zusammentreffens nach wenigen Sekunden wieder eingestellt und mich der Gratiszeitung zugewandt, die ich vor dem Einstieg am Flughafen-Gate mitgenommen hatte. Eher gelangweilt las ich über einen Bundeswehreinsatz in der Demokratischen Republik Kongo, der am 10. Juli mit mehr als 500 Soldaten beginnen sollte, bis mir die Schlagzeile »Die Hitparade des Grauens« ins Auge stach und sich meine Aufmerksamkeit sofort wieder im grünen Bereich befand.

Von den vielen Songs, die US-Verhörexperten als Foltermittel einsetzen, sind »The Greatest Hits from Guantánamo« unter anderem: »Enter Sandman« von Metallica, »Born in the USA« von Bruce Sprinsteen, »Shoot to Thrill« von AC/DC, »White America« von Eminem und sogar der Titelsong der Sesamstraße. Außerdem sind auch Popsongs auf der Liste, wie die von Christina Aguilera oder Britney Spears, die besonders zur sexuellen Demütigung der Gefangenen eingesetzt werden. Der Artikel endete mit den Worten von James Hetfield, einem Mitglied von Metallica. »Hey, sie haben uns ausgewählt. Das macht einen Teil von mir richtig stolz. Wir haben unsere Eltern, unsere Ehefrauen, die Menschen, die wir lieben, schon immer mit dieser Musik gefoltert. Warum sollte es denen da anders gehen.«

Die Sätze erzeugten in mir einiges Unbehagen und ich verbuchte sie als eine typische Form des amerikanischen Patriotismus, der darauf abzielt, den amerikanischen Truppen bei dem Besiegen des Feindes möglichst behilflich zu sein. Die zur Schau gestellte Freude von Hetfield buchte ich allerdings als merkwürdigen Ausdruck von Autorenstolz ab.

Ich war mir aber nicht sicher, ob mein Unmut über seine Person nicht nur deswegen in mir hochgekocht war, Weil ich beim Schreiben des Drehbuchs, in meinem Sinne, auch nicht zimperlich gewesen bin.

Sofort dachte ich an den verqueren Abend mit Rehmke, kurz vor meinem Abflug aus Marokko. Nach einem langen Drehtag waren wir auf der kleinen Terrasse hinter unserem Hotel versackt, hatten reichlich Wein getrunken und waren bereits benebelt, während Kameramann Brattenberger schon in seinem Stuhl eingedöst war. Rehmke war ziemlich einsilbig geworden, als wir auf meine Szene der sexuellen Demütigung von Bayar gekommen waren. Der Regisseur hatte daran herumgenörgelt und ich bemühte mich, schon mit schwerer Zunge, ihm den Sinn und Zweck meiner Überlegung nahezubringen und warum für mich der Song »Oh baby, baby …« von Britney Spears unbedingt als Hintergrundmelodie fungieren sollte.

»Hör einfach auf den Text, Detlev! Hör doch mal genau hin!«, verteidigte ich mich ärgerlich. »Britney singt da ›How was I supposed to know, that something wasn't right here‹. Das sprüht nur so vor Doppeldeutigkeit.«

Rehmke, der trotz meines Temperamentsausbruchs gelangweilt aussah, lächelte gönnerhaft. Er begann, ohne ausgeprägte Betonung den Ablauf der Szenen für den geplanten morgigen Drehtag herunterzuleiern, ohne mir den geringsten Raum zum Einhaken zu lassen.

»Bayar wird in den Verhörraum gebracht und an den Ring im Boden gekettet. Dort ist er mit drei Frauen allein. Aus dem Lautsprecher dudelt ›Oh baby, baby …‹. Eine der Frauen trägt Uniform, die beiden anderen sind halb nackt, tragen nur knappe Tops und Höschen. Bayar wird rot vor Scham, wendet den Blick zum Boden.«

Ich mag dich, ergänzte ich Rehmkes Szenerie innerlich mit den Worten, die ich der aufreizenden Frau im Drehbuch in den Mund gelegt hatte. Ich will, dass wir etwas miteinander machen.

Gleichzeitig sah ich die imaginären Bilder des Musikvideos, in dem Britney Spears in der Schuluniform eines katholischen Mädcheninternats das Klassenzimmer stürmt, um an der Spitze der Schülerinnen über den Flur zu tanzen.

»Eine der knapp bekleideten Frauen tritt hinter seinen Rücken, lässt eine Hand langsam unter Bayars Hemd rutschen und beginnt, seine Brust zu streicheln«, fuhr Rehmke fort.

Ich kenne dich schon lange, flüsterte ich in Gedanken dazu, ich habe dir heimlich beim Duschen zugesehen, mir gewünscht, deinen starken Schwanz in der Hand zu halten.

»Die Frau presst ihren Körper an Bayar und beginnt lauthals zu stöhnen. Er krümmt sich beschämt zusammen. Die Frau macht weiter. Da reißt er seinen Kopf in den Nacken und lässt ihn gegen ihre Nase prallen. Die Tür wird aufgerissen, das IRF-Team stürzt herein und schleppt ihn in die Kühlkammer.«

Nachdem Rehmke das Drehbuch abrupt zur Seite gelegt hatte, war er in sich zusammengesunken, hatte hastig nach seinem Rotwein gegriffen und den Rest aus dem Glas hinuntergeschüttet. Dann sah er mich provozierend an.

»Irgendetwas in deiner Stimme sagt mir, dass dir das nicht gefällt«, antwortete ich auf seinen vorwurfsvollen Blick.

»Es ist, ich würde sagen, eine brisante Sequenz, Wimmer«, druckste er herum. »Sie könnte beim Kinopublikum leicht falsch rüberkommen.«

»Es war aber bestimmt genau so, Detlev! Es ist die Wirklichkeit, nicht mehr und nicht weniger!!«

»Wirklichkeit ist das, was Wirkung hat. Im Kino ist sie deshalb schon vom Prinzip her etwas Relatives! Das geschriebene Wort hat eine andere Aussage, als wenn es mit Bildern verbunden wird.«

»Folter bleibt Folter, ob sie beschrieben oder in Bildern gezeigt wird«, hielt ich erbost dagegen. »Da dürften wir doch wohl einer Meinung sein, sonst würdest du nicht solch einen Film drehen.«

»Richtig, du und ich wollen in diesem Film auch die Folter ächten. Aber mit dieser Demütigungs-Szene werden wir dem nicht gerecht werden.«

»Ist mir der Wein zu Kopf gestiegen? Begreife ich deshalb so schwer? Worauf willst du hinaus?«

»Das weiß ich nicht«, erwiderte Rehmke provokant. »Aber ich weiß, dass ich mich mit diesem Film zwischen zwei unterschiedlichen Kulturen bewege, der islamisch denkenden Welt und der westlichen Welt. Meine Filmbilder werden unterschiedlich interpretiert, wenn nicht gar missverstanden werden.«

»Du redest irgendwie um den heißen Brei herum, Detlev. Mir scheint, du willst die Sequenz klammheimlich streichen.«

»Du möchtest es also deutlich?« Rehmkes Gesicht verzog sich zur Grimasse. »Dann schau dich mal auf den Pornoseiten im Internet um, wo Gefängniswärterinnen männliche Insassen verführen. Ich gehe davon aus, dass kein geringer Anteil des westlich geprägten männlichen Publikums die Anmache dieser Amerikanerinnen nicht als Folter sieht, sondern einfach nur geil findet.«

Ich sah Rehmke verblüfft in die Augen, drehte mich dann zu Brattenberger, der weiterhin den Schlaf des Gerechten schlief. »Glaubst du nicht, dass deine Fantasie mit dir durchgeht?«

»Nein, glaube ich nicht!« Rehmke verschränkte die Arme vor der Brust. »Du kennst den Film ›Apokalypse Now‹?«

»Francis Ford Coppola?«

»Genau! Und fast jeder kennt von irgendwoher seine berühmte Filmszene, in dem Helikopter auf ein vietnamesisches Dorf zufliegen. Der Angriff wird von Wagners ›Walkürenritt‹ untermalt, der wie ein tosendes Geheul aus den Bordlautsprechern dröhnt. Die Sequenz wird noch heute als eine der brillantesten Szenen der Filmgeschichte gelobt; und ›Apokalypse Now‹ wurde als ein herausragender Antikriegsstreifen eingestuft. Coppola selbst tönte damals vollmundig: Das ist kein Film über den Krieg, sondern ein Film, der Krieg ist. Der ehemalige US-Soldat Swofford kann diese Euphorie überhaupt nicht verstehen. Er sieht dieselbe Szene als eine Art Pornografie für Soldaten. In seinem Buch »Jarhead« beschreibt er, wie im Truppenkino gerade zu dieser Szene von den Marines jeder einzelne Abschuss abgefeiert und bejubelt wurde, als hätte jeder Einzelne von ihnen im Lotto gewonnen. Was sich daran gut erkennen lässt, es braucht nur genügend Menschen, die einem Wahnsinn folgen, schon wird der auch zur Realität.«

Natürlich hatte ich Rehmkes Argumentation letztendlich zugestimmt, und zwar schon, bevor er mit seinem Monolog zu Ende gekommen war. Aber ich war, so erinnerte ich mich auf dem Rückflug im Flieger, nicht sofort uneingeschränkt bereit gewesen, mir von der Wirklichkeit eine richtig gute Sequenz im Drehbuch einfach kaputtmachen zu lassen. Doch Rehmke war in seiner Haltung gnadenlos geblieben und ich wurde gezwungen, meinen naiven Realitätsglauben zu hinterfragen, den ich wahrscheinlich sowieso nur aus moralischen Gründen vertreten hatte.

Ich hatte die Erkenntnis, dass selbst die bestgemeinte Moral sich im Handumdrehen von Gut in Böse umkehren – oder das Böse zum Guten werden lassen kann. Und das ist letztendlich nicht mit Beliebigkeit zu verwechseln oder dem Verwerfen jeglicher Moral, sondern es bedeutet, sich selbst einer anderen Meinung anzuschließen, indem man sich und seinem Wissen vertraut. Schweren Herzen musste ich Rehmke in seiner Kritik recht geben, dass es auch zu einer Aufgabe als Filmemacher gehört, die Wirkung seiner Arbeit im Auge zu behalten und dem Betrachter dabei immer einen Schritt voraus zu sein. Und so kamen wir überein, die Szene ersatzlos aus dem Film zu streichen.

Ich spürte Druck auf den Ohren, der Abend in unserem Hotel »Bilbao« wurde aus meiner Erinnerung gewischt und meine Aufmerksamkeit konzentrierte sich auf das Geräusch des ausfahrenden Fahrwerks. Wir waren bereits im Sinkflug. Mit einem Ruck setzten die Räder auf der Piste auf, die Triebwerke heulten laut im Gegenschub und ich hatte wieder festen Boden unter den Füßen, weit weg von den Dreharbeiten und dem morgendlichen Ruf des Muezzin.

Doch die Geschichte um den »Husumer Taliban« war noch unfertig, davon hatte ich Rehmke überzeugen können. Und dank ihm hatte ich den Auftrag bekommen, das vermeintliche Geschehen im Kanzleramt in das bereits vorhandene Drehbuch einzupassen.

Wenig später trottete ich zum Gepäckband, wartete auf meine Koffer. Innerlich war ich davon absorbiert, für mich nach einem Grundmuster zu suchen, nach grundlegenden Prinzipien, die für das Leben und die Kunst des Geschichtenerzählens ebenso gelten wie die Gesetze der Physik für die physische Welt. Es brauchte etwas, worauf ich mich bei meiner bevorstehenden Arbeit stützen konnte.

Um mich herum sammelten sich immer mehr Menschen, die in die vordere Reihe der Gepäckförderanlage drängten. Mit einiger Ironie beobachtete ich die zu erwartende Schlacht um die Koffer, als plötzlich erneut der Passagier mit der Flugangst in mein Blickfeld geriet. Er stand wie ich etwas abseits, als die Frau, die neben mir im Flugzeug gesessen hatte, sich neben ihn stellte. Die beiden tauschten kurze Blicke aus, ohne miteinander zu sprechen, und die Frau machte mit einer Geste deutlich – so kam es mir jedenfalls vor –, welchen Ausgang sie nehmen würde, wenn sie ihr Gepäck in Händen hätte. Gleich nach diesem unscheinbaren Handzeichen setzte der Run auf das Ausgabeband ein und ich verlor die beiden aus meinem Gesichtskreis. Obwohl mir die Art und Weise dieser Begegnung höchst merkwürdig vorgekommen war, hatte ich ihr zu dem Zeitpunkt nicht die Bedeutung beigemessen, die sie später erhalten sollte.

Ich richtete mich in den Tagen nach meiner Heimkehr wieder routinemäßig vor meinen Computer ein und die Erinnerungen an die Marokkoreise verloren nach und nach ihre Präsenz. Stattdessen suchte ich für die Kanzleramtssequenz eine Metapher, die wie eine Art ewige Wirklichkeit daherkommt und über die banale Realität der Entscheidung von Mächtigen hinausgeht. Der Anspruch war gut, doch für die Ausführung fehlte mir die entscheidende Inspiration. Ich hing fest, Tag für Tag starrte ich auf den leeren Bildschirm und spielte zunehmend frustriert lieber Solitär, als dass ich auch nur ein Wort mit der Tastatur zustande brachte.

In solch einer Blockadesituation durfte ich nicht vor dem Computer verharren, ich musste mich aufraffen und mit offenen Sinnen durch Buchhandlungen streifen, auf neue und alte Titel achten, die mich ansprachen. Die Entscheidung war richtig gewesen, denn an diesem Tag kehrte ich mit dem Buch »Der Heros in tausend Gestalten« von Joseph Campbell an meinen Arbeitsplatz zurück. Campbell beschrieb darin seine Erforschung von Mythen in aller Welt, die darin gipfelte, dass er eine allen Völkern bekannte Heldenreise entdeckte. Eine, die auch der Psychologe Carl Gustav Jung auf ähnliche Weise für seine Archetypen beschrieben und darin eine Grundstruktur im kollektiven Unbewussten der Menschheit vermutet hatte.

Mein Interesse an dieser Matrix war sofort geweckt gewesen. Ich recherchierte nach und stieß darauf, dass viele Hollywood-Autoren und Regisseure, zum Beispiel George Lucas und Steven Spielberg, die Erzählstruktur der Heldenreise schon jahrelang für ihre Filmarbeiten nutzten. Das war der ersehnte Durchbruch. In einem längeren Prozess konnte ich mit den Elementen des Mythos eine Bildsprache entwickeln, auf denen ich die Erzählstruktur in der Kanzleramtssequenz aufbauen konnte. Die entscheidende Idee kam mir dann bei der Lektüre des Buchs »Das bist du«, das erst nach Campbells Tod 1987 erschienen war. Er erwähnte darin den Gralsmythos um Artus und die Ritter der Tafelrunde als eine spezifisch abendländische Variante der Heldenreise, in der die Einzelnen ganz individuell nach dem Sinn und der Bedeutung ihres Lebens suchten. Folglich hatte ein individueller Held es in der westlichen Welt auch immer mit einem individuellen Widersacher zu tun. Einer Schattenmacht, die, im Mythos gespeist aus dem kollektiven Unbewussten der Menschheit, direkt in eine dunkle Unterwelt führte. Diese Unterwelt entpuppte sich heute vielleicht als ein geschmackvoll eingerichtetes Hauptquartier der Macht mitten in Berlin.

Sofort sah ich Frank-Walter Steinmeier vor meinem inneren Auge, wie er an der Tafelrunde im Kanzleramt Platz nahm, an der sich seine Ritter aus den Geheimdiensten versammelt hatten, um sie aufzufordern, nach dem Heiligen Gral ihrer selbst erschaffenen Wahrheit Ausschau zu halten. Ich fühlte mich plötzlich selbst wie in einem Abschnitt von Campbells Heldenreise, in dem ich in unmittelbare Nähe eines gefährlichen Ortes gelangte und mit allem Mut über die Schwelle treten musste, um die letzten Geheimnisse zu lüften. Doch es war nichts Großartiges, was es dort zu entdecken gab, denn Steinmeiers Mannen waren allesamt nur Ritter von der traurigen Gestalt, die sich mit präventionsfixiertem Sicherheitsdenken in einer verselbstständigten Bürokratie eingerichtet hatten. Da fehlte jede Form von Emotionalität, stattdessen herrschte die gnadenlose und lupenreine Ausführung eines inneren Befehls vor, den sich die Ritter selbst auferlegt hatten. Artus im Kanzleramt hatte eben keinen Merlin, der zugunsten seines Zöglings in das Geschehen eingriff. Für alle Geheimdienstmannen der Präsidentenrunde war der Gral etwas, was nur in der realen Welt gefunden werden konnte. Nach Jung symbolisiert der Gral allerdings die Ganzheit des Menschen, aus der das wahrhaftige Handeln geschöpft werden kann.

Und so kam es in Berlin natürlich, wie es kommen musste. Man urteilte über Fakten, die von anderen zusammengetragen worden waren. Der Mensch, der hinter den Fakten stand, war den Herren nicht persönlich bekannt. Die Entscheidung, die am Schreibtisch beziehungsweise an der Tafelrunde gefällt worden war, wurde nunmehr vor sich selbst verteidigt und entschuldigt.

Mir wurde klar, wenn ich die Struktur der Heldenreise für die Kanzleramtsszene nutzen würde, bekäme diese sofort eine tiefere Dimension. Die vermeintlichen Bösewichter würden den Archetypus des »Schatten«, stellvertretend für uns alle, im Film vertreten, eine Kraft, die aus den unterdrückten Gefühlen heraus aufbegehrt. So könnte ich dem Ego des Kinozuschauers klammheimlich die amoralischen Machenschaften der Obrigkeit aufzeigen und ihm gleichzeitig seinen eigenen Schatten spiegeln, denn auch er selbst wird sich bestimmt schon einmal ähnlich unkorrekt verhalten haben.

Das könnte klappen, dachte ich mir, das könnte wirklich klappen.

Ein euphorisches Kribbeln erfasste meinen Nacken, als hätte ich in diesem Moment bereits den Heiligen Gral entdeckt, den alle Helden am Ende jeder Heldenreise in den

Händen halten, ob sie nun Indiana Jones, Luke Skywalker oder Odysseus heißen.

Das Hochgefühl versetzte mich in einen wahren Schreibrausch. Innerhalb von zwei Tagen und einer Nacht lagen die ersten 30 Seiten des Manuskripts vor mir auf dem Schreibtisch. Ich schickte sie sofort mitsamt einem umfangreichen Exposé per Mail an Rehmke. Noch am selben Tag kam seine knappe, aber begeisterte Rückmeldung. Ich sollte die Sequenz ausarbeiten, sie in das Drehbuch integrieren und wir würden uns nach Beendigung der Dreharbeiten in Tétouan in Berlin treffen.

Der rauschartige Zustand über den unerwartet schnellen Erfolg blieb die nächsten Tage über spürbar. Als er nach zwei Wochen so gut wie abgeebbt war, kam von der Produktionsfirma auch schon das angekündigte Bahnticket für die Fahrt nach Berlin. Anbei lag ein Anschreiben, dass der Treffpunkt mit Rehmke in drei Tagen um 18.00 Uhr im Restaurant des Zollparkhofs sein würde.

Als ich den Regisseur drei Tage später auf einer Terrasse im Schatten einer uralten Rosskastanie entdeckte, saß vor ihm auf einer kleinen Bierbank, mit dem Rücken zu mir, ein Mann mit schütterem angegrautem Haar. Die Berliner Luft war sommerlich aufgeheizt. Auf der Spree schipperten die Ausflugsdampfer an der Kulisse des Kanzleramts vorbei. Es roch nach Weißwurst und Flammkuchen mit Speck und Zwiebeln. Beim Näherkommen winkte Rehmke mir schon von Weitem zu und auch der Mann vor ihm drehte sich nach mir um. Ich konnte es kaum glauben, es war Ulrich Tukur.

»Herr Wilkenloh, ich freue mich«, sagte er mit dynamischer Stimme, umfasste meine Hand zur Begrüßung mit beiden Händen und lächelte mich herzlich an. Sein schwarzer, etwas altmodisch anmutender Anzug war weit geschnitten, hatte breite Revers. Dazu trug er ein weißes Shirt mit Knopfleiste.

»Na, was sagst du nun?« Rehmke grinste begeistert. »Ist das eine Überraschung, oder nicht?«

»Es ist mir eine Ehre, Sie persönlich kennenzulernen«, sagte ich, ohne auf Rehmkes Bemerkung einzugehen.

»Ich habe Ihre Sequenz im Kanzleramt und Ihr Exposé gelesen. Nicht bei jedem Angebot überschlage ich mich gleich vor Freude, aber diese Rolle ist schon etwas Besonderes, die hat mich auf Anhieb gereizt«, antwortete er und sein Blick ging rasch zum realen Gebäude hinüber und wieder zurück. »Es ist zwar nur eine kleine Rolle, die mir da zugedacht wird, trotzdem würde ich sie gerne übernehmen.«

»Ich habe Herrn Tukur für die Rolle des Frank-Walter Steinmeier gewonnen«, sagte Rehmke, »das ist die beste Besetzung, die wir überhaupt bekommen können.«

»Sie wollen das wirklich machen?«, fragte ich mit ungläubiger Stimme.

Tukur nickte. »Eine schwierige Rolle. Aber es ist eine große Herausforderung, die ich mir nicht entgehen lassen möchte. Die Figur ist gut angelegt, durchaus real und gleichzeitig wirkt sie wie erfunden. Sie lässt uns das Böse in uns spüren. Das gefällt mir. Mich faszinieren zwiespältige Menschen, solche mit vielen Facetten. Gerade die Doppelbödigkeit wird im deutschen Film ja gerne ausgespart. Ihre Figur ist liebenswert und auch wieder nicht. Als Schauspieler werde ich sie vor dem Zuschauer verteidigen wie ein Anwalt vor Gericht.«

»Sie haben mich auf Anhieb neugierig gemacht«, schwärmte ich.

»Der Film ist allerdings nicht ohne Brisanz«, warf Rehmke ein. »Es gibt Kräfte der Obrigkeit, die ihn anscheinend behindern, wenn nicht verhindern wollen.«

»Ich glaube, in diesem Fall übertreibt der Kollege ein wenig, Herr Tukur«, hielt ich dagegen.

»Eine Warnung sollte niemand in den Wind schlagen. Mich kann aber so schnell nichts erschrecken; Bedrohung fordert mich eher heraus.«

Tukur steckte sich beiläufig eine Zigarette an, inhalierte mit einer gewissen Gier ein paarmal hintereinander. »Ab und zu brauche ich das, eine Zigarette, meine ich«, grinste der Schauspieler. »Ich bin nicht der Typ, der sich hinsetzt und das gekräuselte Wasser vor dem Kanzleramt anschaut. Eigentlich muss ich jederzeit in Bewegung bleiben, nur wenn ich mich bewege, finde ich ein wenig Ruhe. Sie haben auf alle Fälle mein Wort, egal was kommt, ich übernehme die Rolle des Steinmeier.«

In der Zwischenzeit hatte es zu dämmern begonnen, die Straßenlampen brannten bereits und um das Kanzleramt herum hatte sich ein gelblicher Lichthof gebildet. Wirklichkeit und Fiktion sind mit einem Mal ganz nah beieinander, dachte ich, gleich dort drüben regiert die erste Bundeskanzlerin Deutschlands und vor Ort bringt Rehmke, im Zollparkhof gilt Selbstbedienung, derweil drei Glas Weißwein, um den gerade geschlossenen Pakt feuchtfröhlich zu besiegeln.

»Der genaue Drehtermin steht leider noch nicht, das wird aber in den nächsten Tagen geklärt«, erklärte Rehmke dem Schauspieler. »Ihre Sequenzen werden als Letztes gedreht werden, in zwei Drehtagen sollte das zu schaffen sein. Davor habe ich noch einen Nachdreh in Husum. In der Zwischenzeit wird Babelsberg beauftragt, den Besprechungsraum im Kanzleramt nachzubauen. Sowie der fertig ist, starten wir.«

Danach schob Rehmke noch die erfreuliche Mitteilung nach, dass die Produktionsfirma neues Geld aufgetrieben hätte und die Dreharbeiten am Badestrand von Husum nun doch im vollen Umfang wiederholt werden könnten. Wir tranken darauf noch ein Glas Wein, die Stimmung am Tisch wurde nach und nach ausgelassener. Tukur erzählte kleine Geschichten aus seinem Schauspielleben und ich beschloss, die nächste Runde Getränke zu holen, manövrierte mich durch die Reihen der zahlreichen Gäste zum Tresen, um dort drei Reserva Torrentés zu ordern. Während ich auf die Gläser wartete, ließ ich meinen Blick über die Gesichter der Menschen schweifen. Aus all den Geräuschen um mich herum erreichte mich das übermütige, helle Lachen einer Frau. Ich verharrte eine Zehntelsekunde bei ihren strahlenden jadefarbenen Augen und war bereits bei dem nächsten Gesicht am Tisch angekommen, als sich mir unwillkürlich die Nackenhärchen aufstellten. Mein Blick schnellte zurück und ein Schauer lief mir den Rücken herunter. Ich kannte diese Frau. Sie war auf dem Flug von Paris nach Hamburg meine Sitznachbarin mit dem melancholischen Augenaufschlag. Dieselbe, die auch mit mir im selben Hotel in Marokko gewesen war, die bei der Ankunft in Fuhlsbüttel neben diesem ominösen Geschäftsmann mit der Flugangst gestanden hatte.

Wie viele Zufälle widersprechen einem normalen Wahrscheinlichkeitsprinzip?

Ich spürte plötzlich ein starkes Unbehagen, meine Gedanken verknoteten sich, bis der Verstand streikte. Dafür reagierte mein Körper umso heftiger, eine unbändige Angst legte sich wie ein enges Eisenband um meine Brust. Mir wurde übel, ich konnte nur flüchten, nahm die gefüllten Gläser und eilte über die knirschenden Kieselsteine, als wäre der Leibhaftige hinter mir her, an unseren Biertisch zurück.

»Was ist passiert?«, sagte Rehmke und schaute mich eindringlich an, als ich mich setzte. »Du bist ja kreidebleich.«

»Ach, nichts«, stammelte ich und wischte mir über die feuchtkalte Stirn. »Nur ein etwas zu niedriger Blutdruck, schätze ich.«

2006
EIN KOMMISSAR FÄLLT AUS DEM SIEBENTEN HIMMEL

Es ist Donnerstagmorgen und die Sonnenstrahlen lassen sich über die Stufengiebel in die graue Stadt fallen. In genau einer Dreiviertelstunde, begleitet von dem schrillen Schrei einer Reinigungskraft, wird ein toter Mann im Swimmingpool des Fünf-Sterne-Hotels »Altes Gymnasium« aufgefunden werden. Hauptkommissar Jan Swensen wird in dem Moment nur 200 Meter Luftlinie von diesem Geschehen entfernt sein.

Er tritt gerade nichtsahnend aus dem Torbogen des alten Rathauses am Markt und lässt seinen Blick über die belebten Verkaufsstände streifen. Der Geruch von Erbsensuppe und frischen Gewürzen steigt ihm in die Nase. Anna kann er nicht zwischen den Marktbuden entdecken.

Spät dran, denkt Swensen, das passt gar nicht zu ihr. Muss ihr was dazwischengekommen sein.

»Alles für 'n Zehnerle!« Der nasale wie durchdringende Ruf der Blumenhändlerin weht in einer Endlosschleife aus der Nähe des Tine-Brunnens zu ihm herüber. »Aa-naa-nass zweiiii Euro!«, hält die tiefe Baritonstimme des Verkaufskollegen vom Obststand gleich nebenan lauthals dagegen. Nicht weit entfernt davon, dicht am Kirchenportal, steht ein Marktwagen, in dem unter anderem Krabbenbrötchen verkauft werden. Sie ziehen den Hauptkommissar magisch an, zumal sein Magen knurrt und er sich sowieso die Zeit vertreiben muss, bis Anna eintrifft. Mit ausholenden Schritten eilt er über die Straße. Als er dem Fischstand näher kommt, entdeckt er Marcus Bender, den Ehemann seiner Kollegin Susan, dem gerade ein Lachsbrötchen gereicht wird. Im letzten Jahr war er auf der Hochzeit der beiden gewesen; und mehrere Jahre davor hatte er Bender bei einer Mordermittlung auf dem Puppenspielerfestival in Husum kennengelernt. Er hatte zu den Puppenspielern gehört, die damals dort aufgetreten waren. Durch seine Ermittlungen erfuhr er in diesem Zusammenhang, dass Bender einmal Physiker gewesen war und dieses Wissen in seinem Figurenspiel über Erwin Schrödinger und die Quantenphysik verwendet hatte.

»Herr Swensen!«, ruft der freudig, als er den Hauptkommissar entdeckt, und ist sofort wieder verlegen. »'tschuldigung, Jan, wir sind ja schon lange beim Du.«

»Das war jetzt aber gerade noch im letzten Moment, mein Lieber!«, tadelt Swensen und grinst dabei.

»Apropos im letzten Moment. Ich hab gehört, du willst heiraten?«

»Im letzten Moment? Mir scheint, du lässt heute kein Fettnäpfchen aus, oder?«

»'tschuldigung, so war das nicht gemeint. Ich bin in Gedanken halt immer bei meinem nächsten Puppenspiel, darin geht es nämlich um die Unversöhnlichkeit von Relativitätstheorie und Quantenmechanik.«

Der Hauptkommissar überlegt krampfhaft, was die Unversöhnlichkeit von Relativitätstheorie und Quantenmechanik wohl mit der Tatsache, dass er heiraten möchte, zu tun hat. Er hat Bender in der Vergangenheit schon des Öfteren als einen eher versonnenen Menschen erlebt, der sich meist in verworrenen Gedankengängen verliert.

»Was haben diese physikalischen Systeme mit meiner Ehe zu tun?«, fragt Swensen nach einer Denkpause.

»Relativitätstheorie und Quantenmechanik sind zwei unversöhnliche Gegensätze, die partout nicht zueinander passen wollen.«

»Willst du damit andeuten, das Unversöhnliche gilt auch für Frau und Mann? Hört sich fast so an, als wolltest du das Heiraten grundsätzlich infrage stellen, Marcus. Wenn ich mich recht entsinne, hast du es letztes Jahr selbst zelebriert!«

»Du verstehst mich völlig falsch, Jan! Es geht mir darum, dass es diese Unversöhnlichkeit eigentlich gar nicht geben kann. Physiker kümmern sich entweder nur um kleine und leichte Dinge, etwa Atome und ihre Bestandteile, oder um riesengroße und schwere Dinge, wie Sterne oder Galaxien. Entweder Quantenmechanik oder Relativitätstheorie, aber nicht beides zusammen. Kombiniert man beides, fangen die Ergebnisse an zu rattern wie eine schrottreife Rakete. Diese vermeintliche Feindseligkeit der Theorien verlangt unbedingt nach einem tieferen Verständnis.«

»Vielleicht sollten Physiker herausfinden, warum Männer und Frauen trotz ihrer Unterschiedlichkeit unbedingt heiraten wollen.«

»Die neue Generation der Physiker ist bereits dabei. Sie versuchen, das ungelöste Rätsel mit der Superstringtheorie zu beantworten. Damit könnten die Gesetze des Großen und des Kleinen, wie in der Ehe, nicht nur eine glückliche Verbindung eingehen, diese wäre dann sogar unvermeidlich.«

»Superstringtheorie klingt noch komplizierter als heiraten«, bemerkt Swensen trocken und grinst seinem Gegenüber zu. Doch der bleibt davon vollkommen unbeeindruckt.

»Kompliziert ist beides, denke ich. Die Superstringtheorie geht davon aus, dass unser Universum mehr als drei räumliche Dimensionen haben muss. Wenn du einen Gartenschlauch aus weiter Entfernung betrachtest, siehst du ihn nur als ein eindimensionales Seil. Erst aus der Nähe stellst du fest, dass er einen Umfang besitzt. Aufgewickelte Dimensionen sind viel schwerer zu bemerken. Möglicherweise besitzt das Universum neben den drei Raumdimensionen unserer Alltagserfahrung auch winzige aufgewickelte Räume, woraus sich vier Dimensionen eines Raums ergeben würden. Aber wie in mancher Ehe erfasst auch diese Dimension noch lange nicht alles, denn mittlerweile benötigt die Superstringtheorie bereits 26 Dimensionen, damit unsere Wirklichkeit mathematisch überhaupt konsistent bleibt.«

»Ich würde dich gern zu meiner Hochzeit einladen. Als Geschenk verrätst du mir etwas über die 26 Dimensionen einer Ehe, versprochen?«

»Ich glaube nicht, dass ich dazu in der Lage bin. Ich könnte dich aber zu meinem neuen Puppenspiel ›Gott würfelt nicht‹ einladen. Vielleicht entdeckst du in dem Stück ein paar Weisheiten, die dir in deiner Ehe weiterhelfen.«

Den Hauptkommissar amüsiert der Gedanke, dass die Physiker künftig für die Eheberatung zuständig sein könnten. Da entdeckt er Anna auf dem Bürgersteig vor dem Torbogen, die ihm von dort zuwinkt.

»Und ewig lockt das Weib«, sagt Swensen, deutet zu Anna hinüber und zwinkert Bender zu. »Schön, dass wir uns getroffen haben.«

Er drückt ihm die Hand und sprintet kurz vor einem herannahenden Linienbus über das Kopfsteinpflaster auf die andere Straßenseite. Anna trägt ein hellblaues Kleid, erwartet ihn mit zusammengekniffenen Augen und einem seltsamen Lächeln. Die Sommersprossen auf ihren Wangen haben einen rötlichen Schimmer, passen sich natürlich dem Naturrot ihrer Haare an.

Genauso habe ich sie kennengelernt, geht es Swensen durch den Kopf, genau vor acht Jahren. Dieselben zusammengekniffenen Augen, das gleiche Lächeln, die Sommersprossen. So war sie ihm aufgefallen, als er sie zum allerersten Mal im Vorlesungssaal der Hamburger Uni gesehen hatte. Dieser erste Blick war es gewesen, der ihn von dem Impuls abgehalten hatte, den Raum mit der versammelten Jungschar von Studenten sofort wieder zu verlassen.

Sein Chef Karl Begier von der Hamburger Kripo hatte ihn dort hingeschickt, ihm geraten, zu diesem Gastvortrag über Posttraumatische Belastungsstörungen zu gehen. Nach einem brutalen Mord an Jugendlichen war er damals persönlich von den Symptomen betroffen gewesen. Zuerst war er zwar stinksauer auf Begier gewesen, hatte ihm gesagt, dass sein Privatleben ihn nichts anginge. Doch heute ist er ihm dankbar, denn wenn er Anna nicht begegnet wäre, hätte sein Leben vielleicht einen weniger glücklichen Verlauf genommen. Glücklich, obwohl, so erinnert er sich mit einer gewissen Melancholie, ihr zweites Date beinahe tödlich verlaufen wäre.

»Was ist los, Jan Swensen?«, sagt Anna Diete, als er direkt vor ihr steht. Den vollen Namen benutzt sie eigentlich nur, wenn sie der Meinung ist, dass irgendetwas nicht richtig gelaufen ist.

»Was soll denn los sein?«, fragt er zurück.

»Das frage ich dich doch gerade!«

»Mir scheint, du glaubst, bei mir ist etwas nicht in Ordnung?«

»Du hattest einen Gesichtsausdruck, der das vermuten lässt.«

»Anna, ich hab dich ziemlich lange zappeln lassen, das stimmt. Aber wenn du immer noch der Meinung bist, ich heirate dich nicht aus vollem Herzen, dann bist du falsch gewickelt. Ich war mit meinen Gedanken gerade bei unserer ersten Nacht, in der wir uns beide fast umgebracht hätten. Deshalb mag mein Gesichtsausdruck etwas außergewöhnlich geraten sein.«

Anna schaut einen Augenblick verblüfft. Dann beginnt sie zu lachen, laut zu lachen, und kann nicht mehr aufhören, bis ihr die Tränen kommen. Die Passanten, die zufällig vorbeikommen, können sich ein Lächeln nicht verkneifen. Swensen greift nach ihrem Arm, hakt sich bei ihr unter und stapft einfach los. Anna ist immer noch außer sich, wird von ihm allerdings mit sanftem Nachdruck in Richtung Uhren- und Schmuckladen Jensen mitgezogen.

Eigentlich ist die Sache überhaupt nicht witzig, denkt der Kriminalist und lässt diese spektakuläre Nacht in seiner Erinnerung Revue passieren.

Die Therapie bei einer Kollegin in Hamburg, zu der Anna ihn damals nach ihrer Begegnung an der Uni geschickt hatte, brachte eine langsame Besserung seines Traumas und der damit verbundenen Schuldgefühle. Seine Freudlosigkeit und das Gefühl, betäubt zu sein, ließen nach. In der ganzen Zeit, fast zwei lange Monate, war er in Gedanken mit Anna beschäftigt gewesen, sie war ihm einfach nicht mehr aus dem Sinn gegangen. Doch irgendwie hatte er sich nicht getraut, ohne weiteres bei ihr anzurufen. Und dann klingelte an einem Freitagabend sein Telefon und Annas Stimme erklang am anderen Ende. Ob er sich noch an sie erinnern würde und ob er nicht Lust hätte, am Wochenende einen kurzen Trip nach Eiderstedt zu machen und bei ihr auf ein Glas Wein und ein gutes Essen vorbeizuschauen. Swensen war augenblicklich elektrisiert gewesen und brachte keinen zusammenhängenden Satz heraus. Es dauerte etwas, bis Anna seine Zusage endlich verstanden hatte.

Und genauso zusammenhangslos sind seine Erinnerungen heute noch, die Sequenzen bleiben unterteilt, eine jede steht für sich. Nur eins weiß er deutlich, aus dem kurzen Trip war am Ende ein etwas längerer geworden.

Das kleine Reetdachhaus in Witzwort, um das der Bodennebel strich, assoziierte er spontan mit einem Knusperhäuschen, in dem eine menschenfressende Hexe auf Hänsel wartete, um ihn zu mästen. Als jedoch Annas Gesicht im Türrahmen erschien, fragte er sich zweifelnd, wer ihm nur dieses verrückte Hirngespinst in seine Gedanken gezaubert hatte.

Der Tisch war bereits liebevoll gedeckt, es gab Schnüüsch, eine Gemüsesuppe, bei der dicke grüne Bohnen, Erbsen, Kartoffeln, Kohlrabi und Karotten in Milch gekocht wurden. Anna hatte viel Petersilie benutzt und als Beilage Holsteiner Katenschinken gewählt. Es schmeckte vorzüglich. Er hatte sogar den Katenschinken nicht verschmäht, denn er wollte Anna nicht gleich damit konfrontieren, dass er Vegetarier war.

Die blauen Gladiolen, die er mitgebracht hatte, hatte ihm der Blumenhändler empfohlen, die Flasche »Los Vascos Cuvée Especial« aus dem chilenischen Weingut der Barone de Rothschild war ein Tipp seines Weinhändlers. Die Aromen seien Cassis und Zedernholz, gab er an sie die Worte des Verkäufers weiter. Beim Trinken spielte sein Halbwissen über Wein keine Rolle, Anna schmeckte er, und aus einem Glas wurden mehrere, bis die Flasche leer und sein Kopf voll war. Er sog ihre melodisch, zärtliche Stimme mit seinem Atem ein, beobachtete, wie sie mit ihren schmalen Fingern den feinen Stiel des Glases hielt, und schaute gebannt in ihre Augen. Sie hatte ein fast freches Lächeln, als hätte sie einen Schalk im Nacken, und alles zusammen machte ihn verliebt.

Es war kurz nach Mitternacht, als Anna abrupt aufstand. Ihr Körper stand zwischen ihm und der Lampe. Unter dem cremefarbenen knielangen Kleid wurden die Umrisse ihrer Schenkel und die Linie ihres schwarzen Höschens unter dem Stoff sichtbar. Sie beugte sich über ihn und ihre Lippen berührten sich vorsichtig. Er schloss die Augen, wurde von ihr sanft in einen anderen Raum geführt. Dort hörte er, wie sie eine Kerze entzündete. Der Lichtschein drang durch seine Lider. Als er die Augen öffnete, sah er, dass die Kerze auf einem runden Holztisch stand. Neben ihr lag ein dekorativer Trockenstrauß. Ansonsten befanden sich im Raum nur ein großer Bauernschrank und ein Bett. Anna ließ sich rücklings aufs Laken fallen, er fiel hinterher. Seine Hand tastete sich behutsam über die Haut ihres Schenkels nach oben. Dann explodierten ihm die Sinne in einem Funkenschwall.

Er erwachte aus einem tiefen, festen Schlaf und brauchte einen Moment, bis er realisierte, wo er war. Das Morgenlicht fiel durch den weißen Vorhang vor dem Fenster. Vogelgezwitscher war zu hören und aus dem Erdgeschoss das Klappern von Geschirr. Er war allein im fremden Bett, schlug die Decke zurück, setzte sich auf und stutzte. Auf dem kleinen runden Tisch, über der Kerze und dem Trockenstrauß, lag ein nasses Handtuch.

Anna begrüßte ihn mit einem Kuss, als er, noch etwas schüchtern, in die Küche kam. Der Küchentisch war gedeckt, frische Brötchen, frischer Salat und Kräuter aus dem Garten, ein duftendes Omelett und frisch geschnittene Blumen in einer Vase.

»Was ist denn bloß dort oben passiert?«, hatte er gefragt, nachdem sie schon eine Weile beim Frühstück gesessen hatten.

»Was ist denn bloß dort oben passiert …, hast du gefragt«, prustet es aus Anna heraus; und nach einem weiteren heftigen Lachkrampf kommt: »Errr… innerst … du dich noch?«

Jensens Laden ist erreicht. Ihre Gesichter spiegeln sich verzerrt im Glas der Schaufensterscheibe, hinter der sich in der Auslage verschiedenste Uhren und erlesene Schmuckstücke ausbreiten.

»Was soll da oben schon Großartiges passiert sein, hast du mir geantwortet«, erinnert sich Swensen und kann sich ein Grinsen nicht verkneifen. »Und ich habe dir geantwortet: Da liegt ein nasser Lappen auf dem Tisch. Warum liegt der da?«

»Weil ich das Feuer löschen musste!«, wiederholt Anna ihre damaligen Worte.

»Und du sagtest das, als wäre es das Selbstverständlichste auf der Welt.«

»War es ja auch. Ich bin in der Nacht aufgewacht, die Kerze war runtergebrannt, Wachs war auf den Tisch gelaufen und der Trockenstrauß kokelte funkensprühend vor sich hin. Da bin ich halt ins Bad, hab ein Handtuch unter den Wasserhahn gehalten und es über den ganzen Schlamassel geworfen. Dann bin ich wieder zu dir ins Bett und gleich fest eingeschlafen.«

»Und weil du als notorische Langschläferin damals ausnahmsweise aufgewacht bist, können wir heute in diesen Laden gehen und uns ein Paar Ringe kaufen. So selbstverständlich ist das!«, sagt Swensen mit todernster Miene.

An ihrem fragenden Gesichtsausdruck erkennt er, dass sie krampfhaft versucht, seine Worte einzuordnen. Einen Moment später kann er nicht mehr an sich halten und muss auch lauthals lachen. Anna knufft ihn mit der Faust in seinen Oberarm und er jammert übertrieben laut: »Aua!« Dann packt er Anna an der Hand, öffnet mit der anderen die Ladentür und zieht sie mit einem »Nun komm schon!« in den Verkaufsraum.

Ganz so harmlos, wie Anna es eben erzählt hat, war die Sache in Wirklichkeit denn doch nicht gewesen, gärt es in Swensen, der Trockenstrauß, hatte sie ihm damals gebeichtet, hatte schon lichterloh in Flammen gestanden und die Funken waren bis auf den Teppichboden geflogen. Es hätte nicht viel gefehlt und sie wären beide bei einem Schwelbrand im Bett erstickt.

Es ist aber nichts passiert, Swensen! Lass es einfach los!

»Guten Tag! Sie wünschen?«, fragt die junge Verkäuferin hinter dem Verkaufstresen.

»Wir möchten gerne Trauringe«, erwidert Anna, während Swensen seinen Blick durch den Laden streifen lässt.

Wenige Minuten später, nachdem ihre beiden Ringfinger ausgemessen sind, liegen rund 50 Ringpaare vor ihnen. Auch vergoldete Musterringe sind dabei.

»Gold geht gar nicht«, flüstert Swensen Anna ins Ohr, aber der Frau hinterm Ladentisch ist das nicht entgangen.

»Sie können alle Ringe auch in Weißgold bestellen«, klärt sie beiläufig auf.

Anna nimmt ein Paar in die Hand, streift einen entschlossen über ihren Ringfinger und gibt Swensen den anderen Ring, der es ihr zaghaft nachmacht.

»Zumindest passt er«, sagt er. »Mir würde allerdings einer aus Silber auch genügen.«

Anna zieht demonstrativ den linken Mundwinkel herunter. Swensen schließt kurz die Augen und geht in sich. Er weiß, jetzt kann jede Unachtsamkeit von ihm gleich eine mittlere Krise heraufbeschwören. Das Handy klingelt. Mit einer automatischen Bewegung schnellt seine Hand zur Hosentasche. Annas Gesicht versteinert.

»Was soll ich machen, Schatz«, sagt er resigniert und zuckt mit den Schultern. »Ich bin Kriminalbeamter, ich muss da rangehen.«

»Jacobsen hier! Wir haben eine Leiche im »Alten Gymnasium«. Der Chef meint, du solltest dir das unbedingt ansehen, das sei ein verdammt sensibler Ort.«

»Mord?«, fragt Swensen mit gedämpfter Stimme.

»Keine Ahnung!«, kommt es zurück. »Deswegen sollst du dir das ja ansehen.«

»Okay, wenn der Chef es meint!«, sagt Swensen und zieht die Augenbrauen zusammen, bevor er das Gespräch beendet.

»Und wenn der Chef meint, du könntest deine Hochzeit verschieben, machst du das dann auch?«

Annas Worte raspeln über seinen weichen Kern. Er zuckt mit den Schultern, steht lächelnd vor ihr wie ein verlegener Schuljunge.

»Dienst ist nun mal Dienst«, verteidigt er sich; es ist das Einzige, was ihm einfällt.

»Hast du keine Kollegen, die das für dich übernehmen können?«

»Der Chef will, dass ich es persönlich mache! Die Todesursache ist unklar und außerdem liegt die Leiche ausgerechnet im »Alten Gymnasium«. Das bedeutet Medienrummel hoch drei, sobald sich das in den Pressekreisen rumgesprochen hat.«

»Das heißt im Klartext? An unserem Hochzeitstag ruft der Chef an, du stürmst davon und die Braut dreht derweil Däumchen, bis der Fall aufgeklärt ist und der Held reumütig an den häuslichen Herd zurückkehrt?«

»Du übertreibst! Das wird nicht passieren, so ein Szenario ist hochgradig unwahrscheinlich.«

»Genauso unwahrscheinlich, dass der Chef anruft, wenn man gerade Trauringe kaufen will!«

»An unserem Hochzeitstag werden die Kollegen schon einspringen, Anna. Dafür verbürge ich mich.«

Obwohl die Auseinandersetzung in verhältnismäßig ruhigen Worten abläuft, ist der Verkäuferin die Situation sichtlich unangenehm. Sie verdrückt sich aus dem Verkaufsraum in den Privatbereich des Geschäfts.

»Jan Swensen, es wird nicht leicht sein, mit dir verheiratet zu sein. Was machen wir jetzt? Wann wollen wir diese Ringe kaufen?«

»Jetzt!«

»Jetzt?«

»Na klar, du hast die Maße meines Ringfingers. Entscheide einfach, welche Ringe zu uns passen. Ich vertraue dir da ganz.«

»Okay, aber sag später ja nicht, du hättest dich *vertraut*!«

»Anna, du bist ein Schatz!«, sagt Swensen und ist innerlich schon wieder der Hauptkommissar, der sich auf den Weg zu einem Tatort macht. Er wirft Anna noch einen kurzen Blick zu, während er die Ladentür öffnet und nach draußen auf den Bürgersteig tritt. Auf dem Wochenmarkt herrscht mittlerweile reger Betrieb. Er geht hinter den Verkaufsständen entlang zur Süderstraße hinüber.

Wer mag die tote Person sein, dass Püchel mich persönlich vor Ort haben möchte, denkt er und ahnt noch nicht im Geringsten, dass seine Zweifel am Selbstmord von Gert Lutze heute erneut in ihm aufflammen werden. Erst viel später wird Swensen sich dazu hinreißen lassen, den neuen Fall mit den Dimensionen der Superstringtheorie und ihren aufgerollten Wirklichkeiten zu vergleichen.

2004
DIE STIMME SEINES HERRN

»Es gibt eine neue Entwicklung, die für uns alle unangenehm werden könnte«, sagt die glatte Stimme am Telefon. Es ist der Chef persönlich, bei dem die Unbedingtheit seines Anrufs in jeder Silbe mitschwingt. »Zwei Guantánamo-Gefangene, ein gewisser Shafiq Rasul und dann noch Fawzi Khalid Abdullah Fahad al-Odah – echte Zungenbrecher –, also diese Herren …« Ein abfälliges Lachen dringt durch den Hörer an sein Ohr. »Also … die Besagten haben vor einem US-Bundesgericht Klage erhoben. Mit dem Verweis der fehlenden Zuständigkeit ist diese Klage zwar abgewiesen worden, aber es wird eine weitere Verhandlung vor dem Obersten Gericht geben, dem Supreme Court. Deshalb sollten wir hier nicht untätig rumsitzen, bis es so weit ist, sondern uns vorher noch mal unseren Freund Bayar vorknöpfen. Ich dachte da unter anderem auch an Sie, Reuter.«

Oberfeldwebel Uwe Reuter rekapituliert das Gesagte erneut im Kopf, als er aus dem Fenster der kleinen Propellermaschine auf das blaue Meer unter sich schaut und gerade der Landeanflug eingeleitet wird.

Lynx Air, Flug 504 nach Guantánamo, ist die mit Abstand merkwürdigste Anreise, die er je mitgemacht hat. Nicht nur, dass die Kabine so niedrig ist, dass der Copilot die Sicherheitsregeln in gebückter Haltung kundtun musste, auch begann der Flug nach »Gitmo«, wie der geheimnisumwobene Ort im Militärjargon genannt wird, in einem winzigen Terminal des Flughafens Fort Lauderdale in Florida. Von hier fliegt die einzige kommerzielle Fluggesellschaft zu ihrem Ziel. Bevor Reuter und sein Kollege einchecken durften, wurde ihre Ausreise aus den USA registriert. Bei der Rückkehr, wurde ihnen gesagt, müssten sie dann wieder die normalen Zoll- und Einreiseformulare ausfüllen. Neben dem Ticket musste Reuter auch die Besuchsgenehmigung des Militärs für sich und Alex Mischke, den zweiten Deutschen, vorlegen. Wegen der bestehenden Feindschaft zwischen Washington und Havanna ist der Flieger gezwungen, den kubanischen Luftraum zu meiden, er kann Guantánamo Bay nicht direkt ansteuern, sondern muss Kuba umrunden und die Militärbasis von Süden her ansteuern.

Der Flieger setzt sanft auf der Rollbahn auf, die sich am Westufer der Bucht entlangzieht. »Das hier ist die Leeseite«, erklärt der Flugkapitän den Deutschen beim Aussteigen. »Ein Boot bringt Sie ans andere Ufer hinüber, zur Luvseite.«

Die Barkasse tuckert gemächlich an Mangrovenbäumen und einer Seekuh-Schutzzone vorbei, um danach auf die Kulisse der Militärbasis zuzusteuern. Es herrscht schwülheißes Karibikwetter. Reuter entledigt sich seiner Jacke, legt sie lässig über den Arm. 89 Grad Fahrenheit, zeigt eine digitale Anzeigetafel an der Hafenmole. Am Rand der Kaimauer wartet eine Militäreskorte mit zwei Marineinfanteristen. Die beiden Deutschen sind von jetzt ab in der Obhut von Petty Officer Steve Allston und Sergeant Bruce Watterson. Der Petty Officer hat einen untersetzten Körperbau, einen Stiernacken und ein vierschrötiges Gesicht. Der Sergeant dagegen ist eine eher unauffällige Person, er steuert den Jeep Willys wenig später durch eine Art Kleinstadt.

Reuter fällt auf, dass auf den Straßen dieselben Schulbusse verkehren, wie er sie von einem Aufenthalt in Texas kennt. Selbst die Verkehrszeichen entsprechen denen des amerikanischen Festlands, eine Ausnahme machen nur die Warnschilder vor Hirschen und Leguanen.

Über diese Leguane kann das Pentagon wahrscheinlich straucheln, hatte Reuter von seinem Chef vertraulich erfahren. Der Gerichtshof in Washington hat zwar festgestellt, dass Guantánamo Bay nicht unter die Souveränität der USA fällt. Der Pachtvertrag mit Kuba sagt allerdings, die »alleinige Jurisdiktion und Kontrolle« werde dort von der amerikanischen Seite ausgeübt. Und soweit die Informationen des Bundesnachrichtendiensts stimmen, werde der Anwalt der Guantánamo-Häftlinge die Leguane, die auf dem Stützpunkt unter die amerikanische Tierschutzgesetzgebung gestellt worden waren, als Argument anführen, dass sich das Militär dort doch an amerikanisches Gesetz gebunden fühlt. Ein durchschlagendes Argument, welches sich durchaus vor dem Obersten Gerichtshof durchsetzen könnte.

Der Jeep passiert eine Shoppingmall, kommt an einer Filiale des United States Postal Service vorbei und an einem McDonald's, eingebettet in Palmen und mannshohe Kakteen. Kasernen kann Reuter weit und breit nicht ausmachen. Er sieht nur normale Häuschen im Grünen, wie sie auch in den US-Vorstädten stehen könnten. Die rasante Fahrt geht weiter, einen kurvigen Gebirgspass hinauf.

»Gibt es eigentlich nie Ärger mit den Kubanern?«, fragt Reuter Sergeant Watterson, der lässig einen Arm aus dem Fahrzeug hängen lässt.

»Wir sind Feinde geblieben«, antwortet der lakonisch, »aber in der Zwischenzeit sind wir gastfreundliche Feinde geworden.«

»Und das war früher anders?«

»Am Anfang hat es noch einige Prestigekämpfe gegeben, besonders oben am Nordost-Tor. Das ist die einzige Straßenverbindung, die von hier ins kommunistische Kuba führt. Dort haben wir zum Beispiel hinter unserem Wachlokal einen zwölf Meter hohen Maschendrahtzaun errichtet, weil die auf der anderen Seite sich einen Spaß daraus machten, das Gebäude in der Nacht mit Steinen zu bewerfen, damit unsere Wachsoldaten nicht in Ruhe schlafen konnten. Außerdem gab es eine lange Rivalität darum, welche Seite den höheren Flaggenmast hatte. Den Wettstreit haben wir dann aber verloren, weil die Kubaner ihr Banner in unfairer Weise auf einem Hügel hissten. Heute ist alles etwas entspannter.«

Die Strecke zieht sich wellenartig durch die Gebirgskette. Neben der Straße reihen sich Strommasten. Der Jeep erreicht einen Hügel, dahinter tauchen im Südosten ein Tal und das blaue Meer auf. An der staubigen Küstenstraße gibt es nur Palmen und Kakteen, darüber flattern unzählige Schmetterlinge und in der Höhe kreisen Geier. Der Wagen passiert einige Kontrollposten, bis Wachtürme mit drei Reihen hoher Zäune in ihr Blickfeld treten, auf deren Kronen dicht gewickelte Natodrahtrollen befestigt sind. Auf einem Schild am Eingangstor steht mit frisch gemalten Buchstaben »Honour bound to defend freedom« – Ehre verpflichtet, die Freiheit zu verteidigen.

Als sie ins Camp hineinfahren, setzt Reuters unausgesprochen die alte Parole der Kommandosoldaten dagegen: Klagt nicht, kämpft. Drinnen bekommen sie nicht mehr viel zu sehen. Hinter den hohen Sichtschutzmatten an den Zäunen sind wahrscheinlich die Unterkünfte der Gefangenen verborgen. Der Jeep stoppt in einem kleinen Areal aus flachen Betonbauten, die keine Fenster haben. Reuter und Mischke werden von einem US-Soldaten, der sie erwartet hat, in einen engen Raum geleitet, der nur wenige Quadratmeter groß ist. Eine Klimaanlage sorgt dafür, dass es angenehm kühl ist. Über der Tür gibt es einen abgedeckten Lichtschlitz. Reuter zieht seine Jacke über, setzt sich an den Tisch und stellt seinen Laptop neben sich. Mischke wartet draußen vor der Tür. Er kommt erst mit herein, als der Deutschtürke, der verwahrlost wie Rübezahl aussieht, mit Fußfesseln zum Verhör gebracht und an einen Ring im Boden gekettet wird. Der Mann vom Bundesnachrichtendienst wartet so lange, bis die Amerikaner den Raum wieder verlassen haben und sie zu dritt zurückbleiben.

Es vergehen zwei unendlich lange Minuten, in denen kein Wort fällt und die Augenpaare sich nur gegenseitig abtasten.

»Wir kommen aus Deutschland.«

Die Miene von Gülcan Bayar bleibt ausdruckslos. Reuter nimmt sein verächtliches Lächeln wahr.

»Sollte ich mich freuen, dass Sie mal wieder da sind?«

»Wie geht es Ihnen?«, fragt Reuter in einem Tonfall, als wolle er gar keine Antwort hören, klappt beiläufig den Bildschirm seines Laptops auf und lässt ihn hochfahren.

»Ich werde seit drei Jahren in einem Käfig gefangen gehalten. Wie würde es Ihnen da wohl gehen?«

Das Gesicht des Oberfeldwebels bleibt stoisch, als wären die Worte nicht gefallen.

»Entspanne dich, du bist auf einer schönen Insel in der Karibik. Wir sind nur gekommen, weil wir einige Antworten brauchen.«

»Ich dachte, Sie sind gekommen, um mich hier endlich rauszuholen!«

Reuter schaut zu Mischke, dann zucken beide mit den Schultern.

»Das steht nicht in unserer Macht«, sagt Reuter süffisant, »wir dürfen hier nur unsere Fragen stellen!«

Er schiebt eine CD-ROM in das Laufwerk und dreht den Bildschirm herum. Darauf sind Fotos von einem Mann zu sehen, der in einer Moschee betet. Sie sind vom Boden aus fotografiert, offensichtlich heimlich mit einem Handy. Die Bildqualität ist grobkörnig.

»Dawoud Shahab! Sagt der Name dir was?«, fragt Reuter herablassend.

»Er hat mir Geld für mein Flugticket geliehen.«

»Du bist religiös geworden! Wie wichtig ist dir das?«

»Ich habe Dawoud Shahab vielleicht dreimal getroffen. Einmal hat er mir das Geld geliehen. Sonst kenne ich ihn nicht.«

»Denkst du, dass du ein besserer Moslem bist als andere Moslems?«

»Ich verstehe die Frage nicht.«

»Hasst du ungläubige Menschen?«

»Warum fragen Sie das?«

»Zwei Schüler aus deiner Berufsschule in Husum haben ausgesagt, du seist einmal mit einem großen Turban über den Schulhof gelaufen und hättest allen erzählt, du willst Talibankämpfer werden.«

»Wer sind die zwei?«

Reuter klickt auf die Tastatur seines Laptops und die Fotos von zwei jungen Türken erscheinen.

»Die kenne ich. Die haben damals überall rumerzählt, dass ich ein Zuhälter bin, wegen meines Jobs als Türsteher und weil ich mit dem Auto meines Vaters zur Berufsschule fahren durfte. Das hat sie angemacht. Deshalb verbreiten sie solche Lügen über mich. Ich habe nie einen Turban getragen.«

»Pass auf!«, sagt Reuter plötzlich. »Ich stelle dir jetzt mehrere Fragen hintereinander und zwar ziemlich schnell. Du musst sie sofort beantworten, du hast keine Zeit zu überlegen!«

»Was für Fragen?«

»Hast du dir dein Flugticket von Dawoud Shahab bezahlen lassen?«

»Nein!«

»Hast du schon mal eine Blinddarmentzündung gehabt?«

»Nein!«

»Hast du schon mal Pornofilme gesehen?«

»Nein!«

»Trinkst du Tee?«

»Ja!«

»Findest du Osama bin Laden gut?«

»Nein!«

»Verehrst du deine Mutter?«

»Ja!«

Reuter bemerkt schnell, dass sein System nicht greift. Fast schon wütend, presst er seinen ganzen Ärger heraus: »Schneller! Die Antworten müssen schneller kommen! Kannst du mit Sprengstoff umgehen?«

»Nein!«

»Magst du deinen Freund Salem Gökhan?«

»Ja!«

»Magst du Osama bin Laden?«

»Nein!«

»Kannst du Motorrad fahren?«

»Ja! Was sollen diese unnützen Fragen, was wollen Sie von mir?«

»Wir machen uns Gedanken darüber, ob wir unserem Vorgesetzten empfehlen können, sich für deine Freilassung bei den Amerikanern einzusetzen.«

»Sie sind wegen meiner Freilassung hier?«

»Was hast du vor, wenn du freigelassen wirst? Willst du dann arbeiten?«

»Ich muss doch Geld verdienen, wovon sollte ich sonst leben?«

»Wenn du nach Deutschland darfst, würdest du dann für uns arbeiten?«

»Was wollen Sie mir denn für eine Arbeit geben?«

»Interessante Sachen für uns herausfinden. Du kannst dich in bestimmten Kreise aufhalten, zu denen anderen der Zutritt verwehrt ist.«

»Soll ich etwa wieder als Türsteher arbeiten?«

»Keine Diskos, wir meinen bestimmte Leute, die in Moscheen gehen.«

Bayars Mund verzieht sich zu einem Grinsen.

»Du könntest uns eine große Hilfe sein.«

»Ich soll für Sie Leute beobachten?«

»Du bekommst einen V-Mann, der dich zu bestimmten Zeiten an bestimmten Orten trifft und dem du dann berichtest.«

»Ich glaube nicht, dass ich so etwas machen möchte.«

»Das solltest du dir genau überlegen. Du willst doch freikommen, oder?«

»Ich bin unschuldig! Sie wissen, dass ich nichts mit irgendwelchen Terroristen zu tun habe.«

»Wir wissen, was wir über dich wissen. Davon werden wir dir bestimmt nichts auf die Nase binden.«

Reuter schaltet den Laptop aus, klappt demonstrativ langsam den Bildschirm hinunter und verstaut das Gerät in seiner Tasche. Dann schickt er einen vielsagenden Blick zu Mischke hinüber. Der grinst zurück. Dann springt Reuter auf und die beiden Deutschen verlassen ohne ein weiteres Wort den Raum. Vor der Tür wartet der bullige Körper von Petty Officer Allston. Der Sergeant steht in seinem Windschatten und sagt: »Ich hätte einen Vorschlag, Herr Oberfeldwebel. Wir könnten alle eine Kleinigkeit essen und trinken gehen, bevor wir uns wieder auf den Rückweg machen. Es gibt hier drinnen eine kleine Cafeteria für das Wachpersonal, das ›Café Carib‹.«

»Eine Cafeteria? Wirklich?«, stellt Reuter ungläubig fest.

»Die ist für unsere Jungs, die hier in den Zellenblocks ihren mitunter sehr aufreibenden Dienst verrichten«, erklärt Petty Officer Allston. »Ohne regelmäßige Pausen geht man schnell auf dem Zahnfleisch. Die Cafeteria ist dazu da, dass die Jungs nicht jedes Mal durch all die Sicherheitsschleusen nach draußen müssen, um sich ein wenig zu erholen.« Dann wird seine Stimme um mehrere Nuancen leiser und vertraulicher. »Jeder von unseren Jungs weiß genau, es sitzen hier viel zu viele Unschuldige in den Käfigen. Aber einfach freilassen geht nicht, denn zu Hause würden sie wahrscheinlich zu Märtyrern gemacht werden. Eine verdammte Zwickmühle, die zu einem wirklichen Problem werden kann, denn allein dass wir sie ungerechtfertigt festgehalten haben, hat sie womöglich erst gewaltbereit gemacht. Man stelle sich vor, Freigelassene verüben Anschläge, das würde unseren politisch Verantwortlichen erheblich schaden.«

Petty Officer Allston ist sichtlich erregt und spuckt wütend auf den Boden. In dem Moment zwängt sich Sergeant Watterson zwischen ihn und die Deutschen, als wolle er das eben Gesagte beiseitedrängen. Reuter entgeht nicht, dass er dem Gespräch unbedingt eine andere Richtung geben will, indem er fragt: »Sind Sie denn wenigstens mit Ihrem Verhör zufrieden?«

»Nicht wirklich«, antwortet der Deutsche lakonisch.

»Ja, ja«, sagt der Sergeant und seine Stimme nimmt einen kryptischen Unterton an, »Häftlinge sind nun mal sehr spezifische Menschen. Das gilt auch für unsere Insassen hier. Sie verhalten sich nicht anders als andere Häftlinge überall auf der Welt, haben ein extrem gutes Gespür dafür, ihre Umgebung zu manipulieren.«

Die beiden Deutschen folgen ihren amerikanischen Schatten an den verhangenen Natodrahtzäunen entlang, über denen die Wachtürme mit den Scheinwerfern und ihrem blinden Glas in der flimmernden Mittagshitze sichtbar sind. Auf dem Wellblechdach eines Gebäudes sonnt sich ein Leguan. Am Himmel kreisen träge einige Bussarde. Ein Gewirr von Stimmen hallt von den Gefangenenkäfigen herüber.

»Und Ihre Militärpolizei lässt sich von denen einfach manipulieren?«, fragt Reuter süffisant.

»Das sind zum Teil blutjunge Jungs und Mädels, die in Vierergruppen 12 Stunden am Tag oder in der Nacht durch die schmalen Zellengänge patrouillieren. Kein Gefangener soll länger als 30 Sekunden unbeobachtet sein, um Selbstmorde zu verhindern. Das ist kein einfacher Dienst, wie Sie sich vorstellen können.«

»Das Wachpersonal wird von den Gefangenen bedroht«, ergänzt Petty Officer Allston. »Sie drohen ihnen, ihre Familie in der Heimat anzugreifen, die USA zu vernichten und schildern das genüsslich in blutigen Details. Manche vom Wachdienst verkleben aus Angst vor Vergeltung das Namensschild an ihrer Uniformjacke mit Isolierband. Dieser psychische Terror ist schwerer zu ertragen als die täglichen physischen Attacken. Die Männer und Frauen werden mit Körperflüssigkeiten bespritzt, ein Gemisch aus Speichel, Urin, Exkrementen und Sperma. Manchmal onanieren Häftlinge sogar durch das Gitter, wenn weibliche MPs vorbeigehen. Sie wollen, dass eine von ihnen die Kontrolle verliert, dass sie durchdreht und überschnappt.«

Mittlerweile haben die Deutschen und ihre Begleiter ein unscheinbares Betongebäude erreicht, vor dem mehrere Militärfahrzeuge parken. Die Inneneinrichtung erinnert an eine deutsche Kantine, ein großer, karg eingerichteter Raum mit einheitlichen Tischen und Stühlen und einigen Getränkeautomaten.

»Was möchten Sie? Cheeseburger mit Pommes Frites oder lieber Hotdogs?«

Reuter und Mischke entscheiden sich für den Cheeseburger und eine Cola. Sergeant Watterson winkt einen Mann mit asiatischem Aussehen heran und gibt die Bestellung auf.

»Einer unserer philippinischen Vertragsarbeiter«, sagt der Sergeant, als er sich zu den anderen an den Tisch setzt.

Was es alles gibt, denkt Reuter, wie kommen philippinische Arbeitskräfte aus über 15.000 Kilometern Entfernung nur hierher? Im selben Moment klingelt das Handy in seiner Tasche. Er fingert es hinter dem Laptop hervor und nimmt das Gespräch entgegen. Eine Frauenstimme ist an der Strippe, sie ist ihm vertraut, Doktor Ursula Köhler. Die allererste Frau beim Bundesnachrichtendienst, die erst seit Kurzem eine Abteilung leitet.

»Entschuldigen Sie bitte! Ein wichtiges Gespräch«, informiert Reuter, steht auf und geht mit zügigen Schritten vor die Tür. Draußen ist es heiß wie in einem Brutkasten. Er stellt sich in den Schatten eines Lastwagens und beantwortet knapp ihre Fragen zu seinen ersten Eindrücken während des Verhörs mit Bayar.

»Der Mann wird nicht kooperativ sein?«, zieht Köhler ein Resümee, nachdem er alle Fragen beantwortet hat.

»Genau, daran ist nicht zu zweifeln!«

»Nun gut, wir werden es überleben! Etwas ganz anderes, Reuter! Ich erinnere mich an die Anfänge unserer Zusammenarbeit, als ich noch im Bereich ›operative Aufklärung‹ tätig war. Sie sind mir als besonders effektiv, konsequent und belastbar im Gedächtnis geblieben. Das wollte ich Ihnen vorab zurückmelden, denn ich hatte gestern ein längeres Gespräch mit dem Chef. Dabei hat der nebenbei erwähnt, dass Ihre Mutter bereits sehr lange im Filmgeschäft tätig sein soll. Stimmt das?«

»Die Information ist korrekt! Sie hat lange Jahre freiberuflich bei großen Filmproduktionen mitgearbeitet. Nach ihrer Scheidung von meinem Vater ist sie dann aber als Produktionsleiterin zum deutschen Fernsehen gegangen.«

»Und Sie selbst haben vor Ihrer militärischen Laufbahn, genau wie Ihre Mutter, Betriebswirtschaft studiert? Das ist auch richtig?«

»Ja, das ist korrekt!«

»Soweit mir ersichtlich, haben Sie Ihr Wissen nie praktisch angewendet, oder?«

»Doch, aber nur einmal, kurz nach dem Abschluss. Es war eine Low-Budget-Filmproduktion im Ausland, dann fand ich aber den Dienst bei der Kommando Spezialkräfte attraktiver.«

»Sie hatten zwei Einsätze in Afghanistan und waren dort für das ZNBw tätig. 2003, nach Ihrer Rückkehr, sind Sie dann von uns übernommen worden.«

»Korrekt! Und weswegen zählen Sie das alles auf, das ist doch alles hinlänglich bekannt?«

»Mag sein, aber ich bin Ihre Akte erst vor ein paar Tagen durchgegangen. Dabei ist mir aufgefallen, dass Ihre Biografie eine Menge nicht genutztes Potenzial aufweist. Ich möchte Ihre operative Vielseitigkeit in Zukunft verstärkt fördern, Reuter. Ich möchte Sie gerne mit einem verantwortungsvollen Einsatz betrauen, in dem wir Ihre Kenntnisse gut gebrauchen könnten!«

»Eine neue Aufgabe? Um was würde es sich handeln?«

»Nicht am Telefon, kommen Sie nach Ihrer Rückkehr umgehend in mein Büro, dann werden wir das ausführlich besprechen.«

2006
ANRUF FÜR EINEN TOTEN

Die verglasten Flügeltüren im überdachten Eingangsportal des Hotels »Altes Gymnasium« stehen offen. Jan Swensen tritt in die weiträumige Empfangshalle und schaut sich um. Nichts deutet auf eine angespannte Situation hin. Er scheint der erste Beamte vor Ort zu sein. Die massive dunkelbraune Holzdecke, die von Holzsäulen getragen wird, hängt über ihm wie ein unheilvoller Gewitterhimmel im Hochsommer. Die goldenen Kandelaber setzen nur kleine Lichtpunkte dagegen. Die Sitzgruppen um die Rezeption herum sind verwaist. Entweder sind alle panisch geflüchtet, oder es haben nur Langschläfer eingecheckt, kombiniert der Kriminalist und steuert zielstrebig auf den Mann hinter dem Holztresen mit der Marmorplatte zu.

»Hauptkommissar Swensen«, stellt er sich vor und zeigt seinen Dienstausweis.

»Gut, dass Sie da sind«, antwortet der Mann sichtlich entspannter. Er steht zwischen zwei Schirmlampen in korinthischer Vasenform, nimmt das Telefon von der Station und drückt mit der anderen blitzschnell die Tasten. »Die Polizei ist eingetroffen!«, sagt er dann mit gedämpfter Stimme. Danach teilt er Swensen mit: »Der Manager kommt jeden Moment.«

Der Kriminalist nickt dankend, während sein Blick an einer Büste hängenbleibt, die aus einer Wandnische über dem Kopf des Concierge herausschaut. Das weiße, bärtige

Gipsgesicht hat eine gewisse Ähnlichkeit mit dem Abbild des jungen Sokrates. Wahrscheinlich ein Überbleibsel aus der ehemaligen Gelehrtenschule, denkt sich der Hauptkommissar. Seinerzeit zählten berühmte Persönlichkeiten wie Hermann Tast, Ferdinand Tönnies und Theodor Storm zu ihren Schülern; die Büste des Letzteren steht ebenfalls im Eingangsbereich auf einem hölzernen Sockel.

Ich weiß, dass ich nichts weiß, lässt Swensen den stummen Stein für sich sprechen und grübelt gleichzeitig darüber nach, warum es ihn eigentlich froh macht, dass sein plötzlicher Einsatz ihm das Ritual des Ringekaufs erspart hat. Obwohl er sicher ist, dass Anna das auch ohne ihn erledigt bekommt, ändert es nichts an der Tatsache, dass er sich makabererweise lieber eine Leiche ansieht, als Ringe für seine Ehe auszusuchen. Irgendwas scheint bei dir nicht zu stimmen, überlegt er erschrocken, als ein hochgewachsener Mann im dunkelblauen Anzug an der Rezeption erscheint und er seinen Gedanken beruhigt beiseiteschieben kann.

»Kurt Bardewick, ich bin der Hotelmanager«, stellt der Mann sich vor. »Ich bitte Sie eindringlich, diese schreckliche Angelegenheit so diskret wie irgend möglich zu behandeln.«

Seine Mimik offenbart Swensen, dass der keine wirklich verbindliche Antwort auf seine Bitte erwartet, sondern diese als bereits gegeben voraussetzt. »Folgen Sie mir bitte!« Es klingt wie ein Befehl. Der Manager weist mit der Hand die Richtung, in die es gehen soll. »Ich bringe Sie in unseren Wellnessbereich.«

Der Hauptkommissar folgt ihm durch eine Glastür An olivfarbenen Vitrinenschränken vorbei, in denen exquisiter Schmuck und Kleidung zum Kauf angeboten werden. Die goldenen Ringe mit Edelsteinfassungen springen Swensen förmlich in die Augen. Er sieht sofort Anna, wie sie jetzt bei Jensen im Laden steht und die Ringe für ihre Ehe begutachtet.

Wenn du es genau nimmst, hast du sie hängenlassen, wirft er sich vor, und die Szene an dem alten Kahn im Katinger Watt, an dem er Anna einen Heiratsantrag gemacht hatte, kommt ihm in den Sinn. Seinen Satz »Falls ich jemals an meiner Liebe zu dir zweifeln sollte, werde ich zu dieser Stelle zurückkommen und mich an diesen Augenblick erinnern« wiederholt sein schlechtes Gewissen. Dumm gelaufen! Für Reue leider zu spät!

Swensen ist dem Manager durch die schmalen Flure bis vor eine Doppeltür gefolgt, vor der eine Frau im weißen Kittel, augenscheinlich als Wachposten, steht. Chlorgeruch liegt in der Luft.

»Die Polizei ist jetzt hier, Frau Berger«, sagt Bardewick. »Es dauert nicht mehr lange, dann können Sie den Posten verlassen.«

»Moment«, unterbricht ihn Swensen, »haben Sie die tote Person aufgefunden?«

»Nein, eine der Putzfrauen hat den Mann entdeckt«, antwortet die junge Frau sichtlich nervös. »Die hat einen richtigen Schock, weint nur noch. Ich sollte nur hier aufpassen, dass keiner unserer Gäste da hineingeht.«

»Die Streifenbeamten müssen jeden Moment hier sein«, sagt Swensen.

»Bitte keine Beamten in Uniform«, moniert der Manager. »Dann werden unsere Gäste sofort Schlimmes dahinter vermuten.«

»Wenn es sich nur um einen Unfall handelt, sind wir in absehbarer Zeit wieder weg«, versichert Swensen.

»Um was soll es sich denn sonst handeln?«, erwidert Bardewick verstört.

»Nun lassen Sie mich erst mal nachschauen«, bittet Swensen, öffnet die Tür und betritt die Halle, in der er sich auf einer Balustrade wiederfindet, etwa drei Meter über dem Wasserbecken. Soweit der Hauptkommissar sich erinnern kann, hatte er damals in der Presse gelesen, dass das Schwimmbad des Hotels in der ehemaligen Turnhalle des Gymnasiums gebaut werden sollte. Der circa 25 Meter lange Pool ist mit blauen Mosaiksteinen ausgelegt. Auf dem Grund befinden sich in der Mitte mehrere blaue Kreise, die Swensen als eine Zielscheibe assoziiert und mit dem Titelbild des sonntäglichen »Tatorts« verknüpft; zur Abrundung fehlt nur die typische Erkennungsmelodie. Doch mit dem Gedankenspiel kann er sich der Realität vor Ort nicht lange entziehen, denn neben den blauen Kreisen liegt der leblose Körper einer Person. Eindeutig ein Mann. Der Hauptkommissar eilt an dem massiven Mauerwerk der Balustrade entlang, steigt die gewendelte Treppe an der Fensterfront zur begrünten Außenanlage hinunter und geht vorsichtig bis zum Beckenrand. Trotz der ruhigen Wasseroberfläche kann er von hier aus nichts wirklich Aufschlussreiches erkennen. Das Gesicht des Toten ist dem Boden zugewandt. Und dann beginnt plötzlich irgendwo ein Klingelton »Das Lied vom Tod« zu spielen. Beklemmend hallt es durch den Raum und es braucht einen Moment, bis Swensen die Richtung des quäkenden Digitalsounds orten kann. Er kommt direkt von gegenüber dem Becken, irgendwo aus der Nähe der zwei weißen Korbstühle, die hinter der mittleren Säule unter der Balustrade stehen. Die Wandfläche dahinter ist mit einem Meeresmotiv bemalt. Swensen will sich auf den Weg machen, um das Schwimmbecken zu umrunden, da hängt sich über ihm Stephan Mielke über die Brüstung.

»Kannst du dich bitte gleich um einen Fotografen kümmern?«, ruft der Hauptkommissar seinem Kollegen zu. Als der nickt, fügt er hinzu: »Nur zur Sicherheit. Damit wir auch noch wissen, wie die Leiche im Wasser gelegen hat. Und wenn der Doc vorher eintrifft, lässt du ihn so lange warten, bis die Bilder fertig sind.«

»Okay!«, bestätigt Mielke, zieht sein Handy aus der Jackentasche und verschwindet aus dem Blickfeld.

Die Klingelton-Melodie ist verstummt. Swensen hat die Korbstühle erreicht. Ein weißer Hotelbademantel liegt über der Rückenlehne eines der Stühle. Das Handy findet er auf einem der Flip-Flops, die davor auf dem Boden stehen. Der Kriminalist fingert ein Taschentuch hervor, umhüllt seinen Zeigefinger und drückt ein paar Tasten, damit die Nummer des Anrufers angezeigt wird. Dann nimmt er sein eigenes Handy heraus und tippt sie ein. Er hört das Freizeichen in der Leitung. Nach viermaligem Tönen meldet sich eine kehlige Frauenstimme.

»Husumer Kriminalpolizei, Hauptkommissar Swensen. Sie haben gerade jemanden angerufen?«

»Woher wissen Sie das?« Die Frau in der Leitung bleibt eine Zeitlang stumm, als müsste sie erst überlegen, bevor sie dann vorwurfsvoll fragt: »Was wollen Sie von mir? Weswegen werde ich von der Polizei angerufen?«

»Sie sind der letzte Anruf auf einem verwaisten Handy! Wen wollten Sie denn sprechen?«

»Ich wollte Detlev erreichen …, Detlev Rehmke. Aber der ist nicht rangegangen. Ist irgendetwas passiert?«

»*Ich* stelle hier die Fragen«, sagt der Kriminalist unmissverständlich und überlegt, ob Detlev Rehmke dieser Regisseur sein könnte, der vor einiger Zeit hier in Husum Filmaufnahmen gemacht hat. Er schaut zu der Person, die im Becken liegt. Von der Statur her könnte er es sein, denkt er, aber vielleicht ist es bloß eine Namensdoppelung und der Mann ein völlig anderer. »Wie, bitte, ist Ihr Name?«, fragt der Kriminalist.

»Ruth Rautenberg.«

»Weshalb haben Sie Herrn Rehmke angerufen?«

»Ich wollte wissen, wo er ist. Ich bin gerade aufgewacht, und Detlev, äh, Herr Rehmke, ist nicht da.«

»Das heißt, Herr Rehmke hat bei Ihnen übernachtet?«

»Das geht Sie überhaupt nichts an!«

»Wenn dem so wäre, würde ich Sie nicht anrufen, Frau Rautenberg«, sagt Swensen in ruhigem Tonfall. »Bitte beantworten Sie die Frage, auch wenn es für Sie unangenehm ist. Es geht hier um eine offizielle Ermittlung.«

»Ich habe bei ihm übernachtet.«

»Und wo wäre das bitte?«

»Im Hotel ›Altes Gymnasium‹.«

»Hotel ›Altes Gymnasium‹?«, echot der Kriminalist und ist einen kurzen Moment perplex. »Welche Zimmernummer?«

»317.«

»Okay! Sie rühren sich nicht vom Fleck. Ich bin in fünf Minuten bei Ihnen.« Er legt auf.

»Jan, bist du noch da unten?« Stephan Mielkes Stimme schallt über ihm in den Raum.

»Du kannst mich nicht sehen, ich stehe unter der Balustrade.«

»Der Doc ist eingetroffen. Zwei Kollegen sind informiert, dass sie eine Badehose mitbringen, damit wir die Leiche aus dem Becken kriegen.«

»Was ist mit dem Fotografen?«, fragt Swensen zurück und tritt bis an den Beckenrand, damit er seinen Kollegen sehen kann.

»Ist unterwegs«, informiert Mielke, um dann mit genervtem Gesichtsausdruck hinzuzufügen: »Und ich hab's schon kapiert, erst die Fotos, dann die Leiche bergen.«

Michael Lade, der bei Todesfällen meistens von der Husumer Polizei angefordert wird, tritt gerade neben Mielke und hebt den Arm: »Hey, Jan!«

»Hey, Doc, lange nicht gesehen. Wie geht's dir und Desiree?«, grüßt Swensen nach oben. Lade ist ein alter Freund, den er im letzten Jahr etwas aus dem Blickfeld verloren hat.

»Gut geht's, gut!«, antwortet Lade, dessen runder Bauchansatz sich über den Rand der Balustrade quetscht. Er verzieht sein Gesicht zu einem breiten Grinsen. »Es gibt da ein hartnäckiges Gerücht, dass du heiraten willst?«

»Das ist mitnichten ein Gerücht, mein Lieber! Und ihr kommt selbstverständlich zur Feier, Desiree und du. Zumindest lade ich dich hiermit ganz offiziell recht herzlich ein«, ruft der Hauptkommissar durch den halligen Raum und geht währenddessen mit ausholenden Schritten ums Becken herum, um von dort die Treppe zur Balustrade hinaufzusteigen. Oben angekommen, drückt er Lade noch einmal fest die Hand und erklärt: »Entschuldige, wenn ich gerade etwas kurz angebunden wirke, aber ich muss jetzt unbedingt zu einer Befragung. Vielleicht finden wir, wenn du mit deiner Arbeit fertig bist, noch die Gelegenheit für einen kurzen Plausch.«

Zurück auf dem Hotelflur, kommt dem Hauptkommissar eine spindeldürre Person mit blassem, spitzem Gesicht voller Sommersprossen entgegen. An dem kurzgeschnittenen Bürstenschnitt der roten Haare hat er längst realisiert, dass er den Fotografen Richard Gerber vor sich hat.

»Wir erwarten Sie sehnsüchtig«, sagt Swensen, indem er

kurz stoppt und in die Richtung zeigt, aus der er kommt. »Ohne Ihre Bilder können wir nicht weitermachen.«

Der Fahrstuhl bringt ihn in den dritten Stock. Der tiefblaue Teppichflor auf dem langen Gang schluckt jedes Geräusch seiner Schritte, während er die Reihe der Zimmernummern abschreitet, vor der 317 stoppt und klopft. Nichts rührt sich. Er klopft noch einmal wesentlich lauter. Zaghaft öffnet sich die Tür nur eine Handbreit. Eine attraktive Frau mit schwarzen Haaren, ganz in Schwarz gekleidet, zeigt sich in dem geöffneten Spalt, der nur einen Hauch ihrer ganzen Schönheit preisgibt.

»Frau Rautenberg?«, fragt Swensen.

»Ja!« Das Wort steht da wie eine Mauer; die Frau verharrt bewegungslos und mustert den Kriminalisten mit ihren grünen Augen von oben bis unten. Das dick aufgetragene Schwarz der getuschten Wimpern kann den müden Gesichtsausdruck nicht eliminieren.

»Darf ich hereinkommen?«, fragt Swensen ruhig.

Sie schaut ihn kühl an und zieht ohne ein Wort die Tür auf. Das Hotelzimmer ist mit italienischen Möbeln und englischen Teppichen eingerichtet. Allerdings kann das stilvolle Ambiente nicht kaschieren, dass in dem Raum noch vor Kurzem ein größeres Gelage stattgefunden haben muss. Leere Flaschen und Essensreste liegen mit Kissen, aufgerissenen Plastiktüten und einem zerknüllten Bademantel verstreut auf dem Boden. Aus der Minibar ist anscheinend der gesamte Inhalt geleert worden. Ein Stuhl mit rotgemustertem Bezug liegt umgekippt vor einem Tisch, auf dem sich eine ganze Batterie von verschmutzten Gläsern und Tellern reiht.

Die Frau steht mitten im Chaos, presst ihre Lippen zusammen, als wolle sie damit andeuten, dass sie zu alledem keinen Kommentar abgeben möchte.

»Es ist besser, wenn Sie sich setzen«, bittet der Hauptkommissar.

»Ich stehe lieber«, sagt sie fest entschlossen, als ahne sie bereits, dass es kein gutes Omen ist, wenn die Kriminalpolizei zu ihr kommt.

»Wann haben Sie Herrn Rehmke zuletzt gesehen?«

»Warum wollen Sie das wissen? Warum sind Sie überhaupt hier? Wo ist Detlev?« Ihre großen Augen sind weit aufgerissen, etwas Panisches blitzt darin, während sie ihre Hände zu Fäusten ballt.

»Bitte setzen Sie sich doch«, wiederholt Swensen.

»Ich will mich nicht setzen!« Sie presst die Worte heraus.

»Dann beantworten Sie bitte meine Frage. Wann haben Sie Herrn Rehmke das letzte Mal gesehen?«

»Gestern Abend. Detlev hat eine kleine Feier für das Filmteam gegeben, den Abschluss der Dreharbeiten.«

»Und in welchem Zeitraum fand die statt? Wann hat Herr Rehmke den Raum verlassen?«

»Ich erinnere mich nicht. Irgendwann war ich plötzlich extrem müde, bin dann nach nebenan, um mich ein wenig langzulegen. Und dann muss ich wohl eingeschlafen sein. Ich kann mich jedenfalls an nichts mehr erinnern. Heute Morgen war niemand mehr da, auch Herr Rehmke nicht.«

»Am Telefon haben Sie Herrn Rehmke beim Vornamen genannt. Wie ist Ihre Beziehung? Haben Sie eine Affäre mit ihm?«

»Nein!«

»Okay, Frau Rautenberg. Eins kann ich Ihnen aber versprechen, die Polizei bekommt die Wahrheit sowieso über kurz oder lang heraus. Handeln Sie sich deshalb lieber keine Unannehmlichkeiten ein.«

»Da war nichts!« Ihre Stimme überschlägt sich fast. Dann

atmet sie tief durch und ergänzt kleinlaut: »Jedenfalls kann am gestrigen Abend nichts passiert sein.«

»Für mich hört es sich an, als hätte etwas passieren sollen. Oder habe ich Ihre Worte falsch verstanden?«

»Herr Rehmke hat mir gestern Abend ins Ohr geflüstert, dass ich bleiben könne, wenn die anderen gegangen sind.«

»Und Sie sind bereits eingeschlafen, bevor die anderen gegangen waren.«

»So ist es gewesen. Ich kann mich jedenfalls an nichts anderes erinnern.«

»Sie gehören zur Filmcrew! Was genau machen Sie da?«

»Ich bin bei dieser Produktion als Script Supervisor beschäftigt.«

»Script Supervisor?«

»Ich mache die Drehüberwachung, dokumentiere Änderungen und Abläufe während der Dreharbeiten.«

»Und wer von der Crew war alles auf dieser ominösen Feier?«

»Da muss ich nachdenken … Also, mit mir acht Personen. Jerker Lauri war da, der Regieassistent. Dann Helmut Bratten…«

»Moment«, stoppt Swensen die Aufzählung, zieht einen kleinen Block und einen Kugelschreiber aus der Innentasche seiner Jacke und notiert, indem er mitspricht: »Jerker Lauri, Helmut Bratten…?«

»Brattenberger, unser Kameramann«, ergänzt Rautenberg und zählt dann weitere Namen aus dem inneren Kreis der Filmcrew auf, die der Kriminalist aufschreibt. Dabei sind die Schauspieler Klaus Weiss und Siegfried Wolf sowie der Tonmann Achim Lindemann, Produktionsleiter Kai Uwe Kahlheim und die Aufnahmeleiterin Sahra Hubrich-Messow.

Swensen kennt nur einige wenige der Namen, die jetzt auf seiner Liste stehen, die anderen kommen ihm unbekannt vor; zumindest kann er kein Gesicht damit verbinden. Vielleicht waren die Namen auch nur bei der Ermittlung zu den Vorfällen während der Dreharbeiten gefallen, damals, Anfang des Jahres, als er einige Personen der Filmcrew befragt hatte.

Der Hauptkommissar bittet Frau Rautenberg, die Telefonnummern der betreffenden Personen dazuzuschreiben und auch die Hotels, in denen sie sich in Husum einquartiert haben. Ihm scheint, dass er die jetzige Befragung damit erst einmal abbrechen kann. Die Zeugin Rautenberg scheint nicht zu wissen, was sich in der Nacht unten im Schwimmbad ereignet hat. Der Tod des Regisseurs scheint vielleicht nur ein Unglück gewesen zu sein. Es könnte sein, dass Rehmke, vom Alkohol benebelt, beschlossen hatte, mitten in der Nacht baden zu gehen, und dabei in Selbstüberschätzung seiner Fähigkeiten ertrunken ist. Was dafür spricht, ist, dass er mit einer Badehose bekleidet im Becken liegt.

Doch egal wie er es dreht und wendet, es gibt keinen Ermittlungsgrund mehr, den Tod von Rehmke weiterhin vor der Befragten geheim zu halten. Er spürt, dass er sich am liebsten vor dieser Pflicht drücken möchte.

Ruth Rautenberg ist es nicht entgangen, dass die Situation sich verändert hat und dass sie selbst nicht mehr im unmittelbaren Fokus des Kriminalisten steht. Er hat ihr etwas zu sagen, und sie ahnt schon die ganze Zeit, was es sein wird.

»Weswegen stellen Sie mir diese ganzen Fragen? Es ist etwas mit Detlev passiert, stimmt's? Ist er tot?« Ihre Frage schneidet scharf in das Vakuum der Realität.

»Herr Rehmke wurde heute Morgen im Schwimmbad des Hotels tot aufgefunden«, sagt Swensen gepresst und schaut sie an, um ihre Reaktion auf diese Nachricht wahrzunehmen.

Sie stößt ein feines, kehliges Röcheln aus und er sieht, dass der Schmerz sich wie eine Maske über ihr blasses Gesicht legt.

»Nein! Neiiiin! Neiiiin!«

Ihre Stimme hat nur noch einen gebrochenen Teil ihres eigentlichen Klangs. Swensen steht ihr bewegungslos gegenüber, unfähig, irgendetwas zu sagen oder zu tun, möchte sich am liebsten in sich selbst verkriechen. Er wartet eine gefühlte Unendlichkeit in diesem bedrängten Zustand, sieht den Tränen zu und der schwarzen Tusche, die in liniierten Streifen die Wangen hinabläuft. Dann endlich scheint die Frau sich etwas zu fangen.

»Ich muss Sie bitten, den Raum zu verlassen«, sagt Swensen. »Die Spurensicherung muss ihn demnächst untersuchen.«

Manchmal hasst er seinen Beruf.

Dies ist so ein Moment.

2004
DIE FREIHEIT DER IGUANAS

Er erwacht von einem kratzenden Geräusch über seinem Kopf. Im Containerblock flimmert die Hitze. Dass sie aus den Luftmassen kommt, die als Ost-Passate über den Pazifik strömen und die stickigen Vorboten von El Niño sind, dafür hat Gülcan Bayar keinen Gedanken übrig. Er öffnet vorsichtig die Augen. Das grelle Sonnenlicht blendet ihn. Langsam stemmt er seinen Oberkörper von der festverschweißten Pritsche hoch, die Matratze war ihm mal wieder aus nicht nachvollziehbaren Gründen weggenommen worden. Das merkwürdige Geräusch schallt aus einem Plastikrohr über seinem Käfig. Der Gefangene versucht, das Kratzen zu orten, dreht langsam seinen Kopf in die Richtung. Auch ohne die wenigen Bewegungen ist er schon schweißgebadet. Dann sieht er den leuchtend grünen Schädel einer Echse, die sich mit einem seitlich abgeflachten Rumpf langsam aus der Rohröffnung schiebt. Anscheinend hat das Tier da drinnen übernachtet.

Zwischen den runden Nasenlöchern steht ein kleiner, aufwärtsgerichteter Stachel, unterm Hals hängt ein nach unten spitz zulaufender Kehlsack. Als Bayar aufsteht und an das Käfiggitter tritt, zieht sich das Tier mit seinen langen, geschuppten Krallenfüßen aus dem Rohr hervor und klettert auf das Metallgitter, indem es sich mit seinen spitzen Dornen daran festklammert. Dort verharrt es, als wäre es versteinert. Bayars Nasenspitze ist nur wenige Zentimeter vom gepanzerten Rücken des Iguanas entfernt, auf dem sich ein Stachelkamm über die gesamte Länge bis zum ersten Schwanzdrittel zieht. Die Echse, die aus einer fernen Zeit zu kommen scheint, hat etwas Stolzes, Unnahbares, und sie ist frei, kann dahin, wohin sie will. Ihre olivgrüne, hell und dunkel gezeichnete Bauchdecke hebt und senkt sich bei jedem Atemzug. Unterhalb des Kiefers tritt eine Auswölbung hervor, auf der ein heller Fleck hervorsticht, der einem blinden Auge gleicht. Die wirklichen Augen sind gelb und wirken dagegen klein, haben eine schwarze Iris mit goldenen Randstreifen. Damit mustert das Tier das fremde, menschliche Wesen argwöhnisch, das ihm zwischen zwei Fingern eine Brotkrume vor die Nase hält. Mit einem instinktiven Impuls schnellt der Iguana mit aufgetriebenem Kiefer nach vorn, sodass die rosa Zunge zu sehen ist, und schnappt sich blitzartig den Leckerbissen. Gleichzeitig hört Bayar, wie in seinem Rücken die Käfigtür aufgerissen wird und Wärter hereinstürmen.

»Don't feed this animal!«, brüllt einer von ihnen aus vollem Hals.

Er wird von hinten zu Boden gerissen. Fäuste treffen seine Nieren, dass er vor Schmerz fast ohnmächtig wird. Dann wird er von mehreren Armen aus seinem Käfig gezogen und über den Gang geschleift.

Das bedeutet mindestens zehn Tage Isolation, eine mildere Strafe, das weiß er bereits aus Erfahrung. Er wird in einen Raum geworfen. Das Licht geht aus. Der Metallboden ist kalt wie ein Eisblock. Sein Körper beginnt zu zittern. Er geht in die Knie, umfasst mit den Armen seinen Oberkörper und kauert sich in eine Ecke, in der er sich mit dem Rücken anlehnen kann. Das Brummen der Klimaanlage ist der einzige Ton, den er über eine undefinierbare Zeitspanne hört. Er spricht seine Worte leise vor sich hin, sein nicht enden wollendes Gebet. Die Worte, die ihm seit Jahren Halt geben, die ihn weiter durchhalten lassen.

»Es gibt keine Kraft und keine Macht außer bei Allah!«
»Es gibt keine Kraft und keine Macht außer bei Allah!«
»Es gibt keine Kraft und keine Macht außer bei Allah!«

Bald weiß er nicht mehr, ob es Tag oder Nacht ist, muss im Stockdunkeln essen, nachdem die Essensklappe, durch die ein wenig Licht fällt, wieder geschlossen ist. Manchmal versucht er mit etwas Bewegung, die Kälte zu vertreiben. Doch das ist nur ein Trugschluss, es wird ihm noch kälter. Er bleibt bewegungslos in seiner Ecke hocken, dort gibt es keinen Luftzug. Nachdem er endlich wieder abgeholt und rausgebracht wird, braucht er eine Weile, bis er wieder etwas sehen kann. Stechende Kopfschmerzen plagen ihn den halben Tag, nachdem er zurück in seinem Hundezwinger ist. Trotzdem ist die brennende Sonne angenehmer als der Aufenthalt in einem Kühlschrank. Durch die Fenster an der Querseite einer Wand kann er einen kleinen Ausschnitt des Nachthimmels sehen, er ist sternenklar. Am nächsten Morgen wird Bayar von einem markerschütternden Geheul aus dem Tiefschlaf gerissen.

»Don't do that! Don't do that!«

Um ihn herum herrscht große Unruhe, Wärter laufen hektisch in den Gängen vor den Käfigen hin und her. Mehr kann er nicht sehen, aber er spürt, dass etwas Ungewöhnliches passiert sein muss.

»Get up! Hurry!«

Die Schreie kommen aus dem entfernen Block Alpha. Die Nachricht, was passiert ist, breitet sich in Windeseile durch Zurufen über alle Blocks aus.

»Allahu akbar! Die Ungläubigen haben den Koran geschändet!«, ruft Samir Dhiab aus dem Käfig nebenan. »Ein Wächter in Block Alpha hat ihn auf den Boden geworfen und ist mit seinen Stiefeln darauf herumgetrampelt. Ein Gefangener hat sein T-Shirt zerrissen und wollte sich in seiner Zelle aufhängen.«

Der Geruch von CS-Gas liegt in der Luft. Von überallher erschallt wildes Geschrei. Der Selbstmordkandidat ist von den Wächtern entdeckt worden und wird weggebracht. Andere Gefangene schreien, dass sie sich umbringen werden, treten gegen das Käfiggitter. Der Aufruhr lodert auf wie ein Feuer, das blitzschnell außer Kontrolle gerät. Die Nachricht, dass alle in den Hungerstreik gehen sollen, wird von Block zu Block durchgesagt. Bayar ist sich sofort bewusst, dass fast alle daran teilnehmen werden. Er beschließt, obwohl er sich noch sehr geschwächt fühlt, auch mitzumachen, lässt sein Essen unangerührt stehen. Er steht in seiner Zelle und spricht lautlos seine Worte.

»Es gibt keine Kraft und keine Macht außer bei Allah!«
»Es gibt keine Kraft und keine Macht außer bei Allah!«
»Es gibt keine Kraft und keine Macht außer bei Allah!«

Nach drei Tagen setzt Kopfdruck ein, dann wird ihm übel und ein Schwindel zwingt ihn, sich auf den Boden zu setzen. Ihn friert wie in der Isolationszelle, seine Hände zittern unkontrolliert. Er verliert jegliches Zeitgefühl, es wird Tag und wieder Nacht und wieder Tag. Bald weiß er nicht mehr, wie viele Tage in dem steten Wechsel vergangen sind. Seine Glieder beginnen beißend zu schmerzen, er wälzt sich mit Krämpfen am Boden, spürt einen Brechreiz und muss würgen, doch sein Hals ist ausgetrocknet. Er trinkt nicht mehr, weil ihm die Kraft fehlt, den Wasserhahn herunterzudrücken. Der Hunger in ihm gebärdet sich wie ein wildes Tier. Er sehnt sich danach, in Ohnmacht zu fallen, um von alledem um ihn herum nichts mehr mitzubekommen. Einige Zellennachbarn haben sich dem Hungerstreik nicht angeschlossen, aus ihren Käfigen strömen Essensdüfte zu ihm herüber. Sie formen sich zu Worten aus dem Koran: »O Adam, du und deine Frau – verweilt im Paradiesgarten und esst von dessen Früchten, wo immer ihr auch wollt.«

Al-Baqara, Sure 2. Doch er will diese Worte nicht hören, sieht eine schemenhafte Gestalt im Himmel, die zu ihm spricht: »Es gibt keine Kraft und keine Macht außer bei Allah!« Er möchte seine Worte sprechen, doch jedes Wort, das er auszusprechen versucht, verlangt von ihm einen immensen Kraftaufwand. Seine Kiefer scheinen zusammengeschweißt, er schafft es nicht mehr.

Sehnsucht nach einem friedlichen Ort erfasst ihn, er möchte sich ein Bild von Allah machen, aber das ist frevelhaft. Allah ist keine Person. Er hat keinen Körper, keine menschlichen Eigenschaften. Durch ihn fließt kein Blut; und obwohl er alles sehen kann, besitzt er keine Augen. Er kann alles hören, besitzt aber keine Ohren. Trotzdem möchte er ihn jetzt berühren, möchte ihn mit seinen 99 Namen ansprechen wie einen Menschen, auch wenn es falsch ist.

Als er nur noch bewegungslos am Boden liegt, kommen die Wächter, legen ihn auf eine Trage und bringen ihn auf eine Sanitätsstation. Zwei Männer und zwei Frauen in Uniform kommen in den Raum. Auf dem Kunststoffschild eines Mannes steht das Wort »Doctor«. Bayar bekommt panische Angst, krallt sich mit letzter Kraft an der Trage fest, will sie unter keinen Umständen loslassen. Es gibt Gerüchte, dass widerspenstigen Häftlingen Gliedmaßen abgeschnitten werden.

»Do you want to eat, or not?«, fragt der Arzt.

»No!«, presst Bayar heraus.

Die Männer packen und knebeln ihn. Er hat ihren festen Griffen nichts entgegenzusetzen, fühlt sich wie ein alter, schwacher Greis. Dann schiebt eine der Frauen ihm einen Katheter durch die Nase. Während die Sonde durchgeschoben wird, hat er einen heftigen Würgereiz. Seine Hüfte, sein Rachen und sein Magen schmerzen. Einige Male bricht die Frau die Prozedur ab, weil sich der Schlauch mit Blut füllt. Dann bringt ein Initial-Reaction-Force-Team ihn auf der Trage zum Verhör. Einer der Männer schlägt ihm mit der Faust ins Gesicht, obwohl er noch auf der Trage liegt. Er beantwortet keine ihrer Fragen, bekommt dafür weitere Schläge, bis das Team ihn in seinen Block zurückbringt. Einige der hungerstreikenden Häftlinge sind in der Zwischenzeit bereits in einem medizinisch bedenklichen Zustand. Der befehlshabende General des Lagers macht einem der wortführenden Emire Vorschläge. Erstens: Es sollen alle Koranausgaben aus den Zellen entfernt werden, damit das Wachpersonal keine Schändungen des Korans mehr vornehmen kann. Zweitens: Während der Gebete soll nicht mehr die amerikanische Hymne gespielt werden. Drittens: In Zukunft wird es gekochtes Essen geben. Die Punkte werden von den

Gefangenen Block für Block besprochen. Mit einigen Ausnahmen nehmen alle wieder Nahrung zu sich.

Auch Bayar beschließt daraufhin, wieder zu essen. Er bekommt einen Blechteller mit ein paar harten Kartoffeln und zähen Streifen Huhn, die offizielle Bezeichnung: »Mediterrane Hähnchenbrust«. Am nächsten Tag gibt es Gemüse mit Brot. Er würgt es unter großer Mühe hinunter. Das endlose Kauen ist über alle Maßen anstrengend, aber sonst kann er die Pampe nicht schlucken. Am nächsten Tag kann er gar nichts mehr essen, hat Blut im Urin. Jede Bewegung schmerzt, er friert, obwohl es tropisch heiß ist. Sein Mund ist ausgetrocknet, seine Zunge geschwollen und der Körper fühlt sich an, als würde er innerlich in Eis verwandelt. Das Fieber muss extrem hoch sein, kann er noch denken und bekommt Angst. Drei Tage später kann er nicht mehr aufstehen. Sein Herz rast, ihm wird schwarz vor Augen, er erwacht auf einer Trage in der Krankenstation. In seinem Arm steckt eine Kanüle, über ihm hängt eine Flasche mit durchsichtiger Infusionsflüssigkeit. Niemand ist im Raum, nur ein Gerät piept unentwegt. Er fühlt sich schwach, hat undefinierbare Schmerzen. Hände und Füße stecken in Ketten. Dann fällt er wieder in den Schlaf. Einmal erwacht er in der Nacht. Durch ein Fenster sieht er den Sternenhimmel, glaubt, dass er sterben wird. Irgendwann nimmt eine Schwester ihm die Schläuche ab. Ein Mann stellt Fragen nach Krankheiten in der Kindheit, ob er Windpocken oder Masern gehabt hätte. Irgendwann kann er sich wieder aufrichten, kann wieder normal essen. Er ist am Leben.

In der Nacht, zurück in seinem vertrauten Käfig, träumt er von Serap, seiner Mutter. Sie sitzt in der Küche des »Dalaman-Kebap-Hauses«, ihrem kleinen Imbissladen in Husum, und schreibt ihm einen Brief. Sie winkt ihm zu, verschwindet ganz langsam hinter einem weißen Schleier. Er hört nur noch ihre Stimme, die flüsternd zu ihm spricht: »Das Paradies liegt zu Füßen der Mütter.«

»Deine Familie siehst du nie wieder!«, brüllt eine andere Stimme dagegen.

Er schreckt aus dem Schlaf. Die Sonne ist noch nicht aufgegangen. Der Iguana kriecht wieder aus dem Rohr auf sein Käfiggitter. Er steht auf, sieht sich um und geht zu dem Tier hinüber, um es mit einem Brotkrumen zu füttern. Sein Traum erfüllt ihn noch und eine große Trauer erfasst ihn. Andere Häftlinge haben Bilder von ihren Familien. Er dagegen besitzt nichts, nur seine verblasste Vorstellung. Er weiß noch, dass Serap ein rundliches, blasses Gesicht hat, ihr langes dunkles Haar ist zu einem Knoten zusammengesteckt. Er hatte es einmal gesehen, als er sie heimlich am Morgen beobachtet hatte. Am Tag trägt sie immer ein gemustertes Kopftuch mit Strassperlen und ein langes graues Gewand. Doch umso mehr er sie sich vorstellen will, umso mehr verschwinden ihre Konturen.

Die Wachen verrichten ihre Arbeit in zwei Schichten. Entweder am Tag oder in der Nacht. Jeden Morgen, wenn die neue Schicht eintrifft, ballern sie mit Fäusten gegen seine Zellentür. Die ausgeruhten Wachen haben jedes Mal neue Ideen, wie sie ihn schikanieren können. Am heutigen Tag achten sie darauf, dass die Kloschüssel der Toilette trocken sein muss. Sie warten nur darauf, dass er pinkeln muss, um ihn zu zwingen, sie mit seiner einzigen Häftlingsuniform auszuwischen.

Im späten Oktober 2004 verlegen sie den Gefangenen Bayar von Camp 1 ins Camp Echo. Er hatte über dieses Camp schon von anderen Insassen gehört. Es soll ein reines Isolationscamp sein. Einige sollen schon jahrelang im Camp Echo verschwunden sein. Keiner weiß, ob sie überhaupt noch leben.

Ihm werden die Augen verbunden und er wird zu einem Fahrzeug geführt. Während der Fahrt fühlt er sich, als würde er in einem rollenden Bunker sitzen. Kein Geräusch von draußen dringt ins Innere. Der Kleinbus muss vollständig gedämmt sein. Alles, was seine Finger ertasten können, ist aus blankem Metall.

Nur nicht in die Türkei zurück, denkt er erschrocken. Ich will nicht in die Türkei. Da wird es mir nicht viel besser ergehen als hier.

Schon nach wenigen Minuten ist die Fahrt wieder vorbei. Sie ziehen ihn an den Armen hinaus, ein Mann an jeder Seite, und schleifen ihn neben sich her. Er hört nichts, keine Stimmen von anderen Gefangenen. Dann knarzt eine Holztür und einige Metalltüren werden geöffnet und geschlossen. Endlich nehmen die Männer ihm die Augenbinde wieder ab und er bleibt allein in seinem neuen Käfig zurück. Die Innenausstattung ist dieselbe, die er aus Camp 1 und 2 kennt, die gleiche Navy-Toilette und Waschbecken aus einem Guss. An der Decke hängt die gleiche Kamera hinter einem Plexiglasgehäuse. Dafür ist der Raum kleiner und die Metallgitter noch stabiler, engmaschige Gitter. Jetzt ist von der Außenwelt so gut wie nichts mehr zu erkennen.

Hier kann nicht mal mehr ein Floh durchschlüpfen, denkt er und muss an seinen grünen Freund da draußen denken, den Iguana, der in Freiheit lebt.

Hinter einem Tisch steht ein Stuhl mit dem bekannten Ring im Boden. Dahinter ist eine Wand mit einer Tür, durch die in einiger Entfernung ein zweiter Käfig mit dem gleichen Tisch und Stuhl zu erkennen ist. Die perfekte Isolation.

Erst nach seiner Freilassung wird Bayar erfahren, dass das Camp Echo aus separaten einstöckigen Gebäuden bestanden hat, in denen jeweils eine Zelle durch Maschengitter in zwei Räume unterteilt ist.

Die Betonbauten haben schmale, geschlitzte Türen aus transloziertem Kunststoff, aber keine Fenster. Neben jedem Käfig ist eine kleine Duschzelle. Hier muss keiner mehr den Trakt verlassen. Die Gefangenen können direkt in der Zelle verhört werden. Die Wächter kommen nur noch dreimal am Tag mit dem Essen. Meistens lassen sie sogar eine Mahlzeit aus. Dafür kann er nachts durchschlafen. Sie kommen nicht mehr, um ihn willkürlich zu wecken.

»Aufstehen!«, brüllt einer der Wächter, die in den Käfig kommen.

Bayar schlägt verwundert die Augen auf. Warum hat man ihn geweckt? Geht die Schikane von neuem los?

»Mach dich fertig, Bayar! Du bekommst Besuch!«

Er ist sofort misstrauisch, schweigt aber. Wer soll da schon kommen? Irgendein neuer Typ aus Washington, der natürlich nur bei ihm hereinschaut, damit er ihn aus seiner misslichen Lage befreien kann. Darauf verzichtet er gerne!

Die Wächter ketten ihn am Boden fest, er sitzt auf dem Stuhl, wartet und starrt auf die Tür in der Wand. Es vergeht einige Zeit, bis sie sich öffnet. Ein fülliger Mann in einem viel zu engen Anzug und einer Tasche unterm Arm tritt herein. Von der Stirn läuft der Schweiß in Strömen. Er kramt umständlich ein Taschentuch aus der Jacke und wischt sich die Schweißperlen ab. Dann setzt er sich ihm gegenüber auf den zweiten Stuhl, stellt die Tasche zu seinen Füßen ab, faltet seine Hände vor sich auf dem Tisch und sagt nur: »Hallo, ich bin Ben Harper. Ich bin dein Anwalt!«

Bayar lacht laut auf. »Du bist mein Anwalt, na klar!«

»Ich habe dir einen Brief von deiner Mutter mitgebracht!«

Eine neue Masche, denkt er und sagt kein Wort. Die wollen mich irgendwie reinlegen.

Der vermeintliche Anwalt öffnet die Tasche, fingert ein gefaltetes Papier heraus und schiebt es über den Tisch. Bayar zögert einen Moment, bevor er danach greift und den Brief auseinanderfaltet. Die ordentliche Handschrift ist die seiner Mutter, er erkennt sie sofort an dem eng gezogenen »S«.

»Mein geliebter Sohn«, steht dort geschrieben, »dieser Brief ist von deiner Mutter. Ich hoffe, es geht dir gut. Herrn Harper kannst du vertrauen. Er ist dein Anwalt.«

Ihm laufen Tränen die Wangen hinab. Eine Nachricht von zu Hause nach beinahe drei Jahren. Doch nach dem ersten Gefühlsausbruch kehrt erneut Misstrauen ein.

»Woher hast du den Brief?«

»Deine Mutter hat ihn für dich geschrieben, als ich sie in Deutschland besucht habe.«

»Du warst bei meiner Mutter in Deutschland?«

»Deine Mutter hat für dich seit Jahren einen Anwalt in Deutschland. Ich bin dein Anwalt in Washington.«

»Du bist mein Anwalt in Washington? Das glaube ich nicht!«

Der Typ ist ein Verhörtyp, sagt ihm seine innere Stimme. Der benutzt den Brief meiner Mutter, um mich hinters Licht zu führen.

»Woher soll ich wissen, ob du wirklich dieser Anwalt bist, von dem meine Mutter in dem Brief schreibt?«

Harper bückt sich und kramt in seiner Tasche. Dann legt er seinen Ausweis, einen Gefängnispass und Papiere für sein Mandat auf den Tisch. Bayar nimmt alles in die Hand, blättert die Papiere durch. Auf allem steht der Name Harper.

»Ich habe strenge Auflagen, wenn ich dich hier besuche. Ich darf nicht kommen, wann ich will, und muss alles, was wir besprechen, aufschreiben und ihnen danach zeigen.«

»Da steht zwar, dass du mein Anwalt bist. Aber die Papiere können genauso gut gefälscht sein.«

»Das stimmt. Aber ich kann dir nur sagen, ich bin dein Anwalt. Das musst du mir schon glauben, sonst kann ich dir nicht helfen.«

»Wie willst du mir denn helfen?«

»Alle Häftlinge haben das Recht, bei einem amerikanischen Gericht eine Klage gegen ihre Inhaftierung einzureichen. Ich werde dich hier rausholen. Das kannst du mir glauben.«

2006
DIE FRAU DER RINGE

Der Vollmond schiebt sich langsam hinter einer pechschwarzen Wolke hervor und hängt sein blassgelbes Rund an den Himmel über Witzwort. Jan Swensen parkt seinen alten Polo neben der Vorgartentür des kleinen Reetdachhauses, in dem Anna und er wohnen. Er steigt aus, bleibt, vom Anblick überwältigt, hinter der geöffneten Wagentür stehen und lässt seinen Blick über die Wiesen schweifen, die, geflutet vom hellen Mondlicht, wie verwunschen daliegen. Der Vollmond versetzt die Menschen, so sagt man, in einen merkwürdigen Ausnahmezustand. In seinem Fall trifft das eigentlich nie zu, davon ist der Hauptkommissar überzeugt. Allerdings hat er einmal irgendwo gelesen, dass der Palolowurm auf Samoa diese Beleuchtung für seine sexuellen Aktivitäten bevorzugt. Aber damit lässt sich seine innere Unruhe wohl nur schwerlich erklären.

Schon eher, dass er unzufrieden mit der momentanen Situation ist, diesem ungewohnten Fundort einer Leiche und dem undurchschaubaren Umfeld dieses Filmregisseurs. Er erinnert sich an die Befragung von Ruth Rautenberg, der vermeintlichen Geliebten, die, wie sie behauptet hat, erst eine werden sollte, dann aber vorher eingeschlafen war. Er lässt sich zum wiederholten Mal ihre Worte, ihre Gesten, ihre Blicke durch den Kopf gehen und sieht die Männer von der Spurensicherung, wie sie vor dem Hotelzimmer eintreffen. Er selbst war da auf dem Weg zurück zum Swimmingpool gewesen.

In seiner Abwesenheit hat der Fotograf bereits seine Arbeit beendet. Zwei Beamte, entkleidet bis auf die Badehose, haben den Leichnam vom Grund des Beckens geborgen und stehen neben dem Doc. Der Tote liegt jetzt mit dem Rücken auf den graugrünen Natursteinen. Swensen kann ihn endlich einwandfrei identifizieren. Es war nach dem Gespräch mit Rautenberg zwar schon sicher gewesen, dass es Rehmke sein musste, aber nun hat er selbst die letzte Gewissheit.

Michael Lade, über die Leiche gebeugt, stemmt gerade deren Oberkörper in die Höhe und schreibt dann einige Worte auf eine aufgeklappte Seite seines Notizblocks. Die blassweiße Haut von Rehmke ist um die Bauch- und Brustpartie sowie an den Vorderarmen und Fußgelenken mit einer blaugrauen bis rotvioletten Verfärbung überzogen. Totenflecken, erinnert der Hauptkommissar, entstehen 20 bis 30 Minuten nach einem Kreislaufstillstand.

»Kannst du schon was sagen?«, fragt er den Doc.

»Eigentlich nicht«, antwortet Lade und beißt nachdenklich auf seine Unterlippe. »Es gibt keine Anzeichen für Außeneinwirkung. Es gibt auch nicht die charakteristischen Ertrinkungsmerkmale, schaumartige Flüssigkeit an Nase und Mund. Könnte natürlich sein, dass der Mann beim Schwimmen einen Herzinfarkt erlitten hat und dann untergegangen und erstickt ist. Das muss aber die Obduktion herausfinden, das kann ich hier vor Ort nicht beurteilen.«

»Okay!«, sagt Swensen. »Todeszeitpunkt? Bis kurz nach Mitternacht hat der Mann noch gelebt und auf seinem Zimmer gefeiert, hat mir eine Zeugin versichert. Vom Manager weiß ich, dass er kurz vor 8.00 Uhr gefunden wurde.«

»Dadurch, dass der Mann im Wasser gelegen hat, kann ich auch dazu nichts Genaues sagen«, erklärt Lade. »Wir müssen die Raum- und Wassertemperatur bei der Berechnung mit einbeziehen. Ich werde das alles gleich noch messen.«

Der Hauptkommissar nickt und schließt gedankenverloren die Augen.

Ein Regisseur, resümiert er im Kopf, dreht einen Film über einen Ertrunkenen und wird nach den Dreharbeiten tot im Swimmingpool eines Hotels gefunden. Das klingt mehr als paradox. Jedenfalls würde ihm die Geschichte niemand glauben, wenn er sie erzählen würde.

»Etwas stimmt hier nicht«, sagt er dann laut, ohne jemanden direkt anzusprechen.

»Was soll nicht stimmen?«, fragt der Doc und schaut von seinen Notizen auf.

»Keine Ahnung«, sagt Swensen lakonisch, »ich glaube nur, dass etwas nicht stimmt.«

»Verstehe, da spricht dein unschlagbarer siebter Sinn zu uns.« Lade grinst und öffnet seinen Handkoffer, um ein Thermometer herauszufischen.

»Genau, und in diesem Sinn werde ich jetzt mit ganz gewöhnlichem Klinkenputzen beginnen«, entgegnet Swensen. »Das hat mein siebter Sinn mir ebenfalls so eingegeben.«

Der Kriminalist hebt die Hand und bricht mit einem »Man sieht sich, spätestens auf meiner Hochzeit« auf, um wenig später die Treppe zur Balustrade hinaufzusteigen. Als er bis zur Mitte gekommen ist, klingelt sein Handy. Er nimmt das Gespräch entgegen und schon fetzt die gehetzte Stimme von Polizeirat Püchel wie ein Schlagzeugwirbel auf sein Trommelfell: »Was ist da los, Jan? Mord, Unfall, Selbstmord? Warum meldest du dich nicht? Über drei Stunden bist du schon vor Ort und es ist dir bekannt, wie wichtig das Ergebnis ist!«

Den vorwurfsvollen Unterton überhört Swensen beflissentlich.

»Ich kann dir noch keine abschließende Antwort geben, sonst wüsstest du bereits Bescheid«, versichert er, nachdem er tief Luft geholt hat. »Alle Optionen sind noch offen.«

»Scheiße, verdammte!«, flucht der Chef lauthals. »Die Sache beginnt mir, auf den Nägeln zu brennen. Die Presse hat schon Wind davon bekommen und rückt mir bereits auf die Pelle. Solch ein Gerücht verbreitet sich wie ein Lauffeuer.«

»Ruf die Feuerwehr«, sagt Swensen ironisch. »Ich mache meine Arbeit und die Ergebnisse erfährst du so schnell, wie sie bei mir reinkommen.«

»Ehrenwort?«

»Lass gut sein, Heinz!«, sagt Swensen genervt und beendet das Gespräch.

Am Eingang zum Wellnessbereich steht Oberkommissar Mielke und redet mit einer Reinigungskraft. Der Hauptkommissar bleibt in einigem Abstand stehen und wartet geduldig, bis er das Gespräch beendet hat.

»Ihr Dienstbeginn war heute Morgen um 7.00 Uhr«, berichtet Mielke, nachdem die Frau mit ihrem Reinigungswagen außer Hörweite ist. »Circa 10 Minuten vor 8.00 Uhr hat sie im Beckenbereich mit dem Wischen angefangen. Bevor sie den Toten überhaupt entdeckt hat, ist einige Zeit vergangen, circa 10 - 15 Minuten. Ich hab sie gefragt, ob ihr vor oder im Schwimmbad irgendjemand begegnet sei oder ob sie irgendetwas Ungewöhnliches gehört hat. Das hat sie beides verneint.«

»Spricht alles für einen banalen Unglücksfall; wahrscheinlich Herzinfarkt, meint der Doc«, kommentiert Swensen beiläufig.

»Dafür erscheint mir der Typ reichlich jung!«

»Es gibt Menschen, die schon mit 30 und jünger einen Herzinfarkt haben. Alles ist möglich! Nur der Chef will bereits gestern wissen, ob das heute so der Fall sein kann«, knurrt Swensen und schaut hilfesuchend in Richtung Himmel.

»The same procedure as everywhere else!«, scherzt Mielke.

»Nun gut! Und du fährst den Wagen vor«, witzelt der Hauptkommissar zurück. »Ich arbeite derweil die verbleibenden Personen auf der Gästeliste ab, die gestern Abend in der Hotelsuite noch mit dem Toten gefeiert haben. Schaut so aus, als wäre ein Großteil des harten Kerns vom Filmteam anwesend gewesen. Danach sind wir hoffentlich schlauer.«

Swensen nickt Mielke stumm zu und marschiert in Richtung Rezeption davon. Bevor er dort ankommt, wird er vor dem Eingang zum Wintergarten vom Hotelmanager Bardewick abgefangen, der plötzlich mit zusammengezogenen Augenbrauen vor ihm steht.

»Sind Sie mit Ihren Untersuchungen durch?«, fragt er mit angestrengt hoffnungsvoller Stimme, die nicht von einer positiven Antwort ausgeht.

»Die Leiche wird in der nächsten halben Stunde abtransportiert«, versichert der Kriminalist. »Aber das Schwimmbad kann auch danach noch nicht wieder geöffnet werden. Unsere Spurensicherung muss sich den Raum noch gründlich vornehmen.«

»Das ist schlecht, das ist sehr schlecht«, stöhnt der Manager. »Kann man da nichts beschleunigen?«

»Man kann, wenn Sie mir hiermit behilflich sind«, stellt Swensen fest und reicht ihm seine Liste. »Das ist eine Liste mit Personen, die ich befragen muss. Welche der darauf erwähnten Personen haben in diesem Hotel eingecheckt?«

»Ich begleite Sie kurz an die Rezeption, damit das reibungslos geht.«

Der Manager eilt mit dem Papier in der Hand voran, schiebt seinen verdutzten Mitarbeiter beiseite und schaut eigenhändig im Computer nach.

Keine zehn Minuten später steht der Kriminalist erneut im dritten Stock und klopft gegen die Hoteltür des Zimmers 319. Er wartet, und als sich nichts rührt, klopft er wesentlich lauter. Doch auch darauf erfolgt keine Reaktion. Zwei weitere Versuche bringen dasselbe Ergebnis. Swensen telefoniert mit der Rezeption, erklärt die Situation und erfährt, dass der Gast im Raum sein müsste. Er besteht darauf, dass unverzüglich das Zimmer aufgeschlossen wird. Der Manager erscheint daraufhin persönlich mit einer Chipkarte und hält sie murrend an das Schloss, nachdem Swensen ihm noch mal versichert, dass für die Kriminalpolizei in diesem Fall der Tatbestand »Gefahr im Verzug« vorliegt.

Mit einem Klicken springt die Tür auf. Bardewick drängt sich vor dem Kriminalisten in den Raum, in dem ihnen ein penetranter Geruch nach süßlichem Alkohol und Zigarettenrauch entgegenschlägt. Der Manager bleibt in der Mitte stehen und ruft mit gedämpfter Stimme: »Herr Kahlheim! – Herr Kahlheim, sind Sie hier?«

Als sich niemand rührt, guckt er fragend zu Swensen hinüber. Der geht zielstrebig zur Tür des Nebenraums und öffnet sie ohne Rücksicht. Der Raum liegt im Halbdunkel der zugezogenen Vorhänge. Auf dem Bett schimmert die helle

Haut eines kaum bedeckten Körpers, der leise Schnarchlaute von sich gibt.

»Schätze mal, hier handelt es sich um Herrn Kahlheim«, meldet Swensen dem Manager und fordert mit Nachdruck in der Stimme: »Würden Sie uns bitte allein lassen, Herr Bardewick. Ab jetzt wird das hier zu einer polizeilichen Ermittlung.«

Der Hotelmanager schaut etwas pikiert, bleibt einen Moment mit zur Seite geneigtem Kopf unentschlossen stehen und verlässt dann forsch den Raum, indem er ungehalten »Wenn Sie meinen, Herr Swensen« murmelt.

Der Kriminalist verharrt, bis die Zimmertür geschlossen ist, geht dann in den Schlafraum zurück und rüttelt den Schlafenden kräftig am Oberarm, auf dem eine züngelnde Flamme tätowiert ist.

»Herr Kahlheim, wachen Sie auf! Hallo, Herr Kahlheim!«

Ein Zucken geht durch den Körper. Der Mann brabbelt unverständliche Worte, dreht den Kopf zur Seite und schlägt endlich die Augen auf. Der markante Schädel hebt sich langsam in die Höhe. Das Haar ist an beiden Seiten streichholzlang geschnitten, während in der Mitte ein längerer Streifen zerzaust in alle Richtungen absteht. Erst jetzt scheint der Mann zu realisieren, dass eine fremde Person an seinem Bett steht.

»Hey! Was machen Sie hier in meinem Zimmer!«, sagt er mit belegter Stimme und wirkt wie abwesend, während Swensen eine mächtige Alkoholfahne entgegenweht.

»Kriminalpolizei!«, sagt er mit lauter Stimme. »Stehen Sie auf! Ich muss mit Ihnen sprechen!«

Der Mann kommt nur mühsam in die Vertikale, sitzt splitternackt und sichtlich benommen auf dem Bettrand und starrt den Hauptkommissar ungläubig aus zusammengekniffenen Augen an.

»Ziehen Sie sich etwas an!«, befiehlt Swensen, verlässt den Raum und ergänzt im Rausgehen: »Und wenn Sie fertig sind, kommen Sie bitte zu mir rüber.«

Der Hauptkommissar setzt sich auf einen der – für seinen Geschmack – biederen Stühle mit rotgemustertem englischem Stoff und wippt ungeduldig mit den Füßen. Er muss geschlagene 20 Minuten warten, bis Kahlheim endlich mit nassen, angeklebten Haaren und weißem Bademantel aus dem Nebenraum kommt. Seine breiten Schultern erwecken den Eindruck, als würde er regelmäßig ein Fitnessstudio besuchen.

»Seit wann darf die Polizei einfach ohne eine Erlaubnis in mein Hotelzimmer eindringen?«, fragt er entrüstet, zündet sich eine Zigarette an und inhaliert im Stehen.

»Die Sache ist anders, als Sie gerade denken, Herr Kahlheim«, sagt Swensen mit betont ruhiger Stimme. »Am besten, Sie setzen sich erst einmal, dann erkläre ich Ihnen alles.«

»Da bin ich gespannt«, entgegnet Kahlheim ungehalten, nimmt noch einen Zug und setzt sich auf einen Stuhl, der in einiger Entfernung vom Kriminalisten steht.

»Wann und wo haben Sie Detlev Rehmke zuletzt gesehen?«

»Detlev? Warum fragen Sie das?«

»Beantworten Sie bitte die Frage.«

»Gestern Abend. Wir haben zusammen in seinem Zimmer hier im Hotel gefeiert.«

»Wann sind Sie gegangen?«

»Keine Ahnung. Ich hab nicht auf die Uhr geschaut.«

»Wer war noch dort, als Sie gegangen sind?«

»Keinen blassen Schimmer, ich hatte wohl etwas zu viel intus.«

»Sie können sich an gar nichts erinnern?«

»Das kann man so nicht sagen. Aber ich kann Ihre Fragen trotzdem nicht beantworten.«

»Können Sie sich an Frau Rautenberg erinnern?«

»Was heißt erinnern …«

»Ist sie vorzeitig im Nebenraum verschwunden? Hatte sie ein Techtelmechtel mit Herrn Rehmke?«

»Sie stellen eine Menge Fragen auf nüchternen Magen. Darf ich vielleicht wissen, weswegen Sie eigentlich hier sind?«

»Herr Rehmke ist tot. Er ist heute Nacht im Swimmingpool des Hotels ums Leben gekommen.«

Das Gesicht von Kahlheim versteinert, und es wirkt, als würde sein Kopf plötzlich schwer auf dem Hals sitzen. Das Kinn steht ein wenig aufwärts, zieht die unrasierten Partien unter den Wangen nach oben und spannt die Haut bis an ihre Grenze.

»Detlev ist tot?«

Swensen sagt nichts, wartet ab und beobachtet sein Gegenüber.

»Nein, das ist nicht wahr. Das kann nicht wahr sein«, murmelt Kahlheim, nimmt die Zigarettenschachtel aus der Bademanteltasche. Er stockt mitten in der Bewegung und steckt sie wieder zurück. Den Kriminalisten beschleicht das Gefühl, dass Kahlheims Worte nichts mit Betroffenheit zu tun haben, es scheint eher so, als würde der Mann über die Konsequenzen für sich selbst nachdenken.

»Ist Herr Rehmke in der letzten Zeit irgendwie auffällig gewesen?«, fragt Swensen dann. »Wirkte er verstört oder eher aggressiv oder melancholisch?«

»Nichts von dem ist mir aufgefallen. Zumindest waren seine Gefühlsregungen nicht anders als sonst«, sagt Kahlheim schroff und zieht erneut die Zigarettenschachtel heraus. »Aber dazu sollten Sie wissen, dass Aggression, Melancholie und Verstörtheit zum gewöhnlichen Alltag des Filmgeschäfts zählen. Wenn Sie wüssten, was für Befindlichkeiten manchmal am Set ausgetragen werden, dann würden Sie nach so etwas gar nicht erst fragen.«

Er zieht eine Zigarette aus der Schachtel, steckt sie zwischen die Lippen und zündet sie an.

»Wollen Sie sonst noch was wissen? Sonst würde ich mich jetzt gerne anziehen. Der Tod von Detlev wird einiges durcheinanderwirbeln. Ich muss jetzt unbedingt in Ruhe telefonieren.«

»Ich hab erst mal keine Fragen mehr«, sagt Swensen und reicht Kahlheim eine Visitenkarte. »Hier ist meine Nummer, wenn Ihnen noch etwas einfällt.«

Als der Kriminalist auf den Hotelflur hinaustritt, steht Bardewick noch immer vor der Tür und reibt rhythmisch seine trockenen Handflächen aneinander. Er scheint nach wie vor über die Ermittlung in seinem Haus nicht erfreut zu sein.

»Ich warte nur«, sagt er im Brustton der Überzeugung, »damit ich sofort die nächste Tür aufsperren kann, wenn Sie da wieder nicht reinkommen sollten. Ich möchte, das alles hier möglichst zügig über die Bühne geht.«

»Ich bin nicht Teil einer Inszenierung«, sagt Swensen bissig. »Aber okay, warum nicht. Als nächstes möchte ich jetzt zu Frau Hubrich-Messow, Zimmer 341.«

Für die wenigen Schritte über den Flur geht der Hauptkommissar voran, klopft gleich beim ersten Mal kräftig gegen das Holz und die Tür öffnet sich.

»Sie sind das, Herr Swensen! Einen Moment, aber bitte kommen Sie doch herein«, sagt ein hoher Sopran.

»Im dritten Stock bin ich somit durch«, sagt der Hauptkommissar zum Hotelmanager, während er eintritt. Frau Hubrich-Messow hält verkrampft ihr Handy am Ohr. Sie schaut den Hereinkommenden teilnahmslos an und deutet mit der freien Hand auf ihr Gerät. Swensen kann eine hektische Stimme in der Leitung hören, kann die Worte aber nicht verstehen. Er mustert die Aufnahmeleiterin ausgiebig, während sie im Zimmer auf und ab geht. Sie trägt rosa Jeans und ein großes dunkelgraues Sweatshirt, mit dem sie offensichtlich ihren kantigen Körperbau zu kaschieren versucht. Ihre Stirn steht etwas vor und bildet einen leichten Überhang über den Augen, die Nase sitzt ein wenig schief.

»Schneller als die Polizei erlaubt?«, sagt Hubrich-Messow behäbig, als das Gespräch beendet ist. Sie zieht die Augenbrauen zusammen und ihre Augen schauen einen kurzen Moment ins Leere.

»Sie scheinen nicht sonderlich überrascht, mich zu sehen?«, fragt der Kriminalist zurück. Das Erstaunen, das in seinen Worten mitschwingt, ist nicht zu überhören.

»Man hat mich gerade informiert, dass Detlev tot aufgefunden wurde«, antwortet sie mit belegter Stimme, als würde sie mit großer Mühe ein Schluchzen unterdrücken.

»Wer hat Sie informiert?«

»Kai Uwe Kahlheim, unser Produktionsleiter.«

»Ach nee, dazu ist der Herr also noch in der Lage?«, platzt es aus Swensen heraus, wobei er sich im selben Moment am liebsten auf die Zunge gebissen hätte.

»Muss ich das verstehen?«, fragt Hubrich-Messow mit abwesendem Blick, als wäre sie mit ihren Gedanken woanders.

»Nein, müssen Sie nicht«, sagt Swensen ungewollt schroff. »Aber wo Sie jetzt schon Bescheid wissen, wann haben Sie Herrn Rehmke das letzte Mal gesehen?«

»Darf ich mich bitte setzen?« Die Frau ist plötzlich kreidebleich und geht mit unsicheren Schritten zu einem Sessel hinüber, in den sie sich kraftlos fallen lässt.

»Brauchen Sie Hilfe?«, fragt Swensen erschrocken und macht sich Vorwürfe, alles Menschliche außer Acht gelassen zu haben.

»Nein, ich brauche nichts. Ich muss nur kurz innerlich zur Ruhe kommen …, muss erst mal realisieren, dass Detlev … wirklich tot ist … und was das für uns alle jetzt für Konsequenzen hat.«

»Was denn für Konsequenzen?«

»Unsere Produktion! Unser Film, den wir gerade drehen.« Hubrich-Messows Lippen zittern und die Sehnen an ihrem Hals treten hervor. Das Flackern in ihren Augen erklärt Swensen sich damit, dass sie sich offensichtlich schlechter im Griff hat, als es ihm im ersten Moment vorgekommen war. Er lässt einige Augenblicke verstreichen, sieht, wie das Blut in ihre Wangen zurückkehrt.

»Was könnte denn mit dem Film passieren?«, fragt er dann.

»Das kann ich Ihnen auf die Schnelle nicht sagen«, sagt sie, legt das Gesicht zur Seite und fasst sich an den Hinterkopf. »Es gibt mehrere Möglichkeiten. Wenn die Produktionsfirma mitmacht, bräuchten wir einen neuen Regisseur, der das Projekt zu Ende bringt. Aber das wird in jedem Fall einige Zeit dauern.«

»Sie waren gestern mit auf der Feier im Hotelzimmer von Herrn Rehmke. Können Sie mir erzählen, wie ich mir den Ablauf des Abends vorstellen muss?«

»Wie halt so gefeiert wird, viele Gespräche, viel Musik, gutes Essen und Getränke. Geendet hat das Ganze vielleicht etwas zu feuchtfröhlich.«

»Und wann hat es geendet?«

»Das kann ich nicht sagen, ich nehme mal an, erst nach Mitternacht.«

»Aber Sie scheinen nicht mit den anderen versackt zu sein wie zum Beispiel Ihr Kollege Kahlheim?«

»Kai Uwe? Wieso ist der versackt? Solange ich anwesend war, hat der doch kaum etwas getrunken.«

»Haben Sie denn vorher die Feier verlassen?«

»Als ich gegangen bin, waren jedenfalls noch eine Menge Leute da. Ich bin mit Siegfried gegangen, Siegfried Wolf, der hat eine Nebenrolle, er spielt den Badekumpel von unserer Hauptfigur Lutze.«

Swensen schreckt zusammen. Eine Fledermaus ist dicht an seinem Gesicht vorbeigeschnellt. Er ist wieder da, wo er während seiner gedanklichen Rückschau die ganze Zeit geweilt hat, auf der Straße vor seinem Haus in Witzwort. Die Fledermaus manövriert im Rüttelflug um ihn herum und verliert sich neben dem Lichthof des Mondes im Dunkel der Nacht. Eine ähnliche Flugbahn hatten seine Ermittlungen am heutigen Tag auch genommen, sie waren in einem Nichts aus vagen Erinnerungen steckengeblieben. Keiner der Gäste, die auf der spontanen Party im Hotelzimmer des Toten mit dabei gewesen waren, hatte irgendeine präzise Auskunft über Uhrzeiten geben können oder konnte sagen, wer die letzten Personen in den Räumen gewesen waren, geschweige denn wusste jemand den Zeitpunkt, wann der Gastgeber sich ins Schwimmbad abgesetzt hat. Anscheinend war am Ende nur noch die schlafende Ruth Rautenberg in den Räumen anwesend, die sich aber an nichts mehr erinnern konnte.

Der Hauptkommissar geht über die Fliesen im Vorgarten zur Haustür, schließt diese auf und tritt in den Flur. Ein rötlicher Lichtschein fällt aus der offenen Küchentür und tanzt zuckend über die gegenüberliegende Wand. Verärgert darüber, dass Anna offensichtlich eine Kerze hat brennen lassen, kneift Swensen die Augen zusammen und steht nach einigen schnellen Schritten mitten im Spiel der flackernden Flamme. Die Kerze brennt sicher in einem dicken Teelichtglas auf dem Küchentisch. Davor, auf einer weinroten Serviette, glänzen zwei goldene Ringe. Auf einem Zettel hat Anna eine handschriftliche Nachricht hinterlassen.

»Das machtvollste Symbol ist der Kreis, hat mein berühmter Kollege C. G. Jung einmal gesagt. Im Wort *Symbol*, wie schon durch die zwei Silben angedeutet, werden zwei Dinge zusammengefügt. Auch der Ring ist ein kraftvoller Kreis, in dem zwei Enden eins werden. Du sagtest heute Morgen, ich solle entscheiden, welche Ringe zu uns passen. Ich habe für uns entschieden, dass es doch goldene sein sollen.«

Das Licht zuckt rhythmisch, tanzt über sein Gesicht. Swensen kneift erneut die Augen zusammen, versucht einen klaren Gedanken zu fassen, doch ihm kommt nur ein alter Indianer in den Sinn. »Black Elk« von den Lakota Sioux, dessen Buch er gelesen hat. »Die ganze Welt ist ein Kreis«, hatte der in seinem schriftlichen Vermächtnis gesagt. »Wenn wir ein Lager aufschlagen, dann bilden die Zelte einen Kreis. Wenn der Adler ein Nest baut, formt er einen Kreis. Wenn wir zum Horizont schauen, erblicken wir einen Kreis.«

Swensens Hand greift nach dem größeren der beiden Ringe. Vorsichtig streift er ihn über seinen Ringfinger, lässt den außerirdischen Glanz, der selbst bei geringstem Licht noch betörend ist, auf sich wirken. Er lächelt in sich hinein.

Wozu eine störende Ermittlung manchmal doch gut sein kann, denkt er, zieht den Ring wieder vom Finger und hält ihn über die Kerze. Ohne diese Störung hättest du sicherlich auf silberne Ringe bestanden.

Er kaut nachdenklich auf den Lippen.

Du wolltest deine eigene Hochzeit einfach unter den Scheffel stellen, mein Lieber, gesteht er sich ein. Jan Swensen trägt doch keinen protzigen golden Ring, wenn es auch ein silberner tut.

Er löscht die Kerze auf dem Tisch und steigt leichtfüßig die Treppe zum ersten Stock hinauf. Als er das Schlafzimmer betritt, geht die Lampe auf Annas Nachttisch an. Sie sitzt aufrecht im Bett und strahlt ausgelassen über das ganze Gesicht.

2006
DER AUTOR

Im Bauch des Walfischs

Vom Starren auf den Bildschirm des Rechners flimmerten die Buchstaben vor meinen Augen. Zu dem Stichwort »Gotteskrieger und Geheimdienste« hatte ich stundenlang im Internet recherchiert, rieb mir erschöpft die Augen und hob den Kopf, um die Halswirbel zu entspannen. Draußen war es mittlerweile dunkel geworden. Von meinem Schreibtisch aus blickte ich auf die gegenüberliegende Häuserreihe. In den Fenstern der Backsteinfassade flackerten bereits im gleichen Takt die bläulichen Lichter der Fernsehschirme. 20.01 Uhr, die Tagesschau hatte gerade begonnen. Die erste Nachricht wird bestimmt der heutige Angriff auf eine Bundeswehrpatrouille zwischen Kunduz und Faizabad sein, bei dem eine Panzerfaust auf einen Wolf-Geländewagen abgefeuert worden war, aber glücklicherweise das Ziel verfehlt hatte. Auf die Nachricht war ich bereits am Mittag im Internet gestoßen.

Seit dem ersten Angriff 2003 hatte es 13 Anschläge auf die Bundeswehr gegeben, davon drei in den letzten drei Tagen, ging es mir durch den Kopf. Im November letzten Jahres war gerade erst ein Bundeswehrsoldat durch eine Autobombe in Kabul gestorben.

Ich reckte mich und gähnte laut. So furchtbar diese Nachrichten auch sein mögen, im Krieg stirbt die Wahrheit zuerst, sagte ich mir nüchtern. Ein Teil der modernen Kriegsführung ist heutzutage auch die Informationspolitik darüber. In der Berichterstattung über Terroranschläge wird auch die öffentliche Meinungsbildung manipuliert. Es gilt bereits als bewiesen, dass eine nicht geringe Anzahl von Explosionen im Irak, so unwahrscheinlich es sich anhören mag, von amerikanischen und britischen Geheimdiensten angestiftet wurden, um die Anwesenheit ihrer Truppen vor der Weltöffentlichkeit zu rechtfertigen. Russland begann den 2. Tschetschenien-Krieg mit fingierten Anschlägen auf Wohnhäuser in Moskau. Eine Meldung von einer Al-Qaida-Gruppe in Palästina und im Libanon wurde vom israelischen Premier höchstpersönlich erfunden.

Lügen haben kurze Beine, hatte meine Mutter immer gedroht, wenn ich von ihr bei einer Lüge erwischt wurde. Trotzdem hatte ich danach weiter gelogen; und manchmal vielleicht auch nur, weil die Wahrheit einfach so verdammt wehtat.

Die Wahrheit ist, Deutschland befindet sich in einem Krieg, einem für die meisten Menschen unfühlbaren Krieg, der höchstwahrscheinlich länger dauern wird als der Zweite Weltkrieg. Die Politiker haben bis jetzt nicht den Mut gefunden, diese Tatsache offen auszusprechen. Wir führen Krieg, um unsere Freiheit am Hindukusch zu verteidigen, einen Krieg, der bereits verloren war, bevor er begonnen wurde, und in dem es um vieles geht, nur nicht um die Wahrheit.

Ich spürte, wie meine Frustration hysterische Tendenzen bekam, die mich fest in den Griff nahmen. Anstatt einfach loszulassen, wollte ich sie in die Knie zwingen.

Jetzt doch gerade!

Meine Finger tippten beinah aggressiv in die Tastatur, gaben die Suchbegriffe »Afghanistan, Unterernährung, Kindersterblichkeit und Alphabetismus« ein. Dann drückte ich mit übertriebener Kraft die Entertaste und ein Sammelsurium von 4.360 Ergebnissen starrte mich an, als käme es aus einer fernen Galaxie des Universums, die nur per Anhalter zu erreichen ist. Gleichzeitig verspürte ich ein reales Hungergefühl. In den letzten acht Stunden hatte ich keinen Bissen gegessen und keinen Schluck getrunken.

Einen Klick noch!

Eine Tabelle mit leblosen Prozentzahlen lässt meinen Frustpegel erneut in die Höhe schnellen.

Lebenserwartung	44 Jahre	
Hunger	22%	der Bevölkerung von 7 Mio.
Unterernährung	20,4%	
Kindersterblichkeit	13,5%	
Alphabetismus	28,1%	bei Frauen 15%

Schluss damit! Ich sollte abbrechen, etwas essen gehen, dachte ich bei mir, atmete tief ein und streckte meine Beine unterm Schreibtisch aus. Einen Moment fühlte ich mich schwerelos wie ein Astronaut, der völlig losgelöst auf die Erdkugel herabsieht, sie nur wunderschön und friedlich finden kann, während er alles um sich herum vergisst.

Was Fantasie doch alles vermag!

Auf der blauen Hülle der Erdatmosphäre zeigen sich meiner Einbildungskraft die Umrisse Südasiens, ich konnte sogar das kleine Afghanistan sehen. Und irgendwo in den winzigen Gebirgsketten des Nordens bewegte sich vor meinem geistigen Auge ein stecknadelgroßer gelber Punkt, ein ausrangierter VW-Bus der Deutschen Post, noch mit geteilter Frontscheibe, den Ritschie und ich für unsere Reise zu einem wohnlichen Campingwagen umgebaut hatten.

Ich dachte an den September des Jahres 1974!

Zwölf Tage zuvor waren wir vom pakistanischen Quetta aus gestartet und an der Grenze bei Spin Buldak in Afghanistan eingereist, hatten uns einige Zeit in Kandahar und Kabul aufgehalten, um dann durch die Berge ins Bamiyan-Tal aufzubrechen. Keiner von uns ahnte, welche großen Veränderungen diesem Land gerade bevorstanden. Begonnen hatte die Entwicklung bereits im Sommer '73, als Sahir Schah nach über 40-jähriger Regentschaft in Afghanistan in einem unblutigen Staatsstreich gestürzt worden war. Sein Cousin Daound Khan hatte diesen Sturz eingefädelt, während sich der König wegen einer Krankheit in Italien behandeln ließ. Von heute auf morgen war die Monarchie beendet und Daound Khan wurde mit Hilfe der Sozialisten zum Präsidenten einer Republik.

Die Statistik des Elends auf dem Computerschirm vor Augen, folgte ich in Gedanken dem unheilvollen Weg, den das Land danach einschlug, während ich mich gleichzeitig in unserem VW-Bus sah und wie der sich mühsam den fast 3.000 Meter hohen Shebar-Pass hinaufquälte.

Im April 1978 führten kommunistische Offiziere unter der Leitung von Generalleutnant Abdul Kadir einen Militärputsch durch und richteten in einem Schnellverfahren alle Anhänger des Regimes Daound Khan, die Mitglieder seiner Familie und ihn selbst hin. Es wurde ein Revolutionsrat gegründet und die Demokratische Republik Afghanistan ausgerufen. Und während ich 1979 gegen den Nato-Doppelbeschluss auf der Straße aufbegehrte, überrollten die ersten Einheiten der sowjetischen Armee mit ihren Panzern die Grenze von Afghanistan.

1974 fuhr unser VW-Bus durch eine grandiose Berglandschaft mit einem atemberaubenden Blick auf die schneebedeckten Hänge der Koh-e-Khwaha Ghar Berge, die zum Hindukusch gehören. Nachdem mein Kumpel und ich die Passspitze überwunden hatten, wurde die holprige, staubige Piste für ein paar Kilometer ziemlich flach. Vereinzelt kamen uns Bauern mit Eseln und Maultieren entgegen. In einer Haarnadelkurve kamen wir ins Schlingern und Ritschie hatte Mühe, den VW-Bus wieder unter Kontrolle zu bekommen. Wir stiegen erleichtert aus, stellten jedoch fest, dass der rechte Hinterreifen platt war.

Der Reifenwechsel erforderte einiges Geschick, denn auf dem unebenen Gerölluntergrund war es nicht leicht, einen festen Halt für den Wagenheber zu finden. Es dauerte, die Sonne verschwand hinter den Bergen und es wurde augenblicklich empfindlich kalt. Unter einem sternenklaren Himmelszelt fuhren wir erschöpft in das in blaues Licht getauchte Tal hinab auf die kleine Stadt Bamiyan zu.

Zwischen den aneinandergedrängten Lehmhütten mit Flachdächern, die sich die Hauptstraße entlang an den dunklen Berghang drückten, entdeckten wir ein handgeschriebenes Schild: »France Hotel«. Durch eine provisorische Maueröffnung kamen wir in einen Hinterhof, wo wir mit unserem Bus umsonst stehen durften.

In dem Gebäude gab es eine Art Restaurant, ein großer Raum mit leeren Wänden, dessen Boden mit dunkelbraunen Teppichen ausgelegt war. Darauf standen kurzbeinige Holztische und Stühle mit geflochtener Lederbespannung. Es gab nur ein einziges Gericht im Angebot, Reis und Dal mit zwei Spiegeleiern. Wir bestellten es und es schmeckte unerwartet lecker.

Eine Schar von Afghanen, jeder in einem andersfarbigen Chapan, einem leichten Mantel mit überlangen Ärmeln, stand um einen Tisch herum, nah an einem Eisenofen, in dem brennendes Holz knackte. Viele der bärtigen Männer trugen den typischen Karakul, einen Dreieckshut aus Schafsfell. Sie sahen gebannt zwei Spielern beim Tavla zu, unserem Backgammon vergleichbar. Ritschie wurde neugierig, stand nach dem Essen auf und stellte sich zu den anderen Zuschauern. Ich folgte ihm kurze Zeit später nach.

»Hello Mister, where do you come from?«, fragte ein jüngerer Mann mit länglichem Gesicht und einem zahnlosen Lächeln. Das Lid seines rechten Auges hing lahm herab und verengte es zu einem Schlitz. Er war schlank, hatte breite Schultern und ein süßlicher Geruch ging von ihm aus.

»Germany«, antwortete Ritschie.

»Germany, very good!«, sagte der Mann und klopfte meinem Kumpel auf die Schulter. »You like very good music?«

»Yes, we like it!«

»Good! We go to traditional Afghan music! Tomorrow evening, you stay here! I am Hazara, I bring you out! You agree?«

»We will come gladly, yes«, grinste Ritschie, hob den Daumen und zwinkerte mir ausgelassen mit einem Auge zu.

Vor der Tür empfing uns klare Luft, die Temperatur war unter den Gefrierpunkt gefallen. Auf unserem Nachtlager im Bus hüllten wir uns zusätzlich in mehrere Wolldecken.

Am nächsten Morgen waren die Scheiben mit Eisblumen überzogen. Mit kribbelnden Gliedern krabbelten wir aus dem Wagen in die Kälte und machten Aufwärmübungen. Danach trieb mich der Harndrang auf die Außentoilette im Hof, ein kleines Gebäude mit Lehmwänden und einem flachen Holzdach. Ich war auf alles gefasst und erwartete das übliche Loch im Boden, über dem man breitbeinig in die Hocke ging. Dieses Klo hatte aber eine moderne Porzellanschüssel, nur war die Sitzfläche verkehrtherum in den Erdboden eingelassen worden. Das Geschäft musste gezielt durch die kleine, runde Öffnung, die eigentlich an ein Abflussrohr gehörte, verrichtet werden.

»Du wirst es nicht glauben!«, rief ich Ritschie aus dem stillen Örtchen zu. »Du musst unbedingt zum Scheißen herkommen. Ich sage nur, es gibt nichts auf der Welt, was es nicht gibt.«

Seitdem ist keiner von uns beiden je wieder so amüsiert von einem Toilettengang zurückgekehrt.

Hinter der Bergkette verfärbte sich der Morgenhimmel feurig. Bald würde die Sonne in einem roten Glutball aufgehen. In unserem Restaurant bekamen wir als Frühstück Tee, Fladenbrot und hartgekochte Eier. Danach machten wir uns auf, um dorthin zu gehen, weswegen wir hergekommen waren, zu den Buddhas von Bamiyan. Der Anblick der ersten der beiden Statuen hatte etwas Atemberaubendes. Sie ragte in einer aus dem nackten Sandsteinfelsen herausgemeißelten Nische majestätisch in die Höhe.

Das achte Weltwunder, dachte ich fasziniert, obwohl dem Koloss Arme und Beine abgeschlagen worden waren und dazu noch ein großes Loch in seinem Bauchbereich klaffte. Auch der größte Teil seines Gesichts fehlte, war ohne Augen und Nase, sodass es wie eine flache Mondscheibe aussah.

Wie eindrucksvoll musste dieser Kopf ausgesehen haben, als er noch unversehrt gewesen war und das mit Lehm auf Stein modellierte Gesicht in seiner ehemaligen Vergoldung geglänzt hatte. Damals, vor mehr als 2.000 Jahren, als an der langgestreckten Felswand noch über 5.000 buddhistische Mönche in unzähligen Höhlen wie in Honigwaben gelebt hatten und die Handelskarawanen auf der Seidenstraße noch durch dieses Tal gezogen waren.

Die Beschädigungen gingen allesamt auf das Konto des »Eisernen Emirs« Abdur Rahman Khan, der 1880 nach der »Schlacht von Kandahar« von den siegreichen Briten zwar als Emir akzeptiert, aber die Macht über die Außenpolitik seines Landes verloren hatte. Im Gegenzug konnte er dafür mit einer jährlichen großzügigen finanziellen Unterstützung rechnen. Dieser Abdur Rahman Khan war es dann, der zwei Jahre später bei einem Feldzug gegen religiöse Minderheiten mit Kanonen auf die Beine und die Geschlechtsorgane der Buddha-Statuen schießen ließ.

Jetzt stand ich hier neben den Füßen, die meinen Kopf um einiges überragten, und wurde von jungen Afghanen umringt, die sich lauthals als Führer anboten. Einer von ihnen brachte Ritschie und mich zu einem seitlichen Eingang. Stufen führten einen engen, gewundenen Treppenschacht im Inneren des Felsens nach oben. Auf dem Weg kamen wir an kleinen Höhlenräumen vorbei, geziert mit Fresken von Buddhas und bunten Ornamenten. An manchen Stellen gab es Durchbrüche im Stein und ich konnte Teile der Statue erkennen. Es war mittlerweile ziemlich warm geworden. Der Aufstieg trieb mir den Schweiß auf die Stirn. Durch eine Öffnung kamen wir auf den Kopf des Buddhas und rückten vorsichtig, Schritt für Schritt, weiter nach vorn. In mir gab es plötzlich das Gefühl, in den Heldenmythos geraten zu sein, eine Schwelle übertreten zu haben, bei der mein Blick in eine andere Dimension eines vor mir liegenden Lebens sehen konnte. Unter mir breitete sich ein Teppich aus rechteckigen Flächen aus, der von Bewässerungsgräben und Bachläufen durchzogen wurde. An den von Pappeln gesäumten Ufern hockten Frauen, die bunte Laken wuschen. Die Sonne warf ein schräges, goldenes Licht über dieses Kaleidoskop des Lebens. Es war Ende September. Auf den Flachdächern der vereinzelten Lehmziegelhäuser war bereits die Ernte zum Trocknen ausgelegt. Es drang kein Laut herauf. Winzige Schafe, Esel und Pferde zogen über einen fernen Feldweg. Die Bergausläufer jenseits des Tales hinter dem Fluss waren kahl und staubbraun. Ein Falke kreiste in weiten Bögen am blauen Himmel.

Ich wusste, ich hatte einen Horizont überschritten, dem Unbekannten und der Gefahr getrotzt. Äußerlich hatte sich nichts geändert, trotzdem war die Landschaft wie durchsichtig, als wäre sie beseelt und ich nur ein winziger Teil von ihr. Verstört stieg ich hinter Ritschie wieder bis zur ebenen Erde hinab. Als wir ins Freie traten, hatten Kinder mit Stöcken auf dem Platz vor der Felswand Kreise in die Erde geritzt und spielten mit Lehmmurmeln. Mein Mund war trocken vom Staub im Berg, Ritschie ging es ähnlich und er deutete mit der Hand auf einen kleinen Holzverhau, an dem weithin sichtbar ein Coca-Cola-Schild hing. Vor dem Laden hockte ein hagerer Afghane mit weißem Turban. Wir orderten vier kleine Flaschen Cola, zwei für jeden von uns, die selbst für afghanische Verhältnisse ziemlich teuer waren. Doch als wir bezahlen wollten, hob der Mann die Arme fuchtelnd zum Himmel und wollte partout kein Geld. Wir konnten uns keinen Reim darauf machen und mussten für den Händler ziemlich verwirrt dreingeblickt haben.

»Today you the first one!«

Wir waren an diesem Tag seine ersten Kunden und bekamen, so war sein unumstößlicher Beschluss, die Getränke umsonst.

Einige Stunden später, nachdem wir auch die zweite, kleinere Buddhafigur gesehen hatten, kehrten wir in den Hinterhof unseres Hotels zurück, wuschen einige Klamotten, hängten sie in die Sonne und ruhten uns für den Rest des Tages im Schatten des VW-Busses aus.

Die Abenddämmerung setzte ein, das Licht wurde wie feiner Puder, als würde Goldstaub durch die Luft schweben. Hazara, unser Bekannter vom gestrigen Abend, holte uns pünktlich ab und nahm uns mit auf einen längeren Fußmarsch bis an den Rand der Stadt, wo etwas abseits auf einem weiten Feld ein offenes Feuer brannte. Dahinter hatten die Einheimischen ein rundes Nomadenzelt aufgestellt, dessen Planen aussahen wie gewobenes schwarzes Ziegenhaar. Im Eingangsbereich hingen rote Stoffe, die Ränder verziert mit umstickten Spiegelgläsern.

Hazara besaß hier unter den Menschen offensichtlich einiges Ansehen, denn er brachte uns wie selbstverständlich in den Innenbereich. In einem Halbkreis hockten an die 60 Afghanen auf dem mit farbigen Matten ausgelegten Erdboden. Als wir eintraten und uns dazusetzten, verstummte das unterschwellige Stimmengewirr und dunkle Pupillen auf leuchtend weißem Grund richteten sich mit den dazugehörigen ledergegerbten Gesichtern auf uns beide, diese beiden Fremden aus einem fernen, unbekannten Land.

Ein Mann mit einer Wasserpfeife in den Händen, deren brennende Holzkohle er mit einem kleinen Strohfächer von Zeit zu Zeit aufglühen ließ, ging durch die Reihen und jeder, der bezahlte, konnte einen tiefen Zug nehmen. Der unverkennbare Geruch von Marihuana breitete sich in seinem

Dunstkreis aus. In der Zwischenzeit trugen Musiker ihre Instrumente herein, einer trommelte mit flinken Fingern einige kurze Tonfolgen auf der Dhol, ein anderer stimmte seine Rubab, eine Schalenhalslaute.

»The Baba Queran Ensemble from Khulm«, flüsterte Hazara, deutete auf die Männer, die sich gerade in einer Reihe aufstellten, um dann gedankenverloren mit dem Fuß zu wippen, als ihr erstes Lied erklang. Noten gab es anscheinend keine. Die Musik kam überwiegend einstimmig daher. Ein Rhythmus von Zwei- bis Viertakten überwog. Die tiefen Schläge auf der Dhol und die durchdringenden Töne der Zerbaghali, einer amphorenförmigen, aus Ton gebrannten und mit Fell bespannten Trommel, trieben die Melodienfolge mit rasantem Tempo voran.

»Zema zeba Watan, da Afghanistan de«, trug der Sänger mit schmachtendem Timbre vor, wobei er die Arme weit ausbreitete. Dazu drehte sich ein kleinwüchsiger Mann in wildem Tanz um seine eigene Achse, bekleidet mit einer Art Harlekin-Gewand aus rotem Samt, an dessen Stoffzipfeln runde Glöckchen hingen. Seine Bewegungen, von stetem Geklingel begleitet, besaßen ein gewollt erotisches Flair, das er mit aufreizender Mimik und Gestik noch untermalte, sodass unwillkürlich ein Raunen durch die Reihen der Männer ging.

Immer wenn ein Lied beendet war, gingen einzelne Männer mit Zetteln und Münzen zu dem Sänger. Anscheinend bekamen sie so ihre persönlichen Musikwünsche erfüllt. Das wurde uns deutlich, als Ritschie und ich plötzlich selbst in einem Lied der Gruppe auftauchten.

»Hello Mister! How are you, Mister!«, trällerte der Sänger, indem er den Blick auf uns richtete, das Halten und Drehen eines imaginären Lenkrades pantomimisch imitierte und mit einem imaginären Auto über eine imaginäre Straße fuhr. Kollektiv wendeten sich die Gesichter mit ihren Turbanen in unsere Richtung.

Über 40 Jahre ist das jetzt her, dachte ich, als sich die Bilder in der Vergangenheit verloren. Was war zwischen damals und heute aus diesen Menschen geworden? Waren sie nur um 40 Jahre gealtert, waren sie in der Zwischenzeit gestorben oder wurden sie ermordet? Die Taliban hatten die Musik verboten, Musiker ins Gefängnis geworfen, die Instrumente zerschlagen. Auf das Grab des berühmten Sängers Ahmad Zahir sollen sie geschossen haben. Ich merkte, wie mich allein die Gedanken daran schmerzten.

Ich schloss die Internetseite mit der Statistik, in der die momentane Katastrophe Afghanistans prozentual erfassbar war. Mir reichten Unterernährung, Kindersterblichkeit und meine Empörung für heute. Ich wartete, bis der Computer heruntergefahren war, und machte mich auf den Weg, um den noch frühen Abend im »Scottys« für eine überschaubare Zeit zu unterbrechen, etwas zu essen und runterzukommen.

Meine kleine Wohnung liegt am Rand von Altona, einem Stadtteil in Hamburg, nah an der Stresemannstraße, eines der meist befahrenen Nadelöhre Europas, Feinstaub und Lärm inklusive. An einem Werktag gehören Lastwagen und Zugmaschinen bis weit nach Mitternacht zum normalen Verkehrsbild.

Ich wurde vom Hamburger Schmuddelwetter empfangen, als ich aus der Haustür trat und den Bürgersteig entlang bis zur Ampel am anderen Ende der Straße ging, wo gerade wieder, nur wenige Meter von mir entfernt, einer der schwer beladenen Fernlaster vorbeidonnerte. Es dröhnte unheilvoll durch mich hindurch, als würde eine Gletscherkante direkt vor meinen Ohren abbrechen.

Beautiful Noise?

Die reale Musik der Großstadt gleicht avantgardistischen Disharmonien aus zerbeulten Blechinstrumenten, stellte ich genervt fest, nachdem sich das Geräusch wie ein Raubtier durch meinen Kopf gefressen hatte und mir die Stirn mit Anspannung in Falten zog.

Auch der abendliche Gang in das Stammlokal kann zu einem unbeabsichtigten Abstieg in die Finsternis werden, kam es mir in den Sinn und etwas in mir erinnerte sich unwillkürlich an den Mythos von Jonas, der von einem Wal verschluckt wurde.

Der Autor in mir nahm den Gedanken sofort auf. »Im Bauch des Wales«, das hatte ich gerade in dem Buch »Die Odyssee des Drehbuchschreibers« gelesen, gehört zu einem unentbehrlichen Grundmuster in der Heldenreise der meisten Filmfiguren, an der sich fast alle Kinogeschichten orientieren. Das Vordringen zum tiefsten Punkt der Höhle ist ein dramatisches Muss, auf dessen Dramatik kein Autor verzichten sollte. Und um diese Tatsache zu unterstützen, wurde der Western »Erbarmungslos« beschrieben, in dem Clint Eastwood als ein unwissender Held in die Stadt geritten kommt, die den Bauch des Walfischs symbolisiert. Es tobt ein schweres Unwetter und Eastwood übersieht ein Schild, auf dem darauf hingewiesen wird, dass innerhalb der Stadtgrenzen keine Waffen getragen werden dürfen. Ungewollt wird der Held so zu seiner Prüfung geführt. Der von Gene Hackman gespielte Sheriff verprügelt ihn so brutal, dass er fast daran stirbt.

Ich hatte das »Scottys« erreicht, warf einen kurzen Blick auf die Tafel mit den Abendmenüs, die links vor dem Eingang stand, und bevor ich die schwere Holztür aufzog, war ich schon wieder am Grübeln, an welcher Stelle ich den Mythos vom Bauch des Walfischs in meiner Drehbuchnachbearbeitung verwenden könnte. Zu dem Zeitpunkt hatte ich nicht die geringste Ahnung, dass ich mich selbst bereits auf dem Weg des ahnungslosen Helden befand, der, tollpatschig wie Clint Eastwood, in eine für ihn unsichtbare Falle stolperte.

Mein etwas abgelegener Lieblingsplatz, die Ecke gleich links vom Tresen, war frei. Ich saß hier gern, weil ich dort kaum gesehen wurde, gleichzeitig aber alle Menschen, die das Lokal betraten und wieder verließen, gut im Blick hatte. Ich bestellte einen großen gemischten Salat und ein alkoholfreies Bier, kramte einige leere Zettel und einen Stift aus meiner Jacke und hielt ein paar Eckpunkte, die mir auf dem Weg hierher in den Kopf gekommen waren, in knappen Sätzen fest.

Die Figur des Hanning als einen BND-Chef anlegen, notierte ich. Ihn als Herold von Steinmeier auftreten lassen, indem er versucht, Bayars Aufenthaltsrecht aberkennen zu lassen, um den Helden weiterhin im Bauch des Wales festzuhalten. Ihn, Hanning, dem Staatssekretär Schapper erklären lassen, wie er den Innenminister von Schleswig-Holstein bearbeiten will, damit der das Aufenthaltsrecht streicht. Möglicher Dialog: Es gibt eine Fülle von weichen Faktoren, zum Beispiel, mit welcher Wortwahl Ihr Gegenüber das Problem umschreibt oder welche Körperhaltung er einnimmt, an der man bei einer Verhandlung sofort erkennen kann, jetzt ist der richtige Zeitpunkt gekommen, um meinen Wunsch mit dem nötigen Druck auf diese Person durchzusetzen.

Meine Bestellung wurde mir gebracht. Ich löste notgedrungen den Blick von meinem Geschriebenen, hob den Kopf und sah im selben Moment im Augenwinkel eine Frau durch die Eingangstür hereinkommen, deren Erscheinung mich wie eine aggressive Katze ansprang. Sie war wieder in meiner unmittelbaren Nähe, diese Frau aus dem Hotel in Marokko, die neben mir im Flugzeug gesessen und die ich im Biergarten in Berlin gesehen hatte. Obwohl ich sie in der Zwischenzeit wieder vergessen, vielleicht auch nur verdrängt hatte, stand sie nun mit ihrer gespenstischen Präsenz umso wirklicher in diesem vertrauten Raum, als würde sie schon immer hier hingehören.

Das flirrende Gefühl einer Urangst, die mir wie ein Energieschub den Rücken hinaufschoss, ließ mich bewegungslos ausharren, bis die Frau aus meinem Blickfeld verschwunden war. Ich hatte plötzlich die Vorstellung, mitten in ein Minenfeld geraten zu sein. Verschwörungstheorien waren mir bis dato nur ein Lächeln wert gewesen, es sei denn, ich brauchte eine für meine Bücher. Die Wirklichkeit ist doch einfacher gestrickt, hatte ich mir immer vorgestellt. Für alles, was nach Verschwörung roch, hatte ich immer eine logische Erklärung parat. Doch dass diese Frau hier in meinem Lokal nur rein zufällig aufgetaucht war, daran konnte selbst ich nicht glauben.

Ich atmete tief ein, schloss die Augen und versuchte krampfhaft, mein inneres Gleichgewicht wiederherzustellen. Zumindest war ich mir sicher, dass sie mich auf keinen Fall gesehen hatte. Aber vielleicht wusste sie ja trotzdem, dass ich hier war. Meine Gedanken schienen leckgeschlagen zu sein, als sprudelten sie wahllos in mein Hirn, und ließen mich handlungsunfähig zurück. Mit Zeige- und Mittelfinger versuchte ich es mit sanften, kreisenden Bewegungen am Puls der Halsschlagader. Das Herzrasen nahm langsam ab. Ich stocherte in meinem Salat herum, zwang mich dazu, nicht kopflos zu flüchten, sondern gezielt und besonnen abzuwarten, indem ich mich der Zeit hingab, die jede Sekunde wie den Kopf eines Notenhalses in die Höhe streckte, um mit dem weißen Fähnchen zu winken.

Nichts passierte, das Vakuum war nicht auszuhalten. Sollte ich kapitulieren? Ich faltete den Notizzettel zusammen und steckte ihn teilnahmslos in meine Jackentasche, als diese Frau wieder in meinem Blickfeld auftauchte und das Lokal verließ. Das war der Moment, vor dem ich mich einerseits gefürchtet, auf den ich andererseits aber gewartet hatte. Mit dem Mut der Verzweiflung legte ich der Bedienung hinter dem Tresen 20 Euro hin und stürzte aus der Tür auf die Straße.

Die Frau war schon in einer sicheren Entfernung, sodass ich ihr in der Dunkelheit unerkannt folgen konnte. Es nieselte immer noch und die Straßenlichter reflektierten auf dem nassen Asphalt wie gleißende Sonnen. Ich hielt mich im Schatten des Verkehrs, als sie bereits die Bahrenfelder Chaussee überquert hatte und schon in Höhe der Reichhardtstraße angekommen war. Und dann passierte genau das, was ich bereits vorhergesehen hatte, die Frau bog in die Valparaisostraße ein. Ich eilte ihr mit einem kleinen Sprint hinterher und lugte vorsichtig um die gerundete Backsteinmauer am Anfang der Häuserzeile. Gegenüber von meiner Wohnung stand ein schwarzer Kastenwagen mit getönten Scheiben, ein Peugeot Boxer mit Münchener Nummer. Die Frau klopfte an die Schiebetür, die sich daraufhin von innen öffnete. Sie stieg ein und die Tür fiel wieder ins Schloss. Ich machte kehrt, umrundete den gesamten

Wohnblock, um mich von der Rückseite über den Hinterhof der Haustür zu nähern, gelangte in meine Wohnung und betrat den Arbeitsraum, ohne den Lichtschalter zu betätigen. Es war unerträglich still. Ich legte das Ohr an die Tür und horchte, setzte mich wieder an den Schreibtisch und kaute angespannt auf meiner Unterlippe herum, ohne die geringste Idee, was ich nun machen könnte. Als das Telefon plötzlich klingelte, durchfuhr mich ein gewaltiger Schreck. Ich musste mich erst wieder einkriegen, bevor ich in der Lage war, das Gespräch entgegenzunehmen.

»Hubrich-Messow«, meldete sich die gequälte Stimme der Aufnahmeleiterin und fragte, nachdem ich mich nicht meldete, »Herr Wilkenloh, sind Sie am Apparat?«

»Was gibt es?«, fragte ich zurück.

»Ich habe eine schreckliche Nachricht. Detlev Rehmke ist heute Morgen tot im Schwimmbad des ›Alten Gymnasiums‹ aufgefunden worden.«

»Um Gottes willen!«, brachte ich heraus, bevor ich wieder verstummte. Die Worte schwebten über meinem Haupt wie eine pechschwarze Gewitterwolke, aus der jeden Moment Hagelkörner stürzen würden.

»Wir … es gibt hier … wir sind hier in einer desolaten Situation.«

»Detlev ist tot? Wie kann das angehen? Wie ist denn das bloß passiert?«

»Ich möchte das nicht am Telefon besprechen, Herr Wilkenloh. Können Sie bitte sofort hier nach Husum kommen? Es gibt Wichtiges zu regeln; auch mit Ihnen. Wir möchten Ihnen und dem Team alle Informationen persönlich geben und besprechen, was jetzt gemeinsam zu tun ist.«

»Es ist unfassbar«, stammelte ich. »Einfach schrecklich! Detlev, er ist wirklich tot?«

»Ja«, bestätigte die Stimme knapp und ich konnte hören, wie sie dabei ein Schluchzen herunterwürgte.

»Frau Hubrich-Messow, es tut mir so leid.«

Ich stand neben mir, meine eigenen Worte erschienen mir monoton und leblos, als würde ein Verwalter die Zahlen aus einem Kassenbuch vortragen. »Ich werde es irgendwie einrichten; spätestens morgen Vormittag kann ich an Ort und Stelle sein.«

Ich beendete das Telefonat, ohne mich zu verabschieden, und meine Angst war größer als vorher.

2006
PROFESSOR MORIARTY, DOKTOR MABUSE, DOKTOR FU MANCHU & CO

»Menschen wie Detlev werden nicht ermordet, die sterben höchstens an ihren eigenen Ansprüchen, an hehren Zielen, denen sie nie und niemals gerecht werden können«, sagt Jerker Lauri und lächelt ein unergründliches Lächeln. Der breitschultrige Regieassistent hat eine kleine Narbe an der Oberlippe, genauso wie der große Bogart. Seine wässrigen Augen haben die Farbe der Karibik. Damit schaut er den Hauptkommissar herausfordernd an. »Detlev hat nicht das Zeug zum Märtyrer, dann hätte er das Gemüt eines Dalton Trumbo haben müssen, der selbst in den Zeiten der amerikanischen Inquisition sein Gewissen immer über sein großes Talent gestellt hat.«

»Wer ist Dalton Trumbo, Herr Lauri? Muss ich den Mann kennen?«, fragt Jan Swensen mit der unvermeidlichen Neugier, die sein Gegenüber von ihm offensichtlich erwartet, und nippt dann an seinem Wasser mit Kohlensäure.

Lauri hat einen alkoholfreien Cocktail bestellt. In der Ecke der Hotelbar, keine vier Meter entfernt, sitzt eine junge Frau auf einem Barhocker. Der Mann neben ihr führt seinen Mund an ihr Ohr und flüstert etwas, worauf sie laut loslacht. Dezente Klaviermusik tönt aus einem Lautsprecher. Der Hauptkommissar nimmt sie trotzdem wahr. Er kennt das Album, »The Melody At Night With you« von Keith Jarrett.

»Wer Dalton Trumbo ist?«, fragt der Regieassistent mit einem ungläubigen Unterton. »Ich bitte Sie, Sie ermitteln doch in der Filmbranche, Herr Kommissar! Trumbo war einer der ganz großen Drehbuchautoren Hollywoods. Sie kennen ihn, mit Sicherheit kennen Sie ihn. Oder ist Ihnen ›Papillon‹ oder ›Spartacus‹ kein Begriff?«

»Natürlich, die Filme kennt doch jeder«, räumt Swensen ein, »aber der Name Trumbo ist mir trotzdem kein Begriff, ich lese nicht jeden Namen auf einem Abspann.«

»Der war dort lange Zeit auch nicht vorhanden. Trumbo war ein besonders tragischer Fall. Er stand auf der schwarzen Liste, 1947, als in den Vereinigten Staaten mit der McCarthy-Ära die gnadenlose Kommunisten-Hatz losbrach. Und während solche Saubermänner wie John Wayne und Ronald Reagan bereitwillig gegen die Kollegen aussagten, wurde Trumbo, weil er nicht kooperierte, mit einem Berufsverbot belegt und wanderte in den Knast. Nach der Entlassung schrieb er unter einem Pseudonym weiter. Oscargekrönte Drehbücher wie ›Ein Herz und eine Krone‹ und ›Roter Staub‹ stammten aus seiner Feder, ohne dass die Öffentlichkeit wusste, dass sie von ihm waren.«

»Leute, die etwas wagen, scheinen Ihnen am Herzen zu liegen«, sagt Swensen und in der Betonung seiner Worte schwingt etwas Kratzbürstiges mit. »Ist das vielleicht eine Eigenschaft, die Ihnen an Detlev Rehmke gefehlt haben könnte? Ihre Andeutung mit seinen hehren Zielen legt mir eine solche Einschätzung jedenfalls nahe.«

»Ich möchte keine dummen Gerüchte in die Welt setzen«, rudert Jerker Lauri sichtlich bemüht zurück. »Ich bin ein alter Hase in meinem Job, Herr Swensen. Ich habe die ganze Produktion über gut mit Rehmke zusammengearbeitet, bis einschließlich gestern.«

»Als Regieassistent, arbeiten Sie da unmittelbar mit dem Regisseur zusammen, oder wie muss ich mir Ihre Arbeit vorstellen?«

»Etwas umfassender, als Sie es sich vielleicht denken. Ich studiere zum Beispiel genauso intensiv wie der Regisseur das Drehbuch. Wir besprechen gestalterische Präferenzen, erstellen einen Zeitplan aller Szenen. Dann, beim Dreh, bespreche ich mit dem Team die Abläufe, kümmere mich um notwendige Komparsen, und, und, und.«

»Hatten Sie jemals das Gefühl, dass Detlev Rehmke Drogen konsumiert hat?«

»Nein, zu keinem Zeitpunkt!«

»Sie scheinen sich da ziemlich sicher zu sein?«

»Das bin ich auch. Wir waren die letzten Wochen beim Dreh in Marokko auf engsten Raum zusammen.«

Im Hintergrund schweben Keith Jarretts Klavierakkorde unaufdringlich durch die Hotelbar, füllen den Raum mit Sehnsucht nach Gelassenheit. Die klare Aussage des Regieassistenten bringt Swensen gedanklich zurück in den Besprechungsraum der Husumer Polizeiinspektion, wo sich am gestrigen Morgen um 8.00 Uhr die Kollegen zur Frühbesprechung eingefunden hatten.

Polizeirat Heinz Püchel, der nach einer sehr langen Abwesenheit zum ersten Mal wieder dabei ist, verbreitet mit seiner fahrigen Hektik und seinem immensen Erfolgszwang den gewohnten Leistungsdruck, der sofort eine unangenehme, bleierne Atmosphäre erzeugt. Swensen bekommt augenblicklich Kopfschmerzen, glaubt, ein Déjà-vu zu erleben, als er beobachtet, wie Jacobsen ein Superman-Comic, in dem er gerade noch geblättert hat, blitzartig in einer Ermittlungsmappe verschwinden lässt. Mielke und Haman brechen notgedrungen ihr Privatgespräch ab und richten ihre Blicke gelangweilt auf den Chef, dessen Körperhaltung signalisiert, dass er unbedingt das erste Wort haben möchte.

»Hergehört!«, verkündet er mit lauter Stimme und wartet, bis er die volle Aufmerksamkeit hat. »Wir sollten so schnell wie möglich abklären, womit wir es zu tun haben. Nach dem, was ich weiß, hat die Spurensicherung nach dem mysteriösen Todesfall des Filmfritzen in seinem Hotelzimmer ein Holzkästchen mit Heroin und Spritzen in einer Schreibtischschublade gefunden. Außerdem wurden in einer Umkleidekabine im Schwimmbad eine benutzte Spritze, Löffel, Feuerzeug und eine Art Abschnürband sichergestellt. Es deutet also einiges darauf hin, dass der Tod wahrscheinlich ein Drogenunfall gewesen ist.«

»Zumindest ist Rehmke nicht im klassischen Sinne ertrunken«, verkündet Jacobsen, indem sich seine Stimme fast überschlägt. »Im Bericht des Pathologen steht ›trockenes Ertrinken‹. Er hat kein Wasser in der Lunge des Leichnams gefunden und geht davon aus, dass der mit dem Eintauchen in den Pool einhergegangene Schock einen sofortigen Herzstillstand bei dem Mann bewirkt hat. Das gefundene Heroin hat dabei wohl eine entscheidende Rolle gespielt. Es wurde ein Gemisch aus Heroin und Alkohol im Blut festgestellt. Wenn ihr mich fragt, der Typ hat sich aus Versehen einen goldenen Schuss gesetzt. Ist nicht der Erste, der in diesem überkandidelten Filmgeschäft auf diese Weise ums Leben kommt.«

»Du warst beim Zahnarzt, Rudolf, stimmt's?«, stöhnt Swensen auf. »Dieses fundierte Wissen über die Filmbranche kannst nur aus der ›Gala‹ haben!«

»Aber Rudolf liest doch nur ›Superman‹«, stichelt Haman.

»Leute! Leute!«, knurrt Püchel. »Lasst diesen Unsinn, wir müssen vorankommen!«

Intuitiv greift er nach seiner Zigarettenschachtel und erntet sofort missbilligende Blicke, die seine Handbewegung in der Luft erstarren lässt.

»Es gibt zwar das Einstichmerkmal einer Kanüle in der linken Armbeuge«, fährt Swensen fort, ohne auf den Rüffel des Chefs einzugehen. »Es gibt aber auch Hämatome an den Hand- und Fußgelenken.«

»Das Tohuwabohu in dem Hotelzimmer hast du offensichtlich aus dem Gedächtnis gestrichen«, protestiert Jacobsen. »Da konntest du mit eigenen Augen sehen, wie diese feine Partygesellschaft es dem Zimmerservice hinterlassen hat. Außerdem achtest du immer nur auf Hämatome, Jan. Dabei waren die Pupillen des Leichnams auf Stecknadelgröße verengt. Auch wenn ich mich wiederhole, ich bleibe bei Überdosis! Der hat sich selbst ins Jenseits geschossen!«

»Durch Wiederholungen werden Tatsachen auch nicht wahrer, Rudolf! Eine Überdosis führt zu Bewusstseinstrübung bis hin zur Bewusstlosigkeit, verlangsamt die Atmung bis hin zur Atemlähmung …«

»… und verengt die Pupillen!«

»Und wie ist der Mann deiner Meinung nach in diesem Zustand allein ins Schwimmbad marschiert, um sich dort ins Becken zu stürzen?«

»Vielleicht war er dabei ja gar nicht allein. Vielleicht war ein Kumpel dabei und hat sich dann klammheimlich verpieselt.«

»Kann mir mal jemand verraten, was euer Gerangel bringen soll?«, fragt Mielke und erntet dafür ein zustimmendes Kopfnicken von Haman.

»Es gibt zwei unversöhnliche Interpretationen«, stellt Swensen völlig unaufgeregt fest. »Rehmke hatte einen tragischen Unfall. Bleiben die Hämatome, die erklärt werden müssten. Oder Rehmke ist gewaltsam zu Tode gebracht worden. Dann könnten die Hämatome von einem oder mehreren Tätern stammen.«

»Und was soll ich damit jetzt anfangen?«, knurrt der Polizeirat genervt und dreht seine Zigarettenschachtel dabei auf dem Tisch um die eigene Achse. »Bekommt endlich raus, welche von beiden Möglichkeiten zutrifft. Und zwar schnell, bevor ich die Kollegen vom K1 anfordere. Wenn sich am Ende rausstellt, das ist kein Mord, wäre es mir mehr als peinlich. Also, nehmt euch jeden dieser Filmleute einzeln vor. Und sputet euch, bevor der ganze Tross aus Husum verschwunden ist.«

Ist mir jemand sympathisch, gehört er automatisch zu den Guten. Swensen ertappt sich dabei, dass ihn gerade das Provokante an seiner These reizt. Es klingt natürlich so, als dürfte er so etwas gar nicht denken, trotzdem bleibt es inhaltlich wahr. Es bleibt wahr, weil er sich auf seine Intuition verlassen kann, auf seinen ihm oft nachgesagten siebten Sinn.

Ein Ermittler kann das oder er kann es nicht, denkt er. Ich kann das! Ich kann an einem Gesichtsausdruck erkennen, ob jemand lügt oder etwas mit ihm nicht stimmt. Das gilt auch für Rehmke. Damals nach diesem angeblichen Bierflaschenattentat hatte ich nicht den Eindruck, dass mit dem Regisseur etwas nicht stimmte, rein menschlich betrachtet. Das war kein Mensch, der Drogen nimmt, der in eine Scheinwelt abdriften möchte.

Ein Widerspruch in sich, das ist Swensen klar, denn im Film dreht sich alles ausschließlich um Scheinwelten. Trotzdem glaubt er nicht an einen Unfall, sondern an Mord. Er will seine Meinung aber vor den Kollegen nicht mit Nachdruck vertreten und verlässt wortlos die Frühbesprechung, bereit dafür, in der Wirklichkeit zu ermitteln.

Keith Jarretts Klavierstück schwelgt in den Klängen der romantischen »Nocturne« von Chopin. Sie treiben, losgelöst von der Zeit, durch Swensen hindurch wie seine unsteten Gedanken, bis er wieder realisiert, dass er neben Jerker Lauri in der Hotelbar sitzt.

»Wenn Sie so davon überzeugt sind, dass Rehmke keine Drogen nimmt, wieso wurden dann von unserer Spurensicherung Heroin und Spritzen in seinem Hotelzimmer sichergestellt?«

»Was soll ich dazu sagen? Reicht Ihre Fantasie dafür nicht aus?«

»Sie wollen andeuten, es gibt eine Verschwörung, die hinter dem Tod von Rehmke stecken könnte?«, resümiert Swensen und muss dabei unwillkürlich lächeln. »Verschwörungstheorien sind allzeit sehr beliebt, besonders unter Filmmenschen. Ich denke, sie haben alle ein Faible für dunkle Gestalten, die die ganze Welt fest im Griff haben. Ich bin nur ein gewöhnlicher Kriminalist, ich halte mich lieber an Tatsachen und Fakten.«

»Sie machen sich absichtlich kleiner, als Sie sind, Herr Kommissar. Regisseure, Autoren und Kriminalpolizisten ticken ziemlich ähnlich, das ist jedenfalls meine Meinung. Der Unterschied ist nur, Ihr Leben spielt sich in der Realität ab, Ihre Leichen sind halt wirklich mausetot. Ich dagegen war noch nie auf einem Polizeirevier, ich kenne auch keine realen Verbrecher und Helden. In unseren Filmstoffen existieren beide Charaktere eben nicht wirklich, aber wenn wir ihre Geschichten einem Zuschauer verkaufen wollen, müssen die Figuren zumindest in der realistischen Welt verankert sein. Unsere Helden müssen immer den Eindruck erwecken, dass sie aus Fleisch und Blut sind und sich von Ihnen, Herr Swensen, eigentlich gar nicht unterscheiden.«

Die herausfordernden Gedanken von Jerker Lauri pieksen Swensen an. Einerseits bringen sie ihn dazu, über einen tieferen Sinn nachzudenken, darin nach dem Verborgenen zu suchen, andererseits bringen sie ihn aus dem Konzept, seine Ermittlung vom Standpunkt eines neutralen Beobachters beizubehalten. Nichtsdestotrotz gehört der Regieassistent für ihn zu den Sympathischen, also zu den Guten. Er spricht nur das aus, was er für sich selbst bereits abgespeichert hat. Detlev Rehmke, so wie er ihn kennengelernt hatte, ist nicht der Mensch, der mit Drogen etwas am Hut hatte.

»Sie haben eben eine vermeintliche Verschwörung angedeutet«, nimmt der Hauptkommissar den roten Faden wieder auf, den Lauri gerade vor ihm ausgerollt hat, »könnte das eventuell heißen, dass die Handlung in dem Film, an dem Rehmke gearbeitet hat, etwas mit seinem Tod zu tun haben könnte?«

»Jede Geschichte, die ihre Fühler bis in unsere physische Welt ausstreckt, kann jemandem ungewollt auf die Füße treten. Manchmal vielleicht sogar so schmerzhaft, dass derjenige zurücktritt.«

»Geht es vielleicht etwas konkreter, Herr Lauri?«, sagt Swensen. »In Ihrem Film geht es, soweit es mir erzählt wurde, um einen Soldaten, der an der Badestelle in Husum ertrinkt. Außerdem habe ich etwas über einen Deutschtürken gehört, der irgendwo in Afghanistan gefangen gehalten werden soll. Was von dem, was da erzählt wird, ist real, was ist imaginär, und was hat beides damit zu tun, dass Rehmke tot im Schwimmbad dieses Hotels aufgefunden wurde?«

»*Sie* sind der Kommissar«, antwortet Lauri abwehrend.

»Und *Sie* waren auf der nächtlichen Party im Hotelzimmer, auf der es meinem Eindruck nach ziemlich hoch hergegangen ist. Beziehen Sie in Ihrer Einschätzung der Drogensache auch diesen Abend mit ein? Es wurde doch sicherlich auch einiges an Alkohol konsumiert, oder?«

»Heroin und Alkohol sind zwei Paar Schuhe, die man nicht vergleichen sollte.«

»Trotzdem waren beide Drogen in der Suite vorhanden. Das Zeug muss ja irgendwie dort hingekommen sein. Wenn es nicht Rehmke war, muss es eine andere Person gewesen sein, die Heroin konsumiert hat. Haben Sie eine Ahnung, wer die Person war?«

»Ich arbeite zwar im Filmbereich, aber in der Wirklichkeit ist meine Fantasie eher begrenzt.«

»Ich muss Sie aber mit der Wirklichkeit konfrontieren, das ist mein Job. Haben Sie vielleicht gesehen, dass irgendein Mann oder eine Frau in dem Raum mit weißem Pulver hantiert hat?«

»Wenn ich das gesehen hätte, hätte ich es Ihnen schon lange gesagt. Aber ich könnte Ihnen Geschichten erzählen, bei der einer Person Drogen untergeschoben wurden. Und so etwas nennt man im Volksmund durchaus eine ›Verschwörung‹.«

»Fiese Geschichten erzählen kann ich auch. Aber ich brauche keine Fiktionen, sondern nur das, was wirklich passiert ist. Hatte Rehmke Feinde, die ihm nach dem Leben getrachtet haben könnten?«

»Ich kann Ihnen keine Namen und Adressen geben, Herr

Swensen. Ich kann Ihnen nur sagen, dass der Film, den wir drehen, schon im Vorfeld nicht allen Menschen gefällt.«

»Diese Andeutungen höre ich nicht zum ersten Mal. Einige Kollegen aus Ihrem Filmteam haben bereits Ähnliches anklingen lassen. Nur keiner will mir sagen, wer oder was real dahintersteckt.«

»Weil es vielleicht keiner so genau weiß. Sie haben mich nach meiner Meinung gefragt, und ich habe sie Ihnen gesagt. Rehmke hat keine Drogen genommen. Wenn er wirklich an Drogen gestorben ist, dann ist er meiner Meinung nach ermordet worden.«

»Sie bleiben bei Ihrer Verschwörung?«

»Nennen Sie es, wie Sie wollen«, sagt Lauri und lehnt sich an die schmale Rückenlehne seines Barhockers. Sein Haarwuchs ist nur spärlich, doch er besitzt noch genügend Haare, um sich einen Scheitel zu kämmen, einen schnurgeraden weißen Strich, der sich über die rechte Kopfseite spannt.

Ein exakter Schlussstrich, denkt Swensen und schaut auf die Uhr. Dann leert er in einem Zug sein Glas Wasser.

»Was wird denn jetzt eigentlich aus diesem Film, nachdem Rehmke nicht mehr da ist?«

»Wir werden uns zusammensetzen und besprechen, wie es weitergeht. Die Produktionsfirma hat allerdings schon bei mir angefragt, ob ich mich in der Lage fühle, das Projekt zu Ende zu bringen.«

»Dann wünsch ich Ihnen viel Erfolg dabei«, sagt der Kriminalist und verabschiedet sich per Händedruck. Als er kurz danach durch die Schiebeglastür des Hotelfoyers in den noch frühen Tag tritt, sieht er, dass es vor Kurzem einen heftigen Regenschauer gegeben hat. Am Himmel hängt eine zinngraue Wolkendecke, auf den Pflastersteinen im Eingangsbereich liegt ein feuchter Schmierfilm. Swensen biegt nach links und geht über einen schmalen Pfad zur Rückseite des Gebäudes. Sein Magen knurrt hörbar. Er will sich am Marktplatz schnell eine Portion Pommes auf die Hand kaufen, bevor er weitermacht. Zügig überquert er die Süderstraße und nimmt den Weg hinter der Marienkirche. Sein Abbild, das sich im Schaufenster eines Schlüsseldienstladens spiegelt, ist fast farblos. Das Wetter hat sich verschworen, denkt er amüsiert, es tunkt die gesamte Stadt in ein milchiges Grau.

»Schwarz und weiß, Leben und Tod, Gut und Böse, die zwei Seiten der Kaskade, die eine glänzend, die andere bösartig«, mit diesen Worten beginnt eine alte TV-Serie aus den 50ern, die Swensen gestern noch spätabends nach der Arbeit auf Arte gesehen hatte. Glen Gordan als Doktor Fu Manchu spielt darin einen dieser typischen Besessenen, die um jeden Preis die Weltherrschaft erlangen wollen.

Vielleicht ist Doktor Fu Manchu der große Unbekannte, vielleicht hat er sich heimlich hinter die Kulissen von Rehmkes Filmarbeiten geschlichen, denkt der Hauptkommissar und muss dabei innerlich über Jerker Lauri schmunzeln.

Stellt der sich etwa solch einen legendären Bösewicht vor, wenn er von seiner Verschwörung spricht? Doktor Fu Manchu, von der Fantasie Sax Rohmers freigesetzt, war eine der erfolgreichsten Verschwörungsfiguren, als alle Welt noch an die »Gelbe Gefahr« glaubte. Aber vielleicht favorisiert Lauri eher den mysteriösen Professor Moriarty, den intelligenten Gegenspieler von Sherlock Holmes, mit dem sich der Detektiv als der »Märtyrer des Guten« gemeinsam den Reichenbachfall hinabgestürzt hat. Ohne Conan Doyles Figur des Professor Moriarty hätte es Doktor Fu Manchu nie gegeben, und ohne Doktor Fu Manchu gäbe es nicht die deutsche Version des Doktor Mabuse.

»Minority Report« von Spielberg kommt dem Kriminalisten in den Sinn, ein »pre-crime«-Verschwörungsfilm, in dem hochsensible Wesen Verbrechen in der Zukunft erkennen, bevor diese überhaupt begangen werden; und wo elektronische Spinnen mit ihren Kameraaugen Häuser durchsuchen und die Augen von Personen scannen.

Und dann kommt dem Hauptkommissar der Gedanke, ob diese künstlichen Vorbilder nicht erst reale Menschen wie Osama bin Laden hervorgebracht haben und ob hinter dem Tod von Rehmke nicht vielleicht doch eine Verschwörung steckt. Er steigt schwungvoll die zwei Treppenabsätze zur Norderstraße hinauf. Ich sollte mich beeilen, wenn ich die Welt noch retten will, denkt er übermütig und steuert zielstrebig auf die Pommesbude vor dem Karstadtgebäude zu.

*

Der Hauptkommissar kratzt sich den linken Handrücken. Er zieht die Schultern hoch und spürt, dass er sich ärgert.

Worüber eigentlich?

Er weiß es nicht, bleibt vor der Buchhandlung »Delff« in der Krämerstraße stehen und studiert flüchtig die Neuerscheinungen im Schaufenster. John Irving: »Bis ich dich finde«; Günther Grass: »Beim Häuten der Zwiebel«; Wimmer Wilkenloh: »Feuermal«; Haruki Murakami: »Kafka am Strand«.

»Kafka am Strand«? Das hört sich interessant an, denkt er, während er über den Titel eine assoziative Brücke zu seinen geliebten Spaziergängen im Watt vor Sankt Peter-

Ording schlägt. Dabei steckt er sich den letzten Pommes in den Mund und zerknüllt die Papiertüte in der Hand zu einer Kugel. Er geht weiter, den Blick stur auf den Boden gerichtet, und beschließt, dass er das Buch lesen möchte und es sich bei der nächsten Gelegenheit kaufen wird. Am Hafen entsorgt er die Papierkugel nebenbei in einem Papierkorb.

Ist es die schleppende Ermittlung, die ihn ärgert?

Im Kopf spielt er die Möglichkeiten, die er im Moment sieht, durch und bleibt immer wieder an dem Film hängen, den Rehmke gedreht hat. Er hat nicht die geringste Ahnung, um was es in diesem Film wirklich geht. Solange er nichts über den genauen Inhalt erfährt, wird er weiterhin im Düstern tappen, stellt der Kriminalist ernüchtert fest.

Alle Menschen aus dem Filmteam, mit denen er bis jetzt gesprochen hat, haben sich total bedeckt gehalten. Selbst der Tod ihres Regisseurs hat daran nicht viel geändert. Die Produktionsfirma scheint ihren Mitarbeitern knallharte Verträge vorgelegt zu haben, bei der die Geheimhaltung des Filmstoffs oberste Priorität zu haben scheint. Was kann er da machen?

Das Wetter klart allmählich auf, die graue Wolkendecke zeigt bereits die ersten Lücken, aus denen Helligkeit dringt. Der Hauptkommissar bleibt stehen, fühlt die unerwartete Wärme auf der Haut. Er schließt die Augen und die Filmbilder vom gestrigen Abend verspotten seinen Wunsch nach einer heilen Welt. Glen Gordan, mit peinlich aufgeklebtem Chinesenbart als feister Weltverschwörer, ein selbstgefälliges Lächeln auf den Lippen und die Arme vor dem kunstvoll bestickten Gewand gekreuzt, schmuggelt tödliche Mikroorganismen, die aus einem Labor in San Francisco stammen, nach Hongkong.

Swensen hatte sich am Ende des Films noch über die antiquarische Machart dieses Machwerks amüsiert, genauso wie über die eher mäßigen Schauspielkünste des Glen Gordan. Doch jetzt bringt ihn das Gesehene urplötzlich auf eine Idee. Vielleicht könnte es ihm ja gelingen, die exzentrische Selbstdarstellung von Schauspielern und ihren ausgeprägten Narzissmus für sich auszunutzen. Ein wenig schmeicheln, ein wenig ihre Eitelkeit anpieksen, schon könnten sie unter Umständen doch mehr ausplappern, als sie wollen und dürfen.

Er spürt, wie er innerlich aus seiner selbsterzeugten Lethargie erwacht. Ihm fällt der Zettel der Rautenberg ein, entschlossen tippt er die Nummer von Klaus Weiss, die auf der Liste der Partygäste steht, in seinem Handy ein. In der Leitung ertönt das Freizeichen, fast augenblicklich meldet sich eine Stimme.

»Weiss!«

»Kriminalpolizei Husum, Hauptkommissar Swensen«, spult Swensen emotionslos seinen ewigen Spruch herunter. »Ich möchte gerne mit Ihnen sprechen. Es geht um den Todesfall Detlev Rehmke.«

Stille. Es dauert merkwürdig lange, bis Weiss endlich antwortet.

»Das passt schlecht! Ich will gerade zum Golfen. Wenn Sie mich unbedingt sprechen wollen, müssten Sie sich schon nach Sankt Peter-Ording bemühen. Ich bin im Nordsee-Golfclub zu finden.«

»Das macht mir keine Umstände, Herr Weiss. Ich werde Sie finden.«

»Wäre schön, wenn es nicht zu lange dauern würde. Es ist meine Freizeit.«

»Sie müssen schon entschuldigen«, sagt Swensen etwas

pikiert. »In meinem Beruf bestimme nicht ich meine Arbeitszeit. Ich werde mich bemühen, mich kurz zu fassen. Also bis gleich, Herr Weiss.«

Der Hauptkommissar beendet das Gespräch, ohne eine Antwort abzuwarten. Er ist verschnupft über die dekadente Art und Weise des Schauspielers.

Hat der feine Herr nichts Besseres zu tun, als in solch einer Situation Golf spielen zu gehen; und das, wo Rehmke noch nicht mal unter der Erde ist, flüstert eine Stimme in seinem Innern.

Wenn du mit dieser miesen Stimmung bei Weiss aufkreuzt, kannst du gleich zu Hause bleiben, ruft er sich zur Räson. Du willst etwas von Weiss, nicht er von dir, also verhalt dich auch dementsprechend.

»Verändere dich, und du veränderst die Welt«, hört er Meister Rinpoches Worte, streicht mit der Handfläche über Stirn und Kopf, als könne er damit die Stimme aus seinem Gedächtnis wischen.

Er geht um die Ecke in den Hinterhof der Polizeiinspektion. Die Roststelle am linken Kotflügel seines Polos springt ihm jedes Mal schon von Weitem ins Auge. Aber wenig später braust er bereits über die B202 in Richtung Sankt Peter-Ording. An der Fischräucherei verlässt er die Bundesstraße, nimmt die Strecke über Harblek nach Kotzenbüll. In Höhe des Herrenhauses Hoyerswort passiert er das langgezogene Reetdachhaus im dänisch-friesischen Stil, in dem sich 2001 eine Terrorzelle der Al-Qaida verschanzt hatte.

Eine Verschwörung auf Eiderstedt, das hatte er sich damals nicht im Traum vorstellen können, erinnert sich Swensen. Eigentlich ziemlich abwegig, muss er sich heute eingestehen. Immerhin lebt er in einem Land, das vor 70 Jahren fast kollektiv an die Weltverschwörung des Judentums geglaubt hat. Heute braucht es nur noch eine Handvoll Wahnsinniger, um sich gegen die Welt zu verschwören. Einen Tag nach dem 11. September soll der Sender CNN stumme Bilder vom Angriff auf das World Trade Center gezeigt haben, dazu eine laufende Schriftleiste: NO COMMENT.

Welches Täterprofil könnte eigentlich ein Weltverschwörer haben?

Die Sonne steht bald im Zenit, brennt auf seine linke Körperhälfte. Er fährt die Seitenscheibe herunter und der Duft von geschnittenem Gras, Flieder und wilden Brombeeren strömt herein. Der Kriminalist atmet ruhig ein und aus und lässt sein Gedankenkarussell langsamer drehen. In Garding hat es einen Unfall gegeben. Im Vorbeifahren erkennt er Paul Richter, einen ihrer Streifenpolizisten aus Husum, der wie ein Bodyguard neben einer sichtlich aufgelösten Frau steht, die wahrscheinlich die schuldige Fahrerin ist. Sie muss vom Supermarktparkplatz in den rollenden Verkehr gebogen und einem Lieferwagen in die Seitentür gecrasht sein. Geringfügiger Blechschaden. Schon ist der Polo von Swensen daran vorbei, nur ein kurzer Wirklichkeitssplitter, so flüchtig wie ein Möwenschrei, der aus einer Wiese herüberweht. Hinter der Kleinstadt zweigt eine Straße nach Westen ab, gerade auf die Küste zu. Wenig später erreicht er den Eiderweg, sieht, wie weiße Schleier über den blauen Himmel ziehen, die sich langsam zu festen Wolken zusammenschichten. Er riecht die Seeluft, hört in der Ferne das Meer, wie es sich weitet und wieder in sich zusammenfällt, dieses leise Saugen und Dröhnen, Spritzen und Rumoren, Milliarden von Jahren älter als die Menschheit.

Das Schild »Nordsee-Golfclub Sankt Peter-Ording e.V.« am Straßenrand holt den Hauptkommissar auf den Boden der Tatsachen zurück. Er muss den Gegenverkehr abwarten, bis er den Parkplatz auf der linken Seite ansteuern kann. Ein schmaler Fußweg führt direkt zum zweigeschossigen Klubhaus, einem achteckigen Holzgebäude, gelb gestrichen, mit umlaufendem Balkon und einem begrünten Dach. Davor trifft der Hauptkommissar auf eine quirlige Gesellschaft aus Männern und Frauen mit Schirmmützen und in Windjacken gehüllt, die sich um einen Windrichtungsgeber versammelt haben, dessen Spitze ein Golfer ziert. Swensen bemerkt einen Mann, der sich aus der Schar abhebt. Er hält eine Liste in beiden Händen und gibt Anweisungen. Auf diesen Mann steuert er schnurstracks zu.

»Jan Swensen, Kriminalpolizei Husum«, stellt er sich routinemäßig vor. »Kennen Sie sich hier ein wenig aus?«

»Ich denke schon«, sagt der Mann und hebt den Kopf. »Doktor Friedrich Matt, ich bin der stellvertretende Vorsitzende dieses Klubs.«

»Dann sind Sie die Person, die mir bestimmt weiterhelfen kann.«

»Was führt denn die Kriminalpolizei ausgerechnet zu uns? Das Golfspielen doch sicherlich nicht?«

»Ich bin frei von jeglichem Handicap, wenn Sie das meinen«, sagt der Hauptkommissar und verzieht ironisch die Lippen, doch sein Gegenüber reagiert nicht auf seinen Scherz. »Aber ich habe ein Handy«, fährt Swensen fort. »Und damit habe ich einen gewissen Klaus Weiss angerufen. Und der teilte mir mit, dass er in Sankt Peter-Ording Golf spielen würde. Wie kann ich den Herrn hier auf dem Gelände ausfindig machen?«

»Herr Weiss ist vor gut zehn Minuten von hier losgezogen. Schauen Sie in Richtung Nordsee, dort vorn an den Heckenrosen entlang, am Ende gibt es einige Abschläge auf den Dünenkuppen. Ich schätze mal, in dem Umfeld werden Sie Herrn Weiss jetzt antreffen. Nicht zu verfehlen.«

»Und ich kann einfach querfeldein dort hingehen?«

»Nein! Wir haben hier ein 9-Loch-Parkour, dort drüben befinden sich die Löcher eins bis vier. Bleiben Sie bitte im Roughbereich, auf der ungemähten Fläche, sonst geraten Sie auf die Spielbahn. Das wäre für die Spieler äußerst unangenehm.«

»Okay«, bestätigt der Hauptkommissar, bedankt sich mit einem knappen Kopfnicken bei Doktor Matt und macht sich mit forschem Schritt auf den Weg. In der Ferne zieht eine einsame Person mit einem dreirädrigen Wägelchen seine Schläger hinter sich her. Swensen hält darauf zu.

Das Bild hat etwas Lächerliches, findet er und führt das darauf zurück, dass er diesen Sport noch nie besonders schätzte. Dieser ganze aufgeblasene Schnickschnack; Tausende von Schlägern, Ballrückhol-Aufsätze, Ballmarker und Flaggen. Alles Tüddelkram! Da kann man einen echten Nordfriesen nur mit in die Flucht schlagen. Bei dem gibt es eben nur eins, was zählt, und das ist und bleibt das Boßeln.

Der Mann in einer offenen dunkelblauen Windjacke und einem schlichten gelben Pullover mit V-Ausschnitt, der sich auf der Abschlagstelle positioniert hat, zieht einen Spezialschläger mit besonders flachem Schlägerkopf aus der Ledertasche. Swensen ist mittlerweile nah genug heran, um zu erkennen, dass es sich wirklich um Klaus Weiss handelt. Er bleibt abwartend stehen und verhält sich erst einmal passiv. Weiss blickt konzentriert auf den Ball. Er federt leicht in den Knien, dreht die Hüfte in Schlagstellung und macht ein Hohlkreuz. Mit durchgedrücktem linken Arm lässt er den Schlägerkopf mehrmals langsam über dem Ball hin und her pendeln, holt dann entschlossen aus und schmettert ihn mit viel Schwung gegen die kleine Kugel, die mit einem harten Geräusch in einer hohen Flugbahn in Richtung Flagge davonschnellt. Weiss bläht den Brustkorb auf, scheint mit sich zufrieden zu sein.

»Der Schlag war nicht von schlechten Eltern, Herr Weiss«, lobt Swensen.

»Der Kommissar aus Husum«, stellt Weiss fest und mustert ihn mit durchdringendem Blick. »Herr Swan… wie war noch mal Ihr Name?«

»Swensen.«

»Richtig, Swensen. Sie haben mich doch schon mal ausgefragt, Anfang des Jahres.«

»Stimmt, der vermeintliche Anschlag auf Herrn Rehmke.«

»Vermeintlich?« Weiss dreht langsam den Kopf, zieht die Augenbrauen nach oben, sodass sich auf der Stirn Falten bilden. »Sie reden also immer noch von ›vermeintlich‹, auch jetzt noch, wo Rehmke ermordet worden ist?«

»Es ist nicht sicher, dass Detlev Rehmke ermordet worden ist.«

»Das liegt doch auf der Hand. Der Film, an dem wir gedreht haben, ist nicht erwünscht. Es scheint Mächte zu geben, die ihn verhindern wollen.«

Wieder diese vage Andeutung auf eine Verschwörung. Der Hauptkommissar presst die Lippen zusammen, muss sich zusammenreißen, damit sein Ärger ihm nicht vom Gesicht ablesbar ist. Er überlegt, was zu tun ist, damit das Gespräch jetzt nicht in eine falsche Richtung abdriftet.

»Ich würde gerne mit Ihnen über Ihre Rolle sprechen. Sie verkörpert eine reale Person, einen gewissen Gert Lutze. Der ist vor einigen Jahren am Husumer Dockkoog ertrunken. Das ist doch bestimmt nicht einfach für einen Schauspieler, das Ertrinken eines Menschen zu spielen.«

»Ein guter Schauspieler muss das können«, brüstet sich Weiss und rollt mit den Augen. »Aber Sie haben recht, das war eine richtig dramatische Szene, und gleichzeitig war es auch eine Herausforderung, in das eiskalte Wasser zu springen. Das braucht schon Disziplin.«

Swensen atmet erleichtert durch. Er scheint angebissen zu haben, sagt er sich und ballt spontan die rechte Hand zur Faust, entspannt sie aber sofort wieder. Weiss kann es nicht bemerkt haben, weil er seinen Schläger gerade in das Carrybag zurückgesteckt hat. Die nächste Frage hat sich der Hauptkommissar schon vorher im Kopf zurechtgelegt.

»Soweit ich informiert bin, ist der Fall Lutze ein Unfall gewesen. Einen Ertrinkenden zu spielen steht doch bestimmt nicht auf dem Lehrplan einer Schauspielschule. Wie bereitet man sich auf solch eine schwierige Szene vor? Wurde das vorher im Wasser trainiert oder kann ein guter Schauspieler das aus dem Stegreif?«

»Ein Unfall?«, sagt Weiss ungläubig. »Im Drehbuch wurde das schon etwas anders dargestellt. Deshalb war es auch ein besonders heikler, nicht ganz ungefährlicher Dreh. Zwei Taucher haben mich an den Beinen unter Wasser gezogen. Danach durfte ich mehrere Minuten lang nicht auftauchen, weil die Szene weiterging. Ich musste also vorher lernen, den Atemregler des Tauchgeräts unter Wasser in den Mund zu nehmen. Ich will ja nicht prahlen, aber das war ein echtes Bravourstück. Die Szene ist mir hervorragend gelungen; jetzt beim zweiten Mal sogar noch besser. Wir mussten den ganzen Dreh ja wiederholen, wegen dem, wie Sie so schön sagten, vermeintlichen Anschlag auf unseren Kurierwagen.«

»Hab ich das richtig verstanden? Im Film wird die Szene nicht als ein Ertrinken dargestellt? Als was denn dann? Mord?«

»Ich kann nur sagen, dass die ertrunkene Person in der Realität unter Wasser gezogen worden sein soll.«

»Und wer sollte so etwas getan haben?«

»Woher soll ich das wissen? Ich bin Schauspieler, kein Kriminalist. Außerdem hat Rehmke die wahren Hintergründe der Szenen penibel unter Verschluss gehalten.«

»Ihr Beruf bleibt offensichtlich auch dann Fiktion, wenn eine wahre Geschichte erzählt wird«, bemerkt Swensen trocken. »In meinem Beruf muss ich mich ausschließlich in einer Welt von Realitäten bewegen.«

»Passen Sie auf, Herr Swensen«, kontert Weiss und kann sich ein sarkastisches Lächeln nicht verkneifen. »So einfach ist die Welt nicht. Ein Film ist oft näher an der Realität als Ihr vermeintlich gesunder Menschenverstand.«

»Und welche Realität haben Sie im Auge? Doch wohl nicht Ihre Rolle beim ›Bergdoktor‹?«, kann Swensen sich nicht verkneifen. »Ich habe gelesen, dass Sie die Hauptrolle in dieser TV-Soap übernommen haben.«

»Das gehört zu meiner Realität. Ich habe selten die Wahl, mir meine Rollen auszusuchen. Wir alle möchten Butter auf dem Brot! In meinem Beruf ist nicht alles Zuckerschlecken. Ich bin schon nachts mit panischer Angst aufgewacht, hatte das Gefühl, meine Identität droht mir zu entgleiten. Das gesamte Leben eines Schauspielers ist darauf konzentriert, eine Rolle nach der anderen möglichst glaubwürdig zu verkörpern, egal, um welche es sich handelt.«

»Kommt irgendwie traurig rüber«, sagt Swensen. »Auf mich wirken Sie allerdings ganz anders. Zumindest scheint der Film, den Detlev Rehmke machen wollte, Sie doch fasziniert zu haben?«

»Rehmkes Filme sind auch keine reine Unterhaltung. Sie haben immer auch eine ›Message‹.«

Ich muss ihn irgendwie aus der Reserve locken, überlegt Swensen und fragt dann sehr direkt: »Hört sich an, als wenn es in dem Film um so eine Art Verschwörung geht. Und das könnte der Grund sein, warum es Personen gibt, die eine Veröffentlichung verhindern wollen?« Dann bricht er abrupt ab, tastet sich langsam weiter vor. »Ich habe selbstverständlich nur laut nachgedacht, Herr Weiss. Nicht gerade weitsichtig von mir. Sie spielen schließlich nur eine Rolle. Die komplexen Zusammenhänge eines Films bleiben Ihnen als Schauspieler wahrscheinlich sowieso verborgen.«

»Da täuschen Sie sich aber, Herr Swensen. Ich spiele immerhin eine Hauptrolle«, protestiert Weiss, holt tief Luft und wartet, bis er sich der vollen Aufmerksamkeit von Swensen sicher ist. »Wenn Sie wüssten, was mein Beruf in seiner Tragweite bedeutet, würden Sie nicht so abfällig darüber reden. Ich muss selbstverständlich das gesamte Drehbuch kennen, nicht nur die Szenen, in denen ich auftrete. Meine Rolle ist so angelegt, dass ich immer den gesamten Film im Kopf habe.«

»Ganz so naiv, wie Sie mich hinstellen, bin ich auch nicht, Herr Weiss«, sagt Swensen und bemüht sich um einen Tonfall, als hätte man ihn in seiner Berufsehre gekränkt. »Ich weiß zum Beispiel Bescheid, dass es in Ihrer Rolle um einen Berufssoldaten geht, der in Afghanistan stationiert war. Und dass es in dem Film auch um einen Deutschtürken geht, den die Amerikaner in Kandahar gefangen halten. Ich weiß das, weil der Autor Ihres Drehbuchs persönlich bei mir in der

Inspektion war, um sich genau nach diesen beiden Personen zu erkundigen.«

Weiss grinst abfällig. Swensen bemerkt, wie es im Kopf seines Gegenübers zu arbeiten beginnt, und hofft auf dessen ausgeprägten Narzissmus.

»Was Sie zu wissen glauben, sind nur Plattitüden. Das sagt nichts über die komplexen Zusammenhänge aus, die in Rehmkes Film eine Rolle spielen.«

»Aber ich kann eins und eins zusammenzählen«, bleibt der Hauptkommissar dran. »Ein deutscher Soldat und ein Deutschtürke ergeben unterm Strich noch keine Verschwörung.«

»Auch nicht, wenn sich beide Personen in Afghanistan begegnet sind?« Weiss sieht Swensen an und lächelt kryptisch.

»Solche Zufälle gibt es in Wirklichkeit nicht.« Swensen schaut zum Himmel hinauf und hebt theatralisch die Hände. »Sie wollen mir einen Bären aufbinden. Wie kommt ein Bundeswehrsoldat in ein amerikanisches Gefangenenlager in Kandahar?«

Weiss verschränkt die Hände vor seiner muskulösen Brust und lächelt selbstzufrieden.

Swensen lächelt zurück, dann macht er plötzlich ein todernstes Gesicht und stellt scharf fest: »Sie verarschen mich! Ich glaube Ihnen kein Wort.«

»Und wenn ich Ihnen sage, dass es sich um einen KSK-Soldaten handelt, der den gefangenen Deutschtürken vor Ort mal kurz verprügelt hat?«

Geschafft! Swensen jubelt innerlich, muss sich aber gleichzeitig beherrschen, damit Weiss sein Spiel nicht durchschaut.

»Es ist nur ein Film«, sagt er abfällig.

»Der Film beruht auf wahren Begebenheiten«, versichert Weiss mit nicht zu überhörender Arroganz in der Stimme.

»Trotzdem bleibt der Film nur eine fiktive Story, die niemand auf ihren Wahrheitsgehalt überprüfen kann«, legt Swensen nach, als hätte er das Gesagte bereits als unbrauchbar abgehakt. »Ich muss mich bei dem Fall Rehmke weiterhin an reale Fakten halten.

Sie waren einer der Gäste auf Detlev Rehmkes Hotelzimmer-Party. Um welche Uhrzeit haben Sie ihn dort zum letzten Mal lebend gesehen, Herr Weiss?«

*

»Unser Grundproblem ist, dass wir uns an ein festes Bild von uns selbst klammern. Und je mehr wir das tun, umso mehr müssen wir diese fixe Idee von uns vor anderen verteidigen. Das ist die Ursache von Krieg, Mord und Verblendung, von Leidenschaft und Aggression, eigentlich von allen Konflikten auf der Welt.«

Ob Schauspieler dieses Grundproblem eigentlich auch haben, überlegt Swensen, nachdem er sich die Worte von Meister Rinpoche in Erinnerung gerufen hat. Im Schauspielberuf gehört es dazu, in Rollen zu schlüpfen, sich in andere Personen hineinzuversetzen. Können sie sich trotzdem an ihr eigenes Selbstbild klammern? Und wenn ja, wie gelingt es ihnen, an der fixen Idee festzuhalten, obwohl sie immer wieder andere Personen spielen, die völlig andere Charaktere haben? Soldaten zum Beispiel, Heiratsschwindler, Politiker, Kommissare oder Mörder …?

Swensen biegt mit seinem Polo in Garding links auf die Strecke über Poppenbüll nach Osterhever. Die Ermittlung bei Weiss bringt ihn ins Grübeln, so unwahrscheinlich erscheint es ihm, was Weiss da unfreiwillig ausgeplaudert hat. Jetzt versteht er endlich, warum die Menschen aus dem Filmteam hinter den ungeklärten Vorfällen immer eine Verschwörung vermutet haben. Das heißt aber noch nicht, dass das auch wirklich so ist. Fakt scheint zu sein, dass ein Elitesoldat einen Deutschtürken in Afghanistan verprügelt hat. Das wäre schon ein politischer Skandal. Ein einleuchtender Grund, dass irgendjemand in diesem Land das unbedingt unter dem Deckel halten möchte. Aber schon Grund genug, um dafür auch einen Menschen ermorden zu lassen? Wenn das real wäre, hätte der Täter den Auftrag einer imaginären Obrigkeit ausgeführt. Das würde bedeuten, dass die Ermittlungen wahrscheinlich früher oder später in einem Niemandsland enden, in dem die gesuchte Person nur ohne ein identifizierbares Gesicht herumläuft.

Ein aussichtsloses Unterfangen, zieht der Hauptkommissar als Resümee. Er sehnt sich plötzlich nach Ruhe, möchte das Hamsterrad im Kopf nur noch anhalten.

Links in der Kurve liegt die Kirche von Osterhever. Dahinter passiert er rechts eine verwaiste Ladenwohnung, in der noch im letzten Jahr einer der Timmann Brüder gewohnt hat, bevor er bei einem dubiosen Unfall im Tönninger Hafen ums Leben kam. Einige seiner Kollegen glauben immer noch, dass es eine Verschwörung der russischen Mafia war, aber das interessiert heute kein Schwein mehr. Und auch Swensen hat keine Lust, sich auf ein neues Gedankenspiel einzulassen. Er drückt aufs Gas und fährt mit überhöhter Geschwindigkeit die lange Gerade bis nach Sieversfleth. In dem kleinen Dorf biegt er spontan nach links ab und fährt wenig später auf dem schmalen, asphaltierten Weg über den Außendeich zum Tetenbüllspieker

Loch, einer kleinen Anlegestelle, von der aus Sportboote bei Flut über den Heverstrom bis in die Nordsee und nach Husum schippern können.

Es ist gerade Ebbe, zwei kleinere Segler liegen auf dem Schlick, vertäut an den Duckdalben, die sich entlang der befestigten Uferböschung reihen. Der Holzsteg daneben macht schon einen morschen Eindruck. Die Boote sind menschenleer, die Segel zusammengerollt. Auf dem Parkplatz neben einem einsamen Container steht nur ein verlassener Twingo mit Hamburger Kennzeichen. Swensen steuert seinen Polo daneben, steigt aus und atmet die frische Seeluft ein. Dann öffnet er den Kofferraum und tauscht seine Straßenschuhe gegen die Gummistiefel, die er immer sicherheitshalber dabeihat, weil er nie weiß, welches Gelände er an einem Tatort vorfindet. Wenig später stapft er über den festen Schlick. Das Wattenmeer an der Nordküste von Eiderstedt ist glatt, meist ohne die typischen Wattrippeln. Die Wellenkraft kann hier nur sanft abgleiten. Verstreut zwischen dem Queller sind Spuren von Seevögeln abgedrückt, die wie von Tannen abgeschüttelte Nadeln aussehen. An diesem Ort wächst die dickfleischige Salzwiesenpflanze besonders üppig, meist in dichten Teppichen, die im Sonnenschein in einem warmen Hellgrün leuchten. Von den Touristen, die Eiderstedt besuchen, wissen die wenigsten, dass der Queller essbar und wohlschmeckend ist, allerdings mit recht salzigem Bukett. Er kann blanchiert, kurz angebraten oder roh genossen werden. Bei einem Besuch in den Niederlanden hatte Anna ihn einmal in einem normalen Supermarkt entdeckt. Er wurde dort unter dem Namen »Zeekraal« zum Kauf angeboten.

In der Ferne schwebt ein Schwarm Ringelgänse in einem weiten Halbkreis geschmeidig vom Himmel. Ihr »Rronk«

und »Rott rorott« schallt scharf über die knapp zwei Kilometer Distanz herüber und ihre schwarz-weiß gebänderten Flanken glänzen wie Papier. Ringelgänse lieben den Queller und fressen ihn mit gierigem Appetit. Der Hauptkommissar macht einen Bogen um die Tiere, damit sie bei der Nahrungsaufnahme nicht gestört werden.

Im Oktober, wenn der Queller blüht, färbt er die Landschaft rot. Dann brennt das Watt, sagt der Volksmund. Das ist ein so beeindruckendes Naturereignis, dass Swensen es sich in keinem Jahr entgehen lässt.

Seine Schritte werden mit einem Mal schwerer. Die Gummistiefel versinken bei jedem Schritt bis weit über die Knöchel in morastigem Schlick, trotzdem setzt er seinen Weg unverdrossen fort. Das saugende Geräusch begleitet ihn wie ein Zwiegespräch mit der Natur.

Und plötzlich hat Swensen den Eindruck, als würde die Erde nach ihm schnappen, als wolle sie ihn dorthin zurückzerren, woher der Mensch einst gekommen ist. In seiner Fantasie entbrennt ein spielerischer Kampf. Da sind seine Füße, die sich der weichen, erdigen Berührung immer wieder entziehen; und da ist er, Jan Swensen, der bei jedem neuen Schritt in Kauf nimmt, erneut den Halt zu verlieren. Beides zusammen ergibt nur Sinn im unentwegten Loslassen von jeglichem Sinn.

»Der stete Wechsel der erfahrbaren Wirklichkeit hat sich nicht gegen dich verschworen, sondern bereichert dich in jedem Moment. Lerne ihn vorbehaltlos anzunehmen, selbst wenn du ihn als störend empfindest. Annehmen und Loslassen ist die höchste Form der Liebe. Es ist das immerwährende ›Ja‹ zu einer geheiligten Erfahrung des Lebens.«

Natur ist eine Offenbarung der göttlichen Schöpfungskraft. Das ist die andere Seite von Mord und Totschlag, denkt der Hauptkommissar, und als sich seine Gedanken gerade wieder der Schattenseite des Lebens zuwenden wollen, fixiert sein Blick einen schwarzen Punkt weit draußen vor der Küste, der anscheinend ganz langsam auf ihn zukommt. Aus einem undefinierbaren Gefühl heraus hält er seinerseits geradewegs darauf zu. Bald wird deutlich, dass es sich um einen Menschen handelt, und wenig später weiß Swensen, dass es ein Mann ist. Dann gibt es einen längeren Zwischenraum, in dem der Status quo unverändert bleibt, bis langsam einzelne Merkmale der Person sichtbar werden und er erkennt, dass der Mann kein Unbekannter ist. Seine wirren, weißen Haare sind vom Wind zerzaust und der weiße Vollbart hat nur noch wenige dunkle Stellen. Das ist doch …! Ja, Wimmer Wilkenloh, dieser Autor aus Hamburg. Das gibt es doch gar nicht.

»Was machen *Sie* denn hier?«, platzt es aus Swensen heraus.

»Das Gleiche könnte ich Sie fragen, oder?«, kommt es lakonisch zurück.

»Nun, ich habe einfach nicht damit gerechnet, Sie hier im Niemandsland vor der Küste zu treffen. Eine, Sie müssen zugeben, nicht gerade wahrscheinliche Möglichkeit. Es könnte fast etwas Schicksalhaftes haben, jetzt, wo Detlev Rehmke nicht mehr am Leben ist.«

»Ich denke da eher pragmatisch, es ist ein Zufall. Obwohl, ohne den Tod von Rehmke wäre ich jetzt bestimmt nicht hier. Die Aufnahmeleiterin der Filmproduktion hat mir gestern Abend diese schreckliche Nachricht mitgeteilt. Heute Nachmittag soll in Husum ein Gespräch stattfinden, wie es ohne Rehmke weitergehen kann. In meinem

Ferienhaus ist mir die Decke auf den Kopf gefallen, ich konnte dort nicht tatenlos rumsitzen, musste mal raus in die Natur. Eigentlich habe ich überhaupt noch nicht begriffen, was wirklich passiert ist. Detlev soll im Hotelswimmingpool ertrunken sein. Können Sie mir etwas über die Umständen sagen?«

»Rehmke ist nicht ertrunken.«

»Nicht ertrunken? Dann war es kein Unfall?«

»Das ist nicht endgültig geklärt. Es handelt sich um einen Herzstillstand, allerdings wurden Heroin und Alkohol in seinem Blut gefunden, und zwar ein hoher Wert. Entweder haben wir es mit einer Überdosis zu tun, also eine Art Unfall, oder das Heroin wurde ihm gegen seinen Willen gespritzt. Bei Letzterem hätten wir es mit einem klassischen Mordfall zu tun.«

»Das verstehe ich nicht«, sagt Wilkenloh und schüttelt ungläubig den Kopf. »Sie wollen mir weismachen, dass die Kriminalpolizei eine der beiden Möglichkeiten nicht ausschließen kann? Wie ist das möglich? Wenn ihm das Heroin wirklich gewaltsam gespritzt wurde, müsste es doch Spuren geben, die darauf hinweisen?«

»Bei einem Kriminalautor mag das so einfach sein, aber in der Realität sind die Dinge meist etwas komplizierter. Es sind nämlich forensische Spuren am Tatort gesichert worden, die unterschiedlich interpretiert werden können. Ob Rehmke sich selbst eine Spritze gesetzt oder ein anderer nachgeholfen hat, ist zurzeit nicht eindeutig zu bestimmen. In solch einer Situation muss man besonders aufpassen, nicht sofort für Mord zu plädieren, besonders wenn irgendwo Ungereimtheiten auftauchen.«

»Von welchen Ungereimtheiten sprechen Sie, Herr Swensen?«

»Das darf ich Ihnen nicht sagen. Wir sind noch mitten in den Ermittlungen und Sie könnten theoretisch natürlich auch einer der Verdächtigen sein, Herr Wilkenloh.«

»Ich weiß auch ohne Ihre Fakten, dass Detlev sich niemals Heroin spritzen würde!« Wilkenloh schaut Swensen empört an. »Er hat mich noch vor Kurzem zu seinen Dreharbeiten nach Marokko eingeladen. Da haben wir uns längere Zeit jeden Tag gesehen und auch miteinander gesprochen. In einem Rauschzustand kann ein Mensch die Koordinierungen von solch komplexen Abläufen nicht unter einen Hut bekommen. Das fordert in jedem Moment höchste Konzentration. Ein Drogensüchtiger wäre da völlig überfordert.«

Der Hauptkommissar lässt den Wortschwall der Verteidigung stoisch über sich ergehen und wartet ab, bis er ausgeklungen ist. Nach angemessener Pause reagiert er dann mit vertraulicher Stimme: »Wenn wir es wirklich mit Mord zu tun haben, fehlt eine einleuchtende Erklärung. Hätten Sie eine parat?«

Er ist selbst ein wenig erschrocken über seinen Tonfall. So spricht er eigentlich nur mit Menschen, die ihm schon länger vertraut sind.

»Ich würde sagen, jemand hat einen ausgeklügelten Plan gehabt, der bei der Durchführung alle Eventualitäten bis ins kleinste Detail mitberücksichtigt hat.«

»Eine Verschwörungstheorie aus dem Mund eines Krimiautors, wer hätte das gedacht?«, sagt Swensen sarkastisch und lächelt herablassend. Die Miene von Wilkenloh bleibt ernst, während er Swensen mit durchdringendem Blick mustert, bis dessen Lächeln versiegt.

»Ich habe dieses Drehbuch geschrieben, ich weiß, wie brisant der Inhalt von Detlevs Film ist, es ist mehr als ein Stachel im Fleisch der Obrigkeit.«

»Und welche Obrigkeit schwebt Ihnen da vor, Herr Wilkenloh?«

»Meine Recherchen haben mich in höchste Regierungskreise geführt. Mehr möchte ich dazu nicht sagen, schon aus Gründen der eigenen Sicherheit. Über lange Zeit habe ich die Verschwörungsfantasien von Rehmke nicht richtig ernst genommen, sie immer als Hirngespinste belächelt. Doch in der Zwischenzeit hat mich die nackte Wirklichkeit selbst eingeholt.«

»Das hört sich ja geradezu dramatisch an«, stellt Swensen fest, »und zwar so dramatisch, dass ich nur ein reales Ereignis dahinter vermuten kann. Ist das vielleicht so?«

Wilkenlohs Pupillen springen bei der Frage nervös von links nach rechts und zurück, als wolle er überprüfen, dass er von niemandem beobachtet wird. Dann starrt er gedankenverloren durch Swensen hindurch. Der Hauptkommissar kennt solch einen Zustand aus eigener Erfahrung; es gibt nur ein Wort dafür … Angst.

»Ich werde verfolgt«, platzt es dann eruptiv aus Wilkenloh heraus, nachdem er fast eine halbe Minute wortlos dagestanden hat. »Ich werde von einer Frau verfolgt. Deswegen bin ich auch direkt auf Sie zugegangen, weil ich vermutet hatte, Sie könnten diese Frau sein.«

Im verstörten Blick des Autors zeichnet sich jetzt sein ganzes Elend ab. Swensen empfindet augenblicklich tiefes Mitgefühl.

»Was halten Sie davon, wenn wir einfach irgendwo hinfahren, wo wir einen Kaffee trinken und in Ruhe darüber sprechen können?«

Wilkenloh seufzt fast unhörbar und blickt Swensen verloren an. »Ich erfinde nur fiktive Geschichten«, sagt er dann, »mit realer Bedrohung kenne ich mich nur theoretisch aus.

Sie sind der Kriminalist, Herr Swensen. Ich denke Ihr Vorschlag ist gut, wir sollten einen Kaffee trinken gehen und reden.«

»Rott rorott«, untermalt das ferne Rufen der Graugänse die vertrauliche Vereinbarung.

»Gehen wir!«, sagt Swensen knapp und stapft voran in Richtung Küste. Die stumme Wanderung der beiden Männer wird vom saugenden Geräusch des Schlicks und dem Murmeln des Wassers begleitet. Die Gezeiten haben sich gedreht, die Flut sickert in das trockengefallene Watt, sichtbar nur für ein geübtes Auge. Sie erreichen die asphaltierte Fläche an der Mole, die noch immer menschenleer ist. Die beiden Fahrzeuge sind hinter dem Container noch nicht in Sicht.

Swensen zieht seinen Autoschlüssel aus der Tasche und hält direkt auf den rostigen Eisenbehälter zu. Als Wilkenloh eintrifft, steht er bereits neben seiner geöffneten Fahrertür.

»Fahren Sie hinter mir her«, schlägt er vor, steigt ein und startet den Motor. Nachdem Wilkenlohs Twingo angesprungen ist, fährt er los, zurück nach Sieversfleth und dann weiter nach Warmhörn hinüber. Kurz hinter der geschlossenen Speise- und Schankwirtschaft »Op de Hörn« liegt, versteckt hinter Bäumen, das Café »Alte Schule«. Die beiden stellen ihre Wagen ab und suchen sich einen Tisch im Garten, etwas abseits von einigen beleibten Touristen, denen gerade mehrere Windbeutel XXL serviert werden. Ein Monstrum aus Blätterteig, Eis, roter Grütze und einem Riesenberg Sahne, das locker vier Personen pappsatt machen würde, was aber keinen der Gäste davon abhält, sich einzeln drüber herzumachen. Bei Swensen krampft sich schon vom Zuschauen der Magen zusammen. Wilkenloh wählt einen Platz, von dem aus er das Ganze nicht mit ansehen muss.

Die Männer bestellen zwei Cappuccino und zwei Stück Apfelkuchen in normaler Größe.

Der Hauptkommissar beobachtet Wilkenloh aus dem Augenwinkel, während der verloren zum Himmel hinaufschaut und keinerlei Anstalten macht, etwas zu sagen. Das Gesicht wirkt verschlossen und entrückt, fast traurig. Swensen glaubt so etwas wie Leidenschaft darin zu entdecken, und die ausgeprägten Klammerstriche um den Mundwinkel deuten auf Humor hin. Er lässt seinen Blick über die Poren der Haut gleiten, streift über die Falten und Tränensäcke unter den Augen und bemerkt dabei eine unheimliche Ähnlichkeit mit einer Vorstellung, die er von sich selbst hat. Es hat nichts mit der Ähnlichkeit eines Doppelgängers zu tun. Sie gleichen sich nicht physisch. Es ist nur ein imaginäres Erscheinungsbild davon, wie er in seiner Fantasie immer sein wollte.

Erst nachdem der Cappuccino und der Kuchen gebracht wurden, Wilkenloh einen Schluck getrunken und den ersten Bissen zu sich genommen hat, sucht er erneut den Blickkontakt mit Swensen.

»In meinem Kriminalroman ›Feuermal‹ gibt es einen Satz, der den Zustand meiner momentanen Situation vorweggenommen hat: ›Setze nichts in Gang, was nicht mehr zu stoppen ist‹.«

Auf Swensens Gesicht ist abzulesen, dass er über die Worte nachdenkt, aber sein Blick bleibt fragend.

»Es geht um eine Geschichte, die auf einer Kirmes spielt. Angetrunkene Besucher schleichen sich in der Nacht auf ein Kinderkettenkarussell. Einer von ihnen setzt von seinem Sitz aus das Karussell in Gang. Die Ketten werden durch die Zentrifugalkraft zur Seite geschleudert. Keiner kann mehr mit der Hand die Bremse erreichen und so werden sie alle stundenlang im Kreis gedreht, bis erst am nächsten Morgen Hilfe kommt.«

Swensen scheint immer noch nicht verstanden zu haben.

»Ich glaube mittlerweile, dass ich mit dem Drehbuch für Detlevs Film etwas in Bewegung gesetzt habe, was ich nicht mehr stoppen kann«, erklärt Wilkenloh gequält, als würde er zu einer imaginären Person sprechen.

»Reden Sie jetzt von dem, was Sie vorhin im Watt angedeutet haben?«, fragt Swensen, als müsse er den Autor aus der Reserve locken. »Man beschattet Sie?«

»Beschattet?«, echot Wilkenloh bedächtig, um dann aufzubrausen. »Nein, ich werde *verfolgt*! Ich bin mir ziemlich sicher, dass ich verfolgt werde!«

»Und was lässt Sie das vermuten?«

»Weil mir in letzter Zeit immer wieder dieselbe Frau begegnet ist. Und ich bin überzeugt davon, dass sie mir gezielt auflauert.«

Swensen lächelt verlegen und nickt beschwichtigend mit dem Kopf.

»Sie glauben mir nicht, oder? Das ist aber kein Zufall. Die Häufigkeit widerspricht dem gesunden Menschenverstand. Als ich bei den Dreharbeiten in Marokko war, war diese Frau im selben Hotel. Auf dem Rückflug nach Deutschland war sie meine Sitznachbarin im Flieger. Danach habe ich sie in einem Biergarten in Berlin gesehen. Und zuletzt ist sie aus heiterem Himmel in meinem Stammlokal in Hamburg aufgetaucht und ist in meiner Straße in einen schwarzen Kastenwagen mit getönten Scheiben gestiegen, einen Peugeot Boxer. Überzeugt Sie das nun?«

Schon während der Aufzählung war Swensen der Ernst

der Lage bewusst geworden. Er schließt die Augen, drückt die Fingerkuppen auf beide Augenlider, blinzelt und fragt ruhig: »Können Sie die Frau beschreiben?«

»Ein Autor sollte so etwas können!«

»Dann mache ich Ihnen einen Vorschlag, Herr Wilkenloh. Einer meiner Kollegen hat ein Phantombild-Zeichenprogramm auf seinem Laptop und kann damit sogar ziemlich gut umgehen. Ich rufe den jetzt an und bitte ihn herzukommen. Wenn wir ein Bild von dieser Frau erstellen können, haben Sie und ich etwas Greifbares in der Hand. Jede Bedrohung, die eine Identität bekommt, ist keine so große Bedrohung mehr.«

»Gut! Machen Sie das!«, sagt Wilkenloh, ohne groß nachzudenken. »Ich würde es aber nicht gerne in der Öffentlichkeit in Angriff nehmen. Lassen Sie uns in mein Ferienhaus fahren. Ich habe mich für zwei Tage auf Eiderstedt einquartiert. Dort könnten wir das mit der nötigen Ruhe erledigen.«

»Hervorragend! Machen wir Nägel mit Köpfen.« Swensen zieht sein Handy aus der Tasche und tippt die Nummer der Husumer Inspektion ein. Aus dem bunten Sommergarten steigen die Düfte von Stockrosen, Staudenwicken, Ringelblumen und Frauenmantel auf. Während in der Leitung das Freizeichen ertönt, atmet er die Moleküle ein und genießt den honigartigen Geruch. Die menschliche Erinnerung ist eng mit Düften und Gerüchen verknüpft, geht ihm durch den Kopf, während er wartet, dass abgenommen wird. Marcel Proust hat in »Auf der Suche nach der verlorenen Zeit« einen Mann beschrieben, der ein frisches Gebäck in seinen Tee tunkt, woraufhin eine Fülle von Erinnerungen an seine Kindheit auftauchen, die tief in seinem Unterbewusstsein verschüttet waren.

Das grelle Lachen der XXL-Gemeinde am Nebentisch, die sich noch immer an ihren Windbeuteln zu schaffen macht, übertönt das zarte Vogelgezwitscher. Während Swensen das Gespräch mit seinem Kollegen führt, winkt Wilkenloh die Bedienung an den Tisch und begleicht unter einer protestierenden Geste des Hauptkommissars die Rechnung.

Keine zehn Minuten später passiert Swensens Polo in Witzwort das Reetdachhaus, in dem er zusammen mit Anna wohnt, fährt die Straße geradeaus weiter, vorbei an der Witzworter Meierei und aus der Ortschaft hinaus, bis rechter Hand eine alte, liebevoll renovierte Windmühle auftaucht. Neben dem niedrigen Vorbau mit einer doppelten Eingangstür steht bereits der Twingo des Autors. Swensen parkt seinen Polo dahinter. Die Windmühlenflügel recken sich wie ausgestreckte Arme in den blauen Himmel. Das Schild »Ferien in der Mühle« hängt am Geländer auf dem Vorbaudach. Als Swensen aussteigt, pfeift er anerkennend durch die Zähne.

»So was nenne ich ein bescheidenes Feriendomizil, ist bestimmt gerade groß genug für eine Person!«, sagt er.

»Think big!«, erwidert Wilkenloh, grinst verlegen und schließt die Haustür auf. »Ich habe, als ich die Mühle angemietet habe, sofort an Don Quijote denken müssen, an seinen Kampf gegen die eingebildeten Riesen, denen er den Garaus machen wollte. Und dann habe ich mir natürlich Rehmke als Don Quijote und mich als Sancho Pansa vorgestellt. Nur, dass wir es offensichtlich mit realen Riesen zu tun bekommen haben.«

Der gesamte untere Bereich der Mühle ist ein weiter, sechseckiger Raum, mit rötlichen Terrakottafliesen und einem großen Esstisch zwischen zwei dicken Stützbalken.

Wilkenloh geht zur Küchenzeile hinüber, um einen Kaffee aufzubrühen, während der Hauptkommissar in einem der Korbstühle Platz nimmt, die sich um die leicht ovale Tischplatte reihen. Schon bald schwebt ein aromatischer Kaffeeduft in der Luft.

»Es gibt einen Filmklassiker von Alfred Hitchcock, in dem es natürlich um Verschwörung geht«, sagt Swensen, um etwas zu sagen, während Wilkenloh ein Tablett mit drei Kaffeebechern, der Kanne und einem Teller mit Keksen auf der Tischplatte abstellt. »Darin gibt es eine Verfolgungsjagd, die in einer Gruppe Windmühlen endet.«

»Richtig, ›Foreign Correspondent‹«, bestätigt der Autor. »In Deutschland lief der Film unter dem Titel ›Mord‹. Eine der Mühlen dreht sich fälschlicherweise gegen den Wind. Dadurch kommt der Held auf die Spur eines Agentenrings.«

»Das ist also der wahre Grund, weswegen Sie sich hier eingenistet haben«, scherzt Swensen und greift nach einem Keks. »Jetzt können Sie das ruhig zugeben.«

Im selben Moment, in dem Wilkenloh den Kaffee in Swensens Tasse einschenkt, fährt ein Wagen vor, kurz darauf klopft es an der Tür und sie wird geöffnet. Stephan Mielke kommt mit dem Laptop unter dem Arm herein. Swensen stellt Wilkenloh seinem Kollegen vor.

»Es wäre gut, wenn Sie neben mir sitzen«, erklärt Mielke, nachdem ihm ein Kaffee hingestellt worden war und er nebenbei seinen Laptop hochgefahren hat. »Vermeiden Sie bitte möglichst, auf den Bildschirm zu starren. Bleiben Sie konzentriert und versuchen Sie immer wieder, sich die Person ins Gedächtnis zu rufen.«

Wilkenloh schließt die Augen und deutet durch ein Nicken an, dass er so weit ist. Miele fragt nach Geschlecht, Altersgruppe und dem ethnischen Typus. Gibt die Angaben ins Programm ein, woraufhin das System einige Startbilder vorschlägt, von denen Wilkenloh eines auswählt.

»Das Programm hat 200 Mund- und 300 Gesichtsformen, 700 Augenbrauen, 500 Nasen, 1.500 Haarteile. Ich setze jetzt verschiedene Varianten in unser Startbild und dann tasten wir uns langsam heran.«

»Okay!«

»Sie haben die Gesichtsform ›rund‹ ausgewählt. Wie sehen die Augen aus? Mandelförmig, aufsteigend, abfallend, rund, tiefliegend oder mit Schlupflid?«

»Abfallend!«, sagt Wilkenloh nach einigem Zögern.

»Sind Sie sicher?«

»Ja …, ich bin mir sicher. Sie sind abfallend.«

Per Mausklick setzt Mielke den automatischen Durchlauf verschiedener Einzelkomponenten von abfallenden Augenformen in Gang. Die bereits festgelegte Grundform bleibt dabei unverändert. So kann Wilkenloh sich Bild für Bild an die genaue Augenform der Frau herantasten, bis er der Ähnlichkeit mit Überzeugung zustimmt. Mielke macht Vorschläge für Nasen: gerade, krumme, nubische, griechische, eine eher konvexe oder konkave Nasenform.

»Oder hat die Frau eine Stupsnase oder gar Hakennase?«

»Sie hat eine ganz normale gerade Nase«, sagt Wilkenloh.

Und wieder startet der Durchlauf der Komponenten. Bei der Mundform fällt die Wahl auf die kleine Ober- und die schmale Unterlippe, dazu kommen kurzes nussbraunes Haar, flache Augenbrauen ohne Bögen.

»Das ist die Person«, sagt Wilkenloh am Ende. »Das ist sie, das ist die Frau, die mich verfolgt. Hundertprozentig!«

2006
DER AUTOR

Diabolus in musica

Der Abend im Husumer »Ratskeller«, auf dem die Berliner Produktionsfirma »Bogart-Film« zu einem Gespräch über den Fortgang des Filmprojekts eingeladen hatte, könnte gut als eine vorweggenommene Trauerfeier für Detlev Rehmke bezeichnet werden. Das üppige kalte Buffet, das für das Team auf Anweisung des Produzenten bereitgestellt worden war, erinnerte mich ein wenig an meine Beschreibung des 85. Geburtstags von Heinrich Kreuzhausen, einer Figur aus meinem Krimi »Donnergrollen«. Das Restaurant hatte goldgeränderte Platten angerichtet, belegt mit Fasanenfilet, Spanferkelrücken, Tafelspitz, Kapaun und anderen Köstlichkeiten.

Und obwohl der Verstorbene noch nicht unter der Erde, sondern in irgendeinem Kühlfach irgendeiner Pathologie zwischengelagert war, spürten alle Geladenen im Saal bis in die Knochen, in welche Richtung die Zusammenkunft nach dem angesetzten Prozedere des geschäftlichen Teils letztendlich führen würde. Der Tod ist eben mehr als nur eine Zäsur, er ist omnipotent, sickert in jedes Wort und jeden Gedanken mit ein, auch wenn nicht direkt über ihn gesprochen oder nachgedacht wird.

Mir war diese Zusammenkunft von Anfang an äußerst unangenehm, denn es war von vornherein klar, dass das

Fehlen von Detlev einen Umkehreffekt haben würde, er nämlich die ganze Zeit über präsent sein würde.

Der Produzent war ebenfalls nicht anwesend, er war in Berlin geblieben. Wichtige Termine hätten sein Erscheinen vor Ort verhindert, ließ er von Kai Uwe Kahlheim der Filmcrew ausrichten, und er habe Kahlheim als Produktionsleiter den Vorsitz über den weiteren Verlauf übertragen.

Die Finanzierung des Filmprojekts wäre mittlerweile sehr angespannt, ließ dieser dann nach seiner unterkühlten Begrüßung verlauten und untermauerte die Aussage mit einem Schwall von Prozentzahlen, die alle bereits vorhandenen Befürchtungen noch übertrafen. Unter diesen prekären Umständen müssten die Kräfte gebündelt werden, erklärte Kahlheim weiter, vielleicht könnte der Dreh so doch noch unter Dach und Fach gebracht werden. Danach erteilte er mir das Wort. Ich möge doch bitte etwas, natürlich möglichst kurz umrissen, zu den noch ausstehenden Sequenzen im Kanzleramt sagen und wann die Produktion mit der endgültigen Drehbuchfassung rechnen könne.

Plötzlich wurde es überdeutlich, die Bürokratie hatte das Zepter schon in die Hand genommen. Business as usual. Die Geschichte, an der notgedrungen noch gearbeitet wurde, war schon eine Geschichte unter vielen. Es ging nicht mehr um eine Message, sondern darum, wie unter diesen Umständen die fast fertige Ware noch Gewinn abwerfen kann. Dabei setzte die Produktionsfirma ohne Skrupel auf eine zu erwartende Werbewirksamkeit, die der Tod des Regisseurs beim Publikum hervorrufen würde.

Das waren schmerzliche Gedanken, die mir zu dem Zeitpunkt durch den Kopf gingen. Unwillkürlich musste ich an die unglaubliche Geschichte des Komikers Jerry Lewis denken, der 1972 als Regisseur den für die damalige Zeit sehr gewagten Film »Der Clown« in Schweden gedreht hatte. Die besten Schauspieler des Landes waren verpflichtet worden. Lewis hatte in dem Film selbst die Hauptrolle übernommen, spielte einen ins Konzentrationslager deportierten Zirkusclown, der die Kinder im Lager mit Späßchen unterhielt und der dann von den Nazis gezwungen wurde, diese Kinder im Clownskostüm in die Gaskammer zu führen.

Der Film des Komikers, eines der letzten Geheimnisse der Filmgeschichte, wurde damals bis zum letzten Meter abgedreht, kam aber nie in die Kinos. Bis heute weht ein Mysterium um diesen legendären Film, denn Lewis selbst hat über sein Scheitern in der Öffentlichkeit nie ein Sterbenswörtchen verloren und hat jedes Interview dazu verweigert. Bis heute weiß nur er, was damals wirklich bei den Dreharbeiten hinter den Kulissen passiert ist.

Wird Rehmkes Film etwa dasselbe Schicksal ereilen?

Ich mochte nicht daran denken, so unvorstellbar war diese Option für mich persönlich. Damit sich diese Vorstellung gar nicht erst in meinem Kopf breitmachen konnte, versicherte ich Kahlheim, fast schon anbiedernd, dass ich mit dem Ergänzungsteil des Drehbuchs so gut wie fertig sei. Ich würde prophylaktisch die Dialoge nur noch dreimal hintereinander durchlesen wollen, bis ich mir ganz sicher sei, dass kein Wort mehr ausgetauscht oder geändert werden müsste. Das könnte ich in weniger als zwei Tagen bewerkstelligen, denn glücklicherweise hätte ich ein Exemplar des Manuskripts aus Hamburg mit nach Eiderstedt genommen. Ich schlug Kahlheim vor, diese Arbeit gleich in meiner Ferienwohnung zu erledigen und ihm das fertige Manuskript im Hotel vorbeizubringen, noch bevor das Filmteam in die Babelsberger Studios umzöge. Kahlheim gab sich damit zufrieden.

Der Rest des Informationsabends blieb trotz vieler ängstlicher Fragen vage, wurde von »Es-wird-schon« Beschwörungen und verschwommenen Durchhalteparolen bestimmt, bis endlich das eröffnete Buffet den Hunger nach Antworten im Keim erstickte. Die Menschen drängten an die Platten der erlesenen Delikatesshäppchen und füllten sie sich haufenweise auf die Teller. Mit reichlich Wein und Bier zum Nachspülen geriet die Stimmung dann auch schnell zu einem Leichenschmaus der besonderen Art, in denen sich bedrückt aussehende Trinkende, meist mit Tränen in den Augen, zusammenfanden und, mit fortgeschrittener Zeit, auch wieder zu lachen trauten.

»Das Problem dieser Welt ist, dass es immer um einen Drink zurückliegt«, sagte Klaus Weiss, drückte mir ein Glas Rotwein in die Hand und stieß mit seinem Whiskeyglas an. »Der Spruch ist leider nicht von mir, der große Bogie soll ihn gesagt haben, im Januar 1957, kurz vor seinem Tod. Er ist eine Seemeile von Key West entfernt im Golf von Mexiko gestorben. Der Steuermann seiner Yacht ›Baby‹ soll ihm danach das Gebiss aus dem Mund genommen und es andächtig in einem Glas mit Bourbon versenkt haben.«

»Lass dir von Klaus bloß nicht die alten Legenden auftischen, die allesamt erfunden sind«, schnitt der glockenhelle Sopran von Sahra Hubrich-Messow die Andacht der Worte ab. Die Aufnahmeleiterin, die sich mit der Schauspielerin Petra Giese im Schlepptau zu uns gesellte, hatte schon ein wenig glasige Augen und eine belegte Zunge. »Die Realität war eher brutal. Bogart hatte miesen Krebs und ist im Krankenhaus gestorben, ohne den geringsten Hauch von Romantik. Man musste ihm eine Rippe entfernen, damit man an die Speiseröhre kam. In der Nacht soll seine Frau ihm die gerissene Naht am Magen zusammengehalten haben, weil sonst seine Eingeweide herausgequollen wären. Nach einer zweiten Operation ist er dann ins Koma gefallen.«

»Am Ende spielt der ganze Starrummel selbst für den besten Schauspieler keine Rolle mehr«, seufzte Giese wehleidig, legte den Kopf zurück und lachte ein lautloses Lachen. »Der große Steve McQueen hat auf dem Krankenbett kurz vor seinem Tod ununterbrochen seine Filme angesehen, einen nach dem anderen, immer wieder von vorn. Keiner der Ärzte in Los Angeles wollte den fußballgroßen Tumor aus der Leber schneiden. Er ließ sich dann nach Mexiko fahren, dorthin, wo das Land am schäbigsten ist. Die Operation verlief nach Plan, der riesige Tumor konnte entfernt werden. Doch in der Nacht zum 7. November verstopfte ein Blutgerinnsel seine Herzschlagader. Seine Witwe sagte nach seinem Tod in einem Interview, er hätte lieber nach der ersten Krebsdiagnose sein Flugzeug besteigen und sich mit einem Wahnsinnscrash in den Wüstensand bohren sollen. Das wäre ein würdiger Abgang für diesen Mann gewesen.«

Bevor die Gespräche nun unweigerlich auf Rehmkes Tod zusteuern würden, verabschiedete ich mich und begründete meinen frühen Aufbruch damit, dass ich mich noch ein wenig ans Drehbuch setzen wolle. Während ich mich umdrehte und ging, hörte ich noch, wie sich Klaus Weiss den mysteriösen Selbstmord von Marilyn Monroe vornahm und natürlich auch die alte Verschwörungstheorie, die Kennedys hätten sie ermorden lassen, wiederaufleben ließ. Ich wollte nur noch weg und mir war erneut klar, dass noch so viele Worte und Geschichten nicht zwingend die Wahrheit hervorbringen, sondern dass sie Tatsachen oft nur weiter verdunkeln, die sie zu beschreiben versuchen.

Der Himmel war dunkel, als ich die Stufen aus dem Souterrain des »Ratskellers« hinaufstieg und in das menschenleere Husum trat, das sich unter der Beleuchtung der Straßenlampen und mit den strahlenden Schaufenstern bereits im Schlummerzustand befand. Wenig später saß ich in meinem Twingo und fuhr auf autofreien Landstraßen in Richtung Witzwort. Ich hatte ein ungutes Gefühl im Gepäck, das sich während der Produktionsbesprechung mit Kahlheim festgesetzt hatte. Alles, was von ihm dort gesagt und verschwiegen worden war, hatte bei mir den Anschein hinterlassen, dass das Projekt von Rehmke, also indirekt auch meines, nicht so bleiben würde, wie wir beide es uns vorgestellt hatten. Ich grübelte während der Fahrt vor mich hin, aber mein gesunder Menschenverstand sagte immer wieder, es gäbe nur noch wenig Grund für das Prinzip Hoffnung.

Ich war hinterm Steuer nicht besonders konzentriert, weil um diese Zeit auf Eiderstedt sowieso die Bürgersteige hochgeklappt waren. Deshalb drosselte ich die Geschwindigkeit nicht auf die vorgeschriebenen 50 Stundenkilometer, als ich durch Witzwort kam. In der Kurve an der Kirche war ich noch so schnell unterwegs, dass ich den schwarzen Kastenwagen auf dem Parkplatz gegenüber vom Supermarkt nur kurz im Augenwinkel wahrnahm und auch schon vorbei war.

Es war doch ein Peugeot Boxer gewesen, oder? Und er hatte diese getönten Scheiben gehabt, schoss es mir wie ein Blitz durch den Kopf und ich trat wie von selbst auf die Bremse. Meinen ersten Impuls, sofort zu wenden und noch einmal langsam an dem Fahrzeug vorbeizufahren, verwarf ich aber gleich wieder. Es erschien mir als zu aufwendig und übertrieben, das Manöver durchzuführen, und so fuhr ich, wenn auch nicht vollständig überzeugt, einfach weiter. Aber schon nach wenigen Metern fühlte ich mich stocksteif, mein Herz klopfte spürbar, aus der Brust kroch etwas Beklemmendes den Hals hinauf und drückte auf meine Kehle.

Wovor hast du eigentlich Angst, fragte ich mich. Es ist überhaupt nichts los!

Die Straße blieb weiterhin leer, niemand verfolgte mich. Ich atmete erleichtert durch. Als ich nach wenigen Minuten mein Feriendomizil erreichte, war ich allerdings weiterhin aufgewühlt. Während ich die Eingangstür aufschloss, schaute ich mich mehrfach nach allen Seiten um. Aber soweit ich sehen konnte, blieb es wie ausgestorben. Trotzdem war ich erleichtert, als ich endlich innerhalb der Mühle war und die Tür hinter mir fest verschlossen hatte. Nacheinander überprüfte ich die übrigen Außentüren, auch alle Fenster im Erdgeschoss, zog die Vorhänge vor und holte mir danach ein Bier aus dem Kühlschrank. Nachdem ich einen kräftigen Schluck aus der Flasche genommen hatte, sich ein wohliges Gefühl in mir ausbreitete, stieg ich zum Schlafraum in den obersten Mühlenbereich hinauf. Statt einer Decke gab es über mir nur eine dicke Glasplatte, sodass der Blick auf die alten Holzzahnräder, die einmal die Flügel angetrieben hatten, frei war. Neben dem Bett stand ein Schreibtisch vor dem kleinen Dachfenster. Von dort konnte ich die Wolken über den Nachthimmel treiben sehen. Sie näherten sich dem Mond und verfärbten sich in bronzefarbene Schiffe, die durch das glitzernde Sternenlicht steuerten. Ich wurde langsam ruhiger und konnte mich wieder ein wenig entspannen.

So schnell entwickelt der Mensch eine Paranoia, stellte ich erschrocken fest. Wie in Gottes Namen sollte die Person, die ich vor Kurzem in meiner Straße in Hamburg gesehen hatte, auch wissen, dass ich hier auf Eiderstedt bin und heute durch Witzwort fahren würde. Ich hatte niemandem eine diesbezügliche Nachricht hinterlassen.

Als Kind hatte ich bei Angst einfach die Augen geschlossen, hatte der Welt mit all ihren Bedrohungen meinen Blick verweigert. Mit dieser Erinnerung im Sinn musste ich über mich selbst lachen. Ich, ein Autor von Kriminalgeschichten, wollte anscheinend noch immer aus der Wirklichkeit entfliehen, mich hinter angsteinflößenden Geschichten verstecken, die mir trotz Mord und Totschlag nichts anhaben konnten, weil ich sie ja selbst ausgedacht hatte.

Und nicht nur das, das Schreiben selbst brachte mich überall dort hin, wo auch mein Kommissar hingehen musste, um eine spannende Geschichte zu bewältigen, die meine Leserinnen und Leser mit ihm erleben durften. So folgte ich, der ewige Geschichtenerzähler, meiner Figur von Buch zu Buch. Es gab keinen Ort, an den sie mich nicht bringen konnte, mit ihr in der Hinterhand kam ich überall hin. Und damit die Figur das alles für mich arrangierte, brauchte ich nur einen Köder, nämlich das Opfer.

Die Figur des Opfers zog eine dritte Figur magisch an, den Täter. Um diesen zur Strecke zu bringen, brauchte ich nur meinen Kommissar ins Spiel zu bringen. Er wird der Gefangene meiner Gedanken, genauso wie ich zum Gefangenen seiner Geschichte wurde; denn einen erdachten Fall auch zu lösen war harte Arbeit, sei es nun für den Ermittler oder für den Schreibenden.

In jedem Fall steckte die Leidenschaft, ihn auch aufzuklären, der Gesellschaft eine verbesserte Welt zu hinterlassen, sie aus dem fiktiven Dreieck des Bösen herauszuführen. In diesem Dreieck kämpfte ich als Autor genauso mit meinem Schatten wie der Kommissar mit seinem Täter.

Denn indem ich schrieb, wurde auch ich zum Täter, der in die Wirklichkeit fremder Bücher einbrach und bei anderen Autoren reale Worte, Sätze, Formulierungen und Ideen stahl, ohne dass sie es je merkten oder erfahren würden. Wie viele fremde Federn schmückten bereits den Kriegspfad des Erdachten. Und es waren keine namenlosen Opfer, denen solches durch mich widerfuhr; Paul Auster zum Beispiel oder Nicole Krauss, Jonathan Franzen, Alice Munro, Haruki Murakami, Anne Michaels, Rohinton Mistry, Elif Shafak und, und, und.

In Philip Roths »Der Menschliche Makel« sagte der Trainer zum schmächtigen Coleman: »Du verpasst ihm einen Jab, wehrst seinen Punch ab und konterst. Er kommt mit einem Jab, du weichst nach innen aus und konterst mit einem Haken.«

Ich las die Sätze, hatte das Bild eines Boxers vor Augen, eines Boxers im Kampf mit seinem Schatten; so kam meine Figur Stephan Mielke in »Poppenspäl« zu seiner Boxleidenschaft, wurde ein Teil ihrer Wirklichkeit.

So blieb alles in Bewegung. Die Studentin Annika Teerling las dieses Buch und ließ sich dadurch zu der Semesterarbeit »Konstruktion eines regionalen Mordfalls« inspirieren. Ihre Erkenntnis: »Wilkenloh liefert den Storm-Kennern intertextuelle Hinweise auf den Mörder. Mit Lisei findet sich in ›Pole Poppenspäler‹ wie mit Hanna in ›Poppenspäl‹ eine Süddeutsche in Nordfriesland. Ist diese Parallele erkannt, finden sich in der Storm-Novelle weitere Gemeinsamkeiten mit dem Leben Hanna Lechners. Die Beziehung zu einem Puppenspieler/einer Puppenspielerin, die Trennung und das Wiedersehen in der Fremde.«

Anderseits gab es ein Inkognito namens »Clare«, das ebenfalls mein Buch gelesen hatte und geschwind ihr

Urteil per Internet der Welt offenbarte: »Es ist das erste Buch, welches ich von Wilkenloh gelesen habe, und es wird mein letztes sein. Seitenweise langatmige Beschreibungen verschiedener Örtlichkeiten und Begebenheiten. Am meisten hat mich das Meistergeschwafel genervt. Wenn ich einen Krimi lese, will ich die Tat und die Aufklärung, fertig.«

Jede Meinung ist eine reale Meinung, darauf nahm ich noch einen Schluck Bier, während sich die Gedanken in meinem Kopf die Klinke in die Hand gaben. Wenn ich einen mit Mühe durch die Hintertür verabschiedet hatte, kam der nächste bereits zur Vordertür wieder hereinspaziert. Am Ende blieben nur noch offene Fragen.

Wo befand ich mich eigentlich? Auf welche Seite des Dreiecks gehörte ich? Ein Heer von Fragezeichen stürmte über mich hinweg. Wer war das Opfer? Wer Täter? Wer Kommissar? Was war daran imaginär, was wirklich? Text? Dissertation? Rezension? War alles nur ein Teufelsintervall aus drei diatonischen Ganztonschritten?

Gab es in diesem Spannungsfeld von Dreierschritten irgendetwas, was nicht aus Berührung, Durchdringung und Verwandlung entstanden war? Und gab es im Zentrum von alledem einen festen Kern, oder bleibt uns am Ende nur mehr der »Tanz mit dem Schafsmann«, wie es Haruki Murakami beschworen hat?

Über das Böse in der Welt wurde in der Menschheitsgeschichte viel nachgedacht, aber menschliche Destruktivität war nicht nur eine Fähigkeit zum Bösen, sie war immer auch die Folge des eigenen Mangels, den jeder an sich nur ungern zugeben wollte.

Plötzlich verstrickten sich meine Gedanken. Mit Schrecken kam mir die Vorstellung, dass alle Geschichten, die wir Autoren aus einer imaginären Wirklichkeit schöpften, sich jeden Augenblick gegen uns verschwören und uns in Gefahr bringen konnten; sogar in Lebensgefahr.

Detlev Rehmke war das passiert. Er war Opfer meiner fiktiven Geschichten geworden. Die Geister, die ich rief, würde ich jetzt nicht mehr loswerden.

Kaum hatte ich mich getraut, diese Fiktion bis zu Ende zu denken, wurde mir klar, dass die Produktionsfirma, egal was sie offiziell bekundet hatte, Rehmkes Film nicht in unserem Sinn fertigstellen wird. Sie würden wohlwollend mein Manuskript entgegennehmen; und das wird's dann gewesen sein. Meine Arbeit würde in irgendeiner Schublade auf Nimmerwiedersehen verschwinden.

Ich befand mich in einer Zwickmühle, zwischen real und fiktiv, in die ich mich auch selbst hineinmanövriert hatte. Ich bekam Kopfschmerzen. Feine Nadelstiche perforierten die Nerven in meinen Schläfen. Ich drückte mit beiden Händen dagegen. Druck erzeugte Gegendruck. Keine gute Idee! Ich löste die Hände wieder. Im Dachstuhl knarzte das Holz. Ein starker Wind hatte sich erhoben, rüttelte fordernd an den arretierten Mühlenflügeln. Meine Stimmung blieb gedrückt, ich stieg die Holztreppe ins Erdgeschoss hinunter und holte mir ein zweites Bier. Wieder zurück, nahm ich mir das Drehbuch vor und begann zu lesen. Ich war aber nicht richtig bei der Sache, musste Abschnitte wiederholt lesen. Nach einer halben Stunde gab ich entnervt auf. Es gelang mir einfach nicht, mich auf etwas zu konzentrieren, was so gut wie keine Erfolgsaussichten mehr hatte. Das Teufelsintervall fiel mir wieder ein, diese geheimnisvolle Disharmonie; »Diabolus in musica«, der Teufel in der Musik, wie er im Mittelalter bezeichnet wurde, galt als gefährlich und furchterregend.

»Ma-ri-a, Ma-ri-a, Ma-riiii-aaaa«, sang ich leise vor mich hin und im selben Moment fragte ich mich, ob der Teufel vielleicht auch im Skript stecken könnte, und wenn nicht, ob ich dann nicht für ihn irgendeinen Platz im Detail finden sollte, jetzt, nach alledem, was schon passiert war. Je länger ich darüber nachdachte, umso mehr kam ich zu der Ansicht, ich müsste aus dem verworfenen Drehbuch zumindest einen Kriminalroman machen.

Geschichten werden nur denen zuteil, die in der Lage sind, sie auch zu erzählen, machte ich mir Mut. Wenn ich diese Geschichte nicht beendete, würde sie für immer unvollendet bleiben und mir am Ende die Luft abschnüren.

Ehe ich mich's versah, stand mein Entschluss fest. Und schon war ich völlig aus dem Häuschen, fuhr meinen Laptop hoch, richtete eine neue Datei ein und tippte drauflos; schrieb alles auf, was mir gerade so durch den Kopf ging:

Wenn ich eine Geschichte wirklich ernst nehme, stehe ich vor dem Problem, dass jeder Anfang, den ich setzen möchte, mir mit der Zeit willkürlich vorkommt. Ist die von mir erdachte Geschichte aber zwingend genug, wird das weiße Blatt Papier, das meinem Fleisch Worte abverlangt, wie ein Spiegel meines selbst erzeugten Begehrens. Die erbarmungslose Leere drängt zu einer Zäsur in die Quantität der Möglichkeiten, denn selbst der größte Stern verdankt seine Substanz nur einer Zäsur in die unendlichen Eventualitäten von Kohlenstoffatomen; genauso wie dieselben Kohlenstoffatome eine Zäsur in der Druckerschwärze symbolisieren, die meinen Buchstaben in dem fertigen Buch einmal die Form verleihen werden. Aber ist etwas Niedergeschriebenes deshalb auch gleich real? Bleibt eine Geschichte nicht letztendlich immer fiktiv? Oder ist beides gleichzeitig beides? Hat Intuition etwas Zufälliges? Dann wäre eine Geschichte nur eine Reihung von Zufällen! Oder ist Intuition eine besondere Fähigkeit, sich mit der Wirklichkeit zu verbinden? Dann könnte einer Geschichte möglicherweise gelingen, auf eine zukünftige Entwicklung hinzuweisen, sie sogar zu beeinflussen.

Kaum hatte ich das Wort »Intuition« niedergeschrieben, nahm die fatale Situation, in der ich mich gerade befand, eine nahezu aberwitzige Dimension an. Ich tippte trotzdem weiter und weiter.

Das Fleisch produzierte eben nicht nur die Worte, diese Worte hatten schon im selben Moment wieder Einfluss auf das Fleisch. Als mir die Tatsache dieser Interaktion erst sehr viel später bewusst wurde, ich sie als real anerkennen musste, war es für mich kaum noch möglich, die Folgen abzuwenden. Denn zu dem Zeitpunkt, an dem ich fast am Ende der Geschichte angekommen war, befand ich mich durch mein eigenes Dazutun plötzlich in einer prekären, wahrscheinlich sogar lebensbedrohlichen Situation.

Ich schrieb es im Jahr 2006. Mein Name: Hans-Walter Wilkenloh, als Kriminalautor nannte ich mich »Wimmer Wilkenloh«, und ich war 58 Jahre alt. Aber bevor ich nochmals abschweifen konnte, setzte ich ins Hier und Jetzt meine angekündigte Zäsur.

Die Idee, aus der Geschichte um Lutze und Bayar einen Krimi zu machen, hatte mich richtiggehend aufgeputscht und gleichzeitig war ich hundemüde. Die unbändige Angst, die mich bei meiner Ankunft noch geplagt hatte, konnte ich nicht mehr spüren.

Es war bereits weit nach Mitternacht, ich beschloss, fürs Erste mit dem Schreiben aufzuhören, doch die Geschichte um meinen Vornamen hatte sich in meinem Kopf festgesetzt. Ich war schon öfter gefragt worden, warum ich mich mit dem Vornamen hinter einem Pseudonym verstecken würde. Es wäre mir aber nie in den Sinn gekommen, unter meinem richtigen Vornamen zu schreiben. Er war einfach zu mir gekommen, sozusagen als eine höhere Fügung.

Ich stieg die steile Holztreppe zum Bad im Erdgeschoss hinab, sah mich als 16-Jährigen in einem Faltboot auf der Donau. Mit mehreren Kanuten schipperten wir flussabwärts nach Wien und es regnete in Strömen. Zwei Tage zuvor hatten wir die österreichische Grenze überquert und zogen die Paddel kraftvoll durch, um schneller den nächsten Zeltplatz zum Übernachten zu erreichen. Trotz Regenzeug wurden die Klamotten darunter klamm und mich fröstelte. Und dann passierte es, ich zerrte mir einen Schultermuskel, konnte die Fahrt nur unter Schmerzen fortsetzen und stöhnte und wimmerte unentwegt leise vor mich hin. Mit großer Mühe erreichte ich unser Ziel, das kleine Donaustädtchen Grein. Am Abend waren meine Schmerzen fast verflogen und wir gingen zum Essen in den Gasthof »Zum Schinakel«. In der Bierstube zierte ein riesiges Wandgemälde den Raum, es zeigte Lastenschiffe auf der Donau, die vom Ufer aus mit Pferden gegen die Strömung gezogen wurden. Unter das Bild hatte der Maler seine Signatur »Wimmer« gesetzt. Meine Freunde entdeckten sie amüsiert. Seitdem hatte ich diesen Spitznamen weg, den ich selbst über Jahrzehnte nicht mehr loswurde, bis ich ihn als realen Vornamen akzeptierte und übernahm. Er ist also keine geheime Identität, ich lebte über die Hälfte meines Lebens mit diesem Vornamen, lange bevor ich mit dem Schreiben von Kriminalromanen begann.

Mit einem Lächeln auf den Lippen und die Lastenschiffe von Maler Wimmer vor Augen betrat ich das Bad. Ich hatte nur Socken an den Füßen und der Steinfußboden war ziemlich kalt. Deshalb beeilte ich mich mit dem Zähneputzen. In der Stille hörte ich meinen Herzschlag, ein trockenes Pochen. Im selben Moment ertönte draußen ein durchdringendes »Kuwitt«, nicht weit entfernt, vermutlich aus dem Baum neben der Mühle. Gleichzeitig konnte ich mich nicht des Eindrucks erwehren, dass ich beobachtet wurde. Meine Angst kehrte zurück. Über meine Haut rasten winzige Pusteln, dicht an dicht, die Arme hinauf, als hätte mich ein kalter Luftzug gestreift. Ich wusste, der Schrei stammte von einem Käuzchen, einem Weibchen. »Kuwitt« (Komm mit) ist der Ruf eines Weibchens; die Männchen klingen »Huh-Huuuh«. Abergläubische Menschen haben das weibliche Käuzchen zum Todesvogel gemacht. Wenn das Käuzchen ruft, stirbt jemand im Dorf, sagte meine Großmutter früher immer. Ich war nicht abergläubisch, trotzdem erstarrte ich und hielt panisch den Atem an. Vorsichtig machte ich einen Schritt auf das Fenster zu und schob den Vorhang einen Spalt beiseite. Gegenüber, in der Einfahrt zu einem Landmaschinenbetrieb, nahm ich einen schwachen Lichtschein wahr, als würde Mondlicht auf Glas reflektieren. Ich schaute angestrengt in die Dunkelheit. Da steht ein Auto, meinte ich erschrocken zu erkennen. Eigentlich konnte ich nichts Genaues ausmachen, aber auch nicht ausschließen, dass dort nichts war. Und dann rollte der Wagen, den ich bei der Durchfahrt durch Witzwort gesehen hatte, vor meinen Augen langsam aus der Dunkelheit hervor. Es fühlte sich einen Moment lang an, als würde mein Herz stehenbleiben. Ich stürzte aus dem Bad und griff nach meinem Handy, das ich auf dem Esstisch abgelegt hatte. Die Visitenkarte von Kommissar Swensen lag noch daneben. Ohne darüber nachzudenken, wie spät es eigentlich war, wählte ich seine Nummer. Nach einigen Freizeichen sprang ein Anrufbeantworter an. Ich brach den Anruf ab, nahm Handy und Karte und flüchtete nach oben in den Schlafraum auf der dritten Ebene. Hier oben fühlte ich mich etwas sicherer, aber meine Fantasie gaukelte mir vor, unzählige Augen würden jeden meiner Schritte durch die Wände beobachten. Alles ist in Ordnung, versuchte ich mir unentwegt einzureden, du bist allein hier und von draußen kann niemand hereinsehen. Meine Kehle fühlte sich ausgedörrt an, doch ich wollte nicht wieder runter, um mir etwas zu trinken zu holen. Ich nahm nochmals das Handy zur Hand und tippte die Nummer von Swensen ein. Wieder sprang der Anrufbeantworter an. Es ließ mich verzweifeln.

»Entschuldigen Sie den späten Anruf«, sprach ich wie in Trance aufs Band, »ich wirke vielleicht etwas überdreht, aber ich möchte Ihnen vorsichtshalber eine Nachricht hinterlassen. Ich habe Ihnen die Geschichte mit dem Kettenkarussell erzählt. In meiner Hamburger Wohnung liegt ein Manuskript von ›Feuermal‹. Die Geschichte befindet sich auf der Seite 278. Ich habe darauf Buchstaben unterstrichen, die eine Bankadresse ergeben. Im Schließfach mit der Nummer 278 ist ein Exemplar meines Drehbuchs ›Teufelsintervall‹ hinterlegt. Ich möchte, dass Sie das wissen.«

Ich brach den Anruf ab und legte mich aufs Bett, horchte angestrengt nach unten. Es war weiterhin ruhig, selbst das

Käuzchen schwieg. Irgendwie war mir der Anruf plötzlich peinlich und ich grübelte darüber nach, was Kommissar Swensen wohl von mir denken würde, wenn er den Anrufbeantworter abhörte. Doch ich konnte ihn nicht mehr rückgängig machen. Ich beschloss, den Hauptkommissar morgen anzurufen und die Sache aus der Welt zu schaffen, starrte noch lange Zeit zu den Holzzahnrädern der Mühle hinauf, die von einer Lampe beleuchtet wurden, und löschte dann das Licht. Draußen streifte der Wind über die Außenmauer des Gebäudes. Irgendwann musste ich eingeschlafen sein. Mitten in der Nacht schreckte ich auf, öffnete die Augen und blickte ins Dunkel. Ich meinte, dass mich ein stöhnendes Knarren geweckt hätte, als wäre die Eingangstür geöffnet worden.

Es war jemand im Haus!

Erneut ein leises Knarren, dann wieder absolute Stille. Es vergingen zähe Minuten ohne ein weiteres Geräusch. Aber trotzdem konnte es möglich sein, dass ein Mensch auf leisen Sohlen die Treppe hinaufstieg.

»Hallo!«, rief ich zaghaft in den Mühlenraum hinunter. »Ist da wer?«

Da verlosch das Licht, das ich unten hatte brennen lassen.

ICH, JAN SWENSEN

Der Tag beginnt anders als alle anderen Tage. Wenn mich jemand fragen würde, woran ich das festmache, dann könnte ich es nicht beantworten. Es hat nichts mit einer sichtbaren Realität zu tun, es ist viel feiner, eine kaum spürbare Ahnung tief in meinem Herzen, die ein Mensch nur schwer in Worte fassen kann.

Nur eins weiß ich genau, mit meiner bevorstehenden Hochzeit hat es nichts zu tun. Der reale Himmel hängt nämlich keineswegs voller Geigen, sondern er hat eine geheimnisvolle Färbung, die den Eindruck erweckt, die Zeit würde stillstehen.

Ich trete aufs Gaspedal, doch ich fühle mich nicht mehr wie die Person, die gestern dasselbe Gaspedal getreten hat. Mir scheint, als hätte in mir ein kompletter Wandel meines Selbst stattgefunden. Die Wolken ziehen nicht wie gewohnt am Himmel, sondern schieben sich quer durch meinen Kopf, als wären die Gedanken transparent, frei vom alten Ballast und offen für andere, verrücktere Sichtweisen. Ich spüre ein euphorisches Prickeln im Nacken, empfinde mich wie ein kleines Kind, das alles um sich herum zum ersten Mal sieht.

Als würde mein Zeuge mich vom Beifahrersitz aus selbst beobachten, steuere ich meinen Polo über die Finkhauschaussee an der Kläranlage vorbei in Richtung Husum. Kurz vor der Stadtgrenze beginnt es heftig zu regnen. Es ist ein gewaltiger Schauer. Bald stürzen Wasserfluten herab, die scharfen Silhouetten der grauen Getreidesilos am Außenhafen verschwinden hinter einer unwirklichen, linearen Regenwand. Die harten Tropfen prasseln schwer wie Kiesel aufs Autodach, einem zirkushaften Trommelwirbel gleich, der die nächsten Sensationen in der Manege ankündigt.

Eine kindliche Freude über das Geräusch steigt in mir hoch, und der quirlige Rhythmus macht mich erneut rundherum glücklich, als wenn ich von einer Schwere befreit worden wäre, von etwas, was ich seit Jahren mit mir herumschleppe.

Es fühlt sich an, als müsste ich nicht mehr kämpfen! Nicht mehr dafür sorgen, dass allen Gerechtigkeit widerfährt!

Nein, das ist es nicht!

Ich bin frei!

Wieso bin ich frei, wovon?

Ich verstehe das nicht. Und – und es ist wahr.

Aber wie bereits gesagt, der Tag heute ist anders als alle anderen Tage. Das weiß ich.

Wenig später steige ich in bester Laune, die Melodie von Bernsteins Song »Maria« auf den Lippen, durch das düstere Treppenhaus der Husumer Polizeiinspektion hinauf in den ersten Stock zu meiner alltäglichen Routine. Gestern Abend hatte ich mit Anna die DVD von »The Making Of West Side Story« gesehen.

Die funktionale Schmucklosigkeit der Stufen erinnert mich an die Feuertreppen an den Hochhauswänden in New York. Wie unwirklich muss dieses kahle Treppenhaus erst auf Menschen wirken, die von der Polizei vorgeladen werden, geht es mir durch den Kopf. Büros einer Inspektion kennt der normale Bürger meist nur aus Fernsehserien. Selbst ein Krimisüchtiger weiß eigentlich nichts über das gewöhnliche Verbrechen, geschweige denn hat er jemals mit einem Verbrecher persönlich gesprochen. Und er selbst wird auch nie einen anderen Menschen berauben oder ermorden, er kennt nicht einmal jemanden, der so etwas tun könnte. Alles, was er über das Verbrechen zu wissen glaubt, hat er nur aus Büchern, Filmen und Zeitungen.

Ich gehe – ungewohnt – festen Schritts über den Flur, am Büro vom Chef vorbei, als die Tür aufspringt und Staatsanwalt Doktor Rebinger heraustritt. »Moin, Moin«, grüße ich – von mir selbst überrascht – mit freundlicher Stimme, hebe den Arm zum Gruß, anstatt nur ein Nicken des Kopfes anzudeuten. Rebinger und ich sind eigentlich Menschen, die nur wenige Berührungspunkte haben, die sich, wenn es die Umstände nicht unbedingt erfordern, lieber aus dem Wege gehen.

Auch das ist anders, wird mir erneut gewahr, in mir ist etwas anders. Vor meinem inneren Auge sehe ich ein undefinierbares, aber vertrautes Wesen, das langsam aus den Tiefen des Meeres emporsteigt und geräuschvoll die Haut der Wasseroberfläche durchbricht. Mein Unterbewusstsein zerplatzt wie eine Luftblase.

»Herr Hauptkommissar, auf ein Wort!«, ruft Rebinger hinter mir her.

Ohne dass es mich aufbringt, weil er meinen Namen nicht ausspricht, drehe ich mich um und lächle ihn an. »Herr Doktor Rebinger?«

»Herr Swensen, eine Frage zu dem Tod des Regisseurs Detlev Rehmke. Die Eltern des Toten haben bei mir angefragt, wann die Staatsanwaltschaft den Leichnam zur Beerdigung freigibt. Ich habe gerade von Heinz ... Polizeirat Püchel angedeutet bekommen, dass Sie Zweifel an dem Tatbestand einer Überdosis geäußert haben und dass der Sturz in den Pool Ihrer Meinung nach unter anderen Umständen passiert sein könnte.«

»Zweifel ist vielleicht zu viel gesagt, Herr Doktor Rebinger. Die Obduktion hat Hämatome an Hand- und Fußgelenken ergeben. Dieses Ergebnis lässt, um es vorsichtig auszudrücken, Interpretationen des Hergangs zu. Aber das ist nicht der entscheidende Grund für meine abweichende Schlussfolgerung. Ich habe in den letzten zwei Tagen einige Menschen befragt, die Herrn Rehmke besonders nahestanden. Alle haben einen Drogenmissbrauch des Mannes kategorisch ausgeschlossen.«

Rebinger runzelt die Stirn, scheint nach Worten zu suchen, bevor er wohlbedacht formuliert: »Um es kurz zu sagen, Herr Swensen, ich schätze Ihre unkonventionelle Herangehensweise nicht nur wegen Ihrer Ergebnisse. Ihre intuitive Fähigkeit ist ... na ja, bemerkenswert. Ich sage das, gerade weil ich persönlich dieser Gabe eher ratlos gegenüberstehe. Als rational geprägter Mensch einer kantischen Tradition gebe ich zu bedenken, dass Menschen, die einem anderen Menschen besonders nahestehen, sich nicht ohne Gewissensnot eingestehen können, dass bei ihrem Freund ein Drogenproblem vorliegt.«

»Theoretisch stimme ich Ihnen zu, Herr Doktor Rebinger«, sage ich und halte konstant den Blickkontakt, »aber ich sehe den Menschen, die ich befrage, dabei direkt in die Augen. Deshalb können Sie meiner Einschätzung ruhig Glauben schenken. Ich spüre unmittelbar, ob jemand nur wegsieht oder mich anlügt.«

Ein kurzes Schweigen entsteht, fünf, zehn Sekunden, dann senkt Rebinger den Blick zum Boden.

»Okay, ich sollte es versuchen.«

Er hebt den Blick wieder.

»Ich möchte Ihnen in diesem Zusammenhang etwas Persönliches anvertrauen, Herr Swensen. Meine Intervention hat auch persönliche Gründe, denn ich schätze das filmische Werk von Detlev Rehmke ganz besonders. Ich halte den Mann für einen herausragenden deutschen Regisseur, er ist ambitioniert, kraftvoll und hat brillante Bildeinfälle … hatte sie zumindest. Deshalb möchte ich unbedingt, dass der Fall unter allen Umständen genauso ambitioniert und mit der nötigen Sorgfalt untersucht wird. Lassen Sie sich in Ihrer Vorgehensweise nicht beirren, gehen Sie jedem kleinen Zweifel nach, mag er noch so abstrus daherkommen. Ich werde Ihnen dabei den Rücken stärken, auch gegenüber Vorgesetzten in der Behörde, die meinen, Sie davon abhalten zu müssen. Wir Staatsanwälte sind zwar die Hüter der Gesetze, aber ohne Ihre aufreibende Arbeit bleiben die Inhalte der Texte bedeutungslos.«

Das Licht der Deckenbeleuchtung zeichnet unsere diffusen Schatten auf den Teppichboden. Sie wirken, als würden zwei konspirative Gestalten in einer Parallelwelt gerade eine Verschwörung aushecken. Die Wirklichkeit erscheint mir anders. Rebinger und ich scheinen auf dem besten Weg zu sein, ein Herz und eine Seele zu werden. Alles ist in der Schwebe, als hätte eine geringe Drehung die Perspektiven verschoben. Ich bedanke mich und er sagt »Dafür nicht« und geht mit einem Grinsen davon. Ich kann es kaum glauben, dennoch ist es passiert.

Mit einem Umweg über die Küchenzeile, in der ich mir meinen gewohnten grünen Tee aufbrühe, gehe ich, jeden

Schritt bewusst setzend, über den Flur in Richtung Konferenzraum zur obligatorischen Frühbesprechung. Als ich nach dem Türgriff greife, habe ich die Assoziation, ich wolle in das Innere einer dunklen Höhle vordringen, doch hinter der geöffneten Tür ist der Raum wie immer hell und weit. Nur der Himmel, der durch die Fenster zu sehen ist, hat immer noch seine geheimnisvolle Färbung. Mit Teekanne in der rechten und Becher in der linken Hand steure ich auf meinen Platz zu. Meine Ankunft geht im Stimmengewirr der Kollegen unter. Jacobsen, das Kinn auf die Brust gesenkt, ist von einem Artikel in der »Husumer Rundschau« absorbiert. Haman steht hinter Mielke, schaut über seine Schulter auf den Bildschirm seines Laptops, auf dem offensichtlich irgendein Filmchen läuft, über den sie lauthals lachen, während ich mit kratzendem Geräusch den Stuhl vom Tisch wegrücke, um mich zu setzen. Der schräge Ton scheint eine Signalwirkung auszuüben. Plötzlich herrscht Stille. Alle Kollegen im Raum, selbst Uwe Schlüter, Peter Seyffert und Dirk Dürwald, die nebeneinander vor dem aufgeschlagenen Sportteil der Bild-Zeitung sitzen, heben fast synchron die Köpfe und grüßen mich mit »Moin, Moin!«

Ich schicke mein »Moin, Moin!« retour, gieße einen Tee in meinen Becher, während das Durcheinander der Stimmen langsam erneut anschwillt.

Ich bekomme mit, wie Haman sich an ihren Platz setzt, während Mielke den Laptop herunterfährt und aus einer Mappe eine Handvoll bedruckter Blätter herauszieht. Es sind Ausdrucke des nachbearbeiteten Phantombilds, das wir mit Wilkenloh in der Mühle erstellt haben.

»Diese Frau«, sagt er zu mir gewandt, nimmt einen Ausdruck in die Hand und reicht ihn herüber. »Hat die eigentlich mit dem Fall Rehmke zu tun?«

»Ehrlich gesagt, ich weiß es nicht genau«, entgegne ich.

»Und warum wolltest du unbedingt, dass wir das Bild anfertigen?«

»Wilkenloh sprach die Vermutung aus, dass diese Frau ihn vielleicht beschatten würde.«

»Nur vielleicht?«

»Nun, es könnte auch bloß ein Hirngespinst sein. Es gibt im Umfeld des Films nach meinem Geschmack zu viele Menschen, die an jeder Ecke eine Verschwörung wittern.«

»Es reicht schon, wenn an einer Ecke eine stattfinden würde.«

»Wo du recht hast, hast du recht, Stephan. Deswegen wollte ich, dass wir das Bild anfertigen«, entgegne ich. »Aber was können wir im Moment schon damit anfangen? Wie sollen wir die Frau ausfindig machen? Und was werfen wir ihr eigentlich vor? Und ob das Ganze überhaupt relevant für Rehmkes Fall ist, steht ebenfalls in den Sternen. Vielleicht ist diese Frau ja auch nur eine heimliche Verehrerin von Wilkenloh.«

»Eine Stalkerin?«

»Warum nicht? Was weiß ich?«

Unser Gespräch wird von Polizeirat Püchel unterbrochen, indem er geräuschvoll die Tür aufreißt und mit forschem Schritt direkt zur Pinnwand marschiert. Genau neben den Fotos von Rehmke stellt er sich in Pose. Die letzten Gespräche verebben.

»Ich werde es kurz machen!«, sagt er. »Im Fall Rehmke gibt es nach wie vor noch keine brauchbaren Zeugenaussagen, niemand meint, etwas davon gesehen oder gehört zu haben, was sich zwischen Mitternacht und dem Zeitpunkt, in der die Leiche im Pool entdeckt wurde, im Hotel zugetragen hat. Fakt ist: Vor dem Tod von Rehmke gab es eine größere Party in seinem Hotelzimmer, bei der Mitarbeiter und Schauspieler aus dem Filmteam anwesend waren. Wann die Party genau geendet hat, bleibt widersprüchlich und verschwommen. Wir wissen, der Tote hat Heroin gespritzt und Alkohol getrunken. Es gibt eine Einstichstelle, aber keine Vernarbungen in der Armbeuge. Unfall, Selbstmord oder gar Mord, alles bleibt möglich. Wir haben weder eine heiße Spur noch eine bedeutsame Aussage. Deshalb meine Frage an euch: Gibt es neue Erkenntnisse bei den gestrigen Ermittlungen?«

»Keiner meiner Befragten kann an einen Heroingebrauch von Rehmke glauben«, meldet Uwe Schlüter.

»Genauso bei mir. Rehmke hat nie Drogen genommen, habe ich von allen gehört, bei denen ich war«, bestätigt Dirk Dürwald und die anderen Kollegen, auch ich selbst, kommen danach zu demselben Ergebnis.

»Ich schätze, es gibt mittlerweile keinen Partygast, niemanden vom Hotelpersonal und von fremden Gästen auf der Etage, die nicht befragt wurden«, stellt Püchel fest, »also sind wir mit unserer Ermittlungsarbeit dort durch. Der genaue Ablauf des Todesfalls ist weiterhin unklar. Ich bin der Meinung, dass nicht genügend Anhaltspunkte vorliegen, um das K1 aus Flensburg hinzuzuziehen. In Anbetracht dieser Sachlage bin ich persönlich gewillt, den Fall demnächst intern abzuschließen. Gibt es Gegenstimmen?«

»Ja!«, sage ich. »Ich hab noch nichts Konkretes in der Hand, aber ich halte das für eine verfrühte Entscheidung.«

»Dachte mir schon, dass du etwas einzuwenden hast!« Der Polizeirat prononciert jedes Wort einzeln, bläht dabei die Nasenlöcher und legt dann den Kopf wie ein Huhn zur Seite. »Und wann wird aus deinem Unkonkreten etwas Konkretes?«

»Kann ich noch nicht sagen. Es gibt nur so eine Ahnung, aber hinter den Kulissen der Filmproduktion läuft zurzeit wahrscheinlich ein ganz anderer Film ab. Das haben Menschen aus dem Filmteam verlauten lassen. Die Kräfte, denen dieser Film ein Dorn im Auge ist, kommen gerade aus der Deckung. Ich würde zu gern wissen, welche Personen sich dahinter verbergen.«

»Hört sich nach Verschwörung an. Solche Worte aus deinem Mund, Jan, das hätte ich von dir nicht erwartet. Aber denk mal nach, es geht um einen Film! Was kann an einem Film so gefährlich sein, dass dafür jemand Menschen ermorden lässt?«

»Es ist unsere Aufgabe, das herauszufinden, Heinz! Ich bin der Meinung, wir müssen die Produktionsfirma per richterlichem Beschluss dazu auffordern, uns das Drehbuch für den Film auszuhändigen. Erst damit wird nachvollziehbar, welche Story in dem Streifen überhaupt erzählt wird.«

»Kein Richter verbrennt sich an so etwas die Finger! Und die Produktionsfirma wird sich den Teufel darum scheren!«, echauffiert Püchel sich, dass ihm das Blut in den Kopf steigt. »Solange der Film nicht in die Kinos gebracht ist, haben die Verantwortlichen alle Rechte auf ihrer Seite, um solch ein Ansinnen abzuwehren. Schmink dir die Vorstellung ganz schnell wieder ab, Jan.«

Sofort liegen mir die Worte »Ich bin hier nicht in der Maske« auf der Zunge, stattdessen schweige ich und warte demütig auf den richtigen Moment.

»Der Alltag reizt uns nur, weil wir ihn missverstehen und gereizt mit ihm umgehen. Mache deine tägliche Arbeit zur spirituellen Praxis«, pflichtet mir Meister Rinpoche bei.

»Wir alle, besonders du, Heinz, möchten doch, dass der Fall geklärt wird«, sage ich leise, ohne den geringsten Druck in der Stimme. »Es sieht so aus, als ob uns die normale Ermittlungsarbeit nicht weiterbringt. Aber eine innere Stimme sagt mir, dass bei diesen Dreharbeiten etwas nicht mit rechten Dingen zugegangen ist. Stephan und ich könnten doch, natürlich mit deiner Einwilligung und in einem überschaubaren Zeitfenster, noch mal intensiv im Nebel herumstochern. Ich bin ziemlich zuversichtlich, dass wir dabei auf etwas stoßen werden.«

Es wird mucksmäuschenstill im Raum. Alle Augen richten sich auf Polizeirat Püchel. Der gibt einen Stoßseufzer von sich, zuckt dann unmerklich mit den Achseln, als hätte er sich bereits ergeben, bevor ein imaginärer Feind überhaupt zu einer Attacke geblasen hat.

»Nun gut, solange das Zeitfenster danach verschlossen bleibt!«, scherzt Püchel und wird sofort wieder ernst. »Drei, maximal vier Wochen, ist das klar!«

Er eilt abrupt zur Tür, öffnet sie und dreht sich noch einmal um. »Die anderen nehmen unverzüglich ihre liegengebliebene Polizeiarbeit wieder auf.« Dann ist er verschwunden. Es dauert einen Moment, bevor sich die ersten Stimmen melden und den fluchtartigen Abgang des Chefs kommentieren. Ich halte mich raus, blicke fragend zu Mielke hinüber und er nickt mir grinsend zu.

Sind Ursache und Wirkung erst miteinander verbunden, kann beides nur noch schwer voneinander getrennt werden.

»Was schwebt dir denn vor?«, fragt Mielke mich neugierig, als wir zusammen über den Flur zu unseren Büros unterwegs sind.

»Ich habe speziell eine Schauspielerin im Blickfeld, die nur für eine kleine Rolle von der Filmproduktion verpflichtet wurde«, antworte ich ihm. »Petra Giese meine ich, du kennst sie sicherlich auch aus dieser Unendlichserie ›Lindenstraße‹. Giese war auf der Hotelparty mit von der Partie. Sie ist die Nummer eins auf meinem Zettel. Ich würde sagen, wir treffen uns in drei Stunden und sprechen alles durch?«

Mielke knurrt »Okay!« und entschwindet in sein Büro, dessen Tür meistens sperrangelweit offen steht. Ich schließe meine Tür hinter mir, will die verbleibende Zeit nutzen, um mir Notizen zu den Gesprächen mit dem Schauspieler Weiss und dem Autor Wilkenloh zu machen.

Mit einem Fingerdruck fährt der Computer hoch, per Mausklick lade ich mir die Vorlage eines Vernehmungsprotokolls auf den Schirm und überlege. Es dauert, bis ich endlich in den nötigen Schreibfluss komme. Ich wünsche mir eine Zeitmaschine, mit der ich meine Gedanken in die Vergangenheit versetzen kann. Ich grüble, tippe, grüble erneut, tippe erneut. Die Zeit zieht sich zusammen, vergeht viel zu schnell. Irgendwann komme ich mir auf die Schliche, dass ich mich gar nicht wirklich konzentrieren will. Totaler Stillstand. Die Situation mit Wilkenloh im Watt vor Augen, schweifen meine Gedanken ab, hin zu geringfügigen und privaten Erinnerungen. Mir fallen meine Jahre im buddhistischen Kloster in der Schweiz ein, in der mich Meister Rinpoche die Achtsamkeit lehrte und ich dadurch auf die verrückte Idee kam, mich bei der Kriminalpolizei zu bewerben, weil ich eine gewisse Ähnlichkeit in der erlernten Praxis mit einer achtsamen kriminalistischen Arbeit vermutete.

Heute weiß ich, dass ich damit damals nicht falschlag, denn je genauer die Details der Wirklichkeit beachtet werden, desto größer ist die Chance, einem Täter wirklich auf die Schliche zu kommen. Ich musste in jeder persönlichen noch so schwierigen Gemütslage das menschliche Verhalten anderer verstehen lernen, um hinter endlosen Fassaden von Gesten, Tricks, selbst Schweigen eine verbindliche Ordnung aufdecken zu können, in der sich die Motivation eines Täters offenbaren könnte. Ich durfte nichts außer Acht lassen, denn fehlt nur ein Baustein im Ablauf eines Tathergangs, konnte die Aufklärung eines Falls grundsätzlich unmöglich werden.

Der digitale Klingelton meines Festnetzanschlusses hat eine schrille, drängende Präsenz, holt mich auf meiner Abschweifschleife ab und bringt mich zurück an den Schreibtisch. Mist, wo ist nur wieder die Zeit geblieben?

»Polizeiinspektion Husum, Hauptkommissar Swensen!«

»Anna hier! Hallo! Hast du heute den Anrufbeantworter abgehört, bevor du zur Arbeit gefahren bist?«

»Nein! Das letzte Mal ist bestimmt schon zwei, drei Tage her.«

»Dachte ich es mir doch, bei mir war das nämlich ähnlich. Da ist eine Nachricht von diesem Wilkenloh drauf, dem Autor, von dem du mir erzählt hast. Er spricht von einem Kettenkarussell, einem Manuskript mit gekennzeichneten Buchstaben, einer Bankadresse mit einem Schließfach; hört sich alles sehr merkwürdig an, die Stimme wirkt fast ein wenig paranoid. Kannst du damit was anfangen?«

»Nein! Keine Ahnung, was das bedeutet.«

»Ich wollte es dir auch nur mitteilen.«

»Ja, danke … gut … ich kümmere mich darum.«

»Okay, das war's.«

»Okay, dann bis heut' Abend.«

»Bis dann!«

Es dauert einen Moment, bis ich das Gesagte im Kopf sortiert hatte. Mein erster Eindruck ist, jemand hat sich einen Scherz erlaubt. Aber wer sollte das gewesen sein? Bevor ich weiterhin wild spekuliere, sollte ich Wilkenloh anrufen, sage ich mir, suche seine Handynummer in meinem Adressverzeichnis heraus und tippe sie ein. Selbst nach dem zehnten Freizeichen geht niemand an den Apparat. Ich wende mich erneut meinen Notizen von Weiss zu. Doch nach diesem Anruf von Anna gelingt es mir nicht mehr, mich zu konzentrieren. Ich warte angespannt eine halbe Stunde, dann rufe ich ein zweites Mal auf Wilkenlohs Handy an. Auch jetzt wieder wird nicht angenommen. Ich trommle mit den Fingerspitzen auf die Tischplatte. Ein ungutes Gefühl beschleicht mich. Ich beschließe, etwas zu unternehmen, verlasse mein Zimmer und gehe zu Mielke hinüber, der hinter seinem Schreibtisch sitzt und telefoniert. Ich warte geduldig, bis er fertig ist, berichte ihm kurz, was ich erfahren habe, und bitte ihn, mich zur Mühle von Wilkenloh zu begleiten.

Wir nehmen die Strecke am Außenhafen entlang. Der Himmel hat noch die gleiche geheimnisvolle Färbung wie am Morgen. Die Luft ist schwül und drückt auf mein Trommelfell. Ich spüre leichten Kopfdruck und trete ungehalten aufs Gas. Hinter der Ortschaft Finkhaushallig, nach der die Straße schnurstracks auf die Küste zuläuft, erinnere ich mich plötzlich daran, wie ich unter Zahnschmerzen meine Abstammungsurkunde besorgt hatte.

»Ich hätte nicht gedacht, dass im Vorfeld einer Hochzeit so viel erledigt werden muss. Ist das normal? War das bei dir und Leentje eigentlich genauso?«, frage ich Mielke, der abwesend auf dem Beifahrersitz hockt und seinen Blick zur Wolkendecke hinauf gerichtet hat. Ein Gewitter scheint im

Anzug zu sein. Das fahle Grau des Himmels, in dem stellenweise noch bläuliche Flecken durchschimmern, verfärbt sich zusehends in einen tintenschwarzen Vorhang, als wäre es der ewigen Ungewissheit leid. Die ersten Blitze brennen in der Ferne gezackte Feuerlinien hinein.

»Du bekommst doch nicht etwa kalte Füße?«, fragt Mielke, anstatt meine Frage zu beantworten. Seine Stimme klingt, als würde er mich am Rand eines Nervenzusammenbruchs vermuten.

»Unsinn!« Ich wundere mich, wie heftig ich das Wort herausschleudere; es wird sogar von einem Donnergrollen begleitet, das aus weiter Ferne heranrollt. »Mich interessiert nur, wie das bei euch war, speziell bei dir«, schiebe ich rasch als Erklärung hinterher.

»Es ging mir natürlich auch dies und das durch den Kopf«, sagt Mielke und sein Gesichtsausdruck verrät nicht, ob er es ernst meint oder ob er nur herumflachst.

»Und was ist dies und was ist das?«

»Na ja, dass Heiraten halt eine ernste Angelegenheit ist. Eben eine Entscheidung ohne Hintertür; dass, wenn ich Ja sage, ich mich für immer festgelegt habe. Wir leben schließlich in einer Gesellschaft, die einem ständig einzureden versucht, dass es auch noch bessere Optionen geben könnte.«

»Das meinst du jetzt nicht ernst, oder?«

»Na ja, solche Gedanken gab es schon. Ich hab auch kurz darüber nachgedacht, ob man vorher beim Notar einen Ehevertrag aufsetzen sollte.«

»Ehevertrag? So was ist mir noch nicht in den Sinn gekommen.«

»Mir damals auch nicht. Aber Leentje hat ein eindeutig höheres Gehalt als ein Oberkommissar bei der Husumer Kripo.«

»Püchel hat mir übrigens versprochen, sich für deine Beförderung einzusetzen.«

»Hat er auch. Aber bis jetzt hat das nichts bewirkt.«

Das Gespräch bricht ab, als die Mühle in unser Blickfeld kommt. Ihre Umrisse wirken wie ein monumentales Trugbild, das sich kaum vom Hintergrund der schwarzen Wolkenwand abhebt. Erst jetzt bemerke ich, dass ich gedankenlos an unserem Haus in Witzwort vorbeigerauscht bin. Wilkenlohs Twingo parkt an derselben Stelle wie das letzte Mal. Ich steuere meinen Polo daneben. Beim Aussteigen fallen die ersten dicken Tropfen, die kronenförmig auf dem Asphalt zerspringen. Das Gewitter hat uns erreicht. Im Flackern eines Blitzes verflüchtigt sich die Wirklichkeit in einer Schattenjagd entlang der Mühlenwände. Wir gehen zur Eingangstür. Ich klopfe kräftig an das Holz über dem Briefschlitz. Während wir warten, dass geöffnet wird, werde ich bereits von Tropfen an Kopf und Händen getroffen. In mir steigt eine unheilvolle Ahnung auf, ich kann sie körperlich spüren. In der Mühle rührt sich nichts. Ich klopfe erneut, diesmal mit der ganzen Faust. Der Regen wird stärker. Mielke kaut ungeduldig auf der Unterlippe, ergreift die Türklinke und drückt sie hinunter. Die Tür geht auf. Verdutzt wechseln wir einen kurzen Blick und treten vorsichtig ein. Im sechseckigen Küchenbereich, wo das Phantombild entstanden ist, kann ich nichts erkennen. Alles Gegenständliche ist nur schemenhaft wahrnehmbar, bis draußen der nächste Blitz zuckt und sein grelles Licht durch die kleinen Fenster hereinschleudert. Für einen Moment ist der Raum mit aller Tiefenschärfe hell ausgeleuchtet. Nur wenige Meter vor uns steht mitten im Raum ein Stuhl mit Lehne. Darauf liegt eine Gestalt. Oberkörper und Beine hängen zu beiden

Seiten herab, sodass Kopf und Füße fast den Boden berühren, ebenso wie die Arme, die seitwärts ausgebreitet sind. Der Mund klafft auf. Der Lichtblitz verschwindet genauso abrupt, wie er aufgeflammt ist, die gespenstische Szenerie taucht in ein schwarzes Nichts zurück.

Das könnte Wilkenloh gewesen sein, die schneeweißen Haare und der Bart hatten wie phosphoresziert geleuchtet. Ich stehe wie betäubt in der Finsternis, als hätte ich gerade eine Fata Morgana gesehen.

»Scheiße!«, stöhnt Mielke laut auf.

Ich taste mich zur nächsten Wand, streife auf der Suche nach einem Lichtschalter mit den Handflächen darüber und werde nach einer scheinbar unendlichen Zeit fündig. Doch als ich den Schalter drücke, passiert gar nichts.

»Das Licht funktioniert nicht«, informiere ich Mielke, der sich anscheinend, weil ich nichts von ihm höre, noch immer nicht rührt. »Ich hole eine Taschenlampe aus dem Wagen. Du rufst in der Inspektion an, Stephan. Wir brauchen die Spurensicherung.«

Vor der Eingangstür empfängt mich der Wolkenbruch mit voller Wucht. Bevor ich die Taschenlampe aus dem Kofferraum gekramt habe, bin ich durchnässt. Mit dem Lichtkegel voran eile ich zurück an den Ort des Schreckens, erfasse mit dem diffusen Kreis die Gestalt auf dem Stuhl. Sie atmet nicht mehr. Ich lege, um ganz sicher zu sein, zwei Finger auf die Halsschlagader, es ist kein Puls mehr zu fühlen. Wilkenloh ist tot. Ich streiche ihm in einem plötzlichen Impuls über die Stirn.

Als ich mich über die Leiche beuge, um ihr ins Gesicht zu sehen, habe ich den Bruchteil einer Sekunde den erschreckenden Eindruck, mich selbst zu betrachten, nur spiegelverkehrt, weil das Gesicht kopfüber dicht über dem Boden hängt. Er hat sich bereits verändert, als wenn das Fleisch dickflüssig geworden und allmählich ins Körperinnere versickert ist, sodass die Wangenknochen hervortreten. Die Augen sind tief in die schwärzlichen Höhlen gesunken.

Jeder Mensch hat einen Doppelgänger, spukt es durch meinen Kopf, ohne recht zu begreifen, woher der Gedanke kommt. Der Tag scheint plötzlich anders als alle anderen Tage zuvor. Ich spüre nur noch, wie die Wirklichkeit eine eigentümliche Dichte annimmt. Eine unheimliche Stille, die immer tiefer wird, breitet sich über die Szenerie des makabren Stilllebens aus, das wie arrangiert wirkt. Der Tote im Raum lässt alle Geräusche um ihn herum verstummen, während im selben Moment ein Blitz und der gleichzeitig krachende Donner die Nacht wie ein wehmütiger Aufschrei gegen jegliche Gewalt auf dieser Welt zerreißen.

»Die Kollegen und die Spurensicherung sind auf den Weg gebracht«, meldet Mielke hinter mir. Ich erwache wie aus einem Trancezustand, richte die Taschenlampe auf den Hals des Toten. Es sind eindeutige Verfärbungen und Hautabschürfungen zu erkennen.

»Ich glaube, auch wenn wir uns noch so sehr abrackern, das Böse wird niemals ganz verschwinden«, sagt Mielke mit resignierter Stimme aus dem Dunkel.

»Gut und Böse! Wer von uns kann das schon genau auseinanderhalten?«, antworte ich.

*

Die Feuchtigkeit in meinen Haaren sickert langsam unter den Kragen. Das Heizungsgebläse läuft auf vollen Touren. Mielke sitzt gedankenverloren auf dem Beifahrersitz, stumm wie ein Fisch. Vor fünf Minuten haben wir die Mühle verlassen, damit wir im Taschenlampenlicht keine weiteren Spuren vernichten. Ich könnte auch sagen, wir haben eine unausgesprochene Flucht angetreten, uns im Wageninneren verschanzt, bis die Kollegen und die »Spusi« aus Husum eintreffen und das Vakuum am Tatort aufheben. Jedenfalls fühle ich es so. Es ist ein merkwürdiges, unaussprechliches Gefühl, als hätte mich eine fremde Macht an die Schwelle von Ursache und Wirkung geführt, an der es noch keine Sprache gibt. Eine unendliche Einsamkeit ergreift von mir Besitz, eine Einsamkeit, die mich schon mein Leben lang begleitet.

Einsamkeit ist wie das Gefühl einer universellen Verschwörung gegen sich selbst, kommt es mir in den Sinn. Doch bevor ich weiter ins Grübeln komme, verwerfe ich diesen melancholischen Gedanken wieder, denn immer, wenn Menschen früher von Verschwörung geredet haben, hielt ich es für unausgegoren und übertrieben.

Warum eigentlich?

Solange es unvereinbare Interessen in der Welt gibt, wird es auch Verschwörungen geben, um eigene Vorteile durchzudrücken. Und wenn ich in diesem Fall nach einer Verschwörung suchte, würde ich mit Sicherheit auch eine finden. Aber solange ich das nicht mache, gibt es auch keine. So einfach ist das!

Keine 20 Meter von hier entfernt liegt der Autor Wilkenloh rücklings auf einem Stuhl und ist tot. Die Wirkung seines Lebens hat sich vollzogen. Die Ursache wird jetzt nicht mehr gebraucht, zumindest wird sie an der Wirkung nichts mehr ändern. Der Kriminalistik bleibt ihr Wunsch nach Gerechtigkeit, den sie sich selbst auferlegt hat. Vielleicht, weil wir alle ein Leben lang danach suchen, finden werden wir sie aber anscheinend nie.

»Hast du eigentlich schon mal eines seiner Bücher gelesen?«, fragt Mielke mich plötzlich.

»Wozu sollte ich Kriminalgeschichten lesen? Unsere Arbeit reicht völlig aus, um alles über Mord und Totschlag zu wissen.«

»Ich dachte nur, weil du diesen Wilkenloh doch schon länger persönlich gekannt hast.«

»›Kennen‹ würde ich als übertrieben bezeichnen. Bevor wir vor zwei Tagen dieses Phantombild angefertigt haben, habe ich mit ihm, wenn ich mich recht entsinne, dreimal gesprochen.«

»Na ja, immerhin«, wirft Mielke ein.

»Und zwar rein dienstlich, Stephan, und das ist einige Jahre her, genaugenommen vier. Damals hat Wilkenloh beim Chef um eine Auskunft gebeten und Heinz hat ihn einfach an mich weitergereicht. Er interessierte sich für diesen Gülcan Bayar. Ein Jahr später war er erneut bei mir und hat sich nach dem Todesfall Lutze erkundigt. Das fand ich damals schon merkwürdig, und jetzt … jetzt ist Wilkenloh tot.«

»Vermutest du irgendeinen Zusammenhang zwischen deinen Begegnungen damals und dem Phantombild, das wir vor zwei Tagen mit ihm in der Mühle angefertigt haben?«

»Es könnte auch Zufall sein, allerdings glaube ich das nicht.«

»Sagt dein siebter Sinn?«

»Da würde bereits der sechste reichen. Da drinnen haben wir es mit einem Mord zu tun, oder bist du anderer Meinung?«

Zwei Lichtkugeln kämpfen sich in der Ferne durch den Regen auf uns zu, bis eine grelle Lichtwand vor unserer Frontscheibe steht. Ich kneife die Augen zu Schlitzen zusammen, dann wird abgeblendet. Direkt vor dem Kühler meines Polos steht der BMW von Peter Hollmann. Beim Aussteigen streift sich der Chef der Spurensicherung die Kapuze seiner Regenjacke über und eilt in Riesenschritten zu mir an die Fahrerseite. Ich lasse die Seitenscheibe herunterfahren. Das missmutige Gesicht, das mit dem zerzausten Schnauzer unter der schwarzen Kapuze hervorlugt, hat etwas von einem gestrandeten Seehund.

»Warum müsst ihr beide bei solch einem fantastischen Wetter unbedingt eine Leiche finden?«, knurrt Hollmann mit todernster Miene und schaut mich dabei an, als erwarte er wirklich eine ernste Antwort.

»Was ist fantastisch an diesem Sauwetter?«, frage ich zurück.

»Die Blitze und der Himmel«, entrüstet sich Hollmann und zieht die Stirn in Falten. »Warst du schon einmal bei einem Gewitter im Watt?«

»Ich bin doch nicht lebensmüde«, antworte ich.

»Doch nicht per pedes, Jan! Ich bin mit dem Auto zu einem der Pfahlbauten gefahren, um zu fotografieren. Seit ewigen Zeiten warte ich auf solch eine traumhafte Wetterlage und kaum ist mein Stativ aufgebaut, da kommt der Anruf, ihr hättet eine Leiche entdeckt. Ihr müsst verstehen, dass ich deshalb nicht in bester Laune bin.«

»Klar, ist bestimmt ärgerlich, aber Dienst ist nun mal Dienst«, versuche ich Peter aufzumuntern, doch sein Lächeln bleibt verkniffen.

Nacheinander treffen zwei weitere Fahrzeuge von der Spurensicherung ein. Es folgen Silvia Haman im Dienstwagen und wenig später der silbergraue Mercedes vom Doc. Die Männer mit den Silberkoffern haben die weißen Overalls, noch in Plastik verpackt, unter einem Arm und tragen ihr Equipment im Laufschritt durch den Regen ins Gebäude. Michael Lade hat anscheinend keine Lust, bei dem Wetter auszusteigen, er wartet so lange im Wagen, bis er an der Reihe ist. Ich kann ihn nur verschwommen hinter der regennassen Scheibe winken sehen. In den Innenräumen des Gebäudes gehen zeitversetzt die Strahler an und erleuchten bald alle Fenster taghell. Mielke steigt aus, um Haman zu informieren, und verschwindet dann mit ihr in dem Vorbau der Mühle. Ich bleibe in meinem Polo sitzen und warte meinerseits, dass der Doc aktiv werden kann. Ich habe Anna plötzlich vor Augen, wie sie damals während unseres Türkeiurlaubs nach dem Terrorangriff auf das World Trade Center verzweifelt versucht hatte, am Telefon irgendwelche Informationen aus Deutschland zu bekommen, und wir uns dabei fühlten, als wäre gerade eine Naturkatastrophe mit unerwarteter Heftigkeit über uns hereingebrochen.

Und im selben Moment glaube ich, dass selbst ein einzelner Mord wie der dort drinnen einer Naturkatastrophe gleicht. Er bleibt etwas so Unfassbares, dass es nichts nützt, es mir immer und immer wieder anzusehen, um es als gegeben anzunehmen. Ich atme tief durch. Dieser Tag wird anders enden als alle anderen Tage zuvor. Was mich quält, sind die Fragen: Warum sitze ich hier und worauf warte ich?

Als Lade endlich aus dem Wagen geholt wird, folge ich ihm in einer Art innerer Abwesenheit. Ich sehe zwar, wie er seine Arbeit an der Leiche routinemäßig erledigt, fühle mich selbst aber wie abgestorben, ohne einen Funken von Gefühl.

»Wie der Typ dort liegt, ist mit Abstand die verrückteste Körperposition, die ich je bei einem Toten gesehen habe«, höre ich Lade mit verdrehtem Kopf über seinen Rücken hinweg dozieren. Seine Stimme erscheint mir weit entfernt und die Worte sind flüchtig, rauschen durch, von Ohr zu Ohr.

»Das ist eine Sternstunde für einen Mediziner. Als ich den Toten so liegen sah, war mein erster Gedanke: Vergiftung! Aber das war nur ein persönliches Urteil. Natürlich kann das nur eine chemisch-toxikologische Untersuchung klären. Die Unterblutungen am Kinn, Hals und Kopfschwarte passen nicht unbedingt zu dieser These. Die müssen eine andere Ursache haben. Ich bin mir nicht sicher, ob die violette Verfärbung, die sich vom Kinn bis zum Ohr hinaufzieht, eine Strangfurche sein kann. Deutet zwar auf eine handfeste Auseinandersetzung hin, es könnte allerdings auch etwas anderes gewesen sein. Ganz ehrlich, ob hier ein Fremdverschulden vorliegt, kann ich nicht wirklich sagen. Das Gegenteil allerdings auch nicht. Alles sieht irgendwie uneindeutig aus, lässt damit auch andere Möglichkeiten zu.«

Es regnet immer noch heftig, als ich endlich zu Hause ankomme. Es kostet mich einige Überwindung, die trockene Obhut des Wagens auch nur kurzfristig aufzugeben. Unwillig sprinte ich durch die Tropfenflut zur Haustür, schließe auf und flüchte in den Hausflur. Es brennt kein Licht. Anna dürfte bereits oben im Bett liegen. Ich hänge die nasse Jacke an die Garderobe und gehe achtsam, indem ich vermeide, auf die knarrende Diele zu treten, ins Bad. Der Spiegel ist schlierig, mein Gesicht ist verzerrt. Spontan nehme ich den Glasreiniger aus dem kleinen Schränkchen und poliere mit einem Lappen die Fläche. Dann betrachte ich mich. Diese müde Gestalt soll ich sein, denke ich und sehe, dass einige der grauen Haare bereits keine Farbe mehr haben, einfach nur weiß sind.

Mein Haar wird bald so sein wie das des Toten, stelle ich entsetzt fest und sage mir dann: Was hast du erwartet? Du gehst langsam auf die 60 zu.

Auf einmal habe ich den Eindruck, das Gesicht im Spiegel betrachtet mich; es ist das wahre Ich. Und der Mensch, der davorsteht, ist nur das flache Abbild seiner selbst. Mein Gegenüber zieht die Luft tief durch die Nase ein, greift zur Zahnbürste und bürstet energisch die Schneidezähne, um sich dann den Problemzonen in den hintersten Winkeln der vier Weisheitszähne zuzuwenden. Der Regen trommelt an das kleine Fenster und rauscht hinter der Wand durch die Dachrinne. Die gurgelnden Geräusche hören sich an wie gesprochene Worte, Grundsätze: »Die meisten Menschen sind davon überzeugt, dass irgendwo in ihnen ein wahres ›Ich‹ existiert, eine Einheit, unabhängig und unveränderlich. Doch solch ein individuelles Selbst, auf das du deinen Namen beziehst, ist in Wirklichkeit unauffindbar«, flüstert eine leise Stimme aus dem rauschenden Wasser. Eine Stimme, die nicht zu meinem Selbst gehört und doch in mir ist. Es ist die Stimme von Meister Rinpoche, dessen Lehre zu einem Teil von mir geworden ist, so wie mein Körper und mein Geist Teile von mir sind oder meine Hand ein Teil meines Körpers und ein Gedanke Teil meines Geistes ist.

Verstört gehe ich über den Flur, trete natürlich auf die knarrende Diele und tappe dann die Treppenstufen hinauf.

»Wenn ich nicht ich bin, wer zum Teufel bin ich dann«, fällt mir einer der wenigen Sätze von Arnie ein, die er in einem seiner Filme von sich gab. »Total Recall« war es, glaube ich.

»Bist du es, Schnüffelhase!«, höre ich Annas Stimme aus dem Schlafzimmer.

»Ja!«, rufe ich hinauf.

Anna sitzt im Bett, die Lesebrille auf der Nasenspitze und liest in einem Buch, dessen Cover mir bekannt vorkommt.

»Du bist spät! Wie war dein Tag?«

»Ich denke, das möchtest du um diese Zeit nicht wirklich hören. Was liest du, kenne ich das Buch?«

»Nein, ich habe es gerade erst gekauft. ›Kafka am Strand‹ von Haruki Murakami, einem Japaner, wie der Name schon sagt.«

»›Kafka am Strand‹? Wirklich? Das Buch habe ich vor Kurzem bei ›Delff‹ im Schaufenster liegen sehen und dachte, das sollte ich mir vielleicht mal kaufen.«

»Hat sich bereits erledigt. Ich beeile mich, dann kannst du es lesen.«

»Das kann noch warten, wir haben einen neuen Mordfall.«

»Schlimm?«

»Ja, ziemlich schlimm! Aber ich möchte nicht drüber sprechen, jetzt jedenfalls nicht.«

»Gut.«

Ich beginne die Kleidung auszuziehen und betrachte Anna dabei, die weiter in dem Buch liest. Die Nachttischlampe beleuchtet ihre rechte Seite. Sie trägt ein transparentes olivgrünes Nachthemd, durch das ihre Brüste sichtbar sind, die weichen Rundungen mit den rosaroten Warzenhöfen. Das Haar, das sie gerade kurz schneiden ließ, lässt sie jünger erscheinen, als sie ist. Ich verzichte auf einen Pyjama, schleiche mich, einem streunenden Kater gleich, an ihre Bettkante und setze mich behutsam. Den Blick weiterhin ins Buch vertieft, tasten sich ihre Finger der rechten Hand über die Bettdecke, bis sie meinen Oberschenkel berühren, langsam über die Rundung gleiten und auf meinen Intimbereich zusteuern. Liebevoll umfasst sie das weiche Glied, bis es fest in ihrer Hand liegt. Im selben Moment beginnt sie, laut aus dem Buch vorzulesen.

»Sie bewegt die Hand nicht nur auf und ab. Das Gefühl ergreift meinen ganzen Körper. Zärtlich berühren und streicheln ihre Finger alle möglichen Stellen an meinem Penis und meinen Hoden.«

Zeitgleich zum Wortlaut des Textes vollzieht sie das Beschriebene und mir kommt es vor, als wäre ich die Person in dem Text, die von ihren Gefühlen spricht. Die Grenze zwischen Erdachtem und der Wirklichkeit existiert nicht mehr, mein Penis richtet sich auf, wird hart wie Porzellan. Im selben Moment legt Anna das Buch zur Seite, gibt mir mit der flachen Hand einen kräftigen Stoß vor die Brust, dass ich mein Gleichgewicht verliere und nach hinten falle. Dann kriecht sie geschmeidig über mich, spreizt ihre Beine über meiner Hüfte und führt den Penis bis vor ihre feuchte Öffnung. Ich schließe meine Augen, dringe in sie ein und lasse die Flut kommen, lasse die Wellen der Lust an meine Ufer branden, bis mein Same in eine andere Welt strömt.

*

Der Tag verspricht schön zu werden, das Gewitter hat sich verzogen. Die Sonne steht noch flach, wirft ihr orange-gelbes Licht in die Wiesen der Dithmarscher Marsch, in der die Kühe knietief im Morgennebel stehen. Ich sitze zurückgelehnt auf einem Fensterplatz der Nord-Ostsee-Bahn auf dem Weg nach Hamburg und schaue aus dem

Abteilfenster. Gleich nach dem Frühstück, Anna schlief den Schlaf aller Glückseligen, hatte ich Staatsanwalt Rebinger angerufen und ihm von dem Mord an Wilkenloh berichtet. Dabei informierte ich ihn kurz zusammengefasst über die letzten Tage, an denen der Autor mir zufällig im Watt begegnet war und in dem Zusammenhang den Verdacht geäußert hatte, dass es eine Frau gäbe, die ihn beschatten würde. Und dass er auf meinem privaten Anrufbeantworter, vermutlich kurz vor seinem Tod, eine Nachricht hinterlassen hatte. Ich müsste deshalb unbedingt in die Wohnung des Getöteten und würde dafür Amtshilfe von den Hamburger Kollegen benötigen.

Rebinger hatte ohne Wenn und Aber zugestimmt, wollte sich sofort um alles kümmern, noch bevor er von mir erfuhr, dass die Filmproduktion in der Zwischenzeit ihre Arbeit in Husum abgebrochen hatte und nach Hamburg zurückgekehrt war. Auch Petra Giese, die Schauspielerin, war bereits abgereist. Sie wohnte auch privat in Hamburg, sodass ich vieles mit nur einer Dienstreise erledigen könnte. Nur die Begleitung von Stephan wurde nicht genehmigt. Ich sollte die Sache schon allein durchziehen, meinte er.

Die Welt außerhalb des Abteils, die, begleitet vom ratternden Takt der Schienenstöße, vor meinem Blick vorbeizieht, macht mich müde. Sträucher und Bäume am Streckenrand werden von der Fahrtgeschwindigkeit in horizontale Linien gezogen. Wenn ich bei einer Meditation meine Gedanken in solchen Linien durch meinen Geist fliegen lassen könnte, wäre ich bestimmt kurz vor der Erleuchtung, denke ich mir, schließe die Augen und nicke dann offensichtlich ein. Erst ein Rütteln an der Schulter lässt mich aus dem Schlaf schrecken.

»Schönen guten Tag, das Ticket bitte!«

Die Zugbegleiterin nimmt es in die Zange. Den Rest der Fahrt bin ich hellwach. In Hamburg Altona schlendere ich mit meinem Rollkoffer über den Bahnsteig, frage an der Information, welchen Bus ich nehmen muss, um mein Hotel zu erreichen, und werde wenig später mit einem überlangen Gelenkbus durch engste Straßen kutschiert. An der Haltestelle Bornkampsweg steige ich aus. Fünf Minuten Fußweg und ich checke im »25hours« Hotel ein, nicht weit von der Valparaisostraße entfernt, in der sich die Wohnung von Wilkenloh befindet. Ich nehme erst mal eine Dusche, bevor ich meine frühere Dienststelle in der Polizeidirektion Hamburg West anrufe. Heinrich Karlsen, mein ehemaliger Chef, ist sofort am Apparat, bestätigt mir, dass Rebinger mich bereits angekündigt habe. Heute geht es aber nicht. Sie haben alle Hände voll zu tun. Der Termin in Wilkenlohs Wohnung ist leider erst morgen um 11.00 Uhr machbar. Kollege Murat Hassanzadeh, der mir ja schon vom letzten Mal bekannt ist*, werde mich pünktlich um die Zeit vor der Wohnungstür erwarten.

Irgendwie irritiert, bedanke ich mich bei Karlsen, lege auf und überlege, was ich jetzt mit diesem angebrochenen Tag anfangen kann. Ich könnte versuchen, das geplante Gespräch mit der Schauspielerin Giese vorzuverlegen. Ich suche ihre Telefonnummer raus, in der Leitung meldet sich die Agentin, sagt, dass Frau Giese heute einen Dreh im Studio Hamburg hat. Sie würde von ihr umgehend informiert werden und melde sich dann bei mir. Was macht man nun allein in einer Großstadt ohne Termine und Bekannte, die man besuchen könnte?

Am Hoteltresen informiere ich mich, wie ich zum nächsten Kino komme, und mache mich nach der Auskunft mit

* Wimmer Wilkenloh, Hätschelkind

einem Stadtplan auf den Weg. Circa 20 Minuten zu Fuß hatte die Frau an der Rezeption versprochen und recht behalten. Ich entscheide mich intuitiv für den Film »Das Leben der Anderen«, ein Filmdebüt des Filmregisseurs Florian Henckel von Donnersmarck. Es ist die erste Vorstellung an diesem Tag und ich befinde mich fast allein im Kinoraum, nur ein Pärchen sitzt mehre Reihen hinter mir. Es dauert nicht lange und die linear und chronologisch erzählte Geschichte entführt mich in eine düstere Verschwörung, in der der Stasi-Hauptmann Gerd Wiesler den Theaterschriftsteller Georg Dreymann überwacht, in die intimsten Bereiche des Protagonisten eindringt. Mir wird zusehends unwohler und es drängt sich eine Parallele zur realen Wirklichkeit auf, zu dem Fall Wilkenloh, der wahrscheinlich auch verfolgt und überwacht wurde.

Dass ich ausgerechnet in diesem Film gelandet bin, kann kein Zufall sein, hätte Meister Rinpoche bestimmt gesagt und ich muss unwillkürlich an den ehemaligen Stasi-Mann Wilhelm Rösener denken, der vor drei Jahren im Umfeld eines Lebensmittel-Discounters Mitarbeiterinnen ausspioniert hatte. Bestimmt ist nach der Abwicklung der DDR ein Großteil der Staatssicherheitsmitarbeiter beim Bundesnachrichtendienst untergekrochen. Vielleicht ist der Film, den ich gerade sehe, ein deutlicher Wink mit dem Zaunpfahl, den Aussagen von Wilkenloh ohne Wenn und Aber zu glauben und ihnen endlich die gebührende Aufmerksamkeit zu schenken.

Von Donnersmarck schwelgt auffällig in Symbolen, lässt den Theaterschriftsteller in einer Altbauwohnung leben, die mit Büchern angefüllt ist und in der er mit Herzblut an einer roten Schreibmaschine arbeitet. Die Wohnung seines Stasi-Spitzels ist ohne Bücher und funktional. Kaltes Licht steht gegen warmes Licht. In der Sterbeszene umarmt der Schriftsteller seine Geliebte auf eine Weise, die an die Pietà des Michelangelo erinnert. Aufgewühlt verlasse ich den dunklen Kinoraum, werde draußen von Popkorngeruch und grellen Lichtern wieder von der Normalität empfangen. Im nächstbesten Café bestelle ich einen Cappuccino und genieße im Freien die warmen Sonnenstrahlen und den süßen Milchschaum mit dem bestäubten Schokoherz.

Die Filmbilder verwirren nachhaltig meine Gedanken und ich erinnere mich an den alten DDR-Film »Spur der Steine«, in dem der junge Manfred Krug mitspielte. Ich hatte ihn während meines Philosophiestudiums in einer Filmreihe meines Professors gesehen. Der Film verschwand damals, 1966, klammheimlich drei Tage nach der Uraufführung aus den Kinos.

»Dieser Film erfasst nicht das Ethos, die politisch-moralische Kraft der Partei der Arbeiterklasse und die Idee des Sozialismus«, begründete ›Neues Deutschland‹ dieses Vorgehen. »Der Film bringt Szenen auf die Leinwand, die bei den Zuschauern mit Recht Empörung auslösten.« Dabei gab es in der real existierenden DDR offiziell gar keine Zensur, trotzdem fand man andere Mittel, sich einer unliebsamen Meinung zu entledigen.

Wie weit würden die Mächtigen in der Bundesrepublik gehen, überlege ich, um eine unangenehme Stimme zum Schweigen zu bringen oder einen unangenehmen Film vor dem Kinostart in der Versenkung verschwinden zu lassen?

Ich merke, dass ich Denkbereiche betrete, in denen ich mich lieber nicht bewegen möchte. Wir leben schließlich in einem Rechtsstaat.

Ich rühre den Löffel mitten durch das Milchschaumherz und will gerade die Tasse zum Mund führen, als mein Handy klingelt.

»Claudia Kurbjuweit«, meldet sich die Agentin, als ich das Gespräch entgegennehme. »Ich habe Frau Giese erreicht. Es passt ihr sogar viel besser, das Gespräch mit Ihnen heute schon zu führen. Frau Giese fährt jetzt im Studio Hamburg los. Wo befinden Sie sich gerade?«

»Im ›Aurel‹ am Alma-Wartenberg-Platz in Altona.«

»Das ist gut! Bleiben Sie genau da! Frau Giese wird in Kürze dort eintreffen.«

Ich bestelle einen zweiten Cappuccino, beobachte die Obdachlosen, die ihren Biernachschub aus dem »Penny« nebenan beziehen, und verteidige den zweiten freien Stuhl am Tisch, bis Petra Giese aus dem vorbeieilenden Menschenstrom heraustritt und darauf Platz nimmt. Auf den ersten Blick hätte ich sie fast nicht erkannt, denn die blonden Haare sind jetzt schwarz. Ihr charakteristisches Lächeln, ihr breiter Mund, die dünnen Lippen und die hohen Wangenknochen, die ihr eine geheimnisvolle Strenge geben, haben allerdings einen hohen Wiedererkennungswert.

»Frau Giese, ich danke Ihnen, dass Sie unser Gespräch so problemlos umdisponiert haben«, sage ich mit herzlichem Unterton und ordere bei der Bedienung per Handzeichen einen zusätzlichen Cappuccino mit Schokoherz.

»Ich mache alles, damit der Tod von Detlev und dem Autor aufgeklärt werden kann«, entgegnet Giese und versucht, sich möglichst unauffällig ihre glänzenden Augen zu wischen. »Wie kann ich Ihnen helfen, Herr Swensen?«

»Eine große Hilfe wäre schon, wenn ich etwas über Ihre Rolle in Rehmkes Film erfahren könnte.«

»Das ist … eigentlich dürfte ich ja darüber nicht sprechen«, sagt Petra Giese verhalten, während sie sich über die Handflächen reibt und die Bedienung den Cappuccino vor ihr abstellt. »Aber was soll's. Wer weiß denn überhaupt, ob dieser Film je in die Kinos kommt, und wenn doch, dann bestimmt nicht in der Originalfassung.«

»Das steht also bereits zur Disposition? Das ist ja schneller, als die Polizei erlaubt«, scherzte ich, bemerke aber im selben Moment, dass es unpassend ist.

»Nach dem Tod von Detlev gab es eine Besprechung mit der Produktionsfirma, bei der auch Wilkenloh anwesend war«, berichtet Giese, ohne auf meine unpassenden Worte einzugehen. »Da wurde von der angespannten Finanzierungslage gesprochen. Dass es jetzt nicht mehr vorrangig um die Message des Films gehen könne, sondern dass die Prognose der Einspielergebnisse mit herangezogen werden muss. Für mich hörte sich das alles nur nach Wischiwaschi an. Am Ende bleibt, so befürchte ich, nur noch ein Skelett dieses Films übrig.«

»Was meinen Sie damit?«

»Dass es nicht sicher ist, ob die Szenen, in denen ich aufgetreten bin, überhaupt im Film sein werden, und ob der Vertrag, den ich in den Händen habe, nicht bereits Makulatur ist.«

»Und dann haben Sie noch Skrupel, sich nicht mehr an die Schweigepflicht zu halten, die die Produktion Ihnen abverlangt«, interveniere ich, obwohl es kein feiner Zug von mir ist.

Petra Giese schneidet eine Grimasse, zieht an ihrer Unterlippe und sagt dann abrupt: »Da haben Sie wohl recht. Ich bin immer noch so verdammt loyal, selbst wenn die anderen ihre Loyalität bereits über Bord geworfen haben.«

Ich schaue sie, nicht ohne Eigennutz, aufmunternd an.

»Ich kann mir allerdings nicht vorstellen, dass meine kleine Nebenrolle Ihnen irgendwelche großartigen Erkenntnisse bringen wird.«

»Das sollte Sie erst mal nicht interessieren.«

»Also gut, diese Figur Lutze, die von Weiss gespielt wurde, singt mit einer gewissen Marga Obermayr, die mein Part war, im Kirchenchor. Die Frau ist bei dem Flaschenwurf auf der Straße dabei. Ich weiß nur, dass Weiss die Rolle so anlegen sollte, dass er die Obermayr nicht besonders gut leiden kann. Und ich sollte sie so spielen, dass sie gegenüber Lutze übergriffig wirkt.«

»Warum hat die Figur diesen Charakterzug?«

»Keine Ahnung. Es gab gerade um die Figur Obermayr eine mächtige Geheimnistuerei. Dazu habe ich bis zum jetzigen Zeitpunkt nichts Konkretes erfahren. Rehmke sagte mir, er würde es mir erst sagen, wenn er die letzten Szenen mit mir dreht. Das ist alles, was ich Ihnen sagen kann.«

»Lutze ist ja eine reale Person. Ist das bei der Figur Obermayr auch so, gibt es diese Frau auch in Wirklichkeit?«

»Ich habe das immer angenommen. Aber wie gesagt, es gab von Seiten der Produktion keine konkrete Aussage in die Richtung.«

Die Schauspielerin blickt mit zusammengezogenen Augenbrauen auf die Armbanduhr.

»Ich denke, wir sind fertig«, sage ich. »Nochmals vielen Dank, das Gespräch hat mir wahrscheinlich weitergeholfen.«

Petra Giese verabschiedet sich knapp und ich zahle. Auch wenn das Gespräch mit ihr nichts Handfestes zutage gefördert hat, so ist immerhin meine Neugierde auf Marga Obermayr geweckt worden. Den Rest des Abends schlendere ich ohne Ziel durch Altona, gönne mir ein Eis beim Italiener, gehe in einem portugiesischen Restaurant Tapas essen und mache mich auf den Heimweg ins Hotel.

Die Tapeten in meinem Zimmer wirken auf mich nicht

unbedingt beruhigend, Blumenornamentik, dazu große dunkelrosa Farbflächen; trotzdem schlafe ich gut, erwache, für mich eher ungewöhnlich, erst weit nach 8.00 Uhr. Ich dusche in aller Ruhe, kleide mich an und gehe zum Frühstücksbuffet ins Erdgeschoss. Es ist zwar üppig, aber nicht herausragend. Kaum habe ich das Rührei und die Brötchen verzehrt und den Kaffee getrunken, klingelt mein Handy und Murat Hassanzadeh meldet sich. Er sagt, er könne eine halbe Stunde früher vor Ort sein und ob mir das recht wäre? Gerne, versichere ich, besser, als zwei Stunden untätig im Hotel rumsitzen zu müssen.

Im Foyer nehme ich eine Zeitschrift, blättere gelangweilt darin und beschließe, lieber einen kurzen Rundgang durch die kleinen Straßen des nahen Umfelds zu machen. Ich komme allerdings nur bis zur nächsten Ecke, da wird mein Tatendrang wieder ausgebremst. Rush Hour, die morgendliche Blechlawine rutscht im Stop-and-go durch die Bahrenfelder Chaussee. Die Gesichter hinter den Lenkrädern wirken früh am Morgen so gerädert, als hätten sie bereits einen Acht-Stunden-Arbeitstag hinter sich.

Es gibt Momente, da befindet sich ein Kriminalkommissar gegenüber dem Rest der Werktätigen kurzzeitig im Vorteil, stelle ich mitfühlend fest. Etwas abseits vom Trubel finde ich einen leeren Kinderspielplatz, setze mich auf eine Bank und meditiere mit Blick in den blauen Himmel. Auf meine innere Uhr kann ich mich verlassen. Rechtzeitig, eine Viertelstunde vor der Verabredung, kehre ich vom Jetzt ins Hier zurück. Murat Hassanzadeh, der wie bei unserem letzten Treffen mit einer knallbunten Seidenkrawatte und einem adretten Anzug bekleidet ist, wartet bereits neben der Haustür des renovierungsbedürftigen Häuserblocks, in dem sich Wilkenlohs Wohnung befindet. Wir begrüßen uns kurz, aber herzlich, mit Handschlag und steigen im Treppenhaus in den dritten Stock hinauf. Die Tür ist versiegelt.

»Die Spurensicherung hat sich die Räume gestern vorgenommen«, sagt der iranstämmige Beamte und durchtrennt das Siegel mit einem Taschenmesser. »Eure Bitte, möglichst alles zu belassen, wie sie es vorfinden, haben sie sicherlich berücksichtigt.«

Zum Öffnen benutzt der Kollege einen Dietrich.

»Wir haben in der Eile noch keinen Schlüssel auftreiben können«, klärt er mich auf, nachdem er meinen Blick bemerkt hat und fügt mit stoischem Gesichtsausdruck hinzu: »Wir sind in der Großstadt, da geht es nicht so zimperlich zu, aber das weißt du doch.«

Hassanzadeh drückt die Wohnungstür auf. Ein chaotisches Durcheinander offenbart sich meinem Blick.

»So habt ihr das vorgefunden?«, platzt es aus mir heraus.

»Aber sicher, da waren andere vor uns da und haben gründliche Arbeit geleistet. Die müssen nach etwas gesucht haben. Ob sie es gefunden haben, lässt sich schwer feststellen.«

Wir betreten die Räume. Es ist eine kleine Zweizimmerwohnung mit einem Flur und einem Bad. Im ersten Raum gibt es ein Waschbecken und eine Kochgelegenheit. Die meisten Wände haben Regale, auf denen mal die Bücher, Hefte, Zeitschriften, beschriebenen Zettel und Aktenordner gestanden und gelegen haben, die jetzt, zerfleddert und durchwühlt, auf dem Boden verstreut herumliegen. Ich überlege mir jeden Schritt, lasse meine Augen über den Schreibtisch gleiten, auf dem nur noch zwei verwaiste Bildschirme stehen. Die losen Kabel, die sich darunter wie geköpfte Schlangen verknäuelt haben, deuten darauf hin, dass der dazugehörige Computer entwendet wurde. Meine ganze Konzentration ist einzig darauf gerichtet, das Manuskript zu finden, von dem Wilkenloh auf dem Anrufbeantworter gesprochen hat. Ich trete übervorsichtig über die Papier- und Bücherhügel, als könnte ich dahinter wie in dem grauen Schlick der Nordsee versinken. Neben einem umgekippten Papierschrank mit herausgerissenen Schubkästen entdecke ich einige verleimte Copyshop-Einbände mit Hardcover Umschlag, die mich an meine Studienarbeiten an der Uni erinnern. Das könnten die gesuchten Manuskripte sein, überlege ich und hebe einen Band vom Boden auf. Ich fühle mich in meiner Einschätzung bestätigt, als ich den Namen des Autors und den Titel »Eidernebel« auf dem grauen Deckblatt lese, der wie ein Kriminalroman klingt. Ich lege das gebundene Manuskript zurück auf den Boden, hebe andere hoch und lege sie wieder zurück, bis ich den Einband mit dem Titel »Feuermal« in den Händen halte. Wilkenlohs Plan scheint aufgegangen zu sein. Die Personen, die hier wahrscheinlich nach dem Drehbuch gesucht haben, haben sich für die alten Manuskripte des Autors nicht interessiert.

Gut für mich, stelle ich triumphierend fest und blättere mich durch die Seitenzahlen. Die Geschichte mit dem Kettenkarussell befindet sich tatsächlich auf Seite 278 und in dem Abschnitt sind querbeet Buchstaben mit einem roten Stift unterstrichen worden.

»Ich habe das gefunden, weswegen ich hergekommen bin«, rufe ich Hassanzadeh zu und halte das aufgeschlagene Manuskript demonstrativ in die Höhe. In dem Moment fällt ein Blatt Papier heraus und wirbelt radschlagend wie ein schlecht gefaltetes Papierflugzeug zu Boden. Ich kann es mit einem reflexartigen Griff noch in der Luft abfangen. Es steht ein handgeschriebener Text darauf, in kurzen Zeilen untereinandergereiht. Ein Gedicht, offensichtlich von Wilkenloh verfasst. Als ich die Worte lese, durchfährt mich ein seltsamer Schauer, mein ganzes Tun und Wollen fällt plötzlich von mir ab. Ich finde mich in einem körperlosen Raum wieder, in dem es nur um mich geht. Etwas spricht mich aus dem Außen an und gleichzeitig ist es, als wäre es meine eigene Stimme, die zu mir spricht:

Ich bin meiner selbst
das Licht und alles Dunkle
Du bist deiner selbst
berührst du mich
berührst du deinen Schatten
So fließt alles
verknüpft im Netz der Welt
Freude mit Freude
Träne mit Träne
Gedanke mit Gedanke
Ein Sandkorn sind wir
gestützt von einem Sandkorn
verweht in wilder Gleichheit
belebt vom Sinn
jeglicher Bindung in uns selbst.

»Ist bei dir alles in Ordnung?« Die Stimme des Hamburger Kollegen kommt aus einer anderen Welt. Das Ich von Jan Swensen ist wieder zu spüren und ich lege den Zettel mit dem Gedicht zurück zwischen die Seiten des Einbands.

»Das ist ein Manuskript vom Kriminalroman ›Feuermal‹«, erkläre ich Hassanzadeh. »Es ist sehr wichtig für unsere Ermittlungen. Deswegen würde ich es gerne mitnehmen.«

»Ich denke, das wird in Ordnung gehen«, sagt Hassanzadeh, ohne zu zögern. »Du musst nur auf dem Kommissariat die nötigen Papiere unterschreiben.«

Als wir die Wohnung verlassen, bringt der Kollege ein neues Siegel an. In der Nebenstraße parkt sein Dienstwagen. Wir steigen ein und fahren ins Kommissariat, wo ich die erforderliche Unterschrift leiste und mit Wilkenlohs Geheimcode von dannen ziehen kann. Auf der Stresemannstraße nehme ich ein Taxi und lasse mich in mein Hotel zurückbringen, setze mich in meinem Zimmer an den Schreibtisch und schlage die bewusste Seite auf. Während ich die unterstrichenen Buchstaben auf einem Schreibblock notiere, spüre ich ein Kribbeln in der Magengegend. Vor meinen Augen setzen sich aus den Buchstaben Wörter zusammen: Sparkasse, Hamburg und der Name einer Straße, in der sich vermutlich das fragliche Geldinstitut befindet. Mich ergreift Jagdfieber, ich frage an der Rezeption nach der Straße und bekomme die Auskunft, dass sie parallel zum Hoteleingang verläuft.

Ich mache mich auf den Weg, stehe keine fünf Minuten Fußmarsch später vor dem Kundenschalter, hinter dem die Mitarbeiterin mein abnormes Anliegen mit argwöhnischem Blick entgegennimmt. Der Filialleiter wird dazugerufen. Ich zeige meinen Dienstausweis, dann den richterlichen Bescheid, den Rebinger vorsorglich ausgestellt hat, und werde zum Schließfach 278 begleitet. Der Filialleiter steckt theatralisch den Schlüssel ins Schloss, dreht und die kleine Stahltür lässt sich öffnen. Der einzige Inhalt ist das erwartete Manuskript. Auf dem Deckblatt steht unter dem Namen des Autors der Titel: »Teufelsintervall«.

Vielleicht das letzte Exemplar, das noch existiert, wird mir bewusst und ich quittiere dem Filialleiter die Übergabe. Zurück im Hotel, setze ich mich in meinem Zimmer in einen Sessel, schlage das Manuskript auf und beginne zu lesen. Es beginnt mit dem Abend, an dem Gert Lutze zu Tode kommt. Ich versinke in der Geschichte, nehme nichts anderes mehr wahr. Irgendwann endet der Tag im Dämmerlicht, sodass ich die Buchstaben kaum noch erkennen kann und die Beleuchtung anschalte. Ich habe mein Zeitgefühl verloren, Minuten und Stunden fließen dahin, doch je länger ich mich in die Geschichte vertiefe, umso verwirrender und unüberschaubarer wird sie. Menschliche Schicksale werden beschrieben, die in die Machtpolitik mächtiger Männer und Frauen verstrickt sind. Der unscheinbare Todesfall Lutze eröffnet im Verlauf des Drehbuchs einen Handlungsraum, in dem sich Wege von Menschen kreuzen, die eigentlich nichts miteinander zu tun haben, aber trotzdem Teil eines größeren Zusammenhangs sind. Es geht um Geheimdiensttätigkeiten in den Vereinigten Staaten von Amerika und in Deutschland. Mit Wissen der Verantwortlichen im Kanzleramt fällen Sicherheitskräfte Entscheidungen, in deren Folge ahnungslose Menschen zu Schaden kommen. Und ich begreife, dass sich alles letztendlich um den »Husumer Taliban« dreht, der sich noch in Guantánamo befinden soll.

Es muss weit nach Mitternacht gewesen sein, als mir die Augen zugefallen sind, denn ich erwache am Morgen, vollständig bekleidet, auf dem Sessel, auf dem ich beim Lesen gesessen habe. Mein Nacken ist verspannt, auf beiden Seiten der Stirn spüre ich einen Kopfdruck. Nur mit Mühe komme ich auf die Beine. Gedankenfetzen treiben durch meinen Kopf. Die Worte der Mächtigen bekommen einen bitteren Beigeschmack, Worte wie die, die einst Richard Nixon am Vorabend eines Treffens mit dem russischen Parteichef Leonid Breschnew gesagt haben soll, nachdem die Bombardierung Hanois bereits befohlen war und der amerikanische Präsident es damit begründete: »Wenn wir es zulassen würden, dass Nordvietnam Südvietnam erobert, wird man in Moskau der Meinung sein, dass die Vereinigten Staaten keinen Willen haben, ihre Interessen zu vertreten, und deshalb auch keine würdigen Gesprächspartner sind.«

Über 30 Jahre ist der Vietnamkrieg her, stelle ich fest, und das Gesagte ist immer noch so aktuell, um die ewige Geschichte von Ursache und Wirkung zu bestätigen, dass aus den heutigen Gedanken und Handlungen einzelner Menschen unsere künftige Realität hervorgeht, in der neue Macht und Ohnmacht entsteht, wie sie Wilkenloh in seinem Manuskript beschreibt, durch Menschen, die sich dem Ego verschrieben haben und die soziale Beziehungen offensichtlich nicht als ebenbürtig empfinden.

Mir schwindelt und ich schleiche ins Bad, um meinen Kopf wieder frei zu bekommen. Das Wasser malträtiert meine Haut, als wollte es mir die Lethargie vom Körper schrubben. Die Ursache von Terrorismus ist viel älter, als ich angenommen habe. Und auch ich bin ein Teil davon. Ich reibe mich mit dem Handtuch trocken, während die Frau, die mit Lutze zur Chorprobe gegangen ist, mir erneut Rätsel aufgibt. Was hat Wilkenloh sich dabei gedacht, sie in die Geschichte einzubringen? Ursache und Wirkung? Könnte sie ein Teil der Ursache sein? Ihr Name taucht im Rest des Drehbuchs nicht mehr auf. Dafür erscheint eine unbekannte Frau, die für den Bundesnachrichtendienst arbeitet, fast am Ende in der Handlung und versucht, einen Mitarbeiter für einen operativen Einsatz anzuheuern. Und dann sind da noch die beiden Kumpel von Lutze, Johannes Müller und Uwe Reuter, von denen zumindest einer mit ihm zusammen den »Husumer Taliban« in Kandahar verprügelt hat. Existieren sie wirklich? Und wenn ja, wie könnte ich sie finden?

*

»Wir haben hier das Opfer Wilkenloh!«, sagt Hauptkommissar Jean-Claude Colditz und tippt mit dem Zeigefinger auf das Foto des Autors an der Pinnwand. Ich bin irritiert, dass er im Raum niemanden ansieht, als wolle er zwischen sich und den anderen eine Distanz schaffen. Ist das jetzt Einbildung, frage ich mich, oder stimmt mein Eindruck? Die Tatsache, dass im Fall Wilkenloh alles für einen Mord spricht, hat die Mordkommission von Flensburg auf den Plan gebracht, Polizeirat Püchel hat jetzt doch das K1-Team der Flensburger Kriminalpolizei angefordert. Das hat dazu geführt, dass auch der Todesfall Rehmke, bereits zu den Akten gelegt, erneut ins Blickfeld geraten ist. Keine angenehme Ausgangsposition für Colditz, der jetzt die Verantwortung für die Ermittlungen hat.

»Wilkenloh war 58 Jahre«, fährt Colditz mit gleichbleibender Distanz fort. »Er ist als Kriminalautor bekannt. Was mir zu denken gibt, ist der bestehende Bezug zwischen Wilkenloh und dem Regisseur Rehmke. Wilkenloh hat ein Drehbuch für Rehmke verfasst, und bei den Dreharbeiten zu dem Film stirbt der durch eine Überdosis Heroin. Sein Tod gilt als ein Unfall, aber wir kommen unter diesen Umständen nicht umhin, uns das noch mal genau anzusehen. Die Parallelen in beiden Fällen sind zutiefst merkwürdig, zwingen uns förmlich, sie in unserer Ermittlung im Fall Wilkenloh nicht außer Acht zu lassen. Haben wir es bei Rehmke vielleicht doch mit einem Mord zu tun? Oder haben wir es in beiden Fällen, auch wenn es unwahrscheinlich wirkt, mit Unfällen zu tun? Denn auch im Fall Wilkenloh spricht nicht unbedingt alles für Mord, die Indizien sind, genauso wie bei Rehmke, nicht eindeutig.«

Kann ich meinen Ohren trauen, frage ich mich, oder hört sich das unterschwellig so an, als möchte die Leitung der Flensburger K1 auch den Fall Wilkenloh möglichst schnell vom Tisch haben? Ich bin mit diesen Gedanken anscheinend nicht allein, wenn ich auf die verdutzten Gesichter meiner Husumer Kollegen schaue, besonders auf das von Stephan Mielke. Wir Husumer waren die ganze Zeit über wie selbstverständlich von einem Mord ausgegangen.

»Ich nehme das als eine persönliche Einschätzung, Jean-Claude!«, platzt es auch schon abrupt aus Mielke heraus. »Du bist mit der Materie anscheinend noch nicht vertraut. Ich habe die Leiche leibhaftig am Tatort liegen gesehen. So etwas Verrücktes habe ich als Polizeibeamter noch nie zuvor gesehen. Wenn das kein Mord gewesen ist, fresse ich einen Besen mit Stiel!«

Ich bin froh, dass ich heute ausnahmsweise mal nicht den Part des Skeptikers übernehmen muss, und warte, innerlich gelassen, Colditz' Antwort ab.

»Dass dem Mann von außen Gewalt angetan wurde, ist natürlich unbestritten. Aber was wirklich passiert ist, konnten selbst zwei gestandene Gerichtsmediziner nicht einwandfrei klären«, rechtfertigt der sich. »Die Unterblutungen an Kinn, Hals und Kopf sind alle nur oberflächlich. Aber was bedeuten sie? Ob es sich bei der violetten Verfärbung um eine Strangfurche handelt, wurde von einem der Obduzenten als nicht sicher eingestuft. Und wenn es doch eine Strangulation war, könnte Wilkenloh sie sich vielleicht vorher selbst zugefügt haben. Es wurden Urinreste im Schrittbereich der Hose festgestellt, der Tote hat offensichtlich Wasser gelassen. Es gibt Hautrötungen am

Körper. Außerdem war schon ein organischer Herzschaden vorhanden. Das heißt, der Tod könnte auch ein Herz-Kreislauf-Versagen sein. Dagegen spricht, dass der Herzschaden medizinisch nicht so gravierend daherkommt, ein natürlicher Tod also bezweifelt werden kann. Die chemisch-toxikologische Untersuchung konnte keine Vergiftung feststellen. Deshalb kann ein Fremdverschulden nicht eindeutig geklärt werden. Wenn ihr mich fragt, ist der Bericht eine gerichtsmedizinische Achterbahnfahrt. Ehrlich gesagt, ich weiß am Ende nicht, woran ich bin.«

Colditz atmet tief durch, als hätte er sich gerade verausgabt, und ich werde das dumme Gefühl nicht los, dass ihm das offene Ergebnis in irgendeiner Weise in den Kram passt.

Möchte er den Fall wirklich möglichst schnell zu den Akten legen? Und wenn ja, warum?

Stephan, der mir einen kurzen, hilfesuchenden Blick zuwirft, scheint ähnliche Befürchtungen zu haben.

»Ich stand direkt daneben, als Doc Lade am Tatort zu Jan gesagt hat, dass die verkrampfte Körperhaltung der Leiche nach einer Vergiftung aussieht.«

Colditz zuckt mit den Achseln und blockt ab: »Die Gerichtsmediziner haben aber nichts gefunden.«

»Gifte gehören nicht gerade zum Alltag eines Gerichtsmediziners«, interveniert Mielke schroff und zieht bedeutungsvoll eine Augenbraue hoch. »Arafats Tod ist zum Beispiel bis heute unklar geblieben, obwohl es von Anfang an die Vermutung gab, dass er mit Polonium vergiftet wurde. Wenn nicht gezielt nach einem Gift gesucht wird, findet man es auch nicht, es sei denn, es handelt sich um Vergiftungen mit Schwermetallen wie Blei, Quecksilber, Arsen und Thallium, die bis in alle Zeiten in den Haaren und Knochen nachgewiesen werden können.«

»Wenn ich Stephan so reden höre, könnte ich glatt auf den Gedanken kommen, er wäre nebenbei Giftmörder«, wirft Silvia spitz ein und erntet einen kalten, missbilligenden Blick von Colditz.

»Du solltest lieber weniger Gift verspritzen«, kontert Mielke, »sondern dich vorab schlau machen, wenn es in einem Fall um Giftmord gehen könnte, Kollegin Haman.«

»Können diese albernen Rangeleien bitte unterbleiben, sonst könnt ihr mich mal richtig giftig erleben!«, bellt Colditz dazwischen. Beklemmende Stille tritt ein, keiner möchte in der angespannten Stimmung fortfahren.

»Ich möchte Stephan in der Sache zur Seite springen«, melde ich mich zu Wort. »Während meiner Ermittlungen zum Fall Rehmke und Wilkenloh ist immer wieder das Wort ›Verschwörung‹ gefallen. Wilkenloh selbst wurde vor seinem Tod von einer Frau beschattet, hat er mir mitgeteilt, die seiner Meinung nach vom Geheimdienst war. An der Pinnwand hängt das Phantombild dieser Frau, das wir mit Wilkenlohs Hilfe angefertigt haben. In dem Zusammenhang sollte noch erwähnt werden, gerade Giftmorde sind das Markenzeichen von Geheimdiensten.«

»Das kann ich nur bekräftigen«, meldet sich Mielke zu Wort. »Es gab einen bulgarischen Emigranten, der vermutlich vom bulgarischen Geheimdienst in London ermordet wurde. Soweit ich mich erinnere, hieß der Mann Markow. Dieser Markow wurde von einer Kugel getroffen, die Rizin enthielt, ein Protein aus den Samen der Rizinuspflanze. Abgefeuert wurde die Kugel aus einer Gaspistole, die in einem Schirm versteckt war. Rizin ist übrigens doppelt so giftig wie das Gift einer Kobra.«

»Hat sonst noch jemand eine Schauergeschichte auf Lager?«, stichelt Haman.

»Manchmal kann es gut sein, über den Tellerrand zu gucken«, sage ich in Richtung der Kollegin. »Zumindest sollten wir engstirnige und regionale Ermittlungsmethoden auf den Prüfstand stellen, wenn wir in unseren beiden Fällen endlich weiterkommen wollen. Warum nicht in Betracht ziehen, dass irgendein Geheimdienst auch bei uns in Husum mitmischen könnte. Und wenn das so ist, wäre es nicht verwunderlich wenn unerwartete Substanzen eingesetzt werden, die nur schwer zu identifizieren sind. Ich bin deshalb dafür, zumindest bei der Leiche von Wilkenloh eine weitere Obduktion speziell von einem Forensischen Toxikologen vornehmen zu lassen.«

»Wenn die Menschen etwas nicht verstehen, muss nicht immer gleich eine Verschwörung passieren«, ruft Jacobsen dazwischen. »An welchen Geheimdienst denkst du denn? Etwa an die Stasi? Die DDR ist Schnee von gestern. Aber wie ich meinen Kollegen einschätze, denkt Jan bestimmt an den amerikanischen Geheimdienst. Fragt sich nur, welches Interesse der an einem kleinen deutschen Filmchen haben sollte.«

»Und was haltet ihr von etwas so Simplem wie dem BND?«, werfe ich, Jacobsen ignorierend, in die Runde. »Ich habe mittlerweile das Drehbuch von Rehmkes Film gelesen. In seinem Film wird unter anderem die Geschichte des ›Husumer Taliban‹ aufgerollt. Wie und warum er nach Guantánamo verschleppt wurde, obwohl er unschuldig ist, war auch im Kanzleramt bekannt.«

»Ach nee, jetzt soll sogar die Kanzlerin für deine Verschwörungstheorie herhalten? Das glaubst du doch selbst nicht, Jan«, stöhnt Jacobsen auf und tippt sich mit theatralischer Geste an die Stirn.

»Merkel ist erst letztes Jahr an die Macht gekommen. Es

geht um ihren Vorgänger Schröder und sein Sprachrohr Frank-Walter Steinmeier.«

»Und du willst uns allen jetzt weismachen, der kleine Film von Rehmke hat geheime Zusammenkünfte im Kanzleramt stattfinden lassen?«, sagt Colditz mit einer abfälligen Handbewegung.

»*Ihr* seid es, die ununterbrochen von Verschwörung redet!«, wehre ich mich. »Ich wiederhole einzig den Inhalt des Films. Darin wird übrigens auch der Todesfall Lutze behandelt, der als Unfall von unserer Inspektion zu den Akten gelegt wurde.«

»Kannst du mich aufklären?«, fragt Colditz.

»Kann ich! Ein gewisser Lutze ist vor einigen Jahren am Husumer Dockkoog in der Nordsee ertrunken.«

»Und warum erwähnst du das jetzt?«

»Weil Rehmke gerade diese Todesszene an den Anfang seines Films stellt, und weil dieser Lutze ein KSK-Kämpfer war, der den ›Husumer Taliban‹ im US-Gefangenenlager in Kandahar getroffen hat und ihn gemeinsam mit einem Kameraden verprügelt haben soll.«

»So steht es im Drehbuch, nehme ich an! Und Papier ist geduldig!«, stellt Colditz fest und verdreht die Augen. »Du redest hier von einer erdachten Geschichte und nicht über etwas, was wirklich passiert ist!«

»Rehmke und Wilkenloh haben das offensichtlich anders gesehen, zumindest sind der ›Husumer Taliban‹ und Lutze in diesem Drehbuch keine fiktiven Figuren«, verteidige ich mich mit scharfer Stimme.

»Das Ganze klingt so weit hergeholt, dass ich nicht weiß, wie es uns bei den anstehenden Ermittlungen weiterhelfen kann«, knurrt Colditz missmutig und ich sehe, wie er seine Augen schließt und es in seinem Gehirn zu rattern beginnt. »Okay, okay«, sagt er dann, nachdem er stumm nachgedacht hat. »Ich werde den Vorschlag von Jan aufgreifen und die Leiche von Wilkenloh noch einmal von einem Toxikologen untersuchen lassen. Außerdem brauchen wir mehr Informationen über den Menschen Wilkenloh. Das heißt Klinkenputzen in Hamburg. Befragt alle Leute im nahen Umfeld und in den Läden des Stadtteils, die auch nur ein Wort mit Wilkenloh gewechselt haben. Findet jemanden, der etwas über ihn weiß, was wir noch nicht wissen.«

»Es sollte auch in Richtung Drehbuch ermittelt werden«, werfe ich ein.

»In Richtung Drehbuch?«, fragt Colditz und sieht mich mit großen Augen an. »Kannst du mir das verklickern?«

»Ich möchte die beiden KSK-Kumpel von Lutze aufspüren. Und im Drehbuch gibt es noch andere Personen, mit denen wir sprechen sollten, zum Beispiel mit dem Chorleiter vom Theodor-Storm-Chor, in dem Lutze noch an dem Abend seines Todes gesungen hat.«

»Du bist überzeugt, keiner fixen Idee hinterherzulaufen?«

»Ja! Ich bin mir sicher, dass das Drehbuch dokumentarischen Charakter hat, vieles darin hat anscheinend genauso stattgefunden«, entgegne ich mit fester Stimme. »Wilkenloh hat sich kurz vor seinem Tod mit mir darüber unterhalten. Er meinte, es gäbe Personen im Land, die verhindern wollen, dass dieser Film, zumindest wie beabsichtigt, in die Kinos kommt.«

»Klingt mir zu sehr nach Groschenroman«, sagt Colditz abfällig. »Das wirkt alles künstlich und an den Haaren herbeigezogen. Wenn ich nichts von deinen ungewöhnlichen Fahndungsmethoden wüsste, würde ich jetzt anordnen: Du machst das, was ich sage! Aber weil du Jan Swensen bist, lasse ich dich machen, Jan, auch wenn ein Drehbuch keine Vorlage für polizeiliche Ermittlungsarbeit sein sollte. Es gibt nur eine Bedingung, du ziehst deine Nachforschungen unabhängig vom Team durch. Ich kann keinen weiteren Mann dafür entbehren, habe ich mich klar ausgedrückt?«

»Glasklar, Jean Claude!«, sage ich lakonisch, als hätte ich auf einen Befehl geantwortet. Dann stehe ich auf und verlasse wortlos den Raum, während unter den Kollegen hinter meinem Rücken ein Getuschel einsetzt.

»Ruhe, Leute, Ruhe!«, höre ich noch die Stimme von Colditz, während ich die Tür hinter mir schließe.

*

Anna sieht mir nach, als ich die Haustür öffne und einen kurzen Blick zurückwerfe. Sie bleibt stumm, die Augen schauen stoisch durch mich hindurch, ohne dass sie anklagen. Ihre Vorwürfe, die am gestrigen Abend gefallen waren, nehme ich genauso stoisch mit hinaus. Meine Antworten, die unausgesprochen geblieben sind, schleppe ich mit mir in den wolkenverhangenen Tag. Ein scharfer Wind treibt von der Küste übers Land, pflügt durch meine spärlichen Haare, als wolle er meine Gedanken glätten. In mir schlagen die Wogen hoch. Der gestrige Abend hatte mindestens Windstärke sieben.

Anna wollte von mir endlich einen festen Termin für unsere Hochzeit, den ich ihr nicht geben konnte; aus ihrer Sicht allerdings nicht geben wollte.

»Der Fall Wilkenloh braucht in dieser Phase meine vollste Konzentration«, hatte ich versucht ihr begreiflich zu machen. Anna war bei der Meinung geblieben. Zugegeben, jahrelang war sie ohne Murren bereit gewesen, meine beruflichen Eskapaden zu tolerieren. Aber bei unserem Hochzeitstermin geht ihr jedes Verständnis flöten. Sie erwartet von mir, dass ich ihr gefälligst in diesem Moment den Vorrang vor allem anderen einräume.

Die Hochzeit werde doch mit Sicherheit stattfinden, hatte ich zu intervenieren versucht, und auf einen Tag früher oder später käme es doch wirklich nicht an. Sie wisse genau, ich kann es mit meinem Gewissen nicht vereinbaren, einen ermordeten Menschen wie Wilkenloh einfach im Stich zu lassen. Jedes Opfer hat ein Recht darauf, dass der Täter unter keinen Umständen davonkommen kann.

»Und du bist der Einzige, der dafür zuständig ist?«, hatte sie gefragt.

Ihr Gesichtsausdruck hatte ihre riesige Enttäuschung zu verbergen versucht. Sie war dann ohne ein weiteres Wort zu einem Abendspaziergang aufgebrochen, von dem sie erst so spät zurückgekommen war, dass ich bereits in festem Schlaf lag.

Mit einem Klick springt die Zentralverriegelung meines Polos auf. Ich öffne die Fahrertür und rutsche auf den Sitz. Etwas in mir bedrängt mich, ich sollte umkehren und die Sache aus der Welt schaffen. Aber ich bin bereits eingerastet wie meine Zentralverriegelung, bevor sie entriegelt wurde, starte, zornig auf mich selbst, den Motor und lasse ihn übertrieben laut aufheulen, bevor ich losfahre.

Auf der langen Geraden hinter Simonsberg beginnt es zu nieseln. Die Scheibenwischer kratzen auf meinen Nerven herum. Du hast die alten Dinger immer noch nicht erneuert, denke ich verärgert und reagiere mit einer Gänsehaut auf das penetrante Geräusch. Annas Gesicht schwebt wie ein

Geist vor meinem inneren Auge. Ich verstärke den Druck aufs Gaspedal.

Nein, ich werde nicht umkehren! Das geht nicht, selbst wenn ich dazu bereit wäre, denn ich habe einen Termin mit dem Chorleiter vom Theodor-Storm-Chor und den will ich unbedingt einhalten. In der Ferne stehen die Windräder am Rande der grauen Stadt vor einem grauen Horizont, zeichnen unwirkliche Kreise in die Luft und kommen langsam immer näher, bis sie sich durchs Seitenfenster davonmachen. Die erste Ampel steht auf Rot. Ich bremse, warte, bis es weitergeht, und fahre durch die Poppenburgerstraße an unserer Inspektion vorbei, ohne sie richtig wahrzunehmen. Es geht die Herzog-Adolf-Straße hinauf, die drei Dachbögen des Nissenhauses aktivieren die Nervenimpulse auf meiner Netzhaut, meine Projektionsfläche der äußeren Wirklichkeit, die sich stetig verändert, indem ich mich durch sie hindurchbewege. Ein automatischer Vorgang, der zwar immer da ist, dem ich aber keine Beachtung schenke, denn ich bin innerlich mit etwas ganz anderem beschäftigt. Der Name Marga Obermayr hält meine Gedanken auf Trab. Sie fragen mich unaufhaltsam, warum diese Frau in der Geschichte von Lutze mitspielt. Warum singt sie ausgerechnet in dem Chor, in dem auch er gesungen hat?

Obermayr … Obermayr – bei dem Namen klingelt etwas in mir. Nur was? Woher ist er mir bloß so geläufig, grüble ich und lenke dabei den Wagen, ohne weiter nachzudenken, nach rechts, dann nach links und wieder nach rechts, bis ich vom Kopfsteinpflaster in der Woldsenstraße in meine Bewusstheit zurückgerüttelt werde.

Vor der Nummer 14, einem zweistöckigen Haus mit altem Backsteingiebel, steht ein knallroter VW-Golf. Ich parke ein Stück dahinter, gehe zur Haustür hinüber. Drinnen spielt jemand auf einem Klavier. Ich bleibe auf den Stufen stehen und lausche den Klängen. Es hört sich nach Bach an, ich bin mir dessen aber nicht sicher. Ich verharre, lasse alle Töne durch mich hindurchfließen.

»Weniger ans Leben gebunden, als in einem Augenblick, kann ein Mensch schwerlich sein«, hat ein kluger Mann gesagt. Ich weiß aber, dass es nicht Meister Rinpoche war. Dann, als der letzte Ton verhallt, klingle ich, höre Schritte und die Tür öffnet sich. Ein großer Mann mit kantigem Gesicht und Krähenfüßen um die Augen steht im Türrahmen. Die beiden Leberflecke an der Stirn sehen wie hingewürfelt aus.

»Herr Eberlein?«, frage ich.

Er nickt und fragt zurück: »Sie sind der Mann von der Polizei?«

»Richtig, ich bin Hauptkommissar Swensen«, antwortete ich. »Sie haben gerade Klavier gespielt?«

Er lächelt.

»War das von Bach?«

»Richtig, das ›Prélude‹ aus der ›Englischen Suite Nr. 4‹. Die ›Englischen Suiten‹ sind eigentlich fürs Cembalo geschrieben. Es hebt sich vom Klavier durch den hellen, obertonreichen Klang ab. Aber solch ein Instrument besitze ich leider nicht«, sagt er, während er mit den feingliedrigen Fingern langsam über sein spärliches graues Haar streift.

»Aber darum sind Sie nicht gekommen, oder?«

Er bittet mich herein und bietet mir einen Platz auf dem Sofa im Wohnzimmer an. Das Klavier steht nicht weit entfernt, die losen Notenblätter sind vergilbt.

»Sie haben mir am Telefon gesagt, dass Sie die Leitung des Theodor-Storm-Chors abgegeben haben, dass ein Nachfolger Ihre Aufgabe übernommen hat«, beginne ich das

Gespräch. »Können Sie sich vielleicht noch an Gert Lutze erinnern? Der muss vor drei Jahren bei Ihnen im Chor gewesen sein.«

»Gert Lutze? Selbstverständlich erinnere ich mich an ihn. Er ist nach einem Probeabend in der Nordsee ertrunken. Ein für alle tragischer Unfall. So etwas vergisst man nicht. Sein plötzlicher Tod hat unseren gesamten Chor völlig aus der Fassung gebracht. Wir konnten mehrere Wochen nicht weiterproben, haben nur miteinander darüber geredet. Wissen Sie, dass man Anfang des Jahres hier in Husum einen Film gedreht hat, in dem es um Gert und seinen Tod geht?«

»Ja, das ist mir zu Ohren gekommen, deswegen bin ich hier. Sie haben auch in dem Film mitgespielt, Herr Eberlein, Sie und Ihr Chor?«

»Nur eine winzige Rolle! Ich habe nur einen Chorleiter dargestellt, der den Chor dirigiert.«

»Ich weiß, die Polizei ist im Besitz des Drehbuchs. In einer kurzen Sequenz tritt eine gewisse Marga Obermayr auf«, komme ich auf den Punkt und beobachtete die Mimik von Eberlein. »Erinnern Sie sich auch an diesen Namen?«

»Marga Obermayr! Kontraalt! Ja, ich erinnere mich! Ich hatte manchmal den Eindruck, Gert versuchte ihr irgendwie aus dem Weg zu gehen.«

»Also ist der Name Obermayr kein für die Filmrolle erdachter? Die Frau hieß auch in Wirklichkeit so?«

»Bei uns im Chor gab es eine Marga Obermayr. Wegen ihrer besonderen Stimmlage konnte sie auch den Part eines Tenors übernehmen. Leider hat sie den Chor verlassen, soweit ich mich erinnere, kurz nach dem Unfall von Gert. Sie ist damals wie aus heiterem Himmel verschwunden, ohne ein Wort zu sagen, ist einfach nicht mehr bei den Proben erschienen.«

»Und Sie haben auch nie mehr von ihr gehört?«

»Nein, sie blieb wie vom Erdboden verschluckt.«

»Haben Sie bei den Dreharbeiten verstanden, warum sie als Figur besetzt worden ist? Hatte sie irgendeine ersichtliche Wichtigkeit?«

»Nein, dazu reicht meine Fantasie nicht aus. Ich bin nur ein Hörmensch, kein Bildermensch.«

Ich höre mein Blut pochen. Der Raum um mich herum scheint sich langsam zu drehen. Eine Sinnestäuschung, sage ich mir. Vielleicht liegt es daran, dass meine stete Gedankenblase mir plötzlich völlig leer vorkommt, wie ein Luftballon, aus dem die Luft abgelassen wird. Bis auf die Tatsache, dass Marga Obermayr wirklich eine lebende Person ist, bin ich nicht viel klüger als vor dem Gespräch.

Pech!

Das Wort steht einen Moment scharf umrissen in meinem Kopf, bevor die ewige Blase sich wieder zu füllen beginnt. »Das Unglück ist eine Geschichte, das Glück eine Allegorie«, kommt mir in den Sinn und ich erinnere mich, dass ich den Satz vor langer Zeit bei Tolstoi gelesen habe.

Was war noch mal eine Allegorie? Stand der Begriff nicht für eine Form indirekter Aussage, für die es eine Art Gedankensprung braucht, um ihren Sinn zu entschlüsseln? So einen Gedankensprung bräuchte ich jetzt für diese Marga Obermayr!

Jens Eberlein sieht mich mit großen Augen an. »Ist Ihnen nicht gut?«, fragt er mit einem sanften Mitgefühl in seiner Stimme.

»Nein … nein!«, entgegne ich, indem ich mich blitzschnell innerlich sortiere. »Vielen Dank, dass Sie mir Ihre Zeit geopfert haben.«

Ich gebe Eberlein zum Abschied die Hand, drehe mich

um, um zu gehen, und im selben Augenblick weiß ich wieder, woher ich den Namen Obermayr kenne. Er gehört nicht zu einer Frau, sondern zu einem Mann. Oberst Gustav Obermayr, Bundesnachrichtendienst, Abteilung 3, Auswertung von brisanten Fakten. Kurz nach der Sache in New York hatte eine Gruppe Al-Qaida-Islamisten einen Anschlag auf ein israelisches U-Boot in Kiel geplant. Damals war der Oberst Obermayr für kurze Zeit als Berater bei der Ermittlung in unserer SOKO gewesen.*

In dem Moment, als ich den Gedanken schon als erledigt einstufen will, fällt mir das Phantombild wieder ein. Ich greife in meine Brusttasche, ziehe die Zeichnung der Frau heraus und falte es auseinander.

»Herr Eberlein, haben Sie diese Person schon mal gesehen?«, frage ich und halte ihm das Gesicht entgegen.

»Sie wollten mich in die Irre führen?«, fragt der ehemalige Chorleiter pikiert.

»Nein, warum sollte ich?«

»Weil Sie mich über Marga ausfragen, obwohl Sie die ganze Zeit ein Bild von ihr in der Jackentasche herumtragen.«

»Das ist Marga Obermayr?«

»Wer sonst. Natürlich ist die Frau auf dem Bild Marga Obermayr.«

Erst als ich wieder in meinem Polo sitze, begreife ich so richtig, dass das, was gerade bei Eberlein passiert ist, einer dieser nebulösen Gedankensprünge gewesen sein muss. Meine Intuition hat mich an ein Ziel gebracht, das vorher gar nicht in meinem Blickfeld gewesen war. Marga Obermayr ist die ominöse Frau, die Wilkenloh vor seinem Tod beschattet hat.

* Wimmer Wilkenloh, Feuermal

Vielleicht arbeitet sie sogar auch für den Bundesnachrichtendienst? Vom Alter her ist es zwar unwahrscheinlich, dass sie die Frau von dem Oberst ist. Doch sie könnte seine Tochter sein. Warum eigentlich nicht? Der Papa könnte seine Stellung innerhalb des BND dazu benutzt haben, um der Tochter eine einträgliche Laufbahn beim Nachrichtendienst zu sichern. Seilschaften gibt es schließlich überall!

Der Gedanke hat Hand und Fuß, lobe ich mich selbst und gleichzeitig kommen mir Zweifel, denn die Idee hat einen gravierenden Haken. Was hat Marga Obermayr mit Lutze zu tun? Wieso hat sie vor drei Jahren mit ihm im Chor gesungen? Ein Zufall? Nein, das kann ich mir nicht vorstellen! Irgendetwas an der Sache ist noch nicht richtig zu Ende gedacht.

Doch der nächste Gedankensprung, der mir auf die Sprünge helfen könnte, lässt leider auf sich warten. Ich starte den Wagen und fahre die kurze Strecke zurück zur Polizeiinspektion. In meinem Büro angekommen, fühle ich mich trotz der bestehenden Ungereimtheiten mit mir im Reinen, frei und voller Tatendrang. Der innere Druck, der in meinem Leben der Gefährte bei jeder Fahndung gewesen war, hat sich in Luft aufgelöst.

Ich scanne das Phantombild und gebe die digitale Version ins polizeiliche Fahndungssystem POLAS/INPOL ein. Es gibt keinen Treffer. Allerdings werde ich bei der simplen Recherche im Internet mit 657 Treffern überschüttet. Doch die namensgleichen Personen haben nichts mit meiner Marga Obermayr zu tun. Selbst nach drei Stunden Suche bleibt die Frau ein unbeschriebenes Blatt; nichts, kein Text, kein Bild, was auch nur annähernd auf sie zutreffen könnte. Keine Person auf den verschiedenen Ämtern, mit denen ich telefoniere, kann mir weiterhelfen oder hat auch nur einen bescheidenen Tipp. Ich beschließe, die Suche für heute loszulassen, und nehme mir die nächste Baustelle vor.

Wo halten sich die beiden Kumpel von Lutze heute auf?

Auf der Website des Heeres finde ich eine Telefonnummer des »Kommandos Spezialkräfte der Graf-Zeppelin-Kaserne« in Calw, habe wenig später Oberstleutnant Behring, den Leiter des Presse- und Informationsstabs, am Apparat und erkläre ihm in militärisch knapper Sprache, dass ich Hauptkommissar Swensen bin, in einem Mordfall ermittle und wissen möchte, ob sich die Soldaten Uwe Reuter und Johannes Müller zur Zeit in Deutschland aufhalten. Beide Personen würden in einem Kriminalfall in Husum für eine wichtige Zeugenaussage benötigt. Am anderen Ende der Leitung bleibt es einen Moment länger stumm, als es nach meinem Gefühl stimmig ist.

»Sie werden verstehen, dass ich Ihnen zu den Personen auf Anhieb nichts sagen kann, dazu müsste ich mich erst schlaumachen.«

»Wie lange würde das dauern?«

»Ich rufe Sie in spätestens einer Stunde wieder an. Und außerdem bräuchte ich dafür eine offizielle schriftliche Vorladung durch einen Staatsanwalt, damit es seinen vorgeschriebenen Weg gehen kann.«

Ich mache mich auf den Weg zur Küchenzeile. Auf dem Flur treffe ich auf Stephan und berichte ihm von den neuesten Fakten im Fall Wilkenloh. Danach fragt er mich flapsig, wie es denn um meine Ehe bestellt sei.

»Es gibt noch immer keinen festen Termin«, muss ich gestehen. An meinem Tonfall scheint er zu merken, dass ich mit der nichtssagenden Antwort bemüht bin, um den heißen Brei herumzuschleichen.

»Na, wird schon noch werden, das Jahr ist ja noch lang«, sagt er provozierend und verschwindet schnell in seinem Büro. Ich kehre mit einer Kanne grünem Tee in das meine zurück und warte auf den Rückruf. Als Oberstleutnant Behling sich nach zwei Stunden noch immer nicht gemeldet hat, wähle ich erneut seine Nummer.

Als wenn ich es nicht geahnt hätte!

Ich trommle wütend mit den Fingern auf die Tischplatte und schaue auf die Uhr an der Wand. 18.23 Uhr. Heute werde ich von dort nichts mehr erfahren, sagt mir meine Intuition, und ich räume den Schreibtisch, um Feierabend zu machen. Doch der Gedanke, jetzt nach Hause zu fahren und mit Anna an dem Punkt weiterzumachen, vor dem ich am Morgen abgehauen bin, verlangsamt meinen Aufbruch spürbar. Ich nehme das Telefon von der Station und tippe ihre Nummer ein.

»Praxis für Psychotherapie, Anna Diete«, meldet sich ihre Stimme.

»Ich bin's, dein künftiger Ehemann.«

»Ist das nicht dieser beleidigte Typ, der heute Morgen mit Ankylostoma aus dem Haus gestürmt ist?«

»Mit was?«

»Mit Ankylostoma, der sogenannten Kieferklemme. Psychologisch würde ich das als unterdrückte Aggression bezeichnen.«

»Meinst du wirklich, man könnte mit einer Therapie noch Abhilfe schaffen?«

»Da bin ich mir bei dir nicht hundertprozentig sicher!«, stichelt Anna mit schnippischer Stimme.

»Ich wüsste da vielleicht eine vielversprechende Kau-Therapie«, lasse ich mich nicht beirren. »Ich kenne da ein hervorragendes Restaurant in Husum, das ›Dante‹. Wenn wir unser obligatorisches Freitagabendessen auf den heutigen Abend vorziehen, finden wir bestimmt genügend Muße, um einen konkreten Termin für unsere Hochzeit festzulegen.«

»Das ist jetzt nicht dein Ernst?«

»Doch!«

»Und was ist plötzlich mit dem unaufschiebbaren Fall Wilkenloh?«

»Gut, dass du mich erinnerst, ich muss nämlich vorher noch bei Staatsanwalt Rebinger vorbei, bevor ich hier loskomme.«

»Jan, du bist unverbesserlich!«

»Das würde ich so nicht sagen, da ist noch Luft nach oben. Wir sehen uns um 19.30 Uhr im ›Dante‹, versprochen.«

*

Es ist schon eine Herausforderung für mich und meine Psyche, in einen ICE einzusteigen und als Einzelreisender in einem Abteil oder im Großraum ohne Fensterplatz mehrere Stunden über Schienen transportiert zu werden. In einem Abteil ist die Anzahl der Menschen zwar begrenzt, dafür zeigt sich meistens das wahre Ich. Irgendwo habe ich gelesen, dass es sechs verschiedene Typen von Reisenden geben soll, die Sabbeltasche, den Dauerfutterer, den Workaholic, die Schnarchnase, den Liebhaber geistiger Getränke und den Stummen. Trotzdem habe ich mich fürs Abteil entschieden und mein erster Eindruck ist, dass es eine gute Wahl war.

Ich habe einen Fensterplatz und nur einen Fahrgast mit mir im Raum, als wir am Hauptbahnhof von Hamburg in Richtung Süden starten. Mein Mitreisender gehört offensichtlich zu den Unscheinbaren, den Stummen. Er hat graue Haare, trägt einen Vollbart, Wanderschuhe und eine dünne Allwetterjacke. Als wäre er auf seinem Sitz festgeklebt, sitzt er bewegungslos, mit beiden Händen auf den Oberschenkeln, und hört versunken auf die leise Musik aus den Kopfhörern auf seinen Ohren. Bach-Kantaten tippe ich. Für mich ist er eine Begleitung der angenehmen Art, die nur kurz meine Aufmerksamkeit in Anspruch nimmt, wenn sein Kopf mal abrupt nach vorn kippt und ich die Bewegung im Spiegel der Scheibe wahrnehmen kann. Mein Blick ist hauptsächlich nach draußen gerichtet; diese fliegende Welt, die, einem schwerelosen Albatros gleich, durch mich hindurchschnellt. Ich komme mir plötzlich vor wie Kommissar Roggenburg in der uralten Fernsehserie »Stahlnetz«, die in den 60ern ein wahrer Straßenfeger gewesen sein soll. Ich habe »Das Haus an der Stör« erst vor ein paar Jahren in einer Wiederholung gesehen. Roggenburg muss in dem Film auf eine Dienstreise von Hamburg nach Bad Tölz gehen, um einen Täter in einem Mordfall zu verhaften, der bereits 17 Jahre zurücklag. Der Schauspieler Rudolf Platte spielte Roggenburg als jemanden, der niemals aufgibt und der ein ungelöstes Verbrechen nicht ertragen konnte. Vielleicht eine Eigenschaft, die wir beide gemeinsam haben, denke ich. Und … ich befinde mich auch gerade auf einer Dienstreise.

Am Freitag vor drei Tagen, einen Tag, nachdem Oberstleutnant Behring mich nicht zurückgerufen hatte, habe ich ihn erneut an den Apparat bekommen. Er entschuldigte sich vielmals, aber meine Anfrage wäre weitaus schwieriger zu beantworten gewesen, als er zunächst angenommen hatte. »Das lag daran«, sagte er mit viel Pathos in der Stimme,

»dass bei uns keine Unterlagen vorhanden sind, welchen Aufenthaltsort Feldwebel Uwe Reuter momentan hat.«

»Wie kann das möglich sein?«, fragte ich.

»Feldwebel Reuter hat vor drei Jahren den Dienst quittiert. Uns ist keine Privatadresse bekannt.«

»Und das gilt sicher auch für die zweite Person, Johannes Müller?«, rutschte es mir missmutig heraus.

»Nein, der ist zurzeit auf Heimaturlaub in Deutschland. Ich konnte aber leider noch nicht mit ihm sprechen, weil er sich zurzeit in der Privatwohnung in Hannover aufhält. Meine Versuche, ihn dort zu erreichen, sind bis jetzt leider fehlgeschlagen. Feldwebel Müller wird in sieben Tagen in der Kaserne zurückerwartet, ist dann aber nur kurz hier, weil ein Einsatz in Afghanistan bevorsteht.«

Ich spüre noch immer physisch, wie in mir alle Alarmglocken geläutet haben, als der Mann seinen Satz beendet hatte. Wenn ich Reuter nicht auftreibe und mir dazu dieser Müller entwischen würde, würde ich der Aufklärung von Wilkenlohs Tod in absehbarer Zeit nicht näher kommen. Und dass es sich dabei um einen Mordfall handelt, steht mittlerweile ohne Zweifel fest.

In Wilkenlohs Körper ist das Gift Cantharidin festgestellt worden. Der Tod sei durch eine Lebervergiftung und ein darauf folgendes Nierenversagen eingetreten, hatte Jean-Claude auf der heutigen Frühbesprechung das toxikologische Ergebnis bekanntgegeben. Das Reizgift, die »Spanische Fliege«, erklärte er danach, wäre aus einem kleinen, hübsch metallisch grün glänzenden Käfer gewonnen worden. Im alten Rom hätte man es als Potenzmittel benutzt, was sehr gefährlich gewesen sei, denn bereits 0,03 Gramm hätten absolut tödlich gewirkt. Das Perfide bei Wilkenlohs Vergiftung wäre wohl gewesen, dass die Täter, um sicherzugehen, nach der Verabreichung der tödlichen Dosis mehrere Stunden gewartet haben müssen, bis er eines qualvollen Todes gestorben war.

Der freie Blick in die weite Landschaft reißt ab, hochstöckige Häuser quälen sich wie auf einer Drehbühne an meinem Waggonfenster vorbei. Zum Greifen nah kriechen die grauen Betonmauern bis an die Scheiben heran. Meine Gedanken krallen sich an den düsteren Aussichten fest. Wer ist in der Lage, solche Giftmorde vorzubereiten und zu begehen, frage ich mich und denke an die Dissertation, die ich nach der ersten Frühbesprechung mit Colditz von Stephan bekommen hatte.

»Jedes Jahr werden vermutlich 1.200 bis 2.000 Tötungsdelikte nicht erkannt. Bei einem Großteil davon«, hatte die Autorin darin vermutet, »dürfte es sich um Giftmorde handeln. Das gängigste Gift der Gegenwart ist Thallium«, war einige Seiten weiter zu lesen, »es ist ein silberweißes Metallpulver, das geruch- und geschmacklos ist und sich leicht unter die Nahrung mischen lässt. Stasi-Mitarbeiter präparierten 1981 in Israel damit eine Frikadelle, um den DDR-Flüchtling Wolfgang Welsch zu töten. Der überlebte jedoch knapp.«

Dass Giftmorde, wie es in der Dissertation zusammengefasst wurde, immer noch als typisch weibliches Verbrechen gehandelt werden, lässt sich für mich nicht auf den Fall Wilkenloh übertragen, es sei denn, Marga Obermayr hätte ihre Finger im Spiel gehabt. Immerhin scheint der ganze Ablauf im Mordfall in der Mühle die Handschrift eines Geheimdienstes zu tragen. Aber wie häufig die »Männer in dunklen Anzügen« auch wirklich mit Gift töten, darüber wird es bestimmt keine Statistik geben. Wenn es aber real so gewesen ist, frage ich mich, wie kommt ein Hauptkommissar aus Husum dann an die Hintermänner oder -frauen heran; geschweige denn an den konkreten Täter mit Namen und Adresse?

»In Kürze erreichen wir den Hauptbahnhof von Hannover, Reisende haben Anschluss an einen Intercity nach …!«

Ich stemme meinen Rollkoffer aus dem Gepäckfach und mache mich mit einem »Wiedersehn« an meinen stummen Mitreisenden, von dem ich lediglich ein kurzes Kopfnicken ernte, auf den Weg zur Waggontür.

Mit einem langgezogenen Zischen der Lufthydraulik öffnet sich diese und ich trete in den akustischen Pulsschlag der Großstadt, der meinen ganzen Körper durchpocht und den ich mit dem rhythmischen Rattern der Rollen meines Koffers begleite. Ein leises, monotones Dröhnen empfängt mich, als ich durch einen der drei Ausgänge unter den monumentalen Rundbogenfenstern auf einen Platz hinaustrete. Vor mir das steife Reiterdenkmal König Ernst Augusts in Husarenuniform, ein mit Grünspan überzogener Mittelpunkt. Ich sehe Büromenschen, die daran vorbeihasten, gefolgt von einer Gruppe Teenager mit hellrot und weiß gefärbtem Haar, unter deren Miniröcken glatte Beine hervorschauen. Teil eines wogenden Organismus aus verschlungenen Existenzen, in den auch ich mich gelassen einreihe und zielgerichtet zum Taxistand hinübereile.

Der größte Teil der Friesenstraße liegt im Schatten, als das Taxi vor der Pension »Fabius« stoppt, in der ich telefonisch ein Zimmer gebucht habe, weil sie sich in der Nähe der Lister Meile befindet. Der füllige Mann mit fettigem Haar am Empfang gibt mir den Schlüssel und führt mich aus dem Erdgeschoss eine Treppe hinunter. An der Zimmertür klebt ein Nichtrauchersymbol. Drinnen riecht es nach uraltem Rauch, es gibt ein Handwaschbecken, ein Bett, Schrank und einen Fernseher, der auf einer Halterung an der Wand steht. Das schummrige Licht fällt durch Fenster, die zur Hälfte in einem Lichtschacht stecken. Dusche und WC befinden sich auf dem Flur. Ich stelle meinen Koffer in den Schrank, nehme den Gute-Nacht-Keks vom Kopfkissen, reiße die Verpackung auf und stecke ihn in den Mund. Es ist 14.32 Uhr. Ich brauche keine zehn Minuten, um zu Fuß die Lister Meile zu erreichen. Die längere Straße schlängelt sich an kleinen, individuellen Läden vorbei durch ein lebendiges Viertel. Vor der Nummer 67 stehen die weiß gedeckten Tische eines Cafés. Daneben ist der Hauseingang. Ich setze meine Lesebrille auf und überfliege das Klingelbrett. Johannes Müller, ich bin richtig. Meine Hand greift überprüfend in die Jackentasche, tastet nach dem gefalteten Papier der Zeugenvorladung, die Rebinger für mich ausgestellt hat, und drückt dann die Haustür auf. Ich muss in den dritten Stock hinauf. Die Holztreppe knarzt. Das Messingschild an der Wohnungstür ist frisch geputzt. Ich klingle. Ein leichenfarbenes Gesicht erscheint im geöffneten Spalt, die müden Augen blutunterlaufen, als wäre dem Mann alle Lebenskraft entzogen worden.

»Was wollen Sie?«, fragt er mit schwerer Zunge.

»Hauptkommissar Swensen«, erwidere ich, »entschuldigen Sie den unangemeldeten Überfall, aber wir benötigen Ihre Zeugenaussage.«

»Zeugenaussage? Welche Zeugenaussage?« Müller guckt zu einem imaginären Himmel hinauf, als würde er von dort eine Eingebung erhalten.

»In einem Mordfall in Schleswig-Holstein«, erkläre ich

ihm. »Dort wurde vor wenigen Tagen der Autor Wimmer Wilkenloh in einer Mühle auf Eiderstedt umgebracht.«

»Ich kenne keinen Wimmer Wilkenloh!«

»Das mag sein. Aber dieser Wimmer Wilkenloh kennt Sie. Zumindest kommen Sie als Person in einem Drehbuch vor, das er verfasst hat.«

»Ich kenne den Mann nicht! Warum sollte ich also eine Aussage machen?« Mit trotzigem Druck in der Stimme presst Müller die Worte aus sich heraus. »Kein Mensch kann mich zu einer Aussage zwingen, wenn ich es nicht will!«

»Oh doch, Herr Müller, das kann ich schon«, sage ich mit ruhiger Stimme, die keinen Zweifel zulässt und reiche ihm das Papier, nachdem ich es auseinandergefaltet habe. »Das ist eine staatsanwaltliche Vorladung. Sie können Ihre Aussage gleich hier machen oder Sie machen Sie morgen auf der Polizeiinspektion in Husum. Sie haben die Wahl! Also, was möchten Sie lieber?«

Müllers Falten in den Augenwinkeln vertiefen sich. Ohne ein Wort zu sagen, macht er die Wohnungstür ganz auf. Ich trete ein. In dem schlauchartigen Flur mit Mustertapete stehen mehrere Umzugskartons aufeinandergestapelt an der Wand.

»Wollen Sie ausziehen?«, frage ich, während ich Müller in einen Raum folge, der vermutlich das Wohnzimmer sein soll. Einige Rechtecke in der Tapete verraten, dass dort einmal Bilder gehangen haben, die jetzt verschwunden sind. In einer Ecke liegt ein wirrer Haufen aus DVDs und Videospielen. Ich lese Titel mit militärischen Coverbildern: »Metal Gear Solid«, »Gears of War«, »Operation Flashpoint«. An der Wand darüber ist ein gerahmtes Farbfoto an seinem Platz geblieben. Es zeigt drei Männer in Kampfanzügen, mit Sonnenbrillen und Wollmützen auf dem Kopf, die alle Sturmgewehre im Arm halten und sich vor einer ockerfarbenen Lehmmauer für den Fotografen in Pose gestellt haben. In der Mitte des Raums steht ein verschmierter Glastisch mit einigen leeren Bierflaschen, daneben ein einsamer Stuhl. Müller setzt sich darauf und weist mit einer Handbewegung auf den alten Sessel gegenüber. Ich setze mich und schaue ihn abwartend an. Müller weicht meinem Blick aus, richtet seine Augen nach unten auf den Boden und schweigt. Der drahtige Mann wirkt in sich gekehrt und verletzlich, bei Weitem nicht mehr so abweisend, wie er sich an der Tür gegeben hat.

»Meine Freundin ist abgehauen, ausgezogen«, sagt er dann emotionslos, »keine zwei Woche, nachdem ich aus Kunduz zurück bin. Ihre restlichen Sachen stehen noch im Flur rum.« Er deutet mit dem Kopf kurz in Richtung Flur. »In die Heimat zurückzukommen ist wie ein Filmriss. Alles ist so fremd, die Menschen, die Stadt. Wenn ich meine Uniform nicht anhabe, fühle ich mich wie ein halber Mensch.« Müller greift nach einer vollen Bierflasche, die unter dem Glastisch steht und öffnet sie mit den Zähnen. »Der Kampf am Hindukusch ist leichter zu gewinnen als der in der eigenen Wohnung.« Er nimmt einen kräftigen Schluck, hebt den Kopf und fragt: »Ich verstehe nicht, was Sie von mir wollen. Was in Gottes Namen soll ich bezeugen?«

»Dass Sie mit Gert Lutze und Uwe Reuter zusammen in Kandahar waren.«

Müller stellt die halbvolle Flasche mit einem Scheppern auf die Glasplatte zurück, dreht den Kopf zu mir und mustert mich mit einer reptilartigen Gefühllosigkeit. Die Zeit steht still, er sagt kein Wort. Ich halte den Blickkontakt, bis er seinen Kopf wieder zur Seite dreht und fragt: »Uwe hat mit Ihnen gesprochen?«

»Wie kommen Sie darauf, dass Herr Reuter mit mir gesprochen hat?«

»Weil … weil …« Er bricht ab, hebt den rechten Arm und legt die Hand in den Nacken.

»Weil Sie dort auf einen Deutschtürken getroffen sind, den die Amerikaner gefangen genommen hatten, stimmt's?«

»Ich weiß nicht, was Sie wollen. Ich denke, Sie wollten mich zu einem Mann befragen, den ich gar nicht kenne?«

»Das mache ich doch gerade, Herr Müller. Uwe Reuter, Gert Lutze und Sie kommen in dem Drehbuch vor, das der Ermordete verfasst hat. Sein Name war Wimmer Wilkenloh. Und Sie und Gert Lutze, steht in dem Drehbuch des Ermordeten, haben auf diesen gefangenen Deutschtürken eingeschlagen.«

»Was für ein verficktes Drehbuch? Wie soll dieser bescheuerte Autor etwas darüber wissen, was wir in Afghanistan gemacht haben?«

»Weil er mit Lutze gesprochen hat, kurz bevor der ermordet wurde.«

»Lutze ist ertrunken!« Müllers Stimme klingt schrill. »Beim Baden in der Nordsee!«

»Die Husumer Polizei rollt seinen Fall neu auf. Es spricht einiges dafür, dass dieser angebliche Unfall ein Mord gewesen ist. In Wilkenlohs Drehbuch steht, dass Taucher ihn in die Tiefe gezogen haben.«

»Das ist Schwachsinn! Warum sollte jemand Lutze ermordet haben?«

»Genau das wollte ich Sie fragen.«

»Woher soll ich das wissen? Ich weiß nur, dass es ein Unfall war.«

»Sie waren Kameraden, sie drei, das stimmt doch, oder?«

»Lutze, Reuter und ich waren bei zwei Einsätzen in Afghanistan, aber das ist eine Ewigkeit her.«

»Ist Uwe Reuter nicht mehr Ihr Kumpel?«

»Wenn man Seite an Seite kämpft, werden alle zu Kameraden! Aber in der Heimat lebt jeder sein eigenes Leben.«

»Sie haben Ihren Kameraden also in Deutschland nie getroffen?«

»Nein … eigentlich nicht … na ja, Seeler hat mich … aber nur kurz, hat er mich hier in Hannover besucht.«

»Wer ist Seeler?«

»Seeler ist Reuter. Alle nannten ihn Seeler, wegen dem Vornamen und weil er aus Hamburg kommt, Uwe Seeler, dieser Fußballer. Reuter ist der Typ in der Mitte!«, sagt Müller und deutet auf das gerahmte Foto, das über dem Kassettenberg an der Wand hängt. »Lutze steht rechts, ich bin der Typ da links.«

»Also eine nette kleine verschworene Gemeinschaft, nicht wahr! Und dann kam es zu dem Vorfall, bei Ihrem ersten Einsatz in Kandahar, da haben Sie einen wehrlosen Gefangenen verprügelt.«

»Unsinn!«

»Es steht im Drehbuch von Wilkenloh.«

»Nun lassen Sie mich endlich mit diesem hirnrissigen Drehbuch in Ruhe! Der Typ muss eine blühende Fantasie gehabt haben, nur wahr ist sie nicht.«

»Dann hat Ihr Kumpel Lutze dem Autor eine Lügengeschichte aufgetischt?«

»Was sonst! Kein Mensch würde sich selbst belasten! Was hätte er davon?«

»Vielleicht hat ihm das Ganze auf der Seele gelegen?«

»Vielleicht war Lutze auch bloß übergeschnappt. Er wäre nicht der Erste. Afghanistan verändert die Menschen!«

»Sagt Ihnen der Name Detlev Rehmke was?«

»Nein, wer soll das denn jetzt schon wieder sein?«

»Das ist der Regisseur, der Ihre Geschichte in Afghanistan verfilmt.«

»Ich fasse es nicht! Der Scheiß wird auch noch verfilmt? Ich will gar nichts hören, weder von diesem Regisseur, noch will ich was von seinem bescheuerten Film wissen!«

»Okay, dann brechen wir hier erst mal ab. Da wäre nur noch eins: Das Foto, auf dem Sie, Reuter und Lutze zu sehen sind, brauche ich für die weitere Ermittlung. Beim Kommen habe ich in der Straße einen Copyshop gesehen. Ich lasse mir dort schnell eine Fotokopie machen und bringe Ihnen das Bild danach wieder zurück.«

»Das ist eine private Erinnerung, damit können Sie überhaupt nichts anfangen.«

»Wenn Sie das Bild nicht freiwillig rausrücken, kann Ihnen das als Behinderung einer Strafverfolgung ausgelegt werden. Sie können sich damit eine Menge Ärger einhandeln. Verhindern können Sie es sowieso nicht, wenn ich einen richterlichen Bescheid erwirke.«

»Nehmen Sie es mit, verdammt noch mal! Ich will es aber wieder zurück!«

Ich stehe auf, nehme das Bild von der Wand und schaue es mir aus der Nähe genauer an. Es ist nicht besonders groß. Trotz der Sonnenbrillen kann ich Müller und Lutze ohne Weiteres erkennen. Der Mann in der Mitte kommt mir aber auch irgendwie bekannt vor, als wenn ich ihn schon mal gesehen hätte. Es fällt mir aber nicht ein, wo und wann das gewesen sein könnte. Woher solltest du auch einen KSK-Soldaten kennen, sagt mir eine innere Stimme und ich gehe mit einem »Bin sofort wieder da« zur Tür. Müller runzelt die Stirn, er beobachtet mich genau, bevor er nach der Bierflasche greift und sie an die Lippen setzt.

»Eines noch«, sage ich, gehe zurück und reiche ihm das Phantombild der Marga Obermayr. »Kennen Sie diese Person?«

Müller hebt den Kopf, nimmt es nur zögernd in die Hand und seine Augen streifen flüchtig darüber. Dann gibt er mir das Bild mit einem bellenden »Nein« zurück, während sich die Farbe in seinem Gesicht dem Weiß einer Eierschale angleicht.

Die abwehrende Körperhaltung deutet darauf hin, dass Müller lügt. Er scheint zu wissen, dass ich das bemerke, dreht seinen Körper zur Seite, weg von dem Foto, und fragt: »Wer soll das sein?«

»Unwichtig«, entgegne ich und stecke das Phantombild wieder ein. Als ich aus der Tür gehe, sehe ich im Augenwinkel, wie er die Bierflasche leertrinkt.

Der Copyladen ist keine 200 Meter von Müllers Haustür entfernt. Drinnen ist es rappevoll und ein aggressiver Ozongeruch steht in der Luft. Ich muss warten, bis ich an der Reihe bin. Von einem Mitarbeiter lasse ich das Foto auf 200 Prozent vergrößern. Das Ergebnis entspricht aber nicht meiner Erwartung, der Ausdruck ist ziemlich grobkörnig und die damit einhergehende Unschärfe verhindert, dass ich Reuters Gesicht deutlicher erkennen kann.

Unzufrieden verlasse ich den Laden. Das Martinshorn eines Rettungswagens, der nur knapp an mir vorbeiprescht, holt mich lautstark in die Realität zurück. Das Fahrzeug stoppt nicht weit entfernt mitten in der Fußgängermeile. Ich kann sehen, wie die Sanitäter herausspringen und sich den Weg durch eine Ansammlung von Schaulustigen bahnen müssen.

Ich ahne bereits, dass der Einsatz etwas mit mir zu tun hat, denn er findet direkt in Höhe von Müllers Wohnung statt. Mit gezücktem Dienstausweis eile ich auf die Traube von Körpern zu und öffne mir mit dem Wort »Kriminalpolizei« eine schmale Lücke in der Schar der Neugierigen. Als ich in den inneren Kreis vordringe, sehe ich Müller in einer Blutlache liegen, die sich im Halbkreis um seinen Kopf gebildet hat. Einer der Sanitäter kniet neben ihm, hat zwei Finger auf die Halsschlagader gelegt und schüttelt mit dem Kopf. Müller, mit dem ich noch vor wenigen Minuten gesprochen habe, ist offensichtlich nicht mehr unter den Lebenden.

»Von dort oben ist der heruntergesprungen«, sagt ein Mann dicht neben mir und deutet aufgeregt mit dem Zeigefinger zum Balkon im dritten Stock hinauf.

Ich bin wie vom Donner gerührt, schaue zum Balkon hinauf und frage mich mit einem mulmigen Gefühl im Bauch: Habe ich Müllers Zustand total unterschätzt?, und sogleich kommt mir eine andere, denkbare Variante in den Sinn: Könnte jemand bei dem Sturz nachgeholfen haben?

Mir wird klar, dass ich beide Möglichkeiten überprüfen muss, bevor ich Hannover verlassen kann, dränge mich aus der Menschentraube heraus und gehe entschlossen auf den Streifenwagen zu, aus dem gerade die niedersächsischen Kollegen aussteigen.

*

Ich sitze im Restaurant des »25hours« Hotels in Hamburg und schaue zur Uhr an der Wand. Der Zeiger springt gerade auf 8.32 Uhr. Déjà-vu! Das letzte Mal, als ich hier vor einigen Tagen gefrühstückt hatte, war es auch genau 8.32 Uhr gewesen. Mit einem harten Schlag der Messerschneide köpfe ich das gekochte Ei und glaube mich in der synchronisierten Zeit einer anderen Wirklichkeit zu bewegen. In der spiele ich mit dem Gedanken, ob schon ein harmloser Schnitt durch die Schale ein aggressiver Akt sein könnte, der unbewusste Beginn allen Übels, der irgendwann in der paradoxen Frage endet: Was stirbt zuerst, Huhn oder Ei? In diesem Hühnerhof der Gedanken gerate ich erst richtig auf Touren. Während ich ein Brötchen aufschneide, es mit Butter bestreiche, zum Käse greife, philosophiere ich wild drauflos.

Bringt eine Tat sekundär eine Theorie hervor, oder ist eine Tat nicht umgekehrt nur die Folge einer bereits aufgestellten Theorie? Und was macht plötzlich all dieses verwirrende Zeug in meinem Kopf? Ich suche keine Antwort, glaube aber, dass es an der Schnelligkeit liegt. Meine Achtsamkeit dreht sich in solchen Momenten um ihre eigene Achse, immer dann, wenn die Ereignisse im Außen sich überschlagen.

Vor drei Tagen war ich noch in Hannover. Als ich mich auf den Weg zurück nach Husum gemacht hatte, war mein wichtigster Zeuge, Johannes Müller, tot; vom Balkon gesprungen oder hinabgestoßen worden? Der Klärungsversuch der beiden Möglichkeiten dauerte länger als erwartet. Die niedersächsischen Kollegen ließen mich zwar in zweiter Reihe mit dabei sein, aber als die Männer der Spurensicherung mit der Wohnung des Toten fertig waren, wusste ich immer noch nichts, woran ich mich halten konnte. Die Wohnungstür war geschlossen, aber nicht abgeschlossen vorgefunden worden. Es gab keine Einbruchsspuren am Schloss. Aber das sagte natürlich nicht viel. Sogar ein professioneller Einbrecher hätte das ohne allzu große Schwierigkeiten hinbekommen. Auch am Geländer des Balkons konnte nichts Auffälliges festgestellt werden. Die Befragung in der Nachbarschaft brachte ebenfalls keine Erkenntnisse, denn Müller war anscheinend kaum jemandem im Haus persönlich bekannt. Er hatte sich offensichtlich nur sehr selten in seiner Wohnung in Hannover aufgehalten. Selbst der Familienname seiner Freundin konnte nicht ermittelt werden. Er hatte nie auf Müllers Klingelbrett gestanden. Wohin Martina, einige kannten immerhin ihren Vornamen, verzogen war, wusste ebenfalls kein Mensch.

Auf der Rückreise nach Husum befand ich mich noch vollends im energetischen Feld der Ereignisse von Hannover. Auch wenn viele Menschen das, was mir dort passiert war, als Zufall einstufen würden, bin ich in meinem Leben eines anderen belehrt worden. »Glaube ja nicht, dass dir etwas begegnet, was nichts mit dir zu tun hat«, sagte Meister Rinpoche zu mir, als ich den buddhistischen Tempel in der Schweiz verlassen wollte.

Im Zug war dieser Satz plötzlich wieder präsent gewesen, während ich verbissen darüber nachsann, ob der Tod von Müller und der von Lutze etwas mit ihrer Zeit in Afghanistan zu tun haben könnte. In Wilkenlohs Drehbuch waren beide mit Reuter zur selben Zeit in Kandahar und später in Kunduz gewesen. Lutze und Müller hatten zusammen den »Husumer Taliban« verprügelt. Könnte es auch ein anderes Motiv als Rehmkes Film geben, warum beide jetzt tot sind?

Ich beschloss, im Speisewagen etwas essen zu gehen, um der Gedankenqual zu entkommen. Auf dem freien Platz, auf den ich mich setzte, hatte ein Mitreisender eine verwaiste Zeitung zurückgelassen. Bevor ich danach greifen konnte, erschien an meinem Tisch ein Steward mit funkelndem Ohrring und wies mich darauf hin, dass der Fernsehkoch Horst Lichter sich für die Bahn gerade Gerichte aus dem Osten ausgedacht habe. Zehn Cent pro Gericht gingen an ein Waldprojekt. Und Horst Lichter bekommt sicherlich auch etwas davon ab, dachte ich, ohne Neid zu empfinden, und bestellte die Maultaschen. Serviert wurden mir dann zwei dampfende Taschen aus Nudelteig, mit circa drei Esslöffeln Brühe übergossen. Den Speck, der auf dem Lauch darunter lag, schob ich als Vegetarier beiseite. Der Orangensaft, den ich nach dem missglückten Imbiss orderte, war dann ganz okay; und außerdem konnte ich ja sowieso alles als Spesen abrechnen.

Ich lehnte mich zurück, trank genussvoll den Saft und griff gelangweilt zu der liegengebliebenen Zeitung. Mein Blick überflog das Titelblatt und blieb augenblicklich an der Schlagzeile hängen. »Guantánamo, Gülcan Bayar kurz vor Freilassung«, las ich wie elektrisiert. Bereits Anfang des Jahres 2005 war Bayar durch eine Washingtoner Bundesrichterin vom Terrorvorwurf entlastet worden; deutsche Geheimdienstler, die ihn in Guantánamo befragt hatten, wollen in ihm einen »harmlosen Spinner« gesehen haben; und das Verwaltungsgericht Husum hatte den Bescheid über die entzogene Aufenthaltserlaubnis zwischenzeitlich verworfen; juristisch gesehen stehe einer Rückkehr von Bayar somit nichts mehr im Wege.

Wenn schon die Presse darüber berichtet, rekonstruierte ich, dann wird die bevorstehende Freilassung von Bayar in den Kreisen der Macht gerade einen mächtigen Wirbel verursachen. Vielleicht ist jetzt der richtige Zeitpunkt, um hinter den Kulissen der gerade stattfindenden Aktivitäten einen willigen Informanten aufzutun?

In dem Zusammenhang fiel mir das Buch »Struktur und Typologie des Kriminalromans« ein, das Anna mir eher scherzhaft zum letzten Geburtstag geschenkt hatte. Darin stand geschrieben, dass die Arbeit eines Kriminalkommissars in der genauen Beobachtung aller noch so kleiner Details besteht. Voraussetzung dafür sei, dass das menschliche Verhalten von ihm verstanden werden kann und dass er hinter der endlosen Fassade der Gesten, Tricks und des Schweigens Einzelner eine Ordnung aufzudecken vermag, in der sich die Motivation einer Tat offenbart. Selbst das Geringfügigste, Triviale, etwas, was vielleicht mit dem Ausgang der Geschichte nichts zu tun hat, darf nicht übersehen werden, weil sonst ein Baustein fehlen könnte, der den Fall zur Aufklärung bringen kann.

Ob man allerdings mit dem Handwerkszeug für Krimiautoren auch in der realen Kriminalarbeit weiterkommt, erschien mir gerade mehr als fraglich. Lächelnd kramte ich die Copy-Shop-Vergrößerung von Müllers Bild aus dem Koffer, um mir die dritte, noch lebende Person anzusehen. Doch meine Ahnung, die um sie kreiste, wurde von der Unschärfe der Abbildung irregeleitet, verzerrte sie zunehmend und blieb letztendlich im Vakuum meines Grübelns stecken. Es nutzte nichts, es gelang mir einfach nicht, diese vage Erinnerung zu erwischen, an wen mich der darauf abgebildete Reuter erinnerte.

Diese Blockade wurde erst einen Tag später unerwartet aufgehoben, als ich in der Frühbesprechung den Kollegen die Ereignisse in Hannover schilderte und am Ende die Vergrößerung der drei Soldaten der Kommando-Streitkräfte an die Pinnwand heftete. Nach der Sitzung trat Stephan vor das Bild und rief dann spontan Silvia zu sich.

»Schau dir dieses Bild bitte mal an«, bat er sie.

Silvia war, wie es ihre Art ist, nur unwillig seiner Aufforderung nachgekommen.

»Was ist mit dem Bild?«

»Der Typ in der Mitte, der muss dir doch bekannt vorkommen, oder?«

»Woher willst du wissen, welcher Kerl mir bekannt vorkommen sollte?«

»Weil wir beide zufällig mit dem Typen gesprochen haben. Anfang des Jahres, erinnerst du dich nicht mehr? An dem Tag, als die Flasche auf den Regisseur geworfen wurde. Da haben wir diesen verrückten Typen befragt, der mitten im Winter diese blaugetönte Sonnenbrille getragen hat, weil er angeblich das grelle Scheinwerferlicht nicht vertragen konnte.«

»Du meinst den Produktionsleiter?«

»Ja, genau den. Wie hieß der noch gleich …? Kahl… mann? Nein, Kahl…«

»Kahlheim!«

»Richtig, Kahlheim! Wenn du mich fragst, dieser Typ auf dem Foto sieht dem verdammt ähnlich, oder? Diese Körperhaltung, die Gesichtsform und diese beknackte Ray-Ban-Sonnenbrille. Ich bin sicher, das muss derselbe Typ sein!«

Während des Gesprächs hatte ich neben den beiden gestanden, um das Gesicht von Reuter noch mal aus der Nähe zu betrachten. Und jetzt, wo Silvia und Stephan mir eine Richtung vorgegeben hatten, konnte auch ich eine gewisse Ähnlichkeit zwischen dem Soldaten Reuter und dem Produktionsleiter Kahlheim nicht leugnen.

Uwe Reuter und Karl Uwe Kahlheim! Es brauchte einige Zeit, um in Erwägung zu ziehen, dass es sich bei den beiden um ein und dieselbe Person handeln könnte. Erst nachdem ich dazu innerlich bereit war, wusste ich auch, warum ich es nicht geschafft hatte, die beiden Personen übereinzubringen. Ich rief mir die Situation im Hotel »Altes Gymnasium« vor Augen, als ich Kahlheim in seinem Zimmer zum Tod von Rehmke befragt hatte. Während der ganzen Zeit hatte ich ihm unentwegt ins Gesicht gesehen. Ich war einfach zu dicht an ihm dran gewesen, erklärte ich mir mein Unvermögen, denn ohne die Sonnenbrille fehlte mir ein hervorstechendes Erkennungsmerkmal, das Stephan sofort in seine Wahrnehmung mit einbezogen hatte. Außerdem hatte in dem Raum eine schummrige Atmosphäre geherrscht, Kahlheim war unausgeschlafen gewesen und aufgrund des Fotos hatte ich mich auf einen Soldaten fixiert und nicht auf eine Privatperson.

»Du kannst den ersten Schritt nicht machen, bis du den ersten Schritt machst«, kommentierte Meister Rinpoche die aufkeimende Ratlosigkeit. Erst jetzt begriff ich, was er mir damit damals sagen wollte.

Der Frühstücksraum im »25hours« Hotel füllt sich langsam mit Gästen. Ich nehme einen Schluck Kaffee, beiße in mein Brötchen, das ich mit Kräutern, Salat, Käse und Gurkenscheiben belegt habe, und rekonstruiere die vielen Bausteine, die ich gerade im Kopf hin und her bewegt habe, zu einem Ganzen, um das Gebilde in eine stabile Seitenlage zu bringen. Wenn Reuter und Kahlheim ein und dieselbe Person wären, was könnte das für die Aufklärung der Mordfälle Wilkenloh und Rehmke bedeuten? Reuter hat vor mehreren Jahren mit Lutze und Müller in Afghanistan gekämpft und ist jetzt Produktionsleiter bei einem Filmprojekt, in dem es auch um Lutze geht. Das kann kein Zufall sein!

Deshalb treffe ich mich heute noch mal mit Sahra Hubrich-Messow, die momentan im Studio Hamburg für die Produktion »Der letzte Tanz« arbeitet und mir zwei Stunden in ihrem engen Tagesablaufplan freigeschaufelt hat.

Wie ein dünner Film liegt die ausgeblichene Dunkelheit der Nacht über der Geschäftigkeit des noch keuschen Morgens, der eigentlich schon keiner mehr ist. Ein Wagen der Straßenreinigung putzt die wenigen Lücken zwischen den Reihen der parkenden Autos blank. Von der Rush Hour wird jedes Fahrzeug in ihren Blechschwarm assimiliert, während ich mich als ein winziger Teil dieses Gemeinschaftswesens in einem Bus befinde und mich von der einen Seite der Stadt auf die andere quäle; ich im Hier und Jetzt, der Bus im Stop-and-go. Nach etlichen Kilometern werde ich in den 263er wechseln müssen. Ein Verkehrshubschrauber schneidet, unsichtbar über mir, sein Geräusch in die letzten Wolkenfetzen des offenen blauen Himmels. Der Bus erreicht die Jenfelder Allee. Das neue Licht des Tages ergießt sich über die glatte, bläuliche Glasfassade eines Gebäudes vis-à-vis der Haltestelle. Auf dem Dach heben unzählige Parabolantennen ihre runden Köpfe in die Sonne, das Studio-Hamburg-Schild verkündet, dass ich mein Ziel erreicht habe. Über mehrere Etappen frage ich mich bis zum Büro des Managements durch. Ein Mitarbeiter stellt mir einen jungen Mann zur Seite, der mich stoisch und wortkarg über das weite Gelände zum Studio A5 führt, bis wir vor einem weiß getünchten, schnörkellosen Gebäudekomplex mit lastwagenhohen Eingangstüren stehen. An der linken Seite gibt es eine unscheinbare Eisentür, hinter der ein schmaler Gang in den Innenbereich führt. Er endet vor einer geöffneten hohen Studiotür, die in einen riesigen ausgeleuchteten Raum mündet. In der Mitte stehen ein einsames Pflegebett mit Bettgalgen und Beistellschränkchen, die von drei Wänden mit vergitterten Fenstern, Einbauschränken und einem Handwaschbecken umrahmt werden. Vor dieser Kulisse führen Menschen ein Gespräch, während im Hintergrund Männer Kabel mit Klebeband am Fußboden befestigen und Dolly-Schienen abmontieren und wegtragen. Mein Blick streift suchend über die Szenerie und entdeckt Sahra Hubrich-Messow etwas abseits vom Geschehen mit einer Frau in einem weißen Krankenhauskittel. Ich bedanke mich bei meinem Begleiter, der mit einem knappen »Dafür nicht« verschwindet, und warte geduldig, bis die beiden Frauen ihre Plauderei beendet haben. Die Frau im Kittel berührt die Aufnahmeleiterin am Oberarm und geht. Hubrich-Messow wendet den Kopf, sieht mich, hebt den Arm und kommt lächelnd auf mich zu. Irgendwie habe ich den Eindruck, dass es gar kein Lächeln sein soll.

»Herr Swensen«, sagt sie, hält kurz inne, um dann zu fragen: »Gibt es Neuigkeiten zum Tod von Detlev?«

»Nein, leider nicht«, antworte ich, ziehe das Foto der drei Kommando-Spezialkräfte-Kämpfer aus der Jackentasche und drücke es ihr in die Hand. »Ich bin wegen etwas anderem hier. Würden Sie sich bitte das Foto genau ansehen und mir sagen, ob Sie darauf jemanden erkennen?«

Die Aufnahmeleiterin taxiert ausgiebig das Foto, hebt dann irritiert die Brauen, schaut kurz zu mir und wieder aufs Foto.

»Die sehen ja richtig martialisch aus, als wären das ganz spezielle Soldaten!«, sagt sie verunsichert. »Ich kann das jetzt schwer übereinkriegen, aber der Typ in der Mitte sieht verdammt nach … Kai Uwe aus … Kai Uwe Kahlheim, unserem Produktionsleiter in Rehmkes Film. Die anderen beiden kenne ich jedenfalls nicht …, die hab ich noch nie gesehen.«

»Aber bei Kahlheim sind Sie sich sicher?«

»Sicher? Na ja, irgendwie schon, vom Aussehen her. Obwohl Kai Uwe in Soldatenuniform auf mich schon ziemlich befremdlich wirkt. Ist das Foto denn echt? Oder ist das ein ›Fake‹? Sie wollen mich doch nicht in die Irre führen?«

»Das ist nicht meine Absicht!«

»Was sind das denn für Soldaten?«

»Elitesoldaten. Soldaten für einen Kampfeinsatz.«

»Wie kann das sein? Wie kann ein Elitesoldat Produktionsleiter eines Kinofilms werden? Das passt doch vorne und hinten nicht zusammen.«

»Wissen Sie, wie Kahlheim an diesen Job gekommen ist?«

»Nein, nicht wirklich. Aber wenn ich gerade so darüber nachdenke, fällt mir spontan ein, dass es um seine Person und seinen Job ungewöhnlich viele Gerüchte gab. Hinter seinem Rücken wurde regelmäßig getuschelt.«

»Das macht mich ziemlich neugierig«, ermuntere ich die Aufnahmeleiterin. »Wissen Sie, was so getuschelt wurde?«

»Nun, einige haben sich gewundert, wie ein eher unbeschriebenes Blatt wie Kahlheim auf solch einen lukrativen Posten gekommen ist. Dass es nicht mit rechten Dingen zugegangen sein soll. Keiner, der schon lange im Filmgeschäft war, kannte ihn persönlich oder war ihm schon einmal bei einer anderen Produktion über den Weg gelaufen. Ich gebe hier nur weiter, was ich aufgeschnappt habe. Es soll allerdings eine bekannte Produktionsleiterin geben, die auch Kahlheim heißt. Einige vermuteten, dass sie seine Mutter sein könnte und er von ihr protegiert wurde und über ihre Seilschaften weitergereicht worden sei.«

»Er hat seinen Job aber gut erledigt, oder?«

»Man kann ihm nicht nachsagen, dass er keine Ahnung von seiner Arbeit hat. Er verfügt über gute Connections, hat damals zum Beispiel im Nullkommanichts Taucher aus dem Hut gezaubert, die wir für die Anfangsszene in der Nordsee brauchten. Andererseits, das hat Detlev mir persönlich anvertraut, hat Kahlheim oft Schwierigkeiten gemacht und immer knallhart die Interessen der Produktionsfirma vertreten. Detlev und Kai Uwe haben sich öfter über die Finanzierung einzelner Szenen heftig gefetzt. Das habe ich selbst hautnah miterlebt.«

»Wie war das mit diesen Zwischenfällen? Ich meine die Bierflasche, die auf Rehmke geworfen wurde, und dieser Unfall mit den Radmuttern. Wie hat Kahlheim sich dazu verhalten?«

»Glauben Sie etwa, Kai Uwe könnte was damit zu tun gehabt haben?« Hubrich-Messow klingt plötzlich erschrocken.

»Hat es in dem Zusammenhang denn keine Gerüchte gegeben?«

»Ich kann mich nicht erinnern.«

»Es wurde überhaupt nicht darüber gesprochen?«

»Doch, natürlich wurde darüber gesprochen. Sogar gerätselt, wer dahinterstecken könnte«, sagt Hubrich-Messow und dreht die flache Hand vor ihrer Stirn, als könne sie damit ihre Erinnerung ankurbeln. »Aber niemand hat konkrete Namen genannt oder irgendwelche Verdächtigungen ausgesprochen.«

Ich spüre einen Kopfdruck und tief in mir gibt es etwas Resignatives. Jede neue Information wirft neue Fragen auf. Was hat die Tatsache, dass Kahlheim und Reuter ein und dieselbe Person sind, eigentlich im Mordfall Wilkenloh verändert? Erst einmal doch gar nichts, oder? Aber irgendetwas stimmt daran trotzdem nicht. Reuter arbeitet unter falschem Namen in einer Filmproduktion, in der es um den Tod seines Kameraden geht! Im Moment kann ich keinen klaren Gedanken fassen. »Wissen Sie eigentlich, wo sich Kahlheim im Moment aufhält?«

»Nein!«, platzt es fast wütend aus der Aufnahmeleiterin heraus. »Die Dreharbeiten sind vorerst auf Eis gelegt, genauso wie mein Job. Ich weiß nicht, wann oder ob sie jemals wieder aufgenommen werden. Über Kahlheim kann nur die Produktionsfirma Auskunft geben.«

»Haben Sie Wilkenloh eigentlich einmal persönlich kennengelernt?«, frage ich, meiner Intuition folgend, in der Hoffnung, doch noch etwas Neues, Brauchbares zu erfahren.

»Ja, wenn auch nur am Rande. Rehmke hat ihn zu den Dreharbeiten nach Marokko eingeladen. Außerdem war er bei der Krisensitzung nach Rehmkes Tod mit dabei.«

Wilkenloh, Marokko, geht es mir durch den Kopf und ich ziehe intuitiv das Phantombild von Obermayr aus der Tasche. »Kann es sein, dass Sie diese Frau kennen? Sie kann zur selben Zeit im Hotel von Wilkenloh gewesen sein.«

Hubrich-Messow nimmt das Bild und presst die Lippen zusammen. »Die kenne ich«, sagt sie dann nachdenklich, »aber nicht aus Marokko. Die ist mir vor Kurzem auf dem Hotelflur in Husum über den Weg gelaufen.«

»Die Frau war in Husum? Im ›Alten Gymnasium‹?«

»Ja, auf dem Flur zu meinem Zimmer.«

»Wirklich? Wann war das?«

»Genau einen Tag bevor Rehmke tot im Swimmingpool gefunden wurde, so um die Mittagszeit herum. Die Frau stand vor der Zimmertür von Kahlheim, als ich vorbeikam. Ich hab sie eigentlich nur wahrgenommen, weil sie bei ihm angeklopft hat, als ich mein Zimmer aufschloss.«

»Und Kahlheim hat die Frau reingelassen?«

»Ich nehme es an, aber direkt gesehen hab ich das nicht. Damals hab ich mir auch nichts dabei gedacht. Wer ist denn die Frau?«

»Dazu darf ich nichts sagen«, wiegle ich ab, und dabei mahnt mich ein Gedanke: So würde sich bestimmt auch jemand vom Geheimdienst anhören.

Eigentlich gehöre ich zu den Menschen, die nicht so recht wissen, was sie von Spionen und Agenten halten sollen. Ich mag zwar, wie viele andere, auch den Agenten 007, aber ich mag keine Behörden, von denen ich annehmen muss, dass sie im Leben anderer herumschnüffeln, oder noch schlimmer, selbst vor Straftaten nicht zurückschrecken. Marga Obermayr und Kai Uwe Kahlheim alias Uwe Reuter haben sich offenkundig konspirativ in dem Hotel getroffen. Und ich befürchte, wenn das ein operativer Vorgang des Geheimdienstes gewesen ist, wird es so gut wie unmöglich sein, den Mörder von Wilkenloh und Rehmke dingfest zu machen. Ich spüre eine Wut, die mich anfeuert, das auf keinen Fall zuzulassen. Verdammt, ich brauche irgendeinen Beweis, nur einen klitzekleinen, handfesten Beweis.

»Sie sagten doch vorhin«, setze ich erneut an und lege die ganze Wucht dieser Gedanken in meine Stimme, während ich der Aufnahmeleiterin direkt ins Gesicht schaue, »Kahlheim habe Taucher für eine Filmszene besorgt. Können Sie sich erinnern, woher die gekommen sind oder wer sie waren?«

»Eckernförde, die sind aus Eckernförde gekommen und betreiben dort eine Tauchschule, die ›Alveolen‹ heißt. Ich habe den Namen damals extra gegoogelt, weil ich ihn so merkwürdig fand.«

»Und?«, frage ich, als sie das Ergebnis für sich behält. »Was bedeutet er denn?«

»Lungenbläschen!«

*

Der klassische Detektivroman beginnt fast immer mit derselben Szene, eine blonde Schönheit, meist mittellos, betritt das Büro des Detektivs und bittet ihn unter Tränen, einen dubiosen Fall zu übernehmen, bei dem es um ein Verbrechen geht, das die Ordnung der Dinge aus dem Lot gebracht hat. Manchmal versuche ich mich spaßeshalber in solch eine fiktive Figur hineinzufühlen, wie die eines Sam Spade aus ›Der Malteser Falke‹, denn der gute Detektiv will nicht einfach nur einen Fall aufklären, er will mehr; er will das Unrecht aus der Welt schaffen, ein für alle Mal, auch wenn er weiß, dass das ein unmögliches Unterfangen ist. Es ist nicht allein die Empörung, die mich dazu animiert, es ist auch die Wut auf die Täter, die die Ordnung der Dinge eigennützig verändern. Es ist die Wut der Ohnmacht, die ich auch in diesem Moment in mir spüre, meine Wut, in dieser Welt zum Opfer zu werden, wie es Wilkenloh passiert ist, oder Rehmke, Lutze und Müller und letztlich auch Bayar, der immer noch von den US-Amerikanern gefoltert wird.

Und während ich darüber nachdenke, spüre ich diese ohnmächtige Wut, diese Wut über eine zweite Macht im Staat, die in ihrem Vorgehen selbst polizeiliche Ermittlungsarbeit nicht berücksichtigen muss. Diese Wut war schon immer mein Ansporn, das Heft in die Hand zu bekommen, und sie kennt auch keine Furcht vor unkonventionellen Methoden.

In der Inspektion habe ich deshalb einen Tag Recherche eingeschoben und dabei als Erstes einen Termin bei dem Besitzer der Tauchschule »Alveolen« für den morgigen Nachmittag vereinbart. Danach suche ich im Internet nach einer Produktionsleiterin mit dem Namen Kahlheim und finde eine gewisse Liselotte, die beim WDR im bimedialen Produktionsbetrieb von Studio Ansberg arbeitet. Über POLAS, das Polizei-Auskunfts-System, erhalte ich ihre Wohnadresse, rufe auf ihrem privaten Telefonanschluss an und habe ohne einen richtig durchdachten Plan Liselotte Kahlheim in der Leitung. Intuitiv erzähle ich ihr, dass ich ihrem Sohn bei Dreharbeiten in Marokko begegnet bin, ihn danach aber aus den Augen verloren habe, und ob sie mir vielleicht seine Adresse geben könne. Die Produktionsleiterin hält sich deutlich bedeckt und meint, es müsse sich um eine Verwechslung handeln, denn ihr Sohn wäre nicht im Filmgeschäft. Außerdem würde sie am Telefon grundsätzlich keine Auskunft geben.

»Aber es ist überaus wichtig«, bleibe ich penetrant dabei. »Ich habe Ihre Nummer vertraulich von Frau Obermayr bekommen. Sie haben ihr vor einiger Zeit einen großen Gefallen getan und sie hat mir versichert, dass …« Weiter komme ich nicht. Frau Kahlheim bricht das Gespräch ohne ein weiteres Wort ab.

Keine Antwort ist auch eine Antwort!

Bei meinem zweiten Versuch, im Fall Wilkenloh doch noch voranzukommen, beschließe ich, mich noch ein ganzes Stück weiter vorzuwagen und mich direkt an die Zentrale des Bundesnachrichtendienstes in Pullach zu wenden. Meine Attacke muss naiv und frech zugleich sein, sodass ich durch meine Überrumplungstaktik, mit der dort niemand rechnen kann, das Überraschungsmoment voll ausnutzen kann.

Für die Vorbereitung nehme ich mir den Rest des Tages. Ich rufe mir meine Erinnerungen an Oberst Gustav Obermayr ins Gedächtnis zurück.

Die Wolke von Geheimniskrämerei, die sich wie ein Dunstschleier auch noch heute vor diese Person schiebt, war mir seinerzeit schon mächtig aufgestoßen. Zum Mythos der Geheimdienstmänner, so las ich in einem Artikel, gehört unter anderem auch die Präsidentenvilla in der Bundesnachrichtendienst-Zentrale. Hier erhielten die Spione ihre streng geheimen Spezialaufträge, die sie, meist unter falschem Namen, geräuschlos und zuverlässig, erledigten, ohne dass die eigenen Ehefrauen wussten, wo sie waren und was sie wirklich taten. In einem anderen Artikel offenbarte ein Mitarbeiter seine Ausbildungszeit, in der er zum Spion wurde. Vier Wochen weihte man ihn in die Organisation und Abteilungen des Bundesnachrichtendienst ein, fünf Monate wurde ihm beigebracht, wie er konspirativ fotografiert und tote Briefkästen anlegt, um geheime Nachrichten zu verstecken. Auch Banales gehörte dazu, zum Beispiel, wie er Geld für verdeckte Operationen bei den Chefs beantragte oder einfach nur, wie man Kontaktberichte verfasste. Selbst wie man sich mit einer neuen Identität abends in einer Kneipe nicht verquatschte, hatte auf dem Lehrplan gestanden.

Nachdem ich am Tag zuvor die alte Visitenkarte, die mir Obermayr seinerzeit gegeben hatte, aus dem Wust meiner Ablagen hervorgezaubert hatte, beschließe ich am frühen Morgen, mit einer Metta-Meditation im Garten unseres Hauses mein Vorhaben zu starten.

»Mögen alle Menschen glückselig, friedvoll und frei von Leiden sein.«

Die stumm gesprochenen Worte sind in meinem Ohr, als

ich das Telefon in der Inspektion von der Station nehme. Auch wenn die wohlwollende Haltung der Meditation zu dem, was ich gerade vorhabe, im Widerspruch steht, sind mir die beiden Seiten meines Tuns klar bewusst; deswegen nehme ich auch vor der Durchführung die ersten Zeilen aus Wilkenlohs Gedicht zu Hilfe: »Ich bin meiner selbst – das Licht und alles Dunkle.«

Du bist zwar die Gerechtigkeit, aber du wirst, wenn du diesen Anruf tätigst, auch deinen Schatten anrufen, warnt mich eine Stimme, während ich bereits die direkte Durchwahlnummer von Obermayr eintippe. Abrupt beginnt zwischen den Rippen über dem Solarplexus der sogenannte Flucht- und Kampfpunkt zu schmerzen. Mein Finger hält mitten in der Bewegung inne, verweilt kurz im Vakuum des Schmerzes, bis er verschwindet. Also versuche ich mich erneut auf das Gespräch zu konzentrieren und tippe die Nummer bis zum Ende ein.

»Abteilung 3, Oberst Obermayr!«

Ich erkenne seine Stimme selbst nach so langer Zeit, sehe sofort das ovale Gesicht mit den eulenhaften Augen und den Tränensäcken vor Augen, sehe seine merkwürdigen Mundbewegungen, die mich damals an einen Karpfen erinnert hatten, der stoisch sein Maul auf- und zumacht.

»Hauptkommissar Jan Swensen!«, melde ich mich, absichtlich militärisch forsch. »Sie erinnern sich sicher noch an mich. 2001, die Terrorermittlung, bei der Sie uns in Husum beraten haben.«

Am anderen Ende der Leitung herrscht einen kurzen Moment Stille, doch dann mischt sich in seine sachliche Bassstimme ein freundlicher Unterton: »Herr Swensen, natürlich kann ich mich noch an Sie erinnern. Schon ziemlich lange her, das Ganze. War ein verzwickter Fall, an dem Sie da seinerzeit gearbeitet haben. Aber immerhin mit gutem Ausgang, dank Ihrer Hartnäckigkeit. So habe ich es wenigstens damals in den Zeitungen gelesen.«

»Sie sind der Mann vom Bundesnachrichtendienst. Sie können einschätzen, ob alles wahr ist, was in den Zeitungen steht.«

»Für einen Kriminalbeamten haben Sie ja richtig Humor, Herr Swensen. Aber ich nehme an, dass Sie mich nicht für einen Smalltalk angerufen haben? Was kann ich denn für Sie tun?«

»Es geht um zwei Mordfälle, die uns auf den Nägeln brennen. Sie sind mir eigentlich nur eingefallen, weil ich vor kurzer Zeit Ihre Tochter Marga während einer Ermittlung hier in Husum getroffen habe. Wir sind zufällig an der Hotelbar vom ›Alten Gymnasium‹ ins Gespräch gekommen und sie erzählte mir, sie mache ein paar Tage Urlaub im Norden. Leider habe ich vergessen, mir ihre Visitenkarte geben zu lassen, denn jetzt haben sich im Zusammenhang mit diesen aktuellen Fällen ein paar Fragen ergeben, die sich auf den Aufenthalt Ihrer Tochter hier im Hotel beziehen. Deshalb wollte ich Sie bitten, mir eine Telefonnummer zu geben, unter der ich sie erreichen kann.«

Ich höre nur den Atem von Obermayr in der Leitung. Es dauert etwas zu lange, bevor er endlich antwortet.

»Marga? Marga Obermayr?« Er bemüht sich, das Erstaunen in seiner Stimme zu eliminieren. »Sind Sie da sicher? Es gibt nicht gerade wenig Menschen in Bayern, die auf den Namen Obermayr hören.«

Er hat angebissen! Es gibt sie wirklich, diese ominöse Tochter! Ich jubele stumm in mich hinein.

»Ganz sicher, ich habe ein Foto von ihr«, werfe ich den nächsten Köder aus, wobei ich ihm verschweige, dass es sich um unser Phantombild handelt.

»Das ist unmöglich! Sie können kein Foto haben! Meine Tochter würde niemals ein Foto von sich an jemanden geben, den sie in einer Hotelbar trifft.«

Das war kein schlechter Schachzug, lobe ich mich, obwohl ich bereits ahne, dass ich jetzt nichts mehr aus Obermayr herausbekomme. Aber ich kann mir immerhin meinen Teil zusammenreimen. Deswegen lasse ich alle weiteren taktischen Erwägungen außer Acht.

»Ihre Tochter hat in Husum einen gewissen Uwe Reuter in seinem Hotelzimmer aufgesucht, einen Kollegen vom BND. Ich müsste auch mit diesem Mann reden.«

»Herr Swensen, ich finde, unser Gespräch verläuft in eine unakzeptable Richtung, da möchte ich Ihnen nicht folgen. Ich darf Sie daran erinnern, dass ich Ihnen schon allein aus Geheimhaltungsgründen keinerlei Auskünfte über Mitarbeiter in meiner Behörde geben werde.«

»Ich will doch keinen Einblick in Staatsgeheimnisse, nur eine kleine banale Auskunft unter Beamten, die sich in ähnlicher Weise für Recht und Ordnung einsetzen«, sage ich bewusst süffisant, um Obermayr zu signalisieren, was ich von ihm und seiner Dienststelle halte.

»Ich denke, wir brechen unsere Gespräch hier ab, Herr Swensen. Meiner Meinung nach haben Sie da etwas grundsätzlich missverstanden.«

Die Leitung ist tot, bevor ich noch ein weiteres Wort sagen kann.

Wahrscheinlich werden sich die Pullacher Schlapphüte ihre Kopfbedeckungen nach meinem Anruf noch etwas tiefer ins Gesicht ziehen müssen. Ich kann mir allein bei dieser Vorstellung ein Grinsen nicht verkneifen, während ich im Seitenfenster meines Dienstwagens einen der riesigen Mähdrescher sehe, der eine Schneise durch das gelbe Getreide zieht und eine wirbelnde Staubwolke hinter sich auslöst. Die Schlappe, die ich dem Oberschlapphut Obermayr zufügen konnte, hat ungeahnte Kräfte in mir mobilisiert.

Ich fiebere darauf, endlich mein Ziel zu erreichen. Den größten Teil der Strecke nach Eckernförde habe ich hinter mir und das Ortsschild von Osterby schnellt gerade an meinen Seitenfenster vorbei. Ehe ich mich's versehe, stecke ich mitten im gewohnten Regelwerk des Stadtverkehrs, stoppe an Ampeln, fahre in vorgeschriebene Richtungen, bis ich die Hafenaußenmole erreiche und an dem alten Getreidesilo, einem markanten runden Backsteingebäude, nach einem Parkplatz Ausschau halte. Heute befindet sich in seinem Inneren ein Restaurant und jede Lücke weit und breit, in die ein Wagen abgestellt werden kann, ist bereits besetzt. Der Fluch der Mobilität zwingt mich weiter, bis ich mich kurz entschlossen auf das obere Deck im »Aldi«-Parkhaus stelle und zu Fuß durch die engen Gassen der Altstadt zurück zum Hafen stapfe. Die Sonne scheint, es riecht nach Meer, und Möwengeschrei weht mir aus der Ferne um die Ohren. Auf der Promenade treiben die Touristen schwarmartig an den kleinen Buden entlang, in denen es Fischhälften auf Brötchen zu kaufen gibt, die mit reichlich Getränken heruntergespült werden. Etwas abseits vom Trubel entdecke ich endlich den großen, rotgestrichenen Holzschuppen, an dessen Dachfirst ein weißes Holzschild mit der Aufschrift »Tauchschule-Alveolen« befestigt ist. Die Flügeltüren in dem Gebäude stehen einladend weit offen. Etwas abseits, zwischen zwei Bäumen, gibt es eine kleine Empfangshütte mit Tresen, hinter dem ein verträumt wirkender junger Mann in Hemdsärmeln steht. Er hat zerzauste dunkle Haare und leuchtend blaue Augen. Gleich nebenan, in einem überdachten Gestell aus schmalen Baumstämmen, hängen an einem Querbalken Neoprenanzüge, Pressluftflaschen, Tauchermasken und Flossen. Eine kleine Schar von Männern hat sich im Halbkreis darum aufgestellt. Eine schwarze Gummigestalt erklärt in knappen Worten die Handhabung einer Pressluftflasche. Ich bin in der Zwischenzeit zu der Hütte mit dem jungen Mann gegangen und sage ihm, dass ich einen Termin mit Christoph Vogler vereinbart habe, und frage, wo ich den finden kann.

Er zeigt mit einer eher lustlosen Handbewegung zum geöffneten Schuppentor hinüber. »Dort drinnen, ganz nach hinten durch, kommen Sie zu einem kleinen abgeteilten Büroraum. Dort wird Christoph vermutlich sein.«

Ich bedanke mich, mache einen Bogen um den Trockenkurs, der im Moment den Umgang mit dem Atemregler vorgeführt bekommt, und verschwinde im fensterlosen Holzschuppen, in dem ein paar Lampen ein nur schummriges Licht verbreiten. Ich drücke die angelehnte Tür auf und trete in den Raum. Ein großer, muskulöser Mann mit kahlem Schädel sitzt vornübergebeugt an einem Schreibtisch, tippt mit dem Ein-Finger-Such-System erstaunlich schnell auf der Computertastatur herum. Die Regalwände um ihn herum sind bis auf den letzten Platz mit Aktenordnern, Tauchmagazinen und Fachbüchern gefüllt.

»Herr Vogler?«, frage ich, während er den Kopf hebt, um mich zu mustern.

»Sie sind der Kriminalbeamte aus Husum?«

»Hauptkommissar Swensen. Kommen wir gleich zur Sache, Herr Vogler. Stimmt es, dass ein gewisser Kai Uwe Kahlheim Sie und einen weiteren Taucher für Dreharbeiten zu einem Film angeheuert hat?«

»In diesem Frühjahr, das ist richtig. Ist alles einwandfrei über die Bühne gegangen, Sie können gerne alle Papiere einsehen.«

»Keine Sorge, ich bin nicht von der Steuerfahndung. Ich möchte nur wissen, warum Herr Kahlheim ausgerechnet Sie engagiert hat.«

»Ich nehme an, weil wir uns schon länger kennen.«

»Sie kannten Herrn Kahlheim schon vorher? Das ist ja interessant! Seit wann denn? Die Information könnte wichtig für mich sein. Ich brauche das genaue Datum, an dem Sie sich kennengelernt haben.«

»Das kann ich Ihnen beim besten Willen nicht aus dem Stegreif sagen, dafür müsste ich in meinen Unterlagen nachsehen.«

»Dann würde ich darum bitten.«

»Das kann aber ein wenig dauern, bis ich das rausgesucht habe.«

»Geduld ist die Tugend eines jeden Kriminalbeamten«, scherze ich. »Vielleicht vertrete ich mir in der Zwischenzeit die Beine. Wie lange werden Sie voraussichtlich brauchen?«

»Vielleicht eine halbe Stunde?«

»Okay!«, sage ich und stehe auf. »In einer halben Stunde bin ich wieder zurück.«

An der Empfangshütte glaube ich vorhin das Schild »Coffee to go« gesehen zu haben. Als ich davorstehe, sehe ich, dass mich meine Sinne nicht getrogen haben, und ordere bei dem jungen Mann einen Kaffee. Er hantiert an seiner gurgelnden Maschine herum und reicht mir wenig später mit einem Lächeln den Pappbecher. Der Übungskurs hat sich circa 200 Meter weiter auf einen Holzsteg am Wasser verlagert.

»Können Sie mir verraten, weshalb jemand ausgerechnet in solch einem Flachgewässer wie der Ostsee tauchen möchte?«, frage ich den Jüngling hinterm Tresen, um ihn ein wenig aus der Reserve zu locken. Er schaut mich erst verdutzt an, verzieht seinen Mund verächtlich zu einem dünnen Lächeln und sagt ein wenig von oben herab: »Hier tauchen Sie direkt vor Ihrer Haustür, lieber Mann, das ist Ihr eigenes Fleckchen Natur. Auf den Malediven oder in Ägypten ist es selbstverständlich, überall auf Fische zu treffen. Wenn hier jemand einen Dorsch oder Hornhecht aus der Nähe sieht, dann ist der noch richtig begeistert. Der kann den ganzen Abend darüber sprechen, selbst über einen kleinen Krebs oder Seestern. Das Erleben in der Ostsee wird einfach viel höher bewertet als irgendwo anders auf der Welt.«

Das letzte Mal, dass ich einen lebenden Dorsch gesehen habe, war voriges Jahr im Großraumaquarium des Multimar Wattzentrum, erinnere ich mich, als der Fischer Peter Jessen dort ermordet worden war.* Ein fürchterlicher Fall, der mir manchmal noch in den Sinn kommt. Mir scheint, es gibt sogar eine Parallele zu meinen aktuellen Ermittlungen. Ich kenne den konkreten Täter und dahinter vermute ich eine imaginäre Instanz, die alle Fäden in der Hand hält. So war das im Fall Jessen auch.

»Tauchen ist die pure Entspannung«, redet der Jüngling mit anpreisender Stimme weiter, als ich auf seine Ausführung nicht sofort reagiere. »Dort unten ist nichts zu hören außer dem eigenen Blubbern. Ein Gefühl von völliger Schwerelosigkeit, als würde man durchs Weltall schweben.«

»Ich bleibe vorläufig lieber mit beiden Beinen auf der Erde«, wiegle ich ab. »Und jetzt mache ich mich wohl besser langsam auf den Weg.«

Ich treffe Vogler vor einem aufgeklappten Ordner an.

»Der 13. September 2003«, sagt er, als er mich hereinkommen sieht. »Da war Herr Kahlheim zum ersten Mal

---

* Wimmer Wilkenloh, Hungergeist

hier. Er war mit einem Kumpel gekommen, einem gewissen Johannes Müller. Beide wollten möglichst schnell den Tauchschein machen.«

»Und Sie haben den beiden das Tauchen beigebracht?«

»Na klar! Ich habe eine Tauchschule!«

»Und darüber gibt es schriftliche Unterlagen?«

»Natürlich, Herr Müller hat damals den Vertrag unterschrieben«, sagt Vogler, nimmt ein Blatt aus der Lochung und reicht es mir.

»Und die Unterschrift von Kahlheim?«, frage ich, während ich das Papier überfliege.

»Habe ich nicht, er hat nicht unterschrieben. Den Tauchkurs und auch später, als sie einige Male Tauchgeräte ausgeliehen haben, hat immer Jojo … äh, ich meine natürlich Müller, also der hat immer alles unterschrieben. Kahlheim hat Müller Jojo genannt. Und Müller hat Kahlheim nur Seeler genannt.«

»Ist damals auch mal der Name Uwe Reuter gefallen?«

»Uwe Reuter?«, echot Vogler und überlegt mit verkniffenen Augen. »Also, nicht das ich wüsste! Ich kannte Kahlheim damals nur unter dem Namen Seeler. Dass Seeler und Kahlheim identisch sind, habe ich erst begriffen, als er mich für die Dreharbeiten in Husum angeheuert hat.«

»Wann genau haben Müller und Kahlheim denn damals die Tauchgeräte ausgeliehen?«

»Das war genau … Moment …«, sagt Vogler und blättert in dem Ordner, der vor ihm liegt. »Das erste Mal am 17. September 2003 … und dann … am 25. Oktober 2003 … und zuletzt am 30. Oktober 2003.«

»Am 30. Oktober 2003? Und das ist hundertpro?«

»Natürlich, schauen Sie doch selbst«, sagt Vogler und reicht mir den aufgeklappten Ordner. »Dort steht es schwarz auf weiß!«

Dort unten ist nichts zu hören außer dem eigenen Blubbern; ein Gefühl von völliger Schwerelosigkeit, als würde man durchs Weltall schweben, treiben die Worte des Jünglings durch meinen Kopf. Und plötzlich sehe ich alles deutlich vor meinen Augen, spüre, wie sich das ganze Gewicht der Welt auf meine Schultern legt, mich hinab in die Tiefe drückt, weiter und weiter, bis ich den Meeresgrund erreiche. Ich sehe den 30. Oktober vor mir, an dem Lutze vor der Küste von Husum ertrunken ist, und muss an Wilkenloh denken, fühle mich hilflos und allein, als hätte mir jemand den Boden unter den Füßen weggezogen.

2006
LICHT UND SCHATTEN

Der Sergeant Major verengt seine Augen, drückt mit der Zunge eine leichte Wölbung in seine Wange und sagt mit drohender Stimme: »Sign this paper!« Der Mann spricht betont langsam, hält Bayar einen Stift unter die Nase und deutet auf einen Vordruck, der auf dem Tisch liegt. Bayar steigt ein leichter Schweißgeruch in die Nase.

»Say that you are linked to Al-Quaeda and the Taliban, or you never come back home!«

Bayar will es nicht glauben, spürt, wie sich die Wut in seinem Magen aufbäumt. Er schließt die Augen, will diese uniformierten Hurensöhne einfach nicht mehr sehen. Seit nunmehr fünf Jahren halten ihn diese blankgeputzten Kerle gefangen, haben ihn gefoltert, wenn ihnen danach war, haben ihn in eiskalter Einzelhaft gehalten, wenn ihnen danach war, und obwohl sie genau wissen, dass er unschuldig ist, soll er jetzt diesen Wisch unterschreiben, bevor sie ihn endlich gehenlassen. Seine Augenlider klappen auf wie das Visier eines Ritterhelms, er hält dem Sergeant Major seine geöffnete Hand hin. Der legt ihm den Stift hinein. Bayar schließt die Hand ganz langsam und schleudert den Stift mit aller Wucht gegen die Wand, sodass er zerbricht.

*

Zwei Männer halten Bayar an den Armen fest, während ein dritter ihn fesselt. Als er fertig ist, setzen sie ihm eine »Goggles« auf die Nase, legen ihm Ohrenschützer an, dann eine Maske. Ihm wird schwarz vor Augen. Feste Hände auf seiner Schulter führen ihn aus dem Gebäude. Er geht über knirschenden Kies, dann wird er von mehreren Männern in ein Panzerfahrzeug gehievt. Kettenklirrend geht es wenig später an Bord eines Schiffes. Die Fahrt übers Wasser ist nur kurz, es geht über eine Straße weiter. Als das Fahrzeug stoppt und eine Tür geöffnet wird, hört er in der Nähe Flugzeugmotoren. Ein Soldat nimmt ihm die Maske ab, durchsucht mit einer Hand seinen Bart und die Haare. Es ist mitten in der Nacht. An einem Turm sieht er eine beleuchtete Uhr. Es ist 00.21 Uhr. Eine Schar Soldaten bildet einen Halbkreis um ihn, er wird langsam die Rampe zum Flugzeug hinaufgeführt. In der Mitte des Frachtraums fesseln sie ihn an einen Sitz. Er kann über zehn Wachen an Bord zählen, bevor man ihm die »Goggles« und die Maske wieder überstülpt. Es scheint, dass er der einzige Flugpassagier ist. Die Maschine hebt ab und er lässt sich in das monotone Motorengeräusch fallen, das sanft durch seinen Körper vibriert.

*

Er kann nicht schlafen, geht müde durch die Räume und entschließt sich, ein wenig durch die Nacht zu joggen. Vor der Haustür empfängt ihn eine sternenklare Vollmondnacht. Plötzlich spürt er eine unbändige Kraft, läuft die Dorfstraße in Richtung Osterhusumer Meierei und ist wenig später aus Witzwort heraus. Die Bäume sind von einem silbrigen Feuchtigkeitsfilm überzogen. Seine Füße sind leicht, er sprintet am Rand der Landstraße entlang, setzt locker Schritt vor Schritt, und ohne bewusst die Strecke wahrzunehmen, erreicht er die Windmühle »Catharina«. Pechschwarz, wie ein scherenschnittartiger Zyklop, der ihm mit ausgebreiteten Armen Einhalt gebietet, steht das Gebäude vor dem nachtblauen Himmel. Er spürt jedes Mal den Windzug auf seinem Gesicht, wenn sich die Mühlenflügel wie riesige Schaufeln durch sein Blickfeld graben. Etwas scheint nicht zu stimmen. Er sieht es nicht, aber er fühlt es. Und dann kann er es auch sehen. Er stoppt seinen Lauf, geht vorsichtig zur Eingangstür hinüber, die offen steht, und drückt sie mit der Hand vorsichtig ganz auf.

»Herr Wilkenloh, hallo!«, ruft er in den Innenraum, zögert kurz und tritt dann mit pochendem Herzen in die Dunkelheit. Es fühlt sich an, als würde er sich nicht allein im Raum befinden.

»Herr Wilkenloh, sind Sie da?«

Im nächsten Moment flammt hinter ihm ein Strahler auf und erleuchtet eine penibel aufgestellte Szenerie. Da sitzt Wilkenloh auf einem Stuhl, die Arme auf den Rücken gefesselt. Sein Kopf wird von einem bulligen Mann an den Haaren nach hinten gezogen. Das grelle Licht erzeugt einen Schlagschatten unter dessen Tränensäcken, die sich in einer scharfen Fläche auf den Wangen abzeichnen. Obwohl das Gesicht wie eine Fratze erscheint, erkennt er den Mann sofort. Die eulenhaften Augen von Oberst Obermayr werfen ihm einen verächtlichen Blick zu. Rechts davon steht die Frau von dem Phantombild, Marga Obermayr. Sie hält den Mund von Wilkenloh gewaltsam offen. Auf der anderen Seite steht ein drahtiger Mann im Kampfanzug mit Flecktarnmuster. Es ist Uwe Reuter, die Augen von einer Sonnenbrille bedeckt, die Haare unter einer schwarzen Wollmütze verborgen. Er steht mit gespreizten Beinen da und drückt Wilkenloh den Lauf der Pistole an die Schläfe.

Niemand sagt ein Wort. Die Zeit dehnt sich aus, jede folgende Minute vergeht langsamer als die gerade vergangene. Alle schauen ihn an, Wilkenloh mit angsterfüllten Augen, die anderen mit erwartungsvollen Blicken.

»Sie haben mich erwartet?«, sagt er, als er die beklemmende Stille nicht mehr ertragen kann.

»So ist es!«, antwortet Reuter und grinst überheblich. »Wir wollen ein Spiel mit Ihnen spielen. Es heißt ›Die Welt verstehen‹. Soll ich Ihnen die Spielregeln verraten?«

»Ich verstehe dieses verdammte Scheißspiel hier auch so«, sagt er wütend.

»Das dachte dieser Autor auch.« Reuters Stimme schneidet sich durch die schattenhafte Kälte, die wie eine Aura das Geschehen umgibt. »Sehen Sie, wohin es ihn gebracht hat. Er meinte die Welt zu verstehen, indem er zu ihr auf großen Abstand gegangen ist und komplexe Zusammenhänge auf ein kleines Stück Papier gebracht hat. Aber er ist in etwas hineingeraten, was eine Nummer zu groß für ihn war.« Reuter hebt den rechten Arm. Zwischen zwei Fingern hält er eine kleine grüne Kapsel. »Aber zurück zu unserem Spiel. Was Sie hier sehen, ist Cantharidin, die tödliche Dosis liegt bei 0,5 Milligramm. Die Dosis dieser Kapsel ist allerdings um einiges höher. Ich werde sie Wilkenloh gleich in den Rachen stopfen.« Während Reuter das sagt, nimmt er die Pistole von Wilkenlohs Stirn. »Doch bevor ich das tue, lege ich meine Pistole vor mich auf den Tisch. Wenn Sie mich also davon abhalten wollen, Wilkenloh zu töten, müssen Sie den Abstand zu mir und der Welt verringern. Indem Sie an den Tisch treten, wird sich die Pistole vergrößern, nehmen Sie sie in die Hand, wird sie nochmals größer.

Und wenn Sie den Lauf auf mich richten, wird sie überdimensional werden. Sie können das Spiel nur gewinnen, wenn Sie den Willen aufbringen, uns alle drei zu erschießen. Wenn nicht, wird Wilkenloh sterben und Sie haben das Spiel verloren! Verstehen Sie die Welt jetzt?«

Er spürt, wie der Raum um ihn herum zusammenschrumpft, wie die Personen und alle Gegenstände darin sich proportional ausdehnen und sein Blick an dem schwarz eloxierten Stahlgriff der Waffe entlanggleitet, die Form langsam umkreist, am Rohrhaltehebel vorbei zur gefrästen Inschrift mit den riesigen Buchstaben auf dem Verschluss. Carl Walther Waffenfabrik Ulm/Do P38 Cal. 9mm.

»Verstehen Sie die Welt jetzt?«

Reuter lächelt provozierend. Er kann es nicht mehr ertragen, gerät außer sich vor Wut, macht drei, vier schnelle Schritte zum Tisch hinüber, greift die Waffe und richtet sie wild entschlossen auf den Verursacher seines Zustands. Doch der Finger widersteht seinem Willen. Er kann den Abzug nicht durchdrücken.

Swensen wird aus einem Meer von Schreckensbildern in die kurze Unbewusstheit vor dem Erwachen gerissen. Dann ist er wieder in der Realität, nimmt wahr, wie das trübe Licht durch einen Spalt im Vorhang in den Raum fällt, hört im Bad das Geräusch der Dusche und registriert benommen, dass Anna schon aufgestanden ist. Der Wecker steht auf 6.27 Uhr. In drei Minuten wird er klingeln. Der Hauptkommissar setzt sich auf, tastet mit der Hand nach dem Weckmechanismus und drückt ihn runter. Danach atmet er tief durch, während eine Kraft ihn in die Erinnerung seiner Traumbilder zurückziehen will. Träume sind Botschaften der Seele, sagt eine Stimme in ihm. Das hat Anna einmal gesagt, erinnert er sich und grübelt, was sich hinter diesem schrecklichen Traum verbergen könnte.

Töten scheint schwerer zu sein, als wir uns vorstellen. Der Verstand verliert die Macht über den Körper. Ein Jäger in einer Eiderstedter Kneipe hat diesen Zustand mal angetrunken zugegeben und ihn als »Bockfieber« bezeichnet. Man hat den Bock vor der Flinte und begreift erst in dem Moment, welch ein riesengroßes Lebewesen vor einem steht und dass man es unweigerlich tötet, wenn man wirklich abdrückt.

Ist das die Botschaft aus dem Traum?

Er weiß es nicht und er hat auch nicht die Muße und Zeit, das jetzt zu ergründen. Es ist der Morgen des 24. August 2006. Anna kommt im Bademantel ins Zimmer, wirft Swensen einen missbilligenden Blick zu und sagt: »Raus aus den Federn! Du gehst jetzt sofort ins Bad! Und da bleibst du, bis ich aus dem Haus bin, verstanden! Ich will nicht, dass du siehst, was ich anziehen werde.«

Sie sieht ihn herausfordernd an und wartet, bis er sich auf den Weg gemacht hat. Gestern hat sie beschlossen, noch die 50 km bis nach Schleswig zu fahren, sich dort ihre Haare frisieren zu lassen, um dann direkt zum Treffpunkt auf den Parkplatz beim Westerhever Leuchtturm zu kommen. Vorher ist jeder Blick auf ihr Kleid, das sie mit ihrer Freundin zusammen ausgesucht hat, tabu.

Psychologinnen sind halt nicht anders als alle anderen Frauen auch, denkt er amüsiert und steigt in die Dusche. In vier Stunden werden sie heiraten. An ihrem letzten Abend im »Dante« hatten sie es endlich geschafft, einen Termin dafür festzulegen, und jetzt ist es plötzlich schon so weit.

*

Sie führen den Gefangenen wieder über eine Rampe aus dem Flugzeug. Er spürt die Hände, die ihm die Maske, die Schutzbrille und die Ohrenschützer abnehmen. Das grelle Sonnenlicht schmerzt auf der Netzhaut, Bayar kneift abrupt die Augen zu Schlitzen zusammen. Dann sickern schattenhafte Umrisse in das grelle Nichts, bis er wahrnehmen kann, dass er auf dem Rollfeld eines Flughafens steht, er sieht amerikanische Militärfahrzeuge und Hangars.

Diese verdammten Hurensöhne, denkt er, sie haben mich schon wieder reingelegt, und er entdeckt in unmittelbarer Nähe einen großen schwarzen Mercedes. Drei Männer in dunklen Anzügen steigen aus und kommen auf ihn zu. Die sehen aus wie Deutsche, denkt er erstaunt, während die Gesichter der drei langsam erkennbar werden. Die Männer machen auf ihn einen unsicheren Eindruck. Sie stellen sich umständlich in eine Reihe und wissen offensichtlich nicht, wer von ihnen es übernehmen soll, ihn anzusprechen.

»Herr Bayar«, sagt der Kleinste endlich, »wir sind hier, um Sie abzuholen.«

Er kneift misstrauisch die Augen zusammen.

»Sie können uns vertrauen.« Die Stimme klingt fast unterwürfig, während der Mann ihm ein gefaltetes Papier überreicht. »Der Brief ist von Ihrer Mutter.«

Er faltet das Papier auseinander und liest: »Mein lieber Sohn Gülcan, deutsche Beamte bringen dich zu uns. Dein Vater und ich, dein Bruder Fehmi und der deutsche und der amerikanische Anwalt warten draußen auf dich. In Liebe, deine Mutter Serap.«

Der Deutsche sagt, er soll auf dem Rücksitz Platz nehmen, und setzt sich dann neben ihn. Die anderen steigen vorn ein. Der Wagen setzt sich in Bewegung. Sie kommen an einem flachen weißen Gebäudekomplex mit einem Control Tower vorbei. »Air Base Rammstein« steht darauf. Als der Wagen durch die überdachte Schrankenanlage hinausfährt, weiß er, er ist wieder in Deutschland. Vielleicht ist er jetzt wirklich frei. Er fragt die Männer aber nicht. Ab und zu knackst es im Funkgerät, das der Mann auf dem Beifahrersitz in der Hand hält.

»Verdächtiger Wagen von vorn!«, quäkt es.

Der Fahrer ändert die Fahrtrichtung.

»Die Presse«, klärt ihn der Kleine auf. »Wir bringen Sie zum Roten Kreuz und wir möchten nicht, dass uns irgendwelche Reporter dorthin folgen.«

Plötzlich biegen sie von der Straße ab und fahren auf ein Grundstück mit Grünflächen. Auf einem Schild steht »Seniorenheim Landstuhl«. Sie steigen aus und gehen in die Eingangshalle.

»Herzlich willkommen, Herr Bayar«, sagt eine junge Frau und lächelt. »Ihre Familie wird gleich bei Ihnen sein.«

Dann geht die Fahrstuhltür auf, seine Mutter tritt heraus, stürmt auf ihn zu und schließt ihn in ihre Arme, weint vor Freude und hält ihn fest umfangen. Er legt den Arm um sie und bemerkt dabei sein grünes Plastikarmband am Armgelenk, sieht die Nummer 037. Das bin ich gewesen, denkt er, fünf Jahre war ich die Nummer 037. Er zieht es ab und steckt es in die Hosentasche. Erst jetzt fällt sein Blick auf seinen Vater und seinen Bruder. Hinter den beiden stehen zwei Männer, von dem er nur einen aus Guantánamo kennt. Das sind seine Anwälte, denkt er, ihnen habe ich meine Freiheit zu verdanken. Erst später erfährt er, dass seine Mutter sie ihm besorgt hat.

*

Swensen öffnet einen weiteren Knopf an seinem weißen Hemd, betrachtet kritisch sein Abbild im Flurspiegel und bleibt bei dem Entschluss: keine Krawatte an seinem Hochzeitstag. Fünf vor zwölf hatte er sich noch entschlossen, bei einem Herrenausstatter in Flensburg ein schwarzes, gut sitzendes Jackett zu erstehen, dazu ein teures Hemd der Marke »Signum«. Die passende schwarze Jeanshose besaß er bereits, erst dreimal getragen, so gut wie neu.

Er dreht sich und mustert sich von beiden Seiten. So kann ich mich in die Öffentlichkeit trauen, denkt er, als draußen auf der Straße vor dem Haus kurz eine Autohupe ertönt. Die Zeiger der Armbanduhr stehen auf 9.21 Uhr. Peter Hollmann ist überpünktlich. Sie haben verabredet, dass er von ihm abgeholt und nach Westerhever gebracht wird. Noch ein flüchtiger Blick in den Spiegel und schon eilt er zur Haustür hinaus. Der Chef der Spurensicherung steht mit dem Fotoapparat im Anschlag an der Vorgartenpforte und ruft: »Achtung, Jan! Schau mal kurz her!«

Swensen schließt die Haustür ab, dreht seinen Kopf und hört sofort ein mehrfaches Klicken. Er hebt die Hand abwehrend vors Gesicht und grollt: »Muss das jetzt schon sein?«

»Ich denke, du möchtest Bilder von deiner Hochzeit?«, grient Hollmann und macht ein weiteres Foto. »Du wirst schon aushalten müssen, dass du heute im Mittelpunkt stehst!«

Dann öffnet er Swensen wie ein Chauffeur die Pforte und danach auch noch die Wagentür. Als er sich auf den Fahrersitz setzt und sich anschnallt, fragt er mit todernster Miene: »Wohin darf ich den Herrn bringen?«

Swensen geht lächelnd auf das Spielchen ein. »Johann, bitte bringen Sie mich nach Westerhever!«

Der Himmel liegt hinter einer grauen Wolkendecke. Hollmann legt den Gang ein und wendet den Wagen. Zwei Minuten später fahren sie an der Mühle »Catharina« vorbei in Richtung Oldenswort; und obwohl der Albtraum der Nacht wie ein Virus erneut an seine Gedanken andocken will, verliert er kein Wort darüber und legt den Fall innerlich zu dem Aktenstapel, der noch erledigt werden muss.

Kurz vor Osterhever muss der BMW sich hinter einem Schwertransport einreihen, der von einem blinkenden Fahrzeug begleitet wird. Auf der Ladefläche liegt der riesige Flügel einer Windanlage. Es geht nur im Schritttempo voran. Glücklicherweise fährt die Spaßbremse geradeaus nach Poppenbüll weiter und Hollmann biegt rechts in den Augustenkoog ab. Swensen lässt das Seitenfenster herunter und der frische Geruch von salzhaltiger Meeresluft strömt in den Innenraum. Wenig später erreichen sie den Parkplatz Westerhever, wo die Autostraße vor dem Küstendeich endet. Swensen bemerkt, dass sich bereits eine kleine Schar von bekannten und unbekannten Gesichtern auf den Wegen zwischen den parkenden Fahrzeugen versammelt hat. Etwas abseits stehen die zwei Kutschengespanne mit jeweils zwei rotbraunen Holsteinern davor. Über den Sitzbänken sind rote Persenningen montiert. Anna hat diese Fahrgelegenheiten in weiser Voraussicht geordert, denn ein Fußmarsch auf dem Weg hinter dem Deich bis zum Leuchtturm hinaus würde gute 45 Minuten dauern.

Hollmann übernimmt gleich nach dem Aussteigen seine ihm angetragene Rolle als Hochzeitsfotograf, folgt seinem Kollegen wie ein Schatten auf Schritt und Tritt und drückt auf den Auslöser, sowie sich ein neues Motiv ergibt. Swensen begrüßt Annas Mutter, die mit ihrem jüngeren Bruder aus Garding gekommen ist. Klick! Swensen begrüßt die

Männer vom Boßelverein Witzwort. Klick! Anna fährt mit ihrem hellblauen Renault Clio auf den Parkplatz – Klick! – und steigt aus – Klick! Anna präsentiert ihr schlichtes elfenbeinfarbenes Spitzenkleid, ihre Frisur und den Hochzeitsstrauß. Klick! Anna und Swensen erklettern Hand in Hand das Kutschgespann. Klick! Klick! Klick!

Einer der Kutscher steigt auf den Bock und wenig später rumpeln die Gespanne, begleitet vom metallenen Klappern der Pferdehufe, auf der schmalen Asphaltstraße den schrägen Innendeich hinauf. Mit kurzen Schnalzlauten treibt der Kutscher seine Holsteiner an, die mit einem Schnauben antworten und dann auf dem Weg hinterm Deich Tempo aufnehmen, durch die Salzwiesen mit den Schafen auf den Leuchtturm zu, der an den Seiten von zwei gleichen Häusern flankiert wird. Kurz vor der Ankunft bricht, wie auf ein göttliches Zeichen hin, die Wolkendecke auf und ein Lichtstrahl fällt schräg herab ins Wattenmeer. Swensen hört das Klicken von Hollmanns Fotoapparat und muss grinsen, während er gleichzeitig Annas Hand drückt. Selbst auf den 65 Treppenstufen, die sich wie eine Spirale zur vierten Plattform des Leuchtturms hinaufwinden, wird das Brautpaar auf die Linse gebannt. In den runden Raum aus genieteten grauen Eisenplatten, in dem das standesamtliche Zeremoniell stattfinden soll, passen maximal elf Personen. Deshalb stehen auch nur elf schlichte Stühle aus Kirschholz mit rot-weiß gemustertem Stoff und ein Tisch darin. Anna und Swensen nehmen vor dem Tisch der Standesbeamtin Platz, an den Seiten sitzen der Trauzeuge Peter Hollmann und die Trauzeugin Sabine Meinert, Annas alte Schulfreundin. Swensen schaut sich um, es sind noch nicht alle Gäste anwesend. Aus dem Treppenschacht hallen aber schon sich nähernde Schritte, bis Desiree Lade, aufwendig geschminkt mit dunkelrotem Lippenstift und kräftigem Lidschatten, das Leuchtturmzimmer betritt. Kurz darauf hat auch ihr Mann, der Polizeiarzt, die steilen Treppenstufen bewältigt. Pustend, mit Schweißperlen auf der Stirn besetzt er den letzten freien Stuhl.

Dum, Dum, Dum, Dum. Swensen vernimmt im Kopf die Herzschläge der Katinger Kirche, die er und Anna hörten, als er ihr im Katinger Watt den Heiratsantrag gemacht hatte, und spürt gleichzeitig seinen eigenen Herzschlag, der jetzt ruhig, ohne erkennbare Erregung schlägt. Der Moment ist nicht sonderlich beeindruckend, gesteht er sich und ist enttäuscht, dass er nicht mehr fühlen kann und dass auch keine Engel gekommen sind.

»Es braucht ein offenes Herz, um sich einem anderen, einem fremden Menschen zuzuwenden«, sagt die Standesbeamtin und irgendwie wirkt plötzlich alles anders als ein rein bürokratischer Akt. »Und es braucht Vertrauen, einander zu lieben, so zu lieben, dass man sich entschließt, den Weg in ein gemeinsames Leben zu beschreiten. Die Ehe ist mehr als ein Versprechen, sie ist das Gelöbnis, eine Verpflichtung fürs Leben einzugehen, in guten und in schlechten Tagen. Das Leben entfaltet sich in der Beziehung. Und jede Beziehung symbolisiert die Einheit des menschlichen Getrenntseins.«

Aus dem Augenwinkel sieht Swensen, wie Annas Augen feucht werden. Er tastet nach ihrer Hand und drückt sie fest.

»Wir können nicht wirklich sagen, was Buddha ist. Und es könnte sein, dass dieses Nichtwissen über das, was Buddha ist, der eigentliche Buddha ist!«, sagt eine Stimme in ihm. Doch bevor er dem Gedanken nachhängen kann, kommt die entscheidende Frage von außen, die es zu beantworten gilt.

»Und so frage ich Sie, Jan Henrik Thomas Swensen, wollen Sie mit der hier anwesenden Anna Dorothea Diete die Ehe eingehen, so antworten Sie mit Ja.«

Er zögert, bis er alle Blicke im Raum auf der Haut spürt, und sagt dann mit lauter Stimme: »Ja!«

»Frau Anna Dorothea Diete, wollen Sie mit dem hier anwesenden Jan Henrik Thomas Swensen die Ehe eingehen, so antworten Sie mit Ja.«

»Ja!«

Hollmann hat seinen Platz verlassen und dokumentiert den Tausch der Ringe, die Gratulation der Beamtin, den Kuss und die Unterschriften von Swensen und Anna und wie Swensen demonstrativ seinen Ringfinger in Richtung Kamera reckt – Klick! –, bevor er selbst seine Unterschrift als Trauzeuge leistet.

Auf dem Weg zurück nach unten empfindet Swensen, dass das Innere seines Körpers seine Schwere verloren hat, dass Herz, Leber, Nieren, seine Muskeln, Sehnen und sein Gedächtnis, alles was sein Ich ausmacht und umreißt, sich in eine neue, noch nicht fassbare neue Existenz wandelt. Eine Gänsehaut überzieht seine Arme. Ist das Sentimentalität, fragt er sich. Doch bevor er sich selbst eine Antwort geben kann, öffnet Anna, die vor ihm geht, die Eingangstür und eine frische Brise weht ihnen entgegen. Auf dem mit Ziegelsteinen gepflasterten Weg haben sich seine Kollegen aus der Inspektion in einer Reihe aufgestellt, auch Susan Bender und ihr Mann sind darunter. Alle müssen in der Zwischenzeit die 1,5 Kilometer vom Deich zu Fuß hierhergegangen sein. Im selben Moment, als das Brautpaar zusammen die Stufen hinabsteigt, ertönen laut heulend die

Sirenen von mehreren Martinshörnern, die von den Kollegen offensichtlich an Autobatterien angeschlossen wurden. Mit lachenden Gesichtern, die Hände an die Ohren gepresst, tritt einer nach dem anderen der kleinen Hochzeitsgesellschaft ins Freie. Nachdem der Lärm genauso abrupt abbricht, wie er begonnen hat, knallen auch schon die Sektkorken und die Gläser werden gefüllt.

*

Er ist allein, steht vor der schmalen Treppe, die mit einer leichten Biegung in den ersten Stock führt. Sein Arm streckt sich zur Seite, die Finger tasten sich in eine Vergangenheit zurück, die ihm vertraut und zugleich unwirklich vorkommt. Es ist, als wäre er von einem anderen Planeten aufgebrochen, durch das dunkle Universum geflogen und auf der Erde notgelandet, genau wie in der Szene aus dem Film »Planet der Affen«, den er vor langer, langer Zeit im Kino gesehen hat. Die Finger finden den Lichtschalter an dem Ort, an dem er immer war, die ganzen fünf Jahre lang, die er hinter Stacheldraht und in verschiedenen Käfigen verbracht hat. Bayar setzt den Fuß zögerlich auf die erste Stufe, macht einen Schritt und den nächsten, er will sein Zimmer wiedersehen und hat im selben Moment Angst davor. Die Finger greifen nach der Klinke. Er öffnet die Tür; ein Fremder betritt den Raum des Altbekannten. Alles steht an seinem Platz, genauso wie es von ihm verlassen wurde, das braune Ledersofa mit den bunten, türkisch gemusterten Kissen, die aufklappbare Schlafcouch, der gläserne Regalschrank mit den vielen DVDs, das kleine Modell der spanischen Karavelle »Santa Maria«, mit der Kolumbus Amerika entdeckte. Nichts scheint in der Zeit, in der er weg war, bewegt worden zu sein. Unter dem Schrank liegt ein Koffer. Er zieht ihn hervor und klappt ihn auf. Im Inneren liegen seine Hanteln, mit denen er als Jugendlicher Krafttraining gemacht hat.

»Es gibt keine Kraft und keine Macht außer bei Allah«, sagt eine Stimme aus einer weit entfernten Welt, während er sie herausnimmt. Sie liegen schwer in seiner Hand. Er stemmt eine dreimal zur Schulter und legt sie zurück. Dann setzt er sich aufs Sofa, versinkt in Erinnerungen, die wirklicher erscheinen als das, was sein direkter Blick gerade erfasst. Irgendwann steht er auf, geht langsam durch den Raum und verlässt ihn verstört.

Im Wohnzimmer sitzen alle um den Tisch, der Vater und sein Bruder auf dem Sofa, Mutter etwas abseits auf einem Stuhl. In der Ecke surrt ein Ventilator. Fehmi stöhnt über die Hitze im Raum. Er findet es angenehm kühl. Im Fernseher läuft ein Fußballspiel eines türkischen Senders, der Ton ist nur leise. Er setzt sich dazu, starrt eine Weile lustlos auf die quirligen Livebilder, die so fremdartig wirken, als würden Spielzeugfiguren ohne Sinn und Verstand auf einer Wiese hin und her flitzen.

»Du musst Hunger haben, mein Junge!«, sagt seine Mutter.

»Nein!«, sagt er.

»Gülcan, das musst du dir ansehen«, sagt Fehmi plötzlich, nimmt Geldstücke und Scheine aus seiner Geldbörse und legt sie vor ihn auf den Tisch. Er nimmt sie in die Hand, dreht die Geldstücke und streicht vorsichtig über die Scheine mit den unbekannten Bildern. »Das sind Euro, es gibt keine DM mehr!« Spielzeuggeld, denkt er verächtlich.

Alles was ihm passiert ist, hat sich aus lauter Zufällen zusammengefügt, hat den Sinn seines Lebens dahinter entwertet, als wäre es zu etwas Beliebigem geworden. Die Welt ist die gleiche geblieben, für ihn ist aber alles anders.

*

Knappe eineinhalb Stunden später, nachdem die Hochzeitsgesellschaft per Kutsche und zu Fuß den Rückweg angetreten hat, parkt das letzte Fahrzeug mit Heinz Püchel, Stephan Mielke und Rudolf Jacobsen auf dem kleinen Parkplatz hinter der Schankwirtschaft »Andresen« in Katingsiel ein. Als die drei Kripobeamten durch den Hintereingang und den langen Flur mit den vergilbten Fotos aus den ersten Jahren des vorigen Jahrhunderts in die alte Friesenstube treten wollen, steht Wilhelm Andresen, Besitzer und Eiderstedter Original, wie ein wachender Cherub in der Eingangstür, an dem es ohne ein magisches Wort kein Vorbeikommen gibt.

»Na, wo kommt ihr denn noch her?«, fragt er in seiner unverwechselbaren Art.

»Von ganz vorn, vor der Küste! Wir sind die Nachhut von der berittenen Gebirgsmarine!«, scherzt Heinz Püchel mit todernster Miene. »Bevor es hier richtig losgehen kann, müssen wir noch schnell den Hafen der Ehe inspizieren.«

»Bei mir im Haus hat ›schnell‹ sich totgelaufen, mein Lieber! Also, immer schön langsam mit den jungen Pferden, dann dürft ihr auch rein!«, kontert Wilhelm. »Und du? Du bist der Chef vom Ganzen, stimmt's oder hab ich recht? Ich weiß Bescheid, ich bin nämlich hier geboren, hab die höhere Schule besucht, Katinger Deich, drei Stufen hoch, wegen Hochwasser.«

»Wo du recht hast, hast du recht, Wilhelm!«, sagt eine Stimme neben ihm und lacht.

Wilhelm Andresen dreht verwundert den Kopf zur Seite. Swensen grient ihn an.

»Ach, du bist das, dieser aufmüpfige Bräutigam! Was willst du denn loswerden?«

»Dir verklickern, dass du es gerade mit dem Chef der Husumer Polizeiinspektion zu tun hast«, ulkt Swensen mit förmlicher Stimme. »Darf ich vorstellen, Polizeirat Heinz Püchel. Und das sind die Kollegen Mielke und Jacobsen. Alles geladene Gäste!«

»Na, dann mal rein in die gute Stube. Und als Chef setzt du dich schön gerade hin – verstanden? Das sieht nämlich besser aus.«

»Wir haben übrigens ein kleines Geschenk von den Kollegen aus der Inspektion dabei«, wendet sich Stephan Mielke an Swensen und hält einen flachen, in Geschenkpapier verpackten Karton hoch.

»Danke, danke, ihr Lieben. Geschenke sind immer willkommen«, sagt Swensen in bester Laune, nimmt das Präsent in Empfang und wiegt es in der Hand. Danach führt er die Kollegen in die langgezogene Friesenstube, in der bereits ausgelassenes Gelächter und ein Wirrwarr aus Stimmen in der Luft hängen. Anna gesellt sich dazu, bedankt sich und nimmt Swensen den Karton ab, um ihn auf einen eigens bereitgestellten Gabentisch zu den anderen Geschenken zu legen. Schon werden Krabbenbrote mit Spiegelei serviert und dazu bereits der eine oder andere Eiergrog bestellt. Auf den weinroten Kanapees in den Ecken des Raumes wird gelästert, gegessen und getrunken, Anekdoten erzählt und zu guter Letzt in einem gemeinsamen Impuls lassen alle das Brautpaar hochleben.

»Hoch soll'n sie leben, hoch soll'n sie leben, dreimal hoch!«

Für mich, der eigentlich nie heiraten wollte, ist das hier eine echte Herausforderung, denkt Swensen, innerlich erregt, und schlägt dann mit dem Löffelstiel gegen sein halbleeres Eiergrogglas. Nach der Trauung, das ist sein Wunsch, will er Anna ein paar persönliche Worte sagen. Und während er sich in Pose stellt, sieht er, wie Susan Bender ihrem Mann Marcus einen Knuff gibt, damit der dem feierlichen Moment seine volle Aufmerksamkeit widmet. Der hatte nämlich vor einem Jahr an selber Stelle auf seiner eigenen Hochzeit mit Susan ebenfalls eine Rede gehalten. Swensen hält kurz inne, um sich zu sammeln. Er weiß, dass das, was er vorhat, ihm nicht locker über die Lippen kommen wird. Doch nun wäre es unmöglich, einen Rückzieher zu machen.

»Einzig der Augenblick ist ewig«, beginnt er, setzt eine gezielte Zäsur, bis er spürt, dass die Blicke sich ihm zuwenden. »Deshalb sollten wir jeden Augenblick, den wir gemeinsam haben, achtsam nutzen. Liebe Anna, ich wünsche mir sehr, dass uns das in unserer Ehe gelingen möge. Der Buddhismus teilt jede Partnerschaft in vier Zustände auf: Metta – die Liebe, Karuna – das Mitgefühl, Mudita – die Mitfreude und Upekkha – den Gleichmut. Liebe Anna, ich möchte dir zu unserem Ehrentag gerne ein Gedicht vorlesen, das mir aus heiterem Himmel zugeflogen ist, ich musste nur noch danach greifen.«

Swensen ändert seine Körperhaltung, richtet sich innerlich auf und schaut dabei Anna in die Augen. Er atmet noch einmal tief ein und aus, um dann in wohlgesetzter Betonung zu sprechen:

Ich bin meiner selbst
das Licht und alles Dunkle
Du bist deiner selbst

berührst du mich
berührst du deinen Schatten
So fließt alles
verknüpft im Netz der Welt

Er bemüht sich, sein ganzes Gefühl für diesen besonderen Augenblick in den Worten mitschwingen zu lassen und sie gleichzeitig wie liebevolle Pfeile in Annas Richtung abzuschießen, um ihr Herz zu erreichen.

Freude mit Freude
Träne mit Träne
Gedanke mit Gedanke
Ein Sandkorn sind wir
gestützt von einem Sandkorn
verweht in wilder Gleichheit
belebt vom Sinn
jeglicher Bindung in uns selbst.

Einen Moment ist es mucksmäuschenstill in der Friesenstube. Swensen sieht, wie Anna die Handflächen an die Augen drückt und kurz mit den Tränen kämpft. Er geht auf sie zu, nimmt sie in den Arm und fühlt sich rundum glücklich. Das einsetzende Klatschen umrahmt den rührenden Moment wie der ausklingende Schlusschoral eines Werkes von Bach. Dann setzen die Gespräche wieder ein, man prostet sich gegenseitig zu, und der eine und andere lockere Spruch wird geklopft, gefolgt von fröhlichem Gelächter. Auch Wilhelm mischt sich unter die jetzt ausgelassene Hochzeitsgesellschaft. Irgendwann am späten Abend ertappt Swensen ihn, wie er Heinz Püchel und Michael Lade die Geschichte von den gestohlenen Mammutbaumsetzlingen erzählt, die schon mancher Gast aus seinem Mund gehört hat.

»So klein waren die Dinger«, sagt er und spannt Daumen und Zeigefinger mit nur wenigen Zentimetern Abstand in der Luft. »Geklaut hab ich die, im New Yosemite-Nationalpark, da, wo die Mammutbäume wachsen. Das ist dort, wo Kalifornien am schmalsten ist und Nevada ziemlich zum Pazifik rangeht. Da entsteht durch Kälte und Hitze warmfeuchte Luft. Ich hab die Setzlinge erst mal in Tempotaschentücher gewickelt, Wasser drüber, in eine Plastiktüte und dann unter der Wäsche verstaut. Wenn die mich zu fassen gekriegt hätten, oh hauer hauer ha, da wär was passiert. Ich hab vielleicht Schiss gehab, als ich durch den Zoll musste.«

Swensen durfte die Bäume vor einiger Zeit einmal im Garten hinter der Schankwirtschaft bewundern. Der eine ist bereits 14 Meter hoch. Den anderen Setzling hatte Wilhelm aus Versehen auf eine Wasserader gepflanzt. »Dort hat der vor sich hin gemickert«, hatte Wilhelm ihm erzählt, »im Sommer ist er immer weiß, anstatt grün gewesen.« Erst ein Wünschelrutengänger hatte die Ader entdeckt und Wilhelm hatte den Baum danach umgepflanzt und er wuchs jetzt wie der andere.

»Der Mammutbaum kann auch harte Luft ab, und harten Boden«, hört er Wilhelm gerade zu den Kollegen sagen und der frisch vermählte Hauptkommissar stellt sich dabei vor, wie es wohl sein wird, wenn in 300 Jahren alle Menschen, die jetzt auf dieser Erde leben, bereits tot sind und die 300 Jahre alte Schankwirtschaft 600 Jahre alt sein wird, und zwei Mammutbäume hinter dem Gebäude 100 Meter hoch in den Eiderstedter Himmel ragen werden, sodass man sie schon vom entfernten Eidersperrwerk aus sehen kann.

*

Jacobsen hat bei der heutigen Frühbesprechung wieder einmal seine »Husumer Rundschau« auf dem Tisch liegengelassen. Swensen war der Letzte, der aus dem Raum ging, und hat die verwaiste Zeitung kurzerhand mitgenommen.

Jetzt sitzt er in seinem Büro, hat den Computer hochgefahren und weiß nicht, ob er nun vor Enttäuschung schreien soll oder ob seine buddhistische Gelassenheit noch die Oberhand über ihn gewinnen kann. Er entscheidet sich für die zweite Variante, denn er hat schon vor der Hochzeit geahnt, dass die Fakten, die im Mordfall Wilkenloh zusammengetragen wurden, für eine hieb- und stichfeste Beweislage nicht ausreichen würden. Die Taucherausrüstungen waren zwar belegbar von Kahlheim alias Reuter und Müller exakt am Todestag von Lutze ausgeliehen worden, aber es gibt bisher keine Zeugen, die die beiden an diesem Tag auch irgendwo vor der Husumer Nordseeküste gesehen haben. Kahlheim ist nach wie vor nicht auffindbar, um ihn vernehmen zu können. Auch die Produktionsfirma konnte oder wollte nichts über seinen Verbleib verlauten lassen und Colditz hat auf der Frühbesprechung vorsichtig angedeutet, dass es von ganz oben Bestrebungen gibt, den Fall möglichst schnell zu einem Abschluss zu bringen, egal wie.

Wenn Swensen nur ansatzweise darüber nachdenkt, muss er sich zusammenreißen, um nicht aus der Haut zu fahren. Er stellt sich die Mammutbäume vor, die in aller Seelenruhe ihre Wurzeln in die Eiderstedter Erde senken. Über 2.000 Jahre werden sie alt und der voluminöseste von ihnen, der »General Sherman Tree«, ist 83 Meter hoch und hat einen Durchmesser von 825 Zentimetern.

Was bedeutet dagegen ein ungelöster Fall, sagt er sich, lässt innerlich los und wendet sich stattdessen gedanklich der kleinen Hochzeitsreise zu, die Anna und er gleich nach der Trauung nach Sylt unternommen haben. Drei Tage auf den Spuren von Theodor Storm, war Annas Idee gewesen. Und als alte Storm-Enthusiastin wollte sie unbedingt nach Sylt, weil der Dichter noch kurz vor seinem Tod dorthin gereist war. In seinen Tagebüchern hatte er Sylt als Sageninsel bezeichnet. Deshalb gehörte zu Annas Handgepäck natürlich auch ein Buch über die unvollendete »Sylter Novelle«.

Sie hatten sich in Westerland im Apartment »Theodor Storm«, einem im Friesenstil gebauten Ferienhaus, in der Theodor-Storm-Straße einquartiert und waren am ersten Tag nur bis zu der nicht weit entfernten alten Dorfkirche spaziert. Nach Annas Überzeugung musste Storm seinerzeit auch Sankt Niels besucht haben. Anna hatte lange vor dem Mittelschrein des dreiflügligen Schnitzaltars aus der Spätgotik gestanden und die filigranen Figuren der Marienkrönung bewundert. Maria im blauen Gewand mit goldenem Umhang, neben ihr Christus, der ihr mit der rechten Hand die Krone aufs Haupt setzt, um sie zur Teilhaberin an seiner weltlichen Macht zu machen.

Die nächsten beiden Tage verbrachten sie in den Dünen von Wenningstedt, sonnten sich und gingen in der Gewissheit baden, dass auf ihrer Düne bestimmt die »Brautnacht« der Novelle gespielt hat. In ihr trifft der Schiffer Lars, Sohn eines Strandräubers, auf die bereits versprochene Tochter des Landvogts und sie gibt sich ihm einen Tag vor ihrer Trauung hin. Storm hatte diese Idee auf dem vierten Blatt des handschriftlichen Entwurfs skizziert, und Anna hat Swensen einen Abdruck dieser Seite in ihrem Buch gezeigt und ihm gesagt, die sechs stormschen Blätter seien nie zu einer Novelle geworden, genauso wenig wie eine weitere

Idee Storms von der »Armesünderglocke«; dafür konnte er nach der Syltreise, trotz seiner Erkrankung, noch den »Schimmelreiter« vollenden.

Gedanklich in das konstruierte Gebilde von Storms Sterben versunken, bemerkt Swensen den goldenen Ring an seiner Hand. Im selben Moment ist er zurück in ihrer gemeinsamen blauschwarzen Nacht, sieht sich neben Anna im warmen Sand liegen, wie sie beide zu der hauchdünnen Mondsichel hinaufblicken, die durch das helle Sternenmeer treibt. Er kann wieder die kleinen Wellen hören, die an den Strand schlagen, nicht viel mehr als ein geflüstertes Echo der Gezeiten. Anna schmiegt ihren Kopf an seine Schulter. Er spürt, wie ihn ihr Duft erregt, legt sanft seinen Arm um sie und tastet mit der Nasenspitze nach ihrem Ohr. Ihre Lippen gleiten suchend über seine Schulter. Er zuckt zusammen, schließt genussvoll die Augen, fällt in ein Fest der Sinne und gleitet willenlos in den Strom der sich steigernden Wollust. Alle Fiktion ist aus dem Kopf, es ist die reale Brautnacht in den Dünen, die 119 Jahre nach Storms erdachtem Vorbild endlich Wirklichkeit geworden ist.

Eine Sirene schreckt ihn auf. Ein Streifenwagen mit eingeschaltetem Martinshorn fährt direkt unter seinem Bürofenster vom Hof, hallt wenig später aus der Ferne wie ein steter Mahnruf, dass die Toten, wenn auch nur vorübergehend, eine gewisse Macht über die Lebenden behalten. Nach dem Tod von Wilkenloh hat er sich manchmal schuldig gefühlt, dass er weiterhin am Leben sein darf und sogar seine Heirat planen konnte. Doch das ist nur für kurze Zeit so gewesen, dann normalisierten sich die Tage, man isst, man schläft, man geht zur Arbeit. Swensen greift grübelnd nach der Zeitung und blättert sie beiläufig durch, bis er verharrt, als er die Schlagzeile sieht: »Gülcan Bayar wurde gefoltert«. Seine Hand greift nach der Lesebrille, er setzt sie auf und stellt fest, dass der Artikel von Maria Teske verfasst wurde.

»Der Deutschtürke Bayar, der nach jahrelanger Inhaftierung in Guantánamo vor fünf Tagen freikam, ist selbst noch bei der Überstellung nach Deutschland erniedrigt, gedemütigt und entwürdigt worden«, liest er erregt. »Bayar war mit verbundenen Augen, an Händen und Füßen gefesselt, am Boden eines Transportflugzeugs angekettet worden, bevor er den deutschen Behörden übergeben wurde. Jetzt befindet er sich nach seinen Strapazen in ärztlicher Fürsorge. Es gibt mittlerweile Hinweise, dass die damalige rot-grüne Bundesregierung unter Kanzler Schröder und dem heutigen Außenminister Frank-Walter Steinmeier eine frühere Entlassung Bayars im Jahr 2002 verhindert hat, wodurch dem zu Unrecht Inhaftierten vier Jahre länger Qual und Leid zugemutet wurden.«

Swensen stößt geräuschvoll die Luft aus der Lunge. Warum hat niemand auf der Frühbesprechung was darüber gesagt, fragt er sich und im selben Moment ist ihm klar, dass diese Tatsachen für die Kollegen nach wie vor in keinem Zusammenhang mit dem Fall Wilkenloh stehen. Er sucht in seinem Adressverzeichnis, das auf dem Tisch liegt, nach der Telefonnummer von Maria Teske und wählt ihre Nummer bei der »Husumer Rundschau«.

»Swensen«, meldet er sich, als sie das Gespräch entgegennimmt. »Moin, moin, Frau Teske! Ich habe gerade Ihren heutigen Artikel über Bayar vor mir liegen. Haben Sie einen Augenblick Zeit?«

»Aber immer, Herr Hauptkommissar! Sie wissen doch, die Presse, Ihr Freund und Helfer!«

»Das trifft sich gut. In aller Freundschaft bräuchte ich ein paar Infos«, nimmt Swensen die kleine Stichelei auf. »Woher wissen Sie, dass Bayar sich in ärztlicher Fürsorge befindet?«

»Sein Anwalt hat eine Pressekonferenz im Rathaus gegeben. Und ich, das kleine Licht von der ›Husumer Rundschau‹, mittendrin im Pulk der internationalen Presse. Sie werden es nicht glauben, aber die gesamte Straße, in der die Familie wohnt, wird schon seit mehreren Tage belagert, Lieferwagen, Busse mit Satellitenschüsseln auf dem Dach, wie beim Endspiel einer Fußballweltmeisterschaft.«

»Wurden auf der Pressekonferenz auch deutsche KSK-Soldaten erwähnt, die im US-Gefangenenlager in Kandahar auf Bayar getroffen sind?«

»›Getroffen‹ ist gut!« Maria lacht laut. »Zusammengeschlagen haben sie ihn, einfach nur so, ohne ersichtlichen Grund, das hat jedenfalls der Anwalt behauptet. Aber warum wollen Sie das wissen?«

»Ach, nur so.«

»Nur so? Ich bitte Sie, Herr Swensen, ich kann mich nicht erinnern, dass Sie jemals ›nur so‹ gefragt haben!«

»Okay, aber das ist jetzt vertraulich. Wenn es stimmen sollte, könnte es vielleicht im Zusammenhang mit dem Tod von Rehmke und Wilkenloh stehen. Über die beiden haben Sie ja in Ihrer Zeitung berichtet.«

»Die ungeklärten Todesfälle und Bayar? Das hört sich allerdings mehr als interessant an! Ich erwarte jetzt natürlich ein paar Informationen Ihrerseits, sozusagen im Gegenzug!«

»Im Moment ist das leider noch nicht möglich, Frau Teske. Aber ich melde mich, wenn es so weit ist, versprochen. Moin, moin!«

Bevor Maria Teske ihren Protest einlegen kann, hat Swensen die Verbindung bereits unterbrochen.

Im unteren Rückenbereich spürt er einen ziehenden Schmerz, der erst während des Telefongesprächs mit der Journalistin entstanden ist. Der Zusammenhang, den er Teske gegenüber verlauten ließ, hat schließlich in erster Linie etwas mit ihm selbst zu tun. Wenn nämlich jemand bewusst versucht, die Todesfälle von Rehmke und Wilkenloh wirklich stiefmütterlich zu behandeln, dann möchte er das gerne wissen, egal, ob es einigen Herren unangenehm ist. Staatsanwalt Rebinger hatte ihm seine volle Rückendeckung zugesagt, jetzt ist es an der Zeit, ihn zu fragen, ob das immer noch gilt.

Er überlegt kurz, ob er zu Fuß gehen soll, entscheidet sich aber für seinen Wagen und findet ohne Schwierigkeiten einen Parkplatz in der Theodor-Storm-Straße, nicht weit vom Amtsgericht entfernt. Zwei mächtige Säulen aus Sandstein stützen den Giebel des Eingangsportals. Im Rundbogen über der übergroßen kafkaschen Tür hängt eine Büste der Justizia mit den üblichen verbundenen Augen. An der weißen Wand daneben hat ein Frustrierter »Freiheit für alle!« gesprayt. Swensen drückt die Klinke herunter und stemmt die Tür auf, hinter der Storm seinerzeit als Amtsgerichtsrat gearbeitet hat.

Als er Doktor Ulrich Rebingers Büro im dritten Stock betritt, schaut dessen Sekretärin ihn verwundert an: »Herr Hauptkommissar, haben Sie einen Termin?«

»Leider nicht, Frau Heberich«, sagt Swensen und setzt dabei sein eindrücklichstes Lächeln auf, »aber Sie sind doch eine von den charmanten Schwellenhüterinnen, Sie werden sicherlich eine kleine Lücke im Terminplan entdecken. Ich brauche auch wirklich nicht lange.«

»Doktor Rebinger sieht Akten durch. Ich frage mal«, sagt Susanne Heberich gebieterisch, steht auf, klopft an die

Tür und streckt den Kopf in den Raum. »Haben Sie eine Sekunde Zeit, Doktor Rebinger? Hauptkommissar Swensen würde gerne kurz mit Ihnen sprechen.«

Die Sekretärin hat offensichtlich ein stummes Einverständnis bekommen, denn sie lässt die Tür geöffnet und winkt Swensen hinein.

»Was gibt es Wichtiges, Herr Swensen?«, fragt Rebinger, als Swensen mit beherztem Schritt den Raum betritt, und deutet mit einer flüchtigen Handbewegung auf einen Stuhl. Auf seinem glänzenden Mahagoni-Schreibtisch stapeln sich die Aktenordner. Der Kriminalist sieht kleine Schweißperlen auf Rebingers Stirn, während das rechte Augenlid nervös zuckt und der Staatsanwalt ihn herausfordernd mustert.

»Nach wie vor brennen mir die Fälle Wilkenloh und Rehmke auf den Nägeln«, kommt Swensen ohne Umschweife zur Sache. »Sie hatten mir volle Rückendeckung zugesichert und jetzt erfahre ich, dass trotz einiger schwerwiegender Indizien darüber nachgedacht wird, die laufenden Ermittlungen einzustellen. Das kann nicht in Ihrem Interesse sein, Doktor Rebinger!«

»Ist es auch nicht«, sagt der Staatsanwalt ungehalten, »nichtsdestotrotz bin ich nur ein kleiner Husumer Justizbeamter.«

»Doktor Rebinger, der mutmaßliche Täter ist identifiziert. Wir wissen, dass Kahlheim alias Reuter persönlichen Kontakt zu der Person hatte, die 2002 tödlich verunglückt ist, und ebenfalls zu den Opfern, die ermordet wurden. Wir brauchen nur noch zu ermitteln, wo sich der Mann aufhält, damit wir ihn vorladen können. Zusätzlich sollten wir parallel ein Bewegungsprofil von ihm erstellen, indem wir alle Melderegister, Bank-, PC-, Handy- und

Reisedaten durchchecken. Alles braucht nicht viel Aufwand, aber ich benötige dafür weiterhin Handlungsfreiheit, Doktor Rebinger.«

Swensen bemerkt, dass seine Stimme einen leicht flehenden Unterton annimmt. Beschämt hofft er, dass der Staatsanwalt es nicht bemerkt hat, und fragt sich gleichzeitig, warum er sich so gehen lassen konnte.

»Herr Swensen«, sagt Rebinger und kratzt mit dem kleinen Finger seine rechte Augenbraue, »ich fürchte, selbst wenn ich dazu bereit wäre, würden Sie in diesem Fall nicht viel weiterkommen. Das BKA hat mir von oberster Stelle mitgeteilt, dass bei der Person Kahlheim oder Reuter eine verfassungsrechtliche Einschränkung besteht.«

»Eine verfassungsrechtliche Einschränkung? Darf man erfahren, was das heißt?«

»Eine Auskunft kann entsprechend Paragraf 15 Absatz 2 Bundesverfassungschutzgesetz verweigert werden.«

»Und das heißt konkret?«

»Dass, wie in unserem aktuellen Fall, eine Auskunftserteilung unterbleibt, wenn eine Quelle gefährdet sein könnte, Erkenntnisse der Arbeitsweise des Bundesamtes zu befürchten sind oder das Wohl des Bundes oder eines Landes gefährdet ist, und, und, und.«

»Das heißt konkret, wir werden das Wie und Warum im Fall Rehmke und Wilkenloh nie erfahren«, knurrt Swensen missmutig.

»Ich will es vorsichtig ausdrücken. Es gibt immer wieder Situationen, da kann man herumwühlen und herumwühlen, nach den Gründen suchen, warum etwas geschehen ist, aber es ändert verdammt noch mal rein gar nichts daran, was passiert ist. Wilkenloh und Rehmke sind tot und sie bleiben tot, egal ob es Ihnen gelingen sollte, einen Täter zu präsentieren oder eben nicht!«

»So einfach kann man die Sache natürlich auch sehen«, sagt Swensen süffisant.

»Es gibt keine Gerechtigkeit auf der Welt, und ich persönlich finde es leichter, sich in irgendeiner Weise damit zu arrangieren, als überall mit dem Kopf durch die Wand zu wollen.«

»Moin, moin, Doktor Rebinger«, sagt Swensen fast bellend, dreht sich um und verlässt, ohne sich noch einmal umzublicken, den Raum. Als er die Steintreppen des Amtsgerichts hinuntersteigt, kommen ihm die beiden Assistenten der juristischen Fakultät der Universität Rom in den Sinn, die ihre Seminare der Rechtsphilosophie immer mit den gleichen Worten eröffnet haben sollen: »Es ist unmöglich, einen Mord aufzuklären, wenn der Täter ohne ein Motiv handelt, er keinerlei Verbindung zum Opfer hat und seine Tatwaffe nie gefunden wird.«

Die beiden unscheinbaren Herren Giovanni Scattone und Salvatore Ferraro wären Swensen sicherlich unbekannt geblieben, wenn nicht jemand im Hof vor der juristischen Fakultät die Jurastudentin Marta Russo erschossen hätte, es für diese Tat kein Motiv gab, keine Verbindung zu einem Täter hergestellt werden konnte und die Tatwaffe unauffindbar blieb. Wegen ihrer Seminare gerieten die beiden Assistenten unter Verdacht und während des Verhörs hatte Ferraro bestritten, zur Tatzeit in dem Hörsaal gewesen zu sein, aus dem der Schuss abgegeben worden war, was Zeugen aber widerlegt hatten. Im Prozess wurden die beiden Assistenten zu fünf Jahren und vier Monaten wegen Totschlags verurteilt. Das Bemerkenswerte daran war, dass das Urteil die Frage offenließ, ob einer der beiden tatsächlich der Mörder gewesen war.

Während Swensen die Fakten mehrmals durch den Kopf rattern, verzieht er seine Lippen zu einem verächtlichen Grinsen.

Selbst ohne diese drei Kriterien gibt es perfekte Morde, denkt er mit unterdrückter Wut, solange wir eine dritte Macht im Staat zulassen, von deren Geheimdienstalltag nichts an die Öffentlichkeit dringt und die letzten Endes auch kein Richter kontrollieren darf.

EPILOG

Swensen hört die im harten Sand knisternden Blattspreiten in den Dünen. Seine Füße treten in den warmen Sand, der unter ihm zu den Seiten quillt, und seine Abdrücke folgen ihm auf den Fersen. Seeluft strömt in seine Jacke, als wäre die frische Brise extra für ihn hierhergetragen worden. Die Wattküste vor Borkum ist ein Mosaik aus überspülten Übergängen, verwehten Verwandlungen und eigenartigen Einblicken. Ihm ist, als würde er durch eine zeitlose Unendlichkeit gehen, getragen von einem realen Boden, der von Ankunft und Abschied der Gezeiten nur für ihn neu geformt wurde. Er atmet den Joddunst des Schlicks ein, saugt die Würze von Verfall und Schöpfungskraft tief in seine Lunge und fragt sich, was denn nur mit ihm passiert ist. Warum er hier ist. Warum er überhaupt eine Kur beantragt hat.

Die Panikattacke war völlig unerwartet über ihn gekommen, mitten in der Frühbesprechung; und sie hatte ihn nicht einmal sehr überrascht. Heute ist ihm klar, dass er die Warnsignale, auf die er hätte hören müssen, damals einfach ignoriert hatte. Begonnen hatte das Ganze wahrscheinlich nach dem ergebnislosen Gespräch mit Rebinger, das einer persönlichen Niederlage gleichgekommen war. Er wollte partout nicht wahrhaben, dass die beiden Morde, der Mord an Rehmke und besonders der an Wilkenloh, einfach ungesühnt bleiben durften.

In der Zeit danach hatte er sich in sich selbst verkrochen, war immer öfter nicht mehr gejoggt, hatte nicht mehr meditiert, bis er beides ganz unterlassen hatte. Anna war besorgt gewesen und hatte mehrfach gefragt, was mit ihm los sei. Er hatte versucht, seinen Zustand zu bagatellisieren, nur lakonisch geantwortet, alles sei gut. In der Inspektion war er, wie von einem Dämon besessen, immer und immer wieder die Ermittlungsprotokolle im Fall Wilkenloh durchgegangen, hatte nach Details gesucht, die vielleicht doch noch von ihm übersehen worden waren. Als er dann auch noch an den freien Wochenenden gleich nach dem Aufwachen im Bett über den ermordeten Wilkenloh zu erzählen begonnen hatte, war Anna abrupt aufgesprungen, hatte die Schlafzimmertür aufgerissen und gesagt: »Lieber Herr Wilkenloh, Sie sind tot und Sie haben in meinem Bett nichts verloren. Ich möchte Sie bitten, jetzt zu gehen und nicht mehr wiederzukommen.«

Danach war sie wieder ins Bett zurückgekommen. »Jan, du musst endlich etwas tun. So kann es mit dir nicht weitergehen.« Ihre deutliche Mahnung hatte Erfolg gezeigt, Swensen hatte zu schluchzen begonnen und war danach buchstäblich von Angstzuständen geschüttelt worden. Er war überzeugt gewesen, die alten Symptome seiner posttraumatischen Belastungsstörung würden ihn wieder heimsuchen. Anna hatte ihm versichert, sein Zustand habe eindeutig nichts damit zu tun. Langsam hatte er sich wieder in den Griff bekommen und war am Montag wie gewohnt zur Arbeit gefahren. Nach der Panikattacke hatte Anna das erste Mal von einem Burnout gesprochen und ihn gegen seinen Widerstand zum Arzt gefahren. Zwei Wochen später hatte er dann bei der Krankenkasse einen Kurantrag eingereicht.

Hier draußen vor der Küste wird die Frage, warum er hier ist, wie von selbst beantwortet. Hier draußen erübrigen sich solche Fragen, hier fragt niemand danach, warum bei Ebbe seltsam geringelte Schlickröhren mariner Würmer aus dem Meer auftauchen oder warum eine Feuerqualle ins flache Gewässer gerät und warum ihre gallertartigen Tentakel hilfesuchend wie glühende Grillkohle leuchten.

»Um eins mit der Wirklichkeit zu werden, musst du deinen Willen loslassen, eins mit der Wirklichkeit zu werden«, hört er nach langer Zeit wieder einmal die Stimme von Meister Rinpoche und glaubt, dass er jetzt das Gröbste hinter sich hat. Als er den Saum zum offenen Meer erreicht, hat er das Gefühl, dass die Wellen, die sanft an den Strand rollen, sich vor ihm verbeugen. Er ist hierher geflohen, um in der Natur sich selbst zu begegnen und auf ein Maß zu schrumpfen, das seiner Wirklichkeit entspricht. Scham ist ein beengender Zustand, der künstlich am Leben gehaltene Zerrbilder nicht mehr loslassen kann.

Die Dämmerung setzt ein, bevor er den Rückweg antritt. Als er auf der Promenade ankommt, brennen dort bereits die Lichter und in den Lokalen beginnt das quirlige Leben. Er setzt sich vor einem runden Pavillon auf eine Bank. Drinnen spielen Musiker bei offenem Fenster die »Air« aus Bachs dritter Orchestersuite. Die ausladende Obertonmelodie lässt seine Gedanken weiterfliegen, noch bevor sie sich formieren können, als würden sie wie Möwen im Aufwind in den Himmel getragen werden.

*

Er stiert in die Dunkelheit und horcht. Ein Geräusch, als wenn auf einen Stein getreten wird, ist zu hören. Ihm ist unheimlich. Im Dunkeln friert er schneller, als wenn es hell ist. Und dann kann er sie erkennen, die Fratzen, die sich aus dem Nichts lösen und trotzdem von der stockdunklen Nacht kaum zu unterscheiden sind. Sie kommen langsam näher und die olivgrünen und schwarzen Striche über ihren Wangen tanzen vor seinen Augen. Es ist ein makabrer Tanz von seelenlosen Gestalten, die die breiten Lippen ihrer Mäuler öffnen und ihre makellosen, schneeweißen Zähne zeigen, die phosphoreszierend strahlen wie Glühwürmchen. Und dann bricht ein Sturm los, ein brüllendes Lachen, das wie eine Herde Teufel über ihn hinwegbraust. Er wird von einer Kraft gepackt, die ihn in die Höhe hebt und ihn dann mit dem Gesicht zuerst auf dem Boden aufschlagen lässt. Das höhnische Lachen schwillt unaufhörlich an, bis es in seinen Ohren dröhnt, sein Kopf zu schmerzen beginnt und er seinen Schrei hört, die Augen öffnet und immer noch schreit, bis er realisiert, dass er benommen auf seiner Schlafcouch liegt und keine Schmerzen hat. Erst ganz langsam begreift er, dass der Schmerz, den er im Traum erdacht hat, zu einer anderen Welt gehört, in der er sich nicht mehr befindet. Eine Welt, die aber immer noch existent ist, über 8.000 km entfernt, und er muss an die Menschen dort denken, erinnert sich an ihre Gesichter, an die Worte, die er mit ihnen gewechselt hat, fühlt die sengende Hitze, sieht die flirrende Luft.

Eine bleierne Schwere ist in ihm, er braucht alle Kraft, um sich aufzurichten und die Füße auf den Boden zu stellen. Dann treibt ihn die Neugier dazu, aufzustehen, seine Schritte zu setzen und zum Fenster zu gehen. Zehn Tage lang standen Kameraleute und Fotografen vor dem Haus seiner Eltern, dann verschwanden sie langsam, einer nach dem anderen. Zuletzt harrten nur noch zwei aus, die aber heute auch nicht mehr zu sehen sind.

*

Swensen steht am Fenster seines Zimmers. Er kann direkt auf den Strand und die Brandungszone blicken. Es ist Flut und mehrere Frachtschiffe ziehen in der gleichen Richtung am Horizont entlang. Gestern Abend hatte Silvia Haman ihn angerufen, während die Sonne blutrot untergegangen war. Man hat Stephan Mielke zum Hauptkommissar befördert. Er hatte Silvia gebeten, die Kollegen zu grüßen und ihnen zu sagen, es ginge ihm schon wesentlich besser. Swensen blickt auf die Uhr, seine letzte Gruppensitzung beginnt in 15 Minuten. Er macht sich auf den Weg, schaut noch kurz in den Raum der Ergotherapie, um seine Skulptur zu begutachten, die er gestern aus Ton geformt hat und die heute gebrannt auf der Fensterbank steht. Es ist ein abstraktes Gebilde aus weichen Rundungen, die eine gewisse Ähnlichkeit mit den Rippeln im Watt haben. Er ist zufrieden mit seinem Werk, trottet kurze Zeit später in den Gruppenraum, in dem schon einige Stühle in der Runde von bekannten Gesichtern besetzt sind.

Vor sechs Wochen hatte der Therapeut mit einer Achtsamkeitsübung begonnen; Augen schließen und ertasten, was er ihnen in die Hand legt. Für ihn war das nichts Neues gewesen. Er hatte sich gefragt, was er hier Großartiges lernen könnte. Achtsamkeit hatte er schließlich über Jahre in dem buddhistischen Tempel bei Meister Rinpoche gelernt und immer wieder in seinem Alltag angewandt. Doch irgendwann hatte er sich eingestanden, wie überheblich seine Gedanken waren. Er hatte stumm in der Runde gesessen, es ging ihm schlecht und er hatte nicht gewusst, warum. Im Laufe der Sitzungen war ihm klar geworden, dass er die Welt in unterschiedlichen Abständen erlebt hatte. Die Welt, in der er meditierte, war von ihm wie unter einem Mikroskop vergrößert worden. Zu der Welt, in der er Verbrechen aufklärte, hatte er Abstand gehalten und sie dadurch verkleinert. Deshalb war ihm dort alles klein und unbedeutend erschienen, eine Miniaturwelt, in der die dunklen Gedanken ungehindert zu schleimigen Monstern mutieren konnten. Und trotz dieser Verkleinerung musste das, was er tat, weiterhin einen Sinn behalten; doch dieser Sinn war ihm irgendwie abhandengekommen. Das hatte er gefühlt, und das hatte ihm eine Heidenangst gemacht. Und dann hatte er sich endlich getraut, in der Gruppe darüber zu sprechen.

Robert Kürtz, der Therapeut, hat ein rundes Gesicht, kleine Augen und Pickelnarben auf der Wange. Seine Schuhe quietschen beim Hereinkommen auf dem Parkett. Er setzt sich auf den letzten freien Stuhl, schaut in die Runde und legt die Hände auf die Oberschenkel.

»Ich denke, es waren mehrere Ereignisse in Folge, die zu meinem Burnout geführt haben«, beginnt ein Mann, der sich als Chef einer Werbeagentur vorgestellt hat. »Meine Frau hat mich verlassen. Ich stand mit zwei Kindern allein da. Dazu gingen zwei meiner wichtigsten Kunden pleite. Zum ersten Mal in meinem Leben wusste ich nicht, wie ich die nächste Miete bezahlen sollte.«

Swensen hört zu, hört die immer gleichen Geschichten, die hier seit mehreren Wochen in immer neuen Variationen erzählt werden. Trotzdem bleibt er aufmerksam, sieht die Hände, die nach Halt suchen, spürt die Ängste, die durch ihn hindurchschwingen, als wären sie ihm so vertraut wie die eigenen.

Als der Therapeut die Sitzung beendet, formuliert sich in Swensens Kopf plötzlich ein Satz aus dem Johannesevangelium: »Und das Wort ward Fleisch und wohnte unter uns«. Der Satz schwingt mit, als er den Raum verlässt, bleibt ihm im Sinn. Und dann, als er bereits auf seinem Zimmer ist, kommt ihm der Gedanke, dass die Worte »Das Wort ward Fleisch« vielleicht ein ewiges Prinzip ausdrücken wollen. Dass dieses zu Fleisch gewordene Wort sich in den Erfahrungen auf dem menschlichen Weg jeden Tag neu wiederfinden lässt.

Für einen Moment glaubt er etwas Grundsätzliches verstanden zu haben, dann kommen ihm erneut Zweifel. Er geht zum Fenster und sieht, wie das Wasser beginnt, sich vom Strand zurückzuziehen. In drei Stunden wird Anna hier mit dem Auto ankommen, um ihn abzuholen. Sie werden ihren gemeinsamen Geburtstag nachfeiern – im »Dante« ist ein Tisch bestellt; und er wird sich in Ruhe überlegen, wie sein Leben in Witzwort weitergehen soll.

*

Fast einen Monat lang hat Bayar keinen Fuß vor die Tür gesetzt. In der Zeit waren viele Freunde bei ihm zu Besuch gewesen, manchmal haben sie mit ihm Tavla gespielt und sind bis spät in die Nacht geblieben. Verwandte haben vorbeigeschaut, haben ihm das Gefühl von Familie zurückgegeben. Der süße, beruhigende Duft von Milchreis, den seine Mutter für die Gäste kochte und mit Kokosraspeln überstreute, hat sich im Raum ausgebreitet. Er hat den Klang der Stimmen stumm in sich aufgenommen, hat die Gespräche teilnahmslos begleitet. Aber keiner der Menschen hat ihm Fragen gestellt, keiner hat von ihm wissen wollen, was mit ihm passiert ist. Auch zwischen ihm und seinen Eltern ist kein Wort über Guantánamo gefallen, nichts über Folter, Kältekammern oder ohrenbetäubende Musik.

Er hat gelernt zu schweigen, er hat gelernt abzuwarten,

er hat gelernt, unangenehme Gefühle auszuhalten, er hat gelernt, ernsthaft zu beten.

»Allahumma a'inni 'ala dsikrika wa schukrika wa husni 'ibadatik«*, murmelt er, sein Gesicht nach Süd-Süd-Ost gewendet, die Richtung zur Ka'ba in Mekka.

Als er das Haus zum ersten Mal verlässt, ist es dunkel. Er geht im gelben Schein der Straßenlampen zum Husumer Hafen hinunter, setzt sich auf eine Bank und schaut auf die glatte Wasseroberfläche, in der sich das Rathaus spiegelt. In den nächsten Tagen wird er mutiger, immer wieder sprechen fremde Menschen ihn an. Manche möchten ein Foto mit ihm an ihrer Seite. Er ist sich durchaus bewusst, dass er mit seinem zotteligen Bart und den langen Haaren ein Blickfang ist, genießt manchmal sogar seinen Trotz, den Blicken standzuhalten, wenn er wieder angestarrt wird. Er will ihnen seine Freiheit zeigen, die einzige Freiheit, die er in Guantánamo haben durfte. Salem, der beim Flug nach Pakistan am Flughafen Hamburg zurückgeblieben war, lebt nicht mehr in Husum. Er will nicht wissen, wo der ehemalige Freund ist und was er heute macht.

Die ersten Herbststürme fegen durch die graue Stadt, als er einen Brief vom Landeskriminalamt Schleswig-Holstein erhält. Es ist eine Vorladung. Sein Anwalt fährt ihn in seinem Wagen in die Landeshauptstadt Kiel. Im Gebäude wollen Uniformierte sie nach Waffen durchsuchen.

»Herr Bayar ist als Zeuge geladen«, sagt sein Anwalt in unmissverständlichem Ton. »Herr Bayar ist kein Beschuldigter. Ich möchte, dass die Durchsuchung sofort abgebrochen wird.« Sie telefonieren. Wenig später erscheint ein Mann in Zivil und die Beamten ziehen ab. Mit dem Fahr-

---

* O Allah, hilf mir, mich Deiner zu erinnern, Dir zu danken und Dir aufs Beste zu dienen.

stuhl geht es in den zweiten Stock. Sie werden in einen kleinen Raum mit einem Tisch und vier Stühlen gebracht. Zwei Männer breiten 40 Porträtfotos von Soldaten auf der Tischplatte vor ihm aus.

»Erkennen Sie auf einem dieser Fotos eine der Personen, die Sie in Kandahar geschlagen haben sollen?«

Seine Augen fixieren die jungen Gesichter, die ihn anblicken, oft mit einem angedeuteten Lächeln. Er erkennt sie, beide, obwohl sie keine Helme aufhaben, zeigt mit dem Finger auf die beiden Fotos, hört eine Stimme im Kopf, die klar und deutlich spricht: Spürst du sie schon, die deutsche Kraft? Das ist das KSK!

*

Nach der Kur hat Swensen seinen Resturlaub genommen und ist mit Anna für drei Wochen in den Norden von Dänemark gereist, wo sie vor der Küste von Klitmøller täglich, auch bei Sturm und Regen, am Meer und in den Dünen spazieren gehen. Danach nimmt er seine Arbeit in der Husumer Polizeiinspektion wieder auf.

Am Ende des Jahres hat sich seine Hoffnung zerschlagen, dass die aufgescheuchten Journalisten bei ihren Recherchen, die durch die Rückkehr von Bayar nach Deutschland in Gang gesetzt worden sind, auch Fakten über die Rolle des Bundesnachrichtendienstes in den Mordfällen Rehmke und Wilkenloh ans Tageslicht befördern könnten. Der Blick ist nur auf Bayar und die politisch Verantwortlichen gerichtet. In einem Interview mit der »Bild«-Zeitung sagt Frank-Walter Steinmeier: »Die Regierung hat sich um Bayar gekümmert – auch wenn er einen türkischen und keinen deutschen Pass besaß.«

Im »Spiegel« ist zu lesen: »Ich würde mich heute nicht anders entscheiden. Man muss sich ja nur vorstellen, was geschehen würde, wenn es zu einem Anschlag gekommen wäre und nachher stellte sich heraus: Wir hätten ihn verhindern können.«

Dann wird bekannt, dass der Kanzleramtschef aktiv die Rückkehr von Bayar verhindert hat. Vom Verfassungsschutz war ein Dossier erstellt worden, wonach Bayar in Pakistan angeblich »aktiv den Kampf der Taliban unterstützt« habe. Beweise konnten jedoch nicht geliefert werden.

Mit Bayars Vorwurf, er wäre in Afghanistan von zwei Soldaten des Kommandos Spezialkräfte (KSK) misshandelt worden, befasst sich der Verteidigungsausschuss des Bundestages. Der Verteidigungsstaatssekretär Peter Wichert teilt dort mit, dass Dokumente des Zentrums für Nachrichtenwesen der Bundeswehr aus der Zeit von 1999 bis 2003 wegen eines Defekts der Datensicherung und fehlender Sicherheitskopien nicht mehr vorliegen würden.

»Es ist unwahrscheinlich, dass alle Daten auf Hunderten von Bändern komplett verloren gegangen sein sollen«, kommentiert ein Datensicherungsexperte. »Nur mit einem starken Magneten können Daten unwiederbringlich gelöscht werden, aber so etwas geschieht in der Regel willentlich.«

*

»Die Freiheit der Leguane«, der Film, den Rehmke nicht beenden konnte, läuft nur für kurze Zeit in einigen kleinen Kinos und wird vom breiten Publikum nicht wahrgenommen. Swensen sieht ihn durch Zufall ein knappes Jahr danach. Er läuft im Fernsehen zur nachtschlafenden Zeit nach 23.00 Uhr auf 3SAT. Das Ergebnis hat mit dem

Drehbuch, das er von Wimmer Wilkenloh kennt, nur mehr wenig gemein, beschränkt sich ausschließlich auf die Zeit, nachdem die beiden deutschen Bundesnachrichtendienst-Mitarbeiter Bayar in Guantánamo verhört haben. Die Kommando-Spezialkräfte-Soldaten und der Name Frank-Walter Steinmeier kommen in dem Film mit keiner Silbe vor.

*

Ein Internetforum zum Thema Gülcan Bayar:

»Ich verstehe die ganze Aufregung nicht, er ist doch noch nicht mal deutscher Staatsbürger, sondern Türke. Warum interessieren sich hier eigentlich alle für diesen Fall. Außerdem wird es schon einen Grund gehabt haben, dass er inhaftiert wurde.«

»Der Vorwurf mit der Folter ist nun wirklich lächerlich, die USA sind eine der ältesten Demokratien der Welt und nicht irgendein sozialistischer Unrechtsstaat. Und last but not least, habe ich mit Terroristen kein Mitleid.«

»Dieser Typ mit dem Gebetsteppich im Gesicht lügt, sobald er auch nur den Mund aufmacht, und ist türkischer Staatsbürger. Schiebt dieses Stück Moslemfaschist endlich in sein Heimatland ab.«

»Bayar hat sich gerade über den Schmerz und vor allem die »Kälte« auf Guantánamo beklagt – das Klima meint er! Guantánamo, Kuba, ›Kälte‹????? Der Kerl lügt doch!«

*

Ich glaube nicht, dass ich ein anderer Mensch geworden bin, denkt Bayar, und jedes Wort beschwört die Unnachgiebigkeit in ihm, wieder ein ganz normaler Mensch sein zu wollen, hier in Deutschland, in seiner Heimat.

Ich habe immer noch denselben Namen, denkt er und spürt seinen Trotz, der sich anfühlt wie ein scharfer Feuerstein in seinem Herzen. Ich lebe weiterhin in derselben Stadt, im selben Haus. Aber eins habe ich in Guantánamo gelernt: Ich weiß, was Menschen anderen Menschen antun können. Und ich weiß, was es heißt, wirklich frei zu sein.

DANKSAGUNG

Ich bedanke mich auch diesmal wieder herzlich bei meiner Ehefrau Brigitte Tiegs für all die Arbeit, die sie in dieses Buch gesteckt hat.

Ein weiterer Dank geht an Dagmar Pischel für ihre guten Verbesserungsvorschläge und Anregungen. Ebenso geht ein Dank an Torsten Wetzel, der ein besonderes Gespür für versteckte Fehler hat.

Außerdem bedanke ich mich bei allen Schriftstellern, Schauspielern, Politikern und Staatsbeamten, die in diesem Buch namentlich erwähnt werden und die zu dem Verwirrspiel »Was ist real und was ist erfunden« beitragen.

Weitere Krimis finden Sie auf den folgenden Seiten und im Internet:

WWW.GMEINER-SPANNUNG.DE

Das Neueste aus der Gmeiner-Bibliothek

Unser Lesermagazin

Bestellen Sie das kostenlose Krimi-Journal in Ihrer Buchhandlung oder unter www.gmeiner-verlag.de

Informieren Sie sich …

www … auf unserer Homepage:
www.gmeiner-verlag.de

@ … über unseren Newsletter:
Melden Sie sich für unseren Newsletter an unter www.gmeiner-verlag.de/newsletter

f … werden Sie Fan auf Facebook:
www.facebook.com/gmeiner.verlag

Mitmachen und gewinnen!

Schicken Sie uns Ihre Meinung zu unseren Büchern per Mail an gewinnspiel@gmeiner-verlag.de und nehmen Sie automatisch an unserem Jahresgewinnspiel mit »mörderisch guten« Preisen teil!